हिन्द पॉकेट बुक्स

सरस्वती लोकोक्ति शब्दकोश

राजवीर सिंह 'दार्शनिक' ने अपना कॅरियर अध्यापन को चुना और आप प्रधानाचार्य के पद से सेवानिवृत्त होने के बाद लेखन कार्य से जुड़े, इसलिए आपके लेखन में जीवन का अनुभव झलकता है। आपने विश्व की महान हस्तियों के चिंतन पर काफी कुछ लिखा है। आपने अपने लेखन में इस बात का ध्यान रखा है कि उससे छात्र वर्ग विशेष रूप से लाभान्वित हो। *संकट*, *मुहावरा कोश*, *गांधी तेरे देश में* इनकी कुछ चर्चित पुस्तकें हैं।

सरस्वती
लोकोक्ति
शब्दकोश

जीवन की सभी स्थितियों में सहायक एवं
वर्णानुक्रम और विषयानुसार

प्रस्तुति
राजवीर सिंह 'दार्शनिक'

हिन्द पॉकेट बुक्स

यूएसए | कनाडा | यूके | आयरलैंड | ऑस्ट्रेलिया | सिंगापुर
न्यू ज़ीलैंड | भारत | दक्षिण अफ्रीका | चीन

हिन्द पॉकेट बुक्स, पेंगुइन रैंडम हाउस ग्रुप ऑफ़ कम्पनीज़ का हिस्सा है,
जिसका पता global.penguinrandomhouse.com पर मिलेगा

पेंगुइन रैंडम हाउस इंडिया प्रा. लि.,
चौथी मंज़िल, कैपिटल टावर -1, एम जी रोड,
गुड़गांव 122 002, हरियाणा, भारत

पेंगुइन
रैंडम हाउस
इंडिया

प्रथम हिन्दी संस्करण हिन्द पॉकेट बुक्स द्वारा 2013 में प्रकाशित
यह हिन्दी संस्करण हिन्द पॉकेट बुक्स में पेंगुइन रैंडम हाउस द्वारा 2022 में प्रकाशित

10 9 8 7 6 5 4 3 2

ISBN 9789353493912

मुद्रकः रेप्रो इंडिया लिमिटेड

www.penguin.co.in

This is a legitimate digitally printed version of the book and therefore might not have certain extra finishing on the cover.

कथन

किसी भी समाज में अनुभवों का निचोड़ ही लोकोक्ति है।

जयशंकर प्रसाद

आम लोगों के वह उद्गार जो उन्हें विद्वानों की श्रेणी में खड़ा करते हैं, लोकोक्ति है।

प्रेमचंद

भूगोल, संस्कृति, भाव और भाषा की संपूर्ण झलक एक ही वाक्य में समेटने को लोकोक्ति कहते हैं।

गुरुदत्त

शिक्षाप्रद जनश्रुतियां ही लोकोक्तियां हैं।

आचार्य चतुरसेन

अपनी बात

सूक्तियां या उक्तियां महापुरुषों और विद्वानों की अमृत वाणी मानी जाती हैं, लेकिन लोकोक्तियां होती तो अमृत वाणी ही हैं, परंतु ये किसी महापुरुष या विद्वान के कहे वचन नहीं होते, वरन् लोकोक्तियां लोक-अनुभव से बनती हैं। किसी समाज में जो कुछ अपने लंबे अनुभव से सीखा गया है, उसे एक वाक्य में बांध दिया है। ऐसे वाक्यों को ही लोकोक्ति कहते हैं। इसे कहावत, जनश्रुति आदि भी कहते हैं। आम बोलचाल की भाषा में कहें तो बहुत अधिक प्रचलित और लोगों के मुंहचढ़े वाक्य लोकोक्ति के तौर पर जाने जाते हैं। इन वाक्यों में जनता के अनुभव का निचोड़ या सार होता है, जो न केवल प्रेरक होता है, बल्कि शिक्षाप्रद भी कहा जाता है।

महावीर प्रसाद द्विवेदी के शब्दों में कहें तो लोकोक्तियां आम जनमानस द्वारा स्थानीय बोलियों में हर दिन की परिस्थितियों एवं संदर्भों से उपजे ऐसे पद एवं वाक्य होते हैं, जो किसी ख़ास समूह, उम्र, वर्ग या क्षेत्रीय दायरे में प्रयोग किया जाता है। इसमें स्थान विशेष के भूगोल, संस्कृति, भाषाओं का मिश्रण इत्यादि की झलक मिलती है। कई लोग मुहावरों को भी लोकोक्ति ही मान बैठते हैं, लेकिन इन दोनों में बड़ा अंतर है। दरअसल मुहावरा वाक्यांश है और इसको स्वतंत्र रूप से प्रयोग नहीं किया जा सकता, जबकि लोकोक्ति संपूर्ण वाक्य है और इसका प्रयोग स्वतंत्र रूप से किया जा सकता है। जैसे 'होश उड़ जाना' मुहावरा है और 'बकरे की मां कब तक खैर मनाएगी' लोकोक्ति है।

राजवीर सिंह 'दार्शनिक'
संपादक

अ

अंखियां सुख कलेजा ठंडा : जो देखने में अच्छा लगता है वही दिल को भाता है। ध्रुवस्वामिनी अपने पति रामगुप्त के कायरतापूर्ण व्यवहार से तो व्यथित थी ही, उसकी शक्ल-सूरत भी उसे नहीं भाती थी, अतः उसने रामगुप्त से संबंध विच्छेद करने की घोषणा कर दी थी, क्योंकि वह 'अंखियां सुख कलेजा ठंडा' के मत को मानने वाली थी।

अंडे सेवे कोई, बच्चे लेवे कोई : एक व्यक्ति के परिश्रम का दूसरे व्यक्ति द्वारा लाभ उठा लेना।

भारतीय ऋषियों ने आयुर्वेद में हल्दी के गुणों का वर्णन किया है, लेकिन एक विदेशी कम्पनी अपने नाम से इसका पेटेंट करना चाहती है। यह तो वही बात हुई 'अंडे सेवे कोई, बच्चे लेवे कोई'।

अन्त बुरे का बुरा : बुरे कर्म करने वाले को अन्त में दुःख भोगना पड़ता है। कोमनवेल्थ खेल घोटाले में लिप्त खेल अधिकारी जेल की हवा खा रहे हैं। खाएं भी क्यों नहीं, क्योंकि 'अन्त बुरे का बुरा' होता है।

अन्त भले का भला : अच्छे कर्म करने वाला अन्त में सुख पाता है।

भले ही ईमानदार अधिकारी वर्तमान समय में अपने उच्च-अधिकारियों द्वारा प्रताड़ना का शिकार होता रहता है, लेकिन अन्त में उसे जो सुख और सम्मान मिलता है, वह अवर्णनीय होता है। वास्तव में 'अन्त भले का भला' ही होता है।

अन्त भला सो भला : यदि प्रारंभ में किसी कार्य में कठिनाई आती है और अन्त में वह कार्य ठीक हो जाता है, तो सब कुछ ठीक मान लिया जाता है।

प्रारंभ में कारगिल युद्ध में भारतीय सैनिकों को कठिनाई तो आई, लेकिन अन्त में उन्होंने विजय-पताका फहरा ही दी थी, किसी ने सही कहा है 'अन्त भला सो भला'।

अन्धा क्या चाहे, दो आंखें : आवश्यक वस्तु का अनायास मिल जाना।

अमेरिका के साथ परमाणु-समझौते से भारत को परमाणु प्रौद्योगिकी मिलने का रास्ता साफ हो गया है, 'अन्धा क्या चाहे दो आंखे'।।

अन्धा बांटे रेवड़ी, अप-अपनों को दे : स्वार्थी मनुष्य अधिकारों का दुरुपयोग करते हैं।

राष्ट्रमंडल खेलों में साज-सामान आपूर्ति के ठेके मानकों की अनदेखी करते हुए निजी सम्बन्धियों को देकर, अधिकारियों ने यह कहावत चरितार्थ कर डाली है कि 'अन्धा बांटे रेवड़ी, अप-अपनों को दे'।

अन्धा सिपाही कानी घोड़ी, विधि ने खूब मिलाई जोड़ी : दो व्यक्तियों का एक समान मूर्ख और अवगुणी होना।

पाकिस्तान की गुप्तचर संस्था आई.एस.आई. और वहां के आतंकी संगठन भारत के विरुद्ध विष उगलते रहते हैं। दोनों के सम्बन्धों को देखकर कहा जा सकता है कि 'अन्धा सिपाही कानी घोड़ी, विधि ने खूब मिलाई जोड़ी'।

अन्धी पीसे कुत्ते खाएं : मूर्ख व्यक्ति अपनी कमाई का सदुपयोग नहीं कर सकते।

यमुना को एक स्वच्छ नदी का स्वरूप देने के लिए करोड़ों रूपये व्यय किए जा चुके हैं, लेकिन सही तकनीक के बिना कुछ भी परिणाम नहीं निकला। यह तो वही बात हुई 'अन्धा पीसे कुत्ते खाए'।।

अन्धे के आगे रोवे, अपने नैन खोवे : सक्षम व्यक्ति से ही सहायता की आशा करनी चाहिए।

भारत, अमेरिका से पाकिस्तान की शिकायत करता रहता है, लेकिन अमेरिका इस शिकायत के प्रति संवेदनशील नहीं है, क्योंकि पाकिस्तान अमेरिका का मित्र है। भारत को अब यह समझ लेना चाहिए कि 'अन्धे के आगे रोवे, अपने नैन खोवे'।

अन्धे को अंधेरे में बहुत दूर की सूझी : किसी मूर्ख व्यक्ति द्वारा बुद्धिमानी की बात करना।

एक शराबी ने बाजार में बढ़ती हुई भीड़ को देखकर चिल्लाना शुरू कर दिया कि यहां से भाग जाओ बम का विस्फोट होने वाला है, लेकिन इसे एक शराबी का कथन मानकर किसी ने विश्वास नहीं किया, परन्तु जब वहां बम विस्फोट हुआ तो कहना ही पड़ा कि 'अन्धे को अंधेरे में बहुत दूर की सूझी'।

अंधेर नगरी चौपट राजा, टका सेर भाजी टका सेर ख़ाजा : मूर्ख मालिक की दृष्टि में गुणी व्यक्तियों का आदर नहीं होता।

मैं एम.ए. हूं और मेरा सहकर्मी इंटर पास है, लेकिन हमें एक ही मशीन पर एक ही काम में लगाया हुआ है। यह तो वही बात हुई न कि 'अंधेर नगरी चौपट राजा, टका सेर भाजी टका सेर ख़ाजा'।

अंधे अंधा ठेलिया दोनों कूप पड़ंत : यदि अंधों का नेतृत्व कोई अंधा ही करेगा तो दोनों पक्षों का अहित होना निश्चित है।

पाकिस्तान यदि आई.एस.आई के निर्देशों पर चलता रहेगा, तो एक दिन विफल राष्ट्र सिद्ध हो जाएगा, क्योंकि ऐसा कहा गया है कि 'अंधे अंधा ठेलिया दोनों कूप पड़ंत'।

अकेला चले न बाट, झाड़ बैठे खाट : अकेले को यात्रा नहीं करनी चाहिए, इससे तो अच्छा है यात्रा ही न करें।

दिल्ली में लड़कियां सुरक्षित नहीं रह गई और रात्रि में उनका कहीं अकेले जाना तो खतरे से खाली नहीं रह गया है, दिल्ली पुलिस आयुक्त ने उन्हें परामर्श दिया है कि 'अकेला चले न बाट, झाड़ बैठे खाट'।

अकेला से दुकेला भला : अकेले यात्रा करने या किसी कार्य को करने में किसी दूसरे का सहयोग अच्छा रहता है।

आजकल के उच्छृंखल वातावरण में किसी महिला का अकेले कहीं जाना दुर्घटनाओं को आमंत्रण देना है। ऐसी महिला को समझना चाहिए कि 'अकेले से दुकेला भला' होता है।

अक्ल के अंधे गांठ के पूरे : मूर्ख, लेकिन धनवान व्यक्ति।

आज के आर्थिक युग में 'अक्ल के अंधे और गांठ के पूरे' व्यक्ति को भी अच्छा सम्मान मिल जाता है।

अक्ल बड़ी कि भैंस : बुद्धि शारीरिक शक्ति से श्रेष्ठ होती है।

वियतनाम ने अपने बुद्धि-कौशल से शक्तिशाली अमेरिका को पराजित करके यह प्रश्न पैदा कर दिया था कि 'अक्ल बड़ी कि भैंस'।

अक्लमंद को इशारा, मूर्ख को तमाचा : बुद्धिमान केवल इशारे से ही किसी बात को समझ जाता है, लेकिन मूर्ख बिना मार के नहीं समझता।

भारत यदि यह सोचता है कि वह पाकिस्तान के साथ वार्तालाप द्वारा ही आतंकवाद का समाधान निकाल लेगा तो वह भ्रम में है। उसे समझ लेना चाहिए कि 'अक्लमंद को इशारा, मूर्ख को तमाचा'।

अग्र सोची सदा सुखी : 1. आगे तक सोचकर किसी कार्य को करने वाला सदा सुखी रहता है।

2. सावधानी समाधान से अच्छी होती है।

सरदार पटेल किसी भी कार्य को करने से पहले उसके सुदूर भविष्य पर पड़ने वाले प्रभाव को देख लेते थे। वह इस मत में विश्वास रखते थे कि 'अग्र सोची, सदा सुखी'।

चित्त भी मेरी और पट्ट भी मेरी : सभी विकल्पों पर अपना नियंत्रण रखना।

कट्टरपंथी न न्याय में विश्वास रखते हैं और न व्यवस्था में, वे तो इस सिद्धान्त के मानने वाले हैं कि 'चित्त भी मेरी और पट्ट भी मेरी'।

अति भक्ति चोर के लक्षण : सामान्य से अधिक भक्ति का प्रदर्शन करने वाला कपटी व भ्रष्ट आचरण का व्यक्ति होता है।

आजकल अनेकों असामाजिक तत्व सीधी-साधी जनता को ठगने के लिए ईश्वर के बहुत बड़े उपासक बनने का प्रदर्शन करते हैं। लेकिन जनता को समझ लेना चाहिए कि 'अति भक्ति चोर के लक्षण' होते हैं।

अति सर्वत्र वर्जयते : किसी भी कार्य में मर्यादा का उल्लंघन नहीं करना चाहिए।

सम्राट अशोक और उसके वंशजों द्वारा राज-काज में भी अत्यधिक अहिंसा के प्रयोग से भारत की सुरक्षा खतरे में पड़ गई थी, क्योंकि उन्हें शायद यह भी नहीं पता था कि 'अति सर्वत्र वर्जयते'।

अधजल गगरी छलकत जाए : अल्पज्ञानी को बहुत जल्दी अपने ज्ञान पर अहंकार आ जाता है।

मंडन मिश्र अपूर्ण ज्ञानी होते हुए शंकराचार्य के समक्ष अपनी विद्वता का विफल प्रदर्शन करते रहे। शंकराचार्य उसके अल्पज्ञान को देखते हुए सोच रहे थे कि 'अधजल गगरी छलकत जाए'।

अधेला न दे, अधेली दे : याचना करने पर कुछ न दे और दबाव पड़ने पर आशा से अधिक दे डाले।

जैसे ही मैंने अपने एक कार्यालय के साथी के समक्ष मंदिर निर्माण के लिए एक सौ एक रुपये की सहायता राशि का प्रस्ताव रखा, तो उसने इनकार कर दिया, लेकिन जब वह एक गबन के केस में निलंबित हुआ तो मेरे घर आकर पांच सौ एक रूपया दान में देकर चला गया, क्योंकि उसे पता था कि मैं अपनी राजनैतिक पहुंच से उसे निलंबन से मुक्ति दिला सकता हूं। यह तो वही बात हुई 'अधेला न दे, अधेली दे'।

अनदेखा चोर बाप बराबर : जिसका कोई भी अपराध अपने संज्ञान में नहीं है, उसका निरादर नहीं करना चाहिए।

मेरे साथ वाले फ्लैट में कुछ संदिग्ध से लोगों का आना-जाना लगा रहता है, लेकिन मेरे पास ऐसा कोई प्रमाण नहीं है कि मेरा पड़ोसी आपराधिक प्रकृति का है। फिर मैं उससे क्यों घृणा करूं, क्योंकि 'अनदेखा चोर बाप बराबर' होता है।

अन्नदान महादान : भूखे को भोजन देना सबसे बड़ा पुण्य होता है।

आप भले ही मन्दिर, मस्जिद, गुरूद्वारे आदि में दान न दें, लेकिन भूखे को भोजन ज़रूर दें, क्योंकि 'अन्नदान महादान' होता है।

अपना घर दूर से सूझता है : 1. अपने स्वार्थ-सिद्धि की बातें किसे अच्छी नहीं लगतीं।

2.अपने प्रियजनों के हित में तो सभी सोचते हैं।

एक अलगाववादी कश्मीरी के आमंत्रण पर हमारे देश में अनेकों बुद्धि जीवी व पत्रकार उसके अधिवेशन में भाग लेने चले गए, उन्होंने ऐसा क्यों किया! आखिर 'अपना घर तो दूर से सूझता है'।

अपना दीजै, दुश्मन कीजै : किसी को उधार देना, उसे अपना दुश्मन बनाना है।

बेटे! मैंने तुझे पहले ही सवधान किया था कि दोस्ती दूर की ही भली होती है, लेकिन तूने मेरी बातों को हलके में लिया। आखिर अपना उधार दिया हुआ पैसा फंसा तो बैठा ही है ऊपर से अपना जीवन भी असुरक्षित कर डाला है क्योंकि जब तू लेने गया तो उसने तेरे ऊपर प्राणघातक हमला कर दिया। तुझे सदैव ध्यान रखना चाहिए कि 'अपना दीजै, दुश्मन कीजै'।

अपना सिक्का खोटा तो परखैया का क्या दोष : यदि अपने किसी प्रियजन की उसकी किसी कमी के कारण कोई आलोचना करे तो उस आलोचक से रुष्ट नहीं हो जाना चाहिए।

कुछ भारतीय राजनेता भारत में घटित आतंकवादी घटना को अपने पक्ष में वोटों के ध्रुवीकरण के लिए भारतीय आतंकवाद से सम्बन्धित कर रहे, यदि पाकिस्तान भी ऐसा कहने लगे तो उसका क्या दोष? क्योंकि 'अपना सिक्का खोटा तो परखैया का क्या दोष'।

अपना तोसा अपना भरोसा : स्वावलम्बी बनना अच्छा होता है।

लालबहादुर शास्त्री ने देश की सुरक्षा और स्मृद्धि के लिए सर्वप्रथम 'जय जवान जय किसान' का नारा दिया था, क्योंकि वे जानते थे कि 'अपना तोसा अपना भरोसा'।

अपना माल गंवाय के दर-दर मांगे भीख : अनावश्यक मदों में धन लुटाकर कंगाल हो जाना।

मेरा दोस्त अपने व्यसनों में सब धन-दौलत लुटाकर जब मेरे पास सहायता के लिए आया तो मेरे मुख से अचानक निकल पड़ा, 'अपना माल गंवाय के दर-दर मांगे भीख'।

अपना वही जो आवे काम : आपातकाल में सहायता करने वाला ही अपना कहा जाता है।

पाकिस्तान के विरुद्ध युद्ध में कभी भी अमेरिका ने भारत का साथ नहीं दिया है, बल्कि वह पाकिस्तान के समर्थन में खड़ा हुआ है, फिर भी भारत उसे अपना मित्र मानता है। हमारे राजनेताओं को सोचना चाहिए कि 'अपना वही जो आवे काम'।

अपना रख, पराया चख : यदि दूसरों के संसाधन उपलब्ध हैं तो पहले उनका उपयोग करना चाहिए और अपनों को भविष्य के लिए सुरक्षित रख लेना चाहिए।

एक दिन पड़ोसी की शिकायत करते हुए मेरी पत्नी ने मुझे कहा - हमारे पड़ोसी की गाड़ी ठीक-ठाक स्थिति में है, लेकिन जब कभी यह दूरस्थ स्थान पर जाता है हमारी ही गाड़ी ले जाता है। मैंने कहा, लोग चतुर हो गए हैं, 'अपना रख, पराया चख' के सिद्धांत पर चल रहे हैं।

अपना हाथ जगन्नाथ का भात : दूसरे की वस्तु का प्रसन्नता के साथ उन्मुक्त उपभोग करना।

मैं अपने मित्र के जन्म-दिन पर अपने सम्पूर्ण परिवार सहित चला गया, आखिर 'अपना हाथ जगन्नाथ का भात'।

अपनी अटक पर गधे को बाप कहना : अपनी स्वार्थ सिद्धि के लिए निकृष्ट व्यक्ति का भी सम्मान करना पड़ता है।

कहीं चीन भारत के विरुद्ध पाकिस्तान के साथ खड़ा न हो जाए, इस बात को देखते हुए भारत को चीन के साथ सम्बन्ध मधुर रखने पड़ते हैं। किसी ने सच कहा है, 'अपनी अटक पर गधे को भी बाप कहना पड़ता है'।

अपनी अक्ल और पराई दौलत सबको बड़ी मालूम पड़ती है : मनुष्य अपने को दूसरों से अधिक बुद्धिमान, लेकिन दूसरों को अपने से अधिक धनवान मानता है।

मेरे मित्र ने मुझे कहा-यह खटारा गाड़ी बेचकर अच्छी-सी नई गाड़ी क्यों नहीं ले लेते, आपके पास तो पैसे की कमी नहीं है। मैंने कहा-इसमें आपका दोष नहीं है, 'अपनी अक्ल और पराई दौलत सबको बड़ी मालूम होती है'।

अपनी-अपनी गरज को अरज करै सब कोय : अपनी स्वार्थ-पूर्ति के लिए हर कोई विनती करता है।

प्रायः सभी राज्य सरकारें केन्द्र से अधिक से अधिक आर्थिक सहायता की मांग करती रहती हैं। और करें भी तो क्यों नहीं, 'आखिर अपनी-अपनी गरज को अरज करै सब कोय'।

अपनी-अपनी ढपली अपना-अपना राग : किसी को भी दूसरों की चिन्ता नहीं होती, हर कोई अपनी ही धुन में मस्त रहता है।

किसी भी भारतीय राजनैतिक पार्टी को देश की चिन्ता नहीं है। सबकी 'अपनी-अपनी ढपली और अपना-अपना राग' है।

अपनी करनी पार उतरनी : अपने हाथ से किया गया कार्य ही सफल होता है।

भारत आतंकवाद के अन्त के लिए अमेरिका की ओर देखता रहता है। वह इस बात को भूल रहा है कि 'अपनी करनी पार उतरनी'।

अपनी करनी, अपनी भरनी : जैसा कोई कर्म करता है, उसे वैसा ही फल मिलता है।

यदि हमें जीवन में सुख प्राप्त करना है तो अच्छे कर्म करने चाहिए, क्योंकि शास्त्रों में कहा गया है, 'अपनी करनी अपनी भरनी'।

अपनी करनी अपनी आगे : हमारे भविष्य के सुख-दुःख के लिए हमारे वर्तमान जीवन के कर्म उत्तरदायी हैं।

यह अटल सत्य है कि हमारे वर्तमान के कर्म भविष्य के सुख-दुःख का निर्धारण करते हैं, क्योंकि ऋषियों का कथन है कि 'अपनी करनी अपने आगे'।

अपनी गली में कुत्ता भी शेर होता है : अपने आवासीय परिसर में या अपनों के मध्य बहादुरी दिखाना आसान होता है।

पाकिस्तान में रहने वाले कुछ आतंकी भारत के विरुद्ध आग उगलते रहते हैं। यह स्वाभाविक भी है, क्योंकि 'अपनी गली में कुत्ता भी शेर होता है'।

अपनी छाछ को भला कौन खट्टी बताता है : अपनी वस्तुएं सबको अच्छी लगती हैं।

प्रत्येक औषध-निर्माता कम्पनियां अपनी-अपनी दवाईयों के गुणगान करती हैं, लेकिन उपयोग करने पर वे खरी नहीं उतरतीं। उपभोक्ता इस बात को समझ नहीं रहे हैं कि 'अपनी छाछ को भला कौन खट्टी बताता है'।

अपनी नाव खुद खेना : अपनी सुरक्षा के प्रति स्वयं को ही संवेदनशील होना चाहिए।

हम परमाणु ऊर्जा तकनीक प्राप्त करने के लिए दूसरे देशों पर निर्भर होकर रह गए हैं, जब कि हमें स्वयं के प्रयास से वे तकनीक विकसित कर लेनी चाहिए, आख़िर 'अपनी नाव खुद खेनी चाहिए'।

अपनी पगड़ी अपने हाथ : अपना सम्मान अपने हाथ होता है।

भारत भ्रष्टाचार के कारण विश्व में अपना सम्मान खोता जा रहा है, उसे समझना चाहिए कि 'अपनी पगड़ी अपने हाथ' होती है।

अपने पर पड़ जाए तो आदमी शेर हो जाता है : आपातकाल में प्रायः हर कोई साहस का प्रदर्शन कर देता है।

मेरा मित्र यद्यपि भीरू प्रवृत्ति का व्यक्ति है, लेकिन जब उसकी पत्नी के गले में से एक झपटमार ने सोने की चेन झपट ली, तो उसने तब तक उसका पीछा किया जब तक कि वह उसकी पकड़ में न आ गया। उसने इस कहावत को चरितार्थ कर दिया कि 'अपने पर पड़ जाए तो आदमी शेर हो जाता है'।

अब पछताए होत क्या जब चिड़िया चुग गईं खेत : काम बिगड़ने पर पश्चाताप करना।

मुम्बई आतंकी हमले के बाद पुलिस कमज़ोर सुरक्षा-व्यवस्था पर सोचती ही रह गई, लेकिन उसे यह कहने वाला कोई नहीं है कि 'अब पछताए होत क्या जब चिड़िया चुग गईं खेत'।

अपनी फूटी न देखे दूसरे की फूली निहारे : अपने बड़े अवगुण को न देखकर दूसरों के छोटे-छोटे अवगुणों पर ध्यान देना।

कुछ देश अपने यहां घटित मानवाधिकार हनन की बड़ी-बड़ी घटनाओं की अनदेखी करके भारत की उपेक्षणीय घटनाओं का ही रोना रोते रहते हैं। वे निश्चय ही इस कहावत को चरितार्थ कर रहे हैं कि 'अपनी फूटी न देखे दूसरे की फूली निहारे'।

अपने घर में दिया जलाकर तब मस्जिद में जलाते हैं : मनुष्यों को भगवान से भी अधिक अपना स्वार्थ प्रिय होता है।

हमारी बस्ती में बाढ़ के कारण मंदिर में घुटनों तक पानी भर गया, लेकिन किसी ने उस पर ध्यान नहीं दिया। दूसरी ओर लोग आड़ी-तिरछी बूंदों से अपने घर के गीले हुए फर्श को ही पोंछते रहे। यह तो वही बात हुई कि 'अपने घर में दिया जलाकर तब मस्जिद में जलाते है'।।

अपनी लगाई आग में आप जल जाना : दूसरों के अहित में अपना भी अहित हो जाता है।

पाकिस्तान ने भारत में आतंकवाद को बढ़ावा देने में कोई कसर नहीं छोड़ी है, लेकिन अब वह स्वयं आतंकवाद की आग में जल रहा है। बड़े-बड़े कहते आए हैं कि 'अपनी लगाई आग में आप जल जाना पड़ता है'।

अपने मरे बिना स्वर्ग नहीं दीखता : दूसरों के ऊपर छोड़ा गया काम शायद ही पूरा होता है।

आयात की गई प्रौद्योगिकी से भारत कभी भी विकसित राष्ट्र नहीं बन सकता। इसके लिए उसे प्रौद्योगिकी में आत्मनिर्भर होना पड़ेगा। किसी ने सच कहा है कि 'अपने मरे बिना स्वर्ग नहीं दीखता'।

अपने को अफ़लातून का नाती समझना : अपने को बहुत बड़ा समझना ।

प्रायः सभी अहंकारी लोग 'अपने को अफ़लातून का नाती समझते है'।।

अपने आपको लाट साहब का साला मानना : अपनी स्थिति विशेष से दूसरे पर अपना आधिपत्य जमाना।

टिंगु लंगड़ा अपने आप को एक कुख्यात डॉन से सम्बन्धित कहकर छोटे-मोटे अपराध कर लेता था, लेकिन एक दिन पुलिस-मुठभेड़ में धरा गया, क्योंकि अब वह 'अपने आपको लाट साहब का साला' मानकर बड़े-बड़े अपराधों में लिप्त हो गया था।

अपने मुंह मियां मिट्ठू : अपने मुंह से अपनी बड़ाई करने वाला।

'अपने मुंह मियां मिट्ठू, बनने वाला व्यक्ति कभी भी समाज में सम्मानित स्थान नहीं प्राप्त कर सकता।

अभी तो तुम्हारे दूध के दांत नहीं टूटे हैं : दूसरे पर अल्पबुद्धि और अपरिपक्वता का आरोप लगाकर उसे अपमानित करना।

जब किसी कुख्यात राजनेता का कोई पुत्र राजनीति में आता है तो जनता अपना आक्रोश यह कहकर शान्त कर लेती है कि 'अभी तो तुम्हारे दूध के दांत नहीं टूटे है'। और तुम भी बड़ी-बड़ी बातें बनाने लगे हो?

अभी दिल्ली दूर है : अपना लक्ष्य प्राप्त करने में अभी कठिन परिश्रम करना है।

जब तक तुम दर्शनशास्त्र में अपना कोई मत विकसित नहीं कर लेते, तब तक दार्शनिक नहीं कहलाए जा सकते, अभी आपको और प्रयास करने होंगे, 'अभी तो दिल्ली दूर है'।

अमीर को जान प्यारी, ग़रीब एकदम भारी : अमीर सुख भोगने के लिए लम्बा जीवन चाहता है, लेकिन ग़रीब कठिनता से इस जीवन को जी रहा होता है।

मेरे एक पड़ोसी ने विपन्नता से तंग आकर आत्महत्या की विफल कोशिश की, लेकिन जब पुलिस ने उससे पूछा कि क्या तुझे अपनी जान प्यारी नहीं है, तो उसने उत्तर दिया, साहब! क्या आपने यह नहीं सुना है कि 'अमीर को जान प्यारी ग़रीब एकदम भारी'।

अरध तजहिं बुध सरबस जाता : जब सर्वनाश की स्थिति आ जाती है तो बुद्धि मान व्यक्ति आधे को छोड़ते हुए आधे को बचा लेते हैं।

प्रसव काल में एक ऐसी जटिल स्थिति आ जाती है कि जच्चा-बच्चा दोनों की जान खतरे में आ जाती है। उस समय बुद्धिमान डॉक्टर केवल जच्चा को बचा लेते हैं, क्योंकि वे जानते हैं कि 'अरध तजहिं बुध सरबस जाता'।

अरहर की टट्टी गुजराती ताला : किसी छोटी वस्तु की सुरक्षा के लिए महंगे उपकरणों का प्रयोग करना।

गुजरात में एक ऊंट के ऊपर सरकार अब तक तीस लाख रुपये व्यय कर चुकी है, क्योंकि हथियारों की तस्करी के केस में वह एक साक्ष्य के रूप में सुरक्षित किया हुआ है। यह तो वही बात हुई, 'अरहर की टट्टी गुजराती ताला'।

अलख पुरुष की माया, कहीं धूप कहीं छाया : भगवान की माया को कोई नहीं जान सकता। कहीं दुःख ही दुःख है और कहीं सुख ही सुख।

एक ही अपार्टमेंट में किसी फ्लैट में जन्मदिन के समारोह में रंगारंग कार्यक्रम चल रहा है और किसी में किसी की मृत्यु पर करुण-क्रंदन, लेकिन इसमें मनुष्य कर भी क्या सकता है! 'अलख पुरुष की माया, कहीं धूप कहीं छाया'।

अलबी-तलबी धरी रह जाना : क्रोध का निष्फल हो जाना।

मेरा एक मित्र अपनी पत्नी पर विवाहेतर सम्बन्धों का आरोप लगाकर उसे पीटता रहता था, लेकिन जब उसकी पत्नी ने उसे अदालत के माध्यम से तलाक का नोटिस दिला दिया तो उसकी 'अलबी-तलबी धरी रह गई'।

अल्लाह मियां की गाय होना : सीधा सच्चा व्यक्ति होना।

'अल्लाह मियां की गाय होकर' ही व्यक्ति तनाव-रहित सुखी जीवन जी सकता है।

अशर्फियों की लूट और कोयलों पर मोहर : बहुमूल्य सम्पत्तियों की सुरक्षा न करके साधारण वस्तुओं की सुरक्षा के लिए विशेष प्रबन्ध करना।

हमारी सरकार जितना ध्यान शराब की तस्करी पर दे रही है, उतना औरतों की तस्करी पर नहीं दे रही है। यह तो वही बात हुई, 'अशर्फियों की लूट और कोयलों पर मुहर'।

अस्सी की आमद चौरासी का खर्च : आय से व्यय अधिक हो जाना।

जब किसी तेल के कुएं से 'अस्सी की आमद और चौरासी का खर्च' होने लगता है तो उसमें से तेल का उत्पादन बन्द कर दिया जाता है।

अहमक से पड़ी बात, काढ़ो सोटा तोड़ो दांत : मूर्खों के साथ कठोरता से व्यवहार करने पर ही काम चलता है।

हमारी सरकार पाकिस्तान के प्रधानमंत्री, राष्ट्रपति या विदेश मंत्रियों का स्वागत करते हुए यह मान लेती है कि सम्बन्ध मधुर हो गए हैं, लेकिन उनकी प्रवृत्ति आतंकवाद को बढ़ावा देने की ही निकलती है। हमारी सरकार यह भूल जाती है कि 'अहमक से पड़ी बात, काढ़ो सोटा तोड़ो दांत'।

आ

आंख का अंधा गांठ का पूरा : मूर्ख धनवान।

भले ही किसी व्यक्ति में कितनी भी कमी क्यों न हो, यदि उसके पास धन है तो वह समाज में सम्मानित स्थान प्राप्त कर लेता है। आंख का अंधा गांठ का पूरा' व्यक्ति भी समाज के लिए पूज्यनीय हो जाता है।

आंख की ओट पहाड़ की ओट : सान्निध्य के अभाव में प्रेम कम हो जाता है।

जब सुहासिनी मेरी कक्षा संगिनी थी तो मेरे इर्द-गिर्द घूमती रहती थी, लेकिन जब हम अलग-अलग अपने कार्य क्षेत्रों में चले गए तो वह मुझे भुला ही बैठी है, किसी ने सही कहा है, 'आंख की ओट पहाड़ की ओट'।

आंख के अंधे नाम नैनसुख : नाम के अनुसार गुण न होना।

आपका नाम करुणानिधि ज़रूर है, लेकिन इतने क्रूर हो कि किसी की भी हत्या करने में तुम्हें ज़रा भी संकोच नहीं होता। आपके लिए तो यह उक्ति सही है कि 'आंख के अंधे नाम नैनसुख'।

आंखों के आगे पलकों की बुराई : किसी के प्रियजनों के समक्ष उसकी बुराई करना।

अपनी महिला मित्र के समक्ष जैसे ही मैंने उसके पति की बुराई शुरू की तो वह मुझ पर क्रोधित हो उठी, तब मुझे अपनी भूल का पता लगा कि 'आंखों के आगे पलकों की बुराई' नहीं करनी चाहिए।

आंख न दीदा काढ़े कसीदा : अपनी अयोग्यता की अनदेखी करके बड़े काम करने की डींग मारना।

मेरा मित्र संस्कृत के ज्ञान से शून्य है, लेकिन वह सभी को गीता का आधुनिक युग के सापेक्ष भाष्य करने की बात कहता फिर रहा, लेकिन मुझे तो यह 'आंख न दीदा काढ़े कसीदा' वाली बात लग रही है।

आंखों पर पलकों का बोझ नहीं होता : अपने प्रियजनों पर खर्च करना बुरा नहीं लगता।

'तुम अपनी महिला मित्र पर तो सब कुछ लुटाने को तैयार रहते हो, लेकिन हमारे ऊपर एक पाई तक नही'।। जब मैंने अपने मित्र से यह बात कही तो उसने मुझे मुस्कुराते हुए कहा, – तुम्हें यह बात समझ लेनी चाहिए कि 'आंखों पर पलकों का बोझ नहीं होता'।

आंख फूटी, पीर गई : जो बराबर कष्ट देता है उसे त्यागने में ही भला है।

मेरी पत्नी रात-दिन घर में कलह रखती थी। अब वह मुझे छोड़कर अपने मायके में रहने चली गई है, चलो अच्छा हुआ 'आंख फूटी पीर गई'।

आंख बची माल दोस्तों का : जरा सी असावधानी भी काफी हानि पहुंचा सकती है।

मैं चलता हुआ टी.वी. छोड़कर कुछ दिनों के लिए घर से बाहर चला गया है, लेकिन जैसे ही मैंने वापिस लौटते हुए घर में प्रवेश किया तो मुझे सारा टी.वी. जला हुआ मिला। यह कहावत मुझे सही जान पड़ी कि 'आंख बची माल दोस्तों का'।

आंखों देखी कानों सुनी : सब ओर से विश्वसनीय बात।

यह मेरी 'आंखों देखी कानों सुनी' बात है कि कुछ कम्पनियां कारावास से अपनी सजा पूरी करके मुक्त होने वाले बंदियों को नौकरी दे रही हैं।

आंखें हुईं चार तो दिल में जागा प्यार : जब निरंतर आंखें मिलती रहती हैं तो प्यार का शुभारंभ हो जाता है।

आंखों के माध्यम से ही प्रेमी और प्रेमिका एक दूसरों के दिलो में उतरते हैं, किसी ने सही कहा कि 'आंखें हुईं चार तो दिल में जागा प्यार'।

आंख से ओझल मन से बाहर : यदि कोई व्यक्ति कहीं दूर जा बसता है तो उसे पूर्व प्रियजन भुला बैठते हैं।

रामेश्वर विदेश क्या गया उसकी पत्नी ने अपने पूर्व पुरुष मित्र से विवाह रचा लिया। उसने तो इस कहावत को चरितार्थ कर दिया कि 'आंख से ओझल मन से बाहर'।

आंसू एक नहीं और कलेजा टूक-टूक : दिखावटी रोने का प्रदर्शन करना।

जब कोई पत्नी अपने प्रेमी से मिलकर अपने पति की हत्या करा देती है, तो उसकी भाव-भंगिमा पुलिस को स्पष्ट संकेत दे देती है कि हत्या का षडयंत्र इसने ही रचा है, क्योंकि उसकी आंखों में 'आंसू एक नहीं होता कलेजा टूक-टूक' अवश्य दिखाई देता है।

आए थे हरिभजन को ओटन लगे कपास : जिस अच्छे कार्य के लिए गए थे उसे छोड़कर अन्य कार्य करना।

प्रशासन ने पुलिस को बाढ़ पीड़ित गांव में बाढ़ पीड़ितों की सहायता के लिए भेजा था, लेकिन वे सहायता तो क्या करते औरतों के आभूषणों पर हाथ साफ करने लगे। यह तो वही बात हुई 'आए थे हरिभजन को ओटन लगे कपास'।

आए की खुशी, न गए का गम : हर हालत में स्थित-प्रज्ञ रहना (तटस्थ रहना)।

ऋषियों को किसी के प्रति कोई आसक्ति नहीं होती थी। उन्हें न किसी के 'आए की खुशी, न गए का गम' होता था।

आए सेर खाए सवा सेर : खाने का मुंह बड़ा है, लेकिन कमाने के हाथ छोटे हैं।

मैंने अपनी पत्नी से कहा कि बढ़ती हुई महंगाई से घरेलू खर्च बढ़ रहा है, लेकिन आमदनी ज्यों का त्यों है। अब तो यह स्थिति आने वाली है कि 'आए सेर खाए सवा सेर'।

आ गई तो ईद बारात नहीं तो काली जुम्मेरात : पैसे हैं तो अच्छा खाएंगे नहीं तो रूखा-सूखा ही चलेगा।

आज के युग में कुछ ऐसे व्यक्ति हैं तो धनाभाव से मन में तनाव नहीं पालते। उनका सिद्धांत है—'आ गई तो ईद बारात नहीं तो काली जुम्मेरात'।

आई तो रोजी नहीं तो रोजा : कुछ कमाया तो खाया अन्यथा भूखों मरे।

अब भी भारत में लाखों परिवार ऐसे हैं, जिन्हें कहीं काम मिल जाता है तो भोजन का जुगाड़ हो जाता है नहीं तो भूखों मरना ही होता है। उनके लिए तो यह कहावत सही बैठती है, 'आई तो रोजी नहीं तो रोजा'।

आई मौज फकीर को दिया झोंपड़ा फूंक : विरक्त पुरुष मनमौजी होते हैं। वे सुख कहां खोज लें, कुछ पता नहीं।

सांसारिक सुख-दुःख से उदासीन संत का व्यवहार सामान्य पुरुषों से भिन्न होता है। वे अपनी इच्छा के स्वामी होते हैं। वे निर्माण में ही नहीं बल्कि विध्वंस में भी आनन्द खोज लेते हैं। उनके सम्बन्ध में कहावत है, 'आई मौज फकीर को दिया झोंपड़ा फूंक'।

आकाश से गिरा खजूर में अटका : लगातार विपत्तियों में घिरते जाना।

रामलाल के पुत्र का अपहरण तो हो ही गया था, उसकी नौकरी भी छूट गई उसके लिए तो 'आकाश से गिरा खजूर में अटका' वाली बात हो गई।

आगे की भैंस पानी पीए पीछे की पीए कीचड़ : विलम्ब से पहुंचने वाला सदा हानि उठाता है।

फ्लैट की बुकिंग में जो पहले चले गए उन्हें अच्छे फ्लैट मिल गए, लेकिन जो विलम्ब से पहुंचे उन्हें स्तरीय फ्लैट नहीं मिल सके। यह तो सदा से ही होता आया है कि 'आगे की भैंस पानी पीए पीछे की पीए कीचड़'।

आगे कुंआ पीछे खाई : दोनों ओर से विपत्ति आ जाना।

मेरे कार्यालय का एक कर्मचारी बहुत दुखी है। यदि वह अपनी पत्नी को तलाक देता है तो वह अदालत के माध्यम से उसका आधा वेतन लेती रहेगी और यदि तलाक नहीं दिया, तो उसकी हत्या करवा सकती है, क्योंकि उसके कुछ कुख्यात व्यक्तियों से सम्बंध हैं और इस बात को लेकर ही उनमें झगड़ा रहता है। उस बेचारे के 'आगे कुंआ पीछे खाई है'।

आगे जाएं घुटने टूटें पीछे देखें आंखें फूटें : दोनों ओर से विपत्ति आना।

कुछ कामकाजी महिलाओं के समक्ष विचित्र समस्या खड़ी हो जाती है यदि वह अपने बॉस का कहना न माने तो नौकरी से हाथ धोना पड़ सकता है और यदि कहना माना तो विवाहेतर सम्बन्धों को स्वीकार करना पड़ता है। उनके लिए तो 'आगे जाएं घुटने टूटें पीछे देखें आंखें फूटें'। वाली बात हो गई है।

आग लगने पर कुंआ खोदना : आपत्ति के चरम क्षण में बचाव को सोचना।

मध्यकाल में कुछ अय्याशी राजा शत्रु के आक्रमण के प्रति संवेदनशील नहीं रहते थे। जब तक शत्रु उसके द्वार तक नहीं आ जाता था, वे सक्रिय नहीं होते थे, परन्तु तब तक समय निकल चुका होता था। यह आग लगने पर कुंआ खोदने वाली बात होती थी।

आगे नाथ न पीछे पगाह, खाए मोटाय के हुए गदाह : सभी प्रकार के बंधनो से मुक्त होकर व्यक्ति सुखी तो हो ही जाता है।

मोहनलाल ने वैरागी होकर घर-बार सब त्याग दिया है, अतः सब सांसारिक बंधनों से मुक्त हो गया है, फिर क्यों न वह अब सुख भोगेगा। इसे ही तो कहते हैं 'आगे नाथ न पीछे पगाह, खाए मोटाय के हुए गदाह'।

आज मरे कल दूसरा दिन : मर जाने के बद किसी को चिन्ता नहीं रहती।

संत कहते हैं कि व्यक्ति को इस सांसारिक मोहमाया में लिप्त नहीं रहना चाहिए, क्योंकि मरने के बाद उसे कोई याद नहीं करता। उसके लिए तो 'आज मरे कल दूसरा दिन' है।

आज़माए को आज़मावे, नामाकूल कहावे : जिस व्यक्ति को कई अवसरों पर आज़मा चुके हैं उसे फिर आज़माना मूर्खता है।

अमेरिका ने भारत को उसके कठिन समय में कोई सहायता नहीं की है, परन्तु भारत फिर भी उससे सहायता की आशा रखता है। भारत यह नहीं सोचता, 'आज़माए को आज़मावे, नामाकूल कहावे'।

गेहूं के साथ घुन भी पिसता है : दोषी आदमी के साथ निर्दोष भी दंड पा जाता है।

मैं मानता हूं कि तुम निर्दोष हो, लेकिन तुम उस लड़के के साथ थे, जिसने राह चलती लड़की को छेड़ा है, अतः तुम्हें भी दंडित होना पड़ सकता है, क्योंकि 'आटे के साथ घुन भी पिसता ही है'।

आठों पहर चौंसठ घड़ी : हर पल, हर समय।

भारतीय जवान 'आठों पहर चौंसठ घड़ी' सीमा चौकियों पर सजग रहते हैं।

आठ बार नौ त्यौहार : सदैव आनन्द-मंगल मनाना।

भारतीय राजनेताओं के यहां 'आठ बार नौ त्यौहार' लगे ही रहते हैं।

आठों गांठ कुमैत : पक्का धूर्त

यदि भारतीय राजनीति की दशा और दिशा नहीं सुधारी गई तो वह 'आठों गांठ कुमैत' के लिए ही उचित संगठन बन जाएगा।

आदमी आदमी अन्तर, कोई हीरा कोई कंकर : आदमियों में वैयक्तिक भिन्नता होती है, कुछ सज्जन भी होते हैं कुछ दुर्जन भी।

ऐसा नहीं है कि सभी भारतीय राजनेता या अधिकारी भ्रष्टाचार में लिप्त हैं। कुछ अच्छे भी हैं, जिससे भारतीय राजनीति को सही दिशा मिली है। वैसे भी 'आदमी आदमी अन्तर, कोई हीरा कोई कंकर' वाली बात सही है।

आदमी की पेशानी दिल का आईना है : आदमी का चेहरा उसके हृदय की गहराई को बता देता है।

छद्म साधु बाबा भोली-भाली औरतों को ठग लेते हैं, लेकिन यदि औरतें उसके चेहरे के हाव-भावों पर जरा भी ध्यान दे दें तो वे उसकी वास्तविकता जानकर इस ठगाई से बच सकती हैं, क्योंकि 'आदमी की पेशानी दिल का आईना है'।

आदमी कुछ खोकर ही सीखता है : 1. ठोकर लगकर ही आदमी संभलकर चलना सीखता है।

2. धोखा खाए बिना अक्ल नहीं आती।

चीन के आक्रमण से पराजित होकर ही भारत अपनी सुरक्षा के प्रति संवेदनशील हुआ था। किसी ने सच कहा है, 'आदमी कुछ खोकर ही सीखता है'।

आदमी जानिए बसे, सोना जानिए कसे : आदमी की परख उसके संपर्क में रहने से होती है और सोने की कसौटी पर कसने से।

भारत इजरायल देश के साथ अच्छे सम्बन्ध नहीं रखना चाहता था, क्योंकि वह अपने मानकों के अनुसार उसे अच्छा देश नहीं मानता था, लेकिन जब भारत ने इजराइल को निकट से देखा तो पता चला कि वह तो भारत एक स्वाभाविक मित्र है। भारत शायद यह भूल रहा था, 'आदमी जानिए बसे, सोना जानिए कसे'।

आदमी में नउआ जानवर में कउवा : आदमियों में नाई और जानवरों मे कौवा सबसे अधिक चतुर होते हैं।

मैंने आम के पेड़ पर विद्युत घंटी भी लगा दी थी, लेकिन कौवा फिर भी आम तोड़कर ले गया। अब मुझे इस कहावत में विश्वास हो गया, 'आदमी में नउवा जानवर में कउवा' सबसे चतुर होते हैं।

आधा तजे पंडित सर्वस्व तजे गंवार : आपत्तिकाल में बुद्धिमान व्यक्ति अपने कुछ साधन बचा लेते हैं, जब कि मूर्ख सब कुछ गंवा देते हैं।

जब एक वस्त्र निर्माता कम्पनी को यह आभास हुआ कि उसके वस्त्रों के डिजाइन अब प्रचलन से बाहर हो गए हैं, तो उसने पचास प्रतिशत डिस्काउंट पर उन्हें बाजार में उतार दिया, क्योंकि उसे पता था, 'आधा तजे पंडित सर्वस्व तजे गंवार'।

आधी छोड़ सारी को धावे, आधी मिले न सारी पावे : सर्वस्व हड़पने के लालच से कभी-कभी सब कुछ हाथ से निकल जाता है।

व्यक्ति को जितना आसानी से मिल जाए उससे ही सन्तोष कर लेना चाहिए, अन्यथा कभी-कभी यह स्थिति आ जाती है कि 'आधी छोड़ सारी को धावे, आधी मिले न सारी पावे'।

आधी बचे न कुत्ता खाए : उतना ही संग्रह करो, जितने की आवश्यकता हो।

किसी वस्तु को आवश्यकता से अधिक संग्रहित करने से उस वस्तु का दुरुपयोग होने लगता है। हमें सदैव यह बात ध्यान में रखनी चाहिए, 'आधी बचे न कुत्ता खाए'।

आप करे सो काम, पल्ले पड़े सो दाम : अपने हाथ से किया गया काम ही ठीक होता है और अपने पास सुरक्षित रुपया ही समय पर काम आता है।

जो व्यक्ति अपना काम दूसरों के भरोसे छोड़ देते हैं, वह समय पर पूरा नहीं होता। हमें यह सोचना चाहिए कि 'आप करे सो काम, पल्ले पड़े सो दाम'।

आप काज महाकाज : स्वयं करने पर ही काम ठीक होता है।

अब मैं अपना कार्य दूसरों के भरोसे न छोड़कर स्वयं करता हूं, क्योंकि मैने अनुभव से यह सीखा है, 'आप काज महाकाज'।

आप जाय नहीं सासुरे औरन को सिखि देत : आप स्वयं कोई काम न करके दूसरों को वही काम करने का उपदेश देना।

रामदयाल आयुर्वेद का डॉक्टर है और सभी को आयुर्वेद औषधियों के प्रयोग की सलाह देते रहते हैं, लेकिन स्वयं अंग्रेजी दवाओं का प्रयोग करते हैं। वह तो इस बात को चरितार्थ कर रहे हैं, 'आप जाय नहीं सासुरे औरन को सिखि देत'।

आप तो मियां हफ्तहज़ारी, घर में रोवें कर्मों मारी : जब पति ठाट-बाट से रहता है, लेकिन पत्नी बड़े कष्ट से जीवन व्यतीत करती हैं, तब ऐसा कहते हैं।

कुछ व्यक्ति बाह्य समाज पर अपना प्रभाव डालने के लिए अपनी सारी कमाई अपने ठाट-बाठ के प्रदर्शन पर ही व्यय कर देते हैं, इस स्थिति में उनकी पत्नी दाने-दाने को तरसती रहती है। वे निश्चय ही इस कहावत को चरितार्थ करते हैं कि 'आप तो मियां हफ्तहज़ारी, घर में रोवें कर्मों मारी'।

आपकी बात सिर माथे : किसी की बात को मानने के लिए दृढ़ संकल्प व्यक्त करना।

मेरी पत्नी मेरे ऊपर यह आरोप लगाकर अपने मायके चली गई कि मैं उसकी एक भी बात नहीं मानता हूं। वह तब तक वापिस नहीं लौटी जब तक मैंने उसे यह नहीं कह दिया, 'आपकी बात सिर माथे'।

आप भला तो जग भला : यदि हम भले हैं तो हमें सब भले दिखाई देंगे।

हमें सब में इसलिए बुराई दिखाई देती है कि हम बुरे हैं। यदि हम भले होंगे तो हमें सब भले ही दिखाई देंगे। किसी ने सही कहा है, 'आप भला तो जग भला'।

आप मरे जग प्रलय : मृत्यु के बाद की चिन्ता नहीं करनी चाहिए।

बहुत से मनुष्यों को अपने पौते-पौतियों के भविष्य की चिंता सताती रहती है, लेकिन उनका चिंतित होना गलत है, क्योंकि बड़े-बड़े कहते आए हैं, 'आप मरे जग प्रलय'।

आप मरे बिना स्वर्ग नहीं मिलता : अपने करने से ही कार्य पूर्ण होता है।

यद्यपि खेती-किसानी के लिए मैंने कुछ नौकर रखे हुए हैं, लेकिन खेतों में उर्वरक डालने का काम में ही करता हूं, क्योंकि मैं जानता हूं, 'आप मरे बिना स्वर्ग नहीं मिलता'।

आप मियां मांगते दरवाजे खड़ा दरवेश : विपन्नता में दूसरों की क्या सहायता की जा सकती है।

आप कहां दान लेने चले गए, वह तो बेचारा अपनी दरिद्रता के कारण कठिनाई से ही परिवार का भरण-पोषण कर रहा है। आप कम से कम यह तो सोच लेते,'आप मियां मांगते दरवाज़े खड़ा दरवेश'।

आप मियां सूबेदार, घर में बीवी झोंके भाड़ : जब कोई मनुष्य स्वयं तो ठाट-बाट से रहता है, लेकिन परिवारजन भूखे मरने की स्थिति में हों, तब यह व्यंग किया जाता है।

हमारे देश की एक तिहाई जनता को भर-पेट भोजन नहीं मिल रहा है, लेकिन हम अपने देश को सम्पन्न देश मानने लगे हैं। यह तो वही बात हुई कि 'आप मियां सूबेदार, घर में बीवी झोंके भाड़'।

आप सुखी जग सुखी : सुखी व्यक्ति को सारा संसार सुखी दिखाई देता है।

संसार में दुःखी व्यक्ति बहुत हैं, लेकिन आपको सब इसलिए सुखी दिखाई देते हैं कि आप सुखी हैं। यह एक मनोवैज्ञानिक तथ्य है कि सुखी व्यक्ति को सभी सुखी दिखाई देते हैं। कहावत भी है, 'आप सुखी जग सुखी'।

आपकी सीख आपको मुबारक : किसी के सुझाव को अस्वीकृत कर देना।

पाकिस्तान कहता है कि कश्मीर समस्या का समाधान जनमत संग्रह कराना है कि वहां की जनता कश्मीर का पाकिस्तान में विलय चाहती है या भारत में। भारत उसके कथन का यह उत्तर देता है, 'आपकी सीख आपको मुबारक'।

आप हारे बहू को मारे : किसी बाह्य घटना से उत्पन्न क्रोध किसी निर्दोष पर उतारना।

रामआसरे बाबू का अपने कार्यालय का काम इतना पिछड़ा हुआ है कि प्रतिदिन उसे अपने बॉस के क्रोधावेश का शिकार बनना पड़ता है, लेकिन जब वह घर आता है तो बिना बात सभी को धमकाने लगता है। यह तो वही बात हुई, 'आप हारे बहू को मारे'।

आपत्तिकाले मर्यादानास्ति : आपत्ति के समय में सब मर्यादाएं टूट जाती हैं।

मेरठ में साम्प्रदायिक दंगों से घिरी एक उच्च परिवार की लड़की अपनी सुरक्षा के लिए एक वेश्यालय में ही घुस गई थी किसी ने सच कहा है, 'आपत्तिकाले मर्यादानास्ति'।

आफत आई दोस्त गए : आपत्ति के समय सभी परिचित किनारा कर जाते हैं।

जीवन लाल के घर में ऐसी आग लगी कि सब कुछ भस्म हो गया, लेकिन उसके किसी भी परिचित ने उसके घर आकर उसका कुशल-क्षेम नहीं पूछा। बड़े-बड़े सही कहते आ रहे हैं, 'आफत आई दोस्त गए'।

आ बैल मुझे मार : जान-बूझकर विपत्ति में पड़ना।

अमेरिका किसी भी देश की आन्तरिक समस्याओं में हस्तक्षेप करके संघर्ष मोल ले लेता है और बहुत बड़ी आर्थिक क्षति करवा बैठता है। उसके लिए यही कहावत चरितार्थ होती है, 'आ बैल मुझे मार'।

आम, ईख, नीबू, वणिक दाबे ही रस देत : आम, गन्ना, नीबू और बनिया दबाव डलने से ही रस देते हैं।

आप उधार तो देते हो, लेकिन उधार की सूची में उन वस्तुओं को भी लिख देते हो जिन्हें हम खरीदते नही हैं। एक बनिये को इतनी बड़ी बेईमानी शोभा नहीं देती। या तो अपना आचरण ठीक कर लीजिए, अन्यथा मैं इतना तो जानता ही हूं, 'आम, ईख, नीबू, वणिक दाबे ही रस देत'।

आम के आम गुठलियों के दाम : किसी कार्य में दोहरा लाभ मिलना।

तुलसीदास ने रामायण स्वांतःसुखाय के लिए लिखी थी, लेकिन यह महाकाव्य लोगों को इतना अच्छा लगा कि वे शिरोमणि कवि कहलाए और अमर हुए। उनके लिए तो रामायण की रचना करना 'आम के आम गुठलियों के दाम' जैसा रहा।

आम खाने से मतलब कि पेड़ गिनने से ? : अपने लक्ष्य से परे की बातें करना।

दिनेश ने 'कजरारे घन' नामक फ़िल्म देखने से इस कारण इनकार कर दिया कि उस फ़िल्म के निर्माण में काले धन का उपयोग किया गया है, लेकिन उसके मित्र ने उसकी इस रूप में आलोचना की कि 'तुम्हें आम खाने से मतलब कि पेड़ गिनने से'?

आमों की कमाई, निंबुओं में गंवाई : एक वस्तु का लाभ किसी दूसरी वस्तु की हानि पर खर्च हो जाना।

एक पशु व्यापारी ने भैंस बेचकर दो हजार रुपये का लाभ अर्जित किया, लेकिन एक गाय उतनी ही हानि पर बेचनी पड़ गई उसके लिए तो 'आमों की कमाई निंबुओं में गंवाई' वाली बात हो गई।

आया कुत्ता खा गया, तू बैठी ढोल बजा : किसी की उपस्थिति में सारा सामान लुट जाना।

एक रात्रि का चौकीदार कॉलोनी के मध्य में बैठकर सीटी बजाता रहा और चोर एक घर को लूटकर चलते बने। उसके लिए तो यह कहावत चरितार्थ हो गई, 'आया कुत्ता खा गया, तू बैठी ढोल बजा'।

आया है सो जाएगा, राजा रंक फकीर : विपन्न और सम्पन्न सभी को मरना पड़ता है।

संत लोग अपने प्रवचनों में प्रायः कहते रहते हैं कि मृत्यु किसी की विपन्नता और सम्पन्नता नहीं देखती, बल्कि सभी के साथ समान व्यवहार करती है, अतः 'आया है सो जाएगा, राजा रंक फकीर'।

आए की खुशी न गए का गम : सुख-दुःख में सामान्य बने रहना।

स्थित प्रज्ञ व्यक्तियों का व्यवहार हर परिस्थितियों में सामान्य बना रहता है उनके लिए न 'आए की खुशी, न गए का गम' होता है'।

आरत काह न करै कुकरमू : दुःखी और विवश व्यक्ति को भले-बुरे कर्म का विचार नहीं होता।

किसी बेसहारा औरत के बच्चे जब भूखों मरने लगते हैं तो वह वेश्यावृत्ति के धंधे की ओर बढ़ने लगती है, क्योंकि बड़े-बड़े कहते आए हैं 'आरत काह न करै कुकरमू'।

आवां का आवां ही खराब : किसी वस्तु या व्यक्तियों का सम्पूर्ण समूह ही खराब निकल जाना।

जिस भी मंत्री या बड़े अधिकारी की ओर सरसरी दृष्टि से देख लिया जाता है, वही भ्रष्टाचार में लिप्त दिखाई देता है। लगता है भारतीय राजनीति का 'आवां का आवां ही खराब' है।

आस पराई जो तके, जीवित ही मर जाए : जो दूसरों पर निर्भर रहता है, वह मृत प्रायः होता है।

भारत परमाणु ऊर्जा के सम्बन्ध में दूसरे विकसित देशों पर निर्भर है। जब भी वे देश यह सहायता रोक देते हैं, भारत की ऊर्जा-योजनाएं निष्प्राण हो जाती हैं। सच ही कहा है, 'आस पराई जो तके, जीवित ही मर जाए'।

आस-पास बरसे दिल्ली पड़ी तरसे : जरूरत की वस्तु जरूरतमंद को न मिलकर किसी दूसरे को मिल जाना।

बड़े अधिकारियों की एक वर्ष में हजारों रुपयों की वेतन वृद्धि हो जाती है, जब कि भूखों मरने वाले एक मजदूर की मजदूरी में कोई वृद्धि नहीं होती। ऐसी स्थिति में यही कहावत चरितार्थ होती है, 'आस-पास बरसे, दिल्ली पड़ी तरसे'।

आसमान का थूका मुंह पर पड़ता है : दूसरे की ओर गंदगी उछालने से स्वयं का दामन भी गंदा हो जाता है।

कुछ लोग महात्मा गांधी की अहिंसा की आलोचना करते हुए नहीं थकते, लेकिन उन्हे यह पता नहीं है कि ऐसा करने पर वे भी आलोचना के पात्र बनते जा रहे हैं, क्योंकि आधुनिक युग में संयुक्त राष्ट्र संघ ने भी गांधी की अहिंसा को मान्यता दे दी है और उनके जन्म-दिन दो

अक्टूबर को अहिंसा-दिवस घोषित कर दिया है। अब गांधी की अहिंसा के आलोचकों को यह नहीं भूलना चाहिए कि 'आसमान का थूका मुंह पर पड़ता है'।

इ

इंसान ग़लती का पुतला है : व्यक्ति से प्रायः ग़लती हो जाती है।

तुम्हारी घरेलू नौकरानी ने भले ही मेज पर रखा सौ रुपये का नोट चुरा लिया है, लेकिन उसे पुलिस को सौंपना ठीक नहीं है। तुम्हे मानवीय दृष्टिकोण अपनाते हुए यह भी सोचना चाहिए कि 'इंसान ग़लतियों का पुतला है'।

इक तो बुढिया नाचनी दूजे घर भा नाति : ख़ुशी पर ख़ुशी होना।

रामेश्वर स्वयं तो अध्यापक था ही उसे पत्नी भी अध्यापिका ही मिल गई। उसके लिए तो यह बात सच हो गई कि 'इक तो बुढिया नाचनी दूजे घर भा नाति।

इक नागिन अस पंख लगाई : किसी भयानक वस्तु का किसी अन्य कारणवश और अधिक भयानक हो जाना।

यदि आतंकवादियों के हाथ परमाणु हथियार लग जाएं तो उनके सम्बन्ध में यह कहावत चरितार्थ हो जाएगी कि 'इक नागिन अस पंख लगाई'।

इतनी सी जान गज़ भर की ज़बान : किसी छोटे बच्चे का बढ़-चढ़कर बातें करना।

आज नई पीढ़ी के बच्चों के मन में अहंकार अपनी जड़ें जमा चुका है। वे अपने से बड़े व्यक्ति के समक्ष कुछ भी कहने से तनिक भी संकोच नहीं करते हैं। उनके सम्बंध में तो यही कहा जा सकता है कि 'इतनी सी जान गज़ भर की ज़बान'।

इधर के रहे न उधर के रहे : दो विकल्पों में से किसी में भी सफल न होना।

कुछ मनचली छात्राएं फ़िल्मी चकाचौंध से प्रभावित होकर अपनी शिक्षा बीच में ही छोड़ती हुई मुम्बई का रुख कर लेती हैं, लेकिन वहां ग़लत असामाजिक तत्वों के चक्कर में फंसकर अपना सब-कुछ गंवा बैठती हैं और न फ़िल्मों तक पहुंच पाती हैं न शिक्षा पूरी कर पाती हैं। उनके लिए यह कहावत सत्य सिद्ध होती है कि 'इधर के रहे न उधर के रहे'।

इधर कुआं उधर खाई : किसी भी परिस्थिति में खतरों से मुक्ति का न मिलना।

सरकार यदि नक्सल-आतंकियों पर कोई कार्रवाई नहीं करती तो नक्सलियों के आक्रमण बढ़ने लगते हैं और यदि करती है तो निर्दोषों के भी मरने की स्थिति पैदा हो सकती है। ऐसी विकट स्थिति में सरकार के लिए 'इधर कुआं उधर खाई' हो जाती है।

इधर न उधर, यह बला किधर : किसी अनिर्णित विपत्ति में फंस जाना।

पाकिस्तान अपने यहां आतंकियों की हिंसक घटनाओं में इस स्थिति तक फंस गया है कि उससे मुक्त होने का रास्ता दिखाई नहीं दिखाई नहीं दे रहा है। उसके लिए तो यह स्थिति हो गई है कि 'इधर न उधर, यह बला किधर'।

इन तिलों से तेल नहीं निकलता : कंजूसों से कुछ भी प्राप्त नहीं होता।

आप किस से दान लेने चले आए हो स्वामी जी! यह आपको कुछ नहीं दे सकेगा। 'इन तिलों से तेल नहीं निकलता'।

इब्तिदा-ए-इश्क़ है, रोता है क्या, आगे-आगे देखिए होता है क्या : अभी तो अमन चैन के अन्त का आरंभ है इतने में ही घबरा गए, आगे देखो क्या-क्या परिणाम मिलने हैं।

पाकिस्तान द्वारा प्रशिक्षित आतंकवादियों ने चीन में भी आतंकी आक्रमण शुरू कर दिए हैं जिनके कारण चीन असहज हो उठा है। उसके लिए भारत को इतना ही कहना पर्याप्त है, 'इब्तिदा-ए-इश्क़ है, रोता है क्या, आगे-आगे देखिए होता है क्या'।

इराकी पर ज़ोर न चले गधी के कान ऐंठे : शक्तिशाली से मार खाकर कमज़ोर पर क्रोध उतारना।

अतिवृष्टि के कारण उत्पन्न बाढ़ में बहता हुआ सांप मनुष्यों को डसने लगता है। वह इस कहावत को चरितार्थ कर देता है,'इराकी पर ज़ोर न चले गधी के कान ऐंठे'।

इलाज से बचाव अच्छा : दुर्घटनाग्रस्त होने से अच्छा पूर्ण सावधानी के साथ कार्य करना है।

वायरसजन्य बीमारी से बचने का यही सही रास्ता है कि उन कारणों से सावधान रहें जिनसे वायरस शरीर में प्रवेश कर जाता है। बड़े-बड़े कहते आए हैं, 'इलाज से बचाव अच्छा'।

इश्क़ और मुश्क छिपे नहीं छिपते : प्यार और खांसी छिपाए से भी नहीं छिपते।

फ़िल्म अभिनेता या अभिनेत्री भले ही कितने ही गोपनीय ढंग से अपने नए मित्रों से प्यार की पेंग बढ़ाए, लेकिन समाज को एक दिन पता लग ही जाता है। किसी ने सही कहा है, 'इश्क़ और मुश्क छिपे नहीं छिपते'।

इसके पेट में दाढ़ी है : कम अवस्था में बुद्धिमान होना।

योगीराज श्री अरविन्द जब इंग्लैंड पढ़ते थे तो वे अपने अध्यापकों के प्रिय शिष्य बन गए थे। उनके सभी अध्यापक यह जान चुके थे कि 'इसके पेट में दाढ़ी है'।

इसके पेट में दाढ़ी वाले हैं : आवश्यकता से अधिक चतुर होना।

एक छद्म समाजसेवी संगठन ने जब मुझसे मेरे मित्र के सम्बन्ध में जानकारी चाही तो मैंने उन्हें स्पष्ट बता दिया कि आप मेरे इस मित्र को नहीं ठग सकते, क्योंकि 'इसके पेट में दाढ़ी वाले है'।

इस हाथ दे, उस हाथ ले : दान करने से पुण्य और लाभ दोनों मिलते हैं।

यदि आप परोपकार की भावना से पृथ्वी पर वृक्ष लगाओगे तो प्रकृति आपको उतना ही सुख और वैभव वापिस लौटा देगी। सदियों से यह कहावत चलती आ रही है कि 'इस हाथ दे, उस हाथ ले'।

इहां कुम्हड़ बतिया कोई नाहीं, जो देख तर्जनि जाए मुरझाई : यहां कोई ऐसा कमजोर नहीं है जो तुम्हारे झूठे रोब से भयभीत हो उठे।

चीन कभी-कभी भारत को धमकी दे देता है, लेकिन उसे पता नहीं है कि भारत के लोग उससे डरने वाले नहीं है। उसे पता होना चाहिए, 'इहां कुम्हड़ बतिया कोई नाहीं, जो देख तर्जनि जाए मुरझाई'।

इहां न लागहि राउरि माया : यहां कोई आपके धोखे में नहीं आ सकता।

ढोंगी बाबा सीधी-सादी औरतों को अपने जाल में फंसाकर उनका मन चाहा शोषण कर लेते हैं। यहां की औरतों को इतना बुद्धिमान हो जाना चाहिए कि उन ढोंगियों को लगने लगे कि 'इहां न लागहि राउरि माया'।

ई

ईंट की लेनी पत्थर की देनी : मुंहतोड़ जवाब देना।

पाकिस्तान द्वारा प्रायोजित आतंकवाद की घटनाएं तब तक बन्द नहीं हो सकती, जब तक कि उसके विरुद्ध कठोर कदम नहीं उठाए जाएंगे। उसके सम्बन्ध में तो यही नीति अपनानी चाहिए कि 'ईंट की लेनी पत्थर की देनी'।

ईश रजाय सीस सबही के : ईश्वर का आदेश सभी को मानना पड़ता है।

ईश्वर की यही इच्छा थी कि हमारा देश सैंकड़ों वर्ष की गुलामी की यातना झेले, फिर इससे बच कैसे सकते थे? किसी कवि ने कहा कि 'ईश रजाए सीस सबही के'।

ईश्वर की माया, कहीं धूप कहीं छाया : भगवान की माया बड़ी विचित्र है। कहीं सुख है तो कहीं दुःख।

हिटलर इंग्लैण्ड, फ्रांस और रूस को युद्ध में पराजित करते हुए सुख़ की अनुभूति कर रहा था, लेकिन इसके विपरीत मित्र देशों की जनता युद्ध ही यातना से दुःखी हो रही थी। वहां यह कहावत चरितार्थ हो रही थी कि 'ईश्वर की माया, कहीं धूप कहीं छाया'।

उ

उंगली पकड़ते पोंचा पकड़ लेना : ज़रा-सी पहचान से गहरी पैठ बना लेना।

मेरा और अनुभूति का ऑफिस यद्यपि एक नहीं था, लेकिन ऑफिस का समय समान था। एक सहयात्री के रूप में उसके साथ मैं एक-दो बार ही गया था कि यही पहचान प्रगाढ़ होती चली गई और अन्त में शादी में परिणत हो गई यह निश्चय ही 'उंगली पकड़ते पोंचा पकड़ लेना' वाली बात हो गई।

उखड़े न टिड्डी के पर, नाम वीरसिंह : गुण के विपरीत नाम होना।

मेरे एक मित्र का नाम बलधारी है, लेकिन दो मीटर चलते ही हांफने लगता है। उसके ऊपर तो यह कहावत चरितार्थ होती है, 'उखड़े न टिड्डी के पर, नाम वीरसिंह'।

उगले तो अंधा निगले तो कोढ़ी : यदि सांप छछूंदर को पकड़ लेता है तो उसके समक्ष दो जटिल विकल्प उपस्थित हो जाते हैं। यदि वह उसे उगल देता है तो अंधा हो जाता है और निगल जाए तो कोढ़ी हो जाता है।

पाकिस्तानी शासक यदि कश्मीर का राग अलापते हैं तो भारत से उनके सम्बन्ध बिगड़ने लगते हैं और यदि नहीं अलापते , तो पाकिस्तान की जनता उनके प्रति आग उगलने लगती है। उनकी स्थिति इस कहावत के अनुसार हो जाती है कि 'उगले तो अंधा निगले तो कोढ़ी'।

उतने पांव पसारिए, जितनी चादर होय : अपने साधनों के अनुसार ही कार्य करना चाहिए।

रामलखन ने अपने बेटे की शादी में इतना खर्च कर डाला कि लाखों रुपयों का कर्ज सिर पर कर बैठा। उसे यह कहावत याद रखनी चाहिए थी 'उतने पांव पसारिए, जितनी चादर होय'।

उतावला सो बावला, धीरा सो गंभीर : जो कार्य में उतावलापन दिखाता है उसे पागल कहा जाता है और जो धैर्य के साथ करता है उसे गंभीर प्रवृत्ति का व्यक्ति कहा जाता है।

पाकिस्तान ने उतावलेपन में कारगिल युद्ध शुरू करके पागलपन का परिचय दिया था, लेकिन भारत ने उसका सामना धैर्यपूर्वक करके अपनी गंभीरता का परिचय दिया था। युद्ध शुरू करने से पहले काश! पाकिस्तान यह समझ लेता कि 'उतावला सो बावला, धीरा सो गंभीर' तो उसे पराजय का मुंह न देखना पड़ता।

उत्तम को उत्तम मिले, मिले नीच को नीच : जो व्यक्ति जैसी प्रवृत्ति का होता है उसका वैसी ही प्रवृत्ति के व्यक्तियों से सम्बन्ध बन जाता है।

महाराणा प्रताप के खेमे में वे राजा थे, जो राष्ट्र को अपने प्राणों से अधिक महत्व देते थे, लेकिन दूसरी ओर मानसिंह के साथ वे राजा थे, जो अपने प्राणों को राष्ट्र से अधिक महत्व देते थे। यह कहावत सदा से चलती आई है कि 'उत्तम को उत्तम मिले, मिले नीच को नीच'।

उत्तम खेती मध्यम बान, निकृष्ट चाकरी भीख निदान : खेती करना सबसे श्रेष्ठ कर्म है, व्यापार मध्यम श्रेणी में आता है, नौकरी करना निकृष्ट मान गया है और भीख मांगना सबसे बुरा कर्म है।

घाघ कवि ने भारतीय समाज का कार्य के दृष्टिकोण से वर्गीकरण करते हुए कहा है, 'उत्तम खेती मध्यम बान, निकृष्ट चाकरी भीख निदान'।

उत्तम विद्या लीजिए जदपि नीच पै होय : यदि किसी उपेक्षित व्यक्ति के पास कोई ज्ञान है तो उसे ग्रहण करने में तनिक भी संकोच नहीं करना चाहिए। समकालीन दार्शनिक श्री अरविन्द ने एक ऐसे व्यक्ति से योग सीखा था जो योग्यता की दृष्टि से उनके समक्ष कहीं तक भी नहीं टिक सकता था। वे इस बात के समर्थक थे कि 'उत्तम विद्या लीजिए जदपि नीच पै होय'।

उतर गई लोई तो क्या करेगा कोई : निर्लज्ज को किसी का भय नहीं होता। जब पुलिस ने मेरे विरुद्ध राष्ट्रद्रोह का मुकदमा खड़ा कर ही दिया है, तो अब मैं किसी से क्यों डरूं, क्योंकि महापुरुष कहते आए हैं कि 'उतर गई लोई तो क्या करेगा कोई'।

उत्तर जाव कि दक्खन, यही करम के लच्छन : झूठे व्यक्ति का कभी विश्वास नहीं करना चाहिए।

भारत के आधुनिक नेता जनता को झूठे आश्वासन देते-देते सत्य से सम्बन्ध तोड़ देते हैं, अतः जनता की दृष्टि में अविश्वसनीय बन जाते हैं। उनके सम्बन्ध में तो अब यही कहा जा सकता है, 'उत्तर जाव कि दक्खन, यही करम के लच्छन'।

उदधि रहै मर्याद में बहै उलटी नद नीर : श्रेष्ठ व्यक्ति मर्यादा नहीं तजते, जब कि ओछे लोग जल्दी ही इतराने लगते हैं।

भारतीय स्वतंत्रता संग्राम में अंग्रेज़ अधिकारी हिंसा पर उतर आए थे, लेकिन महात्मा गांधी ने कभी भी अहिंसा का त्याग नहीं किया। उन्होंने इस कहावत को चरितार्थ किया, 'उदिध रहै मर्याद में बहै उलटी नद नीर'।

उदर निमित्तं बहुकृत वेषा : पेट के लिए मनुष्य नाना प्रकार के स्वांग रचता है।

अपनी रोजी-रोटी के लिए मनुष्य सर्कस आदि के खेलों में अपने प्राणों को भी ख़तरे में डाल देता है। किसी ने सही कहा है, 'उदर निमित्तं बहुकृत वेषा'।

उधार का खाना और फूस का तापना बराबर है : जिस तरह से फूस की आग अधिक देर तक नहीं चल सकती उसी प्रकार उधार भी अधिक दिनों तक नहीं चल सकता।

कब तक पाकिस्तान पाश्चात्य देशों से उधार लेकर अपनी अर्थव्यवस्था

संभाले रखेगा, उसे पता होना चाहिए कि 'उधार का खाना और फूस का तापना बराबर है'।

उधार दीजै, दुश्मन कीजै : जिसे उधार दिया जाता है, वह कुछ दिनों बाद शत्रु बन जाता है।

उधार देने से पहले यह कहावत ज़रूर ध्यान रखनी चाहिए कि 'उधार दीजै, दुश्मन कीजै'।

उधार देना, झगड़ा लेना : उधार देना झगड़े का मूल होता है।

हम सामाजिक प्राणी हैं, अतः समाज के हित-अहित में हमें सहभागिता निभानी पड़ती है। यह जानते हुए भी कि 'उधार देना, झगड़ा लेना है' हमें उधार देना पड़ता है।

उपजहिं एक संग जल माहीं, जलज जोंक जिमि गुण बिलगाहीं : एक माता-पिता की सन्तान होते हुए भी सब भाई-बहनों की प्रकृत्ति भिन्न-भिन्न होती है। सुग्रीव और बाली दोनों भाई-भाई थे, लेकिन सुग्रीव देव-प्रकृति का था, जब कि बाली दैत्य-प्रकृति का। यह कहावत सत्य ही है, 'उपजहिं एक संग जल माहीं, जलज जोंक जिमि गुण बिलगाही'।।

उपदेश धर, स्वयं कर : किसी कार्य को कराने के लिए दूसरे को उपदेश मत कर बल्कि उस कार्य को स्वयं कर।

राष्ट्रमंडल खेलों की तैयारी समय पर इसलिए पूर्ण नहीं हो सकी थी कि खेल अधिकारी इस कार्य-मंत्र को भूल गए थे कि 'उपदेश धर, स्वयं कर'।

उमादास ज्योतिष की नाई, सबहिं नचावत राम गोसाई : मनुष्य की इच्छा से कुछ नहीं होता, बल्कि ईश्वर-इच्छा से ही सभी कार्य सम्पन्न होते हैं। वैज्ञानिक नील बोर तब तक परमाणु-रचना का ज्ञान कठिन परिश्रम से भी प्राप्त नहीं कर सके थे जब तक कि उसके स्वप्न में ईश्वर ने ही परमाणु-रचना का मॉडल उसे नहीं दिखा दिया था। किसी ने सही कहा है, 'उमादास ज्योतिष की नाई, सबहिं नचावत राम गोसाईं'।

उलटा चोर कोतवाल को डांटे : अपना अपराध स्वीकार न करके पूछने वाले को डांटना।

भारत सरकार पाकिस्तान पर जब यह आरोप लगाती है कि पाकिस्तानी आतंकवादी ही भारत में आतंकी घटनाओं मे लिप्त हैं तो पाकिस्तान इसे अस्वीकृत करते हुए भारत को कड़े शब्दो में कहता है कि आतंकी

घटनाएं भारत की आन्तरिक अव्यवस्था का परिणाम है। यह तो वही बात हुई कि 'उलटा चोर कोतवाल को डांटे'।

उलटे बांस बरेली को : विरुद्ध कार्य करना।

तेल आयात करने वाला भारत यदि तेल-उत्पादक देशों को तेल निर्यात की योजना बनाने लगे तो यह योजना 'उलटे बांस बरेली को' की योजना कही जाएगी।

उसका कीडा, उसी की पीड़ा : अपनी करनी स्वयं को ही भरनी पड़ती है।

भारत की राजनैतिक पार्टियां भ्रष्ट उम्मीदवारों को चुनाव में उतारती हैं। जब वे निर्वाचित होकर किसी पद पर कार्य करते हुए भ्रष्टाचार में लिप्त पाए जाते हैं, तो उस पार्टी को शर्मसार होना पड़ता है, लेकिन इस पर जनता की यह प्रतिक्रिया होती है, 'उस का कीड़ा, उसी की पीड़ा'।

उसी का जूता उसी का सिर : किसी को उसी के साधन से हानि पहुंचाना।

सन् 1857 की क्रांति में क्रांतिकारियों ने अंग्रेज़ों के शास्त्रागार लूटकर उनसे उनका ही संहार कर डाला था। यह तो 'उसी का जूता उसी का सिर' वाली बात हुई थी।

ऊ

ऊंच निवास नीच करतूती, देखि न सकहिं पराई विभूति : निकृष्ट व्यक्ति भले ही कितने ऊंचे पद पर हों दूसरों की उन्नति नहीं देख सकते।

अमेरिका यद्यपि एक सम्पन्न देश है, लेकिन उसे अन्य देशों की सम्पन्नता खटकती है। उसके लिए तो यही कहावत चरितार्थ होती है, 'ऊंच निवास नीच करतूती, देखि न सकहिं पराई विभूति'।

ऊंची दुकान फीका पकवान : नाम के अनुसार गुण बहुत कम होना।

अमेरिका अब तो कहने को ही विकसित राष्ट्र रह गया है, क्योंकि आर्थिक मंदी ने वहां की अर्थव्यवस्था चौपट कर दी है। उसके लिए अब तो 'ऊंची दुकान फीके पकवान' वाली बात रह गई है।

ऊंचे चढ़ के देखा तो घर-घर याही लेखा : यदि हम सर्वेक्षण करके देखें तो घर-घर की एक ही दशा-दिशा मिलेगी।

हम अपने घर की समस्याओं से व्यर्थ ही चिंतित होते हैं। कौन ऐसा

घर है जो पूर्ण सुखी होगा। हमें यह कहावत सदैव याद रखनी चाहिए, 'ऊंचे चढ़ के देखा तो घर-घर याही लेखा'।

ऊंट के गले में बिल्ली : बेमेल सम्बन्ध।

राकेश ऊंचे कद का एक सुन्दर युवक है, लेकिन उसने पता नहीं क्यों एक छोटे कद की लड़की से शादी रचा ली। उसने तो 'ऊंट के गले में बिल्ली' वाली बात कर दी।

ऊंट के मुंह में जीरा : बहुत अधिक आवश्यकता वाले को बहुत ही कम मिल पाना।

दिल्ली में जनसंख्या इतनी है कि मैट्रो-ट्रेन की सुविधा भी 'ऊंट के मुंह में जीरा' सिद्ध हो रही है।

ऊंट-घोड़े बहे जाए, गधा पूछे कितना पानी : जिस कार्य को शक्तिशाली व्यक्ति नहीं कर सकते, उसे करने के लिए एक कमज़ोर व्यक्ति का पूछ-ताछ करना।

विश्व शांति यज्ञ के लिए जब दान एकत्रित किया गया तो यज्ञ के आकार को देखते हुए सम्पन्न लोगों द्वारा दिया गया दान भी कम प्रतीत होने लगा, तभी एक भिखारी ने पूछा कि कितना धन खर्च हो सकता है। यह तो वही बात हुई, 'ऊंट-घोड़े बहे जाए, गधा पूछे कितना पानी'।

ऊंट तो निगल लिया अब पूंछ से हिचके : किसी समझौते में बड़ी शर्तें तो मान्य करना, लेकिन मामूली शर्त पर आपत्ति खड़ी करना।

भूमि अधिग्रहण में सरकार ने किसानों की बड़ी बातें तो मान लीं, लेकिन छोटी बातों पर आपत्ति खड़ी कर दी। यह तो वही बात हुई, 'ऊंट तो निगल लिया अब पूंछ से हिचके'।

ऊंट दूल्हा गधा पुरोहित : मूर्ख व्यक्तियों द्वारा एक दूसरे को महत्व देना।

एक चुनाव सभा में जब एक पूर्व विधायक प्रत्याशी ने निरर्थक भाषण दिया और मंच संचालक ने उसकी प्रशंसा करनी शुरू कर दी तो कुछ झल्लाए श्रोताओं ने यह कहते हुए हूटिंग शुरू कर दिया, 'ऊंट दूल्हा गधा पुरोहित'।

ऊंट बर्राता ही लदता है : काम के प्रति अनिच्छा प्रकट करते हुए बड़बड़ाना।

सरकारी कार्यालयों में कर्मचारियों का अपने काम के प्रति उपेक्षा भाव दिखाना कोई नई बात नहीं रह गई है। जब बॉस एक क्लर्क को कोई कार्य बताता है तो वह क्लर्क काम करने से पहले ही बड़बड़ाने लगता

है, लेकिन बॉस उसके इस व्यवहार पर अधिक चिन्तन नहीं करता, क्योंकि वह जानता है कि 'ऊंट बर्राता ही लदता है'।

ऊंट बिलाई ले गई, हां जी, हां जी कहना : किसी प्रभावशाली व्यक्ति की असंभव बात का भी समर्थन करना पड़ता है।

कहै साधु सुन साधनी यहीं गांव में रहना।
ऊंट बिलाई ले गई, हां जी, हां जी कहना।।

ऊंट रे ऊंट तेरी कौन सी कल सीधी : किसी अवगुणी व्यक्ति को उसके अवगुण का ज्ञान कराना।

श्री अरविन्द ने अपने छात्र जीवन में ही अपने इंग्लैण्ड प्रवास के मध्य अंग्रेज़ों को भारत में उनके क्रूर कारनामों का ज्ञान करा दिया था। श्री अरविन्द के मन में अंग्रेज़ों के प्रति आक्रोश था और उनके अन्दर यह भावना काम कर रही थी, 'ऊंट रे ऊंट तेरी कौन सी कल सीधी'।

ऊधो का लेना न माधो का देना : किसी के काम में हस्तक्षेप न करके अपने काम तक सीमित रहना।

विपन्न व्यक्ति अपने जीवन-यापन के साधनों में ही व्यस्त रहते हैं। उनके पास इधर-उधर की बातें करने का समय ही कहां बच पाता। वे तो, 'ऊधो का लेना न माधो का देना' वाले सिद्धांत में विश्वास रखते हैं।

ऊधो की पगड़ी माधो के सिर : किसी व्यक्ति के दोष को दूसरे पर मढ़ देना।

यदि कोई मंत्री भ्रष्टाचार में लिप्त पाया जाता है तो विपक्ष प्रधानमंत्री का त्यागपत्र मांगने लगता है। यह तो वही बात होती है, 'ऊधो की पगड़ी माधो के सिर'।

ऊधो बन आएगी बात : किसी कार्य के परिणाम के प्रति आशावान होना।

वित्तमंत्री इस बात से पूर्ण आश्वस्त हैं कि छः महीने में महंगाई पर नियंत्रण पा लिया जाएगा, तभी तो वे संसद में यह बयान दे रहे हैं, 'ऊधो बन आएगी बात'।

ऊपर से शहद भीतर से जहर : ऊपर से सज्जन दिखने वाला, लेकिन अन्दर से कपटी होना।

ढोंगी बाबा का व्यवहार इतना मधुर और प्रभावशाली होता है कि सीधी-सादी औरतें उसके जाल में फंस जाती हैं, लेकिन जब उस ढोंगी का कपट बाहर छलकता है तो वे औरतें दंग रह जाती हैं, लेकिन तब

तक उनका सब-कुछ लुट चुका होता है। वे उसके 'ऊपर से शहद भीतर से जहर' के रहस्य को नहीं देख पाती।

ऊपर है चट-मट, घर में चूहों ने खोदे भट्ट : एक दरिद्र का सम्पन्नता का दिखावा करना।

ऊपर से देखने पर अमेरिका एक शक्तिशाली और विकसित राष्ट्र दिखाई देता है, लेकिन उसकी आर्थिक स्थिति इतनी दयनीय हो चुकी है कि यदि उसे संभाला न गया तो उसके लिए यह कहावत चरितार्थ हो जाएगी, 'ऊपर है चट-मट, घर में चूहों ने खोदे भट्ट'।

ऊसर बरसे, तृण नहीं जामे : मूर्ख को कितना ही ज्ञान देने की चेष्टा करो, लेकिन वह ज्ञान-शून्य ही रहता है।

नक्सलवादियों को कितना ही यह समझाया जाए कि अपनी समस्याओं को शांतिपूर्वक सरकार के समक्ष रखें, लेकिन वे हिंसा से बाज नहीं आते। किसी ने सच ही कहा है, 'ऊसर बरसे, तृण नहीं जामे'।

ए

एक अंडा वह भी गंदा : एक पुत्र वह भी गंदी प्रवृत्ति का।

बेचारा कंवर पाल कितना दुःखी है! भगवान ने एक ही पुत्र दिया था, लेकिन वह भी निकम्मा निकल गया। उसके लिए तो यह कहावत चरितार्थ हो गई, 'एक अंडा वह भी गंदा'।

एक अनार सौ बीमार : वस्तु कम, लेकिन प्रयोक्ता अधिक।

योग गुरू रामदेव ने बुखार में गिलोय बेल की उपयोगिता क्या बता दी दिल्ली के लोगों ने पार्कों में उगी गिलोय बेल का नामोनिशान नहीं छोड़ा। ऐसी परिस्थिति में 'एक अनार सौ बीमार' वाली बात हो गई'।

एक आंख से रोना और एक आंख से हंसना : हर्ष और विषाद दोनों एक साथ होना।

पन्द्रह अगस्त सन् उन्नीस सौ सैंतालीस को स्वतंत्रता मिलने पर भारत में खुशी की लहर दौड़ गई थी, लेकिन साम्प्रदायिक दंगों के कारण देश में शोक भी व्याप्त हो गया था। उस समय 'एक आंख से रोना और एक आंख से हंसना' वाली कहावत चरितार्थ हो गई थी।

एक आवें के बर्तन : एक ही प्रवृत्ति के मनुष्य।

किस राजनेता को अच्छा कहें और किसे बुरा। जिसके पन्ने पलटते हैं, वही भ्रष्टाचार में लिप्त दिखाई देता है। लगता है सभी 'एक आवें के बर्तन' हैं।

एक और एक ग्यारह होते हैं : संगठन में बड़ी शक्ति है।

जब तक तुम दोनों भाई मिलकर नहीं चलोगे बाहर के लोग तुम पर हावी होते ही रहेंगे। बड़े आदमी कहते आ रहे हैं, 'एक और एक ग्यारह होते है'।।

एक कहो न दस सुनो : किसी की आलोचना मत करो कोई तुम्हारी भी आलोचना नहीं करेगा।

यदि हम किसी की बुराई करेंगे तो वह हमारे अन्दर भी सैंकड़ों कमियां खोज निकालेगा। इसलिए जीवन का अच्छा सिद्धान्त यही है कि 'एक कहो न दस सुनो'।

एक कान से सुनो, दूसरे से उड़ा दो : अपनी बुराई सुनकर उस पर प्रतिक्रिया मत दो।

जीवन में तनावरहित रहने का सबसे बड़ा सूत्र यही है कि 'एक कान से सुनो दूसरे से उड़ा दो'।

एक चना भाड़ नहीं फोड़ सकता : एक व्यक्ति से कोई बड़ा काम नहीं हो सकता।

यदि हम यह सोचें कि केवल गृहमंत्री ही आतंकी घटनाओं को रोक सकता है तो हम बहुत बड़ी भूल के शिकार हैं। सम्पूर्ण देश के सामूहिक प्रयास से ही इस पर विजय प्राप्त की जा सकती है, क्योंकि महान पुरुष कहते आ रहे हैं, 'एक चना भाड़ नहीं फोड़ सकता'।

एक चुप सौ को हरावे : शांत और धैर्यवान व्यक्ति से बड़े-बड़े बोल बोलने वाले व्यक्ति भी हार मान लेते हैं।

मनुष्य ग़लती का पुतला है, अतः हमसे भी ग़लती हो सकती है। ऐसी स्थिति में हम लोगों की आलोचनाओं के शिकार हो सकते हैं। यदि हम इन जटिल परिस्थितियों में भी तनावरहित रहना चाहते हैं तो हमें धैर्यपूर्वक उन आलोचनाओं को सुन लेना चाहिए, क्योंकि एक कहावत है, 'एक चुप सौ को हरावे'।

एक ज़िन्दगी हज़ार नियामत है : जीवन बहुत बहुमूल्य होता है।

कुछ लोग अपनी विपन्नता से दुःखी होकर अपने बच्चों सहित आत्महत्या कर लेते हैं, उन अज्ञानियों को इतना भी ज्ञान नहीं है कि 'एक ज़िन्दगी हज़ार नियामत है'।

एक तन्दरुस्ती हज़ार नियामत : स्वास्थ्य सबसे बड़ा सुख होता है।

हमारे महापुरुष ऐसे ही नहीं कहते आ रहे हैं कि पहला सुख निरोगी काया, उन्हें इस बात का ज्ञान है कि 'एक तन्दरुस्ती हज़ार नियामत है।

एक तरकश के तीर : सभी एक जैसे स्वभाव के होना।

कौन कहता है यह तांत्रिक बहुत बड़ा सिद्ध है? हां, यह ठगने में सिद्ध हो सकता है। इनका कार्य लोगों को ठगना है। ये सभी 'एक तरकश के तीर' हैं।

एक तवे की रोटी क्या छोटी क्या मोटी : सभी का एक जैसा होना।

लगता है तुमने ही मेरा पर्स उड़ाया है, क्योंकि तुम उस परिवार से हो, जिसका कार्य ही लोगों को ठगना है। बड़े-बड़े कहते आए हैं, 'एक तवे की रोटी क्या छोटी क्या मोटी'।

एक तिनका ही हवा का रुख बता देता है : भविष्य की घटना का संकेत मिल जाना।

आने वाला समय कैसा होगा, इस छोटी कक्षा के बच्चे से देख लीजिए। इसके अध्यापक ने इसे कक्षा में दंगा करने से क्या मना कर दिया इसके चेहरे पर क्रोध झलक उठा है। किसी ने सही कहा है, 'एक तिनका ही हवा का रुख बता देता है'।

एक तो करेला दूसरे नीम चढ़ा : किसी अपराधी को खूंखार अपराधी गिरोह का संरक्षण मिल जाना।

अभी तक तो विक्रांत अपनी दादा-गिरी के बल पर किसी के साथ भी मार-पीट कर देता था, अब उसकी सांठ-गांठ एक अपराधी गिरोह से हो चुकी है। अब देखना है वह कितना जुल्म ढाएगा। कहावत है, 'एक तो करेला दूसरे नीम चढ़ा'।

एक तो चोरी दूसरे सीनाजोरी : बुरा काम करके भी आंखें दिखाना।

चीन भारत का हजारों वर्ग किलोमीटर क्षेत्र दबाए बैठा है और ऊपर से भारत को धमकाता रहता है। यह तो वही बात हुई, 'एक तो चोरी दूसरे सीनाजोरी'।

एक दिन का पाहुना दूसरे दिन अनखावना : अधिक दिनों तक सान्निध्य में रहने से प्रिय व्यक्ति का महत्व भी कम हो जाता है।

मेरी महिला मित्र जिस दिन प्रथम बार मेरे घर पर आई थी तो मुझे बड़ी प्रसन्नता हुई थी, लेकिन अब उसका समय-अमसय में बार-बार आना मुझे अखरने लगा है। उसे शायद यह ज्ञान नहीं है, 'एक दिन का पाहुना दूसरे दिन अनखावना'।

एक-दो दिन मेहमान तीसरे दिन बला-ए-जान : दे. 'एक दिन का पाहुना दूसरे दिन अनखावना'।

एक नारी सदा ब्रह्मचारी : केवल अपनी पत्नी से प्यार करने वाला भी ब्रह्मचारी माना जाता है।

ब्रह्मचारी का यह अर्थ नहीं है कि वह जीवन भर किसी स्त्री का स्पर्श तक न करे, बल्कि अपनी पत्नी तक सम्बन्ध सीमित रखने वाला भी ब्रह्मचारी कहलाता है। इस सम्बन्ध में शास्त्रों का कथन है, 'एक नारी सदा ब्रह्मचारी'।

एक ही थैली के चट्टे-बट्टे होना : समान प्रवृत्ति के लोग।

भारतीय राजनेताओं की अब वह पीढ़ी समाप्त हो चुकी है, जिन्होंने स्वतंत्रता संग्राम में बढ़-चढ़ कर भाग लिया था और जेलों में यातनाएं झेलीं थी, लेकिन अब तो अधिकांश उस 'एक ही थैली के चट्टे-बट्टे है'।, जिसमें सुख, स्वार्थ, भ्रष्टाचार जैसे अवगुणों का ही राग गाया जाता है।

एक पंथ दो काज : एक युक्ति से दो कार्यों का सिद्ध हो जाना।

रूस भारत का विश्वसनीय मित्र रहा है, लेकिन अब भारत अमेरिका की ओर अपना झुकाव दिखा रहा है, जब कि अमेरिका इन परिस्थितियों में भी भारत को कोई महत्व नहीं दे रहा है। इसके विपरीत भारत के इस क़दम से रूस खिन्न हो बैठा है। यदि भारत पुनः रूस के खेमे में पहुंच जाए तो रूस भारत की पुनः सहायता कर सकेगा। उधर अमेरिका भी पुनः भारत को अपनी ओर झुकाने के लिए सहायता के द्वार खोल सकेगा। यह 'एक पंथ दो काज' वाला सूत्र भारत के लिए उपयोगी रहेगा।

एक पापी सारी नाव को डुबा देता है : एक व्यक्ति का दुराचार उसके सम्पूर्ण परिवार का पतन कर देता है।

रणजीत का परिवार सीधा-सम्पन्न परिवार माना जाता था, लेकिन उसके एक पुत्र के ग़लत कारनामों ने सम्पूर्ण परिवार का ही पतन कर डाला है। किसी ने सच ही कहा है, 'एक पापी सारी नाव को डुबा देता है'।

एक पेड़ हरैं सब गांव खांसी : दे. 'एक अनार सौ बीमार'।

एक प्राण दो देह : अटूट सम्बन्ध।

जब तक पति-पत्नी 'एक प्राण दो देह' नहीं होंगे तब तक घर-ग्रहस्थी सफल नहीं हो सकती।

एक बार खून मुंह लगता है तो कभी नहीं छूटता : एक बार यदि अवैध तरीके से कुछ उपलब्ध हो जाता है तो आगे भी उसे प्राप्त करने की लालसा बनी रहती है।

सूरजमल ने एक बच्चे के अपहरण में लाखों रुपयों की अवैध कमाई क्या कर ली, अब वह ऐसे ही अवसर की ताक में रहने लगा है। किसी ने सच कहा है, 'एक बार खून मुंह लगता है तो कभी नहीं छूटता'।

एक मछली सारे तालाब को गंदा कर देती है : यदि किसी समूह में रहने वाला कोई व्यक्ति कोई अपराध कर देता है तो उससे सारा समूह बदनाम हो जाता है।

किसी भी मज़हब के कुछ ही कट्टरपंथी अपने हिंसक कारनामों से उस मज़हब को बदनाम कर देते हैं। यह बात बिल्कुल सही है, 'एक मछली सारे तालाब को गंदा कर देती है'।

एक म्यान में दो तलवारें नहीं समा सकतीं : एक व्यक्ति में दो विरोधी गुण नहीं हो सकते।

आधुनिक राजनेता भ्रष्टाचार से धन भी कमाना चाहते हैं और समाज में सम्मान भी चाहते हैं, लेकिन उन्हें सोचना चाहिए कि एक म्यान में दो तलवारें नहीं समा सकतीं। इस सम्बन्ध में कबीरदास ने भी कहा है-

पीया चाहे प्रेमरस राखा चाहै मान।
एक म्यान में दो खडग देखा सुना न कान॥

एक लख पूत सवा लख नाती, तो रावण घर दीया न बाती : कोई अत्याचारी भले ही कितना वैभवशाली क्यों न हो, कुछ समय बाद उसका विनाश निश्चित है।

पाकिस्तान द्वारा प्रायोजित आतंक से निर्दोष भारतीयों का वध हो रहा है। यदि पाकिस्तान ने इस स्थिति मे कोई सुधार नहीं किया तो उसका

विनाश निश्चित है। बड़े-बड़े यह कहते आए हैं, 'एक लख पूत सवा लख नाती, तो रावण घर दीया न बाती'।

एक से दो भले, दो से भले चार : संगठन में शक्ति होती है।

आज के युग में विभिन्न विभागों की यूनियनें अपने संगठन के बल पर सरकार से अपनी उचित-अनुचित मांगें मनवा ही लेती हैं, क्योंकि उन्हें पता है, 'एक से दो भले, दो से भले चार'।

एक हाथ से ताली नहीं बजती : जब तक दोनों पक्ष प्रेम या झगड़े के लिए उतारू नहीं होते तब तक वह कार्य सम्पन्न नहीं होता।

भारत भले ही कितने सच्चे मन से पाकिस्तान की ओर दोस्ती का हाथ बढ़ाए, लेकिन तब तक दोस्ती संभव नहीं होगी, जब तक पाकिस्तान भी उसी भाव से हाथ आगे न बढ़ाए, क्योंकि 'एक हाथ से ताली नहीं बजती'।

एकहि साधे सब साधे, सब साधे सब जाए : जब तक किसी समस्या के मूल पर नियंत्रण नहीं होगा, तब तक समस्या का समाधान नहीं हो सकता।

यदि मन के विचलन से इन्द्रियां व्यसन में लिप्त हो जाएं तो उन्हें व्यसन से हटाने के लिए उन पर नियंत्रण से काम नहीं चलेगा, बल्कि मन के नियंत्रण से इन्द्रियां सध सकेंगी। शास्त्रों में लिखा है, 'एकहि साधे सब साधे, सब साधे सब जाए'।

एकान्त बासा, झगड़ा न झांसा : एकान्त में रहना निरापद है, क्योंकि उससे किसी के साथ झगड़े की संभावना नहीं रहती।

भारतीय ऋषियों ने वेदों की रचना एकान्त में की है, क्योंकि वे जानते थे कि एकान्त के शान्त वातावरण में ही मन किसी विषय पर केन्द्रित होता है। उन्होंने सुना हुआ था, 'एकान्त बासा, झगड़ा न झांसा'।

ऐ

ऐरा-गैरा नत्थु खैरा : उपेक्षित व्यक्ति।

जन-लोकपाल बिल के सम्बन्ध में सरकार का यह दृष्टिकोण रहा है कि देश संसद द्वारा पारित बिल को ही मान्य कर सकता है किसी 'ऐरा-गैरा नत्थु खैरा' द्वारा निर्मित बिल को नहीं।

ऐसी की तैसी : किसी को ग़लत आचरण पर उसे सभ्य व्यक्तियों द्वारा बोले गए निन्दा के शब्द।

1. तुमने मेरी आलोचना करने में 'खूब ऐसी की तैसी' करली, लेकिन फिर भी मेरा कुछ नहीं बिगड़ा।
2. तेरी 'ऐसी की तैसी' है, मैंने उस काम के लिए तुझे सौ बार कहा, लेकिन तेरे कानों पर जूं तक नही रेंगी।

ऐसे बूढ़े बैल को कौन बांध भुस देय : बूढ़े और बेकार व्यक्ति को कौन खाना-दाना देने में राजी है?

आज की पीढ़ी अपने बूढ़े अशक्त बुजुर्गों को कोई सुख-सुविधा प्रदान नहीं कर रही है। उसकी तो इस कहावत के अनुसार यह धारणा बन चुकी हैं, 'ऐसे बूढ़े बैल को कौन बांध भुस देय'।

ओ

ओखली में सिर दिया तो मूसलों का क्या डर : जब जोखिम भरे काम करने की तैयारी कर ही ली तो अब कितना भी कष्ट क्यों न आए, उससे क्या डरना।

जब सरकार के विरुद्ध आंदोलन में उतर ही गए तो पुलिस के लाठीचार्ज से क्या डरना! मैंने तो पहले ही यह अवधारणा बना ली थी, 'ओखली में सिर दिया तो मूसलों का क्या डर।

ओछे की प्रीति, बालू की भीति : ओछे लोगों से मैत्री सम्बन्ध बालू की दीवार की तरह अस्थायी होते हैं।

पाकिस्तान की ओर दोस्ती का हाथ बढ़ाते हुए भारत को यह तो सोचना ही होगा कि 'ओछे लोगों की प्रीति, बालू की भीति' की तरह होती है।

ओछे के पेट में बात नहीं पचती : नीच व्यक्ति इधर की उधर लगाते फिरते हैं।

तुम्हें अपने मित्र के समक्ष विष्णु दत्त की बुराई नहीं करनी चाहिए थी। उसने वे सारी बातें विष्णु दत्त को बता दीं। अब तुम्हारे सम्बन्ध निश्चय ही खराब होने हैं। तुम्हें यह बात ध्यान रखनी चाहिए थी कि 'ओछे के पेट में बात नहीं पचती'।

ओठों निकली कोठों चढ़ी : मुंह से निकलते ही बात तुरन्त फैल जाती है।

यदि तुम्हें किसी बात को गोपनीय रखना है तो उसे अपने प्यारे से प्यारे मित्र को भी मत बताओ, क्योंकि बड़े-बड़े कहते आए हैं कि 'ओठों निकली कोठों चढ़ी'।।

ओस चाटने से प्यास नहीं बुझती : इतनी अल्प मात्रा में वस्तु मिलना कि उससे तृप्ति न हो सके।

भारत को इतनी अल्प मात्रा में बाहर देशों से यूरेनियम मिल रहा है कि उससे भारत की ऊर्जा समस्या का निदान नहीं हो पा रहा है। भारत यह जानकर दुःखी है कि 'ओस चाटने से प्यास नहीं बुझती'।

औ

औंघते को ठेलने का सहारा : दुविधा में फंसे किसी व्यक्ति का किसी अन्य व्यक्ति द्वारा दी गई सही जानकारी से दुविधा-मुक्त हो जाना।

दयानिधि वर्मा अपने बेटे को कालिज में प्रवेश न दिला सकने के कारण निराश हो चुका था, लेकिन जैसे ही कालिजों में सीटों की संख्या बढ़ी तो उसे ऐसी खुशी अनुभूत हुई मानो 'औंघते को ठेलने का सहारा' मिल गया हो।

औंधी खोपड़ी उलटा मत : मूर्ख सदैव उलटा ही सोचता है।

कुछ अहिंसा प्रेमियों ने नक्सली-नेताओं को यह परामर्श दिया था कि वे अपनी मांगों के प्रति सरकार के विरुद्ध अहिंसक आंदोलन चलाएं लेकिन उन्होंने हिंसा का ही दामन थामा और पुलिस पर सशस्त्र आक्रमण कर दिया, जिससे पुलिसकर्मियों सहित अनेकों नक्सलवादी भी मारे गए। उन्होंने इस कहावत को ही चरितार्थ किया, 'औंधी खोपड़ी उलटा मत'।

और बात खोटी, सही दाल रोटी : प्राणियों की सब आवश्यकताओं में सबसे प्रमुख भोजन है।

संसद में विपक्ष सत्तापक्ष को यह सही परामर्श दे रहा है कि वह विकास-दर के दिखावे में न पड़कर खाद्य-पदार्थों की महंगाई पर नियंत्रण करे, क्योंकि 'और बात खोटी, सही दाल-रोटी'।

औरत का गुस्सा खुदा का कहर : औरत का क्रोध प्राकृतिक आपदा जितना ही भयानक होता है।

मेरे प्रिय दोस्त! मैंने सुना है कि आप अपनी पत्नी का अकारण दमन कर रहे हैं, लेकिन यदि उसने इस दमन के प्रति अपनी प्रतिक्रिया व्यक्त कर दी तो बात थामें नहीं थमेगी। इस बात का सदैव ध्यान रखना, 'औरत का गुस्सा खुदा का कहर' समान घनत्व होते हैं।

औरन को गड्ढा चाहे ताको कूप तैयार : जो सदैव दूसरों के अहित के लिए सोचता है उसका भी अहित होना निश्चित है।

पाकिस्तान सदैव भारत में आतंकवाद को बढ़ावा देता रहा है, लेकिन अब वह स्वयं आतंकवाद का शिकार होने लगा है। उसे पहले ही यह सोच लेना चाहिए था कि 'औरन को गढ्ढा चाहे ताको कूप तैयार'।

औसर चूकी डोमनी, गावे ताल-बेताल : यदि किसी सही कार्य करने का अवसर हाथ से निकल जाता है तो व्यक्ति उसकी बौखलाहट में अमर्यादित व्यवहार कर बैठता है।

जब भारत-पाक विभाजन के समय हमारे तत्कालीन नेताओं ने कश्मीर-समस्या के समाधान का अवसर हाथ से निकाल दिया तो अब इधर-उधर रोना धोना और अर्थहीन बातें करने का क्या औचित्य रह गया है। अब तो वही बात हो गई है, 'औसर चूकी डोमनी गावे ताल-बेताल'।

क

कंगाल का कोई क्या लूटेगा : सामर्थ्यहीन से हम कोई भी कार्य नहीं करा सकते।

राष्ट्रमंडल खेलों की तैयारी के लिए आयोजन समिति ने उन कम्पनियों को भी ठेके दे दिए थे जिनके पास उस कार्य को करने के साधन नहीं थे। फिर समय पर कार्य कैसे पूरा होता है फिर तो 'कंगाल का कोई क्या लूटेगा' यही कहावत चरितार्थ होनी थी।

कंगाली में आटा गीला : समस्याओं से घिरे व्यक्ति पर और अधिक समस्या आ जाना।

विनय बाबू के अपहृत-पुत्र का अभी तक कोई अता-पता नहीं चला

है। इस अवधि में ऑफिस न जाने के कारण उसे निलम्बित भी कर दिया गया है। उसके लिए तो 'कंगाली में आटा गीला' वाली बात हो गई है।

ककड़ी के चोर की गर्दन नहीं नापी जाती : साधारण अपराध के लिए कठोर दंड नहीं दिया जाता।

बस में यात्रा करते समय मेरी जेब से एक जेब कतरे ने मेरा पर्स उड़ा लिया, जिसमें मात्र सौ रुपये थे। मेरे सहयात्रियों ने उसे रंगे हाथों पकड़ लिया और पिटाई के बाद उसे पुलिस को देने की बात करने लगे। मैंने उन्हें समझाते हुए कहा, 'ककड़ी के चोर की गर्दन नहीं नापी जाती'।

कड़ाही से उछला चूल्हे में गिरा : एक विपत्ति से मुक्त होकर दूसरी में पड़ जाना। जापान में आई सुनामी ने जापान के कई शहरों को तहस-नहस कर डाला था। किसी तरह से जापान उससे उबरा ही था कि एक भयंकर भूकम्प के कारण वहां स्थित परमाणु संयत्रों से हानिकारक रेडियोधर्मी विकिरण का उत्सर्जन होना शुरू हो गया था। जापान के लिए यह 'कड़ाही से उछला चूल्हे में गिरा' वाली बात हो गई थी।

कन-कन जोड़े मन जुड़ै : थोड़ा-थोड़ा एकत्रित करने से बहुत बड़ा संग्रह हो जाता है। बच्चों में बचत करने की प्रकृत्ति विकसित करने के लिए उनके शिक्षकों को यह उपदेश देना चाहिए, 'कन-कन जोड़े मन जुड़ै'।

कपटी की प्रीत मरन की रीत : निकृष्ट मनुष्य से मित्रता करना सदैव कष्टकारक होता है।

यदि दानवीर कर्ण दुर्योधन से मित्रता न करता तो महाभारत के युद्ध में वह मृत्यु को प्राप्त न होता। किसी ने सच ही कहा है, 'कपटी की प्रीत मरन की रीत'।

कपड़े फटे गरीबी आई : फटे हुए कपड़ों को देखकर उसकी दरिद्रता का अनुमान लग जाता है।

मेरे ऑफिस का एक चतुर्थ श्रेणी कर्मचारी मधुर-भाषी तो है, लेकिन वह दरिद्रता में जीवन-यापन कर रहा है, क्योंकि वह ऑफिस में प्रायः फटे हुए कपड़े पहनकर आ जाता है। बड़े-बड़े कहते आए हैं, 'कपड़े फटे गरीबी आई'।

कफन में जेब नहीं होती : 1. मृतक अपने साथ कुछ नहीं ले जाता है।

धर्मानुकूल ही धन कमाना चाहिए भले ही वह थोड़ा हो, क्योंकि अवैध

या वैध तरीके से कमाये गए धन का भंडार हमारी मृत्यु के बाद यही छूट जाता है। हमारे साथ पाप-पुण्य के अतिरिक्त कुछ भी तो नही जाता, इसीलिए 'कफन में जेब नहीं होती।

2. जिस वस्तु का उपयोग नहीं उसका निर्माण करना मूर्खता है। हमें उन्हीं वस्तु का निर्माण करना चाहिए जिनकी हमें आवश्यकता है। इसी विचार को ध्यान में रखते हुए 'कफन में जेब नहीं लगाई जाती', क्योंकि मृतक अपने साथ कुछ नहीं ले जा सकता।

कभी घी घना, कभी मुट्ठी चना, कभी वह भी मना : जो मिल जाए, जितना भी मिल जाए उससे ही सन्तुष्ट रहना चाहिए।

सच्चे साधक का उद्देश्य तपस्या द्वारा ज्ञान अर्जित करना है। उसकी आवश्यकताएं भी न्यूनतम होती है। वह 'कभी घी घना, कभी मुट्ठी चना, कभी वह भी मना' जैसी स्थिति पर कभी नहीं सोचता।

कभी नाव गाड़ी पर, कभी गाड़ी नाव पर : 1. परिस्थितियां बदलते देर नहीं लगती।

2. आवश्यकता पड़ने पर एक दूसरे का सहयोग करना चाहिए।

एक समय था जब भारत विदेशों से अन्न का आयात करता था, लेकिन एक समय यह भी है कि वही भारत अब विदेशों को अन्न निर्यात करता है। किसी ने सच कहा है, 'कभी नाव गाड़ी पर, कभी गाड़ी नाव पर'।

इस संसार में सभी के लिए अनेकों संभावनाएं हैं। कब किस पर विपत्ति आ जाए पता नहीं चलता। आपत्ति के समय एक दूसरे का सहयोग जरूरी है, क्योंकि कहावत है, 'कभी नाव गाड़ी पर, कभी गाड़ी नाव पर'।

कमज़ोर की जोरू सबकी सलहज : कमजोर आदमी को कोई गौरव प्रदान नही करता।

अंग्रेज़ भारतीय पुरुषों को तो महत्व देते ही नहीं थे, उनकी महिलाओं को भी हेय दृष्टि से देखते थे। वे निश्चय ही इस अवधारणा के शिकार थे, 'कमजोर की जोरू सबकी सलहज'।

कमर में लंगोटी नाम पीताम्बर दास : नाम के अनुसार उसका प्रदर्शन न होना।

मेरे एक मित्र का नाम शेरखान है, लेकिन वह इतना डरपोक है कि अंधेरी रात्रि में घर से बाहर नहीं निकल सकता। उसके ऊपर तो यह कहावत चरितार्थ होती है, 'कमर में लंगोटी नाम पीताम्बर दास'।

कमरी थोरे दाम की आवै बहुतै काम : कम्बल होता तो बहुत सस्ता है, लेकिन उपयोगी बहुत होता है।

गिलोय बेल एक साधारण बेल होती है, जिसे कहीं भी उगाया जा सकता है, लेकिन दवाई के रूप में उसका उपयोग अनेकों रोगों में होता है। उसके सम्बन्ध में यह कहावत सही बैठती है, 'कमरी थोरे दाम की आवै बहुतै काम'।

कमला (लक्ष्मी) काहू की न भई : धन सदा किसी के पास नहीं रह सकता।

अपने धन पर अहंकार मत कीजिए मेरे दोस्त! वह समय भी याद कीजिए जब तुम्हारे पिताजी हमारे घरेलू नौकर हुआ करते थे। कल क्या हो जाए किसी को पता नहीं, इसलिए सदैव ध्यान रखिए, 'कमला काहू की न भई'।

कमाऊ पुत्र की दूर बला : कमाने वाला मनुष्य सुखी रहता है।

परिश्रम करने वाला किसान अपने खेतों से अच्छी फसल लेता है और उसकी आय से सुखपूर्वक जीवन व्यतीत करता है। कहावत है, 'कमाऊ पुत्र की दूर बला'।

कमान से छूटा तीर वापिस नहीं लौटता : मुख से निकली बात का कोई उपाय नहीं है।

कभी-कभी किसी राजनेता के मुख से पत्रकारों द्वारा लिए गए साक्षात्कार के मध्य ऐसी बात निकल जाती है कि वह विवादों से घिर जाता है। पश्चाताप के द्वारा भी वह अपनी स्थिति सम्मानजनक नहीं बना सकता। ऐसे नेताओं को पहले से ही यह बात ध्यान रखनी चाहिए कि 'कमान से छूटा तीर वापिस नहीं लौटता'।

कमावे धोती वाला उड़ावे टोपी वाला : एक सीधा-सच्चा मनुष्य परिश्रम से धन कमा लेता है, लेकिन अपनी झूठी शान का प्रदर्शन करने वाला धन को उड़ा देता है।

आज भी गांव के किसान परिश्रम से धन कमाते हैं, लेकिन उनके पुत्रों की नई पीढ़ी बाह्य दिखावे में उस धन को उड़ा देती है। उनके सम्बन्ध में यह कहावत ठीक बैठती है, 'कमावे धोती वाला, उड़ावे टोपी वाला'।

हाथ कंगन को आरसी क्या : प्रत्यक्ष को प्रमाण की आवश्यकता नहीं होती।

दीक्षांत समारोह में कमल कपूर को मिले गोल्डमेडल को देखकर किसे

विश्वास नहीं होगा कि उसने विश्वविद्यालय में सर्वोच्च अंक प्राप्त नहीं किए हैं। किसी ने सही कहा है, 'हाथ कंगन को आरसी क्या'।

कर बुरा, पा बुरा : बुरा करने वाला अन्त में दुःख प्राप्त करता है।

अपने आतंकी आक्रमण से विश्व को स्तब्ध कर देने वाले लादेन का अन्त बुरा ही हुआ है। वह अमेरिकी कमांडो द्वारा मौत के घाट उतार दिया गया है। किसी ने सही कहा है, 'कर बुरा, पा बुरा'।

कर भला, होगा भला : दूसरों की भलाई करने वाले का भगवान कल्याण करता है

मदर टैरेसा ने आजीवन दूसरों की भलाई के कार्य किए हैं। उनके इन महान कार्यों के कारण उन्हे आज भी श्रद्धा से याद किया जाता है। शास्त्रों की यह बात सही है कि 'कर भला, होगा भला'।

कर खेती परदेश को जाय, बाको जन्म अकारथ जाय : जो किसान अपनी खेती छोड़कर कुछ दिन के लिए बाहर चला जाता है तो उसकी खेती चौपट हो जाती है।

आज कल के नवयुवक खेती के प्रति आकर्षित नहीं हैं। वे खेती को भार समझते हैं, अतः खेतों में फसल लगाकर कुछ दिन के लिए शहर निकल जाते हैं, लेकिन जब वे लौटते हैं तो फसल नष्टप्रायः हुई मिलती है। ऐसे किसानों के सम्बन्ध में सही कहा है, 'कर खेती परदेश को जाय, बाको जन्म अकारथ जाय'।

कर ले सो काम, भज ले सो राम : जो काम करना है उसे शीघ्र कर लेना चाहिए।

कुछ लोग ऐसे हैं जो आलस्य के कारण अपना काम करने में भी रुचि नहीं दिखाते और काम को टालते रहते हैं। ऐसी स्थिति में जब उनका कार्य बिगड़ जाता तब पश्चाताप करते हैं। उन्हे इस मंत्र को ध्यान रखना चाहिए, 'कर ले सो काम, भज ले सो राम'।

कर सेवा, खा मेवा : बड़ों की सेवा करने से उनका आशीर्वाद प्राप्त होता है।

आज के युग में सगे पुत्र-पुत्रियां भी अपने माता-पिता की सेवा के प्रति संवेदनशील नहीं रहे हैं। उन्हें इस ओर आकर्षित करने के लिए 'कर सेवा, पा मेवा' के सूत्र का सहारा लेना पड़ रहा है।

करे कारिन्दा नाम बरियार का, लड़े सिपाही नाम सरदार का : काम छोटे लोग करते हैं, परन्तु सफलता का श्रेय उनके सरदारों को मिलता है।

गांव फजलपुर के निवासियों ने कड़े परिश्रम से गांव को स्वच्छ और

सुन्दर बनायाा, लेकिन सरकार ने इस कार्य के लिए ग्राम प्रधान को पुरस्कृत कर डाला। यह तो वही बात हुई, 'करे कारिन्दा नाम बरियार का, लड़े सिपाही नाम सरदार का'।

करे कोई भरे कोई : अपराध कोई और करे, लेकिन उसका दंड कोई और भोगे।
आनंदपाल के हत्यारे का पता लगाने में जब पुलिस के सब हथकंडे विफल हो गए तो अन्त में उसकी निर्दोष पत्नी को ही हत्या के आरोप में बन्दी बना लिया। यह तो वही बात हुई- 'करे कोई, भरे कोई'।

करेगा सो भरेगा : जैसा कोई कर्म करेगा, वैसा ही फल पाएगा।
दबंग लोग निर्मम अत्याचार द्वारा कमजोर लोगों के शोषण में लिप्त रहते हैं। वे कमजोर लोग उनके इस दुष्कृत्य का विरोध तो नहीं कर सकते, लेकिन यह कहकर अपने दुःखी मन को सांत्वना तो दे ही देते हैं कि 'करेगा सो भरेगा'।

करनी खाक की, बात लाख की : किसी निकम्मे व्यक्ति का बढ़-चढ़कर बातें करना।
जब कोई प्रत्याशी चुनाव सभाओं में भाषण देता है तो बहुत बड़ी-बड़ी बातें करता है, लेकिन जब वह चुनाव जीत जाता है, तो उसके उपेक्षा-पूर्ण व्यवहार से लोग उसकी करनी जान जाते हैं कि इसकी 'करनी खाक की, बात लाख की' है।

करनी न करतूत, लड़ने को मजबूत : जब कोई व्यक्ति काम तो कुछ नहीं करता है, परन्तु लड़ने-झगड़ने में तत्पर रहता है।
आज कल के शिक्षित बेराजगार युवक गांव में रहते हुए खेती-किसानी तो करनी नहीं चाहते परन्तु अपने व्यर्थ के खर्चों के लिए अपने मां-बाप से पैसे ऐंठने में लड़ते-झगड़ते रहते हैं। ऐसे ही युवकों के ऊपर यह कहावत चरितार्थ होती है, 'करनी न करतूत, लड़ने को मजबूत'।

करघा छोड़ तमाशे जाय, नाहक चोट जुलाहा खाए : जो व्यक्ति अपना काम छोड़कर व्यर्थ के झगड़ों में पड़ता है उसे हानि उठानी पड़ती है।
अमेरिका अपनी अर्थव्यवस्था तो देखता नहीं उल्टे अन्य देशों के आन्तरिक संघर्षों में हस्तक्षेप करता रहता है। इससे उसे अन्त में हानि ही उठानी पड़ती है। उसके लिए यह कहावत सटीक बैठती है - 'करघा छोड़ तमाशे जाय, नाहक चोट जुलाहा खाए'।

करम गति टारे नाहिं टरे : जो भाग्य में लिखा होता है, वही होकर रहता है।

भगवान रामचन्द्र को जहां सिंहासन मिलना था वहां वनवास मिल गया, क्योंकि उनके भाग्य में ऐसा ही बदा था। पंडित लोग सही कहते आए हैं - 'करम गति टारे नाहिं टरे'।

करम प्रधान विश्व रचि राखा, जो जस करै सो तस फल चाखा : मनुष्य जैसा कर्म करता है उसको वैसा ही फल मिलता है।

पाकिस्तान ने विश्व में आतंकवाद को बढ़ावा दिया है, लेकिन अब वह स्वयं आतंकवाद का शिकार है। महान पुरुषों ने सही लिखा है - 'करम प्रधान विश्व रचि राखा, जो जस करै सो तस फल चाखा'।

करमहीन खेती करै, मरे बैल या सूखा पड़े : भाग्यहीन व्यक्ति का कोई भी कार्य सिद्ध नहीं होता।

सोमालिया देश ने अपने लोगों की गरीबी दूर करने के लिए अनेकों उपाय किए हैं, लेकिन कोई भी उपाय सफल नहीं हो सका है। महापुरुषों की यह बात सही है - 'करमहीन खेती करै, मरे बैल या सूखा पड़े'।

करेला और वह भी नीम चढ़ा : दुष्ट प्रकृति वाले को दुष्ट का साथ मिल जाना।

अलकायदा आतंकी संगठन ने अब भारत में सिर उठाते एक अन्य आतंकी संगठन से हाथ मिला लिया है। अब इसके लिए यह कहावत चरितार्थ हो गई है - 'करेला और वह भी नीम चढ़ा'।

कल का बानी आज का सेठ : जो पहले दरिद्र रहा हो उसका अब धनाढ्य हो जाना।

अब से पहले भारत एक गरीब देश माना जाता था, लेकिन अब बढ़ती विकास दर के कारण अमीर देशों की श्रेणी में आ गया है। इसके लिए अब यह कहावत चरितार्थ हो गई है - 'कल का बानी आज का सेठ'।

कल किसने देखा है : भविष्य को कोई नहीं देख पाता।

यदि हमें कोई अच्छा कार्य करना है उसे आज ही कर लेना चाहिए, क्योंकि यह किसी को भी पता नहीं है कि हम कल उस कार्य को करने की स्थिति में रहेंगे भी या नहीं। शास्त्र कहते आए हैं - 'कल किसने देखा है'।

कल के जोगी पैर तक जटा : अनुभवहीन का अपनी विद्वता का दिखावा करना।

अभी तो आकाश वर्मा की एक ही पुस्तक प्रकाशित हुई है, लेकिन वह

लोगों के साथ इस विशेष ढंग से व्यवहार करने लगा है जैसे वह एक बहुत बड़ा लेखक हो। उस पर तो यह कहावत चरितार्थ होती है -'कल के जोगी पैर तक जटा'।

कस्तूरी की गंध सौगंध की हाजत नहीं रखती : गुण अपने आप प्रकट हो जाते हैं।

गुरु ब्रजानन्द आंखों से अंधे थे, लेकिन स्वामी दयानन्द ने उन्हें देखते ही यह जान लिया था कि ये वेदों के प्रकांड पंडित हैं, अतः इनके शिष्यत्व में ही ज्ञान अर्जित किया जा सकता है। स्वामी दयानन्द जानते थे - 'कस्तूरी की गंध सौगंध की हाजत नहीं रखती'।

कहने से कुम्हार गधे पर नहीं चढ़ता : हठी व्यक्ति अपनी इच्छा से कुछ भी कर लेता है, परन्तु कहने से नहीं करता।

तुम समय-समय पर गाजर का हलवा बनाती आ रही हो, लेकिन आज मैं बनाने के लिए कह रहा हूं तुम इंकार कर रही हो। तुम्हारा तो वही काम है - 'कहने से कुम्हार गधे पर नहीं चढ़ता'।

कहां राजा भोज कहां गंगुआ तेली : जहां किन्ही दो की तुलना संभव न हो।

तुम्हें अवश्य गुरु द्रोणाचार्य पुरस्कार मिल गया है, लेकिन तुम तो द्रोण ाचार्य के सामने कहीं तक भी नहीं ठहर सकते। भला 'कहां राजा भोज कहां गंगुआ तेली'।

कहीं की ईंट कहीं का रोड़ा, भानुमती ने कुनबा जोड़ा : इधर-उधर से छोटी-छोटी वस्तुओं का एकत्रित करके उनसे काम चलाना।

गौरव के पास इतने साधन है, लेकिन फिर भी वह कोई तरक्की नहीं कर सका है, लेकिन सर्वेश के पास कुछ भी न होते हुए केवल इधर-उधर से सहायता लेकर एक कारखाना खड़ा कर लिया है। उसके लिए यह कहावत चरितार्थ होती है - 'कहीं की ईंट कहीं का रोड़ा, भानुमती ने कुनबा जोड़ा'।

कहे खेत की, सुने खलिहान की : एक बात कही जाए, लेकिन वह दूसरे अर्थ में समझ ली जाए।

मैंने नौकर को दूध लाने के लिए कहा था, लेकिन वह दही उठा लाया, जब मैंने उसे इसके लिए धमकाया, तो उसने तर्क दिया कि मुझे तो दही लाने की बात ही सुनाई दी थी। यह तो वही बात हुई - 'कहे खेत की, सुने खलिहान की'।

का वरषा जब कृषि सुखाने, समय चूकि पुनि का पछताने : जो व्यक्ति उचित समय पर काम नहीं करता, उसे बाद में पछताना पड़ता है।

हमारे बुजुर्ग नेताओं ने समय रहते कश्मीर समस्या का समाधान नहीं किया, अब उसके लिए पश्चात करने से कोई हल नहीं निकल सकता। शास्त्र कहते आए हैं - 'का वरषा जब कृषि सुखाने, समय चूकि पुनि का पछताने'।

काक कहहिं पिक कंठ कठोरा : किसी अच्छे व्यक्ति पर अपने अवगुण लादना।

कितने आश्चर्य की बात है कि पाकिस्तान भारत पर बलूचिस्तान में आतंकवाद को बढ़ाने का आरोप लगा रहा है। यह तो वही बात हुई - 'काक कहहिं पिक कंठ कठोरा'।

कागज की नाव नहीं चलती : कपट का व्यवहार अधिक दिनों तक नहीं चलता।

आप इस बात को कहकर कि मेरी पत्नी बीमार चल रही है, अपने बॉस को धोखे में रख रहे हैं, लेकिन मेरे दोस्त! सदैव ध्यान रखना, 'कागज की नाव नहीं चलती'।

कागा चले हंस की चाल : गुणहीन व्यक्ति का गुणवान की भांति व्यवहार करना।

माफिया राजनीति में आकर ऐसा व्यवहार करते हैं कि मानो वे बहुत बड़े समाज-सेवी या राष्ट्रभक्त हैं, लेकिन हर कोई इस सच्चाई को जानता है कि 'कागा चले हंस की चाल'।

काठ की तलवार क्या करेगी वार : अक्षम से किसी बड़े कार्य की आस करना।

आपने उस व्यक्ति को अपना अंगरक्षक बना रखा है, जो एक चूहे से भी डरता है। आपको यह समझना चाहिए था - 'काठ की तलवार क्या करेगी वार'।

काठ की हांडी बार-बार नहीं चढ़ती : कपट का व्यवहार बहुत दिनों तक नहीं चलता।

यदि कोई माफिया मतदाताओं की आंख में धूल झोंककर एक बार चुनाव जीतने में सफल हो भी जाता है, तो अगली बार ऐसा संभव नहीं हैं, क्योंकि जनता उसकी वास्तविकता जान चुकी होती है। बड़े-बड़े कहते आए हैं—'काठ की हांडी बार-बार नहीं चढती'।

कान छिदावे सो गुड़ खावे : जो पहले कष्ट उठाएगा अन्त में उसे ही सुख मिलेगा।

पूर्व प्रधानमंत्री स्व. इन्दिरा गांधी ने कहा था कि देश को सुखी और समृद्ध बनाने के लिए परिश्रम ही एक मात्र विकल्प है। क्योंकि वह जानती थी - 'कान छिदावे सो गुड़ खावे'।

कानी के ब्याह में सौ जोखिम : किसी कमी को छिपाना जोखिम भरा कार्य होता है।

गलत प्रमाण-पत्रों के आधार पर नौकरी तो मिल जाती है, लेकिन कब तक यह नौकरी सुरक्षित रह सकेगी, यह भय हर समय बना रहता है। किसी ने सही कहा है - 'कानी के ब्याह में सौ जोखिम'।

काबुल में भी गधे होते हैं : मूर्ख हर देशों में होते हैं।

मेरे मित्र ने जो अभी-अभी अमेरिका से लौटा था मुझे बताया कि वहां एक व्यक्ति गाय के सामने संगीत की धुन बजाकर उसका दूध निकालता था। उसका विश्वास था कि संगीत सुनकर गाय अधिक दूध देती है। मैनें अपने मित्र से कहा - 'काबुल में भी गधे होते है'।।

काम का न काज का दुश्मन अनाज का : बेकार बैठकर खाने वाला निकम्मा व्यक्ति।

हमारे देश के उच्च शिक्षण संस्थानों में कोई विशेष अनुसंधान कार्य नहीं हो रहा है। वहां के छात्र कोई उल्लेखनीय परिणाम नहीं दे पा रहे हैं। उनके सम्बन्ध में तो यही कहना ठीक है -'काम का न काज का दुश्मन अनाज का'।

काम जो आवे कामरी, का ले करे कमाच : यदि छोटे व्यक्ति या सस्ती वस्तु से काम निकल सकता है तो बड़ों को क्यों खोजें!

शिक्षा विभाग ने शिक्षा-मित्र, या गैस्ट टीचर के नाम से ऐसे अध्यापकों को नियुक्त कर लिया है, जो कम वेतन पर पर भी काम करने को राजी हो गए हैं। फिर शिक्षा विभाग को ऊंचे वेतन क्रम पर नियमित अध्यापकों को नियुक्त करने में क्यों रुचि रह जाएगी। उसने तो यह सूत्र पकड़ लिया है- 'काम जो आवे कामरी, का ले करे कमाच'।

काम पड़ने पर गधे को भी बाप बनाना पड़ता है : अपनी स्वार्थ सिद्धि के लिए निकृष्ट व्यक्ति को भी सम्मान देना पड़ता है।

सोमनाथ त्रिपाठी शिक्षा विभाग में सबसे भ्रष्ट अधिकारी है। उसके सम्मान में मुझे भी कविता के रूप में उसके गुणगान करने हैं, क्योंकि मेरी पदोन्नति की फाइल उसके कार्यालय में अटकी हुई है। किसी ने सच ही कहा है -'काम पड़ने पर गधे को भी बाप बनाना पड़ता है'।

काम पड़े ही जानिए जो नर जैसा होय : काम पड़ने पर ही किसी व्यक्ति की परख होती है।

भारत आष्ट्रेलिया को अपना अच्छा मित्र मानता था, लेकिन जैसे ही

भारत ने उससे यूरेनियम आयात की बात चलाई तो आष्ट्रेलिया ने तुरन्त मुहं फेर लिया। बड़े-बड़े सच ही कहते आए हैं- 'काम पड़े ही जानिए जो नर जैसा होय'।

काम प्यारा कि चाम : किसी कार्मचारी के काम पर ध्यान देना चाहिए उसके सौंदर्य पर नहीं।

पाकिस्तान की विदेश मंत्री हिना रब्बानी जब भारत यात्रा पर आईं तो भारत के मीडिया का सम्पूर्ण ताम-झाम उसके सौंदर्य पर केन्द्रित हो गया। तब पाकिस्तान के मीडिया ने भारतीय मीडिया को कहा था -'काम प्यारा कि चाम'!

काम बिसरा काम असरा : काम के प्रति उदासीनता काम को बिगाड़ देती है।

राष्ट्र मंडल खेलों की तैयारियों में अधिकारियों की तैयारियों के प्रति उदासीनता ने कार्य को इतना बिगाड़ दिया था कि वह खेल सम्पन्न होने के कई महीनों बाद तक भी ठीक नहीं हो सका था। काश! कोई सज्जन उन अधिकारियों को बता सकता कि 'काम बिसरा काम असरा' तो इतनी अव्यवस्था न होती।

काम रहे तक काजी, न रहे तो पाजी : जब तक किसी के द्वारा हमारा स्वार्थ सिद्ध होता रहता है तभी तक वह हमारे लिए सम्मानित रह पाता है।

चुनाव के दिन तक ही मददाता प्रत्याशियों के लिए अति सम्मानित होते हैं। चुनाव के बाद नेता अपने मतदाताओं को भूल जाता है। हमारे ऐसे नेता इस सिद्धान्त पर काम करते हैं -'काम रहे तक काजी, न रहे तो पाजी'।

कारज धीरे होत है, काहे होत अधीर : काम धीरे-धीरे होते हैं, अतः मनुष्य को धैर्य नहीं खोना चाहिए।

भारत में जन्म लेकर यदि सुख से जीना है तो उसके लिए प्रथम गुण धैर्य है, क्योंकि भारत में सभी कार्य, भले ही वह न्याय हो, सरकारी आफिस के हों या फिर आपातकालीन सहायता पहुंचाने को हो, कीड़ी की चाल से होते हैं। किसी कवि की यह उक्ति भारतीयों के लिए सही प्रतीत होती है - 'कारज धीरे होत है, काहे होत अधीर'।

काल के हाथ कमान, न बूढ़ा बचे न जवान : मृत्यु से कोई नहीं बच सकता।

महात्मा बुद्ध ने जब यह देखा - 'काल के हाथ कमान, न बूढ़ा बचे न जवान', तो वे मृत्यु पर विजय प्राप्त करने के लिए घर से निकल पड़े थे।

काला अक्षर भैंस बराबर : निरक्षर होना।

भारत में सर्वशिक्षा अभियान में प्रत्येक वर्ष करोड़ों रुपये व्यय किए जाते हैं, लेकिन फिर भी अनेकों बच्चे स्कूल का मुंह तक भी नहीं देख पाते। वे बेचारे 'काला अक्षर भैंस बराबर' ही रह जाते हैं।

काली घटा डरावनी और धौली बरसन हार : 1. अवगुणी व्यक्ति समाज के लिए अहितकर होता है जब कि गुणी व्यक्ति समाज को सुख-समृद्धि प्रदान करता है।

2. कर्मठता का बाह्य दिखावा करने वाला व्यक्ति कुछ नहीं कर पाता, जबकि एक सरल स्वभाव का व्यक्ति सब कुछ कर देता है।

भगवान स्वरूप सुबह से सायं तक कर्मठता पर भाषण देता रहा, लेकिन उसने आधे घंटे के लिए भी श्रमदान नहीं किया, जब कि प्रायः शांत रहने वाला रामभजन लगातार दस घंटे तक श्रमदान करता रहा। यह तो वही बात हुई - 'काली घटा डरावनी और धौली बरसन हार'।

काले का काटा पानी नहीं मांगता : 1. काले नाग के काटने से व्यक्ति तुरन्त मर जाता है।

2. पापी व्यक्ति के चक्कर में पड़कर भारी हानि उठानी पड़ती है।

मेरे दोस्त! मैंने आपको बहुत सावधान किया था कि सेवा राम सदैव अवैध धंधों में लिप्त रहता है, अतः उससे अपने सम्बंध तोड़ लो, अब उसके साथ आपको भी जेल की हवा खानी पड़ गई न ? सदैव ध्यान रखो - 'काले का काटा पानी नहीं मांगता'।

काल्हि करे जो आज कर, आज करै सो अब । पल में परलय होयगी, बहुरि करोगे कब : जो काम करना है उसे तुरन्त कर देना चाहिए।

कुछ व्यक्ति आलस्यवश काम को कल पर टालते रहते हैं। उनका वह कार्य फिर कठिनाई से ही पूरा होता है। ऐसे व्यक्तियों के लिए किसी कवि ने कहा है - 'काल्हि करे सो आज कर, आज करै सो अब। पल में परलय होयगी बहुरि करोगे कब'।

किया-कराया सब गुड़ माटी : बना-बनाया काम बिगाड़ देना।

सन् अट्ठारह सौ सत्तावन की क्रान्ति सफल हो सकती थी, लेकिन अति उत्साह के कारण इसे निश्चित तिथि से पहले ही शुरू कर दिया गया था। इस उतावलेपन ने 'किया-कराया सब गुड़ माटी' कर दिया था।

किस खेत की मूली/खरपतवार है : व्यक्ति की नगन्यता की ओर संकेत करना।
अंग्रेज़ भारतीयों को इस स्तर तक अपने से उपेक्षित मानते थे कि इनके लिए - 'किस खेत की मूली है'। यह उक्ति बोलते थे।

किस चिड़िया का नाम है : किसी वस्तु के सम्बन्ध में अनभिज्ञता प्रदर्शित करना।
एक पाश्चात्य विद्वान मैक्समूलर ने जब सर्वप्रथम अपने देश में जाकर वेदों की चर्चा की तो वहां के कुछ विद्वान एक स्वर में कह उठे थे कि 'वेद किस चिड़िया का नाम है'।

किसी का घर जले कोई तापे : किसी की विपत्ति पर दूसरे का लाभ उठाना।
जब आर्थिक मंदी से अमेरिका हिल उठा था तो तात्कालिक वित्त मंत्री ने भारतीय निवेशकों को सांत्वना देते हुए कहा था कि इससे भारतीयों को घबराने की कोई जरूरत नहीं है, क्योंकि अमेरिका की इस मंदी से भारत को लाभ ही होगा। वहां के निवेशक अब भारत का रुख करेंगे। यह तो वही बात थी - 'किसी का घर जले कोई तापे'।

किसी को बैंगन पच, किसी को अपच : एक व्यक्ति का व्यवहार सबके लिए समान नहीं हो सकता।
पाकिस्तान के चीन के साथ मधुर सम्बन्ध हैं, जब कि भारत के साथ कटु हैं। इसमें कोई आश्चर्य की बात भी नहीं है, क्योंकि 'किसी को बैंगन पच, किसी को अपच'।

कुंए की मिट्टी कुंए में ही लग जाती है : जहां से आमदनी करते हो वहीं व्यय हो जाता है।
खेती करना अब इतना महंगा व्यवसाय हो गया है कि उसकी आय का एक बहुत बड़ा भाग वापिस उसी में ही लग जाता है। यह बात सही प्रतीत होती है - 'कुंए की मिट्टी कुंए में ही लग जाती है'।

कुंए का मेंढ़क कुंए के बारे में ही जानता है : छोटी बुद्धि के व्यक्ति का ज्ञान सीमित ही होता है।
धार्मिक पाखंडों में विश्वास करने वाला व्यक्ति इस पाखंड को ही वास्तविक ज्ञान मानता है। यह बात सही है कि 'कुंए का मेंढ़क कुंए के बारे में ही जानता है'।

कुंए में की मेंढ़की करे सिन्धु की बात : अपनी हैसियत से अधिक बढ़-चढ़ कर बातें करना।
वर्षा तोमर ने एक छोटी सी नाटिका क्या लिख दी। बड़े-बड़े लेखकों

की रचनाओं में कमियां निकालने लगी। उसका व्यवहार तो इस कहावत के अनुसार हो गया - 'कुंए में की मेंढ़की करे सिन्धु की बात'।

कुछ गुड़ ढीला, कुछ बनिया ढीला : दोनों पक्षों में ही कुछ न कुछ कमी का होना।

महंगाई के लिए वस्तुओं का उत्पादन खर्च तो जिम्मेदार है ही, लेकिन सरकार की गलत नीति भी इसके लिए जिम्मेदार है। यह बात महंगाई के लिए सही प्रतीत होती है कि 'कुछ गुड़ ढीला, कुछ बनिया ढीला'।

कुछ भी पहना दो लंगूर लंगूर ही रहता है : बाह्य परिवर्तन से किसी की भी आन्तरिक प्रवृत्ति नहीं बदलती।

योग गुरू रामदेव के शिविर में जाकर ज्ञान प्रकाश ने कुछ प्राणायाम की क्रियाएं तो सीख लीं, लेकिन अवैध धंधों की कमाई नहीं छोड़ी। ऐसे व्यक्ति के सम्बन्ध में ज्ञानियों ने कहा है - 'कुछ भी पहना दो, लंगूर लंगूर ही रहेगा'।

कुत्ता भी दुम हिलाकर बैठता है : कुत्ते से स्वच्छता की शिक्षा ग्रहण करना।

तुम्हारे घर में कितनी गंदगी फैली हुई है। बेटी! घर में सफाई रखनी सीखो। कम से कम कुत्ते से ही शिक्षा ले लो, 'कुत्ता भी दुम हिलाकर बैठता है'।

कुत्ते भौंके हजार, हाथी चले बाजार : बकने वाले भले ही बकते रहे, लेकिन लक्ष्य की ओर बढ़ते ही रहना चाहिए।

कश्मीर समस्या पर भारत की कितनी ही बार आलोचना की, लेकिन भारत अपनी मूल नीति पर स्थित रहा और इस कहावत को चरितार्थ कर दिया - 'कुत्ते भौंके हजार, हाथी चले बाजार'।

कुत्ते की दुम बारह वर्ष तक नली में रही तब भी टेढ़ी-की-टेढ़ी निकली : दुष्ट की प्रवृत्ति नहीं बदलती।

महात्मा गांधी जी ने जिन्ना को अनेक वर्ष तक एकता व अखंडता का पाठ पढ़ाया, लेकिन पाकिस्तान की मांग को पूरा करने के लिए जिन्ना ने गांधी जी की बात नहीं मानी। किसी ने सही कहा है - 'कुत्ते की दुम बारह वर्ष तक नली में रही तब भी टेढ़ी-की टेढ़ी निकली'।

कुत्ते को घी नहीं पचता : ओछे व्यक्ति के व्यवहार में, थोड़ा सा सम्मान पाते ही अहंकार झलकने लगता है।

रामधन कश्यप का लड़का विदेश क्या चला गया वह स्वयं को सबसे

अधिक प्रतिष्ठित व्यक्ति मानने लगा। शास्त्रों में सही लिखा है कि 'कुत्ते को घी नहीं पचता'।

कुत्तों के भौंकने से हाथी नहीं डरते : विद्वान लोग मूर्खों की बातों की परवाह नहीं करते।

नेताजी सुभाषचन्द्र बोस की अहिंसा प्रेमियों ने बहुत आलोचना की, परन्तु वे इसकी परवाह न करते हुए अपने लक्ष्य की ओर बढ़ते चले गए। अपने इस साहसिक कृत्य से उन्होंने यह कहावत चरितार्थ की - 'कुत्तों के भौंकने से हाथी नहीं डरते'।

कुम्हार के घर बर्तनों का काल : किसी उत्पादक के यहां उत्पादित वस्तु का अभाव हो जाना।

मैंने अपने एक लेखक मित्र के पास जाकर उसके द्वारा लिखित एक पुस्तक मांगी, लेकिन उसने पुस्तक उपलब्ध न होने के कारण मुझे पुस्तक देने में असमर्थता प्रकट कर दी। अचानक मेरे मन में एक विचार कौंधा - 'कुम्हार के घर बर्तनों का काल'।

कै हंसा मोती चुगे कै फांके ही मर जाए : प्रतिष्ठित व्यक्ति प्रतिष्ठा के साथ जीना ही ठीक समझता है।

फ़िल्मों की गायिका मुबारक बेगम वृद्धावस्था में जब भूखों मरने की स्थिति में आ गईं तो उनके शुभ चिंतकों ने उसे फ़िल्मी लोगों से आर्थिक सहायता के लिए विनती करने को कहा, लेकिन मुबारक बेगम ने इनकार कर दिया, क्योंकि वह इस मत को मानने वाली हैं - 'कै हंसा मोती चुगे कै फांके ही मर जाए'।

कै सोवे राजा का पूत, कै सोवे जोगी अवधूत : राजा का पुत्र और योगी ही चिन्ता रहित रहते हैं, बाकी सभी को चिन्ता घेरे रहती है।

सेवा निवृत्ति के अवसर पर मैंने अपनी पत्नी से कहा कि अब मैं चिन्तामुक्त हो गया हूं, अतः घर के काम में अब कुछ सहयोग दे सकूंगा। इस पर मेरी पत्नी ने कहा कि एक गृहस्थ कभी भी चिन्ता-मुक्त नहीं हो सकता। चिन्ता-मुक्त राजा का पुत्र होता है या योगी, क्योंकि कहावत है - 'कै सोवे राजा का पूत, कै सोवे जोगी अवधूत'।

कोउ न काहू दुःख-सुख का दाता, निजकृत कर्म भोग सब भ्राता : कोई किसी को सुख या दुख नहीं देता। सब अपने कर्म के ही फल भोगते हैं।

हम व्यर्थ ही किसी के साथ विवाद में पड़ जाते हैं कि तुम्हारे कारण ही

हमारे ऊपर समस्याओं के पहाड़ टूट रहे हैं। वास्तव में हमें हमारे कर्मों के भोग के रूप में ही सुख-दुःख मिलते हैं, क्योंकि ज्ञानियों ने कहा है—'कोउ न काहू दुःख-सुख का दाता, निजकृत कर्म भोग सब भ्राता'।

कोउ नृप होउ हमैं का हानी, चेरि छोड़ि होउब रानी : 1. व्यर्थ की बातों में न पड़कर केवल अपने लक्ष्य पर चिन्तन करना। 2. राजा कोई भी हो सामान्य व्यक्ति पर कोई प्रभाव नहीं पड़ता।

1. सेंट स्टीफन कॉलिज का कौन प्रबन्धक है, कौन अध्यक्ष है, हमें इससे क्या? हमें अपने लड़के के एडमिशन से काम। हम तो इस सिद्धान्त के मानने वाले हैं—'कोउ नृप होउ हमैं का हानी, चेरि छोड़ि होउब रानी'।

2. राजा कोई भी हो हमें इससे क्या लेना-देना है। हम तो मजदूर हैं। अब भी मजदूरी कर रहे थे आगे भी मजदूरी करनी है। 'कोउ नृप होउ हमैं का हानी, चेरि छोड़ि होउब रानी'।

कोऊ काहू में मगन, कोऊ काहू में मगन : सब की रुचि अलग-अलग होती है और अपनी रुचि के अनुसार ही सब अपना-अपना कार्य करते हैं।

कोई क्या कर रहा है, हमें इस पर अधिक ध्यान नहीं देना चाहिए, क्योंकि वैयक्तिक भिन्नता के कारण यहां सबके स्वभाव अलग-अलग हैं, अतः 'कोऊ काहू में मगन, कोऊ काहू में मगन'।

कोठी वाला रोवे, छप्पर वाला सोवे : धनी मनुष्य धन की रक्षा की चिन्ता में दुःखी रहता है, जबकि निर्धन निश्चिन्त रहता हुआ सुख भोगता है।

बच्चों के अपहरण की बढ़ती हुई घटनाओं से लोहे का व्यापारी घनश्याम गर्ग हर समय चिंतित रहता है कि कोई उसके बच्चे का अपहरण न कर ले। किसी ने सच कहा है - 'कोठी वाला रोवे, छप्पर वाला सोवे'।

कोयला होय न ऊजला सौ मन साबुन धोय : किसी बुरे व्यक्ति की प्रवृत्ति बदली नहीं जा सकती भले ही उसे कितने ही उपदेश क्यों न दे दिए जाएं।

संत प्रकृति के लोगों ने अनेकों बार नक्सलवादियों को कहा है कि वे अपनी मांगों को शान्तिपूर्वक सरकार के समक्ष रखें, लेकिन फिर भी वे आतंकी घटनाओं में ही लिप्त हैं। ज्ञानियों ने सही कहा है - 'कोयला होय न ऊजला सौ मन साबुन धोय'।

कोयले की दलाली में हाथ काले : बुरी संगत का फल बुरा ही होता है।

मैं अपने मित्र के घर उससे मिलने क्या गया कि वहां अचानक पुलिस का छापा पड़ गया। मेरे मित्र के साथ मुझे भी पुलिस ने बंदी बनाकर कारावास में डाल दिया। मुझे बाद में पता लगा कि मेरा मिंत्र नशीले पदार्थों का कुख्यात तस्कर है, लेकिन अब पश्चाताप से क्या होता है, 'कोयले की दलाली में हाथ काले' हो ही गए।

कोल्हू काटकर मुगदर बनाना : आंशिक उपलब्धि के लिए बड़ी हानि कर लेना।

सूर्यप्रकाश ने नृत्य के अभ्यास के लिए अपनी इंटरमीडिएट की परीक्षा छोड़ दी। यह तो वही बात हुई - 'कोल्हू काटकर मुगदर बनाना'।

कौन किसी के आवे दाना-पानी लावे : कौन किसी की सहायता के लिए उसके घर जाता है।

विष्णुकान्त की नौकरी क्या छुटी, घर में खाने के भी लाले पड़ गए, लेकिन कोई भी उसका सम्बन्धी उसका हाल-चाल पूछने उसके घर तक नहीं पहुंचा। किसी ने सच कहा है - 'कौन किसी के आवे दाना-पानी लावे'।

कौवा चला हंस की चाल, अपनी भी भूल गया : साधनहीन व्यक्ति यदि किसी साधन-संपन्न व्यक्ति का अनुकरण करता है तो उसे हानि उठानी पड़ती है।

मैंने अपने मित्र का अनुकरण करते हुए एक पुरानी गाड़ी खरीद ली, लेकिन वह इतनी खटारा निकली कि मिस्त्री के गैरेज में ही खड़ी करनी पड़ने लगी और सम्पूर्ण वेतन इसी की मरम्मत में जाने लगा। तब मुझे यह कहावत आई - 'कौवा चला हंस की चाल, अपनी भी भूल गया'।

कौवे की चोंच में घी : अनमेल वस्तुओं का युग्म।

विवाह मंडप में एक कुरूप दुल्हे के पास बैठी सुन्दर दुल्हन ऐसी लग रही थी जैसे 'कौवे की चोंच में घी'।

कौवे की दुम में अनार की कली : किसी कुरूप व्यक्ति का सुन्दर परिधान धारण करना।

हमारी कम्पनी में एक काले रंग का नाइजीरियन युवक काम करता है। वह प्रायः सुन्दर कपड़े पहन कर ही आता है। उसे देखकर ऐसा लगता है जैसे 'कौवे की दुम में अनार की कली' हो।

ख

खग ही जाने खग की भाषा : एक दूसरे के साथ रहने वाले ही एक दूसरे की बात समझ सकते हैं।

आप भारतीय मूल के भले ही कहलाए जाते हों, लेकिन आपका जन्म तो अमेरिका में हुआ है, फिर आप यहां की संस्कृति को क्या जान सकते हो। यहां की संस्कृति को तो यहां का निवासी ही जान सकता है, क्योंकि 'खग ही जाने खग की भाषा'।

खर को गंग नहवाइए, तऊ न छोड़े छार : चाहे कितना भी प्रयास किया जाए नीच की प्रवृत्ति नहीं बदल सकती।

पाकिस्तान के साथ भले ही कितने भी समझौते क्यों न कर ले, वह भारत में आतंकवाद को बढ़ावा देने से बाज नहीं आ सकता है। ज्ञानियों ने सही कहा है - 'खर को गंग नहवाइए, तऊ न छोड़े छार'।

खरबूजे को देख खरबूजा रंग बदलता है : संगति का प्रभाव पड़ता है।

अपने बच्चों के उज्जवल भविष्य के लिए अभिभावकों को यह ध्यान जरूर रखना चाहिए कि उनके बच्चे कैसे बच्चों के साथ हिल-मिल कर रहते हैं, क्योंकि 'खरबूजे को देखकर खरबूजा रंग बदलता है'।

खरादी का काठ काटे ही से कटता है : कार्य करने से ही समाप्त होता है।

आलस्य में पड़े रहने से तो कार्य समाप्त नहीं होगा। उठकर काम करना ही पड़ेगा। सदैव यह बात ध्यान रखो कि 'खरादी का काठ काटे ही से कटता है'।

खरी मजूरी चोखा काम : नकद और अच्छी मजदूरी देने से काम अच्छा होता है।

तुम्हारे काम पर अब कौन आएगा, न तो तुम सही मजदूरी दे पाते और जितनी भी देते हो वह भी समय पर नहीं दे पाते। तुम्हें यह कहावत याद रखनी चाहिए - 'खरी मजूरी, चोखा काम'।

खल की दवा पीठ पूजा : दुष्ट लोग पीटने से ही ठीक होते हैं।

भ्रष्ट लोगों के सामने कितने ही प्रवचन क्यों न दे लें लेकिन वे भ्रष्टाचार से बाज नहीं आते। पिटाई ही उनके लिए कारगर हथियार है, क्योंकि कहा गया है - 'खल की दवा पीठ पूजा'।

ख़लक का हलक किसने बंद किया : शक्ति के बल पर जनता की जुबान बंद नहीं की जा सकती।

भ्रष्ट राजनेता सदनों में चाहे कितना भी स्पष्टीकरण दे डालें या कितना ही शोर क्यों न मचा लें, लेकिन उनके भ्रष्टाचार के किस्से जनता में फैल ही जाते हैं। कहावत है - 'ख़लक का हलक किसने बंद किया'।

ख़लक की जुबान खुदा का नक्कारा : जनता की आवाज को खुदा की आजा समझना चाहिए।

जनता यदि भ्रष्टाचार समाप्त करने के लिए अनशन, आंदोलन आदि कर रही है तो सरकार को उस पर ध्यान देना चाहिए, क्योंकि 'ख़लक की जुबान खुदा का नक्कारा होता है'।

खाइए मनभाता पहनिए जगभाता : भोजन अपनी पसंद का और पहनावा दूसरे की पंसद का अच्छा माना गया है।

खाने का सम्बन्ध स्वास्थ्य से है, अतः अपने स्वास्थ्य के अनुसार खाना चाहिए, लेकिन परिधान का सम्बन्ध सभ्यता से है, जिसका निर्धारण दूसरे लोग करते हैं, अतः बड़े-बड़े लोगों ने यह कहावत ठीक ही बनाई है - 'खाइए मनभाता, पहनिए जगभाता'।

खाओ तो ठेंगे से न खाओ तो ठेंगे से : किसी के प्रति चिंतित न होना।

सरकारी स्कूलों के मध्याह्न के भोजन में बच्चों की रुचि का कोई ध्यान नहीं रखा जाता है, केवल मीनू के अनुसार बनाकर बच्चों को परोस दिया जाता है। बच्चे उसे खाए या न खाए इससे अनका कोई सरोकार नहीं। उनका सिद्धांत है, 'खाओ तो ठेंगे से न खाओ तो ठेंगे से'।

खाओ वहां तो पानी पीओ यहां : शीघ्र आने के लिए कहना।

आज सायं पंच बजे तक ये सारे पेपर टाइप करने हैं। लंच भी बहुत कम समय में करना है। बस यह समझो 'खाओ वहां तो पानी पीओ यहा'।।

खाक डाले चांद नहीं छिपता : यशस्वी व्यक्ति पर दोष लगाने से उसकी कीर्ति नहीं घटती।

श्री अरविन्द पर कुछ लोगों ने यह आरोप लगाया था कि वे अपनी गिरफ्तारी से डरकर पांडिचेरी चले गए थे, लेकिन उसका कुछ प्रभाव नहीं हुआ। सच कहा है - 'खाक डाले चांद नहीं छिपता'।

खाए घी से, नहीं जाए जी से : केवल उत्तम ही खाना है, नहीं मिले तो भूखा रहना है।

स्वामी दयानन्द सरस्वती शुद्ध-सात्विक और शाकाहारी भोजन लेते थे, यदि ऐसा नहीं मिलता था तो भूखे ही रह जाते थे। उनका तो यह सिद्धान्त था कि 'खाए घी से, नहीं जाए जी से'।

खाई खने जो आन को ताको कूप तैयार : दूसरों का बुरा चाहने वाले का बुरा ही होता है।

कन्नौज के राजा जयचन्द ने पृथ्वीराज चौहान को मरवाने के लिए उसके शत्रु मुहम्मद गोरी से हाथ मिलाया था, लेकिन अन्त में जयचन्द भी गोरी के हाथों मारा गया था। यह कहावत सत्य ही है - 'खाई खने जो आन को ताको कूप तैयार'।

खाने के दांत और दिखाने के और : कहना कुछ और करना कुछ और।

अमेरिका पर भारत को विश्वास नहीं करना चाहिए, क्योंकि उसके 'खाने के दांत और, दिखाने के और' हैं।

खाय चना, रहे बना : चने खाने वाला व्यक्ति स्वस्थ रहता है।

चना एक पौष्टिक अन्न है, इसके खाने से लोग शक्तिशाली हो जाते हैं, अतः यह कहावत सत्य है - 'खाय चना, रहे बना'।

खाय मोठ, तोड़े कोट : मोठ खाने से शारीरिक बल बढ़ता है।

मोठ एक पौष्टिक अन्न है, जो शक्ति का सस्ता स्रोत है। किसी ने कहा भी है - 'खाय मोठ, तोड़े कोट'।

खाल ओढ़ाए सिंह की स्यार सिंह नहीं होय : बाह्य परिवर्तन से आन्तरिक परिवर्तन नहीं होता।

चीन के राजनेता भारतीय नेताओं से पूर्ण उत्साह के साथ मित्रता का हाथ मिलाते हैं, लेकिन उनके अन्दर वही शत्रुता की भावना रहती है। यह सही है - 'खाल ओढ़ाए सिंह की स्यार सिंह नहीं होय'।

खाली दिमाग शैतान का घर : जो मनुष्य बेकार होता है, उसे तरह-तरह के उपद्रव ही सूझते हैं।

अभिभावकों को चाहिए कि वे अपने किशोरकाल के बच्चों को पढ़ाई या अन्य कार्य में व्यस्त रखें, क्योंकि 'खाली दिमाग शैतान का घर होता है'।

खाली बनिया क्या करे, इस कोठी का धान उसमें करे : जिसके पास कोई काम नहीं होता वह पहले किए काम में ही अदला-बदली करता रहता है।

बड़े-बड़े शहरों में प्रायः देखा जाता है कि आज किसी सड़क पर डिवाइडर बन रहा होता है और कल वह वहां से हट रहा होता है। लगता है सार्वजनिक निर्माण विभाग खाली बनिया हो गया है, क्योंकि कहावत है, 'खाली बनिया क्या करे, इस कोठी का धान उसमें करे'।

खावे बकरी की तरह, सूखे लकड़ी की तरह : बहुत अधिक खाने के बाद भी कमजोर होते जाना।

परीक्षा के दिनों में परीक्षार्थी यद्यपि पौष्टिक भोजन लेते हैं, लेकिन परीक्षा की चिन्ता से उनका स्वस्थ गिरता ही जाता है। उस स्थिति में उनके ऊपर यह कहावत चरितार्थ होती है - 'खावे बकरी की तरह, सूखे लकड़ी की तरह'।

खिदमत से अज़मत है : दूसरों की सेवा करने से व्यक्ति महान बनता है।

राजा राम मोहन राय सदैव समाज की सेवा करते रहे, इसी कारण आज भी उनकी महानता के चर्चे होते रहते हैं, किसी ने सही कहा है - 'खिदमत से अज़मत है'।

खिलाए का नाम नहीं, रुलाने का नाम : अच्छे काम का यश तो मिलता नहीं, बल्कि गलत काम का अपयश जरूर मिल जाता है।

केन्द्र सरकार कश्मीरी जनता की सुख-सुविधा के लिए वहां की सरकार को बहुत बड़ा आर्थिक पैकेज देती है, लेकिन उसका केन्द्र सरकार को कोई यश नहीं मिलता, क्योंकि आतंकवादी मुठभेड़ में यदि किसी निर्दोष नागरिक की मौत हो जाती है, तो सरकार का अपयश विदेशों तक फैल जाता है। इसे कहते हैं, 'खिलाए का नाम नहीं रुलाने का नाम'।

खिसियानी बिल्ली, खम्भा नोचे : लज्जित होकर अपना क्रोध किसी अन्य माध्यम पर उतारना।

कश्मीर मुद्दे पर कूटनीतिक पराजय न पचा पाने के कारण तत्कालीन पाकिस्तानी राष्ट्रपति मुशर्रफ ने कारगिल युद्ध छेड़ दिया था। यह तो वही बात हुई थी कि 'खिसियानी बिल्ली खम्भा नोचे'।

खुदा गंजे को नाखून न दे : अत्याचारी को कोई अधिकार नहीं मिलना चाहिए।

यदि आतंकवादियों की पहुंच परमाणु हथियारों तक हो जाए तो यह

विश्व के लिए सबसे दुःखद घटना होगी, अतः विश्व के लोग बस यही कामना करते हैं - 'खुदा गंजे को नाखून न दे'।

खुशामद से ही आमद है : खुशामद से ही निकाला गया काम सुखप्रद होता है।

आज के युग में खुशामद करना कमजोरी का लक्षण मान लिया गया है, अतः आज के युवक अपने अटके हुए काम खुशामद से नहीं, बल्कि शक्ति से करने में रुचि रखते हैं, लेकिन उन्हें कौन समझाए कि - 'खुशामद से ही आमद है'।

खूंटे के बल बछड़ा कूदे : किसी अन्य माध्यम के बल पर पराक्रम दिखाना।

पाकिस्तान चीन के बल पर ही भारत को आंख दिखाता रहता है। किसी ने सच ही कहा है - 'खूंटे के बल बछड़ा कूदे'।

खून सिर पर चढ़कर बोलता है : अपराध छिप नहीं सकता।

एक औरत अपने पति की हत्या पर पुलिस की उपस्थिति में बहुत अधिक विलाप कर रही थी, लेकिन उसके चेहरे पर आन्तरिक वेदना के कोई चिह्न नहीं थे। पुलिस ने इसी के आधार पर उसे अपने पति की हत्या के आरोप में गिरफ्तार कर लिया। यह सही तथ्य है कि 'खून सिर पर चढ़कर बोलता है'।

खूब मिलाई जोड़ी, एक अंधा एक कोढ़ी : दो मूर्खों की मित्रता होना।

पुष्पेन्द्र हाईस्कूल में दो बार अनुत्तीर्ण हो चुका है और विरेन्द्र कुमार इंटरमीडिएट में तीन बार, लेकिन दोनों अभिन्न मित्र है। उन्हें देखकर मन में अचानक यह कहावत कौंध जाती है - 'खूब मिलाई जोड़ी, एक अंधा एक कोढ़ी'।

खेत खाए गधा, मारा जाए जुलाहा : एक अपराधी का दंड किसी दूसरे निर्दोष व्यक्ति को मिल जाना।

कुछ बदमाशों ने टैक्सी रुकवाकर उसमें से एक लड़की का अपहरण कर लिया। वे बदमाश तो भाग खड़े हुए, लेकिन पुलिस ने उस टैक्सी ड्राइवर को गिरफ्तार कर लिया। यह तो वही बात हुई - 'खेत खाए गधा, मारा जाए जुलाहा'।

खेती खसम सेती : खेती तभी लाभकारी होती है , जब मालिक स्वयं खेतों की देखभाल करे।

अब खेती मेरे लिए लाभकारी धंधा रहा कहां है! मैं तो दिल्ली नौकरी करता हूं, खेती नौकर-चाकर देखते हैं। वे कितनी निष्ठा से काम करते

होंगे यह सभी जानते हैं और फिर बड़े-बड़े कहते आए हैं - 'खेती खसम सेती'।

खेती बारी भार्या और घोड़े का तंग, अपने हाथ संभालिए लाख लोग हों संग : खेती, बाग, पत्नी और घोड़े की लगाम को स्वयं अपने हाथ में रखना चाहिए।

समाज सुखी और समृद्ध रहे तथा किसी के साथ छल न हो, अतः ज्ञानियों ने सभी के लिए मार्ग-दर्शक सिद्धांत बनाए हैं। यह ऐसा ही सिद्धान्त है, 'खेती बारी भार्या और घोड़े का तंग, अपने हाथ संभालिए लाख लोग हों संग'।

खेल खतम, पैसा हजम : राजी-खुशी काम सम्पन्न होना।

कॉलिज के वार्षिक उत्सव में छात्रों और छात्राओं ने नृत्य के माध्यम से सुन्दर प्रस्तुति दी। उनको पुरस्कार प्रदान करने के बाद घोषणा कर दी गई - 'खेल खतम, पैसा हजम'।

खेल खिलाड़ी का पैसा मदारी का : अच्छा काम कोई और करे और श्रेय किसी और को मिले।

भारतीय स्वतंत्रता संग्राम में यद्यपि अनेक गरम दल के क्रांतिकारियों ने अपने प्राणों का बलिदान किया, लेकिन स्वतंत्रता का सारा श्रेय गांधीजी की अहिंसा को चला गया। यह तो वही बात हुई - 'खेल खिलाड़ी का पैसा मदारी का'।

खोटा बेटा खोटा सिक्का समय पर काम आता है : अर्थ स्पष्ट है।

मैंने अपने एक पुत्र को उसकी गलत गतिविधियों के कारण घर से निकाल दिया था, लेकिन एक दिन उसने एक आतंकवादी को उस समय धर दबोचा जब वह मेरी ज्वैलरी की दुकान के सामने विस्फोट करने वाला था। तब मुझे ध्यान आया - 'खोटा बेटा खोटा सिक्का समय पर काम आता है'।

खोदा पहाड़ निकली चुहिया : कठिन परिश्रम करने पर सकारात्मक परिणाम न मिल पाना।

हमने बचपन में पढ़ा था कि ऋषि वनों में रहते थे और कंदमूल तथा फल-फूल खाकर ज्ञान की खोज करते थे। इसी बात से उत्साहित होकर हमने सैंकड़ों किलोमीटर की यात्रा की और हिंडन नदी के वन क्षेत्र में पहुंचकर वन में कंदमूल और फल-फूल खोजने चाहे, लेकिन वहां ऐसा

कुछ भी नहीं मिला। वही बात सिद्ध हो गई - 'खोदा पहाड़ निकली चुहिया'।

खौरही कुतिया मखमली झूल : कुरूप लड़की का श्रृंगार द्वारा सज-धजना।

मेरे कार्यालय की एक महिला सफाई-कर्मी रंग और चेहरे की विकृत बनावट के कारण कुरूप दिखाई देती है, लेकिन जब वह पूर्ण श्रृंगार करके कार्यालय में आती है तो मेरे सहकर्मी फुसफुसाते हैं, 'खौरही कुतिया मखमली झूल'।

ग

गंगा की धारा पाप काटने का आरा : गंगा स्नान करने से सब पाप दूर हो जाते हैं।

सभी संत लोग गंगा की महिमा का वर्णन करते हुए कहते हैं, 'गंगा की धारा पाप काटने का आरा'।

गंगा गए गंगादास, जमुना गए जमुनादास : अवसरवादी होना।

कुछ राजनेता राजनैतिक पार्टी की वर्तमान स्थिति देखकर इस विचार से दल-बदल करते रहते हैं कि कहां कुर्सी का मिलना संभव है। ऐसे नेताओं पर यह कहावत चरितार्थ होती है - 'गंगा गए गंगादास, जमुना गए जमुनादास'।

गंजी कबूतरी महल में डेरा : अयोग्य व्यक्ति को उच्च पद मिल जाना।

रामेश्वर को न तो कुछ आता-जाता है और न ही उसके पास किसी विषय की स्नातकोत्तर डिग्री है, लेकिन फिर भी वह एक पब्लिक स्कूल का प्रधानाचार्य बन बैठा है। उसे देखकर ऐसा लगता है - 'गंजी कबूतरी महल में डेरा'।

गंजे के नाखून नहीं होते : अत्याचारी के हाथ में शक्ति नहीं होती।

महाभारत के युद्ध में अर्जुन अग्निबाण चलाने में दक्ष थे, क्योंकि वे धर्म की रक्षा के लिए लड़ रहे थे, लेकिन दुर्योधन में यह दक्षता नहीं थी, क्योंकि वे अधर्म के लिए लड़ रहे थे। किसी ने सच ही कहा है, 'गंजे के नाखून नहीं होते'।

गंजी क्या जाने कंघी का भाव : उपयोग में न आने वाली वस्तु के सम्बन्ध में जानकारी रखने का कोई औचित्य नहीं है।

घरेलू नौकरानी से मेरी पत्नी ने पूछा– 'किस ब्रांड का वातानुकूलित संयत्र अच्छा काम करता है? नौकरानी ने कहा– 'गंजी क्या जाने कंघी का भाव'।

गगरी दाना सूत उताना : ओछा व्यक्ति थोड़ा धन पाकर इतराने लगता है।

किशन जोगी के लड़के को फैक्ट्री में नौकरी क्या लग गई, वह अपने को धन्ना सेठ समझ बैठा है। किसी ने सही कहा है कि 'गगरी दाना सूत उताना'।

गढ़े कुम्हार भरे संसार : एक व्यक्ति भी समाज के लिए उपयोगी हो सकता है।

अकेले श्रीधरन ने दिल्ली मैट्रो का अभियान चलाया था। निश्चय ही मैट्रो ट्रेन से दिल्ली के जीवन में खुशहाली आई है। तभी तो कहा गया है - 'गढ़े कुम्हार भरे संसार'।

गधा नहाने से घोड़ा नहीं हो जाता : बाह्य स्वच्छता से आन्तरिक परिवर्तन नहीं हो सकता है।

बाह्य स्वच्छता से नहीं, बल्कि आन्तरिक प्रवृत्तियों के शोधन से कोई साधक साधना पथ पर आगे बढ़ सकता है। विद्वानों ने सही कहा है, 'गधा नहाने से घोड़ा नहीं बन जाता'।

गधा मरे कुम्हार का धोबिन सती होय : किसी के गलत कार्यों से उस व्यक्ति का प्रभावित होना जिसका उससे कोई सम्बन्ध न हो।

न्यायालय ने जब एक आतंकी को मृत्यु-दंड की सजा सुनाई तो मेरी पत्नी भावुक प्रवृत्ति होने के कारण तिलमिला-सी गईं उस पर यही कहावत चरितार्थ हो गई - 'गधा मरे कुम्हार का धोबिन सती होय'।

गधे को गुलकंद मनुष्य को शकरकंद : योग्यता के अनुसार वस्तुओं का आबंटन न करना।

एक पुरस्कार वितरण समारोह में एक गीतकार को एक बांसुरी प्रदान की गई और संगीत कार को पेन और डायरी। तभी पीछे से कुछ स्वर सुनाई दिए - 'गधे को गुलकंद मनुष्य को शकरकंद'।

गधे के खिलाए न पुण्य न पाप : कृतघ्न के साथ नेकी करना व्यर्थ है।

श्रीलंका की भारत चाहे कितनी भी आर्थिक सहायता क्यों न कर दे,

‘लेकिन फिर भी वह चीन के सम्पर्क में जाने से नहीं रुकेगा। किसी ने सही कहा है, ‘गधे के खिलाए न पुण्य न पाप’।

गधे पर बस न चलना कुम्हारी के कान उमेठना : अपराध किसी का परिणाम कोई और भोगे।

भारतीय क्रिकेट टीम जब कोई शृंखला हार जाती है तो भारतीय दर्शक अपना क्रोध चयनकर्ताओं पर उतारते हैं। यह तो वही बात होती है - ‘गधे पर बस न चलना कुम्हारी के कान उमेठना’।

गधों से हल चले तो बैल क्यों बिसाय : यदि छोटे साधनों से काम चल जाए तो बड़े साधनों को क्यों खोजें।

जब दिल्ली में बसों द्वारा आवागमन की समस्या का समाधान नहीं हुआ तो इसके बड़े और सुखद विकास विकल्प के रूप में मैट्रो ट्रेन को उतारा गया। यह बात सही है - ‘गधे से हल चले तो बैल क्यों बिसाय’।

गया वक्त फिर हाथ नहीं आता : समय के प्रति संवेदनशील रहना चाहिए।

हमें अपने कार्य समय पर पूरे कर लेने चाहिए, क्योंकि ‘गया वक्त फिर हाथ नहीं आता’।

गए थे रोज़ा छुड़ाने, नमाज़ गले पड़ गई : किसी छोटी समस्या से मुक्त होने के प्रयास में बड़ी समस्या में फंस जाना।

योग गुरु रामदेव ने काले धन को वापिस लाने के लिए दिल्ली में अनशन किया था, लेकिन काला धन तो वापिस नहीं आया उल्टे बाबा रामदेव के आर्थिक स्रोतों की जांच करने पर विचार करके सरकार ने उनके समक्ष एक बड़ी समस्या खड़ी कर दी। यह तो वही हुआ, ‘गए थे रोज़ा छुड़ाने, नमाज़ गले पड़ी’।

गरज़ पड़ने पर गधे को बाप कहना पड़ता है : अपनी स्वार्थ सिद्धि के लिए निकृष्ट व्यक्ति को भी सम्मान देना पड़ता है।

मेरे पड़ोस में एक ऐसी अत्याधुनिक, लेकिन बदनाम लड़की रहती है, जिसके कुछ लोगों से अवैध सम्बन्ध हैं, लेकिन वह उस कम्पनी में कार्यरत है, जो दूर-दर्शन के लिए लघु-फिल्मों का निर्माण करती है। मैं भी एक लेखक के नाते उस कम्पनी से जुड़ना चाहता था, अतः उसके घर जाकर मुझे अनुनय-विनय करनी ही पड़ी। किसी ने सत्य कहा है - ‘गरज़ पड़ने पर गधे को भी बाप बनाना पड़ता है’।

गरजने वाले बरसते नहीं : जो अपने अहंकार की पूर्ति के लिए बढ़-चढ़ कर बातें करता है वह नकारा होता है।

कुशलपाल महंगाई के विरुद्ध आहत जनसभा में अपने पूरे जोश से ललकार रहा था कि जो सरकार महंगाई को नियंत्रित नहीं कर सकती, उसे शासन करने का कोई अधिकार नहीं रहता है, लेकिन अगले दिन सरकार के विरुद्ध प्रदर्शन में वह कहीं तक भी नहीं दिखाई दे रहा था। किसी ने सच कहा है - 'गरजने वाले बरसते नही'।।

गरज़ी यार किसके, दम लगाए खिसके : स्वार्थ में लिप्त दोस्तों पर विश्वास नहीं करना चाहिए।

बाबा रामदेव का सितारा जब बुलंद था तो बड़े-बड़े राजनेता उनसे मिलने में अपने को गौरवान्वित समझते थे, लेकिन जब सरकार ने इनके विरुद्ध जांच बैठाने का निर्णय लिया, तो सभी राजनेताओं ने उनसे सम्बन्ध-विच्छेद कर लिए। किसी ने सही कहा है - 'गरज़ी यार किसके, दम लगाए खिसके'।

गर्म नहाय, ठंडा खाय, ओस बचा के सोवे, उसके पिछवाड़े वैद बैठा रोवे : जो गरम पानी से स्नान करता है। भोजन ठंडा करके खाता है और ओस से बचकर सोता है, वह कभी बीमार नहीं पड़ता है।

जब हम हाई स्कूल के छात्र थे तो हमारे गुरु दुर्गादत्त मधुप छात्रों के ध्यान को उनके स्वास्थ्य के प्रति संवेदनशील बनाते हुए प्रायः इस उक्ति को दोहराते रहते थे - 'गरम नहाय, ठंडा खाय, ओस बचा के सोवे, उसके पिछवाड़े वैद बैठा रोवे'।

गरम लोहे को ठंडा लोहा काटता है : शान्त प्रकृति का मनुष्ट क्रुद्ध मनुष्य पर विजय प्राप्त कर लेता है।

गांधी जी ने अपनी अहिंसा के प्रभाव से एन्ड्रयूज जैसे अनेकों हिंसा प्रेमी अधिकारियों को भी अहिंसा प्रेमी बना दिया था और उन्होंने गांधी की स्वराज्य की मांग को उचित बताते हुए भारत में रहकर ही जन-सेवा करने का निर्णय ले लिया था। किसी ने सच कहा है - 'गरम लोहे को ठंडा लोहा काटता है'।

ग़रीब का सोना भी पीतल : ग़रीब की बहुमूल्य वस्तु को भी उसकी ग़रीबी के अनुपात में देखना।

मैंने जब अपने घरेलू नौकर से कहा कि आपके बच्चे तो सरकारी स्कूल

में पढ़ते होंगे, लेकिन उसके उत्तर से मैं चौंक गया। उसका उत्तर था - 'पब्लिक स्कूल में। मैं अपने आप पर झुंझला बैठा कि हम क्यों मान लेते हैं एक ग़रीब का सोना भी पीतल है?

ग़रीब की जोरू सबकी भाभी : कोई भी ग़रीब को सम्मानित सम्बन्धों से नहीं देखता।

जब मैं शिक्षा विभाग में उच्च पद पर भी आसीन थी तो प्रधानाचार्य लोग मुझे मैडम कहकर सम्बोधित करते थे, लेकिन नौकरी छूटने के बाद, जब मैं संकट काल से गुजर रही हूं तो वे ही लोग मुझे नाम लेकर पुकार रहे हैं। किसी ने सच कहा है - 'ग़रीब की जोरू सबकी भाभी'।

ग़रीब की हाय बुरी होती है : ग़रीब का किसी भी प्रकार से शोषण नहीं करना चाहिए, क्योंकि उसका दिया गया अभिशाप फलीभूत होता है।

बेटी! तुम समाज कल्याण विभाग में कार्यरत हो। वहां तुम्हारा सम्बन्ध ग़रीबों से अधिक पड़ता होगा, अतः किसी भी ग़रीब व्यक्ति के साथ ऐसा व्यवहार मत करना कि उसकी आत्मा को ठेस पहुंचे। यदि उसकी दुखी आत्मा ने अभिशाप दे डाला तो वह अवश्य फलीभूत होगा, क्योंकि शास्त्रों में कहा गया है - 'ग़रीब की हाय बुरी होती है'।

ग़रीबी की हाय सरबस खाय : दे0 ग़रीब की हाय बुरी होती है।

ग़रीबी तेरे तीन नाम, झूठा, पाजी, बेईमान : निर्धनता सदैव अपमानित होती है।

जब मैं अपने मित्र के घर गया तो वह अपने नौकर को ग़ालियां देकर धमका रहा था। मैंने उससे कहा - मेरे दोस्त! भगवान से डरो, अमीरी, ग़रीबी कब किसके कपाट थपथपा दे कुछ पता नहीं है। आप इसे नहीं इसकी ग़रीबी को गाली दे रहे हो, क्योंकि बड़े-बड़े कहते आए हैं, 'ग़रीबी तेरे तीन नाम झूठा, पाजी, बेईमान'।

ग़रीब ने रोजे रखे तो दिन ही बड़े हो गए : ग़रीब को सदा दुःख ही मिलता है।

मैंने अपने एक मित्र से काफी अनुनय-विनय की, तब उसने बड़ी कठिनाई से मेरी ग़रीब नौकरानी के बच्चे को अपनी फैक्ट्री में काम देने की बात मानी, लेकिन जिस दिन उस बच्चे को फैक्ट्री जाना था वह बीमार हो गया। यह तो वही बात हुई - 'ग़रीब ने रोजे रखे तो दिन बड़े हो गए'।

ग़रीबी में आटा गीला : दे0 कंगाली में आटा गीला।

गवाह चुस्त मुद्दई सुस्त : जिसका कार्य है वह अपने कार्य की उपेक्षा करे दूसरा उस कार्य के प्रति अपनी प्रतिबद्धता दिखाए।

मुझे भ्रष्टाचार के ऊपर भाषण देने के लिए एक सम्मेलन में सायं के चार बजे आमंत्रित किया गया, लेकिन जब मैं ठीक समय पर वहां पहुंचा तो मुझे सम्मेलन शुरू होने में काफी विलम्ब दिखाई दिया। यह तो वही बात हुई - 'गवाह चुस्त मुद्दई सुस्त'।

गले पड़ा ढोल, बजाना पड़ता है : हर चुनौती स्वीकार करनी पड़ती है।

प्राचीन काल से अब तक हमारे देश ने अनेकों बाह्य आक्रमणों को झेला है और अपने अस्तित्व को बनाए रखा है। फिर इन आतंकी आक्रमणों को झेलने में कौन सी बड़ी बात है। किसी ने सच कहा है- 'गले पड़ा ढोल, बजाना पड़ता है'।

गले पड़े की खंझड़ी, बजाने में ही खैर : जो समस्या बलात् हमें घेर लेती है, उसके निराकरण में ही भलाई है।

पाकिस्तान ने हमारे सिर पर बलात् आतंकवाद मढ़ दिया है। हमें उसका साहस से सामना करना चाहिए। पुस्तकों में लिखा है - 'गले पड़े की खंझड़ी, बजाने में ही खैर'।

गले में माला दिल में काला : बाहर सज्जनता का दिखावा, लेकिन अन्दर छल, कपट।

नेताओं के भाषण सुनने से ऐसा प्रतीत होता है कि मानो वे बहुत बड़े देश भक्त है, लेकिन उनके अन्दर देश-द्रोह तक की भावनाएं तैर रही होती हैं। उन पर यह कहावत चरितार्थ होती है - 'गले में माला, दिल में काला'।

गहरे पानी में पैठने रो मोती मिलता है : कठिन परिश्रम से ही सफलता मिलती है।

भारतीय युवकों ने आई.टी. क्षेत्र में कठिन परिश्रम किया, जिसके कारण वे विश्व में अपना सम्मानित स्थान बनाने में सफल रहे। शास्त्रों में सही लिखा है - 'गहरे पानी में पैठने से मोती मिलता है'।

गांठ का धेला खातों के रुपयों से बड़ा होता है : जो पास है उस पर ही भरोसा करना उचित है।

एक अनाज के व्यापारी का परिवार कर्फ्यू में घिर गया। उनके घर पर केवल दो दिन के लिए ही खाद्य-सामग्री थी। तीसरे दिन के कर्फ्यू में वह तिलमिला कर कहने लगा - भगवान तेरी कैसी माया है! सैंकड़ों

टन अनाज गोदाम में भरा पड़ा है, लेकिन मैं आज भूखा हूं। इस पर उसकी पत्नी ने कहा - 'गांठ का धेला खातों के रुपयों से बड़ा होता है'।

गांठ में पैसा तो दोस्त घनेरे : धनी व्यक्ति की ओर हर कोई दोस्ती का हाथ बढ़ाता है।

जब तक अरुण का व्यवसाय ठीक-ठाक चल रहा था, उसके घर दोस्तों का आना-जाना लगा रहता था, लेकिन अब जबकि उसका प्रतिष्ठान अग्निकांड में जलकर राख हो गया है, उसके घर सभी का आना-जाना बंद हो चुका है। किसी ने सही कहा है - 'गांठ में पैसा तो दोस्त घनेरे'।

गांठ में पैसा नहीं बांकेपुर की सैर : किसी निर्धन व्यक्ति का खर्चीली योजना पर कार्य करना।

अब तक तो आनंद कुमार इधर-उधर से उधार मांगकर घर का कार्य चलाता था, लेकिन अब सुना है कि वह चाय की एजैंसी ले रहा है। यह तो वही बात हुई - 'गांठ में पैसा नहीं बांकेपुर की सैर'।

गांव का जोगी जोगना आन गांव के सिद्ध : अपने गांव में किसी विद्वान को इतनी प्रतिष्ठा नहीं मिलती जितनी बाहर दूसरे गांवों में मिल जाती है।

पंडित रामनिवास विद्यार्थी वेदों के प्रकांड पंडित है और वे वेदों पर प्रवचन करने दिल्ली के आर्यसमाज मंदिरों में प्रायः जाते रहते हैं, लेकिन उन्हें उनके गांव में छोटी सी कथा के लिए भी कोई आमंत्रित नहीं करता। किसी ने सच कहा है - 'गांव का जोगी जोगना आन गांव का सिद्ध'।

गांव बसा नहीं उचक्के आ बसे : सब अपने-अपने लक्ष्यों की ओर देख रहे हैं।

मैं अपने नए मकान में सामान लगा ही रहा था कि तभी एक पास का दुकानदार सस्ते दर पर तैयार की गई घरेलू-सामान की सूची लेकर आ गया और उसने वह सूची मेरी ओर बढ़ा दी। मैंने मन ही मन सोचा- 'गांव बसा नहीं उचक्के आ बसे'।

गाय को अपने सींग भारी नहीं होते : कोई भी अपने परिवार को अपने ऊपर बोझ नहीं मानता।

एक परिवार कल्याण विभाग के कार्यकर्ता ने चार बच्चों की एक मां से पूछा - 'बहन जी! क्या आपको इन चार बच्चों के पालन-पोषण में समस्याएं नहीं आ रही हैं। उसने उत्तर में कहा कि क्या आपको पता नहीं कि 'गाय को अपने सींग भारी नहीं लगते'।

गाय गुण बछड़ा, पिता गुण घोड़, बहुत नहीं तो थोड़े-थोड़ : बच्चों पर माता-पिता के गुणों का थोड़ा बहुत प्रभाव तो अवश्य पड़ता है।

स्वतंत्रता सेनानी लाला अतरसिंह खत्री के पुत्र भूपेन्द्र अरोरा सत्ता पक्ष द्वारा राष्ट्रीय समस्याओं की अनदेखी करने पर उसके समर्थकों के साथ उलझ पड़ते हैं। किसी ने सही कहा है, 'गाय गुण बछड़ा, पिता गुण घोड़, बहुत नहीं तो थोड़े-थोड़'।

गाय न बाछी नींद आवे आछी : निर्धन मनुष्य निश्चिंत रहता है।

रामपाल लुहार के पास एक छोटा सा ही मकान है और उसमें भी कोई बहुमूल्य सामान नहीं है, फिर भी वह सुखी प्रतीत होता है। उसके सुखी रहने का राज शायद यही है - 'गाय न बाछी नींद आवे आछी'।

गाय मार कर जूता दान : बड़े अपराध पर नगन्य सा प्रायश्चित करना।

सरकार के कुछ मंत्री बड़ा घोटाला करके उसका प्रायश्चित करना तो दूर, उसे स्वीकार ही नहीं करते, जब कि एक साधारण व्यक्ति 'गाय मारकर जूता दान' तो कर ही देता है।

गाल कट जाय पर चावल न उगले : हानि उठाने पर किसी व्यक्ति का हठ नहीं छोड़ना।

अमरकांत पर पुलिस ने अपने सब हथकंडो का प्रयोग करके देख लिया, लेकिन उसने यह नहीं बताया कि उस लड़की के अपहरण में उसके साथ और कौन थे। इस पर तो यह कहावत चरितार्थ होती है - 'गाल कट जाय पर चावल न उगले'।

गाहक और मौत का ठीक पता नहीं कब आवे : दुकान पर ग्राहक और जीवन में मौत कब आ जाए किसी का ठीक पता नहीं है।

एक दुकानदार ने भयंकर वर्षा में भी दुकान खोले हुए थी। मैंने उससे कहा - क्या तुझे कोई बाजार में व्यक्ति दिखाई दे रहा है? मेरे प्रश्न के उत्तर में उसने कहा अब तो कोई व्यक्ति नहीं है, परन्तु 'गाहक और मौत का ठीक पता नहीं है कब आवे'।

गिद्ध की आंख पिड़की निकाले : किसी कमजोर व्यक्ति का एक शक्तिशाली व्यक्ति को ऐसी ही हानि पहुंचाना जैसी वह कमजोरों को पहुंचाता था।

भारतीय फ़िल्मों में शोषित जनता के बीच से निकला एक नायक खलनायक को उसी प्रकार दंडित करता है जिस प्रकार वह जनता को

किया करता था। इस प्रकार से भारतीय फ़िल्में इस बात को सिद्ध करती हैं कि 'गिद्ध की आंख पिड़की निकाले'।

गिरने वाले मकान या डूबने वाले जहाज को चूहे छोड़ देते हैं : आने वाली भावी त्रासदी का संकेत पहले ही मिल जाता है।

आपने अपने पिता के कहने से न शराब पीनी छोड़ी और न अपनी पत्नी को पीटना छोड़ा। विवश होकर आपके पिता ने घर छोड़ दिया, लेकिन इसे उस रूप में मत लेना कि उसने नाराज होकर घर छोड़ा है, बल्कि इस रूप में लेना कि 'गिरने वाले मकान या डूबने वाले जहाज को चूहे छोड़ देते है'।। अब आपका विनाश निश्चित है।

गीदड़ की शामत आए तो गांव की ओर भागे : जब विपत्ति आने को होती है तो बुद्धि विपरीत हो जाती है।

दुर्योधन किसी भी पारिवारिक समस्या के समाधान के लिए कोई भी सही निर्णय नहीं ले पा रहा था। उसकी बुद्धि भी विपरीत हो चुकी थी। फिर तो महाभारत होना ही था। कहावत है कि 'जब गीदड़ की शामत आती है तो गांव की ओर भागे'।

गुड़ खाए, गुलगले से परहेज : कोई बड़ी बुराई करना और छोटी से बचना।

मेरा मित्र हिरन का शिकार तो निःसंकोच कर लेता है, लेकिन अंडे खाने में उसे हिंसा दिखाई देती है। यह तो वही बात हुई - 'गुड़ खाए, गुलगुले से परहेज'।

गुड़ दिए मरे तो ज़हर क्यों दे : यदि समझाने से ही कोई सही रास्ते पर आ जाए तो उसे दंड नहीं देना चाहिए।

यह सही है कि आपके लड़के ने रामशरण की लड़की छेड़कर जो अभद्रता की है उससे समाज में आपकी किरकिरी हुई, लेकिन उसे एक बार समझाकर तो देख लो। यदि वह सही रास्ते पर आ जाए तो उसे घर से निकालने की जरूरत न पड़े। बड़े-बड़े कहते आए हैं - 'गुड़ दिए मरे तो ज़हर क्यों दे'।

गुड़ न दे गुड़ जैसी बात तो करे : यदि लेन-देन के सम्बन्ध में किसी की उपेक्षाओं पर खरे न उतरें तो उसके साथ अपना व्यवहार मधुर तो रखें।

आप भले ही अपनी पड़ोसन को एक चम्मच चीनी न देतीं, लेकिन उसकी आ-बैठ तो करतीं। आपने तो उसे सुबह-सुबह ही उपदेश देने

शुरू कर दिए। बड़ो-बड़ों की यह बात हमेशा ध्यान रखनी चाहिए, 'गुड़ न दे गुड़ जैसी बात तो करे'।

गुड़ होगा तो मक्खियां आएंगी ही : यदि किसी के पास धन या कोई गुण होगा तो उससे लोग आकर्षित तो होंगे ही।

स्वामी ब्रजानन्द अन्धे थे, लेकिन इतने महान ज्ञानी थे कि स्वामी दयानन्द सरस्वती ने भी उन्हें अपना गुरु बना लिया था। यह कहावत ही है - 'गुड़ होगा तो मक्खियां आएंगी ही'।

गुण-अवगुण जाने सब कोई, जो जेहि भाव नीक तेहि सोई : गुण-अवगुण का ज्ञान तो सभी को है, लेकिन इनमें से कोई क्या ग्रहण करेगा इसका निर्णय उसकी आन्तरिक प्रवृत्ति करती है।

गुरु द्रोणाचार्य को भी पता था कि वह अधर्म के साथ खड़ा होकर गलती कर रहा है, लेकिन उसकी आन्तरिक प्रवृत्ति उसे ऐसा करने के लिए बाध्य कर रही थी। यह सही है - 'गुण-अवगुण जाने सब कोई, जो जेहि भाव नीक तेहि सोई'।

गुण के गाहक सहस नर, बिनु गुण लहै न कोय : गुणवान का सम्मान सर्वत्र होता है, गुणहीन का कहीं नहीं।

भारत के पूर्व राष्ट्रपति कलाम राष्ट्रपति के पद पर न रहते हुए भी विश्व में सम्मान पा रहे हैं। अनके देशों मे उन्हें विशेष अवसरों पर आमंत्रित किया जा रहा है। किसी कवि ने यह सही कहा है - 'गुण के गाहक सहस नर, बिनु गुण लहै न कोय'।

गुमान गोविन्दहि भावत नाहीं : भगवान को किसी का अहंकार अच्छा नहीं लगता। भगवान चाहता है कि मानव एक दूसरे से प्यार करते हुए कल्याण-मार्ग पर चलते रहें, लेकिन समय-समय पर अहंकार के मद में अन्धे हुए दैत्य इस प्यार को समाप्त करने लगते हैं। तब भगवान उन दैत्यों का संहार करने के लिए अवतार-रूप में जन्म लेते हैं, इसलिए बड़े-बड़े कहते आए हैं - 'गुमान गोविन्दहि भावत नाही'।।

गुरु गुड़ ही रहा, चेला शक्कर हो गया : शिष्य का गुरु से ऊंचा पहुंच जाना।

श्री अरविन्द ने अपने गुरु ले.ले. भास्कर से योग विद्या सीखी थी, लेकिन वे इतने ऊंचे पहुंच गए थे कि उनके गुरु को भी आश्चर्य हुआ था। उनके सम्बन्ध में यह कहावत चरितार्थ हुई थी - ''गुरु गुड़ ही रहा, चेला शक्कर हो गया'।

गुरु से कपट मित्र से चोरी, या हो निर्धन या हो कोढ़ी : गुरु से छल और मित्र से विश्वासघात करना बहुत बड़ा पाप माना गया है।

गुरु हमें ज्ञान देते हैं और मित्र कठिन समय में हमारी सहायता कर सकते हैं, अतः इन दोनों के प्रति अपना सम्मान और विश्वास बनाए रखना चाहिए, क्योंकि बड़े-बड़े कहते आए हैं - 'गुरु से कपट मित्र से चोरी, या हो निर्धन या हो कोढ़ी'।

गुरुजी की मार बच्चे का संवार : शिक्षक की ताड़ना से बच्चों में गुणों का विकास होता है।

आधुनिक शिक्षाशास्त्रियों ने शिक्षकों की ताड़ना को बच्चों के मानसिक विकास के लिए गलत माना है, जब कि प्राचीन शिक्षा में 'गुरुजी की मार बच्चे का संवार' बच्चों के सर्वांगीण विकास के लिए अच्छा माना जाता था।

गुलामी की रोटी से मौत भली : गुलामी सबसे बड़ा अभिशाम है।

स्वामी दयानन्द सरस्वती ने कहा था कि स्वराज्य कितना भी कष्टदायक क्यों ने हो गुलामी से हजार गुना अच्छा होता है। तभी से हमारे नेता कहते आ रहे हैं - 'गुलामी की रोटी से मौत भली'।

गूलर के फूल आना : कोई अनहोनी होना।

आज के युग में पाषाण की मूर्तियां दूध पी लेती हैं, वृंदावन के किसी एक वन में आकर रात्रि में कृष्ण भगवान गोपियों के साथ रासलीला कर जाते हैं, तो फिर 'गूलर के फूल आना' कौन-सी अनहोनी रह गई है।

गेहूं अच्छा नहर का और चावल अच्छा डहर का : अर्थ स्पष्ट है।

उत्तर प्रदेश की नहर द्वारा सिंचित दोमट मिट्टी में गेहूं अच्छा होता है और उत्तराखंड के देहरादून क्षेत्र में कड़ी मिट्टी होने के कारण चावल अच्छा होता है। अतः यह कहावत सही है - 'गेहूं अच्छा नहर का और चावल अच्छा डहर का'।

गेहूं के साथ घुन भी पिसता है : अपराधियों के साथ निरपराध व्यक्ति भी दंड पा जाते हैं।

जब अमेरिका अफगानिस्तान में आतंकवादियों पर हवाई आक्रमण करता है तो आतंकवादियों के साथ निर्दोष नागरिक भी मारे जाते हैं। यह सही है कि 'गेहूं के साथ घुन भी पिसता है'।

ग़ैर का सिर कद्दू बराबर : दूसरे की पीड़ा को अपनी पीड़ा न समझना।

आतंकवादी अपनी आतंकी घटनाओं को अंजाम देते हुए यह नहीं सोचते कि तुम्हारे इस कुकृत्य से निर्दोष लोग मारे जाएंगे। उनके लिए तो 'ग़ैर का सिर कद्दू बराबर है'।

गोद में छोरा गांव में ढिंढोरा : पास में रखी वस्तु को दूर-दूर तक ढूंढ आना।

आतंकी लादेन पाकिस्तान की एक सैनिक छावनी के निकट ही रह रहा था, जब कि पाकिस्तान उसे दूर-दूर तक खोज रहा था। यह तो वही बात हो रही थी - 'गोद में छोरा, गांव में ढिंढोरा'।

गोद में बिठाकर आंख में उंगली करना : कृतघ्न होना।

पंचशील सिद्धांत की महिमा गाते हुए चीन भारत से मधुर सम्बन्धों का प्रदर्शन किया करता था, लेकिन उसी चीन ने भारत पर आक्रमण करके इसकी हजारों वर्ग किलोमीटर जमीन हड़पी हुई है। यह तो वही बात हुई - 'गोद में बिठाकर आंख में उंगली करना'।

ग्वालिन अपनी दही को खट्टा नहीं कहती : कोई भी व्यक्ति अपनी वस्तुओं को बुरा नहीं बताता।

टी.वी. पर दिखाए जाने वाले विज्ञापनों में कम्पनियां अपने उत्पाद का लगातार गुणगान करती हैं, लेकिन बहुत कम वस्तुएं ही गुणगान के अनुकूल गुणवत्ता में खरी उतरती हैं। लेकिन इसमें बुरा भी कुछ नहीं है, क्योंकि 'ग्वालिन अपनी दही को खट्टा नहीं कहती'।

घ

घड़ी भर की बेशर्मी और दिन भर का आराम : संकोच करने की अपेक्षा साफ-साफ कहना अच्छा होता है।

मेरा मित्र जब भी मुझसे गाड़ी मांगकर ले जाता है कोई न कोई कमी गाड़ी में दिखाई देने लगती है। अब की बार मैं उसे स्पष्ट मना कर दूंगा, क्योंकि बड़े-बड़े कहते आए हैं - 'घड़ी भर की बेशर्मी और दिन भर का आराम'।

घड़ी में तोला घड़ी में माशा : जरा-सी बात पर खुश और जरा-सी बात पर रुष्ट हो जाना।

मेरी पत्नी खाना बनाने में कुशल नहीं है। यदि मैंने उसके खाने की झूठी प्रशंसा कर दी तो वह खुश हो जाती है और यदि वास्तविकता बता दी तो रुष्ट हो जाती है। उसका स्वभाव ही ऐसा है - 'घड़ी में तोला घड़ी में माशा'।

घड़ी में औलिया घड़ी में भूत : पल-पल में स्वभाव बदलना।

अमेरिका की पाकिस्तान के प्रति कोई स्थाई नीति नहीं है। कभी वह पाकिस्तान पर क्रुद्ध हो जाता है और कभी उसकी सहायता की बात करने लगता है। 'घड़ी में औलिया घड़ी में भूत' वाली कहावत उस पर सटीक बैठती है।

घर आई लक्ष्मी को लात नहीं मारते : मिलते हुए धन को अस्वीकृत नहीं करना चाहिए।

वंचितों की आर्थिक स्थिति सुधारने के लिए आपको सरकार ने पुरस्कार स्वरूप जो धनराशि दी है आप उसे इस कारण से न ठुकराएं कि यह सरकार महंगाई रोकने में विफल रही है। इस एक लाख रुपये के पुरस्कार को स्वीकार कीजिए, क्योंकि बड़े-बड़े कहते आए हैं - 'घर आई लक्ष्मी को लात नहीं मारते'।

घर आए कुत्ते को भी नहीं निकालते : अपने घर आने पर किसी बुरे व्यक्ति को भी नहीं दुत्कारना चाहिए।

आपने उस साधु को यदि यह आरोप लगाते हुए घर से भगा दिया कि वह घर की औरतों पर डोरे डालता है तो आपने गलत किया है। क्योंकि हमारी परंपराएं यह बताती हैं कि 'घर आए कुत्ते को भी नहीं निकालते'।

घर आए नाग न पूजिए बामी पूजन जाय : किसी विद्वान का घर आने पर सम्मान न करके एक साधारण व्यक्ति को उसके घर जाकर सम्मानित करना।

हमारे कृषि-फार्म के निकट एक बहुत बड़ा विद्वान रहता है, जो वेदों का भाष्य कर रहा है मेरी पत्नी उसे तो कुछ दान-दक्षणा देने नहीं जाती, लेकिन बीस किलोमीटर दूर बैठे उस पौराणिक के प्रवचन सुनने चली जाती है, जो केवल पाखंडों का ही वर्णन करता है। यह तो वही बात हुई 'घर आए नाग न पूजिए, बामी पूजन जाय'।

घर कर घर कर सत्तर बला सिर कर : गृहस्थी बसाने में (विवाहित जीवन जीने में) अनेकों समस्याएं आती हैं।

वैवाहिक जीवन जितना दूर से आकर्षक लगता है, इसमें प्रवेश करने पर यह उतना ही आकर्षण-शून्य लगता है। रात दिन की भाग-दौड़ करके आख़िर हर कोई इस सत्य को स्वीकार कर लेता है - 'घर कर घर कर सत्तर बला सिर कर'।

घर का जोगी जोगना आन गांव का सिद्ध : जो व्यक्ति निकटस्थ है उसे इतना सम्मान नहीं मिलता, जितना दूरस्थ स्थित किसी अपरिचित व्यक्ति को मिल जाता है।

हमारे पड़ोस में रहने वाला सत्यवीर सिंह चौहान एक सुप्रसिद्ध कवि है और अध्यापक के रूप में राष्ट्रपति पुरस्कार से पुरस्कृत भी है, लेकिन हमने कभी भी उसे अपने स्कूल के उत्सव में मुख्य अतिथि नहीं बनाया, जब कि एक ऐसा नाट्यकर्मी जो दिल्ली से आमंत्रित तो जरूर किया है, लेकिन उसके पास कोई उल्लेखनीय योग्यता नहीं है, उसे इस उत्सव का मुख्य अतिथि बनाया है। यहां यही कहावत चरितार्थ होती है - 'घर का जोगी जोगना आन गांव का सिद्ध'।

घर का ब्राह्मण बैल बराबर : परिचित व्यक्ति को कोई सम्मान नहीं देता।

हमारे पड़ोस में एक स्नातकोत्तर कॉलेज की प्रोफेसर रहती है। जब कोई हमारे यहां विशेष आयोजन होता है तो मेरी पत्नी उसे खाना बनाने में सहयोग लेने की दृष्टि से आमंत्रित कर लेती है। इस स्थिति को देखकर मुझे यह कहावत याद आ जाती है - 'घर का ब्राह्मण बैल बराबर'।

घर का भेदी लंका ढाए : हमारा निकट सम्बन्धी ही हमारे निजी रहस्यों को हमारे शत्रुओं को देकर हमारा अहित कर सकता है।

स्वतंत्रता संग्राम में क्रांतिकारियों की गतिविधियों की सूचना हमारे देशवासी ही अंग्रेज़ों को दे देते थे। उनके इस भेद से ही वे पुलिस के हत्थे चढ़ जाते थे। किसी ने सही कहा है - 'घर का भेदी लंका ढाए'।

घर की आधी भली बाहर की सारी कुछ नहीं : घर के निकट रहना ही अच्छा है, भले ही कुछ अभावों का सामना क्यों न करना पड़े।

मैंने पूना में रहने वाले एक निकट सम्बन्धी को कहा कि वह वहां जितना वेतन ले रहा है, उससे दो गुना वेतन मैं तुझे दिल्ली में दिला सकता हूं, लेकिन वह यहां आने को तैयार नहीं हुआ, बल्कि उसने कहा- 'घर की आधी भली, बाहर की सारी कुछ नहीं'।

घर की खांड किरकिरी, बाहर का गुड़ मीठा : घर की वस्तु की तुलना में बाहर की वस्तु में आकर्षण अधिक दिखाई देना।

आजकल शहरों में पति-पत्नि के बीच झगड़े का मुख्य कारण विवाहेत्तर सम्बन्ध बन रहा है। हमारे पड़ोस में भी इसी विवाहेत्तर सम्बन्धों को लेकर पति-पत्नि में मार-पिटाई होती रहती है। एक दिन मैंने अपने पड़ोसी को समझाते हुए कहा कि आपकी पत्नी बहुत सुन्दर है, फिर आप अन्यत्र क्यों जाते हैं? उसने मुझे तुरन्त उत्तर दिया - 'घर की खांड किरकिरी, बाहर का गुड़ मीठा'।

घर की मुर्गी दाल बराबर : घरेलू वस्तु को अधिक महत्व नहीं दिया जाता।

मेरा पुत्र खांसी से बेहाल हो रहा था। मैंने उसे कहा रसोई में अदरक रखा हुआ है उसका रस निकालकर शहद में मिलाकर चाट ले, खांसी ठीक हो जाएगी। लेकिन उसने ऐसा नहीं किया, बल्कि बाजार से खांसी का सीरप ले आया। शायद उसने यही मान लिया था 'घर की मुर्गी दाल बराबर'।

घर खीर तो बाहर खीर : सम्पन्न व्यक्तियों का सब जगह सम्मान होता है।

प्रसिद्ध उद्योगपति जियालाल सेठ मेरठ में अपना उद्योग चलाते हैं। बड़े-बड़े संगठन उन्हें अपने समारोह में आमंत्रित करके सम्मानित करते हैं। जब वे अपने मूल गांव में जाते हैं तो लोग उन्हे सिर-आंखों पर बैठा लेते हैं। उनके लिए यह कहावत चरितार्थ हो रही है - 'घर खीर तो बाहर खीर'।

घर घर का, साथ नर का : अपना निजी घर अच्छा होता है और स्त्री की तुलना में पुरुष का साथ अच्छा होता है।

जब तक मैं किराए के मकान में रहा अपमानित सा ही अनुभव करता रहा, अब मैं निजी मकान बनाकर उसमें रहने लगा हूं। निश्चय ही मैंने अपने-आपको अब सम्मानित अनुभव किया है। किसी ने सच कहा है- 'घर घर का, साथ नर का'।

घर घर यही मटियारे चूल्हे : सब घरों की एक समान ही कहानी है। सुख-दुःख लड़ाई-झगड़े सभी घरों में होते हैं।

कुछ गैर सरकारी संगठन तलाक के केस अपनी सूझ-बूझ से सुलझाते हैं। यदि कोई महिला घरेलू झगड़ें से व्यथित होकर तलाक लेना चाहती है तो उसके लिए उनका यही सुझाव आता है- 'घर घर यही मटियारे चूल्हे'।

घर बैठे गंगा आई : बिना परिश्रम मनोकामना सिद्ध हो जाना।

मेरे पौत्र ने अपनी बी.टेक. पूरी भी नहीं की थी कि एक कम्पनी उसके कॉलेज में आई और अपने यहां नियुक्ति का प्रस्ताव दे गई। यह तो वही बात हुई- 'घर बैठे गंगा आई'।

घर में चिराग नहीं, बाहर मशाल : पास कुछ न होते हुए झूठी तड़क-भड़क दिखाना।

पाकिस्तान की आधे से अधिक जनता आधुनिक शिक्षा की दृष्टि से बहुत पिछड़ी हुई है, लेकिन वहां के शासक अपने बाह्य दिखावे से ऐसा सिद्ध करते हैं कि मानो वे अत्याधुनिक देश के शासक हों। इनके लिए यह कहावत चरितार्थ होती है - 'घर में चिराग नहीं, बाहर मशाल'।

घर में चूहे एकादसी करते हैं : घर में खाद्य-पदार्थों का नितांत अभाव होना।

देश में इस स्तर तक महंगाई पहुंच गई है कि मजदूरों के घर में 'चूहे एकादसी करते है'।।

घर में देखो चलनी न छाज, बाहर मियां तीरन्दाज : झूठी शान दिखाना।

बहुत से मनुष्य अभावग्रस्त जीव जीते हुए भी बाहर सम्मान पाने के लिए अपनी सम्पन्नता का प्रदर्शन करते हैं। उनके सम्बन्ध में यह कहावत चरितार्थ होती है - 'घर में देखो चलनी न छाज, बाहर मियां तीरन्दाज'।

घर में महुआ की रोटी बाहर लम्बी धोती : घर में खाद्य-पदार्थों का अभाव होते हुए भी बाहर सम्पन्नता का दिखावा करना।

दे0 'घर में देखो चलनी न छाज, बाहर मियां तीरन्दाज'।

घर में नहीं दाने बुढ़िया चली भुनाने : ग़रीबी में सम्पन्नता का दिखावा करना।

प्रिया जैन यद्यपि अभावग्रस्त जीवन जी रही है, लेकिन वह अपने क्षेत्र के लोगों को इसका आभास नहीं होने नहीं देना चाहती है। इस उद्देश्य की प्राप्ति के लिए वह प्रायः सायंकाल में एक बड़ा सा बैग लेकर बाजार में घूमने जाया करती है, लेकिन उसकी एक अन्तरंग सखी उसे देखकर सोचने लगती है- 'घर में नहीं दाने, बुढ़िया चली भुनाने'।

घर में नहीं दाने शादी चले रचाने : एक निर्धन का खर्चीले उद्यम पर कार्य करने का विचार करना।

चन्द्रमोहन अब तक तो भीख मांगता फिरता था, लेकिन अब सुना जा रहा है कि वह धूम-धाम से अपनी शादी की वर्ष-गांठ मनाने जा रहा है। यह तो वही बात हुई- 'घर में नहीं दाने शादी चले रचाने'।

घाटा मोटा, कागज छोटा : इतना अधिक समस्याओं से घिर जाना कि जिसका वर्णन न किया जा सके।

मैं जानता था कि अभिनव गुप्ता की नौकरी छूट गई है, और इस आधार पर उसकी नवविवाहिता ने उससे तलाक लेने का आवेदन पारिवारिक न्यायालय में कर दिया है। एक दिन मैंने घर जाकर उससे हाल-चाल पूछा। उसने एक ही सूत्र में सारी बात कह दी - 'घाटा मोटा, कागज छोटा'।

घायल की गति घायल ही जाने : दुःखी व्यक्ति की स्थिति को दुःखी व्यक्ति ही जान सकता है।

जब तक अमेरिका के वर्ल्ड ट्रेड सेंटर पर आतंकी आक्रमण नहीं हुआ था, वह आतंकवाद से पीड़ित भारत के कष्ट को नहीं समझता था। लेकिन अब अच्छी तरह समझता है। किसी ने सच कहा है - 'घायल की गति घायल ही जाने'।

घायल की गति को वैद्य ही जाने : दुःखी व्यक्ति के प्रति वह व्यक्ति ही सहानुभूति व्यक्त कर सकता है, जिसके अन्दर मानवता होती है।

मेरी पत्नी मुझे छोड़कर मेरे मित्र के साथ भाग गई है और आप मेरी इस स्थिति पर हंस रहे हो। आप मेरी पीड़ा को क्या समझ सकोगे! मेरी पीड़ा को वही समझ सकता है जो मानवीय मूल्यों के प्रति समर्पित होगा। किसी ने सही कहा है - 'घायल की गति वैद्य ही जाने'।

घी का लड्डू टेढ़ा भी भला : यदि लाभकारी वस्तु कुरूप भी है तो भी अच्छी है।

राकेश जब शादी के लिए लड़की देखने गया तो लड़की की कुरूपता को देखकर अस्वीकृत करने का मन बना लिया, लेकिन जब उसे बताया गया कि लड़की तीस हजार रुपये प्रतिमास कमा रही है तो उसने तुरन्त स्वीकृति प्रदान कर दी, क्योंकि वह जानता था - 'घी का लड्डू टेढ़ा ही भला'।

घी खाय दीवाली और पीटा जाय सूप : अपराध कोई करे और दंड कोई दूसरा पाए।

स्वतंत्रता संग्राम में क्रांतिकारियों को न पकड़ पाने की बौखलाहट में ब्रिटिश पुलिस क्रांतिकारियों के निकट सम्बन्धियों को उठाकर जेल में डाल देती थी। यह तो वही बात होती थी - 'घी खाय दीवाली और पीटा जाय सूप'।

घी खाया बाप ने, सूंघों मेरा हाथ : दूसरों की कीर्ति पर हमारे गर्व करने का

कोई औचित्य नहीं।

हम गर्वपूर्वक यह कहते रहते हैं कि हमारे पूर्वजों ने विश्व को धर्म का संदेश दिया है, लेकिन स्वयं कुछ करना नहीं चाहते। यह तो वही बात हुई 'घी खाया बाप ने, सूंघों मेरा हाथ'।

घूरे के दिन बारह बरस पर फिरते हैं : विपन्न व्यक्ति भी कभी न कभी सम्पन्न हो सकता है।

पहले भारत अनाज का आयात करता था, लेकिन आज इतना सम्पन्न हो चुका है कि अनाज का निर्यात कर रहा है। बड़े-बड़े कहते आए हैं - 'घूरे के दिन बारह बरस पर फिरते है'।।

घूसों का उधार क्या : मार का बदला तुरन्त लेना चाहिए।

भारत की न्याय-व्यवस्था इतनी धीमी गति से चलती है कि एक हत्यारे को सजा मिलने में दस-पन्द्रह वर्ष तक लग जाते हैं। इस न्याय-व्यवस्था को कौन ज्ञान कराए कि 'घूसों का उधार क्या'।

घोड़ा घास से यारी करे तो खाय क्या : किसी कार्य का पारिश्रमिक या वस्तु का दाम अपने परिचितों से मांगने में संकोच नहीं करना चहिए।

अशोक कुमार गाड़ी चलाता है, लेकिन अपने मिलने वालों से कभी किराया नहीं लेता। एक दिन मैंने उसे समझाया कि इस तरह तुम्हें हानि उठानी पड़ सकती है, क्योंकि ज्ञानी कहते आए हैं - 'घोड़ा घास से यारी करे तो खाए क्या'।

घोड़े का गिरा संभल सकता है, नजरों का गिरा नहीं : यदि किसी के दुष्कृत्य से उसकी प्रतिष्ठा गिर जाती तो वह सदैव गिरी ही रहती है।

विश्व के सबसे खतरनाक आतंकी लादेन का पाकिस्तान की सैनिक छावनी के निकट से पाए जाने पर विश्व की दृष्टि में पाकिरतान की छावि इतनी गिर गई है कि उसकी क्षतिपूर्ति होनी असंभव है। ज्ञानी पुरुष कहते आए हैं - 'घोड़े का गिरा संभल सकता है, नजरों का गिरा नही'।।

घोड़ों को घर कितनी दूर : कार्य करने वाले का उसका कार्य कठिन नहीं लगता।

श्रीधरन ने दिल्ली में मैट्रो-ट्रेन का जाल इस तरह से बिछा दिया कि देखकर दांतों तले उंगली दबानी पड़ती है। किसी ने सच कहा है - 'घोड़ों को घर कितनी दूर'।

च

चंदन की चुटकी भली, गाड़ी भरा न काठ : उत्तम वस्तु का अल्प मात्रा में होना ही अच्छा रहता है।

चन्द्रधर शर्मा ने बहुत ही कम कहानियां लिखीं हैं, लेकिन जितनी लिखी हैं उनकी कोई तुलना नहीं है। ज्ञानी लोग कहते आए हैं - 'चन्दन की चुटकी भली, गाड़ी भरा न काठ'।

चन्द्रमा पर थूकने से थूक मुंह पर ही पड़ता है : जो व्यक्ति किसी निष्कलंक पर कलंक लगाता है, वह स्वयं कलंकित होता है।

भारतीय क्रांतिकारियों को अग्रेज़ों ने आतंकवादी तक कहा था, लेकिन जलियांवाले बाग के नरसंहार ने सिद्ध कर दिया था कि आतंकवादी तो वे स्वयं थे। बड़े-बड़े सही कहते आए हैं- 'चन्द्रमा पर थूकने से थूक मुंह पर ही पड़ता है'।

चक्की में कौर डालोगे तो चून पाओगे : आज के युग में यदि सरकारी दफ्तर से कोई काम कराना है, तो वह रिश्वत के बल पर ही संभव है।

अपने पिता की मृत्यु के बाद मुझे उत्तराधिकार के रूप में जमीन का स्वामित्व लेना था, लेकिन सब औपचारिकताएं पूरी करने के बाद भी वह संभव नहीं हो पा रहा था। एक दिन मुझे एक दलाल ने कहा कि यहां बिना पैसे दिए कोई काम होना संभव नहीं है। 'चक्की में कौर डालोगे तो चून पाओगे'।

चट दान महाकल्यान : जो कुछ किसी को देना है, तुरन्त दे देना चाहिए।

कंजूस के हाथ से कुछ छूटता नहीं है, अतः उसके कार्यों में काफी विलम्ब हो जाता है। उसे कौन समझाए कि 'चट दान महाकल्यान'।

चट मंगनी पट ब्याह : अति शीघ्र अपना कार्य पूरा कर लेना।

लेखक जय भगवान ठाकरायण ने एक माह के अन्तराल में ही अपना नया उपन्यास छपवाकर उसका राष्ट्रपति द्वारा विमोचन करा लिया। यह तो वही बात हुई - 'चट मंगनी पट ब्याह'।

चढ़े तवे पर सभी रोटी डालने की कोशिश करते हैं : किसी दूसरे के साधन से अपना काम निकालना।

मेरी पत्नी ने कहा कि आज रक्षा बंधन पर भैया गाड़ी लेकर तो आएंगे ही और वे लौटते समय मेरठ से ही निकलेंगे, तो क्यों न हम उनके

साथ जाकर मेरठ वाले काम को कर आएं। मैंने कहा कि इसमें बुराई क्या है। 'चढ़े तवे पर सभी रोटी डालने की कोशिश करते है'।।

चना और चुगल मुंह लगा नहीं छूटता : कैसी भी आदतें हों आसानी से नहीं छूटती। काफी आलोचनाओं और कठोर कार्रवाई के बाद भी मंत्री व अधिकारी भ्रष्टाचार में लिप्त देखे जा रहे हैं। किसी ने सही कहा है - 'चना और चुगल मुंह लगा नहीं छूटता'।

चना चबैना गंगजल, जो पुरवै करतार, काशी कबहुं न छोड़िए, विश्वनाथ दरबार : अपनी जन्मभूमि को कभी नहीं भूलना चाहिए।

हम विदेशों में बस कर अच्छा जीवन व्यतीत कर सकते हैं, लेकिन उस जन्मभूमि का क्या होगा, जिसने हमारे पोषण के अलावा भी हमें उत्कृष्ट आस्थाएं प्रदान की हैं। शास्त्र कहते आए हैं - 'चना चबैना गंगजल, जो पुरवै करतार, काशी कबहूं न छोड़िए विश्वनाथ दरबार'।

चमड़ी जाय पर दमड़ी न जाय : बहुत अधिक कंजूसी करना।

बचत करना ठीक है, पर इतनी भी नहीं कि खाना-पीना भी कम कर दिया जाय। तुम्हारे बच्चे सब कुपोषण का शिकार दिखाई दे रहे हैं। तुम तो उस सिद्धांत पर चल रहे हो - 'चमड़ी जाय पर दमड़ी न जाय'।

चमड़े की पेटी कुत्ता रखवाला : अविश्वसनीय व्यक्ति पर विश्वास करना।

सरकारी अधिकारियों और मंत्रियों में बढ़ती भ्रष्टाचार की प्रवृत्ति ने यह कहावत चरितार्थ कर दी है - 'चमड़े की पेटी कुत्ता रखवाला'।

चलती का नाम गाड़ी है : जीवन में आगे बढ़ने वाला ही सफल व्यक्ति है।

अनुपम सेठ बचपन में कभी होटल पर बर्तन साफ किया करता था, परन्तु आज अनेकों प्रतिष्ठानों का मालिक है और लोग उनके आगे-पीछे दौड़ते रहते हैं, लेकिन जिसके माध्यम से वह इतना ऊंचा चढ़ा, वह आज होटल में बर्तन साफ करने की स्थिति में आ गया है। किसी ने सही कहा है, - 'चलती का नाम गाड़ी है'।

चला चली की राह में, भला भली का लेहु : इस संसार से पता नहीं हम कब चले जाएं, इसलिए अब समय है कुछ परोपकार कर लें।

जब आदमी मरता है तो अपने साथ कुछ नहीं ले जाता, केवल उसके अच्छे-बुरे काम ही उसके साथ चलते हैं, जिसके आधार पर भगवान उसे पुरस्कार या दंड देता है, फिर क्यों न अच्छे काम अपने साथ ले चलें। संतों ने कहा है - 'चला चली की राह में, भला भली का लेहु'।

चले बहुत सो वीर न होई : केवल निरुद्देश्य इधर-उधर चक्कर काटने से कोई कार्य फलीभूत नहीं होता।

मेरा पुत्र सारे दिन नेताओं के घरों के चक्कर काटता रहता है। अपनी इस गतिविधि से वह स्वयं को बहुत बड़ा नेता मानने लगा है, लेकिन उसे पता नहीं कि उस पर यह कहावत चरितार्थ हो रही है - 'चले बहुत से वीर न होई'।

चन्द्रमा को भी ग्रहण लगता है : कभी-कभी सच्चरित्र व्यक्ति भी कलंकित हो जाता है।

मनमोहन सिंह बहुत ईमानदार प्रधानमंत्री माने गए हैं, लेकिन उनके मंत्रियों में से कुछ मंत्रियों के भ्रष्टाचार के घोटालों ने उन्हें भी कलंकित किया है। ज्ञानी लोग सही कहते आए हैं - 'चन्द्रमा को भी ग्रहण लगता है'।

चांद पर धूल डालने से वह छिपता नहीं : किसी सज्जन व्यक्ति पर दोष लगाने से वह दोषी नहीं हो जाता।

मदर टैरेसा पर कुछ लोग यह अरोप लगाते हैं कि गरीबों की सेवा के पीछे उनका ईसाई धर्म का प्रचार-प्रसार का उद्देश्य था। लेकिन उनके कार्यों से कभी इस बात की पुष्टि नहीं हुई है, बल्कि इस घटना से यह कहावत चरितार्थ हुई - 'चांद पर धूल डालने से वह छिपता नही'।।

चाकर है तो नाचा कर, ना नाचे तो ना चाकर : नौकर को अपने मालिक की आज्ञा का पालन करना चाहिए, अन्यथा नौकरी छोड़ देनी चाहिए।

आजकल के नवयुवकों में योग्यता तो है, लेकिन अहंकार भी है। वे अपने बॉस की बातों का प्रतिकार करने में संकोच नहीं करते, फलतः नौकरी से हाथ धो बैठते हैं। उन्हें यह कहावत ध्यान रखनी चाहिए - 'चाकर है तो नाचा कर, ना नाचे तो ना चाकर'।

चार कान की बात ब्रह्म भी नहीं दिया सकता : जो बात दो आदमियों के बीच होती है, वह किसी भी दशा में छिप नहीं सकती।

चन्द्रशेखर आजाद अपने एक परिचित से क्रांति की भावी योजनाओं के सम्बन्ध में बातें कर रहे थे। यही बातें पुलिस तक पहुंच गई थी और पुलिस ने तुरन्त चन्द्रशेखर को घेर लिया था। किसी ने सही कहा है - 'चार कान की बात ब्रह्मा भी नहीं छिपा सकता'।

चार दिन की चांदनी फिर अंधेरी रात : आज सुख है तो कुछ दिन बाद दुःख भी आएगा।

सुख में हमें इतना लिप्त नहीं होना चाहिए कि ईश्वर को ही भूल जाएं, क्योंकि सुख थोड़ा ही होता है और इसके बाद फिर दुःख आता है।

चाह है तो राह है : यदि काम करने की इच्छा है तो युक्ति भी निकल आती है।

यदि हम देश से भ्रष्टाचार मिटाना चाहते हैं तो जन-लोकपाल बिल जैसे उपाय भी मिल जाते हैं, अतः कहा गया है - 'चाह है तो राह है'।

चिकने घड़े पर पानी नहीं ठहरता : निर्लज्ज व्यक्ति पर कहे-सुने का कोई प्रभाव नहीं पड़ता।

कितना ही बड़ा आंदोलन क्यों न चला लें, लेकिन सरकारी कर्मचारी बिना सुविधा-शुल्क के कोई भी काम करने को इच्छुक नहीं हैं। उनके सम्बन्ध में तो यही कहावत सटीक बैठती है - 'चिकने घड़े पर पानी नहीं ठहरता'।

चिकने मुंह को सब चूमते हैं : सभी लोग बड़े और धनवान लोगो की हां में हां मिलाते हैं।

जिस पार्टी की सत्ता होती है, प्रायः सभी लोग उस पार्टी के नेताओं के आगे-पीछे घूमना शुरू कर देते हैं। किसी ने सही कहा है - 'चिकने मुंह को सब चूमते है'।।

चिड़िया की जान गई राजा जी को मजा नहीं आया : किसी के प्रशंसनीय कार्य को सम्मान न मिलना।

चन्द्रशेखर आजाद के बलिदान पर जिन्ना ने शोक व्यक्ति करते हुए उसके शौर्य को नमन किया था, लेकिन महात्मा गांधी ने उसके लिए प्रशंसा का एक भी शब्द नहीं कहा था। वह तो यही बात हुई थी - 'चिड़िया की जान गई राजा जी को मजा नहीं आया'।

चित भी मेरी पट भी मेरी, अंटा मेरे बाप का : हर तरह से अपना लाभ चाहना।

मैं अपने पुत्र को यदि कुछ पैसे दे देता हूं तो वह उन्हे सट्टे में लगा देता है और यदि न दूं तो वह आत्महत्या की धमकी देता है। उसका सिद्धांत तो अब यह हो गया है कि 'चित भी मेरी पट भी मेरी, अंटा मेरे बाप का'।

चिन्ता ज्वाल शरीरन की, दाह लगै न बुझाय : चिन्ता मनुष्य को भस्म कर डालती है।

मेरा पुत्र रात्रि में जब घर लौटता है तो शराब के नशे में घर में खूब तोड़-फोड़ कर देता है। मेरी पत्नी उसकी प्रतिदिन की ऐसी घटनाओं से चिंतित रहने लगी है। मैंने उसे समझाया है कि 'चिन्ता ज्वाल शरीरन की दाह लगै न बुझाय'।

चिन्ता सांपिनि काहि न खाया, को जग जाहि न व्यापी माया : चिन्ता और माया से कोई मुक्त नहीं है।

संत और वैरागी अपने प्रवचनों में चिन्ता और माया को मनुष्य का सबसे बड़ी शत्रु बताते हैं और इनसे दूर रहने की शिक्षा देते हैं। उनका उपदेश है - 'चिन्ता सांपिनि काहि न खाया, को जग जाहि न व्यापी माया'।

चिराग़ गुल पगड़ी गायब : अवसर पाते ही धन उड़ा देना।

बेटे ! बस में सावधानी से चढ़ना। जेब कतरे ऐसे अवसर की ही ताक में रहते हैं कि कब वह यात्री अपना ध्यान अपने चढ़ने पर ही केन्द्रित करे और वे उसका पर्स निकालें। उनका नियम है - 'चिराग़ गुल पगड़ी गायब'।

चिराग तले अंधेरा : जहां किसी विशेष गुण की आशा हो वहां अवगुण का होना।

स्वामी विश्वेश्वरानंद का काफी नाम था और शैक्षिक योग्यता के आधार पर भी वे उच्च कोटि के विद्वान होने चाहिए थे लेकिन उनके प्रवचनों में केवल असत्य पाखंडों का ही बाहुल्य है। यह तो वही बात हुई - 'चिराग तले अंधेरा'।

चींटी चाहे सागर थाह : किसी साधारण व्यक्ति का कोई आसाधारण कार्य करने की इच्छा करना।

पूर्व राष्ट्रपति कलाम के जीवन-दर्शन से प्रभवित होकर ग़रीब बच्चे भी उन्हीं की तरह महान वैज्ञानिक बनना चाहते हैं, लेकिन आधुनिक युग में उच्च शिक्षा महंगी होने के कारण यह संभव दिखाई नहीं देता है। उनके लिए तो बस यही सीमा है - 'चींटी चाहे सागर थाह'।

चीज़ न राखै आपनी चोरैं गारी देय : असावधानी ही चोरी का सबसे बड़ा कारण हैं।

आजकल मंदिरों से मूर्तियों की चोरी होना आम बात होती जा रही है लेकिन फिर भी मंदिरों का प्रबंधन इस ओर से सावधान दिखाई नहीं

दे रहा है। फिर तो यही कहावत चरितार्थ होनी है– 'चीज़ न राखै आपनी चोरैं गारी देय'।

चुका वायदा कि दिखाया कायदा : स्वार्थ सिद्ध हो जाने पर उचित व्यवहार न करना।

इतना आत्म-केन्द्रित होना ठीक नहीं है मेरे दोस्त! मैंने आपकी कठिन परिस्थितियों को देखते हुए सहायता की और आप रुपये तो लौटाने से रहे, मेरे साथ अच्छा व्यवहार भी नहीं कर पा रहे हैं। यह तो वही बात हुई - 'चुका वायदा कि दिखाया कायदा'।

चुग़लखोर का मुहं सांप डसे : चुग़लखोर समाज की दृष्टि में निंदनीय होता है। कुछ लोगों का कार्य इधर की उधर लगाना होता है। उनके इस कृत्य से बड़े-बड़े संघर्ष होते हैं, अतः समाज ऐसे व्यक्तियों को धिक्कारते हुए कहता है - 'चुग़लखोर का मुंह सांप डसे'।

चुग़लखोर चुग़ली खाय, बीच बाजार में जूते खाय : चुग़लखोर को लोग सार्वजनिक स्थानों में भी अपमानित करते हैं।

मेरे दोस्त! अपनी यह चुग़लखोरी की आदत छोड़ दे, अन्यथा कोई तुम्हें सबके सामने ही अपमानित कर देगा। क्या तुमने यह नहीं सुना है - 'चुग़लखोर चुग़ली खाय, बीच बाजार में जूते खाय'।

चुटिया को तेल नहीं, पकोड़ों को जी चाहे : निर्धन व्यक्ति का महत्वाकांक्षी होना।

सुना है बंग्लादेश भी चांद पर मानव भेजने की तैयारी कर रहा है। यह तो वही बात हुई - 'चुटिया को तेल नहीं, पकोड़ों को जी चाहे'।

चुड़ैल पर दिल आ जाए तो परी क्या चीज़ : जो मन को भाता है वही सुन्दर होता है।

सौंदर्य वस्तुओं में नहीं, बल्कि मन के अन्दर होता है। यह जरूरी नहीं कि एक सुन्दर वस्तु सभी को सुन्दर लगती है। किसी के लिए सुन्दर वह है जो उसके मन को भा जाए, अतः किसी ने कहा है - 'चुड़ैल पर दिल आ जाए तो परी क्या चीज़'।

चुड़ैल भी सात घर छोड़ देती है : अपने निकट पड़ोसी का कभी अहित नहीं करना चाहिए।

तुम तो चुड़ैल से भी गिरे हुए हो! मेरे पड़ोसी होते हुए मेरे ही बच्चे का अपहरण करा दिया। इस बात को तो कम से कम ध्यान रखते कि 'चुड़ैल भी सात घर छोड़ देती है'।

चुपड़ी और दो-दो : अच्छी और अधिक परिमाण में वस्तु प्राप्त करने की इच्छा रखना।

तुम्हें डॉक्टर ने सुबह-सायं एक-एक गिलास दूध ही तो बताया है, लेकिन तुम घी में छौंके हुए दूध की बात करते हो। ये 'चुपड़ी और दो-दो' नहीं चलेगी।

चुरावे नथ वाली, नाम लगे चिरकुट वाली का : अपराध कोई बड़ा आदमी करे और उसका दंड किसी ग़रीब को मिले।

किसानों पर गोली चलाने का आदेश गृहमंत्री ने दिया था, लेकिन निलम्बित होना पड़ा पुलिस अधीक्षक को। यह तो वह बात हुई - 'चुरावे नथवाली, नाम लगे चिरकुट वाली का'।

चुल्लू-चुल्लू साधेगा, दरवाज़े हाथी बांधेगा : थोड़ा-थोड़ा संचय करने पर एक बहुत बड़ी धनराशि एकत्रित हो जाती है।

बूंद-बूंद से ही सरोवर भरता है, अतः बड़े-बड़े आदमी कहते आए हैं - 'चुल्लू-चुल्लू साधेगा, दरवाज़े हाथी बांधेगा'।

चूक अजाने से परै, बांधे गांठ समान : नासमझ लोग गलती करके और उसका दुष्परिणाम भोगकर बुद्धिमानों को सचेत कर देते हैं।

जब से मेरे मित्र की पत्नी के गले से झपटमारों ने चेन झपटी है, मेरी पत्नी बाज़ार जाते समय चेन घर पर ही छोड़ देती है, क्योंकि 'चूक अजाने से परै, बांधे गांठ समान'।

चूहों की मौत बिल्ली का खेल : किसी का शोषण करके अपना मनोरंजन करना।

बलात्कार एक ऐसा दुष्कृत्य है, जिसमें बलात्कारी किसी पीड़ित लड़की को असहाय पीड़ा देकर उसमें अपने लिए सुख खोजता है। यह तो वही बात होती है - 'चूहों की मौत बिल्ली का खेल'।

चूका और गया : अवसर निकाल देने से कार्य का बिगड़ जाना।

यदि पूर्व प्रधानमंत्री स्व. जवाहरलाल नेहरू कश्मीर समस्या को यू.एन.ओ. में न ले जाते तो कश्मीर समस्या का समाधान कभी का हो गया होता। लेकिन अब तो यही कहा जाएगा - 'चूका और गया'।

चूरा झाड़ खाओ, लड्डू न तोड़ो : ब्याज का उपयोग करो, पूंजी को मत छेड़ो।

पुराने सूदखोर जो अब वृद्धावस्था से गुजर रहे हैं, अपनी अत्याधुनिक पीढ़ी को बचत का उपदेश करते हुए प्रायः यह कहते देखे गए हैं - 'चूरा झाड़ खाओ, लड्डू न तोड़ो'।

चूल्हा-चक्की, सभी काम में पक्की : एक कुशल गृहणी का वर्णन करना।

आजकल की लड़कियों की योग्यता उसकी शिक्षा से आंकी जाती है, लेकिन पहले लड़कियों की योग्यता का आधार गृह-कार्य में दक्ष होना माना जाता था। एक कुशल लड़की के सम्बन्ध में यह कहा जाता था - 'चूल्हा-चक्की, सभी काम में पक्की'।

चूल्हे आग न घड़े पानी : बहुत ही दीन दशा।

हमारे सत्ता पक्ष के नेता बड़े गर्व से देश की विकास दर का उल्लेख करते हुए नहीं थकते, लेकिन उन्हें यह नहीं दिखाई देता कि अब भी लाखों परिवारों में न 'चूल्हे आग न घड़े पानी' है।

चूल्हे की न चक्की की : ऐसी स्त्री जो न रोटी बनाने में सक्षम है न घर के अन्य कार्यों में।

यह सही है कि मेरा पुत्र कुरूप है, लेकिन इसके लिए मैं आपकी अपंग लड़की का रिश्ता स्वीकार नहीं कर सकता। आपकी लड़की तो न 'चूल्हे की न चक्की की'।

चूहा बिल न समा सके कानों बांधा छाज : अभावग्रस्त होते हुए किसी खर्चीली योजना का शुरू कर देना।

आप मुश्किल से घर का खर्च चला रहे हैं, ऊपर से अपना जन्म-दिन मनाने की तैयारियां कर रहे हो। यह तो वही बात हुई - 'चूहा बिल न समा सके, कानों बांधा छाज'।

चूहे के चमड़े से कहीं नगाड़े मढ़े जाते हैं : छोटे आदमियों से कभी बड़ा काम नहीं होता।

मैंने एक-दो कहानी क्या लिख दी आप मुझे ऊंचा साहित्यकार मान बैठे हो और मुझसे एक महाकाव्य लिखने की आस लगानी शुरू कर दी है। क्या आपने यह बात नहीं सुनी - 'चूहे के चमड़े से कहीं नगाड़े मढ़े जाते है'?

चोट लगी पहाड़ की और तोड़ें घर का सिल : बाहर से अपमानित होकर मनुष्य अपनी पत्नी पर क्रोध उतारते हैं।

मेरे पड़ोस में रहने वाली एक महिला देखने में बहुत समझदार दिखाई देती है, लेकिन सायं को जब उसका पति ऑफिस से आता है तो प्रायः वह उसको धमकाना शुरू कर देता है। मैंने एक दिन उस महिला से इस सम्बन्ध में पूछ-ताछ की। उसने बताया कि ऑफिस का कार्य तो

ये समय पर पूरा नहीं कर पाते फिर तो बॉस की झाड़ इन पर पड़नी ही है। बस, यह उस क्रोध को मेरे ऊपर उतार लेते हैं। यह तो वही बात हुई - 'चोट लगी पहाड़ की और तोड़ें घर की सिल'।

चोट्टी कुतिया जलेबियों की रखवाली : भक्षक के ऊपर ही रक्षा का भार सौंपना।
पाकिस्तान की सेना में उन आतंकवादियों का प्रवेश हो चुका है, जो पाकिस्तान को नष्ट करना चाहते हैं। इस स्थिति पर यह कहावत चरितार्थ होती है - 'चोट्टी कुतिया जलेबियों की रखवाली'।

चोर उचक्का चौधरी कुअनी भई प्रधान : दुष्टों के हाथों में अधिकार आ जाना।
भारतीय सदनों में अपराधी ही चुनाव जीतकर आ रहे हैं। क्या ये देश का विकास कर सकेंगे? यह भारतीय लोकतंत्र की बड़ी दयनीय स्थिति है कि 'चोर उचक्का चौधरी कुअनी भई प्रधान'।

चोर का दिल सरसों बराबर : चोरों में साहस नहीं होता।
आतंकवादी भारतीय सीमा को चोर की भांति ही भयभीत कदमों से पार करते हैं। यदि वहां थोड़ी सर्तकता भी बरती जाए तो वे वापिस पाकिस्तान में भाग खड़े हो सकते हैं, क्योंकि कहा गया है, 'चोर का दिल सरसों बराबर'।

चोर का भाई गटकरा : दो दुष्टों का साथ होना।
भारतीय राजनीति में घोटालों का इस स्तर तक प्रचलन हो गया है कि विभाग के मंत्री के साथ उसके सचिव भी घोटालों में लिप्त पाए जा रहे हैं। उन्होंने तो यही कहावत चरितार्थ कर दी है कि 'चोर क़ा भाई गटकरा'।

चोर का मन बकुचा में : चोर का ध्यान किसी बैग या गठरी पर केन्द्रित रहता है।
ट्रैफिक पुलिस का ध्यान आने-जाने वाले वाहनों पर इस उद्‌देश्य के साथ केन्द्रित रहता है कि किस वाहन को किस कमी के आधार पर रोका जाए, जिससे कि वह कुछ भेंट चढ़ा कर जा सके। एक कहावत है - 'चोर का मन बकुचा मे'।।

चोर की जोरू कोने में मुंह देकर रोवे : जब किसी का प्रिय किसी अपराध में पकड़ा जाए तो वह आंतरिक पीड़ा से छटपटाता है, लेकिन अपनी व्यथा किसी दूसरे को नहीं बता सकता।
रेहाना इसलाम के सिद्धांतों पर चलने वाली धार्मिक महिला है, लेकिन जब उसका पति एक आतंकी गति-विधि में पकड़ा गया तो उसे ऐसा

आघात लगा कि वह कई दिनों तक घर से बाहर नहीं निकल सकी। किसी ने सही कहा है - 'चोर की जोरू कोने में मुंह देकर रोवे'।

चोर की दाढ़ी में तिनका : चोर हड़बड़ाहट में अति सावधानी दिखाकर यह प्रदर्शित कर देता है कि चोर वही है।

कनिका के पति के हत्यारे का पता लगाने के लिए, जब पुलिस ने वहां स्थित लोगों के समक्ष यह कहा कि हत्यारे के हाथों में हमें खून लगा दिखाई दे रहा है और वह इन लोगों में से ही है, तो कनिका पुलिस की आंखों से बचती हुई हाथ धोने चली गई और तभी पुलिस ने उसे गिरफ्तार कर लिया। वह 'चोर की दाढ़ी में तिनका' की कहावत के आधार पर पकड़ी गई।

चोर की मां कब तक खैर मनाएगी : अपराधी एक न एक दिन तो पकड़ा ही जाता है।

रामदयाल वर्षों से शराब की तस्करी में लिप्त था। उसको मैंने समझाया, लेकिन वह नहीं माना। आखिर एक दिन पकड़ा जाना ही था, क्योंकि 'चोर की मां कब तक खैर मनाएगी'।

चोर की मां कोठी में मुंह देकर रोती है : दे0 चोर की जोरू कोने में मुंह देकर रोती है।

चोर के ख्वाब में बकुचे : चोर को धन से भरे बैग या गठरी के ही स्वप्न आते हैं।

मेरे दोस्त! तुम्हें मेरी तरह से अपने स्वप्न में कोई सुन्दरी कैसे दिखाई दे सकती है। तुम तो चोर हो, तुम्हें तो स्वप्न में चोरी का सामान ही दिखाई देगा। किसी ने सही कहा है - 'चोर के ख्वाब में बकुचे'।

चोर के पैर नहीं होते : चोर जरा-सी आहट होते ही भाग खड़ा होता है।

लोगों को डकैतों से डर लगता है चोरों से नहीं, क्योंकि ये जानते हैं कि 'चोर के पैर नहीं होते'।

चोर के मन में चांदनी का डर : झूठा व्यक्ति सत्य बात को पसंद नहीं करता।

यदि कोई भारतीय राजनेता यह कहे कि उसने चुनाव के समय अपने मतदाताओं के समक्ष जो आश्वासन दिए थे, वे पूरे कर दिए हैं तो कोई उसका विश्वास नहीं करेगा, क्योंकि लोग जानते हैं कि 'चोर के मन में चांदनी का डर' होता है।

चोर-चोर मौसेरे भाई : समान व्यवसाय या स्वभाव वालों में शीघ्र मेल-मिलाप हो जाता है।

जब एक अपराधी प्रवृत्ति के विधायक या सांसद के दुष्कर्मों से व्यथित होकर एक पार्टी उसे निष्कासित कर देती है तो दूसरी पार्टी तुरन्त उसे अपनी पार्टी में ले लेती है। किसी ने सच कहा है - 'चोर-चोर मौसेरे भाई'।

चोर चोरी से गया तो क्या हेरा-फेरी से गया : किसी की प्रकृति में पूर्ण परिवर्तन संभव नहीं है।

एक चोर पुलिस के भय से सत्संग के श्रोताओं के मध्य जाकर बैठ गया। उस प्रवचनकर्ता की वाणी से उसमें ऐसा परिर्वतन आया कि उसने चोरी न करने की प्रतिज्ञा कर ली, लेकिन सत्संग की समाप्ति करने पर, जब वह प्रवचन-भवन से बाहर निकला तो अपनी पुरानी चप्पल को वहीं छोड़ते हुए किसी की नई चप्पल पहन कर वहां से लौट आया। किसी ने सही कहा है, 'चोर चोरी से गया तो क्या हेरा-फेरी से गया'।

चोर जाने चोर का हाल : जो जैसा होता है वैसों का हाल जानता है।

आप कहते हैं कि सत्यपाल एक अच्छा खिलाड़ी है, क्योंकि वह प्रतिबंधित दवाओं का सेवन नहीं करता, लेकिन मैं उसे अच्छी तरह से जानता हूं कि वह कितना अच्छा है। मैं एक अभ्यास-शिविर में एक खिलाड़ी के रूप में उसके साथ रहा हूं। बड़े-बड़े कहते आए हैं - 'चोर जाने चोर का हाल'।

चोर सबको चोर समझता है : बुरे व्यक्ति को सब बुरे ही दिखाई देते हैं।

मेरा एक मित्र अपने ऑफिस में गबन के आरोप से निलंबित होकर घर बैठा है। जब मेरे एक अन्य साथी को लोगों ने एक स्कूल का प्रबंधक बनाना चाहा तो उसने उस प्रत्याशी पर आरोप लगाया कि यह गबन कर सकता है। यह तो वही बात हुई 'चोर सबको चोर समझता है'।

चोर से कहो चोरी करे, शाह से कहा जागते रहो : दोनों पक्षों से अहित की भावना रखना।

कुछ पुलिसकर्मी अपराधियों को अपराध करने का अवसर प्रदान करते हैं और जनता को भी सावधान करते रहते हैं कि अपराधियों का साहस से सामना करो। उन पर तो यही कहावत चरितार्थ होती है - 'चोर से कहो चोरी करे, शाह से कहो जागते रहो'।

चोरी और सीनाजोरी : अपराध करना और दादागिरी दिखाना।

आतंकवादी भारत में आतंकी घटनाओं का क्रियान्वयन करते रहते हैं

और भारत के प्रति विष उगलते रहते हैं। यह तो वही बात हुई - 'चोरी और सीनाजोरी'।

चोरी करे मूछों वाला, पकड़ा जाए दाढ़ी वाला : किसी एक का दोष दूसरे पर मढ़ देना।

पराधीन भारत में यदि किसी अंग्रेज़ अधिकारी की किसी दुर्घटना में मृत्यु हो जाती थी, तो पुलिस किसी क्रांतिकारी को उसकी हत्या का आरोपी बना देती थी। यह तो वही काम होता था - 'चोरी करे मूंछों वाला, पकड़ा जाए दाढ़ी वाला'।

चोरी का गुड़ मीठा : चोरी का माल बहुत अच्छा लगता है।

चोर पकड़ा जाने पर चोरी तो स्वीकार कर लेता है, लेकिन चोरी का माल आसानी से नहीं बताता। किसी ने सही कहा है - 'चोरी का गुड़ मीठा' लगता है।

चोरी का माल मोरी में जाय : चोरी के माल का सदुपयोग नहीं होगा।

सराजू डकैत ने डकैती के द्वारा बहुत बड़ी धनराशि एकत्रित कर ली थी, लेकिन उसकी मृत्यु के बाद उसके लड़कों ने सारा धन अय्याशी में उड़ा दिया था। किसी ने सही कहा है- 'चोरी का माल मोरी में जाय'।

चोरों की बारात में अपनी-अपनी होशियारी : स्वार्थी लोग प्रत्येक काम में अपना-अपना स्वार्थ देखते हैं।

पाकिस्तान और चीन भले ही ऊपर से दोस्त दिखाई देते हो, लेकिन वे वैश्विक राजनीति में अपने-अपने स्वार्थ को महत्व देते हैं। बड़े-बड़े कहते आए हैं - 'चोरों की बारात में अपनी-अपनी होशियारी'।

चौबे गए छब्बे होने दूबे होकर लौटे : लाभ के लिए किए गए कार्य में हानि होना।

पाकिस्तान ने अपनी शक्ति के प्रदर्शन हेतु कारगिल युद्ध शुरू किया था, लेकिन हजारों सैनिकों की बलि देने के बाद पराजित होकर वापिस लौट गया था। उसके ऊपर यही कहावत चरितार्थ हुई थी - 'चौबे गए छब्बे होने दूबे होकर लौटे'।

छ

छछुंदर के सिर में चमेली का तेल : अयोग्य के हाथों में एक ऐसी वस्तु सौंप देना, जिसके लिए वह योग्य न हो।

जिन्ना ने पाकिस्तान के लिए स्वतंत्रता की कामना की थी, लेकिन वह शीघ्र ही राजतंत्र में परिवर्तित हो गई थी। उस समय ऐसा लगता था कि पाकिस्तान में स्वतंत्रता को संभालने की योग्यता नहीं है। उसके लिए उस समय यह कहावत चरितार्थ होती थी -'छछुंदर के सिर में चमेली का तेल'।

छटांक चून चौबारे रसोई : अपनी सम्पन्नता का झूठा दिखावा करना।

पहले उत्तर प्रदेश में एक-एक नवाब के नाम हजारों एकड़ ज़मीन थी, लेकिन ज़मीदारी प्रथा समाप्त होते ही वह सब किसानों के नाम चली गईं अब तो उनके वंशजों की 'छटांक चून चौबारे रसोई' वाली बात हो गईं।

छट्टी न चिल्ला हराम का पिल्ला : हराम के लड़के के संस्कार नहीं किए जाते।

बेटे! तुम संस्कारित परिवार के बच्चे हो, लेकिन जिसके साथ तेरी दोस्ती है वह संस्कारित बच्चा नहीं है, अतः तुम्हारी उसके साथ अनमोल दोस्ती है। उस जैसों के लिए तो यह कहावत है -'छट्टी न चिल्ला हराम का पिल्ला'।

छड़ी लगे चट, विद्या आवे पट : गुरु की ताड़ना बिना विद्या नहीं आती।

बालमनोविज्ञान का मत है कि बच्चों को ताड़ना देने से उसके व्यक्तित्व में विकृति आ सकती है। अतः 'छड़ी लगे चट, विद्या आवे पट' का सिद्धांत आधुनिक युग में अपनी प्रासंगिकता खो चुका है।

छप्पर पर फूंस नहीं ड्योढ़ी पर नक्कारा : अपनी झूठी डींग हांकना।

पुराने साहूकारों के आधुनिक वंशजों ने उनकी धन-संपदा को अय्याशी में उड़ा दिया है। अब तो उनकी यह दशा हो गई है कि 'छप्पर पर फूंस नहीं ड्योढ़ी पर नक्कारा'।

छः महीने का कुत्ता, ब्रारह बरस का पुत्ता : छह महीने का कुत्ता और बारह वर्ष का पुत्र समझदार हो जाता है।

तुमने अपने जीवन को कठिन समस्याओं के साथ व्यतीत किया। अब तो तुम्हारा पुत्र बारह वर्ष का हो गया है। अब संकट की घड़ी टल गई, क्योंकि 'छह महीने का कुत्ता, बारह बरस का पुत्ता' समझदार हो जाता है।

छींकत नहाइए, छींकत खाइए, छींकत रहिए सोय, छींकत पर घर न जाइए, चाहे सब सोने को होय : छींकने का अपशकुन केवल दूसरे के घर जाने में होता है।

ठहरिए बेटे! मैंने छींक दिया है, अतः अपने दोस्त के घर जाने को कुछ देर के लिए टाल दीजिए, क्योंकि बड़े-बड़े कहते आए हैं, 'छींकत नहाइए, छींकत खाइए, छींकत रहिए सोय, छींकत पर घर न जाइए, चाहे सब सोने को होय'।

छुरी खरबूज़े पर पड़े तो खरबूज़े का ज़रर और खरबूज़ा छुरी पर पड़े तो खरबूज़े का ज़रर : दोनों विकल्पों में हानि-ही-हानि होना।

यदि नक्सलवादियों पर कोई कार्रवाई न करे, तो वे अधिक उत्साह के साथ पुलिस-बल पर आक्रमण कर देते हैं और यदि उन पर कार्रवाई करते हैं, तो उनके साथ निर्दोष लोग भी मारे जाते हैं। इस स्थिति में सरकार की अब यह दशा हो गई है कि 'छुरी खरबूज़े पर पड़े तो खरबूज़े का ज़रर और खरबूज़ा छुरी पर पड़े तो खरबूज़े का ज़रर'।

छुद्र नदी भरी चली इतराई : छोटा व्यक्ति अधिक इतराता है।

भुल्लन सफाईकर्मी का लड़का सेना में क्या भर्ती हुआ उसने लोगों को राम-राम करनी ही छोड़ दी। किसी ने सही कहा है - 'छुद्र नदी भरी चली इतराई'।

छूछा कोई न पूछा : विपन्न व्यक्ति का कोई सम्मान नहीं करता।

दयाल एक सच्चा सीधा इंसान है, लेकिन उसकी दरिद्रता के कारण उसे कोई नहीं पूछता, जब कि सुखेन्द्र एक भ्रष्ट और व्यभिचारी व्यक्ति है, लेकिन सम्पन्नता के कारण समाज में उसका सम्मान है। बड़े-बड़े ठीक ही कहते आए हैं - 'छूछा कोई न पूछा'।

छूटा बाज न आवे हाथ : जो वस्तु हाथ से निकल जाती है वह पुनः हाथ में नहीं आती।

नियुक्ति पत्र मिलने के बाद में मेरे पुत्र ने प्रधानाचार्य पद का कार्य-भार संभालने में काफी विलम्ब कर दिया। अन्त में वह नियुक्ति ही निरस्त हो गई। अब पश्चात्ताप करने से क्या होता है। अब तो यह कहावत चरितार्थ हो गई - 'छूटा बाज न आवे हाथ'।

छूटी घोड़ी भूसौले खड़ी : किसी मनुष्य का कोई निश्चित ठिकाना न होना।

मेरे मित्र को आज सायं सात बजे मेरे पास आना था, लेकिन वह आया

ही नहीं। मैंने कई जगह उसकी पूछ-ताछ की, लेकिन उसका कहीं अता-पता नहीं लगा। वैसे भी उसके सम्बन्ध में लोग यही कहते रहते हैं - 'छूटी घोड़ी भूसौले खड़ी'।

छोटा मुंह बड़ी बात : एक उपेक्षित व्यक्ति का बड़ी-बड़ी बातें करना।

जिन्ना कहा करते थे कि हम पाकिस्तान को एक भ्रष्टाचार रहित लोकतंत्र बनाएंगे, लेकिन ऐसा कुछ भी नहीं हो सका। उनकी वह घोषणा 'छोटा मुंह बड़ी बात' बनकर रह गई।

छोटा सो खोटा : छोटे कद का व्यक्ति प्रायः खोटा होता है।

किसी मनुष्य की शरीरिक रचना को देखकर, मेरे पिताजी उस व्यक्ति की मानसिक दिशा और दशाओं का अनुमान लगा लिया करते थे। वे 'छोटा सो खोटा' कहावत में भी विश्वास व्यक्त करते थे।

छोटी-सी गौरेया बाघों से नज़ारा मारे : साधारण व्यक्ति का किसी बड़े आदमी से सामना करना।

पराधीन भारत में अंग्रेज़ अधिकारियों को यह पता नहीं था कि चन्द्रशेखर नाम का यह क्रांतिकारी तुम्हारे छक्के छुड़ा देगा। वे तो चन्द्रशेखर को इस रूप में देख रहे थे - 'छोटी-सी गौरेया बाघों से नज़ारा मारे'।

छोटे मियां सो छोटे मियां, बड़े मियां सुभान अल्लाह : किसी बड़े का अपने छोटे से अधिक पराक्रमी होना।

स्वतंत्रता सेनानी अतरसिंह अरोड़ा के छोटे पुत्र विनोद कुमार अरोड़ा अपने पिता की तरह संघर्षप्रिय हैं, लेकिन उसके बड़े भाई भूपेन्द्र कुमार अरोड़ा संघर्षप्रिय तो हैं ही क्रोधी स्वभाव के भी हैं। उन दोनों पर यह कहावत चरितार्थ होती है - 'छोटे मियां तो छोटे मियां, बड़े मियां सुभान अल्लाह'।

छोटे-से गाज़ी मियां बड़ी सी दुम : अनमेल बात।

आर्य समाज मंदिर का एक स्वयं-सेवक अनपढ़ है। वह प्रायः वेद को खोलकर अपने सामने रख लेता है और केवल गायत्री मंत्र की पुनरावृत्ति करके यह सिद्ध करने की कोशिश करता है कि वह वेद-मंत्रों का पाठ कर रहा है। उस पर यह कहावत चरितार्थ होती है - 'छोटे से गाज़ी मियां बड़ी सी दुम'।

छोड़े गांव से नाता क्या? : जो स्थान छूट जाता है, उससे फिर सभी रिश्ते-नाते टूट जाते हैं।

कुछ इतिहासकारों का यह मानना है कि आर्य लोग इरान से आए थे, लेकिन क्या अब कोई भारतीय इरान के प्रति अपने मन में कोई लगाव रखता है ? यह किसी ने सही कहा है - 'छोड़े गांव से नाता क्या?'।

छोड़े तो मरे न छोड़े तो मरे : दोनों विकल्पों का घातक होना।

मेरे घर में एक दिन भेड़िया घुस आया। मैंने उसके कान पकड़ लिए और उसे मारना चाहा, लेकिन उसके विरुद्ध संघर्ष में थककर मैं निढाल होने लगा। मुझे आभास हुआ कि यदि मैंने इसे नहीं छोड़ा, तो थकावट के कारण मैं उसके विरुद्ध संघर्ष करने की स्थिति में नहीं रह सकूंगा। उस स्थिति में यह मुझे अपना शिकार बना ही लेगा और यदि मैंने इसके कान छोड़ दिए, तो भी यह मुझ पर आक्रमण कर सकेगा। मैं इस स्थिति में आ गया कि 'छोड़े तो मरे, न छोड़े तो मरे'।

ज

जंगल में मंगल, बस्ती में कड़ाका : अस्वाभाविक घटना।

मध्ययुग में जब बाह्य आक्रमणकारी किसी बस्ती में घुस जाते थे, तो वहां के निवासी भागकर जंगल में छिप जाते थे और बस्ती सुनसान हो जाती थी। तब यही कहावत चरितार्थ होती थी - 'जंगल में मंगल, बस्ती में कड़ाका'।

जंगल में मोर नाचा, किसने देखा : ऐसे स्थान पर अपनी कला दिखान जहां कोई देखने वाला न हो।

आप एक अच्छी कहानियों का संग्रह बना चुके हैं, लेकिन इसे प्रकाशित नहीं करा रहे हैं, फिर इससे आपको क्या लाभ होने वाला है? यह तो वही बात है - 'जंगल में मोर नाचा, किसने देखा'।

जग में देखत ही का नाता : तब तक जीवन तभी तक सांसारिक रिश्ते-नाते हैं।

यह अब कोमा में चल रहा है। पता नहीं कब परलोक सिधार जाए। इसे अब क्या पता कि इसका रूठा हुआ पुत्र भी अब इसकी सेवा कर रहा है। क्योंकि सदा से यह कहावत चलती आ रही है कि 'जग में देखत ही का नाता'।

जग में सांचे दो जने, एक राम इक दाम, एक दाता है मोक्ष के, एक सुधारै काम : जग में ईश्वर-भक्ति और धन कमाना दोनों ही महत्वपूर्ण हैं।

बेटे! मैं मानता हूं कि ईश्वर-भक्ति जरूरी है, लेकिन हर समय भक्ति में ही तल्लीन रहना ठीक नहीं है, क्योंकि जीवन यापन के लिए धन भी उतना ही जरूरी है। बड़े-बड़े कहते आए हैं - 'जग में सांचे दो जने, एक राम इक दाम, एक दाता है मोक्ष के, एक सुधारै काम'।

जगन्नाथ का भांटा, जिसमें झगड़ा न झांटा : प्रभु का प्रसाद सब के लिए सुलभ है।

प्रभु का प्रसाद पाने के लिए जो भी पंक्ति में लग जाता है, चाहे वह किसी भी धर्म व वर्ण का हो प्रसाद पा लेता है, इसीलिए किसी ने सही कहा है - 'जगन्नाथ का भांटा, जिसमें झगड़ा न झांटा'।

जगन्नाथ के भात को जगत पसारे हाथ : प्रभु के प्रसाद को पाने के लिए सब इच्छुक होते हैं।

प्रभु का प्रसाद सभी के लिए उपलब्ध है। इसमें कोई धर्म-विधर्म, जात-पात आदि का कोई विचार नहीं है। तभी तो कहा गया है - 'जगन्नाथ के भात को जगत पसारे हाथ'।

जड़ काटते जाना, पानी देते जाना : बाहर मित्रता का प्रदर्शन करना तथा अन्दर से शत्रुता रखना।

आस्ट्रेलिया बाह्य रूप से भारत के साथ मित्रता का प्रदर्शन करता है, लेकिन अन्दर से शत्रुता रखता है। उस पर यह कहावत सही चरितार्थ होती है - 'जड़ काटते जाना, पानी देते जाना'।

जने-जने की लाकड़ी, एक जने का बोझ : लोगों की थोड़ी-थोड़ी सहायता से भी किसी दरिद्र का कल्याण हो जाता है।

समाज के लिए कोई समस्या बड़ी नहीं है। यदि कोई अभावग्रस्त है तो वह कुछ लोगों की नाम-मात्र की सहायता से ही राहत पा सकता है। इसीलिए कहा गया है - 'जने-जने की लाकड़ी, एक जने का बोझ'।

जने-जने से मत कहो, कार भेद की बात : अपने व्यवसाय और अन्य निजी रहस्यों को आम आदमी से साझा नहीं करनी चाहिए।

मेरे मित्र ने अपने पड़ोसी को अपने व्यवसाय के सम्बन्ध में क्या बताया कि अगले दिन ही उसके प्रतिष्ठान पर आयकर विभाग का छापा पड़ गया। बड़े-बड़े कहते आए हैं - 'जने-जने से मत कहो, कार भेद की बात'।

जननी जन्मभूमिश्च स्वर्गादपि गरीयसी : माता और जन्मभूमि स्वर्ग से भी श्रेष्ठ होती है।

हर कोई व्यक्ति अपनी जन्मभूमि पर इसलिए बलिदान होने की भावना रखता है कि वह उसे अपनी जननी माता के समान ही प्रिय है। तभी तो शास्त्रों में कहा गया है - 'जननी जन्मभूमिश्च स्वर्गादपि गरीयसी'।

जनम के अभागे, नाम बख्तावर सिंह : नाम के अनुसार गुण न होना।

एक दवा का नाम अमृत-रस है, लेकिन उसे पीने से कोई अमर नहीं होता। यह तो वही बात है - 'जनम के अभागे, नाम बख्तावर सिंह'।

जनम के दुखिया नाम सदा सुख : दे॰ 'जनम के अभागे, नाम बख्तावर सिंह'।

जनम के दुखी नाम चैन सुख : दे॰ 'जनम के अभागे, नाम बख्तावर सिंह'।

जनम के मंगता नाम दाता राम : दे॰ 'जनम के अभागे, नाम बख्तावर सिंह'।

जनम न देखा बोरिया, सपने खाइ खाट : दरिद्र को थोड़ा धन मिल जाने से और मूर्ख को थोड़ा सम्मान मिल जाने से उन्हें घमंड हो जाता है।

गंवार भोंदू मल को मंत्री ने अपने साथ मंच पर क्या बैठा लिया, वह वरिष्ठ लोगों की चारपाई के सिरहाने बैठने की कोशिश करने लगा है। किसी ने सही कहा है - 'जनम न देखा बोरिया, सपने खाई खाट'।

जनम पत्र सब देखते हैं, कर्म फल कोई नहीं देखता : किसी के भविष्य के सम्बन्ध में कोई कुछ नहीं जानता।

विवाह सम्पन्न करके लौटते समय दुल्हे और दुल्हन की गाड़ी नहर में गिर गई और दोनों की घटनास्थल पर ही मौत हो गई। किसी ने सही कहा है - 'जनम पत्र सब देखते हैं, कर्म फल कोई नहीं देखता'।

जन्मतः सिंहनि को तनय, गज पर चढ़त अभीत : जातिगत स्वभाव नहीं बदलता।

एक अहिंसक प्राणी के प्रति क्या एक हिंसक प्राणी अपनी प्रवृत्ति बदल सकता है? इसके उत्तर के लिए मैंने एक बिल्ली और एक कबूतर पाला। मैं अपनी उपस्थिति में कुछ देर के लिए उन्हें साथ-साथ रख देता था। मुझे आशा हो चली थी कि बिल्ली अपनी प्रवृत्ति बदल रही है, लेकिन एक दिन मेरे समक्ष ही उसने कबूतर पर आक्रमण कर किया और उसे मार डाला। तब मैंने इस कहावत का सत्य जाना - 'जन्मतः सिंहनि को तनय, गज पर चढ़त अभीत'।

जप माला छापा तिलक, सरै न एको काम, मन कांचे नाचे वृथा, सांचे राचे राम : बाह्य पाखंडों पर आधारित भक्ति, सच्ची भक्ति नहीं होती।

कबीर दास ने बाह्य पाखंडों पर आधारित भक्ति को केवल बाह्य दिखावा माना है। उनका मत है - 'जप माला छापा तिलक, सरै न एको काम, मन कांचे नाचे वृथा, सांचे राचे राम'।

जब अपना ही सिक्का खोटा तब और को क्या कहें : अपनी गलती से ही जब अपना अहित हो रहा हो, तो उसके लिए दूसरों को क्यों दोष दें।

मेरा पुत्र जब शराब पीकर अपनी ससुराल चला गया तो ससुराल पक्ष के कुछ लड़कों ने उसकी पिटाई कर डाली। अब मैं उन्हें क्या कहूं - 'जब अपना ही सिक्का खोटा तब और को क्या कहें'।

जब अपनी उतार ली तो दूसरे की उतारने में क्या लगता है : जो व्यक्ति अपनी प्रतिष्ठा का ध्यान नहीं रख सकता वह दूसरे के सम्मान का क्या ध्यान रखेगा?

पाकिस्तान आतंकवाद को बढ़ावा देने के कारण विश्व में अपनी प्रतिष्ठा खो बैठा है। अब वह भारत पर भी यह आरोप लगाने लगा है कि वह बलूचिस्तान में आतंकवाद को बढ़ावा दे रहा है। उसने तो यह सिद्धांत अपना लिया है - 'जब अपनी उतार ली तो दूसरे की उतारने में क्या लगता है'।

जब आंखें चार होती हैं, मुरौवत आ ही जाती है : किसी के प्रति कितना भी क्रोध क्यों न हो यदि वह मिलने आ जाता है, तो उसके प्रति मन में सहृदयता के भाव उत्पन्न हो जाते हैं।

तुम मेरी बाइक में तोड़-फोड़ करके मेरे घर चुप-चाप छोड़ गए। तेरे इस कृत्य पर मुझे क्रोध तो बहुत आ रहा था, लेकिन अब तुम आ गए, इसलिए क्षमा कर देता हूं। कहावत है - 'जब आंखें चार होती हैं, मुरौवत आ ही जाती है'।

आया देही का अन्त, जैसा गदहा वैसा सन्त : मृत्यु के बाद सज्जन और दुर्जन की एक ही गति है - मिट्टी में मिल जाना।

चाहे कोई अपने जीवन में कैसा भी रहा है, उन सभी के शरीरों की मृत्यु के बाद एक-सी ही गति होती है, केवल उनके कर्म ही उनकी आत्मा की सद्गति या अधोगति का कारण बनते हैं। शास्त्रों में कहा गया है - 'आया देही का अन्त, जैसा गदहा वैसा सन्त'।

जब ओखली में सिर दिया तो मूसलों से क्या डर : कितना भी बड़ा कष्ट सहने के लिए तैयार हो जाना।

वीरांगना दुर्गा भाभी को जब उसकी महिला मित्रों ने कहा कि अंग्रेज बहुत क्रूर होते हैं और वे आपको फांसी पर लटका देंगे तो उसने कहा था कि 'जब ओखली में सिर दिया तो मूसलों से क्या डर'।

जब चने थे तब दांत नहीं थे, जब दांत हुए तब चने नहीं : काम होते हुए करने वालों की कमी हो जाना और जब करने वाले उपलब्ध हों तब काम की कमी हो जाना।

एक समय था जब मेरे दादा के पास सौ एकड़ जमीन थी, लेकिन उस समय कोई उसमें काम करने वाला नहीं था, अतः उन्होंने जमीन का बहुत बड़ा भाग एक मंदिर को दान कर दिया था। आज इतना बड़ा परिवार हो चुका है कि जमीन का अभाव प्रतीत होने लगा है। यह तो वही बात हुई-'जब चने थे तब दांत नहीं थे, जब दांत हुए तब चने नहीं'।

जब जागो तभी सवेरा : सीखने में कभी विलम्ब नहीं होता।

मनुष्य अपने अनुभवों और बाह्य घटने वाली घटनाओं से जीवन भर सीखता है, अतः उसके लिए यह कहावत सही है - 'जब जागो तभी सवेरा'।

जब जेहि दिगभ्रम होई खगेसा, सो कह पश्चिम उग्यो दिनेसा : भ्रमित व्यक्ति उल्टी-सीधी बातें करता है।

अन्ना हजारे के अनशन से उत्पन्न स्थिति से पार न पाने पर कुछ राजनेता उल्टी-सीधी बातें करने लगे थे। उनके व्यवहार पर यह कहावत सटीक लगने लगी थी - 'जब जेहि दिगभ्रम होई खगेसा, सो कह पश्चिम उग्यो दिनेसा'।

जब तक करे पूता-पूता, तब तक करे अपने बूता : किसी पर निर्भर न रहकर उस कार्य को स्वयं करना।

जब तक पं. नेहरू प्रधानमंत्री रहे भारत विदेशों से ही आयुद्धों का आयात करता था और उन देशों के नखरे झेलता था, लेकिन अब भारत उन आयुद्धों का स्वयं निर्माण करता है। किसी ने सही कहा है - 'जब तक करे पूता-पूता, तक तक करे अपने बूता'।

जब तक गंग जमुन बहे धारा : अनंत काल तक।

पुराने समय में किसी सुहागिन को आशीर्वाद देते समय यह कहा जाता था - 'जब तक गंग जमुन बहे धारा' तब तक अमर सुहाग तुम्हारा।

जब तक जीना, तब तक सीना : जब जीवन है कोई न कोई कर्म करना चाहिए।

मनुष्य कर्म करने के लिए ही विश्व में आता है, अतः उसे इस ओर से उपेक्षा भाव नहीं दिखाना चाहिए। कहावत है - 'जब तक जीना, तब तक सीना'।

जब तक दम है, तब तक गम है : जीवन के साथ सुख-दुःख लगे ही रहते हैं।
मनुष्य के जीवन में सुख-दुःख का आना एक स्वाभाविक प्रक्रिया है। तभी तो कहा गया है - 'जब तक दम है, तब तक गम है'।

जब तक पहिया लुढ़कता है, तभी तक गाड़ी है : मनुष्य की सार्थकता उसकी कर्मण्यशीलता में है।
मनुष्य के जीवन में अनेकों त्रासदियां आती है, जिनके साथ उसे संघर्ष करना पड़ता है। यदि वह उन पर विजय प्राप्त करता हुआ आगे बढ़ता रहता है तो उसका जीवन गतिशील कहलाता है। इसीलिए बड़े-बड़े कहते आए हैं - 'जब तक पहिया लुढ़कता है, तभी तक गाड़ी है'।

जब तक फूले केतकी तब तक विरम करील : जब तक आपकी रुचि के अनुसार कोई कार्य न मिले कोई अन्य कार्य करते रहना चाहिए।
आजकल के युवक किसी डिग्री या डिप्लोमा लेने के बाद किसी अच्छी नौकरी की प्रतिक्षा में निकम्मे बनकर घूमते रहते हैं, जबकि इस अवधि में उन्हें कोई छोटा-मोटा कार्य कर लेना चाहिए। उनके मार्ग दर्शन के लिए किसी विद्वान ने कहा है - 'जब तक फूले केतकी तब तक विरम करील'।

जब तक सांस तब तक आस : अन्त तक आशावान होना, किसी व्यक्ति की सकारात्मक सोच का लक्षण है।
मेरा मित्र किसी गंभीर बीमारी के कारण एक अस्पताल में प्रविष्ट है। जब मैं उसे देखने गया तो उसकी पत्नी की आंखों से अश्रुधारा बह निकली, मैंने उसे समझाते हुए कहा कि निराश मत होइए बल्कि यह आशा रखिए कि यह ठीक हो जाएगा, क्योंकि बड़े-बड़े कहते आए हैं - 'जब तक सांस तब तक आस'।

जब तक समुद्र रहेगा, नमक तो मिलेगा ही : स्रोत के रहते हुए उससे उत्पन्न पदार्थ मिलता ही रहेगा।
जब तक भारत रहेगा विश्व के लिए अहिंसा का पाठ चलता रहेगा। बड़े-बड़े कहते आए हैं - 'जब तक समुद्र रहेगा, नमक तो मिलेगा ही'।

जब दांत न थे तब दूध दियो, जब दांत दिए क्या अन्न न दैहैं : भगवान सबका पालन करता है।
यदि तुम इस बात पर आत्म-हत्या करने जा रहे थे कि तुम्हारे पास कोई जीवन का साधन नहीं है तो यह तुम्हारा भगवान पर अविश्वास

है। तुमने यह नहीं सुना है - 'जब दांत न थे तब दूध दियो, जब दांत दिए क्या अन्न न दैहैं।

जब वह देता है तब छप्पर फाड़कर देता है : ईश्वर की लीला विचित्र है। वह कब किसे अचानक संपन्न कर दे, बस वही जानता है।

भले ही शेयर बाजार में आपका लाखों रुपया डूब गया है, लेकिन निराश नहीं होना चाहिए, बल्कि ईश्वर की लीला पर विश्वास करना चाहिए। क्योंकि वह लेता ही नहीं है, 'जब वह देता है तब छप्पर फाड़कर देता है'।

जब दो मूजियों में हो खटपट, अपने बचने की आश कर झटपट : दो दुश्मनों के झगड़े को देखकर वहां से चले जाना चाहिए।

पाकिस्तान और भारत के मध्य कारगिल युद्ध शुरू होते ही बंगलादेश ने स्वयं को इन दोनों से अलग कर लिया था, क्योंकि वह इस कहावत को जानता था कि 'जब दो मूजियों में हो खटपट, अपने बचने की आश कर'।

ज़बरदस्त का ठेंगा सिर पर : बलशाली व्यक्ति की बात माननी ही पड़ती है।

अमेरिका के कहने के उपरान्त ही पाकिस्तान ने मुम्बई पर आतंकी आक्रमण के दोषियों पर कार्रवाई करनी सुनिश्चित की थी। किसी ने ठीक ही कहा है - 'ज़बरदस्त का ठेंगा सिर पर'।

ज़बरदस्त मारे और रोने न दे : बाहुबली के अत्याचार को चुप-चाप सहना पड़ता है।

अपराधी प्रवृत्ति के बाहुबली राजनेता जनता का मनचाहा शोषण करते हैं, लेकिन जनता उनसे इतनी भयभीत रहती है कि उनकी शिकायत पुलिस तक पहुंचाने का साहस नहीं कर सकती। किसी ने सही कहा है - 'ज़बरदस्त मारे और रोने न दे'।

ज़बरदस्त सबका जमाई : बाहुबली व्यक्ति का सब आदर-सत्कार करते हैं।

सुरजी डकैत यद्यपि अपने गांव में डकैती नहीं डालता था, लेकिन वह जिस घर में चला जाता था, वहां उसका जमाई की तरह आदर-सत्कार होता था। यह बात सत्य है - 'ज़बरदस्त सबका जमाई'।

ज़बान जने एक बार, मां जने बार-बार : मनुष्य को अपने वचनों का पक्का होना चाहिए।

रघुकुल रीति सदा चली आई
प्राण जाए पर वचन न जाई।

तुलसीदास की यह भावना इस कहावत में स्पष्ट दिखाई दे रही है कि 'जबान जने एक बार, मां जने बार-बार'।

ज़बान शीरीं मुल्क गीरीं, जबान टेढ़ी मुल्क बांका : मीठी वाणी से सब अपने हो जाते हैं और कठोर वाणी से अपने भी शत्रु हो जाते हैं।

मेरे दोस्त! आप अपनी पत्नी के साथ सदैव कठोरता का व्यवहार करते हो और इस कारण अब विवाह-विच्छेद की स्थिति तक बात आ पहुंची है। अब भी कुछ नहीं बिगड़ा है, अपनी पत्नी के साथ मधुर और प्यार भरे शब्दों से व्यवहार करो। क्या आपने नहीं सुना है - 'ज़बान शीरीं मुल्क गीरीं, जबान टेढ़ी मुल्क बांका'।

ज़बान ही हाथी चढ़ावे, ज़बान ही सिर कटावे : मीठी वाणी बोलने से समाज में आदर मिलता है और कठोर वचन से अनादर।

सूफी सन्त अपनी मधुर वाणी के कारण समाज में आदर-सत्कार पाते हैं और आतंकी अपनी कठोर गालियों के कारण समाज के लिए घृणा के पात्र बन जाते हैं। किसी ने सही कहा है - 'ज़बान ही हाथी चढ़ावे, ज़बान ही सिर कटावे'।

जमात करामात : संगठन में ही शक्ति है।

'जमात करामात' के सूत्र से ही विभिन्न विभागों की यूनियनें हड़ताल करके सरकार से मनचाही सुविधा प्राप्त कर लेती हैं।

ज़मीन सख्त आसमान दूर : कठिन परिस्थितियों में घिर जाना।

मुम्बई आतंकी आक्रमण में जब कुछ विदेशी ताज होटल के अन्दर घिर गए थे तो उनके लिए, 'ज़मीन सख्त आसमान दूर' हो गया था।

ज़र का ज़ायल करना, जीते जी है मरना : धन का नष्ट करना मृत्यु को आमंत्रण देना है।

धर्म, अर्थ, काम और मोक्ष नामक इन चार पुरुषार्थों को भारतीय सभ्यता में मानव जीवन के लिए महत्वपूर्ण माना है। इनमें से एक को भी नष्ट होने से मानव जीवन मृत्यु के समान हो जाता है, तभी तो कहा गया है - 'ज़र का ज़ायल करना, जीते जी है मरना'।

ज़र का ज़ोर पूरा है और सब अधूरा है : धन सर्वाधिक शक्तिशाली है।

जिसके पास धन है वह कठिन से कठिन कार्य भी आसानी से कर

सकता है। इसीलिए कहा गया है - 'ज़र को ज़ोर पूरा है और सब अधूरा है'।

ज़र को ज़र खींचता है : धन से ही धन कमाया जाता है।

बड़े-बड़े धनवान व्यक्ति अपने उद्यमों में धन लगाकर उनके लाभ से अरबपति बन जाते हैं। किसी ने सही कहा है - 'ज़र को ज़र खींचता है'।

ज़र गया ज़रदी छाई, ज़र आया सुरखी छाई : निर्धन व्यक्ति जीवन-यापन की चिन्ता में व्याधिग्रस्त-सा रहने लगता है और धनी व्यक्ति के चेहरे पर प्रसन्नता का सागर लहलहाता रहता है।

मेरे मित्र ने शेयर मार्किट में लाखों रुपयों का निवेश किया हुआ है। जब तक सूचकांक बढ़ता रहा, मेरे मित्र के चेहरे पर बसन्ती आभा खिली रही और जब सूचकांक लगातार गिरता हुआ दो वर्ष के न्यूनतम स्तर पर आ गया, तो मेरा मित्र लाखों रुपयों के डूबने की चिन्ता में निष्प्राण सा होकर रह गया है। किसी ने सही कहा है - 'ज़र गया ज़रदी छाई, ज़र आया सुरखी छाई'।

ज़र, ज़मीन और जोरू झगड़े की जड़ है : धन, ज़मीन और स्त्री सदा ही झगड़े का मूल रही है।

संसार के बड़े-बड़े युद्धों के कारण धन, ज़मीन और स्त्री में से कम-से-कम एक अवश्य रहा है। अतः किसी ने सही कहा है - 'ज़र, ज़मीन और जोरू झगड़े की जड़ है'।

ज़र, जोरू, ज़मीन ज़ोर की, नहीं और की : धन, स्त्री और ज़मीन बलवान मनुष्य के पास होती है।

चीन भारत की तुलना में एक शक्तिशाली राष्ट्र है, इसी कारण वह भारत की हजारों किलोमीटर ज़मीन पर बलात अधिकार किए बैठा है। किसी ने सही कहा है - 'ज़र, जोरू, ज़मीन ज़ोर की, नहीं और की'।

ज़र है तो घर है, नहीं तो खंडहर है : धन से ही सुखपूर्वक गृहस्थी चलाई जा सकती है।

मेरे मित्र की जब तक गृह मंत्रालय में नौकरी रही, तब तक उनके घर में सुख-शांति रही, लेकिन जब से वे निलम्बित होकर घर बैठे है। उनके घर में प्रतिदिन पति-पत्नी में मार-पीट की स्थिति बनी रहती है और अब तो विवाह-विच्छेद की स्थिति तक बात पहुंच चुकी है। बड़े-बड़े कहते आए हैं - 'ज़र है तो घर है, नहीं तो खंडहर है'।

ज़र है तो नर है, नहीं तो पंछी बेपर है : धन से ही मनुष्य को प्रतिष्ठा मिलती है।

गंगादास वेदों के प्रकांड पंडित हैं, लेकिन कोई आर्थिक स्रोत न होने के कारण विपन्नता का जीवन व्यतीत कर रहा है। उस विपन्नता के कारण उसकी पत्नी प्रायः उससे रुष्ट रहती है और कभी-कभी विवाह-विच्छेद तक की सोच लेती है। किसी ने सही कहा है - 'ज़र है तो नर है, नहीं तो पंछी बेपर है'।

जल की मछली जल में ही भली : जो जिस वातावरण में खुश है, उसे वहीं रहने देना चाहिए।

मैंने एक स्वयं-सेवी संगठन की सहायता से एक वेश्या का पुनर्वास किया और उसका विवाह एक समाजसेवी के लड़के से करा दिया, लेकिन वह कुछ दिन बाद ही भागकर पुनः वेश्यालय पहुंच गईं किसी ने सही कहा है - 'जल की मछली जल में ही भली'।

जल में बसे कुमोदिनी चंदा बसे आकास, जो जन जाके मन बसे सो जन ताके पास : प्यार में भौगोलिक दूरियां भी सिमट जाती हैं।

अनुभूति यद्यपि विदेश चली गई, लेकिन उसका मेरे प्रति प्यार फिर भी कम नहीं हुआ। फिर तो यह सम्बन्ध विवाह में परिणत होना ही था। शास्त्रों में सही लिखा है - 'जल में बसे कुमोदिनी चंद्रा बसे आकास, जो जन जाके मन बसे सो जन ताके पास'।

जल में रहकर मगरमच्छ से बैर नहीं निभता : जहां रहना है वहां के सत्ताधारी से मिलकर ही रहना पड़ता है।

मैंने आपको बहुत समझाया था कि बॉस के साथ अधिक तर्क-वितर्क ठीक नहीं होता। आखिर नौकरी खोकर ही माने। बड़े-बड़े ठीक कहते आए हैं कि 'जल में रहकर मगरमच्छ से बैर नहीं निभता'।

जल्दी का काम शैतान का, देर का काम रहमान का : जल्दी करने से काम बिगड़ सकता है। उचित अवधि में ही कार्य ठीक होता है।

पाकिस्तान के पूर्व राष्ट्रपति मुशर्रफ ने जल्दीबाजी में कारगिल युद्ध शुरू किया था और बुरी तरह से पराजित होकर उसे जान-माल की बहुत बड़ी हानि झेलनी पड़ी थी। उसने शायद इस कहावत से कुछ नहीं सीखा था - 'जल्दी का काम शैतान का, देर का काम रहमान का'।

जस दुल्हा तस बनी बराता : जो मनुष्य जिस प्रवृत्ति का होता है, उसे वैसे ही सहयोगी मिल जाते हैं।

राजा भगवानदास ने अपनी बहन की शादी अकबर बादशाह के साथ कर दी थी। भगवानदास के निकट सम्बन्धी बीकानेर के राव कान्हा और जैसलमेर के रावल हरराज ने भी अपनी बेटियों की शादी अकबर बादशाह से कर दी थी। किसी ने सही कहा है - 'जस दुल्हा तस बनी बराता'।

जस पशु तस पगहा : जो जैसा है उसके साथ वैसा ही व्यवहार करना चाहिए।

राजा मानसिंह के साथ महाराजा प्रताप ने भोजन करने से इन्कार करके ठीक ही किया था, क्योंकि मानसिंह ने अपना स्वाभिमान अकबर के चरणों में रख दिया था। किसी ने सही कहा है - 'जस पशु तस पगहा'।

जहं-जहं चरन पड़ै सन्तन के, तहं-तहं भंटाधार : अभागे के हाथ से कोइ अच्छा कार्य नहीं होता।

भोलाराम जिस उम्मीदवार के साथ खड़ा हो जाता है, वह चुनाव में पराजित हो जाता है। जिस बारात में जाता है, वह बिना दुल्हन के बैरंग लौट आती है और न्यायालय में जिसकी गवाही दे देता है, वह मुकदमा हार जाता है। उसके लिए यह कहावत सही चरितार्थ होती है- 'जहं-जहं चरन पड़ै सन्तन के, तहं-तहं भंटाधार'।

जहां का पीवे पानी, वहीं की बोले बानी : जिसकी सहायता जीवन का आधार बनी हुई हो उसी के समर्थन में खड़े रहना चाहिए।

कुछ कश्मीरी अलगाववादी देश से प्राप्त सुख-सुविधाओं का भोग कर रहे हैं, लेकिन गीत पाकिस्तान के गा रहे हैं। उन्हें इतना तो ज्ञान होना चाहिए कि 'जहां का पीवे पानी, वहीं की बोले बानी'।

जहां काम आवे सुई कहा करे तलवार : छोटी वस्तुओं की भी उतनी ही उपयोगिता है जितनी बड़ी की।

एक उपेक्षित-सी पन्ना नाम की धाय ने अपने बच्चे का बलिदान देकर भावी राजकुमार उदयसिंह के प्राणों की रक्षा की थी। यह सही है कि 'जहां काम आवे सुई कहा करे तलवार'।

जहां गंज, वहां रंज : जहां सुख होता है, वहां दुःख भी होता है।

मनुष्य को सुख में ईश्वर को नहीं भूलना चाहिए और सदैव यह भी ध्यान रखना चाहिए कि जीवन सुख और दुःख दो ध्रुवों के बीच से गुजरता है। वह किसके प्रभाव-क्षेत्र में आ जाए, कुछ कहा नहीं जा सकता। बड़े-बड़े कहते आए हैं - 'जहां गंज, वहां रंज'।

जहां गुड़ होगा वहां चींटे आएंगे ही : गुणी या धनी व्यक्ति की ओर सभी आकर्षित होते हैं।

अमेरिका उस देश से सम्बन्ध बनाता है तो उसके लिए सामरिक व व्यापारिक दृष्टि से लाभकारी हो। किसी ने सही कहा है, 'जहां गुड़ होगा वहां चींटे आएंगे ही'।

जहां गुल है वहां कांटा भी होता है : व्यक्ति के अन्दर गुण, अवगुण दोनों होते हैं।

भारत की परंपराए जहां इतनी श्रेष्ठ हैं, वहां कुछ भारतीयों की धार्मिक पाखंडों में आस्था उनकी श्रेष्ठता पर प्रश्न चिह्न लगा देती है। यह कहावत सही है कि 'जहां गुल है वहां कांटा भी होता है'।

जहां चार बासन होंगे वहां खड़केंगे भी : परिवार में झगड़ों का होना स्वाभाविक घटना है।

जब भारत में किसी दुर्भाग्यपूर्ण घटना से साम्प्रदायिक दंगे हो जाते हैं तो पाकिस्तान भारत की धर्म-निरपेक्षता पर व्यंग करता है, लेकिन उसे पता नहीं कि 'जहां चार बासन होंगे वहां खड़केंगे भी'।

जहां चाह, वहां राह : जहां किसी काम करने की चाह मन में उत्पन्न होती है, वहां उस काम को सम्पन्न करने के साधन स्वयं ही उपलब्ध हो जाते हैं।

जब भारत ने आत्मरक्षा के लिए परमाणु बम बनाने का संकल्प किया तो हमारे वैज्ञानिकों ने उसके लिए साधन खोजकर उसे बनाकर ही दम लिया। बड़े-बड़े कहते आए हैं - 'जहां चहां, वहां राह'।

जहां जाए डाढ़ो रानी, वहां पड़े पाथर पानी : अभागा व्यक्ति जहां जाता है कष्ट ही भोगता है।

मैंने एक स्वयंसेवी संगठन की सहायता से एक विधवा की अंधी लड़की की शादी एक रिक्शा चालक से करा दी, लेकिन कुछ ही दिनों बाद वह रिक्शा चालक एक दुर्घटना में मारा गया। उस बेचारी पर यह कहावत चरितार्थ हो गई - 'जहां जाए डाढ़ो रानी, वहां पड़े पाथर, पानी'।

जहां जाए बाले मियां, वहां जाए उसकी पूंछ : बड़े व्यक्तियों के साथ उनके पुछल्ले भी लगे रहते हैं।

आजकल जहां इस देश के राजनेता किसी उद्घाटन समारोह में जाते हैं, वहां उनके चमचे भी पहुंच जाते हैं। उन पर यह कहावत स्वतः ही चरितार्थ हो जाती है - 'जहां जाएं बाले मियां, वहां जाए पूंछ'।

जहां जाए भूखा, वहां पड़े सूखा : अभागे व्यक्ति को हर जगह दुःख-ही-दुःख मिलता है।

गांव के लोगों ने डालचन्द कश्यप की विपन्नता देखकर चन्दा एकत्रित करके उसके लिए एक भैंस खरीद दी, लेकिन वह भैंस अगले दिन ही चोरी हो गई किसी ने सही कहा है - 'जहां जाए भूखा, वहां पड़े सूखा'।

जहां देखी रोटी, वहीं मुड़ाई चोटी : अवसरवादी होना।

जिस प्रत्याशी के जीतने की संभावना अधिक दिखाई देती है, हमारे गांव के एक छुटभैया नेता चुनाव प्रचार में उसी के साथ लग लेते हैं और यह कहावत सिद्ध कर देते हैं - 'जहां देखी रोटी, वहीं मुड़ाई चोटी'।

जहां देखी तवा-परांत, वहीं गुजारी सारी रात : लोभी व्यक्ति को जहां लोभ पूरा होने की संभावना दिखाई देती है, वह वहीं का हो जाता है।

छोटी-छोटी रियासतों के राजाओं को जब यह अहसास हो जाता था कि अकबर के दरबार में तुम्हें सुरक्षा और भोग-विलास के साधन मिल जाएंगे तो वे अकबर की शरण में चले जाते थे। उन पर यह कहावत सटीक बैठती है, 'जहां देखी तवा-परांत, वहीं गुजारी सारी रात'।

जहां न जाए रवि, वहां पहुंचे कवि : ज्ञान का उजाला सूर्य के उजाले से अधिक व्यापक होता है।

सूर्य का उजाला तो बाह्य जगत को ही प्रकाशित कर सकता है, लेकिन ज्ञान का उजाला मानव के अन्तःकरण को भी प्रकाशित कर देता है। अतः ज्ञानियों ने सही कहा है - 'जहां न जाए रवि, वहां पहुंचे कवि'।

जहां बड़ पीपल नहीं होते, वहां रेंड़ को ही बड़ा वृक्ष माना जाता है : जहां बड़े-बड़े गुणवान नहीं होते, वहां थोड़े गुणवान को ही गुणवान मान लिया जाता है।

हमारे गांव में कोई वैदिक पंडित नहीं है, केवल भजनी नाम का एक अनपढ़ ब्राह्मण है जो केवल गायत्री मंत्र का ही उच्चारण कर सकता है। लोग उसी से अनुष्ठान करवा लेते हैं। विद्वानों ने कहा भी है - 'जहां बड़ पीपल नहीं होते, वहां रेंड़ को ही बड़ा वृक्ष मान लिया जाता है'।

जहां मिले पांच माली, वहां सदा बाग खाली : आवश्यकता से अधिक व्यक्तियों का परामर्श भी कार्य में बाधा उत्पन्न करता है।

मैंने अपनी पुत्री की शादी में पांच हलवाईयों की व्यवस्था इस उद्देश्य को लेकर की थी कि ये अपने परामर्श से उत्तम भोजन बना सकेंगे, लेकिन उन्होंने भोजन बिगाड़ कर रख दिया। तब मुझे बुजुर्गों की याद आयी जो प्रायः कहा करते थे - 'जहां मिले पांच माली, वहां सदा बाग खाली'।

जहां मुर्गा नहीं होता, क्या वहां सवेरा नहीं होता? किसी व्यक्ति से चाहे वह कितना भी विशेष क्यों न हो किसी का कार्य नहीं रुकता।

आपने मेरी पुत्री की शादी में न आकर अपनी रुष्टता का प्रदर्शन कर ही दिया, लेकिन इससे शादी में क्या बाधा उत्पन्न हो गई? आपको कम-से-कम यह कहावत तो ध्यान रखनी चाहिए थी - 'जहां मुर्गा नहीं होता, क्या वहां सवेरा नहीं होता'?

जहां सेर वहां सवा सेर : दुनिया में एक से बढ़कर एक हैं।

आप शायद यह सोचकर गुंडागर्दी पर उतर आए कि यहां तुम्हारे सामने आने वाला कोई नहीं है, लेकिन सदैव ध्यान रखना - 'जहां सेर वहां सवा सेर'।

जहां सुमति तहं संपत्ति नाना, जहां कुमति तहं विपत्ति निदाना : सद्‌बुद्धि सम्पत्ति की वाहक है और कुबुद्धि विपत्ति की।

यदि पाकिस्तान के शासक सद्‌बुद्धि से शासन करते तो आज पाकिस्तान एक सम्पन्न राष्ट्र होता, लेकिन भारत के विरुद्ध उनके अविवेकपूर्ण निर्णयों से पाकिस्तान एक दरिद्र राष्ट्र बन चुका है। शास्त्रों में कहा गया है, 'जहां सुमति तहं संपत्ति नाना, जहां कुमति तहं विपत्ति निदाना'।

जाओ पूत दक्खन, वही करम के लच्छन : मनुष्य जहां भी जाता है, उसका भाग्य उसके साथ रहता है।

भारत की युवा शक्ति देश में तो अपनी प्रतिभा के बल पर अपना लोहा मनवा ही चुकी है, विदेशों में भी अपने देश का नाम ऊंचा कर रही है। वे युवक इस कहावत को सिद्ध कर रहे हैं - 'जाओ पूत दक्खन, वही करम के लच्छन'।

जाकर जिहि पर सत्य सनेहू। सो तिहिं मिलै न कछु संदेहू : जो जिस वस्तु या व्यक्ति पर आसक्त होता है, वह उसे उपलब्ध कर ही लेता है।

सावित्री का सत्यवान के प्रति सच्चा स्नेह था, अतः उसने यमराज से भी सत्यवान को छुड़ा लिया था। तुलसीदास ने तभी तो कहा है - 'जाकर जिहि पर सत्य सनेहू। सो तिहिं मिलै न कछु संदेहू'।

जाका कोड़ा, ताका घोड़ा : शक्तिशाली की ही विजय होती है।

शहीद भगत सिंह के पिता ने भगत सिंह को कहा था, यदि भारत को स्वतंत्र करना है तो शक्तिशाली बनिए, क्योंकि 'जाका कोड़ा, ताका घोड़ा'।

जाकी खर्चु जोय, ताके धन कबहूं न होय : जिसकी पत्नी खर्चीली होती है, उसके पास कभी रुपया एकत्रित नहीं हो सकता।

आजकल की पत्नियां अपने बाह्य दिखावे पर ही अपने पति की अधिकांश आय खर्च कर देती हैं और अपनी इस प्रवृत्ति से वे कठिन समय के लिए भी कुछ नहीं बचा पाती। यह किसी ने सही कहा है - 'जाकी खर्चु जोय, ताके धन कबहूं न होय'।

जाकी रही भावना जैसी प्रभु मूरति देखी तिन तैसी : अपनी भावनाओं के अनुसार ही हम वस्तुओं या व्यक्तियों का मूल्यांकन करते हैं।

अमेरिका इस आश्वासन के बाद भी कि भारत पाकिस्तान पर आक्रमण नहीं कर सकता, पाकिस्तान सीमा से अपनी सेना नहीं हटा रहा है। वह अपनी आक्रामक प्रवृत्ति के अनुसार ही भारत को देख रहा है। तुलसीदास ने ठीक कहा है - 'जाकी रही भावना जैसी प्रभु मूरति देखी तिन तैसी'।

जाके घर में नौ सौ गाय, सो क्या छाछ पराई खाय : आत्मनिर्भर व्यक्ति दूसरों पर आश्रित नहीं रहता।

भारत अब अपनी आवश्यकता से भी अधिक अन्न का उत्पादन करता है, फिर वह विदेशों से कम गुणवत्ता के अन्न का आयात क्यों करेगा। बड़े-बड़े कहते आए हैं - 'जाके घर में नौ सौ गाय, सो क्या छाछ पराई खाय'।

जाके घर में माई, ताकि राम बनाई : जिसकी मां जीवित है वह भाग्यशाली है। मां के होते हुए उसकी सन्तानें चिन्ता रहित रहती हैं। तभी तो कहा गया है - 'जाके घर में माई, ताकि राम बनाई'।

जाके पांव न फटी बिवाई, सो क्या जाने पीर पराई : जिस व्यक्ति ने कष्ट नहीं देखा है, वह दूसरों के कष्ट को क्या जाने?

भारत आतंकवाद से पीड़ित देश है। वह अपनी व्यथा विश्व के सम्मुख रखता है, लेकिन कोई भी देश भारत की पीड़ा को नहीं समझ रहा है, क्योंकि उन्होंने आतंकवाद के आक्रमण को नहीं झेला है। किसी ने सही कहा है - 'जाके पांव न फटी बिवाई, सो क्या जाने पीर पराई'।

जाके पास रहिए, ताही की सी कहिए : जिसके सहारे से जीवन-यापन हो रहा है, उसी के पक्ष की बात करनी चाहिए।

सीमांत गांधी जब भारत आए थे तो उन्होंने कश्मीरी अलगाववादियों के लिए कहा था कि तुम भारत के नागरिक हो। इस देश के अन्न-जल

से तुम्हारा पोषण होता है अतः यही तुम्हारा देश है और इसके सुख और समृद्धि के लिए कार्य करना तुम्हारा कर्तव्य है। उनकी भावना इस कहावत से प्रेरित थी - 'जिसके पास रहिए, ताही की सी कहिए'।

जाके हाथ लोई, उसका सब कोई : धनवान और शक्तिशाली लोगों के सभी लोग मित्र बन जाते हैं।

भारत के बढ़ते वर्चस्व और आर्थिक प्रगति के कारण अनेक देश भारत की आरे दोस्ती का हाथ बढ़ा रहे हैं। विद्वानों ने यह सही कहा है, 'जाके हाथ लोई, उसका सब कोई'।

जिसके हित चोरी करो, सोई बनावत चोर : किसी के हित के लिए कार्य करें और वह उलटा गलत आरोप लगा बैठे।

भारत ने मुक्ति वाहिनी की सहायता करके बांग्लादेश को आजादी दिलाई थी, लेकिन वहां के कुछ संगठनो ने भारत पर पाकिस्तान के विभाजन का आरोप लगा दिया था। यह तो वही बात हुई थी - 'जिसके हित चोरी करो, सोई बनावत चोर'।

जाको प्रभु दारुण दुःख देहीं, ताकि मति पहले हरि लेहीं : जिसे प्रभु कष्ट देना चाहता है, उसकी बुद्धि को पहले ही नष्ट कर देता है।

कन्नौज के राजा जयचंद की बुद्धि प्रभु ने पहले ही नष्ट कर दी थी, जिसके परिणामस्वरूप उसने एक स्वदेशी राजा पृथ्वीराज चौहान को मरवाने के लिए बाह्य आक्रांता मुहम्मद गोरी से दोस्ती कर ली थी। यही दोस्ती फिर उसकी मृत्यु का कारण बनी थी। इस घटना ने महाकवि तुलसीदास की इस उक्ति को सत्य सिद्ध कर दिया था - 'जाको प्रभु दारुण दुःख देहीं, ताकि मति पहले हरि लेही'।।

जाको राखै सइयां मारि न सकिहैं कोय : जिस पर ईश्वर की कृपा होती है उसका कोई अहित नहीं कर सकता।

मीराबाई को उसके ससुराल पक्ष ने अनेकों बार मारने की कोशिश की, लेकिन उसका बाल न बांका हो सका, क्योंकि उस पर कृष्ण भगवान की कृपा थी। इसलिए कहा गया है - 'जाको राखै साइयां मारि न सकिहैं कोय'।

जाको लोह, ताको सोह : जिसका हथियार होता है वह उसी के हाथ में शोभायमान होता है।

हल्दीघाटी के युद्ध में महाराणा प्रताप का भाला उन्हीं के हाथों में सजकर पराक्रम

दिखा रहा था। किसी ने सच ही कहा है - 'जाको लोह, ताको सोह'।

जागेगा सो पावेगा, सोवेगा सो खोवेगा : जो जागरुक रहता है, वह ही अपने व्यवसाय को ठीक तरह से चला सकता है, जबकि उसकी उदासीनता व्यवसाय को चौपट कर सकती है।

जाट कहे सुन जाटनी, इसी गांव में रहना, ऊंट बिलैया ले गई, हांजी-हांजी कहना : यदि शक्तिशाली के सान्निध्य में रहना है तो उसकी सही गलत सभी बातों का समर्थन करना पड़ता है।

जो हिन्दू सरदार अकबर की शरण में आ चुके थे, उन्हें अकबर की सभी सही-गलत बातों का समर्थन करना पड़ता था। यदि अकबर कहता था कि वह अमुक राजपूत राजा की लड़की से शादी रचाना चाहता हूं तो वे अकबर का समर्थन कर देते थे। उन पर यह कहावत चरितार्थ होती थी - 'जाट कहे सुन जाटनी, इसी गांव में रहना, ऊंट बिलैया ले गई, हांजी-हांजी कहना'।

जात का बैरी जात, काठ का बैरी काठ : जिस प्रकार से कुल्हाड़ी में लगा हुआ लकड़ी का हत्था ही लकड़ी को काट देता है, उसी प्रकार एक जाति के लोग परस्पर बैर-भाव रखते हैं।

राजपूत राजा बाह्य आक्रमणकारियों का इसलिए सामना नहीं कर पाए थे कि वे आपस की घृणा के कारण संगठित नहीं हो सके थे। उनकी इस विफलता पर यह कहावत सटीक बैठ रही थी - 'जात का बैरी जात, काठ का बैरी काठ'।

जाति-पांति पूछै नहीं कोई, हरि को भजे सो हरि का होई : भगवान के यहां कोई पक्षपात नहीं है।

भगवान ने नहीं, बल्कि इंसान ने मनुष्य को जातियों में बांट दिया है। भगवान तो उसे ही अपना प्रिय भक्त मान लेता है, जो उसकी भक्ति करता है। इसलिए कहा गया है, 'जाति-पांति पूछै नहीं कोई, हरि को भजे सो हरि का होई'।

जान का सदका माल, इज्जत का सदका गला : धन देकर प्राण और प्राण देकर आत्म-सम्मान की रक्षा करनी चाहिए।

महाराणा प्रताप अन्त तक अकबर के विरुद्ध युद्ध करता रहा। इसके लिए उसने अपनी धन-दौलत और अपने राज का बहुत बड़ा भाग

गंवा दिया था, लेकिन अकबर के समक्ष कभी नहीं झुका था। उसने इस कहावत के अनुसार अपने सिद्धांतों की रक्षा की, 'जान का सदका माल, इज्जत का सदका गला'।

जान जाए पर माल न जाए : दे. चमड़ी जाए पर दमड़ी न जाए।

जान न पहचान बड़ी खाला सलाम : किसी अनजान से सम्बन्ध स्थापित कर लेना।
रेलवे स्टेशन पर खड़ी वह लड़की कितनी व्यावहारिक थी। यद्यपि उसकी ट्रेन छूट गई थी, लेकिन मुझे वह 'भ्राता श्री' सम्बोधित करती हुई निःसंकोच ऐसी बातें कर रही थी कि मानो वह मुझे वर्षों से जानती हो। उस पर यह कहावत चरितार्थ हो रही थी - 'जान न पहचान बड़ी खाला सलाम'।

जान बची लाखों पाए : प्राणों की रक्षा करना सबसे बड़ी उपलब्धि है।
डकैतों ने मेरे घर का सारा माल लूट लिया, इसका मुझे कोई दुःख नहीं है। क्योंकि यदि वे चाहते तो मुझे गोली मार सकते थे, लेकिन उन्होंने ऐसा नहीं किया। अब मुझे लग रहा है मानो 'जान बची लाखों पाए'।

जान मारे बानिया, पहचान मारे चोर : बनिया परिचित व्यक्ति को अधिक ठगता है और चोर भेद मिलने पर ही चोरी करता है।
मैंने अपने एक परिचित व्यवसायी के प्रतिष्ठान से कुछ कपड़े खरीदे। जब उसने मुझे बिल पकड़ाया तो मैं चौंक गया। मेरे पूर्व अनुमान के आधार पर कीमत अधिक लगाई हुई थी। मैं संकोचवश कुछ न कह सका, लेकिन यह बात मेरे मन में गूंजती रही कि 'जान मारे बानिया, पहचान मारे चोर'।

जान है तो जहान है : जीवित व्यक्ति के लिए ही संसार की सार्थकता है।
हमारे धर्म शास्त्र कहते हैं कि सांसारिक सम्बन्ध तभी तक अर्थपूर्ण हैं, जब तक हम जीवित हैं मृत्यु के बाद सब सांसारिक सम्बन्ध समाप्त हो जाते हैं। तभी तो विद्वानों ने कहा है - 'जान है तो जहान है'।

जाना अपने बस, आना पराए बस : मनुष्य अपने घर से कभी भी निकल सकता है, लेकिन पराए घर से उस गृहस्वामी की सहमति से ही लौटना पड़ता है।
मैंने अपने पुत्र को आज रात इसलिए ताड़ना लगाई कि वह बारह बजे तक कहां रहा। उसने अपनी विवशता मेरे सम्मुख रखी कि मैं दोस्त के घर गया था और उसने मुझे आने में विलम्ब कर दिया। तब अचानक

मेरे मन में यह कहावत कौंध उठी - 'जाना अपने बस में, आना पराए बस'।

जानि न जाय निशाचर माया : दुष्ट लोगों की अनीतियों का पता लगाना कठिन होता है।

बाह्य आतंकवादियों का कुछ पता नहीं है कि वे कब आतंकी घटना को अंजाम दे दें, अतः भारतीय सुरक्षा बलों को हर समय सतर्क रहना पड़ता है। कहावत है - 'जानि न जाय निशाचर माया'।

जाने ऊख मिठास को, जब मुख नीम चबाय : दुःखी मनुष्य को अचानक सुख मिलने से विशेष आनन्द आता है।

जन्म से अभावग्रस्त जीवन का बोझ ढोते हुए, जब एक व्यक्ति को सरकार ने बोरोजगारी भत्ता देना शुरू कर दिया तो वह हर्ष से उछल पड़ा। कहावत है - 'जाने ऊख मिठास को, जब मुख नीम चबाय'।

जाने किसका मुंह देखकर आया था : अपशकुन को व्यक्त करना।

आज सुबह से सायं तक व्यर्थ ही चप्पलें घिसता रहा। कोई भी तो काम पूरा नहीं हुआ। 'जाने किसका मुंह देखकर आया था'।

जाने न सूझे, कठौती से जूझे : किसी यंत्र को ठीक करने में विफल रहने पर मिस्त्री अपनी झुंझलाहट ठीक करने वाले उपकरणों पर उतारता है।

जब मैंने अपने घर में लगे इनवर्टर को ठीक कराने के लिए मिस्त्री को बुलाया तो उसने काफी देर तक ठीक करने का प्रयास किया। वह ठीक तो नहीं हो सका, लेकिन झुंझलाहट में उसने वोल्टेज दिखाने वाले अपने यंत्र को ही ज़मीन पर पटक दिया। कहावत है - 'जाने न सूझे, कठौती से जूझे'।

जाट मरा जब जानिए जब हो जाए बरसोढ़ी : किसी बात पर विश्वास करने का पैमाना बनाना।

जब आप एक वर्ष तक अपने घर के दर्शन न कर सको, तभी आपको मैं संन्यासी मान लूंगा। क्योंकि किसी ने कहा है - 'जाट मरा जब जानिए जब हो जाए बरसोढ़ी'।

जाने वाले के हजार रास्ते, ढूंढ़ने वाले का एक : भागने वाले मनुष्य को खोजना बहुत कठिन है।

कश्मीर में जब सुरक्षा बलों को आतंकवदियों के किसी विशेष स्थान पर छिपने की जानकारी मिलती है और सुरक्षा-बल उन्हें पकड़ने की

कार्रवाई करते हैं, तो वे प्रायः वहां से भाग खड़े होते हैं। किसी ने सही कहा - 'जाने वाले के हजार रास्ते, ढूंढ़ने वाले का एक'।

जानवरों में कौवा और मनुष्यों में नौआ : कौआ और नाई सबसे अधिक चालाक होते हैं।

एक बच्चे के अपहरण को लेकर मैंने सड़क जाम करने में एक समुदाय का नेतृत्व किया था। शांति भंग की धारा लगाकर पुलिस मेरे पीछे लगी हुई थी। मैंने एक नाई की दुकान में अपनी पहचान छिपाने के लिए बाल कटवाने शुरू कर दिए, लेकिन नाई ने बाल काटने का बहाना लेकर मुझे जब तक बातों में उलझाए रखा, जब तक कि वहां पुलिस ने आकर मुझे बंदी न बना लिया। तब मुझे याद आया - 'जानवरों में कौआ और मनुष्यों में नौआ' सर्वाधिक चालाक होते हैं।

जाप के बिरते पाप : धर्म की आड़ में पाप करना।

हमारे देश में ऐसे अनेकों व्यक्ति मिल जाएंगे, जो भगवा-परिधान धारण करके लोगों को ठगते रहते हैं। वे 'जाप के बिरते पाप' कहावत को चरितार्थ कर देते हैं।

जामिन मत हो चोर का, सींग पकड़ मत ढोर का : चोर की जमानत नहीं करनी चाहिए और जानवर का सींग नहीं पकड़ना चाहिए।

मेरे पड़ोसी के लड़के ने रात को एक मकान का ताला तोड़कर चोरी कर ली थी और वह पकड़ा गया था। पड़ोसी के गिड़गिड़ाने पर मैंने उसकी जमानत कर ली थी, लेकिन अब वह न्यायालय में उपस्थिति नहीं हो रहा है इस कारण से मैं पुलिस कार्रवाई के अन्तर्गत गुजर रहा हूं। किसी ने ठीक कहा है - 'जामिन मत हो चोर का, सींग पकड़ मत ढोर का'।

जाएगा साहू का, रहेगा साहू का : नौकर का मालिक की सम्पत्ति की परवाह न करना।

विद्युत कर्मचारी थोड़ी-सी रिश्वत लेकर हजारों रुपयों की विद्युत चोरी करा देते हैं। वह यह सोचकर निश्चिंत रहते हैं कि 'जाएगा साहू का, रहेगा साहू का'।

जाए जान रहे ईमान : भले ही प्राण जाएं, लेकिन ईमान की रक्षा करनी चाहिए।

आज भी संसार में ऐसे व्यक्ति हैं जिनके आदर्शों के बल पर मानव-मूल्य रुके हुए हैं। उनके लिए प्राणों से बढ़कर भी उनका ईमान है। उन्हीं के लिए यह कहावत है - 'जाए जान रहे ईमान'।

जाए लाख रहे साख : भले ही कितनी बड़ी हानि क्यों न हो जाए, लेकिन समाज में सम्मान सुरक्षित रहना चाहिए।

महाराणा प्रताप ने जान-माल की बहुत हानि सहन की। पहाड़ों में, जंगलों में रहना स्वीकार किया। राज्य का बहुत बड़ा भाग हाथ से निकाल दिया, लेकिन अकबर के समक्ष झुककर अपना सम्मान नष्ट नहीं किया। उन पर यह कहावत सही चरितार्थ होती है - 'जाए लाख रहे साख'।

जासे जाको काम, सोई ताको राम : अपने आश्रयदाता को व्यक्ति भगवान के समकक्ष समझता है।

दलाई लामा के समर्थकों को भारत ने शरण दी थी और उनके लिए सभी सुविधाएं उपलब्ध कराई थीं। आज भी वे तिब्बतवासी भारत में रह रहे हैं। दलाई लामा इस कार्य के लिए भारत के प्रति कृतज्ञता ज्ञापित करता रहता है। कहावत है - 'जासे जाको काम, सोई ताको राम'।

जाहि विधि राखैं राम, ताही विधि रहिए : भगवान हमें जिस स्थिति में रखना चाहता है, हमें उसी स्थिति में रहना पड़ता है।

राम को राज्याभिषेक होना था, लेकिन मिल गया वनवास। राम ने सहर्ष उसे ही स्वीकार कर लिया। कहावत है - 'जाहि विधि राखैं राम, ताही विधि रहिए'।

जाहि से कुछ पाइए करिए ताकी आस : जो देने की स्थिति में है और पहले भी कुछ दे चुका है उसी से लेने की आस करनी चाहिए।

भारत ने अपनी मैट्रो-ट्रेन के तीसरे चरण के लिए जापान से आर्थिक सहायता लेने का विचार किया है, क्योंकि जापान ने पहले और दूसरे चरण के लिए भी आर्थिक सहायता की थी, इसलिए भारत को यह सहायता मिलने की आस है। कहावत है - 'जाहि से कुछ पाइए करिए ताकी आस'।

जितना गुड़ डालोगे, उतना ही मीठा होगा : जितना पैसा खर्च करोगे उतनी ही गुणवत्ता की वस्तु आएगी।

तुम चाहती हो कि केवल पांच सौ रुपयों में किसी आयोजन में बांधने योग्य साड़ी खरीद लूं, लेकिन यह संभव नहीं होगा। अच्छी साड़ी के लिए बटवे का मुंह चौड़ा करना पड़ेगा, क्योंकि कहावत है - 'जितना गुड़ डालोगे, उतना ही मीठा होगा'।

जितना ही छानो उतना ही किरकिरा : जितनी अधिक जांच उतनी ही अधिक कमियों का मिलना।

राष्ट्रमंडल खेलों के घोटालों की जैसे-जैसे जांच आगे बढ़ती जा रही है, उतनी ही अधिक अनियमितताएं प्रकाश में आ रही हैं। किसी ने सही कहा है - 'जितना ही छानों उतना ही किरकिरा'।

जितना छोटा उतना खोटा : दे. 'छोटा सो खोटा'।

जितना देगा, उतना पाएगा : दान देने से धन घटता नहीं है।

शास्त्रों में दान की महिमा का वर्णन किया गया है। कलियुग में तो दान से ही मुक्ति बताई गई है। सभी धर्मों की यह अवधारणा है कि 'जितना देगा, उतना पाएगा'।

जितना फले, उतना झुके : जितना गुणवान व्यक्ति होगा वह उतना ही विनम्र होगा।

सूफी सन्त इतने महान होते थे कि किसी विधर्मी (काफिर) के साथ भी प्रेमपूर्वक व्यवहार करते थे। उनकी करुणा और मानवता के प्रति संवेदनशीलता को देखकर अनेक हिन्दू भी उनके भक्त हो जाते थे। शास्त्रों में सही लिखा है– 'जितना फले, उतना झुके'।

जितना सयाना, उतना दीवाना : कोई व्यक्ति जितना चतुर होगा, वह उतना ही भ्रम का शिकार होगा।

मेरा मित्र वास्तव में ही एक चालाक व्यक्ति है, लेकिन आवश्यकता से अधिक चौकन्ना है। वह चलता हुआ इस आशय से आगे पीछे देखता रहता है कि कोई उसकी हत्या न कर दे। उसके लिए यह कहावत चरितार्थ होती है - 'जितना सयाना, उतना दीवाना'।

जितनी चादर देखो, उतना ही पैर फैलाओ : मनुष्य को अपनी सामर्थ्य से बाहर कोई काम नही करना चाहिए।

मेरे दोस्त ने अपनी बेटी की शादी में इतना अधिक खर्च कर डाला कि कर्ज़मंद होकर रह गया। अब कर्ज़ उतारने के लिए उसे अपनी पत्नी के आभूषण बेकने ही पड़ेंगे। किसी ने सही कहा है - 'जितनी चादर देखो, उतना ही पैर फैलाओ'।

जितनी दौलत, उतनी ही मुसीबत : अधिक दौलत भी व्यक्ति का सुख-चैन छीन लेती है।

धनी व्यक्ति सदैव चिंतित रहता है। चोरों का भय, आयकर विभाग के छापों का भय, शेयरों के गिरने का, अन्य निवेशों में रुपया डूबने का

भय। उसका यह भय उसके जीवन के सुख को छीन लेता है। तभी तो कहा गया है - 'जितनी दौलत, उतनी ही मुसीबत'।

जितने मुंह उतनी बात : वैचारिक भिन्नता एक स्वाभाविक घटना है।

अन्ना हजारे के सत्याग्रह पर कोई कह रहा था कि जनलोकपाल संभव नहीं है। कोई कह रहा था संभव है। कोई कह रहा था इससे भ्रष्टाचार मिट जाएगा और कोई कह रहा था इससे कोई अन्तर नहीं आएगा। इस प्रकार से 'जितने मुंह उतनी बात'।

जिधर रब, उधर सब : भगवान की कृपा ही किसी व्यक्ति को लोकप्रिय बनाती है।

अन्ना हजारे के ऊपर भगवान की ही करुणा थी, जिसने उसे सेना के एक साधारण सेनानी से राष्ट्रीय नायक बना दिया है। किसी ने सही कहा है - 'जिधर रब, उधर सब'।

जिनके दामन पर दाग हों, उन्हें दूसरों पर कीचड़ नहीं उछालना चाहिए : एक अपराधी व्यक्ति को दूसरों में अपराध नहीं खोजना चाहिए।

अन्ना हजारे के सत्याग्रह से बौखलाकर एक सत्ता पक्ष के भ्रष्ट सांसद ने अन्ना पर भी भ्रष्टाचार का आरोप लगा दिया था, जिससे रुष्ट होकर अन्ना के समर्थकों ने उसका घेराव कर दिया था। उसे यह उक्ति ध्यान रखनी चाहिए थी - 'जिनके दामन पर दाग हों, उन्हें दूसरों पर कीचड़ नहीं उछालना चाहिए'।

जिन ढूंढ़ा तिन पाइयां गहरे पानी पैठ : कठिन परिश्रम से ही हम अपने लक्ष्य को प्राप्त कर सकते हैं।

पूर्व राष्ट्रपति एपीजे अब्दुल कलाम ने जब वे वैज्ञानिक थे, बिना किसी बाह्य तकनीक की सहायता से, अपने कठिन परिश्रम द्वारा मिसाइल का निर्माण कर दिखाया था। किसी ने ठीक कहा है - 'जिन ढूंढ़ा तिन पाइयां गहरे पानी पैठ'।

जिसका खाना, उसका बजाना : अपने आश्रयदाता के गुणगान करने चाहिए।

भारत अफगानिस्तान के पुनर्निर्माण में बहुत बड़ी सहायता कर रहा है, लेकिन वहां के कुछ आतंकी संगठन वहां कार्यरत कर्मचारियों पर आक्रमण करते रहते हैं, जब कि उन्हें इनके प्रति आभार प्रदर्शित करना चाहिए, क्योंकि कहावत है, 'जिसका खाना, उसका बजाना'।

जिस डाल पर बैठे, उसी को काटे : जिसके सहारे जीवन यापन करे, उसी को हानि पहुंचाए।

कश्मीर के अलगाववादी वहां केन्द्र सरकार द्वारा किए गए विकास और अन्य सहायता का लाभ तो उठाते हैं, लेकिन उसी का विरोध करते हैं। यह तो वही बात हुई - 'जिस डाल पर बैठे, उसी को काटे'।

जिस थाली में खाना, उसी में छेद करना : दे. 'जिस डाल पर बैठे, उसी को काटे'।

जिस पेड़ की छांव में बैठे, उसी की जड़ को काटे : दे. 'जिस डाल पर बैठे, उसी को काटे'।

जिस बन सुआ न सांवरा, वहां कागा खाय कपूर : जहां विद्वान नहीं होता, वहां साधारण लोगों का ही सम्मान होता है।

मेरे पिताजी एक साधारण किसान थे, लेकिन वे कक्षा पांच पास थे। उन दिनों गांवों में शिक्षा नहीं थी। यदि किसी को कुछ लिखवाना या पढ़वाना होता था, वे उनके पास ही आते थे। उन पर ये कहावत चरितार्थ होती थी - 'जिस बन सुआ न सांवरा, वहां कागा खाय कपूर'।

जिस बांस की बांसुरी, उसी बांस की सूप दोरी : एक ही मां-बाप की सन्तानें अलग-अलग गुण और प्रवृत्ति की होती हैं।

महाराणा प्रताप और शक्तिसिंह दोनों उदयसिंह के पुत्र थे, लेकिन एक स्वाभिमानी था, जो कभी अकबर के समक्ष नहीं झुका और दूसरा अकबर की शरण में चला गया था। तो यह स्वाभाविक ही है कि 'जिस बांस की बांसुरी, उसी बांस की सूप दोरी'।

जिस मुंह से पान खाए, उस मुंह से कोयला न चबाइए : जिसकी एक बार प्रशंसा कर ली हो, उसकी बुराई नहीं करनी चाहिए।

जब भारत की सहायता से बांग्लादेश का उदय हुआ तो बांग्लादेश की जनता ने भारत की प्रशंसा की थी, लेकिन वहां के तत्कालीन राष्ट्रपति मुजीब की हत्या के बाद, वहां के कुछ निवासियों ने भारत की निन्दा करनी शुरू कर दी थी। उन्होंने शायद इस कहावत से कुछ नहीं सीखा था - 'जिस मुंह से पान खाए, उस मुंह से कोयला न चबाइए'।

जिस शहर में फूल बिछाए, वहां धूल न उड़ाइए : जहां आपके कार्यों की प्रशंसा होती हो, वहां ऐसे काम मत कीजिए कि आप की निन्दा होने लगे।

भारत की तेजी से बढ़ती अर्थव्यवस्था से उसकी विश्व में प्रशंसा होने लगी थी, लेकिन यहां के उखड़ते घोटालों से भ्रष्टाचारी देश के रूप में

अब इसकी निन्दा हो रही है। शायद भारत के कर्णधारों ने इस कहावत को विस्मृत कर दिया था - 'जिस शहर में फूल बिछाए, वहां धूल न उड़ाइए'।

जिस हंडी में खाए उसी में छेद करे : दे. 'जिस डाल पर बैठे, उसी को काटे'।

जिसका काम उसी को साजै, और करे तो ठेंगा बाजै : जो व्यक्ति जिस काम को करता आ रहा है। उस काम का करना उसे ही शोभा देता है। यदि उस काम को कोई और करता है तो उसके परिणाम अच्छे नहीं निकलते। अन्ना हजारे को अनशन का अभ्यास था, लेकिन उसके समर्थकों को नहीं। जब रामलीला मैदान दिल्ली में अन्न्ना के साथ उनके समर्थकों ने अनशन किया तो दूसरे दिन ही उनका स्वास्थ्य बिगड़ गया था और उन्हें अस्पताल में प्रविष्ट करना पड़ा था। किसी ने सही कहा है - 'जिसका काम उसी को साजै, और करे तो ठेंगा बाजै'।

जिसका खाइए, उसका गाइए : दे. 'जिसका खाना, उसका बजाना'।

जिसका पल्ला भारी, उसी से यारी : सम्पन्न व्यक्ति के साथ सभी दोस्ती करना चाहते हैं।

अकबर अपने समय का सबसे अधिक सम्पन्न और शक्तिशाली बादशाह था, अतः अनेकों छोटे-मोटे राजपूत राजा उससे मित्रता करने के लिए उत्सुक रहते थे। किसी ने सही कहा है - 'जिसका पल्ला भारी, उसी से यारी'।

जिसका पाप, उसका बाप : प्रत्येक व्यक्ति को अपने पापों का फल भोगना पड़ता है।

मध्य युग में बाह्य आक्रांताओं के अत्याचार से व्यथित होकर कुछ तो धर्म-परिवर्तन कर लेते थे, लेकिन कुछ यह कहकर सन्तोष कर लेते थे कि 'जिसका पाप, उसका बाप'।

जिसकी आंख में तिल, वह बड़ा बेसिल : जिसकी आंख में तिल होता है, उसका व्यवहार बड़ा कठोर होता है।

जब नवनीत अपने रिश्ते के लिए लड़की देखने उसके घर गया तो लड़की तुरन्त पसंद आ गई, लेकिन लड़की ने नवनीत को पसंद नहीं किया। जब उसके अभिभावकों ने इसका कारण पूछा तो उसने बताया कि उसकी आंख में तिल है और इसी के साथ उसने यह कहावत उनके समक्ष रख दी, 'जिसकी आंख में तिल, वह बड़ा बेसिल'।

जिसकी गोद में बैठे, उसी की दाढ़ी नोचे : आश्रय देने वाले को हानि पहुंचाना।

ऐसा विद्वान मानते हैं कि सब धर्मों का आदि स्रोत वेद है, लेकिन कैसी विडम्बना है! शेष सभी धर्म वैदिक धर्म को नष्ट करने पर तुले हुए हैं। यह तो वही बात हुई - 'जिसकी गोद में बैठे, उसी की दाढ़ी नोचे'।

जिसकी छाती में एक न बार, उससे सब रहिए हुशियार : जिसकी छाती में बाल नहीं होते, वह विश्वासघाती होता है।

सेना में भर्ती करने वाला एक अधिकारी सभी उम्मीदवारों को नग्न करता था। जब उससे इसका कारण पूछा गया तो उसने उनका उत्तर दिया कि मैं नग्न करके छाती में यह देखता हूं कि वहां बाल हैं अथवा नहीं। उसने आगे इस कहावत का उच्चारण कर दिया - 'जिसकी छाती में एक न बार, उससे सब रहिए हुशियार'।

जिसकी जीभ चलती है, उसके नौ हल चलते हैं : डींग मारने वाला अपने विषय में बहुत बढ़ा-चढ़ाकर बातें करता है।

मैंने अपने दोस्त को सावधान करते हुए कहा कि वह रामरत्न की बातों पर विश्वास करके उसके पुत्र के साथ अपनी पुत्री का रिश्ता न करें, क्योंकि उसका परिवार न सम्मानित है और न सम्पन्न, लेकिन वह अपने को बहुत सम्पन्न सिद्ध करता है। उस पर यह कहावत चरितार्थ होती है - 'जिसकी जीभ चलती है, उसके नौ हल चलते हैं।

जिसकी जूती उसी का सिर : किसी व्यक्ति के साधन से उसे ही हानि पहुंचाना।

कारगिल युद्ध में भारत के प्रति-आक्रमण से घबरा कर पाकिस्तान सेना हथियार छोड़कर भाग खड़ी हुई थी और उस स्थिति में भारतीय सेना ने भागती हुई पाक-सेना को उन्हीं के हथियारों से मार गिराया था। उन पर यह उक्ति सही बैठी थी - 'जिसकी जूती उसी का सिर'।

जिसकी देग, उसकी तेग : जिसके पास खाद्य-पदार्थों की आपूर्ति बनी रहती है, वही सेना विजयी होती है।

महाराणा प्रताप के हाथ से एक किला इस लिए निकल गया था कि उसमें अकबर की सेना ने खाद्य-पदार्थों की आपूर्ति रोक दी थी, जब कि यह सार्वभौम मान्यता है कि 'जिसकी देग, उसकी तेग'।

जिसकी फिक्र, उसका जिक्र : जिस समस्या से व्यक्ति पीड़ित होता है, वह उसी के सम्बन्ध में सोचता रहता है।

महाराणा प्रताप को चित्तौड़ से विशेष लगाव था, लेकिन उस पर अकबर

का अधिकार हो चुका था। महाराणा प्रताप मरते दम तक उस पर अधिकार करने की योजनाओं पर विचार करता रहा था। किसी ने सही कहा है, 'जिसकी फिक्र, उसका जिक्र'।

जिसकी बंदरी वही नचावे और नचावे तो काटन धावे : दे. 'जिसका काम उसी को साजै और करे तो ठेंगा बाजै'।

जिसकी बिल्ली उसी से म्याऊं करे : जिसने आश्रय दिया उसी के विरुद्ध खड़े हो जाना।

मौर्य वंश के अन्तिम राजा वृहद्रथ ने पुष्पमित्र को अपना सेनापति नियुक्त किया, लेकिन अवसर मिलते ही पुष्पमित्र ने अपने राजा के प्रति विद्रोह कर दिया था। और 'जिसकी बिल्ली उसी से म्याऊ'। वाली कहावत सिद्ध कर दी थी।

जिसकी लाठी उसकी भैंस : शक्तिशाली की ही विजय होती है।

सैन्य-शक्ति पर पूर्ण नियंत्रण के कारण पुष्पमित्र की शक्ति राजा वृहद्रथ से अधिक बढ़ गई थी। पुष्पमित्र ने इस स्थिति का लाभ उठाया और वृहद्रथ को मारकर स्वयं राजा बन बैठा। किसी ने सही कहा है - 'जिसकी लाठी उसकी भैंस'।

जिसके पास नहीं पैसा, वह भलामानस कैसा : धन ही मनुष्य के गुणों का निर्धारण करता है। निर्धन भले ही सज्जन पुरुष हो, लेकिन उसे कोई सज्जन मानने को तैयार नहीं है।

केहरसिंह निश्चय ही एक सज्जन व्यक्ति है, लेकिन निर्धन जरूर है। भ्रम की शिकार पुलिस ने उसे एक बच्चे के अपहरण के केस में बंदी बना लिया है, लेकिन कोई भी पुलिस को इस वास्तिविकता से अवगत नहीं करा रहा है कि यह एक सज्जन व्यक्ति है। किसी ने सही कहा है - 'जिसके पास नहीं पैसा, वह भलामानस कैसा'।

जिसके पांव न फटी बिवाई सो क्या जाने पीर पराई : दे. 'जाके पांव न फटी बिवाई सो क्या जाने पीर पराई'।

जिसके पैसा नहीं हो पास, उसको मेला लगे उदास : मेला उसे ही अच्छा लगता है जिसके पास कुछ खरीदने के लिए धन हो।

मेरा एक दूर का रिश्तेदार प्रत्येक महीने की पूर्णमासी को हरिद्वार गंगास्नान पर जाया करता था, लेकिन वह पिछले दो माह से मुझे वहां नहीं मिल रहा है। जब मैंने उसे फोन से सम्पर्क किया तो उसने स्वयं

को नौकरी से निलम्बित बताया। तभी मुझे उसके गंगास्नान पर न जाने का कारण मिल गया, क्योंकि 'जिसके पैसे नहीं हो पास, उसको मेला लगे उदास'।

जिसके राम धनी, उसे कौन कमी : भगवान के भरोसे रहने वाले को कभी किसी वस्तु की कमी नहीं होती।

सामाजिक कार्यकर्त्ता अन्ना हजारे भगवान में अटूट आस्था रखते हैं, जब उसने रामलीला मैदान दिल्ली में आमरण अनशन किया था तो उसके पास कोई पैसा नहीं था, लेकिन देखते ही देखते हजारों समर्थकों के लिए जलपान व भोजन की व्यवस्था बड़े-बड़े सामाजिक संगठनों ने कर डाली। किसी ने सही कहा - 'जिसके राम धनी, उसे कौन कमी'।

जिसके हाथ डोई, उसका सब कोई : दे. 'जाके हाथ लोई, उसका सब कोई'।

जिसको पिया जाहे, वही सुहागिन : जिस पर मालिक की कृपा होती है उसे ही महत्व मिलता है।

मैं अपने ऑफिस में पूर्ण निष्ठा और परिश्रम से काम करता हूं, लेकिन मेरे बॉस मेरे इस काम की अनदेखी करते रहे हैं और एक ऐसे भ्रष्ट व कामचोर की प्रोन्नति के लिए संस्तुति की है, जो शायद ही कभी समय पर आया हो, लेकिन इससे यह बात सिद्ध हुई है - 'जिसको पिया चाहे, वही सुहागिन'।

जी कहो, जी कहलाओ : दूसरों का सम्मान करने पर ही आपका सम्मान हो सकता है।

एक दिन मेरा पुत्र मेरे समक्ष रोता हुआ कहने लगा कि पिंटु ने मुझे बहुत गंदी गालियां दी हैं। मैंने उसे कहा कि इससे पहले तूने उसे क्या कहा उसने कहा कि मैंने उसे गाली दी थी। फिर तो मुझे अपने पुत्र को कहना ही पड़ा कि 'जी कहो, जी कहलाओ'।

जीभ और थैली को बन्द रखना ही अच्छा है : कम बोलना और कम खर्च करना सुख का लक्षण है।

मामचन्द का और कोई काम नहीं है केवल रात दिन अनर्गल बकवास करता फिरता है और लोगों से पिटता रहता है, उसे कौन समझाए कि 'जीभ और थैली को बंद रखना ही अच्छा है'।

जीभ भी जली और स्वाद भी न आया : कष्ट उठाकर भी कुछ भी उपलब्धि न होना।

मैं चार दिन से कुआं खोद रहा था, लेकिन पानी निकला भी तो खारा निकला। यह तो वही बात हुई– 'जीभ भी जली और स्वाद भी न आया'।

जीयेंगे तो भीख मांग खायेंगे : जीवन जरूरी है भले ही जीने के लिए साधनों का अभाव हो।

भुखमरी से तंग आकर एक परिवार ने बच्चों सहित आत्महत्या करने का निर्णय ले लिया। जब यह बात उस परिवार की एक लड़की के कानों तक गई तो उसने आकर अपने पिता से कहा कि पापा! यह निर्णय गलत है। जीवन जरूरी है 'जीयेंगे तो भीख मांग खायेंगे'।

जीये न माने पितृ और मुए करें श्राद्ध : जीते-जी माता-पिता की सेवा न करना, मरने के उपरांत कर्मकांडों पर अधिक धन खर्च कर देना।

तुम्हारे बाप ने भुखमरी की अवस्था में दम तोड़ा है तब तो तूने उसे भर-पेट भोजन नहीं दिया। अब उसकी तेरहवीं पर समस्त गांव को भोज के लिए आमंत्रित कर रहे हो। यह तो वही बात हुई - 'जीये न माने पितृ और मुए करें श्राद्ध'।

जीव से जीविका प्यारी : जीविका के लिए जीवन का जोखिम उठाया ही जाता है।

मैंने अनेकों बार उत्तम नगर के चौराहे पर पुलिस द्वारा फल की ठेली वालों को कई बार पिटते हुए देखा है। उस समय तो वे ठेली वहां से हटा लेते हैं, लेकिन पुलिस के वहां से हट जाने पर, वे ठेली वाले पुनः वहीं आ जाते हैं। मैंने उनसे कहा कि तुम इस तरह से पुलिस से पिटने के बाद भी ठेली फिर यहीं लाकर खड़ी कर देते हो? उसने बड़ी सहजता से कहा - 'जीव से जीविका प्यारी'।

जी ही से जहान है : जीवन है तो सब कुछ है, अतः जीवन की रक्षा करनी चाहिए।

जब महाराणा प्रताप एक किले में अकबर की सेनाओं द्वारा घिर गए तो उन्होंने अन्तिम सांस तक किले की रक्षा करने का निश्चय कर डाला, लेकिन उनके सरदारों ने उन्हें परामर्श दिया कि अकबर की विशाल सैन्य-शक्ति के आगे हमारा बस नहीं चल सकेगा, अतः आप पहाड़ की ओर से किले से निकलकर किसी सुरक्षित स्थान पर पहुंच जाओ, क्योंकि 'जी ही से जहान है'।

जुआरी का अपना ही दांव सूझता है : स्वार्थी व्यक्ति अपनी ही स्वार्थ-सिद्धि चाहता है।

अमेरिका भारत के साथ संयुक्त युद्ध-अभ्यास में अपने आयुद्धों का प्रदर्शन करते समय यह सोचता रहता है कि इन आयुद्धों को अपनी सेना में सम्मिलित करने के लिए भारत शीघ्र वार्ता चलाए। किसी ने सही कहा है, 'जुआरी का अपना ही दांव सूझता है'।

जुग-जुग जियो, दूध बताशा पियो : दीर्घ जीवन तथा सुख-समृद्धि के लिए आशीर्वाद देना।

भारतीय परंपरा में घर में दूध का होना समृद्धि का लक्षण माना गया है। इसीलिए वेदों में गाय-पालन पर विशेष बल दिया गया है। ऋषि-मुनी और सन्त भी अपने आशीर्वाद में दूध पीने को सम्मिलित करते आए हैं। जैसे- 'जुग-जुग जियो, दूध बताशा पियो'।

जुड़ती नाहीं धुर की टूटी, धरी रहे सब दारू-बूटी : मृत्यु आने पर कोई दवा काम नहीं करती।

जब सिकन्दर बीमार हुआ तो उस समय के प्रसिद्ध हकीमों-वैद्यों ने सब तरह की दवा का प्रयोग करके देख लिया था, लेकिन रोग बढ़ता ही जा रहा था। इस स्थिति में सिकन्दर ने अपने वैद्यों को उनकी विफलता पर भला-बुरा कहना शुरू कर दिया था। तब एक वैद्य ने कहा था, 'जुड़ती नहीं धुर की टूटी, धरी रहे सब दारू-बूटी'।

जुत-जुत मरे बैलवा, बैठे खांय तुरंग : जब किसी की कमाई का उपभोग कोई दूसरा करे।

जनता अपनी कठिन परिश्रम की कमाई से आयकर देकर सरकार का खजाना भरती है, लेकिन भ्रष्ट अधिकारी और राजनेता भ्रष्टाचार द्वारा उस धन से अपना घर भर लेते हैं। यह तो वही बात होती है - 'जुत-जुत मरे बैलवा, बैठे खांय तरंग'।

जुल्म की टहनी कभी फलती नहीं, नाव कागज की कभी चलती नहीं : जिस प्रकार से कागज की नाव पानी में पड़ते ही गल जाती है, उसी तरह अत्याचारी का वंश नष्ट हो जाता है।

कृष्ण ने दुर्योधन से पांडवों के लिए केवल पांच गांव मांगे थे, परन्तु दुर्योधन ने यह कहते हुए कि पांडवों के लिए एक सुईं के नोक के बराबर भी जमीन नहीं है, कृष्ण के परामर्श को ठुकरा दिया था। तब कृष्ण ने कहा था - 'जुल्म की टहनी कभी फलती नहीं, नाव कागज की कभी चलती नही'।।

जूं के डर से गुदड़ी फेंकी नहीं जाती : हानि के डर से किसी काम को छोड़ा नहीं जा सकता।

रामगुप्त ने अपनी पराजय के डर से शकराज के विरुद्ध युद्ध नहीं किया था, बल्कि उससे संधि करके संधि के अनुसार अपनी पत्नी ध्रुव-स्वामिनी को उसे सौंपने की तैयारी कर ली थी, लेकिन ध्रुव-स्वामिनी ने उसे धिक्कारते हुए कहा था - 'जूं के डर से गुदड़ी फेंकी नहीं जाती'।

जेठ के भरोस पेट : विपन्न होने के कारण अपने भरण-पोषण के लिए किसी निकट सम्बन्धी पर निर्भर हो जाना।

पाकिस्तान अपने बजट का एक बहुत बड़ा भाग आयुद्धों पर व्यय करता है, और अपनी अर्थव्यवस्था को संभालने के लिए अमेरिका पर निर्भर हो जाता है। उसके सम्बन्ध में यह कहावत चरितार्थ होती है - 'जेठ के भरोसे पेट'।

जेठ चले पुरवाई, तो सावन सूखा जाई : जब जेठ में पुरवाई हवा चलती है तो सावन में वर्षा नहीं होती।

घाघ कवि ने अपने अनुभवों के आधार पर, कृषि से सम्बन्धित सभी घटनाओं और प्रकृतिजन्य परिस्थितियों पर कविता में अपने विचार प्रस्तुत किए हैं, जो लगभग सत्य उतरते हैं। यह भी उनका एक अनुभव था - 'जेठ चले पुरवाई, तो सावन सूखा जाई'।

जेठ मास जब तपे तपन्ता, तब जानो वर्षा का अन्ता : यदि जेठ मास में खूब गर्मी पड़ती है तो यह समझना चाहिए कि इस वर्ष वर्षा अच्छी होगी।

जेठ मास में यद्यपि अत्याधिक गर्मी पड़ती है, लेकिन किसान उस गर्मी से परेशान न होकर खुश होते हैं, क्योंकि उन्हें इस वर्ष अच्छी वर्षा होने की संभावना दिखाई देने लगती है। क्योंकि जानकारों ने कहा है - 'जेठ मास जब तपे तपन्ता, तब जानो वर्षा का अन्ता'।

जेते जग में मनुज हैं, तेरे अहैं विचार : दे. 'जितने मुंह उतनी बाते'।।

जेते पांव पसारिए, तेती लांबी सौर : सामर्थ्य के अनुसार ही काम करना चाहिए।

पदम जैन ने खेल गांव की साज-सज्जा का ठेका ले लिया, लेकिन उसे पूरा करने के लिए जो साधन होने चाहिए थे, वे उसके पास नहीं थे। परिणामस्वरूप कार्य समय पर पूरा न हो सका और इसकी क्षतिपूर्ति के लिए इतना अर्थ-दंड देना पड़ा कि कर्जमंद हो गया। किसी ने सही कहा है - 'जेते पांव पसारिए, तेती लांबी सौर'।

जै दिन जेठ बहे पुरवाई, तै दिन सावन धूल उड़ाई : दे. 'जेठ चले पुरवाई, तो सावन सूखा जाई'।

जैसा अन्न, वैसा मन : जैसा अन्न खाते हैं, वैसा ही मन हो जाता है।

जब तक निर्भय सिंह शाकाहारी था, तब तक वह बहुत विनम्र और दयावान था, लेकिन जब से उसने मांसाहार शुरू किया है, तबसे उसका स्वभाव कठोर हो चला है। किसी ने सही कहा है - 'जैसा अन्न, वैसा मन'।

जैसा ऊंट लम्बा, वैसा गधा खवास : दो मूर्खों का साथ-साथ होना।

मंगत चोरी करता है और बसंत अपने दफ्तर में मोटी-मोटी रिश्वतें लेता है। फिर दोनों में अन्तर ही कहां रह गया है - 'जैसा ऊंट लम्बा, वैसा गधा खवास'।

जैसा अन्न, वैसी बुद्धि : दे. 'जैसा अन्न, वैसा मन'।

जैसा कनभर, वैसा मनभर : थोड़े सम्पर्क से ही किसी के सम्पूर्ण व्यक्तित्व का आंकलन करना।(सैम्पलिंग से वस्तु की गुणवत्ता का पता लगाना)

मैं अनुभूति के सम्पर्क में कुछ ही घंटे रहा, लेकिन उसकी बात करने की शैली, उसकी समझ की गहराई और उसकी बॉडी-लैंग्विज के आधार पर मैं कह सकता हूं कि वह एक असाधारण प्रतिभा की दुर्लभ युवती है। आप यह न कहिए कि कुछ ही घंटों के सम्पर्क से किसी के व्यक्तित्व को कैसे जाना जा सकता है, क्योंकि मेरी यह मान्यता है - 'जैसा कनभर, वैसा मनभर'।

जैसा कर्म, वैसा फल : कर्म के आधार पर ही परिणाम मिलता है।

भारतीय चिन्तन मानता है कि हमारे वर्तमान जीवन में सुख-दुःख गत जीवन के कर्मों के फल हैं। और हमारा अगला जीवन इस वर्तमान जीवन के कर्मों के आधार पर निर्धारित होगा। गीता भी कहती है - 'जैसा कर्म, वैसा फल'।

जैसा जामन, वैसा दही : वंशागत गुण पीढ़ी-दर-पीढ़ी चलते रहते हैं।

राममेहर का लड़का बैंक डकैती में पकड़ा गया। मुझे इस सूचना से कोई आश्चर्य नहीं हुआ, क्योंकि मैं जानता हूं कि राममेहर पशुओं की चोरी किया करता था। कहावत है - 'जैसा जामन, वैसा दही'।

जैसा तेरा ताना-बाना, वैसी मेरी भरनी : हम जैसा दूसरों के साथ व्यवहार करते हैं, वैसा ही वे हमारे साथ करते हैं।

मिश्र के राष्ट्रपति मुबारक हुसैन ने जिस तरह से अपने देश की जनता का शोषण किया, वैसा ही करने के लिए जनता ने उसे पदच्युत कर दिया और उसके विरुद्ध मुकदमें दायर कर दिए। बड़े-बड़े कहते आए हैं - 'जैसा तेरा ताना-बाना, वैसी मेरी भरनी'।

जैसा तेरा देना-लेना, वैसा मेरा गाना-बजाना : दे. 'जैसा तेरा ताना-बाना, वैसी मेरी भरनी'।

जैसा दाम, वैसा काम : जितनी अच्छी मजदूरी दी जाएगी, उतना ही अच्छा काम होगा।

उदयराज सदैव अपने नौकर के काम को लेकर रोता रहता है, लेकिन यह नहीं देखता कि उसे कितनी नौकरी देता है। उसे यह ध्यान नहीं है कि 'जैसा दाम, वैसा काम'।

जैसा देवता, वैसी पूजा : जैसा मनुष्य हो उसके साथ वैसा ही व्यवहार करना चाहिए।

हिंसक आतंकवादियों से अहिंसक तरीकों से नहीं निबटा जा सकता। हिंसा के विरुद्ध प्रतिहिंसा ही उनके लिए कारगर हथियार है, क्योंकि बड़े-बड़े महानुभावों ने कहा है - 'जैसा देवता, वैसी पूजा'।

जैसा देश वैसा भेष : जहां रहना हो, वहां की परंपराओं के अनुसार आचरण करना चाहिए।

सीमान्त गांधी (खान अब्दुल गफ्फार खां) ने कश्मीरियों के लिए कहा था कि तुम भारत के नागरिक हो, अतः यहां की परिस्थितियों के अनुसार अपने आचरण को परिवर्तित कर लेना चाहिए। 'जैसा देश, वैसा भेष' कर लेना तुम्हारे भविष्य के लिए सुखद है।

जैसा नाम वैसा गुण : नाम के अनुसार गुण होना।

आपका नाम राधारमण वात्सायन है और आप यौन विशेषज्ञ हैं। आपने 'जैसा नाम वैसा गुण' की सूक्ति के अनुसार अपने को प्रतिष्ठित किया है, क्योंकि वात्सायन ऋषि प्राचीन भारत में यौन विशेषज्ञ रहे हैं।

जैसा पैसा गांठ का, तैसा मीत न कोई : पैसा ही सच्चा मित्र है जो आड़े समय काम आता है।

आज का युग आत्मकेन्द्रित युग है। आज की प्रवृत्ति हर मानवीय सम्बन्ध को स्वार्थ की दृष्टि से देखती है, अतः मित्रता भी संदिग्ध हो चली है।

अब तो यह कहावत ही चरितार्थ हो रही है - 'जैसा पैसा गांठ का, तैसा मीत न कोई'।

जैसा बीज, वैसा अंकुर : जैसा पिता वैसा पुत्र।

लीबिया के तानाशाह मुअम्मर गद्दाफी जितना क्रूर था, उसके पुत्र भी उतने ही क्रूर थे। ज्ञानियों ने सही कहा है - 'जैसा बीज, वैसा अंकुर'।

जैसा बोवेगा, वैसा काटेगा : जैसा काम करोगे वैसा फल पाओगे।

इराक के तानाशाह सद्दाम हुसैन ने सैंकड़ों निर्दोषों को मौत के घाट उतार दिया था। बाद में वहां के शासक ने अमेरिका की सहायता से उसे फांसी पर लटका दिया था। बड़े-बड़े कहते आए हैं - 'जैसा बोवेगा, वैसा काटेगा'।

जैसा मान, वैसा दान : जिसकी जैसी छवि होती है, समाज उसी अनुपात में उसका सम्मान करता है।

पूर्व प्रधानमंत्री चौ. चरण सिंह अपनी सादगी और ईमानदारी के कारण सभी के लिए श्रद्धा के पात्र थे। जब वे सांसद के नाते ही लोकसभा में प्रवेश करते थे तो पूरा सदन उनके समक्ष नत-मस्तक हो जाता था, लेकिन जब अन्य सांसद प्रवेश करते थे तो सदन के अन्दर कोई प्रतिक्रया नहीं होती थी। ज्ञानियों ने सही कहा है - 'जैसा मान, वैसा दान'।

जैसा मुंह वैसा तमाचा : दे. 'जैसा मान, वैसा दान'।

जैसा मुंह होता है, वैसा ही बीड़ा मिलता है : दे. 'जैसा मान, वैसा दान'।

जैसा राजा, वैसी प्रजा : राजा के चरित्र का समाज पर प्रभाव पड़ता है।

मौर्य वंश का अन्तिम शासक वृहद्रथ अहिंसा प्रेमी और विलासी प्रवृत्ति का था, अतः उसकी जनता भी भ्रष्टाचार और व्याभिचार में डूब गई थी। किसी ने सही कहा है - 'जैसा राजा, वैसी प्रजा'।

जैसा सूत वैसा फेटा, जैसा बाप वैसा बेटा : दे. 'जैसा बीज, वैसा अंकुर'।

जैसा सूत वैसी फेटी, जैसी मां वैसी बेटी : मां के चरित्र का उसकी बेटी पर प्रभाव पड़ता है।

मेरी पड़ोसन के विवाहेत्तर सम्बन्धों के चर्चे चलते ही रहते थे, अब उसकी बेटी के भी चलने लगे हैं कि वह रातों गायब रहती है। इसमें कोई आश्चर्य भी नहीं है, क्योंकि 'जैसा सूत वैसी फेटी, जैसी मां वैसी बेटी'।

जैसा सोता, वैसी धारा : दे. 'जैसा बीज, वैसा अंकुर'।

जैसी ओढ़ी कामली, वैसा ओढ़ा खेश : जैसा समय हो उसी के अनुसार अपना रहन-सहन बना लेना चाहिए।

जब मेरे बचपन काल में मेरे माता-पिता दरिद्र थे तो स्कूल में भी मैं नंगे पैर जाता था, लेकिन आज यदि मेरे सूट के साथ गले में टाई नहीं बंधी है तो भी ऑफिस जाने में अपने को मैं बहुत हलका अनुभव करता हूं। हमने इस कहावत के अनुसार अपना जीवन ढाला है - 'जैसी ओढ़ी कामली, वैसा ओढ़ा खेश'।

जैसी करनी वैसी पार उतरनी : दे. 'जैसा कर्म वैसा फल'।

जैसी करनी वैसी भरनी : दे. 'जैसा कर्म वैसा फल'।

जैसी खान वैसी मिट्टी : दे. 'जैसा बीज वैसा अंकुर'।

जैसी चले बयार, तब तैसी दीजै ओट : समय और परिस्थिति के अनुसार कार्य करना चाहिए।

कोलम्बस जब भारत की खोज में, कहीं सुदूर समुद्र में निकल गया था तो उसके पास जो खाद्य-सामग्री थी, वह समाप्त हो चली थी। जब भुखमरी की स्थिति में उसका प्राणान्त होने को ही था कि उसे जहाज में चूहे दिखाई दिए। उसने उन्हें पकड़कर खाना शुरू कर दिया था। किसी ज्ञानी ने सही कहा है - 'जैसी चले बयार, तब तैसी दीजै ओट'।

जैसी झूठी बधाई वैसी कड़वी मिठाई : छल के बदले में छल करना।

एक तस्कर ने नकली सोने के बिस्कुट से भरा हुआ बैग एक स्वर्णकार को नोटों से भरे बैग के बदले थमा दिया था और अपनी इस योजना पर खुशी मनाता हुआ घर लौट रहा था, जब उसने बैग खोला तो बैग में नकली नोट भरे हुए थे। उसे तुरन्त यह कहावत ध्यान आ गई - 'जैसी झूठी बधाई, वैसी कड़वी मिठाई'।

जैसी तेरी तोमरी, वैसे मेरे गीत : जैसी कोई मजदूरी देगा, उसका वैसा ही काम होगा।

पब्लिक स्कूल में एक अध्यापक बच्चों को पढ़ा रहा था कि गंगा अरावली पर्वत से निकली है। तभी वहां से गुजरते हुए प्रधानाचार्य ने यह बात सुन ली। उसने उस अध्यापक को अपने ऑफिस में बुलाकर डांटना शुरू कर दिया कि गंगा हिमालय से निकली है और आप बच्चों को

बता रहे हैं अरावली से। अध्यापक ने कहा - 'मान्यवर! पांच हजार रुपये महीने के वेतन में तो गंगा अरावली से ही निकाली जा सकती है, क्योंकि 'जैसी तेरी तोमरी, वैसे मेरे गीत'।

जैसी देखो गांव की रीत, वैसी उठाओ अपनी भीत : दे. 'जैसा देश, वैसा भेष'।

जैसी देवी शीतला, वैसा वाहन खर : एक ही प्रकार की प्रवृत्ति के व्यक्तियों का साथ-साथ होना।

वृहद्रथ के सेनापति पुष्यमित्र और उसके गुरु पतंजलि दोनों वैदिक विचारधारा के पोषक थे, लेकिन वृहद्रथ बौद्ध धर्म के पक्षधर थे अतः अपने गुरु पतंजलि के सहयोग से पुष्यमित्र ने वृहद्रथ की हत्या कर दी थी। उन दोनों पर यह कहावत चरितार्थ होती है - 'जैसी देवी शीतला, वैसा वाहन खर'।

जैसी नीयत वैसी बरकत : जैसी जिसकी प्रवृत्ति होती है, उसे वैसा ही फल मिलता है।

हिटलर ने अपनी जाति को विश्व का सर्वश्रेष्ठ वंश सिद्ध करने के लिए समस्त विश्व पर अपनी विजय-पताका फहराने का निश्चय कर लिया था। इसके लिए उसने हजारों निर्दोषों की हत्या कर डाली थी, लेकिन अन्त में उसे आत्महत्या करनी पड़ी। अतः यह सही है कि 'जैसी नीयत वैसी बरकत'।

जैसी बंदगी वैसा इनाम : दे. 'जैसा कर्म वैसा फल'।

जैसी मुर्दों पर सौ मन, ऐसी हजार मन : दुःखी व्यक्ति पर और अधिक दुःख पड़ने पर कोई अन्तर नहीं आता।

मुम्बई-वासियों को आतंकी आक्रमण की त्रासदी झेलने की आदत-सी हो गई है। यदि आगे भी कोई आतंकी आक्रमण होता है तो उन पर कोई नकारात्मक प्रभाव नहीं पड़ेगा, क्योंकि वे समझ गए हैं - 'जैसी मुर्दों पर सौ मन, वैसी हजार मन'।

जैसी रूह, वैसे फरिश्ते : मनुष्य को अपने सही या गलत कर्मों का पुरस्कार या दंड अवश्य मिलता है।

हमारे प्रवचन-कर्ता सन्त सदा से कहते आ रहे हैं कि अपने आचरण को इस दृष्टिकोण से दिशा दो कि अच्छे कर्म करोगे तो ईश्वर पुरस्कार देगा और यदि गलत कर्म करोगे तो दंड देगा। हमारे सन्तों का विश्वास है - 'जैसी रूह, वैसे फरिश्ते'।

जैसे उदई वैसे भान, उनके चुटिया न इनके कान : दो निकम्मों की मित्रता हो जाना।

अमेरिका और आस्ट्रेलिया भारत की आर्थिक प्रगति से दुःखी प्रतीत होते हैं। अमेरिका के राष्ट्रपति अनेकों अवसर पर अपने देश के बच्चों को यह बात कह चुके हैं कि मेहनत से पढ़ो, अन्यथा भारत के बच्चे तुमसे आगे निकल जाएंगे। आस्ट्रेलिया में भारतीय बच्चों को पीटा ही जा रहा है। इन दोनों देशों की स्थिति इस कहावत के अनुसार हो गई है - 'जैसे उदई वैसे भान, उनके चुटिया न इनके कान'।

जैसे कन्ता घर रहे वैसे रहे विदेश : एक निकम्मा व्यक्ति कहीं भी रहे, उससे समाज पर कोई प्रभाव नहीं पड़ता।

मेरे मित्र का छोटा लड़का बेराजगार तो है ही, शराबी भी है। वह रात्रि में अपने घर कभी आता भी नहीं है, यदि आता है तो मध्यरात्रि के बाद ही आता है। एक दिन मेरे मित्र ने उसे डांटते हुए कहा - 'बेटे! अब हमने तुझे नहीं, बल्कि अपने आप को समझा लिया है कि हम अभागे हैं और भाग्य मनुष्य के हाथ में नहीं है। अब तू घर में रहे या कहीं बाहर रहे हम पर कोई प्रभाव नहीं पड़ेगा, क्योंकि कहावत है - 'जैसे कन्ता घर रहे, वैसे रहे विदेश'।

जैसे काग जहाज़ को सूझत और न ठौर : केवल एक ठिकाना होना।

संसार के जब किसी भी धर्म या जाति पर किसी अन्य धर्म या जाति का आक्रमण हुआ है, तब वह शरण के लिए भारत की ओर बढ़ा है भारत ने उसे सम्मानित शरण ही नहीं दी, बल्कि उसकी रक्षा भी की है। इस प्रकार से भारत ही समुद्र पर उड़ते काग के लिए जहाज़ बना है और इस कहावत को चरितार्थ किया है - 'जैसे काग जहाज़ को सूझत और न ठौर'।

जैसे को तैसा मिले, मिले डोम को डोम, दाता को दाता मिले, मिले सूम को सूम : पांडव धर्म पर चलने वाले थे और न्याय प्रिय थे, उन्हें महाभारत में न्याय-प्रिय और धार्मिक लोगों का सहयोग मिला, लेकिन दूसरी ओर कौरव अन्याय और अधर्म के रास्ते पर चल रहे थे, उन्हें अन्याय-प्रिय और धर्मविहीन लोगों का सहयोग मिला। उस घटना ने यह कहावत चरितार्थ कर दी - 'जैसे को तैसा मिले, मिले डोम को डोम, दाता को दाता मिले, मिले सूम को सूम'।

जैसे गंगा नहाये तैसे फल पाये : जिस भाव से धार्मिक अनुष्ठान किया जाता है, उस भाव से ही फल मिलता है।

यदि कोई अनुष्ठान केवल अपने कल्याण के लिए किया जाता है, तो उसका सीमित ही फल मिलता है और यदि वह विश्व-कल्याण के लिए किया जाता है तो उसका असीमित फल मिलता है। तभी तो कहा है- 'जैसे गंगा नहाये तैसे फल पाये'।

जैसे बाबा आप लबार, वैसा उनका कुल परिवार : जैसे बाबा हर समय असत्य भाषण करते हैं, वैसे ही उसका सम्पूर्ण परिवार झूठ बोलने में दक्ष हो चुका है।

बाबा नारायण दास अपने प्रवचनों में केवल असत्य बोलने पर ही डटे रहते हैं। इनके प्रवचनों का प्रभाव दूसरों पर तो पता नहीं कैसा पड़े, पर उनके परिवार वाले तो सभी झूठ बोलने लगे हैं। कहावत है - 'जैसे बाबा आप लबार, वैसा उनका कुल परिवार'।

जैसे को तैसा मिले, मिले नीच में नीच, पानी में पानी मिले, मिले कीच में कीच : दे. 'जैसे को तैसा मिले, मिले डोम को डोम, दाता को दाता मिले, मिले सूम को सूम'।

जैसे राम तुलसी से, वैसे तुलसी राम से : दे. 'जैसे तेरा देना-लेना, वैसा मेरा गाना बजाना'।

जैसे सापनाथ वैसे नागनाथ : जब एक ही प्रकार के दुष्टों का साथ हो।

भारत में विभिन्न राजनैतिक पार्टियां सत्ता में आई हैं, लेकिन कोई-सी भी जनता की अपेक्षाओं मे खरी नहीं उतरी हैं। उन्हें तो 'जैसे सांप नाथ, वैसे नागनाथ' कहा जा सकता है।

जैसे सूखा सावन, वैसे भरा भादों : जिसे कहीं सुख न मिले।

क्षमा गर्ग ने अपने पति से इसलिए तलाक ले लिया था कि वह शराबी था। लेकिन उसने अब जिसके साथ शादी की, वह शराबी भी है और विवाहेत्तर सम्बन्ध भी रखता है। उस बेचारी के लिए तो - 'जैसे सूखा सावन, वैसे भरा भादो'।।

जो आया है, वह जाएगा : जो पैदा हुआ है वह अवश्य मरेगा।

आप अपने पिता के लिए इतना शोक क्यों मनाते हो मेरे दोस्त! वे अब वृद्ध हो चुके थे और उनका शरीर भी अब उनका साथ नहीं दे रहा था। और यह एक अटल सत्य है कि 'जो आया है, वह जाएगा'।

जो कमाए, सो खाए : यदि खाना है तो कमाना ही पड़ेगा।

वेद यह उपदेश नहीं देते कि व्यक्ति को निष्क्रिय रहकर केवल ईश्वर भक्ति करनी चाहिए। वेद कर्म करने का उपदेश करते हैं, धन कमाने का उपदेश करते हैं और फिर उस कमाए हुए धन से कुछ भाग का दान तथा कुछ का भोग करने का उपदेश करते हैं। अतः यह उक्ति वेद समर्थित है कि 'जो कमाए, सो खाए'।

जो करेगा, सो भरेगा : जो जैसा कर्म करेगा वैसा फल पाएगा।

टी.वी. में दिखाए जाने वाले ज्योतिषाचार्यों द्वारा दिए गए तंत्र-मंत्र से मनोकामना की सिद्ध की बात बताई जाती है, लेकिन यह एक मिथ्या भ्रम फैलाया जा रहा है। हमारे धर्म-दर्शनों का मत है कि मनुष्य को अपने कर्मों का फल भोगना ही पड़ता है। उसे ये तंत्र-मंत्र टाल नहीं सकते, केवल प्रायश्चित ही कुछ अंशों तक कम कर सकता है। अतः 'जो करेगा, सो भरेगा' का यह सूत्र अटल है।

जो गरजते हैं, वे बरसते नहीं : जो लोग बातें अधिक बनाते हैं, वे काम करने में उतने ही पीछे रहते हैं।

सरकार के विरुद्ध हड़ताल की घोषणा करते हुए संगठन के नेता इतना जोशीला भाषण देते हैं कि मानो वे आज ही सरकार को उखाड़ फेकेंगे, लेकिन जब सरकार के विरुद्ध प्रदर्शन करने की बात आती है, तो अपनी गिरफ्तारी के भय से वे उस प्रदर्शन में कहीं नहीं दिखाई देते। उन पर यह कहावत सटीक बैठती है - 'जो गरजते हैं, वे बरसते नही'।।

जो गलतियां नहीं करता, वह कुछ नहीं कर सकता : जिसे काम करने में गलतियों से डर लगता है, वह काम शुरू ही नहीं करता।

काम करने वाले को यह सोचकर काम करना पड़ता है कि इसमें गलतियां अवश्य होंगी और उन गलतियों का समाधान भी खोजना पड़ेगा, लेकिन जिसमें गलतियों का सामना करने का साहस नहीं है, वह काम शुरू ही क्यों करेगा? अतः यह कहावत अपने स्थान पर सही है कि 'जो गलतियां नहीं करता वह कुछ नहीं कर सकता'।

जो गुड़ खाए वही कान छिदाए : जो आनंद भोगना चाहेगा, उसे परिश्रम तो करना ही पड़ेगा।

हमारे गांव का एक छुटभैया नेता ऐसा है कि अपने को बहुत बड़ा नेता सिद्ध करना चाहता है। जब किसी नेता का गांव में आने का प्रोग्राम

बनता है तो उसकी किसी तैयारी में भाग नहीं लेता, लेकिन जब मंच तैयार हो जाता है तो सबसे पहले मंच पर आकर बैठ जाता है। मैंने इस बार उसे आवेशित स्वर से कहा कि परिश्रम तो हम करते हैं और उसके सुख को भोगने आप आ जाते हैं? भविष्य में ध्यान रखिए - 'जो गुड़ खाए वही कान छिदाए'।

जो गुड़ देने से मरे, उसे विष क्यों दिया जाए : जो समझाने से ही विरोध करना छोड़ दे, उसके साथ झगड़ा क्यों करें।

यदि विश्व को भयभीत करने वाले आतंकी समझाने से शान्ति-मार्ग पर चल पड़ें तो उनके विरुद्ध शक्ति प्रयोग करने की आवश्यकता ही न पड़े। किसी ने कहा है-'जो गुड़ देने से मरे, उसे विष क्यों दिया जाए'।

जो जस करै सो तस फल चाखा : दे. 'जैसा कर्म वैसा फल'।

जो जागत है सो पावत है : जो अपने लक्ष्य के प्रति सचेत रहता है वह उसे प्राप्त कर लेता है।

उठ जाग मुसाफिर भोर भई, अब रैन कहां तू सोवत है।
जो जागत है सो पावत है, जो सोवत है सो खोवत है।

जो जैसा करेगा वैसा भरेगा : दे. 'जैसा कर्म वैसा फल'।

जो झुकना जानता है, वह कभी नहीं गिरता : विनम्र व्यक्ति कभी कष्ट नहीं पाता।

कबीरदास ने मुस्लिम कुरीतियों की बहुत आलोचना की है, लेकिन वे इतने विनम्र थे कि कोई मुस्लिम संगठन भी उन पर इस्लाम की निंदा का आरोप नहीं लगा सका। विद्वानों ने सही कहा है - 'जो झुकना जानता है, वह कभी नहीं गिरता'।

जो टट्टू जीते संग्राम, तो क्यों खरचैं तुरकी दाम : यदि छोटे व्यक्ति या वस्तु से काम चल जाए तो बड़े व्यक्ति या वस्तु को कौन महत्व दे?

यदि अहिंसा से ही दानव को नियंत्रित किया जा सकता है तो बड़े-बड़े हथियारों की आवश्यकताएं ही समाप्त हो जाए। लेकिन ऐसा संभव नहीं है। आज के दैत्य तो बड़े-बड़े हथियारों से भी नियंत्रित नहीं हो रहे हैं। किसी ने सही कहा है - 'जो टट्टू जीते संग्राम, तो क्यों खरचैं तुरकी दाम'।

जो ज्यादा करीब सो ज्यादा रकीब : अधिक निकटता शत्रुता में बदल जाती है।

चीन के शासक चाऊ-एन-लाई और भारत के पूर्व प्रधानमंत्री पं. जवाहर लाल नेहरु की घनिष्ठ मित्रता थी, लेकिन अन्त में वह शत्रुता में बदल

गई थी और दोनों देशों के बीच भयंकर युद्ध हुआ था। ज्ञानियों ने सही कहा है -'जो ज्यादा करीब सो ज्यादा रकीब'।

जो तोको कांटा बुवै ताहि बोय तू फूल : जो व्यक्ति तुम्हें कष्ट दे, तुम उसके लिए सुख की कामना करो।

जो तोको कांटा बुवै, ताहि बोय तू फूल ।
तोको फूल के फूल हैं, वाकों हैं त्रिशूल ।। (कबीरदास)

जो देगा आटा दाल, वही देगा कंडे चार : जो तुम्हें आगे बढ़ने को कहेगा वह रास्ते का ज्ञान भी कराएगा।

गांधीजी ने हमें अहिंसा का मंत्र दिया और यह भी बताया कि इसके प्रयोग से हम कैसे शक्तिशाली संगठन या व्यक्ति विशेष को कैसे झुका सकते हैं। किसी ज्ञानी ने कहा है - 'जो देगा आटा दाल, वही देगा कंडे चार'।

जो देगा आटा भात, वही देगा तवा परात : दे. जो देगा आटा दाल, वही देगा कंडे चार'।

जो दूसरों के लिए गड्ढा खोदता है, उसके लिए कुआं तैयार रहता है : जो दूसरों का अहित करता है, उसका अहित स्वयं होने लगता है।

इन्दिरा गांधी ने आपात-काल की घोषणा करके विपक्षी नेताओं को कारागार में बंद कर दिया था, लेकिन इसकी थोड़ी अवधि के उपरान्त ही वह चुनाव हार गई थी और सत्ताच्युत हो गई थी। अतः सही कहा है - 'जो दूसरों के लिए गड्ढा खोदता है, उसके लिए कुंआ तैयार रहता है'।

जो धन दीखे जात, आधा दीजे बांट : यदि सम्पूर्ण सम्पत्ति नष्ट होती दिखाई देती है तो उसमें से कुछ भाग व्यय करके शेष बचा लेनी चाहिए।

जब महात्मा गांधी को यह एहसास हुआ था कि जिन्ना पाकिस्तान निर्माण की अपनी हठ को पूरा करने के लिए सीधी कार्रवाई के रूप में हिंसक आंदोलन करके सम्पूर्ण देश को ही नष्ट करने पर तुल गया है, तो उन्होंने जिन्ना की मांग को स्वीकार कर लिया था। कहावत है -'जो धन दीखे जात, आधा दीजे बांट'।

जो धरती पर आया, उसे धरती ने खाया : जो पैदा होता है वह अवश्य मरता है। दे. 'जो आया है, वह जाएगा'।

जो धावे सो पावे, जो सोवे सो खोवे : जो परिश्रम करता है वह सुख-सुविधा प्राप्त कर लेता है, लेकिन जो आलस्य में ऊंघता रहता है, उसे अन्त में दुःख उठाना पड़ता है।

एक समय था जब नवाब अय्याशी के ठाट-बाट में लिप्त रहकर सुरा सुन्दरी के नशे में पड़े रहते थे और गरीब किसान उनसे किराए पर जमीन लेकर कठिन परिश्रम से अपनी जीविका चलाते थे, लेकिन आज उन नवाबों के वंशज नगरों में रिक्शा चला रहे हैं और उन किसानों के वंशज अच्छी-अच्छी नौकरियों पर जा रहे हैं। अतः यह कहावत निश्चय ही सही है कि 'जो धावे सो पावे, जो सोवे सो खावे'।

जो न देखे अगाड़ी वह रह जाएगा पिछाड़ी : जो सोच-समझकर नहीं चलता है, वह एक दिन समस्याओं से घिर सकता है।

जो छात्र स्कूल न जाकर इधर-उधर रंग-रेलियों में लिप्त रहने लगते हैं, वे न तो परीक्षा में उत्तीर्ण हो सकते और न अच्छी नौकरियों में जा सकते, जिसके परिणामस्वरूप या तो वे विपन्नता का जीवन व्यतीत करते हैं या फिर अपराध की दुनिया में उतर कर जेल में पड़े रहते हैं। उनके लिए यह कविता चरितार्थ होती है - 'जो न देखे अगाड़ी वह रह जाएगा पिछाड़ी'।

जो पूत दरबारी भए, देवपितर सबसे गए : जो राजनीति में रहकर मंत्री आदि किसी पद पर आरूढ़ हो जाता है तो वह अपने गलत कर्मों से अपना धर्म नष्ट कर लेता है।

राधाकान्त पहले एक सज्जन व्यक्ति था, लेकिन जब से वह चुनाव जीत कर सांसद बना है, लोगों के शोषण और अनैतिक कार्य करने में जरा भी संकोच नहीं करता है। किसी ने सही कहा है - 'जो पूत दरबारी भए, देवपितर सबसे गए'।

जो फल नहीं चखा, वही मीठा है : किसी वस्तु में तभी तक आकर्षण है जब तक कि वह हमें नहीं मिल पाती।

इंसान वही अच्छा, जो अब तक मिल नहीं पाया ।
वही फल मीठा है, जिसे मैं चख नहीं पाया।

ऋषिकेश में स्थित स्वर्ग-आश्रम जब तक मैंने देखा नहीं था तब तक नाम से ही ऐसा प्रतीत होता था, मानो वहां स्वर्ग जैसी अनुपम छटा बिखरी हुई होगी, लेकिन जब मैंने वहां जाकर देखा भवनों के अलावा

और कुछ भी तो स्वर्ग जैसा नहीं मिला। तब मेरे मन में यह कहावत कौंध गई - 'जो फल नहीं चखा, वही फल मीठा है'।

जो बोओगे सो काटोगे : दे. 'जैसा कर्म वैसा फल'।

जो भोंकता है वह काटता नहीं : दे. 'जो गरजते हैं, वे बरसते नही'।।

जो रोगी को भावे वही वैद फरमावे : किसी को वही काम करने के लिए कहा जाए, जो वह पहले से ही करना चाह रहा था।

ध्रुवस्वामिनी एक वीरांगना थी, जबकि उसका पति रामगुप्त भीरू प्रवृत्ति का था, वह रामगुप्त से विवाह-विच्छेद करके अपने बहादुर देवर चन्द्रगुप्त से शादी करना चाहती थी, लेकिन वह यह प्रस्ताव संकोचवश चन्द्रगुप्त के समक्ष नहीं रख पा रही थी। एक दिन किसी कायरता-पूर्ण घटना में चन्द्रगुप्त ने रामगुप्त की हत्या कर दी और ध्रुवस्वामिनी के समक्ष शादी का प्रस्ताव रख दिया। यह तो वही बात हुई - 'जो रोगी को भावे, वही वैद फरमावे'।

जो लोग कांच के कक्ष में बैठे हों, उन्हें दूसरो पर पत्थर नहीं फेंकना चाहिए : जो स्वयं अपराधी हो, उसे दूसरों की आलोचना नहीं करनी चाहिए।

कुछ प्रधानाचार्य छात्र-निधि के हजारों रुपये डकार जाते हैं और एक सफाई-कर्मचारी के ऊपर एक झाडू हटाने तक का आरोप लगा देते हैं, जब कि प्रधानाचार्यों के भ्रष्टाचार के घोटाले किसी से छिपे हुए नहीं होते। उन्हें सदैव यह बात ध्यान रखनी चाहिए कि - 'जो लोग कांच के कक्ष में बैठे हों, उन्हें दूसरों पर पत्थर नहीं फेंकना चाहिए।

जो सुख टूटे चौबारे में, सो न बलख बुखारे में : जो सुख अपने घर में मिलता है वह कहीं नहीं मिलता।

जिस तरह व्यक्ति को अपनी जन्मभूमि प्यारी होती है, उसी तरह अपना घर भी प्यारा लगता है। जो सुख और शान्ति अपने टूटे-फूटे घर में मिलती है। वह किसी के भव्य-भवन में भी नहीं मिलती। किसी ने सही कहा है - 'जो सुख टूटे चौबारे में , सो न बलख-बुखारे मे'।।

जो सोवेगा सो खोवेगा : जो अपने काम के प्रति संवेदनशील नहीं होता, उसे हानि उठानी पड़ती है।

पहले समय में राजा भोग-विलास में लिप्त रहते थे और यह भी नहीं देख पाते थे कि शत्रु सेना किले तक पहुंच गई है, जिसका परिणाम होता था किले का ध्वस्त होना और राजा की विजेता राजा द्वारा हत्या।

ऐसे राजाओं के साथ ऐसा होना निश्चित ही था, क्योंकि कहा गया है - 'जो सोवेगा सो खोवेगा'।

जो स्वयं अपनी सहायता करता है, ईश्वर भी उसकी सहायता करता है : ईश्वर उद्यमियों की सहायता करता है।

उद्योगपति रतन टाटा अपनी श्रमशक्ति के बल पर उद्योग जगत का एक सितारा बन चुके हैं और नित्य नई-नई ऊंचाई छू रहे हैं। इस गौरवमयी स्थिति को प्राप्त करने में उनका श्रम तो है ही ईश्वर का अशीर्वाद भी है। तभी तो कहा गया है - 'जो स्वयं अपनी सहायता करता है, ईश्वर भी उसकी सहायता करता है'।

जो हांडी में होगा, वही रकाबी में आएगा : जो मन में होगा, वही मुंह से निकलेगा।

आप कैसे कह सकते हैं कि मैं प्रभु का भक्त हूं और मेरे अन्दर प्रभु भक्ति के सिवाय और कुछ नहीं है, जबकि उस महिला से बात करते समय आपका वासनामय सम्बन्धों का स्वर मुझे सुनाई दे रहा था। इस बात को तो आप अच्छी प्रकार जानते होंगे कि 'जो हांडी में होगा, वही रकाबी में आएगा'।

जोगी काके मीत, कलंदर किसके भाई : जोगी किसी के मित्र नहीं होते और फकीर किसी का भाई नहीं होता।

जब मेरे चाचा हरदयाल ने संन्यास ग्रहण किया और वे हरिद्वार चले गए तो मेरे पिताजी बहुत दुःखी हुए। उन्होंने मुझे मेरे चाचा को मनाकर घर वापिस लाने के लिए कहा। मैं तुरन्त हरिद्वार गया और चाचा से कहा कि वापिस घर लौट चलें आपके भाई बहुत चिंतित हैं। तो मेरे चाचा ने कहा - 'जोगी काके मीत, कलंदर किसके भाई'।

जोगी जुगत जानी नहीं कपड़े रंगे से क्या : गैरिक वस्त्र पहनने से कोई जोगी नहीं बन जाता।

आज के युग में अनेकों व्यक्ति गैरिक वस्त्र तो धारण कर लेते हैं, लेकिन मन में वही अपराध और यौन वासनाएं उत्पन्न होती रहती हैं तथा अवसर पाते ही वे सीधी-सादी महिलाओं को भगा ले जाते हैं। ऐसे अनैतिक लोगों के लिए यह कहावत चरितार्थ होती है - 'जोगी जुगत जानी नहीं कपड़े रंगे से क्या।

जोड़-जोड़ घर भर जाएंगें, माल जमाई खाएंगें : समाज यह मानता है कि पुत्र विहीन मनुष्य का धन व्यर्थ जाता है।

मेरे दोस्त! यह आपका दुर्भाग्य ही है कि आप के पुत्र नहीं है। केवल पुत्रियां हैं, अतः कुछ धन दान करते रहो तो धन की गति होती रहेगी, अन्यथा इससे किसी दूसरे का ही वंश पलेगा। आप जैसों के लिए ही यह कहावत बनी है - 'जोड़-जोड़ घर भर जाएंगे, माल जमाई खाएंगे'।

ज्योतिसी ग्रह पीड़ा कहै, वैद बतावे रोग : सब अपने-अपने व्यवसाय की बात करते हैं।

जब मेरी युवा पत्नी की मृत्यु हुई तो मेरे एक ज्योतिषाचार्य ने कहा कि इनके शनि और शुक्र ग्रह एक घर में आ गए थे, यदि आप कुछ अनुष्ठान करवा देते तो यह बच सकती थी। मेरे एक दूसरे डॉक्टर मित्र ने कहा कि इसका बी.पी. नियंत्रित नहीं हो पा रहा था। आप इसे मेरे क्लिनिक में दिखा देते तो मैं नियंत्रित कर सकता था। मेरी एक महिला मित्र ने कहा - जिस घर में आप रह रहे हैं। वहां किसी प्रेतात्मा का निवास है। यदि आप मुझसे सम्पर्क कर लेते तो उसको घर से बाहर कर देती। इन सब पर यह कहावत चरितार्थ हो रही थी - 'ज्योतिसी ग्रह पीड़ा कहै, वैद बतावे रोग'।

जोरू चिकनी मियां मजूर : पत्नी सुन्दर और पति कुरूप होने से विवाह में विषमता होना।

मैंने अपनी पत्नी से कहा कि तुम्हारा छोटा भाई कुरूप भले ही हो, लेकिन अच्छी नौकरी पर नियुक्त है, फिर भी आपकी भाभी उससे लड़ती झगड़ती रहती है। मेरी पत्नी ने कहा कि झगड़े का कारण है - 'जोरू चिकनी मियां मजूर'।

जोरू टटोले गठड़ी, मां टटोले अंतड़ी : पत्नी चाहती है कि उसका पति अधिक से अधिक कमाए, लेकिन मां चाहती है उसका बेटा स्वस्थ रहे। (पत्नी को धन प्रिय है और मां को अपने पुत्र का स्वास्थ्य)

जब मेरी मां मुझे कह रही थी कि बेटा! इतने ट्यूशन क्यों ले रखे हैं कि स्कूल के बाद सारे दिन भाग-दौड़ में ही लगे रहते हो, कुछ अपने स्वास्थ्य का भी ध्यान रख लिया करो, तो मेरी पत्नी मेरी मां की ओर घूर रही थी। मैं समझा रहा था कि - 'जोरू टटोले गठड़ी, मां टटोले अंतड़ी'।

जोरू न जांता, अल्लाह मियां से नाता : अपने परिवार में अकेला ही होना।

मेरे दोस्त! तुम कमाते किसके लिए हो? जब आगे पीछे कोई है नहीं,

फिर समाज सेवा में क्यों नहीं लग जाते। कहावत है - 'जोरू न जांता, अल्लाह मियां से नाता'।

जौहर को जौहरी ही पहचानता है : गुण को गुणवान ही पहचानता है।

श्री अरविन्द के दर्शन को समझना हमारी सामर्थ्य से बाहर है। उसे तो उन जैसा महान दर्शनिक ही समझ सकता है, क्योंकि 'जौहर को जौहरी ही पहचानता है' दूसरा कोई नहीं।

ज्यों-ज्यों भीजै कामरी, त्यों-त्यों भारी होय : जितना अधिक ऋण लिया जाएगा उतना ही बोझ बढ़ता जाएगा।

एक समय ऐसा था जब भारत को ऋण चुकाने के लिए विदेशों से और अधिक ऋण लेना पड़ा था। उस समय के भारत के राजनेताओं को शायद यह पता नहीं था कि 'ज्यों-ज्यों भीजै कामरी, त्यों-त्यों भारी होय'।

झ

झगड़े की तीन जड़, ज़ोरू, ज़मीन, ज़र : संसार में अधिकांश झगड़े औरत, ज़मीन और धन को लेकर हुए हैं।

भारत पर बाह्य आक्रमणकारियों का उद्देश्य प्रायः धन लूटना, भौगोलिक क्षेत्र को अपने अधिकार में लेकर उस पर शासन करना और सुन्दर स्त्रियों को बलात उठा लेना रहा है। ज्ञानियों ने सही कहा है - 'झगड़े की तीन जड़, ज़ोरू, ज़मीन, ज़र'।

झट मंगनी पट ब्याह : किसी काम को शीघ्रता से समाप्त कर लेना।

आप अभी तो 'यशस्विनी' नामक महाकाव्य लिख ही रहे थे, सुना है आपने उसे प्रकाशित कराकर उसका विमोचन भी करा लिया। यह तो 'झट मंगनी पट ब्याह' वाली बात हो गई।

झटपट की धानी, आधा तेल आधा पानी : किसी काम में शीघ्रता दिखाना ठीक नहीं होता।

क्रांतिकारियों ने अति उत्साह के कारण सन 1857 की क्रांति गोपनीय रूप से निश्चित किए गए दिन से पूर्व ही शुरू कर दी थी जिसके कारण वह विफलता को प्राप्त हुई थी। किसी ने सही कहा है– 'झटपट की धानी, आधा तेल आधा पानी'।

झड़बेरी के जंगल में बिल्ली शेर : छोटी जगह में छोटे आदमी बड़े समझे जाते हैं।

हमारे गांव का कल्लू पहलवान गांव के पहलवानों में ही अपना वर्चस्व बनाए हुए था, लेकिन जब वह पास के गांव के दंगल में गया तो वहां के एक साधारण लड़के ने उसे पहले दांव पर ही पछाड़ दिया। उस पर तो यही कहावत चरितार्थ हो गई - 'झड़बेरी के जंगल में बिल्ली शेर'।

झाड़ूं फूकूं चंगा करूं, देव ले जाए तो मैं क्या करूं : होनहार बलवान होती है, उसके सामने सब कर्म-धर्म धरे रह जाते हैं।

महाराणा प्रताप ने अपने पुत्र अमर सिंह को अस्त्र-शस्त्र विद्या से निपुण करके स्वाभिमान का पाठ पढ़ाया था, लेकिन उसने महाराणा प्रताप के देहान्त के बाद अकबर की अधीनता स्वीकार कर ली थी। कहावत है - 'झाड़ू फूकूं चंगा करूं, दैव ले जाए तो मैं क्या करूं'।।

झुके कोई उससे झुक जाए, रुके कोई उससे रुक जाए : जो जैसा व्यवहार करे उसके साथ वैसा ही व्यवहार करना चाहिए।

राजा मानसिंह ने राजपूती स्वाभिमान को तार-तार करके अकबर की अधीनता स्वीकार कर ली थी, लेकिन महाराणा प्रताप ने अपने स्वाभिमान के लिए अपने प्राणों को दांव पर लगाया हुआ था। इसलिए महाराणा प्रताप ने अपने घर पर आए मानसिंह के साथ भोजन करने से मना कर दिया था, जिसे उसने अपना अपमान समझा था। महराणा प्रताप के चरित्र पर यह कहावत सटीक बैठती है - 'झुके कोई उससे झुक जाए, रुके कोई उससे रुक जाए'।

झूठ कहना और जूठा खाना बराबर है : झूठ बोलना बहुत बुरा है।

प्राचीन शिक्षा पद्धति में बच्चे के नैतिक-विकास पर बहुत बल दिया जाता था। आश्रम में ऋषि अपने शिष्यों को दैनिक यज्ञ के बाद नैतिक उपदेश दिया करते थे। उनमें से यह मुख्य उपदेश था कि 'झूठ कहना और जूठा खाना बराबर है'।

झूठ की नाव मझधार में डूबती है : झूठा व्यवहार अधिक दिनों तक नहीं चला करता।

पाकिस्तानी शासक सदैव झूठ बोलते रहे कि आतंकी सरगना लादेन पाकिस्तान में छिपा हुआ नहीं है, लेकिन जब अमेरिकी सैनिक कार्रवाई में वह पाकिस्तान की सैनिक छावनी के पास मार गिराया गया तो

उसकी झूठ की पोल खुल गईं वैसे ज्ञानी लोग ठीक ही कहते आ रहे हैं कि 'झूठ की नाव मझधार में डूबती है'।

झूठ के पांव नहीं होते : झूठ से किसी व्यक्ति को अधिक दिनों तक नहीं बहकाया जा सकता।

मुम्बई आतंकी आक्रमणकारियों के सम्बन्ध में कुछ दिनों तक पाकिस्तान कहता रहा कि ये आतंकवादी पाकिस्तान के नहीं थे, लेकिन जब एक जीवित पकड़े गए आतंकी ने स्वयं को पाकिस्तानी बताया तो पाकिस्तान की झूठ की पोल खुल गईं पाकिस्तान को समझना चाहिए था कि 'झूठ के पांव नहीं होते'।

झूठ तितौहीं बोलिए, ज्यों आटे में लोन : यदि परिस्थितिवश कहीं झूठ बोलना भी पड़ जाए तो कम से कम बोलना चाहिए।

सांसारिक जीवन में ऐसी जटिल समस्याएं भी आ जाती हैं कि जहां झूठ बोले बिना काम नहीं चल सकता। वहां झूठ कम से कम ही बोलना चाहिए। ज्ञानियों ने कहा है - 'झूठ तितौहीं बोलिए, ज्यों आटे में लोन'।

झूठ बहुत दूर तक नहीं चल सकता : दे. 'झूठ के पांव नहीं होते'।

झूठ बोलने में सरफा क्या : झूठ बोलने में कुछ खर्च नहीं होता।

'झूठ बोलने में सरफा क्या' इस अवधारणा में बंधकर झूठ बोलना ठीक नहीं है, क्योंकि झूठ बोलना सब अनैतिक धंधों का मूल है।

झूठे का मुंह काला, सच्चे का बोलबाला : झूठ हारता है और अन्त में सत्य की विजय होती है।

देवासुर संग्राम में प्रारंभ में भले ही झूठ अपने दैत्य-बल के आधार पर सत्य पर भारी पड़ा हो, लेकिन अन्त में देवताओं की अर्थात सत्य की जीत हुई थी। इसीलिए कहा गया है - 'झूठे का मुंह काला, सच्चे का बोलबाला'।

झूठे दोस्त से सच्चा दुश्मन अच्छा : झूठे दोस्त से सावधान नहीं रहा जा सकता, जबकि सच्चे दुश्मन से सावधान रह सकते हैं।

एक दिन मेरे धुर-विरोधी सहपाठी ने मुझे चेतावनी देते हुए कहा कि मैं तुम्हारी मित्र प्रिया को भगाकर ले जाऊंगा। मैंने अपने मित्र की सहायता से उसकी चुनौती का सामना करना चाहा, लेकिन मैंने अगले दिन पाया कि मेरा मित्र ही प्रिया को भगाकर ले गया है। किसी ने सच ही कहा है, 'झूठे दोस्त से सच्चा दुश्मन अच्छा'।

झोंपड़ी में रहे और महलों का ख्वाब देखें : हैसियत से अधिक आकांक्षा रखना।
चंदा-मामा की कहानी तो पढ़ नहीं सकते और ख्वाब देखते हैं जयशंकर प्रसाद के समकक्ष कहानीकार बनने का। यह तो वही बात हुई कि 'झोंपड़ी में रहे और महलों का ख्वाब देखे'।।

ट

टंटा विष की बेल है : झगड़ा सभी के लिए अनिष्टकारी है।
झगड़ा हिंसा को जन्म देता है। और हिंसा से यह धरती अनेकों बार रक्त से सींची गई है। विद्वानों ने ठीक ही कहा है, 'टंटा विष की बेल है'।

टका कर्ता, टका हर्ता, टका मोक्ष विधायका। टका सर्वत्र पूज्यन्ते, बिना टका टक-टकायते : बिना धन के कोई कार्य नहीं हो सकता।
जीवन के चार पुरुषार्थों में अर्थ अर्थात धन भी एक पुरुषार्थ है। शास्त्र मानते हैं कि बिना अर्थ के जीवन चलना असंभव है। यह कहावत स्वयं में पूर्ण है 'टका कर्ता, टका हर्ता, टका मोक्ष विधायका । टका सर्वत्र पूज्यन्ते, बिना टका टक-टकायते'।

टका हो जिसके हाथ में, वह बड़ा जात में : धन के कारण व्यक्ति अपने समुदाय में सम्मानित माना जाता है।
जब महाराणा प्रताप की आर्थिक स्थिति दयनीय होती जा रही थी और सैनिकों को वेतन के लिए भी धन की व्यवस्था नहीं हो पा रही थी, तब भामाशाह ने अकूत धन महाराणा प्रताप को भेंट किया था। इस महान कार्य के लिए भामाशाह का नाम आज भी सम्मान के साथ लिया जाता है। अतः यह बात सही है - 'टका हो जिसके हाथ में, वह बड़ा जात मे'।।

टके का सारा खेल है : संसार में सारा व्यवहार धन पर आश्रित है।
संसार की जितनी भी गतिविधियां हैं, सब धन के द्वारा धन के लिए हो रही हैं। अब शिक्षा भी धन पर आधारित हो गई है। अब एक गरीब का बच्चा उच्च शिक्षा प्राप्त नहीं कर सकता, क्योंकि यह भी 'टके का सारा खेल है'।

टके की मुर्गी, छः टके महसूल : एक साधारण वस्तु को मूल्यवान मानना।

मैं अपने कालेज में सबसे उपेक्षित अध्यापक माना जाता था। हवाई-चप्पल, कुर्ता-पाजामा मेरा परिधान होता था। कालेज समय के बाद भी छात्रों के लिए उपलब्ध रहता था, लेकिन कभी किसी से ट्यूशन-फीस नहीं ली थी। एक दिन मुझे एक पत्र मिला, जिसके अनुसार मुझे पांच सितम्बर को दिल्ली में एक संगठन द्वारा पुरस्कृत होना था। मुझे वहां अंगवस्त्र और बहुत बड़ी धनराशि से पुरस्कृत किया गया। उस समय मैं स्वयं को सोच रहा था - 'टके की मुर्गी, छह टके महसूल'।

टके की हांडी गई, कुत्ते की जात पहचानी गई : थोड़े ही खर्च में किसी के चरित्र को जान लेना।

एक दिन मेरा पड़ोसी पानी का बिल भरने जल बोर्ड के दफ्तर जा रहा था। मैंने भी उसे अपने बिल के सौ रुपये वापिस किये। मैंने अपना मन समझा लिया कि 'टके की हांडी गई, कुत्ते की जात तो पहचानी गई'।

टट्टू को कोड़ा और ताजी को इशारा : मूर्ख को दंड देने की आवश्यकता पड़ती है, बुद्धिमान के लिए तो उसकी गलती के लिए संकेत करना ही काफी है।

एक दिन मैंने एक सफाई-कर्मी के साथ ही कालेज में प्रवेश किया। हम दोनों कुछ विलम्ब से पहुंच रहे थे। प्रधानाचार्य ने उसे बुरी तरह से डांटा, लेकिन मुझे कहा तो कुछ नहीं, परन्तु अपनी दृष्टि दीवार घड़ी पर केंन्द्रित कर दी। यह तो वही बात हुई 'टट्टू को कोड़ा और ताजी को इशारा'।

टट्टू जो मारैं संग्राम, खर्चे क्यों ताजी के दाम : यदि किसी छोटी वस्तु से ही काम चल जाए तो उसके लिए भारी-भरकम वस्तु क्यों खरीदें।

मैंने तुम्हें पहले ही कहा था कि इस बाइक को किसी मैकेनिक से ठीक कराओ, लेकिन तुमने स्वयं ही इसमें जोड़-तोड़ करके इसे और बेकार कर दिया है। हमेशा ध्यान रखो - 'टट्टू जो मारैं संग्राम, खर्चे क्यों ताजी के दाम'।

टहलुए को टहल सोहे, बहलिए को बहल सोहे : जिसका जो काम होता है, उसी को वह शोभा देता है।

आपको अपने बेटे को किसी डॉक्टर को दिखाना चाहिए था और आपको एक अध्यापक होने के नाते बच्चों को पढ़ाना चाहिए, लेकिन आपने

स्वयं बेटे को गलत-सलत दवा देकर उसके रोग को और बढ़ा दिया है। कहावत है - 'टहलुए को टहल सोहे, बहलिए को बहल सोहे'।

टाट का लंगोटा नवाब से यारी : निर्धन व्यक्ति की किसी धनवान से मित्रता होना।

मेरे दोस्त! आपकी जेब में किराए के तो पैसे हैं नहीं और चले मंत्री के पुत्र से दोस्ती करने। आपकी तो वही बात है - 'टाट का लंगोटा नवाब से यारी'।

टाल बता न उससे तू, जिससे किया करार, चाहे बैरी होय वह, चाहे तेरा यार : अपने वचनों का पालन अवश्य करना चाहिए।

हमारे शास्त्र कहते हैं कि पूर्ण पुरुष वह है, तो दिए वायदे को निभाता है, लेकिन जो अपने वायदों के प्रति विश्वसनीय नहीं है, वह समाज में अपना विश्वास तो खो ही देता है, ऊपर से मानव कहलाने का अधिकारी भी नहीं रहता, ज्ञानियों ने कहा है - 'टाल बता न उससे तू, जिससे किया करार, चाहे बैरी होय वह, चाहे तेरा यार'।

टाल-मटोल समय का चोर : जो काम करने से बचता है, वह जीवन के बहुमूल्य अवसरों को हाथ से निकाल देता है।

समाजसेवी अन्ना हजारे के जनलोकपाल बिल के सत्याग्रह की अवधि में सरकार अकर्मन्यता का भाव दिखाती रही और उस अवसर को हाथ से निकालती रही, जिसमें जनता इस सरकार का सकारात्मक मूल्यांकन कर सकती थी। किसी ने सही कहा है - 'टाल-मटोल समय का चोर'।

टुकड़ा खाए दिल बहलाए, कपड़े फाटे घर को आए : ऐसा काम करना, जिसमें मजदूरी के रूप में केवल भरपेट भोजन मिलता हो।

मेहरदीन एक धियाड़ी का मजदूर है। आज उसे काम नहीं मिला, लेकिन एक नेता की रैली में भीड़ बढ़ाने के लिए वह इस शर्त पर चला गया कि उसे भोजन का पेकिट दे दिया जाएगा। उसने भर पेट भोजन किया और सायं को घर आ गया। उस पर यह कहावत सही चरितार्थ होती है–'टुकड़ा खाए दिल बहलाए, कपड़े फाटे घर को आए'।

टुकड़े दे दे बछड़ा पाला, सींग लगे तब मारन चाला : उपकारी के प्रति कृतघ्नता दिखाना।

भारत ने अरबों रुपयों की क्षति झेलकर बांग्लादेश को जन्म दिया था और उसकी आर्थिक सहायता की थी, लेकिन कुछ दिन बाद बांग्लादेश के कुछ संगठन भारत के विरुद्ध खड़े हो गए थे। उनके ऊपर तो यह

कहावत सटीक बैठती है - 'टुकड़े दे दे बछड़ा पाला, सींग लगे तब मारन चाला'।

टेक उन्हीं की राखे साईं, गरब कपट नहीं जिनके माही : भगवान को वे लोग प्रिय हैं, जिनके अन्दर अहंकार और छल नहीं होता।

अहंकार और छल वे अपमूल्य हैं, जिनसे मानव का पतन हो जाता है और वे दानवरूप को प्राप्त हो जाते हैं। फिर वे भगवान की कृपा के पात्र नहीं हो सकते। भगवान विनम्र और नेक इंसान पर करुणा दिखाते हैं। ज्ञानियों ने कहा है - 'टेक उन्हीं की राखे साईं, गरब कपट नहीं जिनके माही'।

टेढ़ जानि शंका सब काहू , वक्र चन्द्रमहिं ग्रसै न राहू : टेढ़ी (क्रोधी) व्यक्ति से सब भय खाते हैं।

अमेरिका में भारत की तरह से न अहिंसा है और न क्षमा भाव है। वे अपने शत्रु को कभी क्षमा नहीं कर सकते, बल्कि उससे प्रतिशोध लेकर ही शान्ति अनुभव करते हैं। इसी कारण सभी देश अमेरिका से टकराव लेना नहीं चाहते। उनके चरित्र पर यह कहावत सटीक बैठती है - 'टेढ़ जानि शंका सब काहू , वक्र चन्द्रमहिं ग्रसै न राहू'।

टेर टेर रोवे, अपनी लाज खोवे : जो अपना दुःख सबके समक्ष रोता है, सब उसे बुद्धिहीन समझते हैं।

भारत सभी देशों के समक्ष पाकिस्तान द्वारा प्रायोजित आतंकवाद का रोना रोता है और स्वयं उसके दमन के लिए कोई कार्रवाई नहीं करता। इससे विदेशों में भारत की छवि नकारात्मक होती जा रही है। बड़े-बड़े कहते आए हैं - 'टेर-टेर रोवे, अपनी लाज खोवे'।

ठ

ठंडा लोहा गरम लोहे को काटता है : शान्त प्रकृति वाला मनुष्य क्रोधी मनुष्य पर विजय प्राप्त कर लेता है।

अन्ना हजारे ने अपनी शांत प्रकृति से जनलोकपाल मुद्दे पर उग्र राजनेताओं को झुका दिया था। विद्वानों ने सही कहा है—'ठंडा लोहा गरम लोहे को काटता है'।

ठगा बनिया, लुटा राजपूत किसी से नहीं बताते : कोई भी व्यक्ति अपने अपमान की बातें किसी को नहीं बताता।

जब आकाशवाणी से मेरे कहानी संग्रह की समीक्षा आई और उसकी समीक्षक ने भूरि-भूरि प्रशंसा की तो मैंने अपने सभी साथियों से उसकी चर्चा की, लेकिन जब मेरे एक नाटक की समीक्षा आई और उसमें समीक्षक ने उसकी लेखन शैली की बुराई की तो मैंने किसी साथी के समक्ष उसकी चर्चा नहीं की। मुझे यह कहावत सही लगी कि–'ठगा बनिया, लुटा राजपूत किसी से नहीं बताते'।

ठग मारे अनजान, बनिया मारे जान : ठग अनजान व्यक्ति को लूटता है, परन्तु बनिया जान-पहचान वाले को ठगता है।

मैंने अपनी पत्नी के जन्मदिन पर उसे एक साड़ी भेंट की। जब उसने उसकी कीमत के सम्बन्ध में पूछा तो मैंने उसे एक हजार रुपये बता दिया। उसने मुझे हड़काते हुए कहा कि यह पांच सौ रुपये से अधिक नहीं है। तभी मेरे मन में यह बात कौंध गई कि दुकानदार ने दोस्ती का गलत लाभ उठाया है। तब मुझे इस कहावत की याद आई–'ठग मारे अनजान, बनिया मारे जान'।

ठनठन पाल मदन गोपाल : सब कुछ हाथ से निकल जाना।

अचानक गिरते शेयरों से मेरी सब पूंजी डूब गई है। अब मैं 'ठनठन पाल मदन गोपाल' बनकर रह गया हूँ।

ठाले बैठे उत्पात सूझे : खाली दिमाग शैतान का घर होता है।

मनुष्य को किसी अच्छे कार्य में या किसी सार्थक चिन्तन में व्यस्त रहना चाहिए, अन्यथा मस्तिष्क में निरर्थक विचारों का तारतम्य शुरू हो जाएगा जो मनुष्य को गलत कार्य की ओर धकेल देगा। इसीलिए कहा गया है कि–'ठाले बैठे उत्पात सूझे'।

ठुक-ठुक सुनार की, एक चोट लुहार की : जब कोई निर्बल मनुष्य किसी बलवान व्यक्ति से बार-बार छेड़खानी करता है।

पाकिस्तान बार-बार भारत की सीमाओं का अतिक्रमण करता रहता था। उसकी इस प्रवृत्ति से व्यथित होकर आखिरकार भारत ने इसे एक युद्ध का स्वरूप दे दिया और पाकिस्तान का विखंडन करके एक नए देश बांग्लादेश को जन्म दे दिया। इस पर यह कहावत चरितार्थ होती है–'ठुक-ठुक सुनार की, एक चोट लुहार की'।

ठुमकी गैया सदा कलोर : नाटा व्यक्ति सदा युवा ही प्रतीत होता है।

मैं शादी के लिए अपने मित्र के साथ एक लड़की देखने उसके घर गया। लड़की नाटे कद की थी, अतः मैंने उसे नापसंद करने का इरादा बना लिया, लेकिन मेरे मित्र ने कहा कि पुनर्विचार करके देख लो, लाभ में रहोगे, क्योंकि यह लड़की चिरयौवना है और बड़े-बड़े कहते आए हैं– 'ठुमकी गैया सदा कलोर'।

ठेस लगे बुद्धि बढ़े : हानि सहकर मनुष्य बुद्धिमान होता है।

पंडित नेहरू ने कश्मीर समस्या संयुक्त राष्ट्रसंघ में ले जाकर बहुत बड़ी गलती की थी, लेकिन इससे यह ज्ञान मिल गया था कि ऐसी विवादित समस्या का अन्तर्राष्ट्रीयकरण नहीं करना चाहिए। संत लोग सदा से कहते आ रहे है–'ठेस लगे बुद्धि बढ़े'।

ड

डरा सो मरा : 1. डरा हुआ व्यक्ति मरे हुए व्यक्ति के समान हो जाता है।

2. साहस बंधाने के लिए एक उपदेशात्मक कथन का उच्चारण करना।

1. रामगुप्त शकराज से इतना भयभीत हो गया था कि उसने शकराज के इस प्रस्ताव को भी स्वीकार कर लिया था, जिसमें शकराज ने उसकी पत्नी को भेंट स्वरूप मांग लिया था। किसी ने सही कहा है–'डरा सो मरा'।

2. बेटे! यह तुम्हें पता चल ही चुका है कि तुम कैंसर से पीड़ित हो, लेकिन इससे डरना नहीं है, क्योंकि बड़े-बड़े कहते आए हैं कि–'डरा सो मरा'।

डरें लोमड़ी से नाम शेर खां : नाम के अनुसार गुण न होना।

एक दिन मैंने अपने बलधारी नामक नौकर से कहा कि देखो सामने वाले कमरे में सांप घुस गया है। यह लाठी रखी है, इसे मारो और बाहर फेंक आओ। वह घबराता हुआ बोला–मुझे तो सांप से बहुत डर लगता है। मैंने कहा–अरे बलधारी! तेरा तो वही काम हुआ कि 'डरे लोमड़ी से नाम शेर खां'।

डायन भी अपने बच्चे को नहीं खाती : चाहे कोई कितना भी बड़ा नर-भक्षी क्यों न हो वह भी अपने बच्चों से प्यार करता है।

एक महिला ने एक तांत्रिक के चक्कर में पड़कर अपने एक छोटे बच्चे की दुर्गा की प्रतिमा पर बली चढ़ा दी। उसके पति ने उसे धिक्कारते हुए कहा कि तू तो डायन से भी गिरी हुई निकली, क्योंकि 'डायन भी अपने बच्चे को नहीं खाती'।

डायन भी सात घर छोड़ देती है : एक अपराधी भी अपने पड़ोसियों के साथ कोई अपराध नहीं करता।

मेरे एक पड़ोसी ने मेरे बच्चे का अपहरण करा दिया था। पुलिस ने बच्चे को मुक्त कराते हुए उसके आधार पर मेरे पड़ोसी को बंदी बना लिया। इस घटना पर मुझे दुःखद आश्चर्य हुआ और धिक्कारते हुए मैंने अपने पड़ोसी से कहा—तू डायन से भी गिरा हुआ निकला, क्योंकि 'डायन भी सात घर छोड़ देती है'।

डूबते को तिनके का सहारा : आपत्ति में पड़े हुए मनुष्यों को थोड़ा सहारा भी बहुत होता है।

भारत-पाक युद्ध में जब पाकिस्तान की सहायता के लिए अमेरिका ने अपनी जल-सेना का सातवां बेड़ा प्रस्थान कर दिया था, तो भारत के लिए यह एक बड़ी चिन्ता की बात हो गई थी, लेकिन जब अमेरिका के सातवें बेड़े के विरुद्ध रूस ने भी अपना समुद्री बेड़ा भारत के पक्ष में भेजा तो भारत के लिए वह 'डूबते को तिनके का सहारा था'।

डेढ़ पाव आटा चौबारे रसोई, ब्राह्मणी काम से भी खोई : अपने झूठे दिखावे में किसी को क्षति पहुंचाना।

'गांव के रंग' नामक पुस्तक के विमोचन पर एक प्रतिष्ठित लेखक होने के नाते मुझे भी आंमत्रित कर लिया गया, लेकिन जब मैं वहां पहुंचा तो कुछ लोग वहां रागनी के गाने वाले देहाती कलाकार बैठे हुए थे और एक 'गांव के रंग' नामक रागनी की छोटी पुस्तक की रागनियों पर प्रथम बार प्रस्तुति दी जा रही थी। वहां इस स्थिति को देखते हुए मेरे मुख से निकला—'डेढ़ पाव आटा चौबारे रसोई, ब्राह्मणी काम से भी खोई'।

डोली न कहार, बीवी हुई तैयार : बिना आमंत्रण के कहीं जाने को तैयार होना।

बेटे! जब तुम्हारे मामा के यहां से शादी का कोई निमंत्रण नहीं आया हैं, तो वहां जाने का क्या, औचित्य है? लेकिन तुम फिर भी वहां जाने

के तैयारी में लगे हुए है। यह तो वही बात हुई—'डोली न कहार बीवी हुई तैयार'।

ढ

ढाई ईंट की अलग मस्जिद : सामूहिक विचार से अलग विचार रखना।

अन्ना हजारे के जनलोकपाल बिल के पक्ष में सारा देश सड़कों पर उतरा हुआ था। सब भ्रष्टाचार विरोधी नारे लगा रहे थे, लेकिन एक दलित नेता अपना अलग राग ही अलाप रहा था कि इसकी सिविल समिति में एक भी दलित नहीं है। अतः हम इस बिल का विरोध करते हैं। वह अपनी 'ढाई ईंट की अलग मस्जिद' बनाए हुए खड़ा था।

ढाक के वही तीन पात : किसी समस्या का समाधान न होकर बात वहीं-की-वहीं रहना।

कश्मीर समस्या के समाधान में भारत और पाकिस्तान के मध्य अनेकों बैठकें हो चुकी हैं, लेकिन परिणाम में 'ढाक के वही तीन पात'।

ढाक तले की फूहड़, महुए तले की सुघड़ : निर्धन व्यक्ति गुणहीन और धनी व्यक्ति गुणवान माना जाता है।

रिसाल सिंह बहुत बुद्धिमान व्यक्ति है, लेकिन निर्धन होने के नाते उसे गांव की किसी समस्या के समाधान में नहीं बुलाया जाता, जबकि प्रेमसिंह एक बुद्धिहीन व्यक्ति है, लेकिन धनवान होने के कारण उसे गांव की किसी भी समस्या का समाधान खोजने के लिए सदैव बुलाया जाता रहा है। यह कहावत सही प्रतीत होती है—'ढाक तले की फूहड़, महुए तले की सुघड़'।

ढेर जोगी मठ उजाड़ : अधिक परामर्श दाताओं के परामर्श से भी काम बिगड़ जाता है।

मैं गांव के निकट स्थित खेत की जुताई कर रहा था। मेरे एक परिचित ने कहा—'आप गहरी जुताई कर रहे हैं, दूसरे ने कहा कि उथली जुताई कर रहे हैं, तीसरे ने कहा कि अभी तो नमी अधिक थी, अतः कल जुताई करना और चौथे ने कहा कि नमी कम है, अच्छा होता आप कल

जुताई कर लेते। मैं उनके परामर्श से परेशान हो गया और जुताई बंद करके घर आ गया। किसी ने सही कहा है—'ढेर जोगी मठ उजाड़'।

ढेले ऊपर जो चील बोले, गली-गली में पानी डोलै : चील की स्थिति को देखकर बरसात का अनुमान लगाना।

गांव में सूखा पड़ रहा था। गांव वालों ने वर्षा के लिए मिलकर एक यज्ञ का आयोजन किया। यज्ञ की समाप्ति पर यज्ञकर्ता के चेहरे पर प्रसन्नता खेल उठी। जब उससे प्रसन्नता का कारण पूछा तो उसने बताया कि इस चील की स्थिति को देखो और उस कहावत को याद करो—'ढेले ऊपर जो चील बोले, गली-गली में पानी डोलै'।

ढोंग से ढोंगी पुजे, बात खुले डंडो से पिटे : ढोंगी के चमत्कार से पहले लोग भ्रमित होते हैं, लेकिन जब उसके ढोंग का रहस्य खुल जाता है तब जनता उसकी पिटाई शुरू कर देती है।

एक ढोंगी इस सत्य को जानता है कि 'ढोंग से ढोंगी पुजे, बात खुले डंडे से पिटे', परन्तु फिर भी वह अपने ढोंग से जनता को ठगता रहता है।

त

तकदीर का लिखा मिटता नहीं : जो भाग्य में है वह होकर ही रहता है।

कहां भगवान रामचन्द्र को राज्याभिषेक होना था और कहां वन में गमन करना पड़ गया। शास्त्रों में सही लिखा है—'तकदीर का लिखा मिटता नही'।।

तकदीर के आगे तदबीर नहीं चलती : चाहे जितना भी उद्यम कर लें, लेकिन भाग्य में लिखा मिटता नहीं है।

श्री अरविन्द ने कभी नहीं चाहा था कि वे एक योगी और दार्शनिक बने, वह एक क्रांतिकारी बनकर भारत को स्वतंत्र करना चाहते थे, लेकिन उसे पांडिचेरी आश्रम बुला रहा था। ज्ञानियों ने सही कहा है, – 'तकदीर के आगे तदबीर नहीं चलती'।

तकदीर के लिखे को तदबीर क्या करे, गर हाकिम खफा हो वज़ीर क्या करे : यदि किसी का भाग्य साथ न दे तो कितना भी प्रयास कर लें सफलता नहीं मिलती।

दुर्योधन की तकदीर में उसका सर्वनाश लिखा था। कृष्ण ने उसे समझाया कि पांडवों के साथ युद्ध मत कर, लेकिन वह नहीं माना और विनाश को प्राप्त हुआ। किसी ने सच कहा है–'तकदीर के लिखे को तदबीर क्या करे, गर हाकिम खफा हो वज़ीर क्या करे'।

तकल्लुफ़ में है तकलीफ सरासर : अत्यधिक शिष्टाचार से हानि हो जाती है। निरंजन सिंह बहुत ही व्यावहारिक माना जाता है। हर समय लोगों की आ-बैठ में लगा ही रहता है, लेकिन उसकी इस आदत ने उसके खेती के काम को पिछाड़ दिया है, अतः किसी ने सही कहा–'तकल्लुफ़ में है तकलीफ सरासर।

तका पराया हाथ, बिगड़ गए सब काज : अपने काम के लिए दूसरों पर निर्भर रहना हानिकारक होता है।

चीन के साथ युद्ध होने से पहले हमारा देश युद्ध सामग्रियों का निर्माण नहीं किया करता था, बल्कि अमेरिका आदि देशों पर निर्भर था। जब तक अमेरिका से वे हथियार पहुंचे थे, तब तक चीन भारत के बहुत बड़े भाग पर अधिकार कर बैठा था। इसीलिए बड़े-बड़े लोग कहते आए हैं–'तका पराया हाथ, बिगड़ गए सब काज'।

तकाज़े का हुक्का भी नहीं पिया जाता : उधार की वस्तु बहुत बुरी होती है। राम सेवक दरिद्र होते हुए भी किसी से कोई वस्तु उधार नहीं लेता था। उसका तर्क था कि उधार ली हुई वस्तु इस बात से चिंतित किए रहती है कि पता नहीं मालिक कब उसे वापिस लेने आ जाए। हुक्का तो एक सार्वजनिक-सी वस्तु मानी गई है, लेकिन इस चिंता से तो 'तकाज़े का हुक्का भी नहीं पिया जाता'।

तख़्त पर बैठ जाए या तख़्ते पर लेट जाए : जब तक जिए सम्मान से जिए। महाराणा प्रताप अपने जीवन से अधिक स्वाभिमान को महत्त्व देता था। स्वाभिमान के लिए ही वह आजीवन कष्ट उठाता रहा। उसकी मान्यता थी–'तख़्त पर बैठ जाए या तख़्ते पर लेट जाए'।

तत्ता कौर निगलने का, न उगलने का : नई मित्रता से खटास पैदा होना। स्वतंत्रता के बाद पं. नेहरू ने चीन से नई-नई मित्रता की थी, लेकिन चीन ने कुछ समय बाद ही भारत पर आक्रमण कर दिया था। इस स्थिति में भारत दुविधा में फंस गया था। न वह चीन से मित्रता ही रखना चाहता था और उसकी अजेय शक्ति को देखकर न उससे शत्रुता।

भारत पर यह कहावत चरितार्थ हो रही थी–'तत्ता कौर निगलने का, न उगलने का'।

तन ताजा कलन्दर राजा : जब पेट भरता है, तब फकीर भी अपने को राजा समझता है।

चन्दन कश्यप अब तक तो भीख मांगता फिरता था, उसका लड़का सेना में क्या चला गया, अपने को धन्ना सेठ ही समझने लगा है। किसी ने ठीक कहा है–'तन ताजा कलन्दर राजा'।

तन दे मन ले : जो मनुष्य परिश्रम करता है, उसकी स्वामी उस पर प्रसन्न रहता है।

बिसम्बर दयाल एक बिधवा की फैक्ट्री में काम करता था। काम करते समय वह खाना-पीना भी भूल जाया करता था। उसके परिश्रम से खुश होकर उस विधवा ने उससे शादी रचाली थी। ज्ञानियों ने यह सही ही कहा है–'तन दे मन ले'।

तन पर नहीं धागा, नाम चन्द्र भागा : नाम के अनुसार गुण न होना।

दें. 'डरे लोमड़ी से नाम शेर खा'।।

तन पर नहीं लत्ता, पान खाय अलबत्ता : किसी का रहन-सहन उसकी हैसियत से बाहर होना।

पदमसैन की गाय, भैंस को कर्जदाता खोलकर ले जा रहे हैं और वह स्वंय सफेद कुर्ता-पाजामा पहनकर नेताओं के घर के चक्कर लगाता फिरता है। यह तो वहीं बात हो रही है–'तन पर नहीं लत्ता, पान खाय अलबत्ता'।

तन शीतल हो शीत सों, मन शीतल हो मीत सों : ठंडक से शरीर को सुख मिलता है और मित्र से मन को।

मेरे मित्र ने मेरे साथ विश्वासघात करके मुझे लाखों रुपयों की हानि ही नहीं पहुंचाई, बल्कि मेरी पत्नी के मन में मेरे प्रति अविश्वास भी उत्पन्न कर दिया। पता नहीं आजकल के दोस्तों की परिभाषा क्यों बदल रही है। एक समय था जब यह कहा जाया करता था–'तन शीतल हो शीत सों, मन शीतल हो मीत सो'।।

तन सुखी, तो मन सुखी : तन के सुख से मन भी सुखी रहता है।

तन का मन से सीधा सम्बन्ध है। यदि तन दुःखी रहता है तो मन भी

दुःखी रहने लगता है और तन के सुखी रहने पर मन भी सुखी रहने लगता है। बड़े-बड़े ठीक कहते आए है–'तन सुखी तो मन सुखी'।

तबेले की बला बंदर के सिर : बड़े का दोष छोटे के सिर मढ़ देना।

जब कोई मंत्री किसी घोटाले में घिर जाता है तो वह घोटाले का सारा दायित्व अपने सचिव पर डाल देता है। किसी ने सही कहा है–'तबेले की बला बंदर के सिर'।

तलवार का घाव भरता है, बात का घाव नहीं भरता : किसी के कटु आक्षेप से कोई इतना छटपटा जाता है कि वह इस दर्द को जीवन भर नहीं भूलता, जबकि तलवार के घाव को भरते ही उसके दर्द को भूल जाता है। यदि मेरा मित्र मुझे शारीरिक क्षति पहुंचा देता तो उसे मैं भूल सकता था, लेकिन उसने जो भरी सभा में मेरे चरित्र पर कीचड़ उछाला है। उसकी पीड़ा को मैं जीवन भर नहीं भूल सकता। ज्ञानियों ने भी कहा है–'तलवार का घाव भरता है, बात का घाव नहीं भरता'।

तलवार किसकी, मारेगा उसकी : जो जिस वस्तु का उपयोग करता है वह उसी की मानी जाती है।

उत्तर प्रदेश में जब जमींदारी उन्मूलन का बिल विधान-सभा में पारित हुआ था, तो तब किसान यह नारे लगा रहे थे–जमीन किसकी, जो बोवे उसकी। यह बिल इस कहावत पर आधारित था–'तलवार किसकी, मारेगा उसकी'।

तलवार तो दे दी, पर म्यान पर मारा-मारी : मुख्य वस्तु दे देना पर साधारण वस्तु पर आपत्ति करना।

जब पूरा घर ही आपने मुझे दे दिया है तो इसके बल्ब क्यों उतारते हो? यह तो वही बात हो रही है–'तलवार तो दे दी, पर म्यान पर मारा-मारी'।

तलवार मारे एक बार, एहसान मारे बार-बार : किसी का एहसान लेकर जन्म भर उसके समक्ष झुकना पड़ता है।

मेरी नौकरी छूटने पर जब मेरी आर्थिक स्थिति डांवाडोल हो गई तो मेरी पत्नी ने कहा कि इस कठिन समय में अपने मित्र से कुछ आर्थिक सहायता ले लो और जब स्थिति सामान्य हो जाएगी तब लौटा देना, लेकिन मैंने असहमति प्रकट करते हुए कहा–'तलवार मारे एक बार, एहसान मारे बार-बार'।

तंवगरी ब दिल अस्त न ब माल, बुजुर्गी ब अक्ल अस्त न ब साल : अमीरी दिल से होती है धन से नहीं, बुजुर्गी अक्ल से होती है उम्र से नहीं।

मेरी ताई इतनी मुंहफट है कि कुछ भी गलत बात कह देती है। एक दिन उसकी ऐसी गतिविधि पर मैंने उसे आवेशित स्वर में कुछ उल्टी-सीधी बातें कह दी। उसने मुझे धिक्कारपूर्ण शब्दों से कहा कि तुझे बड़ों के साथ बातें करने की अक्ल नहीं है। मैंने उसे बड़े की परिभाषा बताते हुए कहा–'तंवगरी ब दिल अस्त न ब माल, बुजुर्गी ब अक्ल अस्त न ब साल'।

तवा चढ़ा बैठी मिसरानी, घर में नाज न अंगना पानी : बिना तैयारी के कोई काम शुरू कर देना।

जन-लोकपाल बिल के लिए टीम अन्ना ने पूर्ण तैयारी के साथ अन्ना हजारे का अनशन प्रारंभ कर दिया था, लेकिन इस अनशन को बलात भंग कराने के उद्देश्य से सरकार ने बिना किसी पूर्ण तैयारी के अन्ना हजारे को बंदी बना लिया था। सरकार इस कार्यवाही के कारण जनता की निन्दा का पात्र बनी और अन्ना हजारे की मांग पूरी करनी पड़ी। सरकार पर यह कहावत चरितार्थ हो गई–'तवा चढ़ा बैठी मिसरानी, घर में नाज न अंगना पानी'।

तांत बाजी राग बूझा : मनुष्य के बोलने से उसकी योग्यता तथा मन की गहराई का पता चल जाता है।

अष्टावक्र ऋषि अपनी विकृत शारीरिक रचना से अत्यंत कुरूप दिखाई देते थे, लेकिन जब वे बोलते थे, अनेकों विद्वान उनके सामने नत-मस्तक हो जाते थे। किसी ने सही कहा है–'तांत बाजी राग बूझा'।

ताक पर बैठा उल्लू, मांगे भर-भर चुल्लू : छोटे आदमी का बड़े आदमियों पर हुक्म चलाना।

आपात काल की अवधि में पुलिस में इतने अधिकार केन्द्रित हो गए थे कि छोटा हवलदार भी बड़े नेताओं को हुक्म देने लगा था। उस समय के पुलिस व्यवहार को इस कहावत से दरशाया गया था–'ताक पर बैठा उल्लू, मांगे भर-भर चुल्लू'।

ताजी को मारा, तुर्की कांपा : एक को दंड देने से दूसरे में सुधार होना।

भारत के ब्रिटिश-शासन काल में अंग्रेज अधिकारी क्रांतिकारियों को

इसलिए कड़ी सजा देते थे, जिससे कि अन्य क्रांतिकारी दंड के भय से क्रांति के रास्ते से हट जाए। वे इस कहावत के अनुसार अपनी दंड नीति बनाते थे कि 'ताजी को मारा, तुर्की कांपा'।

ताजी पर बस नहीं, तुर्की के कान उमेठे : बलवानों से भय खाना और निर्बलों को बल दिखलाना।

काशीराम वन विभाग के कार्यालय में चतुर्थ श्रेणी का कर्मचारी है। जिस दिन उसका बॉस उसे डांट देता है, वह घर आकर अपनी पत्नी को पीट देता है। इसका व्यवहार इस कहावत पर आधारित हो जाता है कि 'ताजी पर बस नहीं, तुर्की के कान उमेठे'।

ताजी मार खाए, तुर्की आश पाए : योग्य मनुष्य पर विपत्ति का आना और अयोग्य का मौज करना।

हमारे स्कूल का प्रधानाचार्य स्वभाव से बड़ा क्रूर था। उससे प्रायः चतुर्थ श्रेणी कर्मचारी बहुत दुःखी रहते थे। किसी अनियमितता के कारण जब वह निलम्बित हो गया तो चतुर्थ श्रेणी कर्मचारियों ने राहत की सांस ली थी। इस घटना पर यह कहावत चरितार्थ होती है–'ताजी मार खाए, तुर्की आश पाए'।

तानाशाह दीवाना, जिसके चिट्ठी न परवाना : जो व्यापारी हिसाब-किताब ठीन नहीं रखता उसका व्यापार डूब जाता है।

सुखवीर दूधिया का कार्य बहुत बड़े पैमाने पर चला रहा था, लेकिन वह हिसाब-किताब रखने में बहुत ढीला था। परिणाम स्वरूप उसका कार्य डूब गया है। किसी ने सही कहा है–तानाशाह दीवाना, जिसके चिट्ठी न परवाना'।

ताल न तलैया, बोओ सिंघाडे, मेरे भैया : बिना साधन के कोई कार्य करना।

हाथ में छेनी न हथौड़ा और आ गया सरिया काटने। यह तो वही बात हुई–'ताल न तलैया, बोओ सिंघाड़े मेरे भैया'।

ताल सूख पट पट भयो, हंसा कहीं न जाय मरे पुरानी प्रीत को चुन-चुन कंकड़ खाय : मालिक की दुर्दशा होने पर भी उसके नौकर द्वारा कृतज्ञता दिखाना।

पृथ्वीराज चौहान की मुहम्मद गोरी द्वारा पराजय के बाद मुहम्मद गोरी ने उसे बंदी बना लिया था, लेकिन ऐसी आपातकालीन स्थिति में भी पृथ्वीराज चौहान के एक दरबारी कवि चन्द्रवरदाई ने पृथ्वीराज चौहान को छोड़कर कहीं

सुरक्षित स्थान पर जाना उचित नहीं समझा, बल्कि चौहान के साथ स्वयं को भी बंदी बनवा लिया। उस पर यह कहावत चरितार्थ होती है–'ताल सूख पट पट भयो, हंसा कहीं न जाय मरे पुरानी प्रीत को चुन-चुन कंकड़ खाय'।

ताल से तलैया गहरी, सांप से संपोला जहरी : पुत्र का पिता से बढ़कर निकलना।

कबूल सिंह तो केवल शराबी ही था, लेकिन उसका पुत्र नत्था शराबी के साथ-साथ एक बहुत बड़ा अय्याश भी है। उसने तो इस कहावत को सत्य सिद्ध कर दिया है–'ताल से तलैया गहरी, सांप से संपोला जहरी'।

ताली एक हाथ से नहीं बजती : प्रेम या लड़ाई एक तरफ से नहीं होती।

पृथ्वीराज चौहान कन्नौज के राजा जयचन्द की सुन्दर पुत्री संयोगिता को बलपूर्वक उठाकर नहीं ले गया था, बल्कि संयोगिता भी उसके शौर्य से प्रभावित थी और उसकी योजना के अनुसार ही पृथ्वीराज चौहान उसे उठाकर ले गया था। ज्ञानियों की यह बात सही है कि 'ताली एक हाथ से नहीं बजती'।

तालाब में पानी नहीं, हाथी को नेवता : कार्य करने से पहले साधनों की व्यवस्था न करना।

जनलोकपाल बिल के प्रस्तोता अन्ना हजारे को अनशन करने के लिए दिल्ली में रामलीला मैदान तो दे दिया, लेकिन वहां की साफ-सफाई का सरकार ने कोई प्रबन्ध नहीं किया। यह तो वही बात हुई 'तालाब में पानी नहीं, हाथी को नेवता'।

तिनके की ओट पहाड़ : थोड़े सहारे से कोई बड़ा काम हो जाना।

महाराणा प्रताप ने भामाशाह की थोड़ी आर्थिक सहायता से ही अकबर के विरुद्ध एक बड़ी फौज खड़ी करके यह सिद्ध कर दिया था, कि 'तिनके की ओट पहाड़' होना संभव है।

तिरिया तेल हमीर, हठ चढ़े न दूजी बार : दृढ़-प्रतिज्ञ लोग अपनी प्रतिज्ञा नहीं छोड़ते।

चाणक्य ने यह प्रतिज्ञा की थी कि मैं नन्द वंश का संहार करके ही चैन से बैठूंगा और उसने ऐसा ही किया। किसी ने सही कहा है–'तिरिया तेल हमीर, हठ चढ़े न दूजी बार'।

तिरिया तो है शोभा घर की, जो हो लाज रखना नर की : पतिव्रता स्त्री से घर की शोभा बढ़ती है।

बड़े लोग मानते आए हैं कि स्त्री की वास्तविक सुन्दरता उसके अन्तःकरण की स्वच्छता है। उनकी मान्यता है कि 'तिरिया तो है शोभा घर की, जो है लाज रखना नर की'।

तिरिया बिना तो नर है ऐसा, राह बटाऊ होवे जैसा : स्त्री से ही घर बसता है, पुरुष से नहीं।

स्त्री की उपस्थिति ही किसी आवास को घर बनाती है और उस घर में ही एक पुरुष को गृहस्वामी का अधिकार मिलता है। विद्वानों ने ठीक ही कहा है—'तिरिया बिना तो नर है ऐसा, राह बटाऊ होवे जैसा'।

तिरिया भली वही है भाई, जो पुरुषा संग करे भलाई : वही स्त्री सर्वश्रेष्ठ पत्नी होती है, जो अपने पति के हित के प्रति संवेदनशील होती है।

हमारे धर्मशास्त्रों में पत्नी के कर्तव्यों में सर्वप्रथम कर्तव्य यही बताया गया है कि उसे अपने पति के हित के लिए तत्पर रहना चाहिए। तभी तो कहा गया है—'तिरिया भली वही है भाई, जो पुरुषा संग करे भलाई'।

तिल की ओट पहाड़ : दे. 'तिनके की ओट पहाड़'।

तीतर के मुंह लक्ष्मी : किसी शुभ कार्य का आभास होना।

आप भले ही मुझसे उस रहस्य को छिपालो, लेकिन मैं तो आपके चेहरे पर मंडराती प्रसन्नता को देखकर ही समझ गया था कि आपकी प्रोन्नति होने वाली है। आखिर 'तीतर के मुंह लक्ष्मी' पहले ही बोल जाती है।

तीन कनोजिया तेरह चूल्हा : परस्पर फूट होना।

अभी तो हाथ से मेंहदी का रंग भी फीका नहीं पड़ा है, लेकिन बटवारे के लिए विद्रोह कर दिया है। अभी से 'तीन कनोजिया तेरह चूल्हा' वाली बात ठीक नहीं है।

तीन गुनाह खुदा भी बख़्शता है : किसी अपराध की क्षमा मांगने का आधार मिलना।

मैं मानता हूं दोस्त! कि मेरी बाइक से आपको बहुत अधिक चोट आई है, लेकिन पुलिस को मत बुलाइए, बल्कि मुझे क्षमा कर दीजिए, क्योंकि 'तीन गुनाह खुदा भी बख़्शता है'।

तीन बुलाए तेरह आए, दे दाल में पानी : थोड़े सामान से अधिक व्यक्तियों को सन्तुष्ट कर देना।

घर चलाने की कला किसी चतुर महिला से सीखनी चाहिए। वह हर परिस्थिति से गुजरना जानती है। उसका सफल सूत्र होता है—'तीन बुलाए तेरह आए, दे दाल मे पानी'।

तीन में न तेरह में : जो किसी गिनती में न हो, अति साधारण व्यक्ति।

मेरे मन में आया कि मैं भी अन्ना हजारे के अनशन-स्थल पर जाकर उनके समर्थन में मंच से अपने विचार रखूं, लेकिन मैंने यह सोचते हुए अपना विचार बदल दिया कि मैं 'तीन में न तेरह मे'। मुझे वहां कौन बोलने का अवसर प्रदान कर सकेगा।

तीर न कमान, काहे का पठान : झूठी शेखी मारने वाला।

मेरा मित्र अपने को बहुत बड़ा लेखक मानता है और जहां उसे किसी मंच पर बोलने का अवसर मिलता है, वहां वह इसकी चर्चा भी करता है, लेकिन उसकी अभी तक एक भी पुस्तक प्रकाशित नहीं हुई है। यह तो वही बात हुई—'तीर न कमान, काहे का पठान'।

तीर न कमान, मियां का अल्ला निगहबान : जो अपनी सुरक्षा के लिए ईश्वर पर निर्भर रहता हो।

भारतीय गांवों की रात्रि-सुरक्षा के लिए कोई पुलिस बल तैनात नहीं रहता। सब कुछ ईश्वर भरोसे होता है। उनके लिए तो यह कहावत सार्थक हो जाती है—'तीर न कमान, मियां का अल्लाह निगहबान'।

तीर नहीं तुक्का सही : फल की अनिश्चितता की स्थिति में कोई कार्य शुरू कर देना।

मेरी बी.टैक. में इतनी अच्छी परसेन्टेज तो नहीं चल रही है, फिर भी कैंपस-प्लेस्मैंट हो जाए इसकी तैयारी में व्यस्त हूं। सोचता हूं 'तीर नहीं तुक्का सही'।

तुख्मतासीर, सोहबते असर : मनुष्य पर उसकी संगत और उसके वंशानुगत गुणों का प्रभाव पड़ता है।

मेरे मित्र का पुत्र शराब की तस्करी में पकड़ा गया है। मुझे इसका कोई आश्चर्य नहीं है, क्योंकि मेरा मित्र भी आपराधिक प्रवृत्ति का था और उसके पुत्र की मित्रमंडली भी अनैतिक कार्य करती आ रही थी। यह कहावत तो पहले से प्रचलित है—'तुख्मतासीर, सोहबते असर'।

तुझको पराई क्या पड़ी, अपनी निबेड़ तू : दूसरे लोगों के चक्कर में न पड़कर अपना कार्य सहीं रखना चाहिए।

भारत अपने विरुद्ध घटने वाली आतंकी घटनाओं को तो रोकने में सफल नहीं हो रहा है, लेकिन अफगानिस्तान की आतंकी घटनाओं के विरुद्ध सहायता कर रहा है। उसे तो पहले अपने को सुरक्षित करना

चाहिए था। बड़े-बड़े कहते आ रहे हैं, 'तुझको पराई क्या पड़ी, अपनी निबेड़ तू'।

तुम काटो मेरी नाक और कान, मैं न छोडूं अपनी बान : हठी का अपने हठ पर डटे रहना।

मेरी पत्नी का खाना बनाने का कोई निश्चित समय नहीं है। समय-असमय खाने से मेरे स्वास्थ्य पर विपरीत प्रभाव पड़ रहा है। मैंने उसे अनेकों बार इस बात से सचेत किया है, लेकिन बात ज्यों की त्यों है। उस पर तो यह कहावत चरितार्थ होती है–'तुम काटो मेरी नाक और कान, मैं न छोडूं अपनी बान'।

तुम जानो, तुम्हारा काम जाने : जब कोई दूसरे का सही परामर्श न मानकर स्वेच्छा से कार्य करे।

मेरी पत्नी रात-दिन घरेलू कार्यों में व्यस्त रहती हैं, लेकिन अपने खाने-पीने पर बिल्कुल भी ध्यान नहीं देती, फलस्वरूप दिन प्रतिदिन कमजोर होती जा रही है। मेरे कहने के उपरान्त भी उसमें कोई परिवर्तन नहीं आया है। आखिर मुझे कहना ही पड़ा, 'तुम जानो, तुम्हारा काम जाने'।

तुम डाल-डाल तो मैं पात-पात : किसी चतुर व्यक्ति से अपने को अधिक चतुर बताना।

समाज सेवी अन्ना हजारे के अनशन को विफल करने के लिए पुलिस ने उन्हें अनशन शुरू करने से पहले ही बंदी बना लिया था, लेकिन अन्ना के कार्यकर्ता इससे पार पाने के लिए पहले से ही तैयार बैठे थे। उन्होंने पुलिस से कहा था कि 'तुम डाल-डाल तो मैं पात-पात'।

तुम्हारे फरिश्तों को भी खबर नहीं : किसी की बात को न समझ पाने की स्थिति।

तुम्हारे मित्र ने विधान सभा के चुनाव में तुम्हारा पत्ता साफ करने की शुरुआत की हुई है, लेकिन 'तुम्हारे फरिश्तों को भी खबर नही'।।

तुम्हारे मुंह में घी-शक्कर : अच्छी सूचना देने वाले का आभार व्यक्त करना।

जब मैंने अपने मित्र से कहा कि मैंने आपके पुत्र की बी.टैक. की परसेंटेज देखी है और उसका आज किसी अच्छी कम्पनी में प्लेसमैंट अवश्य हो जाएगा, तो उसने कहा –'तुम्हारे मुंह में घी-शक्कर'।

तुरन्त दान महाकल्याण : दे. 'चट दान महाकल्याण'।

तुलसी तहां न जाइए, जहां अपनो गांव; अब को गुन जाने नहीं, धरैं पुरानो नाम : भले ही कितने बड़े ज्ञानी क्यों न बन जाएं, पूर्व परिचितों से सम्मान नहीं मिलता।

जब मुझे देवगुरु बृहस्पति सम्मान से सम्मानित किया गया तो वहां अनेकों अपरिचित लोगों ने मेरी इस उपलब्धि का करतल ध्वनि से स्वागत किया, लेकिन जब मैं अपने गांव पंहुचा तो किसी ने उस सम्मान की चर्चा तक न की। महाकवि तुलसीदास ने सही कहा है, 'तुलसी तहां न जाइए, जहां अपनो गांव; अब को गुन जाने नहीं, धरैं पुरानो नाम'।

तू देवरानी मैं जेठानी, तेरे आग न मेरे पानी : दो समान प्रकृति के व्यक्तियों का साथ-साथ होना।

कुछ वर्षों से भारत में एक पार्टी की सरकार न बनकर गठबंधन की सरकारें बन रही हैं। कुछ पार्टियां इस भावना के साथ अपना संगठन बनाती हैं कि 'तू देवरानी मैं जेठानी, तेरे आग न मेरे पानी'।

तू भी रानी मैं भी रानी, कौन भरेगा कुए का पानी : दोनों में से प्रत्येक का एक दूसरे से श्रेष्ठ मानना।

भारतीय-सांसद संसद को श्रेष्ठ मानते है, लेकिन दूसरी ओर जनता अपने को श्रेष्ठ मान रही है। दोनों पक्ष अभी तक किसी निर्णय पर भी नहीं पहुंच पा रहे है। 'तू भी रानी मैं भी रानी, कौन भरेगा कुएं का पानी', दोनों पक्ष इस चिन्तन में फंसे हुए है।

तेज घोड़े को एड़ कैसी : जो स्वंय ही अच्छा कार्य कर रहा हो, उस पर और अधिक कार्य करने का दबाव नहीं डालना चाहिए।

प्रायः सास-बहू की लड़ाई इस बात पर अधिक होती है कि सास बहू के काम से सन्तुष्ट नहीं होती, जबकि वह यह भी समझती है कि बहू बहुत काम करती है, लेकिन फिर भी वह उस पर अधिक काम करने का दबाव बनाती रहती है, पर उसे पता होना चाहिए कि 'तेज़ घोड़े को एड़ कैसी'।

तेते पांव पसारिए, जेती लाम्बी सौर : उतना ही काम उठाना चाहिए, जितने को पूरा करने की सामर्थ्य हो।

लक्ष्मी नारायण ने अपने लड़के की शादी में गाजे-बाजे के साथ नर्तकियों

को भी नचा दिया और कर्जमंद हो बैठा। अब जमीन बिक कर ही वह कर्ज से मुक्त हो सकता है। उसे यह बात ध्यान में रखनी चाहिए थी कि 'तेते पांव पसारिए, जेती लाम्बी सौर'।

तेरा पानी मैं भरूं, मेरा भरे कहार : जैसे काम को मैं नौकरों से करवा रहा हूं, किसी दूसरे का वैसा ही काम मैं उसका नौकर बनकर करूं।

तुम अपनी भैंस का सारा दूध तो बेक देते हो और अपने लिए मदर डेयरी का दूध लाते हो। यह तो वही बात हुई—'तेरा पानी मैं भंरू, मेरा भरे कहार'।

तेल तिलों से ही निकलता है : किसी पर इतना व्यय करना कि कम से कम उतना तो उससे वापिस लौटा सके।

यदि कोई दुकानदार अपने ग्राहक को खरीदे हुए सामान पर कोई उपहार देता है तो उसका आभार मत मानिए, क्योंकि उपहार का मूल्य भी वह खरीदे गए सामान से प्राप्त कर लेता है। वह जानता है कि 'तेल तिलों से ही निकलता है'।

तेल देखो तेल की धार देखो : अभी तक जो घटनाएं घटी हैं उससे अधिक अभी और घटनी हैं।

जब हमारे देश की पुलिस इतनी निष्क्रिय हो चुकी है कि गृहमंत्री की चेतावनी पर भी ध्यान नहीं देती तो यह समझ लीजिए कि अभी तक जो आतंकी घटनाए घटी हैं वे तो उसकी तुलना में कुछ भी नहीं हैं, जो आगे घटनी हैं। आगे 'तेल देखो तेल की धार देखो'।

तेली का तेल जले, मशालची का दिल जले : दूसरे के खर्चीले कार्य से परेशान होना।

जब भारत अग्नि मिसाइल का परीक्षण करता है तो पाकिस्तान परेशान हो जाता है। यह तो वही बात होती है कि 'तेली का तेल जले, मशालची का दिल जले'।

तेली के बैल को घर ही कोस पचास : घर पर ही रहकर अधिक काम करना।

मेरे मित्र! आप मुझे यह कहते हैं कि मैं घर पर निष्क्रिय रूप से आराम करता रहता हूं। लेकिन ध्यान रखना मैं घर पर ही इतना कार्य कर लेता हूं, जितना आप अपने कार्यालय में भी नहीं करते। आपने शायद सुना नहीं है कि 'तेली के बैल को घर ही कोस पचास'।

तेली जोड़े पली-पली, रहमान लुटावे कुप्पा-कुप्पा : दूसरे के कमाए धन को अंधा-धुंध खर्च करना।

आयकर विभाग लोगों से कर द्वारा धन एकत्रित करता है, लेकिन भ्रष्ट अधिकारी उसे अपने स्वार्थ में उड़ा देते हैं। उन पर यह कहावत चरितार्थ होती है–'तेली जोड़े पली-पली, रहमान लुटाए कुप्पा-कुप्पा'।

तैराक ही डूबते है : साहसी व्यक्ति भी कभी-कभी दुर्धटना के शिकार हो जाते हैं।

महेन्द्र सिंह धोनी टीम इंडिया-क्रिकेट के बहुत ही सफल कप्तान माने जाते थे, लेकिन इग्लैंड दौरे में उन्हें अभूतपूर्ण पराजय का मुंह देखना पड़ा था। किसी ने सही कहा है–'तैराक ही डूबते है'।।

थ

थका ऊंट सराय ताकता है : दिनभर परिश्रम करने के बाद मनुष्य को घर जाने की सूझती है।

सुबह से ही इस पार्क के सूखे पौधे उखाड़ते-उखाड़ते थक गया हूं। अब कहीं जाने की इच्छा नहीं करती। बस, सीधा घर जांऊगा, आखिर 'थका ऊंट सराय ताकता है'।

थैली की चोट बनिया जाने : धन की हानि से बनिया बहुत दुखी होता है।

पहलवान को अपने तन से, किसान को अन्न से और बनिया को धन से बहुत लगाव होता है। इसलिए कहा गया है कि 'थैली की चोट को बनिया जाने'।

थैली में रुपया, मुंह में गुड़ : धन-धान्य से सम्पन्न होना।

जब तुम धन के अभाव से दरिद्रता का जीवन व्यतीत कर रहे थे, तब तो तुम्हारी कंजूसी सही कही जा सकती थी, लेकिन अब तो तुम्हारी 'थैली में रुपया, मुंह में गुड़', फिर अब कंजूसी क्यों है?

थोथा चना बाजे घना : गुणहीन व्यक्ति ही अपने को गुणवान सिद्ध करने के लिए अधिक आडम्बर दिखाता है।

पाकिस्तान सैन्य शक्ति के दृष्टिकोण से भारत के समक्ष कहीं नहीं ठहरता है, लेकिन वह सीमा पर फायरिंग करके अपने को भारत से अधिक शक्तिशाली सिद्ध करना चाहता है। यह तो वही बात हुई 'थोथा चना बाजे घना'।

थोड़ा खाना इज्जत से रहना : यदि अनैतिक तरीके से कमाया गया धन सम्मान के लिए घातक है तो सही तरीके से कमाया गया थोड़ा धन ही श्रेष्ठ है।

चौधरी चरणसिंह ऐसे राजनेता थे, जो बहुत थोड़े से नैतिक रूप से कमाए गए धन पर आश्रित थे, इसीलिए उनका नाम आज भी श्रद्धा से लिया जाता है। किसी ने सही कहा है–'थोड़ा खाना इज्जत से रहना'।

थोड़ा खाना बनारस में रहना : नेक व्यक्तियों के बीच रहना अच्छा होता है, भले ही वहां धन कमाने के स्रोत अधिक न हों।

जब चित्रगुप्त ने अपने पिताजी से अच्छे पैकेज पर अमेरिका जाने की बात कही तो उसके पिता ने उसे कहा कि आगे तो तुम्हारी इच्छा है बेटे! पर 'थोड़ा खाना बनारस में रहना' भी अच्छा माना गया है।

थोड़े धन में खल इतराय : थोड़ा धन होने पर दुष्ट लोगों को अंहकार हो जाता है।

अब तक तो नरोत्तम की मां चौका-बर्तन करने जाती थी, नरोत्तम की नौकरी क्या लगी उसकी मां किसी चौका-बर्तन वाली को खोजने लगी है। किसी ने सत्य कहा है–'थोड़े धन में खल इतराय'।

द

दगा किसी का सगा नहीं : दगाबाज हर आदमी के साथ दगा कर सकता है।

वह भले ही आपका मित्र हो, लेकिन उस पर विश्वास मत करना, क्योंकि वह धोखेबाज है। कहावत है कि 'दगा किसी का सगा नही'।।

दबते को सब दबा लेते है : दुर्बल व्यक्ति का सब शोषण करते हैं।

बलबीर कश्यप निर्धन व्यक्ति है। उससे हर कोई अपना कार्य करा लेता है और मजदूरी के नाम पर केवल खाना खिला देता है। यह सही है कि 'दबते को सब दबा लेते है'।।

दबा बनिया पूरा तोले : जो व्यक्ति जिसके अधीन है उसके प्रति वह गलत काम नहीं कर सकता।

जयकिशन भले ही किसी के भी साथ धोखा-धड़ी कर ले, लेकिन मेरे साथ नहीं कर सकता, क्योंकि उसकी नौकरी मेरे हाथ में है। कहावत है कि 'दबा बनिया पूरा तोले'।

दबी बिल्ली चूहों से कान कटाती है : शक्तिशाली मनुष्य को भी अपराध करने पर निर्बलों के आक्रोश का शिकार बनना पड़ता है।

भारत में आतंकवादी घटना न रोक पाने के कारण प्रधानमंत्री को भी एक सामान्य व्यक्ति की खरी-खोटी सुननी पड़ गई थी। किसी ने सत्य ही कहा है, 'दबी बिल्ली चूहों से कान कटाती है'।

दबे पर चींटी भी चोट करती है : एक कमजोर व्यक्ति भी अपने अति शोषण से शोषक के विरुद्ध विद्रोह कर देता है।

वियतनाम, अमेरिका की तुलना में बहुत निर्बल राष्ट्र है, लेकिन जब अमेरिका ने उस पर आक्रमण किया तो वह भी अमेरिका के विरुद्ध खड़ा हो गया था। कहावत है–'दबे पर चींटी भी चोट करती है'।

दमड़ी की अरहर, सारी रात खड़-खड़ : थोड़े काम को अधिक चढ़ा बढ़ाकर दिखाना।

कश्मीर में आंतकियों के छिपने के ठिकानों पर पुलिस ने सारी रात गोली-बारी की, परन्तु सुबह तक केवल एक आंतकी मारा गया। यह तो वही बात हुई–'दमड़ी की अरहर, सारी रात खड़-खड़'।

दमड़ी की बुढ़िया, टका सिर मुंडाई : जितने का माल हो, उसके रख रखाव में उससे अधिक धन खर्च होना।

एक लाख रुपये के तस्करी के सामान के रख-रखाव पर अब तक पांच लाख रुपये आ चुके हैं, लेकिन अभी तक यह मुकदमा चल ही रहा है। यह तो वही बात हुई–'दमड़ी की बुढ़िया, टका सिर मुंडाई'।

दमड़ी की बुल-बुल, टका हलाली : दे. 'दमड़ी की बुढ़िया, टका सिर मुंडाई'।

दमड़ी की मुर्गी नौ टका पकड़ाई : दे. 'दमड़ी की बुढ़िया, टका सिर मुंडाई'।

दमड़ी की हांडी गई, कुत्ते की जात पहचानी गई : थोड़े-से नुकसान से किसी की पोल खुल जाना।

मेरी पत्नी की एक सहेली ने अपने छोटे भाई की शादी में जाने के लिए मेरी पत्नी से एक सोने का हार मांगा था, लेकिन मेरी पत्नी ने उसे आर्टिफीसियल सोने का हार दे दिया। वह उसे असली सोने का हार समझकर लौटाने ही नहीं आई पता चला कि वह यहां से किराए का मकान छोड़कर कहीं चली गई है। मैंने अपनी पत्नी से कहा-दुःखी होने की कोई बात नहीं है। 'दमड़ी की हांडी गई, कुत्ते की जात पहचानी गई'।

दरिया में रहना, मगरमच्छ से बैर नहीं निभता : जिस पर आश्रित हो उसका विरोध नहीं करना चाहिए।

मैंने अपने मित्र से कहा था कि भले ही आपका बॉस भ्रष्टाचारी हो, परन्तु उसकी शिकायत बड़े अधिकारियों तक नहीं पहुंचाना, लेकिन उसने मेरी बातों को अनसुना कर दिया। अब भ्रष्टाचार में उसने मेरे मित्र को भी फंसा दिया है। ज्ञानियों ने सही कहा है–'दरिया में रहना, मगरमच्छ से बैर नहीं निभता'।

दलाल का दिवाला क्या, मस्ज़िद में ताला क्या : दलाल के पास कभी पैसा नहीं रुकता और मस्ज़िद में किसी बहुमूल्य वस्तु के न होने के कारण ताला नहीं लगाया जाता।

मेरे दोस्त! हम तो तंग आ चुके हैं, कोई रास्ता बताओ। हमारे पड़ोस में एक दलाल रहता है। उसकी पत्नी हर समय मेरी पत्नी से कुछ-न-कुछ उधार लेती रहती है। वैसे मैं पहले से ही जानता था कि 'दलाल का दिवाला क्या, मस्ज़िद में ताला क्या'।

दहना धोये बांये को, बांया धोये दहने को : दुनिया में परस्पर सहायता से ही काम होते हैं।

मानव एक सामाजिक प्राणी है। समाज से अलग वह जीवित नहीं रह सकता, क्योंकि उसकी आवश्यकताएं एक दूसरे पर निर्भर हैं। तभी तो कहा है, 'दहना धोये बांये को, बांया धोये दहना को'।

दाई से पेट नहीं छिपता : जो किसी विषय का विशेषज्ञ है, उससे वह विषय नहीं छिपाया जा सकता।

मेरे मित्र ने अपने भ्रष्टाचार के कारनामों को छिपाने की काफी कोशिश की, लेकिन सी.बी.आई ने आखिर उसके सब रहस्य खोल ही दिए। यह बात सत्य है कि 'दाई से पेट नहीं छिपता'।

दाता की नाव पहाड़ चढ़े : दानी के सब कार्य सिद्ध होते हैं।

शास्त्रों में दान की बहुत महिमा बताई गई है। शास्त्र कहते हैं कि 'दाता की नाव पहाड़ चढ़े' जाती है।

दाता दान करे भंडारी का पेट फटे : स्वामी के कहने पर भी खजांची का दान करने में टाल-मटोल करना।

यदि किसी व्यक्ति की दुर्घटना या आतंकी घटना में मृत्यु हो जाती है और सरकार उसकी क्षतिपूर्ति के लिए कुछ अनुदान देने की घोषणा करती

है तो अधिकारी उस धन को उसके आश्रितों को देने में आना-कानी करते हैं। उन पर यह कहावत सत्य सिद्ध होती है कि 'दाता दान करे भंडारी का पेट फटे'।

दाता से सूम भला, जो जल्दी देय जवाब : जो दाता किसी वस्तु के देने में बार-बार दौड़ाता है, उससे अच्छा वह कृपण है, जो देने से तुरन्त मना कर देता है। हम स्कूल का चंदा एकत्रित करने एक कंजूस के घर पहुंचे उसने देने से स्पष्ट इनकार कर दिया। आगे हम एक सेठ के पास पहुंचे, उसने इनकार तो नहीं किया, लेकिन सौ चक्कर कटवा दिए। तब हमें यह कहावत याद आई—'दाता से सूम भला जो जल्दी देय जवाब'।

दादा ले और पोता बरते : किसी टिकाऊ सामान के लिए विक्रेता की उक्ति।

दान की बछिया के दांत नहीं देखे जाते : मुफ्त में प्राप्त वस्तु की गुणवत्ता नहीं देखी जाती।

एक सार्वजनिक भंडारे में भोजन करता हुआ एक व्यक्ति भोजन के मध्य से यह कहते हुए उठ गया कि भोजन में स्वाद ही नहीं है। तभी दूसरे व्यक्ति ने उसे कहा—'दान की बछिया के दांत नहीं देखे जाते'।

दाना खा मोठ का, पानी पी सोंठ का : मोठ गरिष्ठ होती है, अतः उसे खाने के बाद सोंठ का पानी पीना चाहिए।

दाने-दाने पर खाने वाले का नाम होता है : किस अन्न को कौन खाएगा यह विधाता की ओर से पूर्व निश्चित होता है।

दाम दीजै काम लीजै : मजदूरी देकर ही काम कराया जा सकता है।

अब वह जमाना चला गया है, जिसमें एक कर्जदाता अपने अधीन कर्जमंद से बिना कुछ दिए ही काम करा लेता था। अब तो श्रमिक अपने अधिकारों के प्रति जागरूक हो गया है। अब तो उसका सूत्र है—'दाम दीजै काम लीजै'।

दाल-भात में मूसलचन्द : दो व्यक्तियों की बातों में तीसरे का हस्तक्षेप होना।

आप मेरे दोस्त! व्यर्थ में ही झगड़ा मोल लेते हो। वे दोनों अपनी बात कर रहे थे। आप 'दाल-भात में मूसलचन्द' क्यों बने?

दाल में कुछ काला है : किसी घोटाले का संदेह होना।

हम बारात में तो आ गए, लेकिन घर वापिस सकुशल पहुंच भी सकेंगे, इसमें कुछ संदेह लग रहा है, क्योंकि लड़की पक्ष वाले इधर-उधर चिंतित

मुद्रा में बातें करते दिखाई दे रहे हैं। मुझे तो 'दाल में कुछ काला' लग रहा है।

दिन ईद रात शबरात : सदैव प्रसन्न मुद्रा में रहना।

प्राकृतिक आपदा से सदैव विपन्न लोग ही प्रभावित होते हैं। सम्पन्न लोगों का क्या, उनके लिए तो सदा 'दिन ईद रात शबरात' रहती है।

दिन का बादर सूम का आदर : दिन के बादल से पानी नहीं बरसता और कंजूस धन नहीं देता, भले ही उसे कितना भी सम्मान क्यों न दें।

अपने कॉलेज के उत्सव के लिए करोड़ी लाल को मुख्य अतिथि के रूप में आंमत्रित करके ठीक नहीं किया है, क्योंकि वह महाकंजूस है और इस नाते वह कॉलेज में एक भी पैसा दान के नाम का नहीं दे सकता। आपको पता होना चाहिए कि 'दिन का बादर सूम का आदर' व्यर्थ जाता है।

दिन जाते देर नहीं लगती : समय बहुत तीव्रगति से व्यतीत हो रहा है।

आज मैं सेवानिवृत हो रहा हूं। लेकिन मुझे ऐसा आभास हो रहा है कि मानों अभी-अभी तो मेरी नियुक्ति हुई थी। वास्तव में ही 'दिन जाते देर नहीं लगती'।

दिन भर डग-डग, रात भर ठक-ठक : दिन भर इधर-उधर घूमना और रात को काम करना।

काम करने की दृष्टि से पहले लोगों की तुलना में आज के युवकों की प्रवृत्ति में बहुत परिवर्तन आ चुका है। पहले समय में लोग दिन में काम करते थे और रात को आराम करते थे, लेकिन अब 'दिन भर डग-डग, रात भर ठक-ठक'।

दिया तले अंधेरा : दे. 'चिराग तले अंधेरा'।

दिल में नहीं डर तो सबकी पगड़ी अपने सर : जिसके मन में भय नहीं रहता वह सबको अपमानित करने के लिए तैयार रहता है।

दिल्ली महानगर की पुलिस किसी संत या समाज सेवी के प्रति संवेदनशील नहीं रही है। वह किसी राष्ट्रभक्त को भी अपमानित करने में तनिक भी संकोच नहीं करती। उसके ऊपर यह कहावत चरितार्थ होती है—'दिल में नहीं डर तो सबकी पगड़ी अपने सर'।

दिल्ली की कमाई दिल्ली में गंवाई : जितना कमाना उतना ही खर्च कर देना।

इस बढ़ती मंहगाई ने जनता का बजट बिगाड़कर रख दिया है। व्यक्ति

जितना कमाता है, उतना ही खर्च हो जाता है। आज की परिस्थिति को देखते हुए यह कहावत सही प्रतीत होती है—'दिल्ली की कमाई दिल्ली में गंवाई'।

दिल्ली की बेटी मथुरा की गाय, कर्म फूटे तो अन्तै जाय : दिल्ली देश की राजधानी है और सब सुख-सुविधा से सम्पन्न एक सुन्दर शहर है, अतः यहां लड़कियां नहीं चाहती कि उनकी शादी दिल्ली से बाहर किसी अन्य शहर में हो। इसी प्रकार मथुरा में गायों के लिए सब सुख-सुविधाएं हैं, अतः वे भी नहीं चाहती कि उन्हें कोई मथुरा से बाहर का व्यापारी खरीद कर ले जाए।

दिल्ली के बांके, जिनकी जूती में सौ-सौ टांके : दिल्ली वाले भले ही उतने गरीब हों कि फटे हुए जूते पहनने के लिए विवश हों, परन्तु अच्छे कपड़े पहनने के वे शौकीन होते हैं।

दीन के रहे न दुनिया के : ऐसा अनैतिक काम करना जिससे इहलोक और परलोक दोनों नष्ट हो जाएं।

आतंकवादी निर्दोषों की जान लेकर इतना बड़ा पाप करते हैं कि उन्हें न दुनिया क्षमा कर सकती है और न विधाता। वे न 'दीन के रहे न दुनिया के'।

दीवारों के भी कान होते हैं : गुप्त परामर्श एकान्त में धीमें स्वर के साथ करना चाहिए।

तुम दूसरे की बुराई करके झगड़ा मोल लेते रहते हो। कम से कम मेरी इतनी तो मान लो कि धीमे स्वर में ही कहा-सुनी कर लिया करो, क्योंकि 'दीवारों के भी कान होते है'।।

दीवाली जीत तो सालभर जीत : यह जुआरियों का विश्वास है कि यदि दीवाली को जुए में जीत गए तो सालभर जीतते रहेंगे।

दीवाली नहीं दिवाला है : दीवाली के त्यौहार में अधिक व्यय हो जाना।

बेटे! पटाखे आदि पर अधिक खर्च मत करना अन्यथा यही कहना पड़ेगा कि यह 'दीवाली नहीं दीवाला है'।

दुःख मिटिया राम बिसरिया : दुःख में ही लोग राम को याद करते है। दुःख दूर होते ही राम को भूल जाते हैं।

दुखते दांत को निकालना ही अच्छा है : जिस कारक से प्रतिदिन समस्या खड़ी होती हो उसे दूर करना ही ठीक है।

जब भी मकान बनाने का कार्य शुरू करते हैं नगर निगम के अधिकारी काम में बाधा खड़ी कर देते है। मकान का नक्शा पास कराकर ही क्यों न काम शुरू किया जाए। 'दुखते दांत को निकालना ही अच्छा है'।

दुखिया का घर जले सुखिया पीठ सेंके : किसी की हानि में अपना सुख खोजना।
पुराना समय था कि सब एक दूसरे के हित में काम करते थे, लेकिन अब तो 'दुखिया का घर जले सुखिया पीठ सेंके' वाली बात हो गई है।

दुधारू गाय की लात भी भली : जिस व्यक्ति से लाभ होता है, उसकी कड़वी बात भी सुन लेनी चाहिए।
मेरी पत्नी घर का काम पूरा करके खेती का काम भी देखती है, लेकिन बहुत क्रोधित स्वभाव की है और बात-बात में मुझे डांटती रहती है। परन्तु मुझे उससे फिर भी कोई शिकायत नहीं है। क्योंकि बड़े-बड़े कहते आए हैं—'दुधारू गांय की लात भी भली'।

दुनिया उम्मीद पर कायम है : आज भले ही किसी कार्य की विफलता से निराशा है, लेकिन कल यह काम हो जाएगा, इसी आशा से दुनिया का कार्य-व्यवहार चल रहा है।
बेटे! तुम्हारा कैम्पस प्लेस्मैंट नहीं हुआ है तो इतने निराश क्यों हो गए हों? अभी और भी कम्पनियां आ सकती हैं। ध्यान रहे कि 'दुनिया उम्मीद पर कायम है'।

दुनिया के सब काम किसने किए तमाम : किसी भी सांसारिक प्राणी की सभी इच्छाएं पूरी नहीं होती।
मैं मानता हूं बेटे! कि तुम्हारे एम.ए.दर्शनशास्त्र में अच्छे अंक नहीं आए हैं, लेकिन इतने निराश होने की बात नहीं होनी चाहिए। अभी जीवन में ऊंचा उठने के अनेकों अवसर आएंगे और वैसे भी ज्ञानी लोग कहते आए हैं कि 'दुनिया के सब काम किसने किए तमाम'।

दुनिया का मुंह किसने बंद किया है? : अपनी आलोचनाओं से हताश नहीं हो जाना चाहिए।
संसार में जिसने भी कुछ किया है, आलोचनाओं के मध्य ही किया है। फिर तुम इन आलोचकों से डरकर अपना लेखन कार्य बीच में ही क्यों छोड़ रहे हो? काम शुरू करने से पहले यह बात अवश्य ध्यान कर लेनी चाहिए कि 'दुनिया का मुंह किसने बंद किया है?'

दुनिया ठगिए मक्कर से, रोटी खाइए शक्कर से : चालाकी से धन कमाइए और सुखी रहिए।

मेरे मित्र ने मुझे कहा कि मैं बहुत परिश्रम से धन कमा रहा हूं, लेकिन फिर भी परिवार का पालन-पोषण अच्छी तरह से नहीं हो पा रहा है मुझे क्या करना चाहिए? मैंने उसे कहा—'दुनिया ठगिए मक्कर से, रोटी खाइए शक्कर से'।

दुनिया में दूध का धुला कोई नहीं है : प्रत्येक मनुष्य से कोई न कोई गलती अवश्य हो जाती है।

रघुराज आज संत बनकर बड़ी-बड़ी बातें कर रहा है और अपने प्रवचनों में यह सिद्ध कर रहा है कि उसने जीवन में कोई गलती नहीं की है, लेकिन उसे यह पता नहीं है कि 'दुनिया में दूध का धुला कोई नहीं है'।

दुविधा में दोनों गए, माया मिली न राम : अनिश्चय की स्थिति में रहते हुए कोई भी काम न हो पाना।

दोनों ही कम्पनी अच्छी थीं और दोनों से ही नियुक्ति पत्र मिला हुआ था, लेकिन मेरी मति मारी गई। दोनों में से कौन सी कम्पनी में काम करूं, यह निश्चय करते-करते ही नियुक्ति का दिन निकाल दिया। मेरी स्थिति इस कहावत के अनुसार हो गई कि 'दुविधा में दोनों गए, माया मिली न राम'।

दूध का उफान ठंडे जल के छींटे से दब जाता है : मधुर व्यवहार से क्रोध शान्त हो जाता है।

जब आपकी पत्नी क्रोधित होकर आप पर बरस पड़े तो उस पर क्रोध मत दिखाओं, बल्कि उसके साथ मधुर व्यवहार करो, क्योंकि कहावत है कि 'दूध का उफान ठंडे जल के छींटे से दब जाता है'।

दूध का जला छाछ को फूंक-फूंक कर पीता है : एक बार धोखा खा जाने पर व्यक्ति अति सचेत हो जाता है।

गत वर्ष मुझे सांप ने क्या काटा अब मैं केंचुए को देखकर भी सावधानी से पैर रखता हूं। कहावत है—'दूध का जला छाछ को फूंक-फूंक कर पीता है'।

दूध का दूध और पानी का पानी करना : ठीक-ठीक न्याय करना।

बढ़ती आतंकी घटनाओं से त्रस्त होकर जनता सरकार से यह मांग कर

रही है कि उसे आंतकियों के केस में 'दूध का दूध और पानी का पानी करना' चाहिए।

दूधो नहाओ, पूतो फलो : धन-धान्य से सम्पन्न रहने का आशीर्वाद।

जब मैंने एक विधवा को कपड़े भेंट किए तो वह बोली, 'दूधो नहाओ, पूतो फलो'।

दूर के ढोल सुहावने लगते हैं : दूर के व्यक्ति या वस्तु अच्छी लगती है।

मैंने अपने एक पड़ोसी की दयनीय स्थिति को देखते हुए कहा कि वह अपने सांसद के पास जाकर विनती करे तो वह उसे कुछ काम दिला देगा, क्योंकि मैंने सुना हुआ था कि सांसद एक भला व्यक्ति है। मेरे पड़ोसी ने कहा कि सांसद इतना भला कहां है। आपको इसलिए भला लगता है, क्योंकि वह आपके सम्पर्क में नहीं है। किसी ने सही कहा है—'दूर के ढोल सुहावने लगते है'।।

दूसरे का सिंदूर देखकर अपना कपाल फोड़े : दूसरे की उन्नति से दुःखी होना।

पाकिस्तान भारत की आर्थिक प्रगति से बहुत दुःखी रहता है। उस पर तो यह कहावत चरितार्थ रहती है, 'दूसरे का सिंदूर देखकर अपना कपाल फोड़े'।

दूसरे की आस, नित उपवास : जो दूसरे पर आश्रित रहता है, उसका काम कभी पूरा नहीं होता।

भारत परमाणु तकनीक में आत्मनिर्भर नहीं है। इस क्षेत्र में वह विदेशो पर आधारित है। इसीलिए वह परमाणु विद्युत उत्पादन में पिछड़ा हुआ है। किसी ने सही कहा है—'दूसरे के आस नित उपवास'।

देख पराई चूपड़ी मत ललचाओं जीव : दूसरे की सम्पन्नता देखकर अपने मन को विचलित मत करो।

सभी प्रवचनकर्ता कहते आए हैं कि जितना तुम अपने साधन से धन कमा सकते हो उसी में सन्तुष्ट रहो। उनका उपदेश है कि 'देख पराई चूपड़ी मत ललचाओ जीव'।

देखें ऊंट किस करवट बैठता है : किसी घटना के परिणाम की प्रतीक्षा करना।

समाजसेवी अन्ना हजारे के लम्बे खिंचते हुए अनशन को देखकर प्रशासन भी हताश मुद्रा में यह कहने लगा था, 'देखें ऊंट किस करवट बैठता है'।

देर आयद दुरुस्त आयद : काम विलम्ब से हुआ, परन्तु ठीक हुआ।

अमेरिका के साथ भारत का परमाणु समझौता राजनैतिक कारणों से काफी दिनों तक रुका रहा, लेकिन बाद में आकर वह सम्पन्न हुआ। किसी ने कहा, 'देर आयद दुरुस्त आयद'।

देवेगा सो पावेगा, बोवेगा सो काटेगा : जैसा कर्म करोगे, वैसा ही फल पाओगे। राजनैतिक इच्छा शक्ति के कारण भारत में आतंकी घटनाएं थम नहीं रही हैं। किसी आतंकी घटना का भयंकर परिणाम देखकर यहां की जनता बस यही कहती रह जाती है, 'देवेगा सो पावेगा, बोवेगा सो काटेगा'।

देशी कुतिया विलायती बोल : किसी अल्पज्ञ का विद्वान जैसा आचरण दिखाना। मेरे मित्र को संगीत का तनिक भी ज्ञान नहीं है, परन्तु वह माइक के समक्ष खड़ा होकर ऐसा राग अलापता है, मानो बहुत बड़ा संगीतकार हो। उस पर यह कहावत सटीक बैठती है, 'देशी कुतिया विलायती बोल'।

देह पर न लत्ता, पान खाए अलबत्ता : दे. 'बदन पर नहीं लत्ता, पान खाए अलबत्ता'।

दैव न मारे हाथ से, कुमति देत चढ़ाय : भगवान किसी को हाथ से नहीं मारता, बुरा समय आने पर बुद्धि भ्रष्ट हो जाती है।

दो कसाइयों में गाय मुरदार : दो व्यक्तियों के साझे का काम बिगड़ जाता है।

मेरे मित्र ने अपने दोनों बेटों से कहा था कि तुम्हारी बहन की आर्थिक स्थिति ठीक नहीं चल रही है, अतः तुम दोनों मिलकर उसका मकान बनवा देना। लेकिन वह मकान दस वर्ष बाद भी अधूरा पड़ा है। बड़े-बड़े ठीक कहते आए है, 'दो कसाइयों में गाय मुरदार'।

दो घर का पाहुना भूखा रह जाता है : जो मनुष्य दो व्यक्तियों के आश्रय में रहता है, उसकी दशा दयनीय ही रहती है।

दो जोरू का खसम चौसर का पासा : जिस मनुष्य की दो पत्नियां होती हैं, उसकी बड़ी कुगति रहती है। दोनों में से कोई भी पत्नी उसका सम्मान नहीं करती। वह कभी इधर और कभी उधर धिकलता रहता है।

दो दिल राजशी तो क्या करेगा काजशी : जब दो व्यक्तियों में किसी काम को करने की सहमति बन जाती है, तो फिर तीसरे मध्यस्थ की आवश्यकता ही कहां रह जाती है।

यदि भारत और पाकिस्तान दोनों कश्मीर समस्या का मिल-बैठकर

समाधान निकाल लें, तो फिर अमेरिका आदि बाह्य राष्ट्रों के हस्तक्षेप की आवश्यकता ही कहां रह जाएगी। कहावत है, 'दो दिल राजशी तो क्या करेगा काजशी'।

दो नाव पर चढ़ना, छाती फाड़ के मरना : दो विरोधी पक्षों में दोनों के ही समर्थन में खड़े होना समस्याओं में घिरना है।

भारत, पाकिस्तान के मध्य में खड़ा होकर अमेरिका दोनों देशों के प्रति अपनी आस्थाओं का प्रदर्शन करता रहता है और दोनों देशों की आलोचनाओं का केन्द्र बनता रहता है। किसी ने सही कहा है, 'दो नाव पर चढ़ना, छाती फाड़ कर मरना'।

दो मुल्लों में मुर्गी हराम : दो व्यक्तियों द्वारा एक काम को हाथ में लेने से वह काम बिगड़ जाता है।

मेरे दोनों पुत्र एक ही बाइक से काम चला रहे हैं, लेकिन वे उसके रखरखाव को एक दूसरे पर टालते रहते हैं। परिणाम स्वरूप वह बाइक एक वर्ष में ही खटारा बन गई है। बड़े-बड़े सही कहते आ रहे हैं, 'दो मुल्लों में मुर्गी हराम'।

दो में तीसरा, आंखों में ठीकरा : दो व्यक्तियों की बातों में यदि कोई तीसरा हस्तक्षेप करने लगता है तो वह उन्हें अच्छा नहीं लगता।

भारत-पाकिस्तान के मध्य होने वाली कश्मीर समस्या के समाधान की वार्ता में यदि कोई तीसरा राष्ट्र मध्यस्थता की बात करता है तो वह भारत को बहुत बुरा लगता है। किसी ने सही कहा भी है–'दो में तीसरा, आंखों में ठीकरा'।

दोनों हाथों से ताली बजती है : दे. 'एक हाथ से ताली नहीं बजती'।

दोनों हाथों में लड्डू हैं : दोनों ओर लाभ ही लाभ है।

कुछ राजनैतिक पार्टियों में ऐसे विशेष व्यक्ति हैं, जिन्हें लोकसभा के चुनाव में उतार दिया जाता है। यदि वे वहां पराजित हो जाते हैं तो उन्हें राज्य सभा का सदस्य बना दिया जाता हैं। इस स्थिति को देखते हुए कहा जा सकता है कि उनके 'दोनों हाथों में लड्डू है'।।

दोनों हाथों से पगड़ी संभालना : बड़े परिश्रम से अपने सम्मान की रक्षा करना।

अकबर के शासन काल में जिस राजपूत राजा की कोई सुन्दर राजकुमारी होती थी, उसे बड़ी कठिनाई से अकबर की दृष्टि से बचाया जाता था, अन्यथा अकबर उसके साथ अपनी शादी का प्रस्ताव भेज देता था। उस

समय राजपूत राजाओं को 'दोनों हाथों से पगड़ी संभालनी' पड़ती थी।

दोस्ती में लेन-देन बैर का मूल है : दोस्ती में लेन-देन करने से उनके साथ शत्रुता हो जाती है।

जब मेरी नौकरी छूट गई तो मेरे एक मित्र ने कहा कि जब तक तुम्हें कोई काम नहीं मिलता, तब तक मेरी दुकान से उधार में ही घरेलू उपयोग की वस्तुएं लेते रहो। मैंने उससे कहा कि 'दोस्ती में लेन-देन बैर का मूल है'।

दौलत पाय न कीजिए, सपने में अभिमान : कभी भी धन का अंहकार नहीं करना चाहिए।

ज्ञानी लोग कहते आए हैं कि धन चंचल पानी की तरह है, पता नहीं कब आए और कब चला जाए, अतः धन का अंहकार नहीं करना चाहिए। बड़े-बड़े कहते आए हैं, 'दौलत पाय न कीजिए, सपने में अभिमान'।

घड़ी भर का सिर तो हिला दिया, पैसे भर की जबान न हिली : किसी व्यक्ति का किसी प्रश्न के उत्तर में मुंह से कुछ न कहकर सिर हिलाना।

धन दे जी को रखिए, जी दे राखे लाज : धन के द्वारा प्राण रक्षा और प्राण के द्वारा सम्मान की रक्षा करनी चाहिए।

भामाशाह ने जब महाराणा प्रताप की आपातकाल में आर्थिक सहायता की थी तो उसने यह भावना प्रकट की थी कि 'धन दे जी को रखिए, जी दे राखे लाज'।

धन-में-धन तीन आंटी सन : अत्यंत निर्धन, जिसके पास धन के नाम का केवल तीन आंटी सन (जिसकी रस्सी बनती है) हो।

आपने बहुत बड़ी गलती की, जो प्यारेलाल से स्कूल के नाम का दान ले आए। उस निर्धन के पास तो 'धन-में-धन तीन आंटी सन' है।

धनवन्ती के कांटा लगा, दौड़े लोग हजार; निर्धन गिर पहाड़ से कोई न आया कार : धनवानों की सहायता में सब खड़े हो जाते हैं, लेकिन निर्धन की सहायता के लिए कोई नहीं।

धन सबको अंधा कर देता है : धनी व्यक्ति अंहकारवश दूसरों की ओर तो देखता ही नहीं है।

मेरे दोस्त! आप सालभर बाद आज आए हो मेरे पास? आपको पता नहीं कि मैंने साल भर तक धनाभाव के कारण कितनी पीड़ा झेली है। इसमें आपको क्या दोष दूं, 'धन सबको अंधा कर देता है'।

धर्म करे में जो होवे हानि, तबों न छोड़े धर्म की बानि : धर्म के कार्य में यदि हानि भी उठानी पड़े तो भी धर्म-कर्म को छोड़ना नहीं चाहिए।

धर्म भी छूटा तुम्बा भी फूटा : धर्म और धन दोनों का नष्ट हो जाना।

जब एक पांखड़ी बाबा के यहां पुलिस ने छापा मारा तो वहां से करोड़ों रुपयों का धन तो मिला ही, वे लड़कियां भी मिली जिनसे वह सैक्स-रैकेट चला रहा था। उस पांखड़ी का 'धर्म भी छूटा तुम्बा भी फूटा'।

धाये धन न मांगे पूत : न अधिक दौड़-धूप करने से धन मिलता है और न मांगने से पुत्र मिलता है। ये दोनों भाग्याधीन होते हैं।

मेरी पत्नी पुत्र प्राप्ति के लिए तीर्थो में मन्नते मांगती-मांगती घूम रही थी। आखिर एक दिन मैंने उसे समझा ही दिया कि 'धाये धन न मांगे पूत'।

धाओ धाओ धाओ, कर्म लिखा सो पाओ : भले ही कितनी भी दौड़-धूप कर लें, मिलेगा उतना ही जितना भाग्य में लिखा है।

धान गिरे सुभागे का, गेहूं गिरे अभागे का : जब खेत में धान की फसल लोट-पोट हो जाती है, तो उसमें कोई हानि नहीं होती, परन्तु गेंहू की फसल इस स्थिति में नष्ट हो जाती है।

धारा के आगे पुल नहीं बनता : सशक्त व्यक्ति या राष्ट्र के सामने कोई नहीं टिक पाता।

अमेरिका एक शक्तिशाली राष्ट्र है। आतंकी भी वहां एक बार आक्रमण करके पुनः उधर को देखने का साहस भी नहीं दिखा पाए। किसी ने सही कहा है, 'धारा के आगे पुल नहीं बनता'।

धी मरी जमाई चोर, टूट गई डाली, उड़ गया मोर : लड़की के मर जाने पर दामाद से कोई सम्बन्ध नहीं रह जाता।

धीरज धरिए तो पाइए पारु : धैर्य रखने से मनुष्य बड़ी-बड़ी विपत्तियों से पार पा जाता है।

जब देश में कोई बड़ी आतंकी घटना घटती है तो देश संयम नहीं खोता, बल्कि आतंकियों के विरुद्ध एकजुट हो जाता है। क्योंकि सब जानते हैं, 'धीरज धरिए तो पाइए पारु'।

धीरज, धरम, मित्र और नारी, आपतकाल परखिए चारी : धैर्य, धर्म, मित्र और स्त्री—इन चारों की परख विपत्तिकाल में ही होती है।

मेरा मित्र एक व्यवहार-कुशल व्यक्ति है। वह सबके सुख-दुःख में सहयोगी बनकर धैर्य रखने का उपदेश देता था, लेकिन जब उसके पुत्र

का निधन हुआ तो वह सबसे अधिक विलाप कर रहा था। महाकवि तुलसीदास ने सही लिखा है, 'धीरज, धरम, मित्र और नारी, आपतकाल परखिए चारी'।

धूम कुसंगति कारिख होई, लिखिय पुरान मंजु मसि सोई : अच्छी संगति पाकर मनुष्य सुधर जाता और बुरी संगति में पड़ने से बिगड़ जाता है।

धूप ढलने से सूरज नहीं छिपता : यदि कोई व्यक्ति किसी सज्जन की निंदा करे तो वह निन्दनीय नहीं हो जाता।

समाजसेवी अन्ना हजारे के अनशन के मध्य एक राजनेता ने अन्ना हजारे के ऊपर भ्रष्टाचार के आरोप लगा डाले थे, लेकिन इससे अन्ना के ऊपर कोई प्रतिकूल प्रभाव नहीं पड़ा था। ज्ञानियों ने सही कहा है–'धूप ढलने से सूरज नहीं छिपता'।

धूल भी मारने से सिर पर चढ़ जाती है : छोटे-से-छोटे मनुष्य को भी यदि अधिक सताया जाए तो वह भी विरोध में खड़ा हो जाता है।

धोती के भीतर सब नंगे होते हैं : सभी मनुष्यों में कोई न कोई अवगुण होता है। संत लोग कहते हैं कि किसी बुरे व्यक्ति के साथ ऐसा क्रूर व्यवहार मत करो कि वह जीने का साहस भी खो बैठे। उसके साथ व्यवहार करने में यह भी ध्यान रखना चाहिए कि अपनी 'धोती के भीतर सभी नंगे है'।।

धोबी का कुत्ता घर का न घाट का : जो किसी भी विकल्प पर खरा न उतरे।

धोबी के घर पड़े चोर, वह न लुटा लुटे और : धोबी के घर पर दूसरों के ही कपड़े रहते हैं, यदि कोई चोर चोरी करेगा तो वे ही कपड़े चुरा सकेगा। इससे धोबी को कोई कष्ट नहीं होगा।

यदि कोई उग्र भीड़ किसी सार्वजनिक सम्पत्ति को नष्ट कर देती है तो इसका सरकार पर कोई प्रभाव नहीं पड़ेगा। उसकी क्षतिपूर्ति के लिए वह तो जनता पर और अधिक कर लगा देगी। अतः यह कहावत सही है, 'धोबी के घर पड़े चोर, वह न लुटा लुटे और'।

धोबी बसि क्या करे दिगम्बर के गांव : 1. जहां लोग कपड़े ही नहीं पहनते वहां धोबी बस कर क्या करेगा।

2. जिस स्थान पर कोई काम नहीं है वहां मजदूर बस कर क्या करेगा। गांवों में अब मजदूर के लिए कोई काम नहीं रह गया है, अतः गांव के सभी मजदूर शहरों में पलायन कर गए हैं। कहावत हैं, 'धोबी बसी क्या करे दिगम्बर के गांव'।

धोबी का धोबिन पर बस न चले, गधे के कान उमेठा : किसी सशक्त व्यक्ति के हाथों अपमानित होने का आक्रोश किसी निर्बल व्यक्ति पर उतारना।

जिस दिन मेरे पड़ोसी को उसका बॉस कार्यालय में डांट देता है, उस दिन वह घर आकर अपनी पत्नी के साथ मार-पीट कर देता है। उस पर यह कहावत सही चरितार्थ होती है—धोबी का धोबिन पर बस न चले, गधे के कान उमेठा'।

धोये गधा बाछा नहीं होता : वेश बदलने से कोई दुष्ट पुरुष सज्जन नहीं हो जाता।

हमारे एक स्थानीय नेता पर अनेकों आपराधिक मुकदमें चल रहे हैं। इस दबंगता के आधार पर उसे एक राजनैतिक पार्टी ने अपना प्रत्याशी बना दिया। वह अब श्वेत खादी के परिधान पहने हुए अपना चुनाव अभियान चला रहा है, लेकिन अब भी उसके सम्बन्ध तस्करों से है। किसी ज्ञानी ने सही कहा है, 'धोये गधा बाछा नहीं होता'।

धोयेहू सौ बार के, काजर होत न सेत : कितना भी प्रयास क्यों न कर लें, एक दुर्जन कभी सज्जन नहीं हो सकता।

पाकिस्तान को भारत ने अनेकों बार शान्ति और सद्भावना से एक अच्छे पड़ोसी की तरह रहने के लिए कहा है, लेकिन वह सीमा पर फिर भी गोली-बारी करता ही रहता है। किसी ने सही कहा है, 'धोयेहू सौ बार के, काजर होत न सेत'।

न

न आगे नाथ न पीछे पगहा : 1. किसी ने नियंत्रण में न रहना।

2. स्वच्छंद हो जाना।

सदाराम की पत्नी का पहले ही आचरण ठीक नहीं था, अब वह विधवा हो गई है, देखो कैसे-कैसे खेल खेलती है। अब तो उसके 'न आगे नाथ न पीछे पगहा'।

न आव देखा न ताव : बिना सोचे समझे।

अन्ना हजारे के अनशन से बौखलाए एक राजनेता ने 'न आव देखा न ताव', झट अन्ना के ऊपर आपत्ति जनक टिप्पणी कर दी।

न इधर के हुए, न उधर के हुए : दोनों पक्षों की ओर से उपेक्षित हो जाना।

कन्नौज के राजा जयचन्द ने पृथ्वीराज चौहान के विरोध में खड़े होकर एक विदेशी आक्रान्ता मुहम्मद गोरी के पक्ष में अपना समर्थन दिया था, लेकिन मु. गोरी ने भी उसे इस कार्य के लिए कोई सम्मान नहीं दिया था। उसकी स्थिति इस कहावत के अनुसार हो गई थी, 'न इधर के हुए, न उधर के हुए'।

न उधो का लेना, न माधो का देना : किसी से कोई सम्बन्ध न रखना।

मुझे आपने आतंकवादी समझकर क्यों बन्दी बना लिया है। मैं तो एक संत हूं मुझे तो 'न उधो का लेना, न माधो का देना'।

न कर, न डर : जब कोई अपराध नहीं किया तो दंड से क्यों डरना।

मेरा चेहरा भले ही उस आतंकवादी चेहरे से मिलता हो, जिसका स्कैच पुलिस ने जारी किया है, लेकिन मैं क्यों हड़बड़ांऊ? 'न कर, न डर'।

न कुछ लेना, न कुछ देना : दे. 'न ऊधो का लेना, न माधो को देना'।

न कोई संग लाया है और न कोई ले जाएगा : संसार में मनुष्य खाली हाथ आता है और यहां से खाली हाथ जाता है।

एक सांसारिक व्यक्ति अपने अनैतिक कार्यों द्वारा भी धन एकत्रित करने में लगा रहता है, जबकि वह यह भी जानता है कि 'न कोई संग लाया है, और न कोई ले जाएगा'।

न खुदा ही मिला, न विसाले सनम, न इधर के हुए, न उधर के हुए : दे. 'दुविधा में दोऊ गए, माला मिली न राम'।

न घर का रहा, न घाट का : दे. 'न इधर के हुए, न उधर के'।

न तीन में, न तेरह में : सर्वाधिक उपेक्षित व्यक्ति।

किसी राष्ट्रीय समस्या की ओर सरकार का ध्यान आकर्षित करने के लिए मैं अनशन कर सकता हूं, लेकिन उसे कौन महत्व देगा। 'न तीन में, न तेरह में'।

न दीन का, न दुनिया का : जिसके गलत कार्यों से उसके लोक-परलोक दोनों नष्ट हो जाएं।

जो आतंकवादी निर्दोषों की हत्या करता है वह 'न दीन का रहता है और न दुनिया का'।

न नाम लेवा, न पानी देवा : जिसका सर्वनाश हो जाए।

जो जेहाद के नाम पर निर्दोषों का खून बहाते हैं उनका संसार में 'न नाम लेवा न पानी देवा', रहता है।

न नौ मन तेल होगा, न राधा नाचेगी : काम करने की असंभव शर्तें रख देना।

सत्तापक्ष के एक राजनेता ने इस प्रश्न का कि सीमा से आतंकवादियों का प्रवेश क्यों नहीं रुक पा रहा है, उतर देते हुए कहा कि जब तक सीमा पर ऊंची-ऊंची दीवारें नहीं बन जाती तब तक ये प्रवेश नहीं रुक सकता। यह तो वहीं बात हुई 'न नौ मन तेल होगा, न राधा नाचेगी'।

न रहेगा बांस, न बजेगी बांसुरी : झगड़े की जड़ को मिटाने से ही झगड़े का अंत हो सकता है।

एक कवि का कवि सम्मेलन में यह कहना कि आतंकवाद का अंत करने के लिए पाकिस्तान का अंत करना जरूरी है, कितना सार्थक कथन था! क्योंकि तब 'न रहेगा बांस, न बजेगी बांसुरी'।

नंगा क्या ओढ़े, क्या बिछाए : दरिद्र मनुष्य कठिनाई से ही अपने परिवार का पालन-पोषण करता है।

रजनीश मेरा ही तो पड़ोसी है। उसकी आर्थिक स्थिति मैं अच्छी तरह से जानता हूं। उससे दान मांगना ठीक नहीं है, क्योंकि वह तो ऐसी स्थिति से गुजर रहा है कि 'नंगा क्या ओढ़े, क्या बिछाए'।

नंगा क्या पहनेगा, क्या निचोड़ेगा : दे. 'नगां क्या ओढ़े, क्या बिछाए'।

नंगा नाचे फाटे क्या : निर्लज्ज व्यक्ति बुरे कर्म करने से क्यों डरेगा।

मैंने अपनी पत्नी से कहा कि ऐसा सुन रहे हैं, हमारे पड़ोसी की लड़की रात-रातभर घर से गायब रहती है। क्या इस घटना से इन्हें लज्जा नहीं आती? इस पर मेरी पत्नी ने कहा कि इस लड़की की मां भी तो ऐसा ही करती थी फिर 'नंगा नाचे फाटे क्या?'

नंगी ने घाट रोका, न नहाये न नहाने दे : किसी दुष्ट व्यक्ति का किसी वस्तु का उपयोग न स्वयं करना, न दूसरो को करने देना।

आर्यसमाज मंदिर के पुस्तकालय से एक सदस्य ने चारों वेद ले जाकर अपने घर रख लिए है। न वह उन्हें स्वयं पढ़ता है और न पुस्तकालय को लौटाता है। इसने तो यही कहावत सत्य कर दी कि 'नंगी ने घाट रोका, न नहाये न नहाने दे'।

नंगी होकर काता सूत, बूढ़ी होकर जाया पूत : सही समय पर कोई काम न करना।

अब तक तो मेरा मित्र अपने बाप की कमाई को उड़ाता रहा। पिता के मरने पर अब चालीस वर्ष की आयु में नौकरी खोजने निकला है। यह तो वही बात हुई–'नंगी होकर काता सूत, बूढ़ी होकर जाया पूत'।

नंगे से खुदा भी डरता है : निर्लज्ज व्यक्ति को खुदा भी अतिशीघ्र नहीं उठाता।

एक गंदा व्यक्ति हमारे मुहल्ले में आकर बस गया है। वह सैक्स-रैकेट चलाता और लड़कियों की तस्करी करता है। मुहल्ले के लोग उसकी अनैतिक गतिविधियों से तंग आ गए हैं और खुदा से प्रार्थना करते हैं कि खुदा ऐसे व्यक्ति को उठा ले, लगता है 'नंगे से खुदा भी डरता है'।

नई जवानी मांझा ढीला : जवानी में वृद्ध-सा लगने लगना।

आजकल के लड़के खान-पान पर उतना ध्यान नहीं देते जितना अपने शरीर की साज-सज्जा पर देते हैं। उन पर शीघ्र ही यह कहावत चरितार्थ होने लगती है—'नई जवानी मांझा ढीला'।

नकटे की नाक कटी, सवा गज़ और बढ़ी : निर्लज्ज व्यक्ति गंदे कारनामों से हतोत्साहित नहीं होते।

मेरा मित्र अपनी अधेड़ आयु में भी एक युवती के साथ लीव-इन-रिलेशनशिप में रह रहा है, लेकिन अब तो उसका लड़का भी उसी के पदचिह्नों पर चल पड़ा है। किसी ने सही कहा है, 'नकटे की नाक कटी, सवा गज़ और बढ़ी'।

नकद मजूरी चोखा काम : नकद मजदूरी देने से काम अच्छा होता है।

मेरे डाटने पर एक मजदूर ने कहा कि बाबू साहब! दस दिन से एक भी पैसा मेरे पल्ले नहीं पड़ा है और आप काम के अच्छे-बुरे की बात कर रहे हो। बाबू साहब! ध्यान रखो—'नकद मज़ूरी चोखा काम'।

नक्कारखाने में तूती की आवाज़ कौन सुनता है : बड़े आदमियों के बीच में छोटे आदमी का महत्व कुछ नहीं होता।

मैंने चाहा था कि मंत्री के आगमन पर मैं अपनी मांगे उनके समक्ष रखूंगा, लेकिन जब मंत्री महोदय का आगमन हुआ, तो उन्हें क्षेत्र के बड़े-बड़े आदमी घेर कर खड़े हो गए। मैं स्वयं ही यह सोचते हुए पीछे हट गया कि 'नक्कारखाने में तूती की आवाज़ कौन सुनेगा'।

नटिनी जब बांस पर चढ़ी तो घूंघट क्या? : जब बेशर्मी का काम करना शुरू कर ही दिया तो फिर शर्म किसकी?

आपने अपने लड़के की शादी में जब वेश्याएं नचा ही दी तो युवकों की भांति उनके लटके-झटकों पर क्यों नहीं झूम उठते? कहावत है—'नटिनी जब बांस पर चढ़ी तो घूंघट क्या?'

नदियों में कंकड़ और काशी में शंकर : किसी वस्तु की अधिकता होना।

अब तो गली-मुहल्लों में इतने पब्लिक स्कूल खुल गए हैं जितने 'नदियों में कंकड़ और काशी में शंकर है'।

नदी किनारे रूखड़ा, जब तब होय विनाश : मरणासन्न व्यक्ति की स्थिति की ओर संकेत।

मेरे पिताजी की दशा दिन पर दिन गिरती जा रही है। दवाओं ने भी काम करना बंद कर दिया है। अब तो उनके सम्बन्ध में बस यहीं कहा जा सकता है कि वे 'नदी किनारे रूखड़ा, जब तब होय विनाश' की स्थिति में आ गए हैं।

नया नौ दिन पुराना सौ दिन : नई की तुलना में पुरानी वस्तु स्थायी मानी गई है।

यद्यपि कॉलेज में नए-नए अध्यापक आ गए हैं, लेकिन पुराने अध्यापक जो अब सेवानिवृत हो चुके हैं उन जैसा विद्वान और परिश्रमी इनमें से कोई नहीं है। बड़े-बड़े ठीक कहते आए हैं–'नया नौ दिन पुराना सौ दिन'।

नया बावर्ची साग में शोरबा : अनुभवहीन व्यक्ति कार्य को बिगाड़ देते हैं।

नया माली क्या आया इसने तो पौधों की निराई-गुड़ाई इतनी गहरी कर डाली कि आधे-पौधे सूख ही गए हैं। यह तो 'नया बावर्ची साग में शोरबा' वाली बात हो गई है।

नया हकीम दे अफीम : दे. 'नय बावर्ची साग में शोरबा'।

नाई की बारात में जने-जने ठाकुर : शेष सभी जातियों की बारात में केवल एक नाई जाता है और उसे ही सभी रस्मों को देखना पड़ता है, लेकिन नाई की बारात में सभी नाई हैं, अतः वह विशेष स्थान, जो रस्मों का निर्वाह कर सके किसे देना चाहिए? यह समस्या बनी रहती है।

नाई-नाई! बाल कितने? जजमान अभी सामने आवेंगे : ऐसी बात के सम्बन्ध में जानकारी लेना, जो तुरन्त सामने से गुजरनी है।

प्रश्नपत्र कैसा आएगा आप मुझसे यह क्यों पूछ रहे हैं। अभी एक मिनट तो परीक्षाएं शुरू होनी हैं तब स्वयं देख लेना। आप तो वही बात कर रहे हैं, 'नाई-नाई! बाल कितने? जजमान अभी सामने आवेंगे'।

नाई, ब्राह्मण, हाऊ; जाति देखि गुर्राऊ : नाई, ब्राह्मण और कुत्ते अपनी जाति वालों को सहन नहीं कर सकते।

उस समय गांवों में आवागमन के साधन नहीं थे। घर लौटने में मुझे रात हो गई। मैंने एक गृहस्वामी के समक्ष एक रात ठहरने की प्रार्थना

की। उसने उत्तर में कहा कि यदि ब्राह्मण न हों तो आश्रय मिल सकता है, क्योंकि मैं ब्राह्मण हूं और ब्राह्मणों से ईर्ष्या करता हूं, क्योंकि 'नाई, ब्राह्मण, हाऊ; जाति देखि गुर्राऊ'।

नाक कटी पर हठ न हटी : अपमानित होने पर भी हठ न छोड़ना।

आतंकी सरगना लादेन के पाकिस्तान में मिलने से पाकिस्तान की बहुत किरकिरी हुई है, लेकिन वह आतंकवाद को फिर भी बढ़ावा दे रहा है। यह तो वही बात हुई, 'नाक कटी पर हठ न हटी'।

न बासी बचे न कुत्ता खाए : जिस दिन के लिए जितना काम निर्धारित हो उसे उसी दिन पूरा कर लेना चाहिए।

नमाज छोड़ने गए थे, रोजे गले पड़ गए : किसी छोटे दुःख के निराकरण के प्रयास में बड़ा दुःख उठाना।

मैं अपने साहित्यिक गुरु के पास अपनी प्रकाशनार्थ पुस्तक के लिए भूमिका लिखवाने चला गया। उन्होंने मेरा अनुरोध तो स्वीकार कर लिया, लेकिन अपनी कहानी संग्रह की पुस्तक के प्रूफ पढ़ने के लिए मुझे दे दिए। यह तो वही बात हुई, 'नमाज छोड़ने गए थे, रोजे गले पड़ गए'।

नया मुल्ला अल्लाह ही अल्लाह पुकारता है : नया पद प्राप्त करने पर अपने को अधिक से अधिक प्रदर्शित करना।

दीपचन्द कॉलेज का प्रबन्धक क्या बना, वह नित्य कालिज के निरीक्षण पर जाया ही रहता है। यह तो वही बात हो रही है 'नया मुल्ला अल्लाह ही अल्लाह पुकारता है'।

न सुनोगे सीख तो मांगोगे भीख : यदि सुखी और सम्पन्न जीवन जीना चाहते हो तो अच्छे पुरुषों की शिक्षा पर चलना चाहिए।

अच्छे माता-पिता अपने बच्चों को प्रायः नैतिक शिक्षा देते रहते हैं और यह चेतावनी भी देते रहते हैं कि 'न सुनोगे सीख तो मांगोगे भीख'।

नाक दबाने से मुंह खुलता है : दबाव पड़ने से ही कोई व्यक्ति या अपराधी अपने अपराधों को खोलता है।

कोई भी अपराधी तब तक अपने अपराध को स्वीकार नहीं करता जब तक कि पुलिस उस पर दबाव नहीं डालती। यह कहावत सच ही है कि 'नाक दबाने से मुंह खुलता है'।

नाच न जाने, आंगन टेढ़ा : काम न आने पर उसे न करने के बहाने खोजना।

मेरी पत्नी खाना बनाने की कला में निपुण नहीं थी। जब वह प्रथम बार हमारे घर आई तो मेरी माताजी ने उसे पनीर लाकर दिया और उसे मटर-पनीर बनाने के लिए कहा। मेरी पत्नी ने तुरन्त कहा कि यह पनीर तो खट्टा हो चुका है, फिर इसे बनाने से क्या लाभ। मैं उसकी स्थिति को देखकर समझ गया था कि यह तो 'नाच न जाने, आंगन टेढ़ा' वाली बात है।

नाचे-कूदे वानरा, माल मदारी खाय : किसी के परिश्रम से कमाए गए धन का कोई और उपभोग करे।

जनता आयकर के रूप में सरकार को धन देती है, लेकिन भ्रष्टाचार में लिप्त अधिकारी उस धन से अपनी तिजोरी भरते रहते हैं। यह तो वही बात हो रही है, 'नाचे-कूदे वानरा, माल मदारी खाय'।

नाचे तो घूंघट क्या : जब कोई निर्लज्जता का काम करना ही है तो उसमें मर्यादा क्यों?

जब कोई लड़की अपने घरवालों से विद्रोह करके किसी अपने प्रेमी के साथ घर से भाग गई है तो वह छिपकर क्यों रहे। उसे तो यह कहावत याद रखनी चाहिए, 'नाचे तो घूंघट क्या'।

नाचने वालों के पैर थिरकने लगते हैं : एक कर्मठ व्यक्ति अवसर मिलते ही काम में जुट जाता है।

रणजीत सिंह अपने कार्यालय जाते समय जैसे ही एक भवन के पास से गुजरा कि तुरन्त वह भवन धराशायी हो गया। उसने अपनी बाइक एक ओर खड़ी की और मलबे में दबे हुए व्यक्तियों को निकालने लगा। किसी ने सच कहा है, 'नाचने वालों के पैर थिरकने लगते है'।।

नाटों खेती, बहुरियों घर : छोटे बैलों से खेती नहीं होती और नई स्त्रियों से गृहस्थी नहीं संभलती।

मेरे पुत्र की अभी-अभी शादी हुई थी और वह अपनी पत्नी को लेकर शहर चला गया। मैंने अपनी पत्नी से कहा कि तुम भी बहू के पास रहने के लिए शहर चली जाओं, क्योंकि कहावत है, 'नाटों खेती बहुरियों घर'।

नादान की दोस्ती जी का जियान : मूर्ख की मित्रता कभी-कभी संकट में डाल देती है।

मेरा दोस्त अपनी मूर्खता के कारण कुछ भी उलटे-सीधे, काम कर देता

है। इस कारण से मैंने उससे दोस्ती के सम्बन्ध समाप्त कर लिए हैं, क्योंकि मैं जानता हूं कि 'नादान की दोस्ती जी का जियान' है।

नादान दोस्त से दाना दुश्मन भला : मूर्ख मित्र से बुद्धिमान शत्रु अच्छा होता है। भारत के लिए पाकिस्तान एक मूर्ख मित्र है और चीन एक बुद्धिमान शत्रु है, अतः भारत के लिए पाकिस्तान की तुलना में चीन अच्छा सिद्ध हो सकता है। बड़े-बड़े ठीक कहते आए हैं, 'नादान दोस्त से दाना दुश्मन भला होता है'।

नाना के टुकड़े खावे, दादा का पोता कहावे : किसी के प्रति भलाई कोई करे और उसका श्रेय कोई दूसरा उठाए।

नेपाल देश की भारत ने बहुत सहायता की है, लेकिन अब नेपालवासी चीन को अपना सहायक मानने लगे हैं। यह तो वही बात हो रही है, 'नाना के टुकड़े खावे, दादा का पोता कहावे'।

नानी कुंआरी मर गई, नवासे के नौ-नौ ब्याह : व्यर्थ शेखी बघारना।

मेरे मित्र के पास केवल एक जोड़ी सफेद कुरता-पाजामा है। वह उसे पहनकर अपने को बहुत बड़ा नेता मानता है और प्रधानमंत्री तक अपने सम्बन्धों का बखान करता रहता है, लेकिन मैं तो उसके सम्बन्ध में यही कहूंगा कि 'नानी कुंआरी मर गई, नवासे के नौ-नौ ब्याह'।

नानी खसम करे, नवासा चट्टी भरे : एक के अपराध का दंड दूसरा भोगे।

आपके घर में आग मेरे दोस्त ने ही तो लगाई है। उसका दंड वही तो भोगेगा, मैं क्यों भोगू। आप तो मुझ पर दंड करके वहीं काम कर रहे हो कि 'नानी खसम करे, नवासा चट्टी भरे'।

नापे सौ गज, फाड़े नौ गज : कथनी करनी में अन्तर करना।

आजकल के नेता जनता को झूठे आश्वासन देकर ख़ुश कर जाते हैं और उनके पूरा करने का परिणाम शून्य निकलता है। उनके सम्बन्ध में तो यही बात सत्य है, 'नापे सौ गज, फाड़े नौ गज'।

नाम नयन सुख, जन्म के अन्धे : नाम के अनुकूल गुण न होना।

नाम बड़ा और दर्शन छोटे : नाम बहुत विख्यात लेकिन गुण कम होना।

जब मुझे स्कूल के लिए दान में सेठ जमना प्रसाद ने एक सौ एक रुपये दिए तो मैंने उनसे कहा कि मैं तो दान के रूप में इन्हें भी स्वीकार कर लूंगा, लेकिन लोग कहते रह जाएंगे, 'नाम बड़ा और दर्शन छोटे'।

नाम बढ़ावे दाम : बड़े नाम वाली दुकान पर वस्तुएं मंहगी मिलती हैं।

मैं बड़े नाम वाली दुकान से कभी कोई सामान नहीं खरीदता, क्योंकि मुझे पता है कि 'नाम बढावे दाम'।

नाम सुलखनी कुटुम छकावे, आप तले की खुरचन खावे : एक सुघड़ गृहणी अपने से अधिक अपने परिवार का ध्यान रखती है।

नाम से हाजी वैसे पाजी : धर्म की आड़ में अनैतिक कार्य करना।

आजकल ऐसे तथाकथित संन्यासियों की कमी नहीं हैं, जो अनैतिक कार्य करने के लिए भगवा वेश धारण कर लेते हैं। वे 'नाम से हाजी वैसे पाजी है'।।

नारि धर्म पतिदेव न दूजा : स्त्रियों के लिए पति के सिवाय दूसरा देवता नहीं है। आर्य समाज महिलाओं को इन धूर्त तथाकथित संन्यासियों से सावधान करते हुए कहते आ रहे हैं कि उनके पाखंड़ों पर विश्वास न करें और न उन्हें अपना गुरु मानें। महिलाओं को ध्यान रखना चाहिए कि 'नारि धर्म पतिदेव न दूजा'।

निकली हलक से चली खलक में : मुख से निकलते ही बात संसार में फैल जाती है।

आख़िर आपने वही काम किया जिसे न करने के लिए मैंने आपको सावधान किया था। अपने-अपने मित्र को मेरे प्यार की बात बताकर मुझे बदनाम कर ही डाला। मैंने कहा था कि 'निकली हलक से चली खलक मे'।।

निकली होठों चढ़ी कोठों : दे., 'निकली हलक से चली खलक मे'।

निर्बल के बल राम : असहायों की सहायता भगवान करते हैं।

सांसारिक मनुष्य निर्बल व्यक्तियों की कोई सहायता नहीं करते, वे तो बेचारे भगवान के भरोसे जीते हैं। तभी तो कहा है कि 'निर्बल के बल राम' होते हैं।

नीम हकीम खतरा जान : अधूरा ज्ञान समस्याएं खड़ी कर देता है।

मेरे दोस्त! मकान किसी अच्छे मिस्त्री से बनवाते तो कितना अच्छा रहता! किसी अध-कचरे से बनवा कर अपनी ही तो हानि की। सारी दीवारें एक ओर को झुक रही हैं। आपको पता होना चाहिए था कि 'नीम हकीम खतरा जान'।

नेकनाम बनिया बदनाम चोर : बनिया और चोर दोनों ही ठगते हैं, लेकिन बनिया को प्रतिष्ठा मिलती है और चोर की निन्दा होती है।

नेकी और पूछ-पूछ : भलाई करने में पूछना क्या।

मैंने अपने मित्र से कहा कि जब तक आपकी आर्थिक स्थिति अच्छी नहीं हो जाती तब तक आपके बच्चे की स्कूल की फीस मैं ही देता रहूं तो आपको कोई आपत्ति तो नहीं होगी। मेरे मित्र ने कहा, 'नेकी और पूछ-पूछ'।

नेकी कर दरिया में डाल : उपकार करते समय प्रत्युपकार की इच्छा नहीं रखनी चाहिए।

सभी धर्मों के संत-मुनि समस्त सांसारिक व्यक्तियों को यह उपदेश देते हैं कि परोपकार को धर्म और कर्तव्य समझकर करना चाहिए। परोपकार के बदले में किसी के द्वारा आभार प्रदर्शन या प्रशंसित होने की कामना नहीं करनी चाहिए। मनुष्य में 'नेकी कर दरिया में डाल' वाली भावना होनी चाहिए।

नेकी-बदी रह जाती है : मनुष्य की मृत्यु के बाद संसार में उसके अच्छे या बुरे कर्म की ही बातें रह जाती है।

ईसाई धर्म की मान्यता है कि मनुष्य केवल एक बार ही संसार में जन्म लेता है, अतः फिर क्यों न ऐसे अच्छे कर्म किए जाएं जिन्हें संसार याद करता रहे, क्योंकि मृत्यु के बाद व्यक्ति की संसार में 'नेकी-बदी रह जाती है'।

नौ की लकड़ी नब्बे खर्च : वस्तु के मूल्य से अधिक उसके रख-रखाव पर खर्च हो जाना।

मुम्बई आतंकी हमले के एक-मात्र जीवित अपराधी के जेल में रखने और उसकी सुरक्षा पर करोड़ों रुपये व्यय कर दिए हैं। यह तो वही बात हो रही है, 'नौ की लकड़ी नब्बे खर्च'।

नौ दिन चले अढ़ाई कोस : बहुत धीमा काम चलना।

संसद भवन पर आतंकी हमला करने वाले अफजल गुरु को घटना के दस वर्ष बाद तक भी सज़ा नहीं दी गई है। भारतीय न्याय-व्यवस्था पर यह कहावत सटीक बैठती है, 'नौ दिन चले अढ़ाई कोस'।

नौ-दो ग्यारह होना : तितर-बितर हो जाना।

बिल्ली को देखकर चूहे 'नौ-दो ग्यारह हो जाते है'।।

नौ नकद न तेरह उधार : अधिक मूल्य पर उधार बेचने की अपेक्षा कम मूल्य पर नकद बेचना अच्छा माना गया है।

मुझे पता है कि ग्राहक अधिक मूल्य देकर उधार वस्तुए क्रय करना चाह रहा है, लेकिन मैं उसे इसलिए नहीं देना चाह रहा हूं कि उधार वसूल करने में जोख़िम है, अतः मेरी तो नीति 'नौ नकद न तेरह उधार' वाली है।

नौ सौ चूहें खाकर बिल्ली हज को चली : सारी आयु पाप करके अन्त में धर्मात्मा बनने का ढोंग रचना।

सारी आयु तो चोरी करता रहा और अब बुढ़ापे में स्कूल की एक सौ-एक रुपये की दान की रशीद कटवाकर दानी बनने का ढोंग रच रहा है। यह तो वही बात हुई न, कि 'नौ सौ चूहें खाकर बिल्ली हज को चली'।

नौकरी की जड़ आसमान में या नौकरी ताड़ की छांह : नौकरी का कोई भरोसा नहीं है कि वह किस समय छूट जाए।

नौकरी की पत्थर पर जड़ है : नौकरी को कभी स्थायी नहीं समझना चाहिए।

बेटे! बहुत कठिन परिश्रम और भाग-दौड़ से यह नौकरी मिल पाई है। अपना कार्य पूर्ण निष्ठा के साथ करना है और सदैव यह समझना है कि 'नौकरी की पत्थर पर जड़ है'।

न्यारा पुत्र पड़ोसी दाखिल : परिवार से अलग हुआ पुत्र पड़ोसी के समान हो जाता है।

मैं मानता हूं बेटे! कि तुम अपनी पत्नी के दबाव से हमसे अलग हो रहे हो, लेकिन अब हमारे तुम्हारे सम्बन्ध बाप-बेटे के नहीं रहेंगे। क्योंकि बड़े-बड़े कहते आए हैं, 'न्यारा पुत्र पड़ोसी दाखिल'।

न्योते गांव पास नहीं कौड़ी : अपनी सामर्थ्य से बाहर काम करना।

पाकिस्तान ने बिना किसी तैयारी के कारगिल पर आक्रमण कर दिया था और भारत से पराजय का मुंह देखना पड़ा था। उसकी तो 'न्योते गांव पास नहीं कौड़ी' वाली स्थिति थी।

प

पंच कहे बिल्ली तो बिल्ली ही सही : सब की सम्मति में अपनी सम्मति देखना।

यद्यपि मैंने बड़े चौधरी का बैल नहीं चुराया था, लेकिन सब ऐसा ही

सोच रहे हैं तो मैं यह चोरी स्वीकार कर लेता हूं। मैं तो इस सिद्धान्त का मानने वाला हूं कि 'पंच कहे बिल्ली तो बिल्ली ही सही'।

पंच जहां, परमेश्वर वहां : पंच ही परमेश्वर होता है।

मैंने पंचों को अपनी पत्नी से तलाक लेने का कारण उसके द्वारा मुझे मारने की कोशिश को बताया, लेकिन पंचों ने उसे मान्य नहीं किया। मैं पंचों के निर्णय को ठुकरा भी नहीं सकता था, क्योंकि 'पंच जहां, परमेश्वर वहा'।।

पंचों का कहना सिर माथे पर, मगर परनाला यहीं रहेगा : दूसरों से सहमति भी दिखाना और अपनी बात पर अड़े भी रहना।

भरतु चौधरी ने अपनी पत्नी पर जिन आरोपों को लगाकर उसे तलाक दे दिया था, पंचों ने उन्हें अमान्य कर दिया, लेकिन भरतु ने वहां घोषणा कर दी कि मैं पंचों की बात मान लेता हूं कि मेरी पत्नी ऐसी नहीं है जैसा कि मैंने उस पर गंभीर आरोप लगाए है, लेकिन फिर भी मैं अपनी पत्नी को अपने पास नहीं रख सकता। यह तो वही बात हुई, 'पंचों का कहना सिर माथे पर, मगर परनाला यहीं रहेगा'।

पंचो का जूता और मेरा सिर : पंचों की बात को मानने के लिए वचन-बद्ध होना।

मेरे लड़के ने रामे कहार की लड़की को छेड़ा है या नहीं, इसके सम्बन्ध में मुझे जो कहना था वह कह दिया है। आगे जो पंच निर्णय देंगे उसे मैं स्वीकार कर लूंगा। अब तो 'पंचों का जूता और मेरा सिर' वाली बात मुझे मान्य है।

पंचों मिल कीजिए काज, हार-जीत न आवे लाज : सबके साझे में किया गया कार्य अच्छा माना जाता है, यदि उसमें कुछ गलती भी हो जाती है तो उससे लज्जित नहीं होना पड़ता।

सरकार की उदासीनता को देखते हुए हमारे गांव-वासियों ने सबके सहयोग से श्रमदान द्वारा एक सड़क का निर्माण कर डाला। लेकिन उस सड़क द्वारा सरकारी जमीन का अतिक्रमण हो गया और सभी गांव-वासियों पर इसका नोटिस आ गया, परन्तु इससे कोई भी तनावग्रस्त नहीं हुआ। क्योंकि सभी ने अपने को इस कहावत से जोड़ दिया, 'पंचों मिल कीजिए काज, हार-जीत न आवे लाज'।

पक्षी भी वहां पर नहीं मार सकता : ऐसा स्थान जहां कोई नहीं जा सकता।

कुख्यात तस्कर ऐसे गुप्त स्थान पर रहते हैं, जहां 'पक्षी भी पर नहीं मार सकते'।

पग बिन कटे न पंथ : काम करने से ही समाप्त होता है।

ढेर सारी फाइल मेरी मेज पर रखी थी। मैं चिंतित हो रहा था कि कैसे मैं इतने फैले हुए काम को समाप्त कर सकूंगा। आखिर मुझे सोचना ही पड़ा, 'पग बिन कटे न पंथ'।

पड़वा गमन न कीजिए, जो सोने की होय : पड़वा (पूर्णमासी से अगला दिन) को यात्रा नहीं करनी चाहिए, भले ही वह यात्रा कितनी भी लाभदायक क्यों न हो।

पड़ोसी के घर मेह बरसेगा तो बौछार यहां भी आवेगी : धनी पड़ोस अच्छा होता है।

मेरे दोस्त! आप अपने धनी पड़ोसी से बहुत ईर्ष्या रखते हो, लेकिन यह व्यावहारिक दृष्टि से गलत है। आपको तो यह समझना चाहिए कि 'पड़ोसी के घर मेह बरसेगा तो बौछार यहां भी आवेगी'।

पढिया भैया सोई, जिससे हंडिया खुदबुद्ध होई : वही पढ़ना चाहिए जो धन कमाने में सहायक हो।

पढ़े न लिखे नाम विद्या सागर : गुण के विपरीत नाम।

पढ़े फारसी बेचे तेल, यह देखों कुदरत के खेल : बेरोजगारी के कारण अच्छे पढ़े-लिखे लोग भी चतुर्थ श्रेणी की नौकरी को भी खोज रहे हैं।

पति और परमेश्वर बराबर है : स्त्री के लिए पति ही भगवान होता है।

पत्थर को जोंक नहीं लगती : निष्ठुर व्यक्ति को दया नहीं आती।

सेठ गंगा दास के मन में दान के प्रति तनिक भी आस्था नहीं है। अनाथ आश्रम से लेकर स्कूल तक किसी के लिए भी उसके पास एक पैसा तक नहीं है। उसके पास जाने से पहले यही सोचना पड़ता है, 'पत्थर को जोंक नहीं लगती'।

पत्थर घिसते-घिसते महादेव बन जाता है : अभ्यास करते-करते बुद्धिहीन भी विद्वान बन जाता है।

पर उपदेश कुशल बहुतेरे, जे आचरहिं ते नर न घनेरे : दूसरों के लिए उपदेश करना बहुत सरल है, लेकिन उन पर स्वयं आचरण करना बहुत कठिन है।

हमारे देश में अनेकों ऐसे प्रवचनकर्ता हैं, जो प्रायः इस बात पर बल देते हैं कि धन के प्रति जब तक आस्था रहेगी, तब तक मानव मोक्ष प्राप्त नहीं कर सकता, लेकिन वे स्वयं एक पारी में प्रवचन करने के

लाखों रुपया लेते हैं। उन पर यह कहावत चरितार्थ होती हैं—'पर उपदेश कुशल बहुतेरे, जे आचरहिं ते नर न घनेरे'।

पर देशी की प्रीति, फूस का तापना : जैसे फूस की आंच क्षणिक होती है वैसे ही परदेशी का प्रेम भी क्षणिक होता है।

परमेश्वर के यहां देर है अंधेर नहीं : परमेश्वर मनुष्य को उसके कर्मों का फल अवश्य देता है, भले ही उसमें कुछ विलम्ब हो जाए।

आपने मेरे पति की हत्या की और अपने धन के बल पर न्यायालय से ससम्मान निर्दोष होकर आ गए हो, लेकिन अभी भगवान का निर्णय आना बाकी है। सदैव ध्यान रखना, 'परमेश्वर के यहां देर है अंधेर नहीं'।

पर धन बांधे कपड़ा फाटे : दूसरे का धन अपने पास नहीं रखना चाहिए, क्योंकि उसके रखने से हानि हो सकती है।

पर धन राखे मूरख चन्द : मूर्ख व्यक्ति ही दूसरे के धन को अपने पास रखते हैं, क्योंकि उन्हें यह ज्ञान नहीं होता कि इससे उसे कोई लाभ नहीं होता है।

परबत पर खोदे कुआं, कैसे निकसे तोय : असंभव काम के लिए परिश्रम करने से कोई लाभ नहीं होता।

बेटे! तुम्हारी मां अब कोमा में चली गई है, अतः अब उसकी मृत्यु निकट है। फिर इधर-उधर अस्पताल में ले जाने से अब क्या लाभ मिलने वाला है। कहावत है, परबत पर खोदे कुआं, कैसे निकसे तोय'।

परहित सरिस धरम नहिं भाई, पर निन्दा सम नहिं अधमाई : परोपकार सर्वोच्च धर्म है और परनिन्दा सबसे बड़ा पाप है।

पराई सराय में कौन धुआं करता है : कोई दूसरे की सहायता नहीं करता है।

पराधीन सपनेहु सुख नाही : पराधीनता में कभी भी सुख नहीं मिलता।

स्वामी दयानन्द सरस्वती ने कहा था कि स्वतंत्रता कितनी भी दुखद क्यों न हो, वह पराधीनता से श्रेष्ठ होती है। उनकी मान्यता थी, 'पराधीन सपनेहु सुख नाही'।

पराए पूतों कौन सपूती : दूसरों के पुत्र को गोद लेने से कोई महिला सपूती नहीं हो जाती।

यह सही है कि मैं गोद लिए पुत्र से कुछ तनाव रहित सी रहने लगी हूं, लेकिन अपनी कोख से जाये पुत्र जैसा सुख नहीं मिल सका है। यह कहावत सही है, 'पराए पूतों कौन सपूती'।

पल में तोला, पल में मासा : चंचल प्रकृति का मनुष्य।

'पल में तोला पल में मासा' वाला व्यक्ति कभी भी अपने मन पर नियंत्रण नहीं कर सकता।

पहले दिन पहुना, दूसरे दिन ठेहुना, तीसरे दिन केहूना : किसी का यहां एक दिन से अधिक अतिथि के रूप में रहने से निरंतर उसकी गरिमा गिरती चली जाती है।

पहले पहर सब कोई जागे, दूजे पहर भोगी, तीसरे पहर चोरा जागे चौथे पहर जोगी : रात के प्रथम पहर में सभी जागते हैं, दूसरे पहर में भोगी जागते हैं, तीसरे पहर में चोर जागते हैं और चौथे पहर योगी जागते हैं।

पहले पीवे योगी, बीच में पीवे भोगी और पीछे पीवे रोगी : खाने के साथ पानी पीने के आधार पर मनुष्यों का वर्गीकरण किया गया है। भोजन लेने से पहले योगी लोग पानी पीते हैं, भोजन के बीच में भोगी पानी पीते हैं और भोजन के अन्त में रोगी पानी पीते हैं।

पहले लिख और पीछे दे, भूल पड़े कागज से ले : यदि किसी को रुपये देने हैं तो पहले अपनी बही में लिखकर बाद में देने चाहिए। इस प्रक्रिया में कोई भूल नहीं होती।

पहले सोच-विचार पीछे कीजिए कार : पहले अच्छी तरह विचार करके फिर कोई काम शुरू करना चाहिए।

समाजसेवी अन्ना हजारे के भ्रष्टाचार विरोधी आंदोलन को समाप्त करने के लिए सरकार ने बिना सोचे-समझे ही अन्ना हजारे को गिरफ्तार कर लिया था। सरकार के इस कदम से जनता सरकार के विरुद्ध खड़ी हो गई थी। सरकार को इस कहावत का अनुकरण करना चाहिए था कि 'पहले सोच-विचार पीछे कीजिए कार'।

पांच पंच मिल कीजिए काज, हार जीत न आवे लाज : दे॰ 'पंचों मिल कीजै काज, हारे जीत न आवे लाज'।

पांचों उंगलिया एक सी नहीं होती : सब मनुष्यों की प्रवृत्ति एक सी नहीं होती।

यह सही है कि संसार में अधर्मी लोग बढ़े हैं, लेकिन फिर भी नेक पुरुषों की कमी नहीं है। अब भी सभी तरह के लोग संसार में है। जिस प्रकार 'पांचों उंगलियां एक सी नहीं होती' उसी प्रकार सभी लोग एक प्रवृत्ति के नहीं हो सकते।

पांचों उंगलियां घी में : आनंद सहित जीवन यापन करना।

भारत में अमीर और गरीब के मध्य खाई चौड़ी होती ही जा रही है। किसी की 'पांचों उंगलियां घी मे'। है और किसी को एक समय का खाना भी नहीं मिल पा रहा है।

पान पुराना, घी नया, और कुलवन्ती नार; चौथी पीठ तुरंग की, स्वर्ग निशानी चार : जिस व्यक्ति को पुराना पान और नया घी खाने को मिले, जिसकी स्त्री पतिव्रता हो और उसे सवारी करने को घोड़ा मिल जाए तो उसे स्वयं को स्वर्ग में समझना चाहिए।

पानी पीकर जाति पूछना व्यर्थ : काम करने के बाद उसके सम्बन्ध में जांच-पड़ताल करने का कोई औचित्य नहीं है।

जब आपने उस प्रत्याशी को अपना मत दे ही दिया तो फिर अब उसके आपराधिक जीवन के सम्बन्ध में जांच-पड़ताल करने का औचित्य ही क्या रह जाता है। 'पानी पीकर जाति पूछना व्यर्थ है'।

पानी पीजिए छान के, गुरू कीजिए जान के : पानी छानकर पीना चाहिए और अच्छी तरह से जांच-पड़ताल करके ही किसी को गुरू बनाना चाहिए।

आर्य समाज के प्रचारक सर्वसाधारण को सचेत करते हुए कहते आ रहे हैं कि भगवा वेश देखकर ही उसके झांसे में न आएं, बल्कि उसकी अच्छी तरह से परख कर लेनी चाहिए कि यह गरु बनाने योग्य है अथवा कोई ठग है। हमारे पूर्वज भी सावधान करते आ रहे हैं कि 'पानी पीजिए छान के, गुरु कीजिए जान के'।

पानी बाढ़े नाव में, घर में बाढ़े दाम; दोनों हाथ उलीचिए, यही सयानो काम : बढ़ते हुए धन से दान न देने पर वह बढ़ता हुआ धन उस परिवार को उसी तरह से नष्ट कर देता है जैसे नाव में बढ़ता हुआ पानी नाव को डुबाकर नष्ट कर देता है।

पानी मथने से घी नहीं निकलता : निरर्थक बातों से कोई परिणाम नहीं निकलता।

कई दशकों से कश्मीर समस्या पर भारत-पाक वार्ता चल रही है, लेकिन फिर भी कोई परिणाम नहीं निकल पाया है। इन दोनों देशों को अब समझ लेना चाहिए कि 'पानी मथने से घी नहीं निकलता' है।

पानी में मछली नौ-नौ टुकड़ा हिस्सा : काम पूरा होने से पहले ही बंटवारे का हिसाब-किताब लगा लेना।

पानी में रहकर मगरमच्छ से बैर : दे० 'जल में रहकर मगरमच्छ से बैर'

पाप का घड़ा भरकर ही फूटता है : जब किसी पापी का पाप पराकाष्ठा पर पहुंच जाता है तब उसका विनाश हो जाता है।

विश्व को अपने दानवी आतंक से थर्रा देने वाला लादेन अभी विश्व को और थर्राना चाहता था, लेकिन अमेरिका की कार्रवाई से वह मारा गया। किसी ने सही कहा है, 'पाप का घड़ा भरकर ही फूटता है'।

पाप का बाप लालच : लालच ही पाप को जन्म देता है।

पाप छिपाये न छिपे, ज्यों लहसुन की बास : लहसुन की गंध की तरह पाप भी छिपाये से नहीं छिपता।

पापी का माल अकारथ जाय : पापी का माल व्यर्थ खर्च होता है।

जमनासाह ने ग़रीब परिवारों से मनचाहा ब्याज वसूल कर एक बड़ी धनराशि एकत्रित कर ली थी, लेकिन उसकी मृत्यु के बाद उसके पुत्रों ने वह धनराशि शराब और अय्याशी में उड़ा दी। किसी ने सत्य कहा है, 'पापी का माल अकारथ जाय'।

पाप, राजा और रोग अशक्त को ही दबाते हैं : पाप, राजा और रोग शक्तिहीन को ही दबाते हैं।

पारस को छूने से लोहा सोना हो जाता है : सत्संगति से दुर्जन भी सज्जन हो जाते हैं।

आज के युग में छोटे-छोटे बच्चे भी अपराधों की ओर इसलिए आकर्षित हो रहे हैं, क्योंकि उन्हें अच्छी संगति नहीं मिल रही है। सूरदास कवि कहते हैं कि जिस प्रकार 'पारस को छूने से लोहा सोना हो जाता है' उसी प्रकार अच्छी संगति से दुर्जन भी सज्जन बन जाता है।

पासा पड़े अनाड़ी जीते : कर्मों के परिणामों को भाग्य भी प्रभावित करता है।

क्रिकेट के खेल का परिणाम खिलाड़ी की शक्ति या सामर्थ्य पर निर्भर नहीं करता, बल्कि खिलाड़ी के भाग्य का अनुकूल-प्रतिकूल होना भी परिणाम को प्रभावित करता है। तभी तो कहा गया है कि 'पासा पड़े अनाड़ी जीते'।

पाप छिपाया पाप बढ़ाया : यदि कोई अपराध करके उसे छिपाता है तो वह और भयंकर पाप करता है।

बलवन्त ने दिन-दहाड़े बैंक लूटा था। वह पकड़ा गया, लेकिन पूर्ण साक्ष्यों के होते हुए भी वह अपने अपराध को अस्वीकार ही करता रहा।

फलतः न्यायाधीश ने उस पर कोई करुणा न दिखाते हुए उसे कड़ी सजा दे डाली। उसे यह समझना चाहिए था कि 'पाप छिपाया पाप बढ़ाया'।

पास में न पैसा तो सुखचैन कैसा? : धन के बिना सुखी जीवन जीना असंभव है। मुझे अपनी लड़की के रिश्ते के लिए एक लड़के की तलाश थी। मेरे मित्र ने मुझे एक लड़के के सम्बन्ध में बताते हुए कहा कि उस परिवार की आर्थिक स्थिति तो इतनी अच्छी नहीं है, परन्तु वह सुखी परिवार कहा जा सकता है। मैंने उससे कहा, 'पास में न पैसा, तो सुखचैन कैसा?'

पीर को न शहीद को पहले नकटे देव को : जब किसी वस्तु के वितरण में उसकी शुरुआत किसी सम्मानित व्यक्ति से न करके किसी साधारण व्यक्ति को देने से करें।

पीर बावर्ची भिश्ती खर : जो व्यक्ति हर कार्य कर सके।
जब तक आपका स्वास्थ्य सामान्य नहीं हो जाता तब तक ऐसी नौकरानी रख लेनी चाहिए, जो खाना बनाने से लेकर बच्चों को तैयार करके स्कूल भी भेज सके, अर्थात वह 'पीर बावर्ची भिश्ती खर' होनी चाहिए।

पुन्य की जड़ सदा हरी : पुन्य ही मनुष्य के जीवन में सुख और स्मृद्धि लाता है। आर्य समाज के विद्वान कहते हैं कि यदि जीवन में सुख और स्मृद्धि चाहते हो तो बाह्य धार्मिक पाखंडों से अपने को अलग करके पुन्य कार्य करने चाहिए, क्योंकि 'पुन्य की जड़ सदा हरी' रहती है।

पुन्य ही आड़े आता है : पुन्य ही मनुष्य की सहायता करता है।
हजरत मुहम्मद कहते थे कि यदि खुदा की रहमत चाहते हो तो व्यर्थ के धार्मिक पाखंडों को त्यागकर पुन्य कार्य करो, क्योंकि कठिनाई के समय खुदा तुम्हारे पुन्य कार्यों को देखकर ही तुम्हारी सहायता कर सकता है, अर्थात कठिन समय में 'पुन्य ही आड़े आता है'।

पुरुष-पुरुष में होवे अन्तर, कोई हीरा कोई कंकर : मनुष्यों में वैयक्तिक भिन्नता होती है, जिसके कारण कुछ मनुष्य अच्छे होते हैं और कुछ बुरे भी।

पूत आपनो सबको प्यारो : अपने पुत्र सबको प्रिय लगते हैं।

पूत कपूत हो सकता है, लेकिन माता कुमाता नहीं होती : अपना कपूत भी मां को प्रिय लगता है।

पूत के पांव पालने में ही पहचान लिए जाते हैं : बच्चे की बचपन की गतिविधि से ही उसके भविष्य का अनुमान लगाया जा सकता है।

चन्द्रगुप्त के बचपन की क्रीड़ा-शैली को देखकर, चाणक्य ने यह अनुमान लगा लिया था कि यह एक बहुत बड़ा सम्राट बनेगा, अतः यह बात सत्य है कि 'पूत के पांव पालने में ही पहचान लिए जाते है'।

पूत भये सयाने, दुःख भये बिराने : पुत्र के बड़े होते ही उसके माता-पिता का दुःख दूर हो जाता है।

उदयसिंह का पुत्र महाराणा प्रताप जब बड़ा हुआ तो उदयसिंह निश्चिंत हो गया कि अब महाराणा प्रताप मुगलों से मेवाड़ की रक्षा कर सकेगा। किसी ने ठीक कहा है, 'पूत हुए सयाने दुःख भये बिराने'।

पूत सपूत तो क्यों धन संचय, पूत कपूत को क्यों धन संचय? : यदि पुत्र योग्य है, तो वह स्वयं धन कमा लेगा उसके लिए पिता को चिन्ता क्या करनी? और यदि वह अयोग्य है तो पिता के कमाए हुए धन को भी नष्ट कर देगा फिर उसके लिए पिता क्यों धन कमाए!

अब तो मैं घर-गृहस्थी से अनासक्त होकर ईश्वर भक्ति में लीन होना चाहता हूं क्योंकि अब मैं किसके लिए कमाऊं? 'पूत सपूत तो क्यों धन संचय, पूत कपूत को क्यों धन संचय?'

पूता करिए सोई, जामें हंडिया खुदबुद होई : वही काम करना चाहिए जिससे परिवार का पालन-पोषण हो सके।

बेटे ! लेखन कार्य कोई ऐसा व्यवसाय नहीं है, जिससे परिवार का भरण-पोषण हो सके। कोई ऐसा काम खोजो, जिससे जीविका चलाई जा सके। तेरे लिए मेरा यही परामर्श है, 'पूता करिए सोई, जामें हंडिया खुदबुद होई'।

पेट खाली ईमान खाली : भूखा मनुष्य ईमानदारी नहीं कर सकता।

सन्त महोदय ! आप भुखमरी काल में लोगों को यह उपदेश दे रहे हैं कि दूसरे के माल पर अपनी नीयत नहीं डिगानी चाहिए, क्या ये आपके प्रवचनों पर चल सकेंगे? आपको इतना भी ज्ञान नहीं है, 'पेट खाली, ईमान खाली'।

पेट जो चाहे सो करावे : पेट की भूख मिटाने के लिए व्यक्ति बुरा से बुरा काम भी कर सकता है।

एक चोर को पीटते हुए एक पुलिसकर्मी उससे पूछ रहा था कि तूने चोरी जैसा बुरा कार्य क्यों किया? वह पिटता-पिटता यह कह रहा था, 'पेट जो चाहे सो करावे'।

पेट में आंत न मुंह में दांत : बहुत बूढ़ा व्यक्ति।

बुजुर्ग महाशय ! आपके 'पेट में आंत न मुंह में दांत' हैं, फिर भी आप इस युवती को इस प्रकार देख रहे हो, जैसे अपने यौवन काल में देखा करते होंगे।

पेट-पीठ के कारने, सब जग नाचे नाच : संसार के सभी काम-धंधे पेट की भूख मिटाने के लिए ही चल रहे हैं।

पेट लगा फटने, खैरात लगी बंटने : कष्ट पड़ने पर दान देना।

पेट से सीखकर कोई नहीं आता : सब लोग संसार के व्यवहार को देखकर सब-कुछ सीख जाते हैं।

तुम बेटे! बार-बार यह कहते हो कि मुझसे व्यापार का काम नहीं चलेगा, क्योंकि इसके सम्बन्ध में मैं कुछ नहीं जानता, लेकिन यह बात क्यों भूल जाते हो कि 'पेट से सीखकर कोई नहीं आता'।

पैर में जूता न सिर पर टोपी : अत्यन्त दरिद्रता की स्थिति।

मेरे दोस्त! आप स्कूल के लिए चन्दा एकत्रित करने में दान-दाता की आर्थिक स्थिति अवश्य देख लिया करो। ऐसा न हो कि ऐसे व्यक्ति के पास पहुंच जाओ, जिसके 'पैर में जूता न सिर पर टोपी' हो।

पैसा करे काम, बीबी करे सलाम : पैसे से व्यक्ति के सब काम हो जाते हैं। उसका समाज में स्थान भी पैसा ही निर्धारित करता है।

सेठ बुलाकी राम अरबपति व्यक्ति हैं, इस नाते उनका समाज में बहुत ऊंचा स्थान है। उनकी अनुपस्थिति में भी उनका कार्य यथावत चलता रहता है। उनके लिए यह कहावत सही है, 'पैसा करे काम, बीबी करे सलाम'।

पैसा गांठ का मित्र साथ का : जो हमारे पास सुरक्षित है वही हमारे लिए सहायक होता है, चाहे वह धन हो या मित्र।

सुखेन्द्रसाह बहुत धनी व्यक्ति है, लेकिन सम्पूर्ण पूंजी ब्याज पर चढ़ाए रखता है। एक दिन जब उसे दौरा पड़ा, उसके पास इलाज के पैसे तक नहीं थे। इस स्थिति में उसका ठीक से इलाज भी नहीं हो पाया था। किसी ने सही कहा है, 'पैसा गांठ का मित्र साथ का'।

पैसा न कौड़ी, बाजार को दौड़ी : उस कार्य को करना जिसे करने के लिए साधन न हों।

बेटे ! वही कार्य करना चाहिए, जिसे करने के लिए तुम्हारे पास पर्याप्त

साधन हो। ऐसा नहीं होना चाहिए कि 'पैसा न कौड़ी, बाजार को दौड़ी'।

पैसा नहीं है पास, चले नवाब के साथ : अपनी सामर्थ्य से अधिक काम करना।

बेटे ! मकान का तूने जैसा नक्शा बनवाया है, उसे पूरा करने में तो तीस लाख रुपये चाहिए, लेकिन तेरे पास तो दस ही लाख हैं। ऐसा काम मत करो कि 'पैसा नहीं है पास, चले नवाब के साथ'।

पैसा नहीं पास तो मेला लगे उदास : बिना पैसे संसार की हलचल अच्छी नहीं लगती।

अमेरिका में अचानक आई आर्थिक मंदी से अमेरिका के कई बैंक दिवालिया हो गए थे और लाखों अमेरिका-वासियों को अपनी नौकरी से हाथ धोना पड़ा था। इस घटना से वहां उदासी व्याप्त हो गई थी। किसी ने सही कहा है, 'पैसा नहीं हो पास मेला लगे उदास'।

पैसे की हांडी गई कुत्ते की जात तो पहचानी गई : दे० 'टके की हांडी गई कुत्ते की जात तो पहचानी गई'।

पोथा सो थोथा, पाठै सो साथै : पुस्कतों में लिखी विद्या अवसर पर काम नहीं आती, बल्कि कंठस्थ विद्या काम आती है।

पोथी सो थोथी भई, पंडित भया न कोय; ढाई अक्षर प्रेम का पढ़ै तो पंडित होय : अनेक ग्रंथों के पढ़ने से कोई पंडित नहीं हो जाता, बल्कि वह व्यक्ति पंडित होता है जो समाज में वैमनस्य का संदेश न देकर प्रेम का संदेश देता है।

प्यादा से फ़रजी हुआ टेढ़ा-टेढ़ा जाए : किसी छोटे व्यक्ति का बड़ा पद मिलने से इतराना।

एक अयोग्य व्यक्ति विश्वजीत को उसकी पार्टी ने पार्टी-प्रवक्ता क्या बनाया, वह अपनी पार्टी के बड़े-बड़े नेताओं से ही बातें करने में अपना अपमान समझने लगा। किसी विद्वान ने सही कहा है, 'प्यादा से फ़रजी हुआ टेढ़ा-टेढ़ा जाए'।

प्रभुता पाई काहि मद नाहीं : ऊंचा पद प्राप्त होने पर सभी को अपने पद का अहंकार हो जाता है।

जब से मेरा दोस्त विधायक बना है, वह मेरी फोन-कॉल पर अपने फोन का स्विच बंद कर देता है। किसी ज्ञानी ने सही कहा है, 'प्रभुता पाई काहि मद नाही'।

प्रीति का निबाहना खांडे की धार है : प्रेम करना तो आसान, लेकिन प्रेम का निर्वाह करना अत्यंत कठिन है।

फरहाद ने शीरी के प्यार के लिए पहाड़ों में नहर निकाल दी थी, लेकिन फिर भी वह प्यार के निर्वहन में विफल ही रहा था, अतः यह बात सही है कि 'प्रीति का निबाहना खांडे की धार है'।

प्रेम और जंग में सब कुछ मुनासिब है : प्रेम और युद्ध में अनुचित साधनों का प्रयोग भी बुरा नहीं माना जाता।

पुलिस द्वारा अभिलाषा से यह पूछने पर कि तुमने रजनीश की पत्नी की हत्या क्यों की, उसने बताया कि वह रजनीश से बहुत प्यार करती थी, और उसे हर दशा में पाना चाहती थी और वह यह भी जानती थी कि 'प्रेम और जंग में सब कुछ मुनासिब है'।

प्रेम का पान हीरा समान : प्यार से जो उपहार दिया जाता है, भले ही उसका बाजारी मूल्य बहुत कम हो, वह बहुमूल्य मानना चाहिए।

मेरी पत्नी एक गरीब परिवार से थी। शादी से पूर्व प्रेमिका के रूप में जब वह मुझसे प्रथम बार मिली थी तो उसने मुझे उपहार स्वरूप एक पैन दिया था, जिसकी कीमत मात्र तीन रुपये थी। वह उपहार आज भी मेरे पास सुरक्षित रखा हुआ है, क्येंकि मुझे पता था कि 'प्रेम का पान हीरा समान'।

फ

फ़कीर अपनी कमली में ही खुश है : सन्तोषी लोगों को थोड़ा सामान ही बहुत लगता है।

मेरे एक दार्शनिक मित्र अपने जीवन में बहुत खुश हैं, लेकिन उनके पास एक छोटे से कमरे में एक तख्त, एक कुर्सी-मेज का जोड़ा और अलमारी में रखी कुछ किताबें हैं। उनके ऊपर यह कहावत चरितार्थ होती है, 'फ़कीर अपनी कमली में ही खुश है'।

फ़कीर की ज़बान किसने कीली है? : फ़कीर जो कहना चाहते हैं, कह देते हैं।

सिकन्दर जब एक भारतीय फ़कीर से मिलने आए तो वह उस स्थान

पर खड़े हो गए, जिधर से फ़कीर पर धूप आ रही थी। फ़कीर ने तुरन्त कहा कि धूप छोड़कर अलग खड़े हो जाओ। वहां खड़े लोग उसके इस कठोर व्यवहार से दंग रह गए, लेकिन 'फ़कीर की जबान किसने कीली है?'

फ़कीर की झोली में सब कुछ : फ़कीर अपने में सन्तुष्ट रहता है। इसे किसी भी वस्तु की आवश्यकता नहीं होती।

बेटे ! यदि तुम्हें यह दुःख है कि भगवान ने मुझे एक अभावग्रस्त घर में उत्पन्न किया है तो फ़कीर बन जाओ, क्योंकि 'फ़कीर की झोली में सब कुछ' होता है।

फटा मन और फटा दूध फिर नहीं मिलते : यदि एक दूसरे के प्रति मन में अविश्वास उत्पन्न हो जाए तो उनमें बढ़ती दूरियां फिर घटती नहीं हैं।

यह आपकी गलती थी कि आपने अपने मित्र के विरुद्ध ही न्यायालय में गवाही दी है। अब भी समय है उससे जाकर क्षमा मांग लो, अन्यथा 'फटा मन और फटा दूध फिर नहीं मिलते'।

फटी जेब में पैसा डालना बेकार : उसकी सहायता करना बेकार है जो अय्याशी में धन लुटा रहा है।

वह मेरा एकाकी भाई है, अतः मैं उसकी आर्थिक सहायता करती हूं, लेकिन जबसे मुझे पता चला है कि वह अय्याशी में अपना धन लुटाता आ रहा है तो मैंने उसकी सहायता रोक दी है, क्योंकि मैं अब समझ गई हूं कि 'फटी जेब में पैसा डालना बेकार है'।

फटे से कपड़े मत देखो, घर दिल्ली है : भोली सूरत देखकर किसी को भोला नहीं समझना चाहिए।

अपने पड़ोसी की भोली सूरत देखकर, मैं उसे समय-समय पर उधार दे दिया करता था, लेकिन जबसे मुझे पता लगा कि यह तो पक्का जुआरी है, मैंने अपने हाथ खींच लिए हैं। उसके सम्बन्ध में मेरे एक मित्र ने मुझे कहा भी था कि इसके 'फटे से कपड़े मत देखो, घर दिल्ली है'।

फ़िक्र बुरी फाका भला, फ़िक्र फ़कीरा खाय : चिन्ता बहुत बुरी है। भले ही भूखे रह लें। लेकिन चिन्ता नहीं करनी चाहिए। चिन्ता फ़कीरों को भी नष्ट कर देती है।

फिर बंदा मोची का मोची : उन्नति न करके यथा-स्थिति में बने रहना।

मैंने अपने बेटे को काम बढ़ाने के लिए कितनी बार ही आर्थिक सहायता

दी है, लेकिन वह आलस्यवश अपना काम न बढ़ा सका। उसके सम्बन्ध में बस, यही कहा जा सकता है, 'फिर बंदा मोची का मोची'।

फिसल पड़े पर हर गंगा : गलत काम होने पर यह प्रदर्शित करना कि ऐसा ही करना चाहा था।

फूल की डाल नीचे को झुके : गुणवान व्यक्ति विनम्र होते हैं।

हमारे गांव के पंडित रामनिवास विद्यार्थी वेदों के प्रकांड पंडित हैं और बड़ी-बड़ी सभाओं में वेदों पर प्रवचन करते हैं, लेकिन बच्चों से लेकर बड़ों तक का आदर करते हैं। उन्हें देखकर यह सही प्रतीत होता है, 'फूल की डाली नीचे को झुके'।

फूल टहनी में ही अच्छा लगता है : वस्तु अपने उचित स्थान पर रखी हुई ही अच्छी लगती है।

रत्नाकर जी! आपकी लड़की अब जवान हो गई है। अब इसकी शादी कर देनी चाहिए, क्योंकि जवान लड़की ससुराल में ही अच्छी लगती है। बड़े-बड़े ठीक कहते आए हैं कि 'फूल टहनी में ही अच्छा लगता है'।

ब

बंदर क्या जाने अदरक का स्वाद : किसी वस्तु के गुण से अनभिज्ञ रहना।

आज के युवक खादी इसलिए नहीं पहनते कि इससे वे अत्याधुनिक दिखाई नहीं देंगे, लेकिन वे इसका सम्बन्ध स्वास्थ्य से जोड़कर नहीं देखते कि खादी मानव की त्वचा के लिए कितनी उपयोगी है, लेकिन 'बंदर क्या जाने अदरक का स्वाद'।

बंदर की दोस्ती जी का जिआन : मूर्ख से मित्रता करना समस्याओं को आमंत्रित करना है।

बंदर के गले में मोतियों की माला : किसी अपात्र को बहुमूल्य वस्तु प्रदान करना।

कुछ राजनैतिक पार्टियां ऐसे अयोग्य व्यक्तियों को पार्टी-प्रवक्ता के पद पर नियुक्त कर देती हैं; जिनके वक्तव्य से पार्टी की छवि बिगड़ती रहती है। उनके लिए यह कहावत सटीक बैठती है, 'बंदर के गले में मोतियों की माला'।

बंदर के हाथ में आईना : किसी के हाथ में ऐसी वस्तु का आ जाना, जिसके उपयोग से वह हड़बड़ा जाए और उस वस्तु को ही तोड़ डाले।

बंदर के हाथ में नारियल : किसी के हाथ में ऐसी वस्तु का आ जाना, जिसका वह उपयोग न जानता हो।

बंदा जोड़े पली-पली और राम लुटावे कुप्पा : किसी के द्वारा संचित धन को किसी अन्य के द्वारा लुटा देना।

गंगा राव ने अपने कठिन परिश्रम से थोड़ा-थोड़ा करके बहुत बड़ी धनराशि संचित कर ली थी, लेकिन उसके मरने के बाद उसके बिगड़ैल पुत्र ने उस धनराशि को अय्याशी में उड़ा दिया। यह तो वही बात हुई, 'बंदा जोड़े पली-पली और राम लुटाए कुप्पा'।

बकरा जी से गया, खाने वाले को स्वाद न आया : त्याग करने पर त्यागी को सम्मान न मिलना।

बाबा रामदेव ने देश की उन्नति के लिए काले धन को देश में वापिस लाने हेतु अनशन किया था, लेकिन देश के नायकों ने उलटा उन्हें ही भ्रष्टाचार में लिप्त बता दिया है। यह तो वही बात हुई, 'बकरा जी से गया, खाने वाले को स्वाद न आया'।

बकरी ने दूध दिया और मेंगनी डालकर : उपकार करने के साथ कुछ कष्ट भी दे देना।

बाढ़ पीड़ितों को सरकार ने आर्थिक सहायता तो दी, लेकिन इस अनुबंध के साथ कि वे इस धनराशि से बोने के लिए बीज व खाद ही खरीद सकेंगे। यह तो वही बात हुई, 'बकरी ने दूध दिया और मेंगनी डालकर'।

बकरे की मां कब तक खैर मनाएगी : दे. 'चोर की मां कब तक खैर मनाएगी'।

बगल में छुरी, मुंह में राम-राम : हृदय में शत्रुता रखना, लेकिन बाह्य व्यवहार अच्छा रखना।

अकबर सम्राट हिन्दू-मुसलिम एकता की बात करता रहता था। वह हिन्दू युवतियों की मुगल युवकों के साथ शादी कराने में तो रुचि रखता था, लेकिन मुगल युवती की शादी हिन्दू युवक के साथ नहीं होने देना चाहता था। यह तो वही बात थी 'बगल में छुरी, मुंह में राम-राम'।

बगल में छोरा नगर में ढिंढोरा : पास में वस्तु रखते हुए उसे खोजने का अभियान शुरू करना।

बगल में तोसा किसका भरोसा : धनी व्यक्ति किसी दूसरे पर आश्रित नहीं होता।

अमेरिका आयुद्धों की दृष्टि से आत्म-निर्भर है, इसीलिए वह आत्म-सम्मान के साथ जी रहा है। उसके लिए यह कहावत सटीक है, 'बगल में तोसा किसका भरोसा'।

बगला मारे पंख हाथ : बगुला को मारने से केवल पंख ही हाथ लगते हैं।

दीवान साहब! यह व्यक्ति, जो आपने विद्युत तार की चोरी करते हुए पकड़ा है अत्यंत गरीब है। इसे मारो-पीटो या कारागार में डाल दो, इसके पास आपको देने के लिए एक भी पैसा नहीं है। इसके साथ तो 'बगला मारे पंख हाथ' वाली बात है।

बच्चा वही पहाड़ा बोलता है, जो मां सिखाती है : बच्चा मां से बहुत शीघ्र शिक्षा ग्रहण कर लेता है।

दीवान जी! यह सही है कि यह बच्चा जेब काटने के अपराध में बंदी बनाया गया है, लेकिन यह दोषी नहीं है। मैं इसकी मां को जानता हूं, वह भी एक कुख्यात जेबकतरा रही है। दोषी इसकी मां है, क्योंकि 'बच्चा वही पहाड़ा बोलता है, जो मां सिखाती है'।

बछड़ा खूंटे के बल पर ही कूदता है : कोई किसी के सहारे पर ही दुस्साहस करता है।

तुम तो बहुत सीधे थे प्रवीण! लेकिन जब से तुम्हारा मामा सांसद बना है, तुम्हारे पर निकल आए हैं। इसमें तुम्हारा दोष नहीं है, 'बछड़ा खूंटे के बल पर ही कूदता है'।

बजा कहे जिसे आलम, उसे बजा समझो : संसार जिसे अच्छा कहे उसे अच्छा ही समझो।

अन्ना हजारे के भ्रष्टाचार के विरुद्ध अनशन को संसार ने एक अच्छा कदम माना था, लेकिन भारत सरकार ने अन्ना के इस कदम की आलोचना की थी। भारत सरकार को कम से कम इस कहावत से तो कुछ सीख लेना चाहिए था, 'बजा कहे जिसे आलम, उसे बजा समझो'।

बजाज का बेटा कपड़े की भीख मांगे : एक विरोधी मानसिकता का प्रदर्शन।

भारत में आम का उत्पादन इतनी बड़ी मात्रा में होता है कि उसका निर्यात किया जाता है, लेकिन यदि कोई आम के आयात की सोचने लगे तो यही कहा जाएगा कि 'बजाज का बेटा कपड़े की भीख मांगे'।

बड़ा बाबा देने पर आया, तो दी नेफे की जूयें : कंजूस व्यक्ति वही वस्तु दान कर सकता है, जिसकी अधिकता से वह परेशान हो जाता है।

एक महाकंजूस के पास जब कुछ व्यक्ति भंडारे के लिए अन्न का दान लेने आए तो उसने खुश होकर एक बोरी गेहूं का दान कर दिया। जब घर आकर उस बोरी को खोला तो उसमें सड़ा हुआ गेहूं भरा हुआ था। यह तो वही बात हुई, 'बड़ा बाबा देने पर आया, तो दी नेफे की जूये'।।

बड़े आदमियों की बड़ी बात : बड़े आदमी चाहे कैसा भी काम करे, उस काम को भी बड़ा मानकर कोई उसकी आलोचना नहीं कर सकता।

स्वामी दयानन्द सरस्वती जब एक रियासत के राजा के यहां पहुंचे तो उसके दरबार में वेश्याओं के नृत्य चल रहे थे। स्वामी जी ने आवेशित स्वर में वहा उपस्थित दरबारियों से पूछा कि क्या आपको यह सब कुछ अच्छा लग रहा है? एक दरबारी ने कहा, 'बड़े आदमियों की बड़ी बात' है। कौन आलोचना कर सकता है?

बड़े आदमी की पीठ काली, ग़रीब का मुंह काला : लोग बड़े आदमियों को निन्दा उसकी पीठ पीछे करते हैं, लेकिन किसी दरिद्र की निन्दा उसके मुख पर ही कर देते हैं।

बड़े आदमी ने दाल खाई, तो कहा सादा मिजाज है; ग़रीब ने दाल खाई तो कहा कंगाल है : एक ही काम से बड़े आदमियों की प्रशंसा की जाती है और ग़रीबों की निन्दा की जाती है।

बड़े कहें सो कीजिए, करैं सो करिये नाहिं : बड़े आदमी जो कहें उसे तो करना चाहिए, लेकिन जो करें, उसे नहीं करना चाहिए।

एक महाजन ने अपने लड़के की शादी में वेश्याएं नचाईं। उसकी प्रतिक्रिया पर मेरे पुत्र ने मुझसे कहा कि यह महाजन कहा करता था कि शादी में कम खर्च करना चाहिए, लेकिन स्वयं यह अपनी बात का पालन नहीं कर रहा है। मैंने कहा-बेटे! 'बड़े कहें सो कीजिए, करैं सो करिये नांहि'।

बड़े बर्तन की खुरचन भी बहुत होती है : धनी व्यक्ति के पास निर्धन हो जाने पर भी काफी धन शेष रह जाता है।

सेठ ज्ञान दास भले ही निर्धन हो गया हो, लेकिन अब भी वह दान करता ही रहता है, आखिर 'बड़े बर्तन की खुरचन भी बहुत होती है'।

बड़े बोल का सिर नीचा : घमंडी का कोई सम्मान नहीं करता।

जसराज बहुत डींग मारता था कि उसके बड़े-बड़े नेताओं से सम्बन्ध है, लेकिन एक दिन जब उसके मुंह पर एक पुलिस कर्मी ने थप्पड़ जड़ दिए तो वह अपना-सा मुंह लेकर रह गया। किसी ने सच कहा है, 'बड़े बोल का सिर नीचा'।

बड़े मियां सो बड़े मियां, छोटे मियां सुभान अल्लाह : बेटे का बाप से बढ़कर होना।

अमेरिका के पूर्व राष्ट्रपति बुश इस्लामिक कट्टरपंथियों के प्रति बहुत कठोर थे। उनके कार्य काल की समाप्ति के बाद जब ओबामा राष्ट्रपति बने तो इस्लामिक कट्टरपंथियों को आशा थी कि ये कुछ बुश की तुलना में विनम्र होंगे, लेकिन ये उनसे भी कठोर निकले। यह तो वही बात हुई, 'बड़े मियां सो बड़े मियां, छोटे मियां सुभान अल्लाह'।

बड़े लाभ के लिए थोड़ी हानि भली : यदि कहीं थोड़ी हानि उठाने से बहुत बड़ा लाभ मिलता है तो उस कार्य को तुरन्त कर लेना चाहिए।

किसी वस्तु के उत्पादक अपने उत्पाद का विज्ञापन करने के लिए थोड़ा सा धन टी.वी. जैसे प्रचार माध्यमों पर व्यय करते हैं और उस वस्तु के व्यापार से बहुत बड़ी धनराशि अर्जित करते हैं, अतः यह सही है कि 'बड़े लाभ के लिए थोड़ी हानि भली' होती है।

बड़ों का बड़ा ही मुंह : बड़ों की मांग भी बड़ी होती है।

रामप्रसाद ने एक मध्यस्थ की मध्यस्थता से अपनी लड़की का रिश्ता अच्छे पैकेज पर गए एक अभियंता से कर दिया, लेकिन जब उसके पिता ने रामप्रसाद के समक्ष एक महंगी गाड़ी देने की बात रखी तो वह विचलित सा हो गया। उस पर उस मध्यस्थ ने कहा कि यह तो आपको पहले ही सोचना चाहिए था—'बड़ों का बड़ा ही मुंह होता है'।

बड़ों के कहे का और आंवले के खाए का बाद में स्वाद आता है : बड़ों के उपदेशों पर आचरण करना पहले तो दुखद प्रतीत होता है, लेकिन जब उनका अच्छा परिणाम मिलने लगता तब सब कुछ अच्छा लगने लगता है। इसी प्रकार आंवला खाने में कसैला लगता है, लेकिन बाद में जब पानी पीते हैं तो पानी मीठा लगता है।

बड़ों से करके आस, न जाए पास : बड़ों से सहायता की आशा तो रखनी चाहिए पर उनके पास नहीं जाना चाहिए।

बत्तीस दांत में जीभ : शत्रुओं से घिरा रहना।

भारत के चारों ओर वे देश हैं, जिनसे भारत के अच्छे सम्बन्ध नहीं हैं। अतः यह कहा जा सकता है कि भारत शत्रुओं से ऐसे घिरा हुआ है जैसे 'बत्तीस दांत में जीभ'।

बद अच्छा बदनाम बुरा : यदि कोई बुरे कार्य कर रहा है, लेकिन बदनाम नहीं है, वह उसकी तुलना में बहुत अच्छा है जो बुरे काम किए बिना भी बदनाम हो चुका है।

बन गए के लाला जी और बिगड़ गए के बेवकूफ : यदि काम चल निकलता है तो सब उसकी प्रशंसा करते हैं और सम्मान देते हैं, यदि काम नहीं चल पाता तो सब उसे बेवकूफ़ कहने लगते हैं। दुनिया की यही रीति है।

बन में मोर नाचा किसने देखा : ऐसे स्थान पर अपने गुणों का प्रदर्शन करना जहां कोई दर्शक न हो।

जब मैं एक स्कूल के उत्सव में गया तो सभी अध्यापक, एक अध्यापक को कवि जी कहकर पुकार रहे थे। मैंने उस कवि जी से पूछा कि आपकी कितने पुस्तकें प्रकाशित हो चुकी हैं। उसने कहा कि लिखी हुई रखी हैं। मैंने कहा कि प्रकाशित कराओं नहीं तो वही बात हो जाएगी, 'वन में मोर नाचा किसने देखा'।

बनते देर लगती है, बिगड़ते देर नहीं लगती : उन्नति धीरे-धीरे होती है, लेकिन अवनति होने में देर नहीं लगती।

अमेरिका की अर्थव्यवस्था धीरे-धीरे बढ़ती हुई शिखर पर पहुंच गई थी, लेकिन आर्थिक मंदी क्या आई कि अचानक सारी अर्थव्यवस्था धराशायी हो गई किसी ने ठीक कहा है, 'बनते देर लगती है, बिगड़ते देर नहीं लगती'।

बनिक पुत्र जाने कहा गढ़ लेवे की बात : बनिया युद्ध नहीं कर सकता।

महर्षि मनु ने कहा है कि वैश्य का कार्य व्यापार आदि है और क्षत्रिय का कार्य राष्ट्र की रक्षा में युद्ध करना है। यह कहावत कि 'वनिक पुत्र जाने कहा गढ़ लेवे की बाद' महर्षि मनु द्वारा समर्थित है।

बनिया अपने बाप को ठगत न लावे बार : बनिया अपने मां-बाप सहित सभी को ठग लेता है।

बनिया जिसका यार, उसको दुश्मन क्या दरकार : बनिया किसी का मित्र नहीं हो

सकता, क्योंकि वह ठगने के दृष्टिकोण से सबको अपना शत्रु समझता है।

बनी के सौ साले, बिगड़ी का एक भी बहनोई नहीं : जिसके पास पद, धन और प्रतिष्ठा होती है, उससे सब सम्बन्ध स्थापित करना चाहते हैं, लेकिन जो दरिद्र है उससे सब बचना चाहते हैं।

बने मल बिगड़े कुर्मी : आज के युग में धन ही प्रतिष्ठा का मापदंड बन चुका है। जो धनी हैं उन्हें 'मल' और जो निर्धन हैं उन्हें 'कुर्मी' कहने लगते हैं।

बराबरों से कीजिए, ब्याह, बैर अरु प्रीति : विवाह, और प्रेम बराबर स्तर के लोगों से करने चाहिए।

बहता पानी, रमता जोगी : बहते हुए पानी और घुमक्कड़ याकबी में एक समानता है कि वे एक स्थान पर नहीं ठहरते।

मतदाता सूची तैयार करने में ये घुमक्कड़ बाबा समस्याएं खड़ी कर देते हैं। इनसे सम्बन्धित सभी सूचनाएं अस्थायी होती हैं, क्योंकि 'बहता पानी रमता जोगी' एक स्थान पर नहीं ठहरते।

बहती गंगा में हाथ धोना : किसी दूसरे के कार्यक्रम में अपना स्वार्थ सिद्ध कर लेना।

बहरा राग का स्वाद क्या जाने : मूर्ख व्यक्ति किसी के गुण की महिमा को नहीं जान सकता।

बहुत ऊंचे आदर्श उन्नति में बाधक होते हैं : बहुत ऊंचे आदर्शो पर आधारित सांसारिक जीवन जीना कठिन हो जाता है।

बहू लाली धन घर खाली : सज-धज में अधिक रुचि रखने वाली बहू से घर का नाश हो जाता है।

बेटी! मैं मानता हूं कि बहू श्रृंगार करती अच्छी लगती है, लेकिन यह उस सीमा तक होना चाहिए, जिससे कि घर का बजट प्रभावित न हो। बड़े-बड़े यह भी कहते आए हैं, 'बहू लाली धन घर खाली', इस बात का भी ध्यान रखना चाहिए।

बहू शर्म की लड़की कर्म की : लज्जाशील बहू और भाग्यशाली लड़की अच्छी होती है।

बेटी! मैं यह नहीं चाहता कि बहुएं घर में पर्दा करें, लेकिन इतना अवश्य चाहता हूं कि बड़ों के साथ बहुएं जब बातें करें तो शिष्टता का ध्यान रखें, क्योंकि 'बहू शर्म की लड़की कर्म की' अच्छी मानी जाती हैं।

बांझ क्या जाने प्रसूत की पीड़ : जब कोई किसी अनुभव से नहीं गुजरता तो वह उस अनुभव की सुख-दुःख की संवेदनाओं को कैसे जान सकता है?

आपने कभी अपने देश से प्यार ही नहीं किया है, फिर आप देश पर बलिदान होने की क्या सोच सकते हो? 'बांझ क्या जाने प्रसूत की पीड़'?

बांबी में हाथ तू डाल मंत्र मैं पढ़ूं : अनिष्ट की आशंका वाला काम दूसरे को सौंपना और स्वयं आसान काम करना।

रात अंधेरी है और बाहर तूफान के साथ भयंकर वर्षा हो रही है। ऐसे हालात में आप मुझे कह रहे हैं कि मैं आपके लिए मदिरा ले आंऊ? यह मुझसे नहीं होगा। यह तो वही बात हुई, 'बांबी में हाथ तू डाल मंत्र मैं पंढू?'

बाढैं पूत पिता के धर्मा, खेती उपजे अपने कर्मा : पुत्र पिता के धर्म से बढ़ता है और खेती अपने कर्म से पैदा होती है।

हमारे गांव के लाला अतरसिंह ने अंग्रेजों के विरुद्ध अभियान छेड़ा था, जिसके परिणामस्वरूप उन्हें वर्षों जेल काटनी पड़ी थी। अब उनके पुत्र भूपेन्द्र अरोड़ा राष्ट्र सेवा में जुटे रहते हैं। यह कहावत सही प्रतीत होती है कि 'बाढ़ैं पूत पिता के धर्मा, खेती उपजे अपने कर्मा'

बात कही और पराई हुई : मुंह से निकलते ही बात सबके पास पहुंच जाती है।

स्वतंत्रता संग्राम के दिनों में जनपद मेरठ के फजलपुर गांव स्थित नहर विभाग के बंगले में तत्कालीन अंग्रेज जिलाधीश ठहरे हुए थे। उनके ऊपर गांव के एक युवक ने देशी पिस्टल से फायर कर दिया था, लेकिन पुलिस उस युवक की पहचान नहीं कर सकी थी। जब उस युवक ने यह वृतांत अपने एक मित्र को बताया तो यह सूचना पुलिस तक पहुंच गई और वह बंदी बना लिया गया। यह बात सच निकली कि 'बात कही और पराई हुईं'

बात छीले रूखड़ी और काठ छीले चीकना : तर्क विरुद्ध वाद-विवाद करने से बात बिगड़ जाती है, लेकिन काट को छीलने से वह चिकना और अच्छा दिखने लगता है।

बातहिं हाथी पाइए, बात हिं हाथी पांव : जो बात करने की कला जानता है वह पद, पुरस्कार और धन प्राप्त कर लेता है, लेकिन जो इस कला में निपुण नहीं है वह दंडित हो जाता है।

अपनी बातों के जादू से महात्मा गांधी ने देश में साम्प्रदायिक सद्‌भाव

पैदा कर दिया था, लेकिन इसके विरुद्ध जिन्ना ने अपनी घृणास्पद बातों से उस सद्‌भाव को समाप्त कर दिया था और विभाजन की नींव रख दी थी। ज्ञानियों ने सच कहा है, 'बातहिं हाथी पाइए बातहिं हाथी पांव।

बातें करें मैना की-सी, आंखे बदलें तोता की-सी : मीठी-मीठी बातें करने वाला कठोर हृदय का व्यक्ति।

समाजसेवी अन्ना हजारे के भ्रष्टाचार के विरुद्ध अनशन को समाप्त करवाने के उद्देश्य से सरकार के वार्ताकार ऐसी बाते करते थे कि मानो वे अन्ना के आंदोलन से सहमत हों, लेकिन उनकी बातों में धमकी भी छिपी रहती थी। उन पर यह कहावत चरितार्थ होती थी, 'बातें करें मैना की-सी, आंखे बदलें तोता की-सी'।

बात कहिए जग भाती, रोटी खाइए मन भाती : बातें ऐसी करनी चाहिए, जो सबको अच्छी लगे और भोजन ऐसा करना चाहिए, जो स्वयं को अच्छा लगे।

बादल फटे तो कहां तक थिगली : यदि कोई कार्य बहुत अधिक बिगड़ जाए तो उसे सुधारना कठिन हो जाता है।

भारत के समक्ष आतंकवाद और माओवाद ऐसी दो जटिल समस्याएं हैं, जिनका हल निकालना कठिन होता जा रहा है। असमंजस से घिरा प्रत्येक राष्ट्रभक्त, अब यही सोच रहा है, 'बादल फटे तो कहां तक थिगली'।

बाप की मुंडी काटे, पूत से हाथ मिलाए : पिता के अहित की सोचना और पुत्र से मित्रता करना।

पाकिस्तान भारत की सुरक्षा और स्मृद्धि के प्रति तो संवेदनशील नहीं है, लेकिन यहां के इस्लामिक धर्मावलम्बियों के प्रति उसकी सहानुभूति जग जाहिर है। यह तो वही बात हुई 'बाप की मुंडी काटे, पूत से हाथ मिलाए।

बाप ने मारी मेंढ़की, बेटा तीरन्दाज़ : अपने में कुछ न होकर केवल शेखी बघारना।

मेहरचन्द दिल्ली की एक कॉलोनी में पच्चीस गज के एक मकान में रहता है, लेकिन जब उसके पास कोई उसका रिश्तेदार मिलने आता है तो वह उसे अच्छी-अच्छी कॉलोनियों में अपने कई-एक प्लॉट गिना देता है, परन्तु सब मन में यही सोचते हैं, 'बाप ने मारी मेंढ़की, बेटा तीरन्दाज'।

बाप बड़ा न भैया, सबसे बड़ा रुपया : संसार में सभी व्यक्ति अपने बाप, भाई और अन्य रिश्तेदारों की तुलना में धन को अधिक महत्व देते हैं।

मेरे एक पुराने मित्र ने अपने बाप की इसलिए हत्या कर दी थी कि उसने पारिवारिक बंटवारे में दूसरे लड़के को अधिक सम्पत्ति दे दी थी। इससे यह निष्कर्ष निकलता है कि 'बाप बड़ा न भैया, सबसे बड़ा रुपया'।

बाप मरा घर बेटा भया, इसका टोटा उसमें गया : एक काम के घाटे को दूसरे काम के लाभ से पूरा करना।

बार-बार चोर की, एक बार साह की : आदमी गलत कार्य करता-करता कभी-न-कभी अवश्य पकड़ा जाता है।

विद्युत विभाग में कार्यरत भरत सिंह काफी दिनों से रिश्वत ले रहा था, आखिर एक दिन वह सतर्कता विभाग के जाल में फंस ही गया। किसी ने सही कहा है, 'बार-बार चोर की, एक बार साह की'।

बारह गांव का चौधरी, अस्सी गांव का राव, अपने काम न आये, तो ऐसी-तैसी में जाये : चाहे कोई व्यक्ति कितना भी धनी क्यों न हो और कितने ही ऊंचे पद पर आसीन क्यों न हो, यदि वह हमारे कुछ काम न आ सकता हो तो वह हमारे लिए कुछ भी नहीं है।

बारह वर्ष दिल्ली में रहे, भाड़ ही झोंका : अच्छे अवसरों के मिलने के बाद भी कोई उन्नति न करना।

अपने संपादक रहते हुए बड़े-बड़े लेखकों की पुस्तकों का संपादन किया है, लेकिन स्वयं कोई भी पुस्तक नहीं लिख सके। यह तो वही बात हुई, 'बारह वर्ष दिल्ली में रहे भाड़ ही झोंका'।

बारह वर्ष में घूरे के दिन भी फिरते हैं : कभी-न-कभी तो सबके अच्छे दिन आ ही जाते हैं।

भारत सैंकड़ों वर्षों तक पराधीनता के बेड़ियों में जकड़ा रहा है और एक लम्बा अपमानित जीवन जीकर उन्नीस अगस्त सन उन्नीस सौ सैंतालीस में इस अपमानित जीवन से मुक्त हुआ है, इसके साथ उसने यह भी अनुभव किया है कि 'बारह वर्ष में घूरे के दिन भी फिरते है'।

बारह बरस सेई कासी, मरने को मगहर की माटी : सत्कर्म करने पर भी अच्छी मौत प्राप्त न होना।

चाणक्य ने ब्राह्मणवाद से उत्पन्न जाति-प्रथा को तोड़ते हुए शूद्रा नारी मूरा के पुत्र चन्द्रगुप्त को मगध का सम्राट बना दिया था और कौटिल्य

अर्थशास्त्र लिखकर अपनी विद्वता की धाक जमा दी थी, लेकिन उनकी मृत्यु एक दुर्घटना में अग्नि से जलकर हुई थी। उन पर यह कहावत चरितार्थ होती है, 'बारह बरस सेई कासी, मरने को मगहर की माटी'।

बारे की मां न मरे और बूढ़े की जोरू : बच्चे की मां और बूढ़े की पत्नी मरने पर दोनों को बहुत कष्ट होता है।

बाल हठ, तिरिया हठ और राज हठ के आगे सब विवश : बच्चा, स्त्री और राजा ये तीनों अपनी हठ पूरी करके ही चैन से बैठते हैं।

मेरी पत्नी ने हीरे की अंगूठी की ऐसी जिद्द की कि खाना-पीना भी छोड़ दिया। आख़िर मुझे उसके लिए वह अंगूठी लानी की पड़ी। किसी ने ठीक कहा है, 'बाल हठ, तिरिया हठ और राज हठ के आगे सब विवश है'।

बालू की भीत : जिस पर भरोसा न किया जा सके।

भारत और बांग्लादेश की मित्रता 'बालू की भीत' है।

बावन तोले पाव रत्ती : हर तरह से विश्वसनीय है।

रूस ने आड़े समय पर भारत का साथ दिया है, अतः वर्तमान समय में भी भारत-रूस मैत्री 'बावन तोले पाव रत्ती' की है।

बासी कढ़ी में भी उबाल : बुढ़ापे में जवानी की उमंग अनुभव करना।

फाल्गुन मास में जहां प्रकृति अपनी मस्ती हर वस्तु पर उकेर देती है, वहां 'बासी कढ़ी में भी उबाल आ जाता है'।

बासी बचे न कुत्ता खाए : उतना की बोलना जितना आवश्यक हो।

बहुत से वक्ता मुख्य विषय से हटकर किसी अन्य विषय पर ऐसी आपत्तिजनक टिप्पणी कर देते हैं कि एक नए विवाद का जन्म हो जाता है, अतः वक्ताओं को चाहिए कि उतना ही बोलें जितने की आवश्यकता है, उन्हें 'बासी बचे न कुत्ता खाए' वाले सिद्धांत पर चलना चाहिए।

बाहर मियां पंच हजारी, घर में बीबी करमों मारी : अर्थाभाव से घर में स्त्रियों के कष्टों को न देखकर गृहस्वामी का बाहर अपने ठाट-बाठ का प्रदर्शन करना।

एक छुट भैया नेता स्टेज पर चढ़कर जहां एक ओर यह घोषणा कर रहा है कि जो परिवार गरीबी-रेखा से नीचे है वह मुझसे सम्पर्क कर लें, उनके लिए कुछ सरकारी सहायता का प्रबन्ध हो जाएगा, वहां दूसरी ओर उसकी पत्नी को दुकानदार ने एक किलो आटा भी उधार देने से

मना कर दिया है। यह तो वही बात हुई, 'बाहर मियां पंच हजारी, घर में बीबी करमों मारी'।

बाहर लम्बी-लम्बी धोती, भीतर मड़वे की रोटी : दे० 'बाहर मियां पंच हजारी, घर में बीबी करमों मारी'।

बिंध गया सो मोती, रह गया सो सीप : जो अपने उद्देश्य में सफल हो जाए वह सौभाग्यशाली है और जो विफल हो जाए वह अभागा है।

अक्षय और रोबिन दोनों मित्र हैं और समान बौद्धिक स्तर के हैं, परन्तु अक्षय को एक अच्छी कम्पनी में नौकरी मिल गई, लेकिन रोबिन नौकरी के लिए अभी तक भागा-दौड़ ही कर रहा है। किसी ने सच कहा है, 'बिंध गया सो मोती, रह गया सो सीप'।

बिच्छु का मंत्र न जाने, सांप के पिटारे में हाथ डाले : अपनी सामर्थ्य से बाहर कार्य करना।

आप तो हिन्दी का क,ख,ग भी नहीं जानते, फिर आपने एक हिन्दी पुस्तकों के प्रकाशन संस्थान में कैसे संपादक पद के लिए आवेदन कर दिया है? यह तो वही बात हुई, 'बिच्छु का मंत्र न जाने, सांप के पिटारे में हाथ डाले'।

बिच्छु का काटा रोवे, सांप का काटा सोवे : बिच्छु के ज़हर से असहाय पीड़ा होती है और सांप के ज़हर से मृत्यु।

विधि का लेखा, किसी से न मिटा : जो भाग्य में लिखा होता है वह भोगना ही पड़ता है।

राम के भाग्य में अयोध्या का सम्राट नहीं, बल्कि वन गमन लिखा था, अतः उन्हें वनवास भोगना ही पड़ा। किसी ने सच कहा है, 'विधि का लेखा, किसी से न मिटा'।

बिन घरनी घर भूत का डेरा : बिना गृहणी के सारा घर अस्त-व्यस्त बना रहता है।

मेरे दोस्त यह आपका दुर्भाग्य ही है कि एक छोटी बच्ची को छोड़कर आपकी पत्नी स्वर्ग सिधार गई, लेकिन अभी आपकी आयु ही क्या है? आप दूसरी शादी क्यों नहीं कर लेते? बड़े-बड़े कहते आए हैं 'बिन घरनी घर भूत का डेरा'।

बिन ताए खोटो खरो, गहनो लखै न कोय : बिना परीक्षण किए किसी के गुण-अवगुण का पता नहीं चलता।

सर! आप कक्षा में रोहित की बार-बार प्रशंसा करते हैं कि यह एक

अच्छा छात्र है और अपने अध्यापकों का आज्ञाकारी है, लेकिन आपने कभी इसे कोई आज्ञा देकर देखी है? हमने सुना है कि 'बिन ताए खोटो खरो, गहनो लखै न कोय'।

बिन मांगे मोती मिलै, मांगे मिलै न भीख : यदि भाग्य साथ देता है तो बिना मांगे ही सुख और समृद्धि प्राप्त हो जाती है और यदि भाग्य विपरीत रहता है तो मांगने से भीख भी नहीं मिलती।

मेरे घर का आंगन बहुत बड़ा है। मेरे पड़ोसी इसका अपनी बाइक के लिए उपयोग करते हैं और इसके बदले उन्होंने मुझे आवश्यकता पड़ने पर इनके उपयोग की सुविधा दे रखी है, लेकिन आज जबकि मुझे बाइक की आवश्यकता है एक भी बाइक यहां नहीं खड़ी है और मांगने पर भी सबने असमर्थता प्रकट कर दी है। यह तो वही बात हुई, 'बिन मांगे मोती मिलै, मांगे मिलै न भीख'।

बिना दबाए तिलों से तेल नहीं निकलता : बिना दबाव डाले कोई काम ही नहीं होता।

बिना मरे स्वर्ग नहीं दीखता : अपने किये बिना कोई काम नहीं होता।

बहू! पांच दिन से मेरे उतरे हुए कपड़े रखे हैं, लेकिन तुमने अब तक नहीं धोए। तुम बुरा न मोना तो इन्हें मैं ही धो लेती हूं, क्योंकि मेरी मान्यता है कि 'बिना मरे स्वर्ग नहीं दीखता'।

बिना रोए तो मां भी दूध नहीं पिलाती : बिना चीख़-पुकार के कोई उपलब्धि प्राप्त नहीं हो सकती।

आप प्रतिदिन बैठक करते रहते हैं कि सरकार को बढ़ती महंगाई को देखते हुए वेतन बढ़ा देना चाहिए, लेकिन क्या इन बैठकों से वेतन बढ़ सकता है? कुछ चीख़-चिल्लाना पड़ेगा, कुछ संघर्ष करना पड़ेगा, क्योंकि यह एक प्राकृतिक सत्य है कि 'बिना रोए तो मां भी दूध नहीं पिलाती'।

बिल्ली का खेल चूहों की मौत : बलवानों के आमोद-प्रमोद के लिए बलहीनों को हानि उठानी पड़ती है।

एक दरिद्र व्यक्ति की झोंपड़ी को उसके स्थान से इसलिए हटा किया गया है कि वहां रामलीला के मंचन के लिए मंच बनाना था। यह तो वही बात हुई, 'बिल्ली का खेल, चूहों की मौत'।

बिल्ली के भागों छींका टूटना : बिना प्रयास के अकस्मात कोई मनचाही वस्तु मिल जाना।

क्रिकेट के सभी वरिष्ठ भारतीय खिलाड़ी चोटिल हो गए थे, अतः इंग्लैण्ड ने आसानी से क्रिकेट शृंखला जीत ली थी। इसे ही 'बिल्ली के भागों छींका टूटना' कहते हैं।

बिल्ली के सिरहाने दूध नहीं जमता : भक्षक कभी भी रक्षक नहीं हो सकता।

राष्ट्रमंडल खेलों के लिए स्टेडियम आदि के निर्माण का ठेका ऐसी कम्पनियों को दिया गया था, जिनका आचरण संदेह के घेरे में था, इसलिए सभी कार्यों में अनियमितता पाई जा रही है। सरकार को यह सोच लेना चाहिए था कि 'बिल्ली के सिरहाने दूध नहीं जमता'।

बिसमिल्लाह ही गलत है : आरंभ में ही काम में विघ्न पड़ने पर ऐसा कहा जाता है।

बीती ताहि बिसार दे, आगे की सुध लेय : जो बीत गया उस पर चिन्तन न करके भविष्य के लिए सावधान हो जाना चाहिए।

भारत में प्रत्येक वर्ष कहीं न कहीं छोटा-बड़ा आतंकी आक्रमण होता ही रहता है। सरकार और प्रतिपक्ष इस सम्बन्ध में एक दूसरे पर आरोप-प्रत्यारोप लगाते नहीं थकते। उन्हें यह चाहिए कि एक दूसरे पर कीचड़ न उछालकर आतंकवाद को रोकने पर चिन्तन करना चाहिए। बड़े-बड़े कहते आए हैं, 'बीती ताहि बिसार दे, आगे की सुध लेय'।

बीमार की रात पहाड़ बराबर होती है : बीमार व्यक्ति की रात शारीरिक पीड़ा के कारण बड़ी कठिनाई से कटती है।

बुड्ढे की सीख करे काम ठीक : बूढ़े लोगों का उपदेश मानने से सभी कार्य ठीक हो जाते हैं।

अन्ना हजारे के अनशन से एक नई उपलब्धि यह सामने आई है कि युवा शक्ति ने बूढ़ों के अनुभवों से कुछ सीखना चाहा है, क्योंकि अन्ना हजारे वृद्धावस्था में ही चल रहे हैं और भारतीय सुवा शक्ति ने उनके आह्वान को महत्व दिया है, अतः अब सभी कार्य ठीक होने लगेंगे, क्योंकि कहा गया है, 'बुड्ढे की सीख करे काम ठीक'।

बुढ़ापे में अक्ल मारी जाती है : वृद्धावस्था में बुद्धिबल भी कमजोर पड़ जाता है।

एक वृद्धा अपने वृद्ध पति को प्रायः सावधान करते हुए कहती रहती है कि वे पुत्र और पुत्रवधू को कुछ न कहें, अन्यथा वे ये कह देंगे कि 'बुढ़ापे में अक्ल मारी जाती है'।

बुद्धिमान को इशारा काफी : बुद्धिमान को समझाना नहीं पड़ता, वह संकेत मात्र से ही सब समझ जाता है।

पुलिस आयुक्त अपने अधीनस्थों को बता रहे थे कि जनता की दृष्टि में प्रथम न्यायालय पुलिस का एक साधारण कांस्टेबल होता है अतः उसका धर्म है कि आर्थिक प्रलोभन से वह विचलित न हो। बाकी आप समझदार हैं और 'बुद्धिमान को इशारा ही काफी' होता है।

बुद्धिमान दूसरे की गलती देखकर स्वयं को ठीक कर लेता है : बुद्धिमान के लिए हर घटना एक शिक्षक होती है।

मेरी पत्नी जब आज बाजार गई तो उसने गले से सोने की चेन उतारकर अलमारी में रख दी। इसका कारण पूछने पर उसने बताया कि कल हमारी पड़ोसन के गले से बाजार में झपटमारों ने चेन झपट ली है। मैंने मन-ही-मन सोचा, 'बुद्धिमान दूसरे की गलती देखकर स्वयं को ठीक कर लेते है'।।

बूंद-बूंद से तालाब भरता है : थोड़ा-थोड़ा एकत्रित करके एक बड़ी राशि प्राप्त की जा सकती है।

बूढ़ा वंश कबीर का उपजे पुत्र कमाल : किसी अच्छे वंश मे कुपुत्र उत्पन्न हो जाना।

महाराणा प्रताप ने अपनी अन्तिम सांस तक अकबर की अधीनता स्वीकार नहीं की थी, लेकिन उसकी मृत्यु के बाद, उसका पुत्र अमर सिंह अकबर की शरण में चला गया था। उसके ऊपर यह कहावत चरितार्थ होती है, 'बूढ़ा वंश कबीर का उपजे पुत्र कमाल'।

बूढ़े की ज़बान में ज़ोर होता है : बूढ़े अपने शेष परिवार के साथ कुछ न कुछ कहा-सुनी करते रहते हैं।

बेकारी से बेगारी भली : खाली बैठने से बिना लोभ लालच के कुछ न कुछ करना अच्छा होता है।

बेटा खाय बाप लखाय, कलियुग अपना बल दिखलाय : आजकल की पीढ़ी अपने बाप-दादा की देखभाल पर ध्यान नहीं देती, बल्कि अपनी पत्नी और बच्चों तक ही सीमित रहती है।

बेटा बनकर सबने खाया, बाप बनकर कोई नहीं खाता : यदि किसी से कुछ प्राप्त करना चाहते हो तो विनम्र बनकर प्राप्त कर सकते हो, अपने कठोर व्यवहार से आप कुछ भी उपलब्ध नहीं कर सकेंगे।

बेहया की पीठ पर पेड़ जमा, उसने कहा छांह में बैठेंगे : निर्लज्ज व्यक्ति बुरे काम को भी अच्छा समझते हैं।

वैद करे वैदाई, चंगा करे खुदाई : वैद्य तो केवल दवा देता है। ठीक होना न होना तो ईश्वर के अधीन है।

एक मां अपने गंभीर रोग से ग्रस्त बच्चे को लेकर वैद्य के सामने गिड़-गिड़ा रही थी कि वैद्य जी! मेरे बच्चे को ठीक कर दीजिए। मैं आपका आभार जीवन भर नहीं भूल सकूंगी। वैद्य ने उसे कहा, 'वैद करे वैदाई, चंगा करे खुदाई'।

वैद की घोड़ी बेमतलब नहीं चलती : स्वार्थी मुनष्य वहां नहीं जाते जहां उनका स्वार्थ पूरा नहीं होता।

बैर प्रेम नहिं दुरइ दुराये : शत्रुता और प्रेम छिपाने से नहीं छिपते।

राजा मानसिंह अकबर का दरबारी था। महाराणा प्रताप इस नाते उससे शत्रुता रखता था। एक दिन जब राजा मानसिंह महाराणा प्रताप से मिलने उदयपुर गए तो महाराणा प्रताप के पुत्र अमरसिंह ने ही उसका स्वागत किया। महाराणा प्रताप उसके साथ भोजन करने तक भी नहीं आए। बड़े-बड़े ज्ञानी सही कहते हैं कि 'बैर प्रेम नहिं दुरइ दुराये'।

बैरी से बच, प्यारे से रच : शत्रु से बचकर रहना चाहिए और मित्र से मिलकर रहना चाहिए।

बोवै पेड़ बबूल का आम कहां से खाय : जब पाप कर्म किए हैं तो उनका दंड भोगना ही पड़ेगा।

मुम्बई आतंकी आक्रमण में निर्दोषों का खून बहाने वाले आतंकी कसाब को मृत्युदंड तो दिया ही जाएगा। वह अब क्षमा-याचना के लिए क्यों तड़फड़ा रहा है। उसे पहले ही सोचना चाहिए था कि 'बोवै पेड़ बबूल का आम कहां से खाय'।

ब्याह नहीं किया तो क्या, बारात तो गए हैं : भले ही किसी ने अमुक काम न किया हो, लेकिन उस काम को करते हुए लोगों को देखा तो है।

मैं लेखक तो नहीं हूं, परन्तु यह अच्छी तरह से जानता हूं कि प्रज्ञा ठाकुर पर एक अच्छा उपन्यास लिखा जा सकता है, क्योंकि मेरा मित्र ऐसी लड़कियों पर ही उपन्यास लिखता है। कहावत है -'ब्याह नहीं किया तो क्या, बारात तो गए है'।

भ

भगत के वश में हैं भगवान : भक्त अपनी भक्ति से भगवान को अपने वश में कर लेता है।

मीरा बाई कृष्ण भगवान की बहुत बड़ी भक्त थी। भगवान ने उसकी हर विपत्ति में सहायता की। जब उसके पति ने उसे मारने के लिए विष का प्याला भेजा तो मीरा के लिए वह विष अमृत बन गया। तभी तो कहते हैं कि 'भगत के वश में हैं भगवान'।

भगवान और शैतान दोनों को एक साथ खुश नहीं रखा जा सकता : विरोधी गुण एक साथ नहीं रह सकते।

भगवान की भक्ति से शैतान खुश नहीं होता और शैतान की भक्ति से भगवान ख़ुश नहीं होता, अतः यह कहावत सत्य है कि 'भगवान और शैतान दोनों को एक साथ ख़ुश नहीं रखा जा सकता है'।

भगवान के घर में देर है अंधेर नहीं : भगवान कभी अन्याय नहीं करता, भले ही न्याय करने में कुछ विलम्ब हो जाए।

भूले राम ने लोगों पर बहुत बड़े-बड़े अत्याचार किए, लेकिन वह उन्नति करता रहा और अच्छी मौत प्राप्त की। लोगों को इसमें भगवान के न्याय पर संदेह हो चला था, लेकिन एक दिन उसका सम्पूर्ण परिवार अपनी गाड़ी में गंगा स्नान के लिए निकल पड़ा। रास्ते में एक ट्रक से एक्सीडेंट हो गया और सम्पूर्ण परिवार वहीं समाप्त हो गया। तब लोगों के मन से निकला, 'भगवान के घर देर है अंधेर नही'।

भगवान जब देते हैं छप्पर फाड़कर देते हैं : जब भगवान की करुणा होती है तो चारों ओर से धनवृष्टि होने लगती है।

लक्खु कश्यप जब अपनी झोंपड़ी हटाकर वहां एक छोटे से कमरे की नींव खोद रहा था, तो खोदते समय नींव से चांदी के सिक्कों से भरा एक घड़ा मिल गया। जब सभी कहने लगे कि 'भगवान जब देते हैं छप्पर फाड़कर देते है'।

भजन और भोजन एकान्त में भला : ईश्वर भक्ति एकान्त में करनी चाहिए जिससे वहां इधर-उधर जाने वालों से ध्यान भंग न हो और भोजन भी एकान्त में करना चाहिए, जिससे खाद्य पदार्थों पर किसी की कुदृष्टि न पड़े।

भय और प्रेम दोनों एक जगह नहीं रहते : भय और प्रेम एक दूसरे की विरोधी भावनाएं हैं। कोई कार्य प्रेम से होता है या फिर भय से।

भय बिन होइ न प्रीति : बिना भय के कोई काम नहीं होता।

समाजसेवी अन्ना हजारे के अनशन को तोड़ने के लिए पहले सरकार ने अन्ना के विरुद्ध बल प्रयोग किया, लेकिन जब सरकार को वास्तविक स्थिति का ज्ञान हुआ कि यदि अन्ना का जनलोकपाल बिल स्वीकार नहीं किया जाता तो जन-विद्रोह हो जाएगा। तब इस भय से जनलोकपाल बिल स्वीकार कर लिया गया। किसी ने सत्य कहा है, 'भय बिन होइ न प्रीति'।

भरी (बंद) मुट्ठी सवा लाख की : पर्दे की ओट में संभावनाएं बनी रहती हैं।

जब तक परीक्षा परिणाम नहीं आता, एक अच्छे छात्र को यह संभावना बनी रहती है कि वह प्रथम श्रेणी से उत्तीर्ण होगा, इसलिए किसी ने सही कहा है, 'भरी (बंद) मुट्ठी सवा लाख की'।

भरे पेट में शक्कर खारी : बिना भूख के स्वादिष्ट भोजन भी अच्छा नहीं लगता।

वाचस्पति ने अपनी नवविवाहिता को इसलिए तलाक दे दिया कि वह सुन्दर नहीं है, लेकिन जब लोगों ने उसे देखा तो वह युवती सुन्दर थी। जब लोग वास्तविकता पर पहुंचे कि वाचस्पति के अकूत धन के कारण एक-से-बढ़कर-एक सुन्दर लड़की उसके चारों ओर मंडराती रहती हैं तो उन्हें यह समझते देर न लगी कि 'भरे पेट में शक्कर खारी है'।

भरे समुन्दर घोंघा प्यासा : धन-धान्य से सम्पन्न होते हुए भी व्यथित रहना।

भले आदमी की मुर्गी टके-टके : संकोच के कारण सीधे-सादे आदमी को बहुत हानि उठानी पड़ती है।

भले का जमाना नहीं : इस युग में भले आदमी को भलाई करने पर भी सम्मान नहीं मिलता।

बाबा रामदेव ने जन-जन के सुख के लिए योग-प्राणायाम आदि का प्रचार-प्रसार किया, लेकिन सरकार ने उसके ऊपर अनेकों भ्रष्टाचार के आरोप लगा डाले। किसी ने सत्य कहा है, 'भले का जमाना नही'।।

भले घोड़े को एक चाबुक भले आदमी को एक बात : अच्छा घोड़ा केवल एक चाबुक से ही ठीक चलने लगता है, उसी प्रकार एक अच्छा व्यक्ति संकेत मात्र से अपनी गलती सुधार लेता है।

भवन बनावत दिन लगे, ढाहत लगे न चार : काम बनाने में समय लगता है, लेकिन उसे बिगाड़ने में समय नहीं लगता।

भाई भाव का, नहीं अपने दाव का : जो स्वार्थ से ऊपर उठकर प्यार करे वही भाई है और जो सदैव अपनी स्वार्थ-सिद्धि में लिप्त रहे, उसे भाई नहीं कहा जा सकता।

भाई वही जो विपद सहाय : वही भाई कहलाने का अधिकारी है, जो विपत्ति में सहायता करे।

भगवान राम को जब वनवास मिला तो उनका भाई लक्ष्मण उनकी सेवा के लिए उनके साथ चल पड़ा। इस प्रकार से लक्ष्मण इस कहावत पर खरा उतरा, भाई वही जो विपद सहाय'।

भागते भूत की लंगोटी भली : जहां कुछ उपलब्ध होने की संभावना न हो, यदि वहां थोड़ा भी मिल जाए जो उस पर भी सन्तोष कर लेना चाहिए।

इतने व्यापक बंद के बाद भी सरकार ने डीजल के भाव में केवल एक रुपये की कमी की है। जनता को इसे स्वीकार कर लेना चाहिए, क्योंकि 'भागते भूत की लंगोटी भली'।

भाग्य फलति सर्वत्र न विद्या न च पौरुषम्: भाग्य से ही मनुष्य को सुख मिलता है, उसकी विद्या या पौरुष से नहीं।

हमारे एक मित्र बहुत बड़े लेखक और विद्वान हैं, लेकिन आर्थिक तंगी से जूझते आ रहे हैं। किसी ने सही कहा है, 'भाग्यं फलति सर्वत्र न विद्या न च पौरुषम्'।

भाग्यवान का हल भूत जोतते हैं : सब लोग भाग्यवान व्यक्ति की सहायता करते हैं।

नेहरू परिवार का कोई भी वंशज हो, लोग उसे सर्वमान्य नेता के पद पर प्रतिस्थापित कर देते हैं, अतः यह कहना सही है कि 'भाग्यवान का हल भूत जोतते है'।।

भाड़ में जाए : किसी वस्तु के नष्ट होने का अभिशाप देना।

आर्थिक तंगी झेलती हुई एक लेखक की पत्नी जब किसी दुकान से उधार खरीदने की स्थिति में भी नहीं रही तो वह अपने पति पर झुंझला पड़ी, 'भाड़ में जाए' तुम्हारा यह लिखना-पढ़ना! इसने मुझे दे क्या दिया है?

भादों का घाम और साझे का काम : भादों में शरीर में घाम निकल जाता है, जो बहुत कष्टप्रद होता है साझे का काम भी उतना ही कष्टप्रद होता है।

भादों की छांछ भूतों की, कातिक की छांछ पूतों की : भादों में छाछ (भट्ठा) पीना हानिकारक होता है और यही छाछ कार्तिक माह में लाभप्रद होता है।

भारी ब्याज मूल को खाय : अधिक ऊंची ब्याज-दर पर रुपया देने से मूलधन के डूबने का भी भय रहता है।

भीख के टुकड़े बाजार में डकार : निर्धन आदमी का सबके समक्ष यह प्रदर्शन करना कि वह धन-धान्य से सम्पन्न है।

भीख मांगे और आंख दिखावे : अपना अधिकार मानते हुए बलपूर्वक किसी से मनचाही वस्तु मांगना।

पाकिस्तान अमेरिका से इस धौंस के साथ आर्थिक सहायता मांगता है कि यदि उसने यह सहायता राशि नहीं दी तो वह अतंकवाद पर नियंत्रण करने में अमेरिका की सहायता नहीं कर सकेगा। यह तो वही बात हुई, 'भीख मांगे और आंखे दिखावे'।

भीख में पछोड़ क्या? : मुफ्त मिली हुई वस्तु की गुणवत्ता नहीं देखी जाती।

एक भिखारी मेरे पास आया और उसने अपनी लड़की की फीस के लिए सौ रुपये मांगे। मैंने उसे एक सौ का नोट थमा दिया, जो कुछ मैला-सा लग रहा था। उसने मुझे उस नोट को बदलने के लिए कहा। मैंने उसे तुरन्त उत्तर दिया, 'भीख में पछोड़ क्या'।

भीख में से भीख दे, तीनों लोकों को जीत ले : जो मनुष्य भिक्षा में से भी किसी अन्य भिक्षुक को भिक्षा देता है, उसका कल्याण हो जाता है।

भूख को भोजन क्या, नींद को बिछौना क्या : भूख में कैसा भी खाना मिल जाए वही अच्छा लगता है और जब नींद आती है तो पत्थर का बिछौना भी अच्छा लगता है।

भूख न जाने बासी भात, प्यास न जाने धोबी घाट : प्राणों की रक्षा के लिए सब मर्यादाएं टूट जाती हैं।

मेरठ शहर में अचानक उमड़े साम्प्रदायिक दंगों से घिरा मैं अपने प्राणों की रक्षा करने के लिए गंदे नाले के ऊपर बनी एक पुलिया के अन्दर छिप गया। गंदे पानी की बदबू मेरे मन को सड़ा रही थी, लेकिन मैं स्वयं को समझा रहा था, 'भूख न जाने बासी भात, प्यास न जाने धोबी घाट'।

भूख में गूलर पकवान : भूख लगने पर स्वादरहित भोजन भी स्वादिष्ट लगता है। बाहर तीन दिन से कर्फ्यू लगा था। घर में खाने को कुछ नहीं था। मैं भूख से तड़प रहा था, मेरी दृष्टि कूड़ेदान में पड़े गोभी के फूल के डंठलों पर पड़ी। मैंने उन्हें साफ करके खाया तो स्वाद का ठिकाना नहीं था। तभी मुझे यह कहावत याद आ गई, 'भूख में गूलर पकवान'।

भूखे को क्या रूखा, नींद को क्या तकिया? : दे० 'भूख को भोजन क्या, नींद को बिछौना क्या?'

भूखे भजन न होहिं गोपाला : भूखे व्यक्ति को कुछ भी नहीं सूझता।

एक नेता के आगमन पर उसकी पार्टी के कार्यकर्ताओं ने कुछ मजदूरों को गाड़ी में इस उद्देश्य से बैठा लिया कि उन्हें नेताजी की जय बोलनी है। जब नेताजी आए तो उनमें से कुछ जय नहीं बोल रहे थे। पूछने पर उन्होंने बताया कि सुबह से भूखे हैं, अतः 'भूखे भजन न होहिं गोपाला'।

भूखे सिंह न तिनका खाय : आपातकाल में भी महापुरुष अपनी मर्यादा भंग नहीं कर सकते।

भारत-पाक विभाजन के अवसर पर जब लाहौर में मुसलमान हिन्दुओं का कत्ल कर रहे थे तो महात्मा गांधी ने हिन्दुओं के लिए प्रतिहिंसा न करने को कहा था और अहिंसा का मार्ग श्रेष्ठ बताया था। यह कहावत उन पर सटीक बैठ रही थी, 'भूखे सिंह न तिनका खाय'।

भूल गए राग-रंग, भूल गए छकड़ी, तीन चीज़ याद रही नोन तेल लकड़ी : गृहस्थी बसाने के बाद एक गृहस्वामी का सम्पूर्ण चिन्तन केवल गृहकार्य तक ही सीमित हो जाता है।

मेरे दोस्तों ! अब आप मेरी परिस्थितियों को देखकर अच्छी तरह समझ चुके होंगे कि मैं आपके संग सैर-सपाटों और रंगरलियों में आपका सहयोग नहीं कर सकता, क्योंकि अब मेरे ऊपर गृहस्थ का दायित्व आ गया है। आपने सुना ही होगा, 'भूल गए राग-रंग, भूल गए छकड़ी, तीन चीज़ याद रही नोन तेल लकड़ी'।

भेड़ की खाल में भेड़िया : एक दुर्जन का सज्जन के रूप में दिखाई देना।

कुछ राजनेता श्वेत खादी पहनकर सज्जन व्यक्ति दिखाई देते हैं, लेकिन जब इनके अय्याशी के किस्से जनता के समक्ष आते हैं तो जनता स्तब्ध हो जाती है और ऐसे नेताओं को 'भेड़ की खाल में भेड़िया' के रूप में देखने लगती है।

भेड़ पर ऊन कौन छोड़े : भोले तथा धनी व्यक्ति को हर कोई लूटना चाहता है।

भगवान सहाय एक सीधा-सादा, परन्तु धनी व्यक्ति है। उसके यहां दान मांगने वालों का तांता लगा रहता है यह सही भी है, क्योंकि भेड़ पर ऊन कौन छोड़े'।

भेड़ पूंछ भादों नदी, को गहि उतरे पार : भेड़ की पूंछ पकड़कर भादों माह की उफनती नदी को कौन पार कर सकता है? अर्थात छोटे व्यक्ति की सहायता से कोई बड़ा कार्य नहीं हो सकता।

मंत्री जी! यह तो गांव गलियों में घूमने वाला ज्योतिषी है। यह आपके चुनाव के नामांकन पत्र भरने का सही समय क्या बता सकेगा? आप इस कहावत से भी कुछ सीखिए, 'भेड़ पूंछ भादों नदी, को गहि उतरे पार'।

भेस से भीख मिलती है : वेश-भूषा देखकर ही व्यक्ति सम्मान करते हैं।

अपने पुत्र को यह कहने पर कि अपने भोजन पर ध्यान दो वेष-भूषा पर नहीं, मेरे पुत्र ने मुझे कहा कि भोजन को कौन देखता है? सब वेश-भूषा को देख रहे हैं और आज के युग में 'भेस से ही भीख मिलती है'।

भैंस के आगे बीन बजावे वह बैठी पदराय : मूर्ख व्यक्ति को कैसा भी उपदेश या परामर्श देना व्यर्थ है।

अपने पड़ोसी को मैं इतना ही कहने पाया था कि आप हमारे मुहल्ले के सम्मानित व्यक्ति हैं, अतः अपनी लड़की पर थोड़ा ध्यान दो। वह रात्रि में समय-असमय में आ-जा रही है। उसने मुझे धमकाते हुए कहा कि आप मेरी लड़की को उड़ाना चाहते हैं। मैं चुप-चाप यह सोचते हुए घर लौट आया, 'भैंस के आगे बीन बजावे वह बैठी पदराय'।

भैंस को अपने सींग भारी नहीं होते : अपना परिवार किसी पर बोझ नहीं बनता।

एक महिला चार छोट-छोटे बच्चों के साथ बस में चढ़ी। सीट न मिलने से वह परेशान दिखाई देने लगी। एक यात्री ने आखिर उसे कह ही दिया कि यदि दो बच्चे होते तो यात्रा में यह कष्ट उठाना न पड़ता। वह महिला बोली-कष्ट कैसा? आपको पता नहीं, 'भैंस को अपने सींग भारी नहीं होते'।

भोगी सो रोगी : अधिक भोग-विलास में लिप्त व्यक्ति स्वस्थ नहीं रह सकता।

भौंकते कुत्ते को रोटी का टुकड़ा : जो अधिकारी गलती पर गलती निकालकर उपदेशात्मक भाषा में चिल्ला रहा है, उसे रिश्वत देकर शांत किया जाता है।

'अन्दर साहब विश्राम कर रहे है'। यह कहते हुए एक चौकीदार ने मुझे नहर विभाग के इंजीनियर से मिलने नहीं दिया। मेरे बार-बार कहने पर वह मुझे उलटी-सीधी सुनाने लगा। मैंने उसके हाथ पर बीस रुपये रख दिए। वह मुस्कुराहट के साथ बोला कि अब साहब विश्राम कर चुके होंगे, अतः आप मिल सकते हैं। मैंने मन ही मन सोचा, 'भौंकते कुत्ते को रोटी का टुकड़ा'।

भौंर न छोड़े केतकी तीखे कंटक जान : जिसका जिससे प्रेम होता है, वह अनेकों बाधाओं के होते हुए भी उसे नहीं छोड़ता।

दुर्गा भाभी को अपने राष्ट्र से प्रेम था। वह महिला होते हुए भी विपरीत परिस्थितियों में क्रांतिकारियों को सूचनाओं का आदान-प्रदान करती रहती थीं। वह इस बात को जानती थीं, 'भौंर न छोड़े केतकी तीखे कंटक जान'।

म

मछली के बच्चों को तैरना कौन सिखावे : आदमी अपने जाति-स्वभाव व वंश परंपरा को स्वयं जान लेता है।

महाराणा प्रताप की पुत्री चंपा अपने बचपन में ही तीर-कमान से ऐसा निशाना लगा देती थी, जैसा महाराणा प्रताप के बड़े सेनानी भी नहीं लगा सकते थे। बड़े-बड़े सही कहते आए हैं, 'मछली के बच्चों को तैरना कौन सिखावे'।।

मजनू को लैला का कुत्ता भी प्यारा : प्रेमिका की सब वस्तुएं प्रिय लगती हैं।

मेरे जन्मदिन पर मेरी प्रेमिका लोक-लज्जावश स्वयं तो नहीं आ सकी, लेकिन अपने घरेलू नौकर के हाथ मेरे लिए उपहार भिजवा दिया। उस नौकर के प्रति मेरी इतनी आस्था उमड़ी कि मैंने उसे हजारों रुपयों का सामान देकर विदा किया। किसी ने सही कहा है, 'मजनू को लैला का कुत्ता भी प्यारा'।

मन उमराव करम दरिद्री : एक दरिद्र का अमीरों जैसा जीवन व्यतीत करना।

मन के लड्डुओं से भूख नहीं मिटती : केवल कल्पना मात्र से कार्य सिद्ध नहीं होते। जब भारत-पाक का युद्ध छिड़ता है तो पाकिस्तान की जनता यह कल्पना करने लगती है कि उनकी सेनाएं दिल्ली के निकट पहुंच गई हैं और शीघ्र ही वे दिल्ली पर अधिकार कर लेंगी, जबकि वास्तविकता यह होती है कि पाकिस्तान एक बहुत बड़ा भूभाग गंवा चुका होता है। उन्हें इतना तो समझ लेना चाहिए कि 'मन के लड्डुओं से भूख नहीं मिटती'।

मन के हारे हार है, मन के जीते जीत : हर स्थिति में साहस बनाए रखना चाहिए। वीरांगना दुर्गा भाभी चन्द्रशेखर आज़ाद की शहादत से बहुत व्यथित थी, लेकिन वह निराश नहीं हुई थी। उसने अपने मन को सुदृढ़ किया और फिर अपने काम में जुट गई थी। वह जानती थी कि 'मन के हारे हार है, मन के जीते जीत'।

मन चंगा तो कठौती में गंगा : यदि मन पवित्र है तो घर में ही तीर्थ बन जाता है। महर्षि दयानन्द सरस्वती इस बात पर बल देते थे कि तीर्थों के चक्कर लगाना व्यर्थ है। अपने मन को पवित्र बनाओ और सदैव ध्यान रखो, 'मन चंगा तो कठौती में गंगा'।

मन चले का सौदा है : मन जिस वस्तु में रमता है, व्यक्ति उसे ही खरीदता है।

मन माने मेला, चित माने चेला, नहीं तो सबसे भला अकेला : जो भीड़ मन को अच्छी लगती है, वह मेला बन जाती है, जो व्यक्ति मन को अच्छा लगता है, वह चेला बन जाता है। यदि मन को कुछ भी अच्छा नहीं लगता तो वह एकान्त प्रिय हो जाता है।

मरता क्या न करता : विपत्ति में फंसे व्यक्ति के लिए कोई मर्यादा नहीं होती। जब महाराणा प्रताप के क़िले को मुगलों ने घेर लिया और बाहर से अन्न-जल जाना बंद कर दिया तो महाराणा प्रताप के सैनिक क़िले के फाटक खोलकर मुगलों पर टूट पड़े थे, आखिर 'मरता क्या न करता'।

मरने पर शहीद मारने पर गाजी : धर्म युद्ध जिहाद में हर प्रकार से लाभ होता है। श्री कृष्ण ने अर्जुन से कहा था कि इस धर्मयुद्ध में यदि मृत्यु को प्राप्त हो जाओगे तो स्वर्ग का सुख भोगोगे और यदि विजयी हो जाओगे तो वसुंधरा को भोगोगे अर्थात 'मरने पर शहीद मारने पर गाजी'।

मर्ज़ बढ़ता गया ज्यों-ज्यों दवा की : किसी काम को सुधारने के लिए जितने प्रयत्न किए जाएं वह उतना ही बिगड़ता चला जाए।

अमेरिका अफगानिस्तान में आतंकवाद को समाप्त करने के लिए जितना प्रयत्न कर रहा है, आतंकवाद उतना ही अधिक बढ़ता जा रहा है। यह तो वही बात हो रही है, 'मर्ज़ बढ़ता गया ज्यों-ज्यों दवा की'।

मर्द का खाना औरत का नहाना, किसी ने जाना, किसी ने न जाना : मर्द बहुत शीघ्र भोजन करता है और औरत नहाने में कम समय लगाती है।

मर्द नाम को नामर्द मरे पेट को : बहादुर लोग अपनी प्रतिष्ठा के लिए मृत्यु से खेल जाते हैं, लेकिन कायर लोगों को अपने स्वार्थ की पड़ी रहती है।

महाराणा प्रताप ने अपने आत्मसम्मान की रक्षा के लिए जीवन भर कष्ट भोगा, लेकिन अकबर की अधीनता स्वीकार नहीं की थी, जबकि राजा मानसिंह ने अकबर के समक्ष समर्पण करके आजीवन सुख भोगा था। किसी ने सही कहा है, 'मर्द मरे नाम को नामर्द मरे पेट को'।

मलयागिरी की भीलनी चन्दन देत जराय : किसी भी वस्तु की अधिकता उसके महत्व को घटा देती है।

राजा महाराजाओं के लिए विवाह का कोई महत्व नहीं होता था, क्योंकि वे अनेकों युवतियों से विवाह किए हुए होते थे और समय-समय पर करते ही रहते थे। उन पर यह कहावत चरितार्थ होती थी, 'मलयागिरी की भीलनी चन्दन देत जराय'।

महिमा घटी समुद्र की रावन बसा पड़ोस : यदि सज्जन के निकट कोई दुर्जन रहने लगता है तो सज्जन भी कलंकित हो जाता है।

आतंकवादी देश पाकिस्तान का भारत के निकट बसने से भारत भी कलंकित होता जा रहा है, क्योंकि कुछ देश मानने लगे हैं कि पाकिस्तान के आतंकियों के विरुद्ध भारत में हिन्दू आतंकवाद सिर उठाने लगा है। किसी ने सही कहा है, 'महिमा घटी समुद्र की रावन बसा पड़ोस'।

मां का दूध पिया है : बहादुर पुरुष का पर्यायवाची वाक्य।

भारत ने पाकिस्तान को अनेकों बार कहा है कि यदि तूने अपनी 'मां का दूध पिया है' तो भारत के विरुद्ध युद्ध की घोषणा कर, इस तरह से छिप-छिप कर निर्दोषों की हत्या क्यों कर रहा है।

मां का पेट कुम्हार का आवा, कोई गोरा कोई काला : जिस प्रकार कुम्हार के आवे में कुछ बर्तन पककर लाल हो जाते हैं और कुछ काले, उसी प्रकार मां के गर्भ से भी गोरे और काले रंग के बच्चे जन्म लेते हैं।

मां के पेट से कोई सीखकर नहीं निकलता : कोई भी काम हो वह सीखने से ही आता है।

पूर्व राष्ट्रपति अब्दुल कलाम ने वैज्ञानिकों को कहा था कि निराश क्यों होते हों, 'मां के पेट से कोई सीखकर नहीं निकलता'। यदि आपके अन्दर कुछ करने की दृढ़ इच्छा है तो आप अग्निबाण बना सकते हो।

मां ते पुत्र पिता ते घोड़ा, बहुत नहीं तो थोड़ा-थोड़ा : मां-बाप के गुण उनकी सन्तानों में कुछ न कुछ अवश्य आ जाते हैं।

चन्द्रगुप्त जब बच्चों में खेल रहा था तो चाणक्य ने उसके खेल की शैली को देखकर यह अनुमान लगा लिया था कि यह बच्चा किसी राजवंश का वंशज है। क्योंकि चाणक्य जानता था कि 'मां ते पुत्र पिता ते घोड़ा, बहुत नहीं तो थोड़ा-थोड़ा'।

मां-बेटी गाने वाली, बाप-पूत बराती : समाज से अलग अपना अस्तित्व बनाना।

मांग के खाना और मस्जिद में सोना : सांसारिक व्यवहार से स्वयं को अलग कर लेना।

महाकवि तुलसीदास ने कहा है कि जो व्यक्ति 'मांग कर खाता है, मस्जिद में निवास करता है'। उसे सांसारिक लेन-देन से क्या सम्बन्ध रह जाता है।

मांग न आवे भीख, तो सुरती खाना सीख : सुरती खाने का अभ्यस्त हो जाने के बाद कोई भी व्यक्ति सुरती खाए बिना रह नहीं सकता। यदि किसी अवसर पर उसके पास सुरती नहीं बच पाती तो उसे अपनी तलब मिटाने के लिए किसी से सुरती मांगनी अवश्य पड़ेगी।

मांगे बनिया भीख न देय, मुंह मारि के सरबस लेय : बनिया मांगने से कुछ नहीं देता, लेकिन धमकाने और आतंकित कर देने से वह सब कुछ दे देता है।

मांगे हड़, दे बहेड़ा : कहे कुछ, समझे कुछ।

बेटे! मैंने तुझे पुस्तकालय से वेद लाने के लिए कहा था, लेकिन तू उपनिषद उठा लाया। यह तो वही बात हुई, 'मांगे हड़, दे बहेड़ा'।

मांगना भला न बाप सों, जो पति राखें राम : किसी से मांगने की इच्छा करना स्वयं को अपमानित करना है।

रहीम कवि ने कहा है कि वे मनुष्य मरे हुए व्यक्ति के समान हैं जो

किसी से मांगने जाते हैं, अतः बड़े-बड़े सही कहते आ रहे हैं कि 'मांगना भला न बाप सों, जो पति राखें राम'।

माघ नंगे बैसाख भूखे : अत्यंत निर्धन व्यक्ति।

बेटे! मैं यह मानता हूं कि स्कूल के लिए दान मांगना बुरा नहीं है, लेकिन इतना अवश्य ध्यान रखना कि 'माघ नंगे बैसाख भूखे' व्यक्तियों से दान न लेना।

माघ में गरमी जेठ में जाड़, कहैं घाघ हम होब उजाड़ : यदि माघ माह में गरमी और जेठ माह में जाड़ा पड़े तो समझ लेना चाहिए कि पानी नहीं बरसेगा, जिसके प्रभाव से अकाल पड़ने की संभावना बनी रहेगी। ऐसा घाघ कवि का मत है।

माघ में बादल लाल धरै, जब जान्यो सांचे पथरा परै : यदि माघ महीने में लाल रंग के बादल हों तो समझ लेना चाहिए कि ओला-वृष्टि हो सकती है।

मान का पान अपमान के लड्डू से अच्छा होता है : सम्मान पूर्वक दी गई तुच्छ वस्तु भी अपमानपूर्वक दी हुई बहुमूल्य वस्तु से अच्छी होती है।

महाराणा प्रताप के यहां राजा मानसिंह अतिथि के रूप मे आए थे। उसके सम्मान के लिए महाराणा प्रताप ने अच्छे भोजन की व्यवस्था की थी, लेकिन उसके साथ भोजन करने के लिए स्वयं उपस्थित नहीं हुए थे। प्रताप के इस व्यवहार को मानसिंह ने अपना अपमान समझा था और यह कहते हुए उठ खड़ा हुआ था, 'मान का पान अपमान के लड्डू से अच्छा होता है'।

मान का बीड़ा हीरे के समान : सम्मानपूर्वक पान के बीड़े का मिल जाना, हीरे के समान बहुमूल्य समझना चाहिए।

मान घटे नित के घर जाए : यदि कोई प्रतिदिन किसी के घर जाने लगता है तो उसका सम्मान घटने लगता है।

मान न मान, मैं तेरा मेहमान : ज़बरदस्ती किसी के गले पड़ जाना।

महाराणा प्रताप नहीं चाहता था कि अकबर के समक्ष आत्मसमर्पण करने वाला कायर मानसिंह उसके घर आए, लेकिन मानसिंह 'मान न मान मैं तेरा मेहमान' की भावाना के साथ महाराणा प्रताप के घर पहुंच गया था।

मानो तो देव, न मानो तो पत्थर : यदि कोई भक्त मूर्ति में भगवान मानकर उसकी पूजा करता है तो उसके लिए वह मूर्ति भगवान बन जाती है और यदि

कोई मूर्ति-पूजा में विश्वास नहीं रखता तो उसके लिए मूर्ति-पत्थर के समान बन जाती है।

आर्यसमाजी मूर्ति-पूजा में विश्वास नहीं करते, अतः उनके लिए मूर्ति एक पाषाण से अधिक कुछ नहीं है, लेकिन सनातन धर्म के अनुयायी मूर्ति पूजा में विश्वास रखते हैं अतः उनके लिए मूर्ति पाषाण न होकर भगवान बन जाती है, अतः यह सही है, 'मानो तो देव, न मानो तो पत्थर'।

माफिक होगा व्यय, तो कभी न होगा क्षय : यदि आय के अनुसार व्यय किया जाएगा तो कभी घाटा नही पड़ेगा।

माया को माया मिले, कर-कर लम्बे हाथ : धन ही धन को खींचता है।

माया तेरे तीन नाम, परसा परसू परसराम : माया के अनुपात से ही व्यक्ति की प्रतिष्ठा बढ़ती जाती है। यदि किसी व्यक्ति का नाम उसके बाप ने परसराम रखा है तो उस नाम को स्वीकार न करके समाज अपने मापदंड के आधार पर उसका नाम निर्धारित करता है। यदि वह दरिद्र है तो उसका नाम परसा होता है, यदि कुछ आर्थिक स्थिति संभल जाती है तो वह परसू बन जाता है और यदि वह धनाढ्य बन जाता है, तो लोग उसे परसराम कहने लगते हैं।

मार के आगे भूत नाचता है : पिटाई करने पर पक्का अपराधी भी अपना अपराध स्वीकार कर लेता है।

आतंकी घटना के बाद पुलिस ने एक व्यक्ति को आवेशित स्वर में कहा कि तुम्हारी शक्ल-सूरत पुलिस द्वारा जारी किए गए आतंकी के स्केच से मिलती है। सच-सच बताओ तुम्हारे साथ और कौन-कौन थे। यदि हेरा-फेरी करोगे तो ध्यान रखना कि 'मार के आगे भूत नाचता है'।

मार के टल रहो, खाकर पड़ रहो : मारकर भाग जाना चाहिए और भोजन करके विश्राम करना चाहिए।

मारे और रोन न दे : बलवान मनुष्य के आगे निर्बल का कुछ बस नहीं चलता। अकबर बादशाह ने जिस राजपूत राजा से उसकी लड़की का डोला मांगा उसे अकबर के आतंक से आतंकित होकर डोला देना पड़ता था। किसी ने सही कहा है, 'मारे और रोने न दे'।

मारे सो मीर : जो मनुष्य लड़ाई में पहले प्रहार कर देता है, वह लाभ में रह जाता है।

हल्दीघाटी के युद्ध में महाराणा प्रताप ने 'मारे सो मीर' सिद्धांत के आधार पर मानसिंह के ऊपर भाले से प्रहार कर दिया था।

माल-ए-मुफ़्त दिल बेरहम : पराया धन खर्च करने में किसी को कष्ट नहीं होता।

राष्ट्रमंडल खेलों की तैयारियों में खेल अधिकारियों ने सरकार के धन का मनचाहा अपव्यय किया है। किसी ने सही कहा है, 'माल-ए-मुफ़्त दिल बेरहम'।

मिज़ाज़ क्या है एक तमाशा, घड़ी में तोला घड़ी में माशा : अव्यवस्थित चित्र वाले व्यक्ति की मनः स्थिति।

मिज़ाज़ बादशाह का, औकात भड़भूजे की : दरिद्र का लम्बी-चौड़ी कल्पना करना।

मुंगेरी लाल एक ऐसा अति साधारण व्यक्ति था जो अपनी कल्पना की उड़ान में बहुत ऊंचाई तक चला जाता था, लेकिन कल्पना भंग होने पर ठगा-सा रह जाता था। उसके ऊपर यह कहावत चरितार्थ होती थी, 'मिज़ाज़ बादशाह का औकात भड़भूजे की'।

मिटे न मिटे रेख हथेली : जो कुछ भाग्य में लिखा होता है उसे कोई नहीं मिटा सकता।

मिट्टी भी छू दे तो सोना बन जाए : किसी व्यक्ति के भाग्य का वर्णन करना।

महेंद्र सिंह धोनी क्रिकेट के ऐसे कप्तान थे कि यदि वे 'मिट्टी भी छू दें तो सोना बन जाए'।

मियां की जूती मियां के सिर : किसी व्यक्ति की वस्तु से उसी को हानि पहुंचाना।

पुष्यमित्र शुंग ने सम्राट वृहद्रथ को उसी के सेना से मरवा दिया था। यह तो 'मियां की जूती मियां के सिर' वाली बात हो गई थी।

मियां की दाढ़ी वाहवाही में गई : दूसरों से अपनी प्रशंसा सुनकर उन पर अपनी सम्पत्ति लुटा देना।

मियां फिरें लाल गुलाल, बीबी के हैं बुरे हाल : जो व्यक्ति घर में कुछ न देकर सारा धन अपने ऊपर खर्च कर डालता है।

मियां बीबी राज़ी तो क्या करेगा काज़ी : यदि दो व्यक्ति आपसी समझ से कोई समझौता कर लें तो फिर तीसरे मध्यस्थ की कोई आवश्यकता नहीं रहती।

यदि राजपूत राजा पारस्परिक झगड़ों को स्वयं सुलझा लेते तो बाह्य आक्रान्ताओं को भारत पर आक्रमण करने का अवसर ही न मिल पाता। बड़े-बड़े सही कह गए हैं, 'मियां बीबी राज़ी तो क्या करेगा काज़ी'।

मिल गए की राम-राम : केवल झूठी मित्रता का प्रदर्शन करना।

मीठ बहुत जहां कीड़ा लागे : अत्यंत प्रेम भी सम्बन्धों के लिए घातक बन जाता है।

पंडित नेहरू और चीन के प्रधानमंत्री चाऊ-एन-लाई की बहुत घनिष्ठ मित्रता थी और अन्त में उसकी परिणति युद्ध में हुई थी। किसी ने सही कहा है, 'मीठ बहुत जहां कीड़ा लागे'।

मीठा बोल पूरा तोल : दुकानदार का धर्म है कि वह अपने ग्राहकों से सम्मान का व्यवहार करे और अपना माल पूरा तोल कर दे।

मीर साहब की जान आली है, मुंह चिकना पेट खाली है : अपने पास कुछ न होते हुए झूठी शान के लिए अपनी सम्पन्नता का दिखावा करना।

मुंह देखे की प्रीति : जो समक्ष है उसकी प्रशंसा करना।

चारण लोग अपने यजमानों का मूल्यांकन उनके गुण-दोषों के आधार पर नहीं करते, बल्कि जिस यजमान के घर पहुंच जाते हैं, उसकी प्रशंसा करनी शुरू कर देते हैं। यह उनकी 'मुंह देखे की प्रीति है'।

मुंह मांगी तो मौत भी नहीं मिलती : भले ही किसी की इच्छा तुच्छ से तुच्छ क्यों न हो, लेकिन वह पूर्णरूपेण पूरी नहीं होती।

तुम एक भिखारी हो और भिखारी को भीख की वस्तु का चयन करने का अधिकार नहीं होता, लेकिन तुम भीख में धारीवाल का कम्बल मांग रहे हो? ध्यान रहे 'मुंह मांगी तो मौत भी नहीं मिलती'।

मुंह में राम बगल में छुरी : छलपूर्वक व्यवहार करना।

चीन भारत की उभरती शक्ति को देखते हुए, भारत के साथ अच्छे सम्बन्ध बनाने का इच्छुक है, लेकिन उसका यह व्यवहार 'मुंह में राम, बगल में छुरी' वाला दिखाई पड़ता है।

मुंह लगाई डोमिनी, गावै ताल-बेताल : एक साधारण व्यक्ति से घनिष्ठ सम्बन्ध बनाने पर वह सिर पर चढ़ जाता है।

आपने पता नहीं अपनी घरेलू नौकरानी को इतना क्यों बढ़ावा दे रखा है कि वह आपको पत्नी की भांति डांट देती है। आपको विद्वानों की यह बात नहीं भूलनी चाहिए कि 'मुंह लगाई डोमिनी, गावै ताल-बेताल'।

मुई बछिया बाम्हन को दान : किसी को अन-उपयोगी वस्तु दान करना।

जब सेठ धनीराम का गेहूं सड़ने लगा तो उसने उसे ग़रीबों में दान करने का निर्णय ले लिया। यह तो वही बात हुई, 'मुई बछिया बाम्हन को दान'।

मुख हृदय का दर्पण है : हृदय के हाव-भाव मुख पर अंकित हो जाते हैं।

जब रामगुप्त से शकराज ने उसकी पत्नी ध्रुवस्वामिनी का डोला मांगा और रामगुप्त ने उसे स्वीकार कर लिया तो ध्रुवस्वामिनी अपने देवर चन्द्रगुप्त के पास व्यथित मुद्रा में पहुंच गईं चन्द्रगुप्त ने उसके चेहरे को देखकर समझ लिया कि यह शकराज और कायर रामगुप्त से भी मुक्त होना चाहती है। उसने ऐसा ही किया। दोनों की हत्या के बाद ध्रुवस्वामिनी को अपनी महारानी बना लिया। किसी ने सही कहा है, 'मुख हृदय का दर्पण है'।

मुद्दई सुस्त गवाह चुस्त : जिसका काम हो उसका सुस्त और जो उस काम में सहायक हो उसका जागरुक होना।

भारत को अपने ऊपर होने वाले आतंकी आक्रमण की कोई जानकारी नहीं मिल पाती, जबकि अमेरिका समय-समय पर भारत को जानकारी देता रहता है। यह तो वही बात हो रही है, 'मुद्दई सुस्त गवाह चुस्त'।

मुफ़्त की शराब काज़ी को भी हलाल : मुफ़्त की बुरी वस्तु अच्छे लोगों को भी आकर्षित कर लेती है।

अमेरिका प्लास्टिक का कबाड़ा मुफ़्त में भारत को भेंट कर देता है और भारत उसे प्रसन्नता के साथ स्वीकार कर लेता है। यह तो वही बात होती है, 'मुफ़्त की शराब काज़ी को भी हलाल'।

मुफ़्त में निकले काम तो काहे दीजै दाम : यदि कोई कार्य बिना प्रयास के और बिना कुछ दिए हो जाता है तो उसके लिए धन क्यों खर्च करें?

यदि गुरुद्वारे के लंगर में एक रात ठहरने और भोजन की मुफ़्त सुविधा मिल जाती है तो क्यों किसी होटल में रहकर धन का अपव्यय करें। बड़े-बड़े कहते आए हैं, 'मुफ़्त में निकले काम तो काहे दीजै दाम'।

मुफ़लिसी में आटा गीला : दे० 'ग़रीबी में आटा गीला'।

मुर्गी के लिए तकवे का घाव भी बहुत होता है : दरिद्र के लिए जरा-सी हानि भी बहुत होती है।

'अरे दीनू! तेरी तो इस बाढ़ में एक झोंपड़ी ही नष्ट हुई है तू फिर भी शोक मना रहा है? मेरी देखो न सारी फसल ही नष्ट हो गई है' एक धनी व्यक्ति की इस टिप्पणी पर दीनू ने कहा कि मैं तो बहुत ग़रीब हूं और 'मुर्गी के लिए तकुए का घाव ही बहुत होता है'।

मुर्दे पर जैसे सौ मन मिट्टी, वैसे एक मन और सही : अधिक हानि होने पर थोड़ी हानि और होने से कोई प्रभाव नहीं पड़ता।

भारत में समय-समय पर अनेकों आतंकी आक्रमण होते रहते हैं। यदि एक आक्रमण और हो जाए तो कोई प्रभाव नहीं पड़ेगा, क्योंकि कहा गया है, 'मुर्दे पर जैसे सौ मन मिट्टी, वैसे एक मन और सही'।

मुलम्मे की जरूरत सोने को नहीं होती : जिसमे वास्तविक गुण हों उसे कृत्रिम गुणों के प्रदर्शन की आवश्यकता नहीं होती।

भारत की संस्कृति महान थी, अतः यह तलवारों के बल पर नहीं, स्वतः ही कुछ देशों में फैली थी, यह सही भी है कि 'मुलम्मे की जरूरत सोने को नहीं होती'।

मुल्ला की दाढ़ी तबर्रुक में गई : वाहवाही में ही सारा धन लुटा देना।

प्राचीन समय में चारण अपने राजा के गुणों का गुणगान करते रहते थे और राजा अपनी प्रशंसा से खुश होकर उन पर धन की वर्षा करता रहता था। यह तो 'मुल्ला की दाढ़ी तबर्रुक में गई' वाली बात होती थी।

मुल्ला की दौड़ मस्जिद तक : सभी अपनी सामर्थ्य के अनुसार ही काम करते हैं।

पाकिस्तान पर जब कभी आर्थिक संकट आता है तो वह अमेरिका के सामने हाथ फैला देता है। अर्थात 'मुल्ला की दौड़ मस्जिद तक' ही होती है।

मुल्ला न होगा तो क्या मस्जिद में अजान न होगी : किसी के बिना किसी का काम नहीं रुकता।

परमाणु परीक्षण से खिन्न होकर विश्व के सशक्त देशों ने भारत को परमाणु तकनीक देने से मना कर दिया था, परन्तु भारत ने अपने स्वदेशी साधनों से परमाणु-विकास-कार्यक्रम को जारी रखा था। भारत ने कह दिया था, 'मुल्ला न होगा तो क्या मस्जिद में अजान न होगी'।

मुसीबत अकेले नहीं आती : जब किसी पर विपत्ति आती है तो अपने साथ अनेकों जटिलताएं भी लाती हैं।

आंध्र प्रदेश में हुई भयंकर रेल दुर्घटना में अनेकों व्यक्ति हताहत हुए थे। राहत का कार्य चल ही रहा था कि भयंकर वर्षा ने राहत कार्य को बाधित कर डाला था। तब एक ही बात मन में कौंध रही थी कि 'मुसीबत अकेले नहीं आती'।

मूंजी का माल, निकले फूटकर खाल : कंजूस आदमी का धन किसी को हज़म नहीं होता।

चोरों के उस्ताद ने अपने शिष्यों से कहा कि चोरी कहीं भी करना, लेकिन किसी कंजूस के घर नहीं करना, क्योंकि बड़े-बड़े कहते आए हैं, 'मूंजी का माल निकले फूटकर खाल'।

मूरख को समझाए, तें ज्ञान गांठ को जाए : मूर्ख को समझाने से अपना ज्ञान भी जाता रहता है।

भारत बार-बार पाकिस्तान को समझाता रहता है कि तुम्हारा आतंकवादियों को आश्रय देना विश्व शांति के लिए खतरा है, लेकिन पाकिस्तान के कानों पर जूं नहीं रेंगती। अब भारत को ज्ञानियों की यह बात समझ लेनी चाहिए कि 'मूरख को समझाइए, तें ज्ञान गांठ को जाए'।

मूरख को मत सौंप तू चतुराई का काम : मूर्ख को चतुराई वाला काम नहीं सौंपना चाहिए।

समाजसेवी अन्न हजारे के अनशन से निबटने का कार्य भारत सरकार ने ऐसे मंत्रियों को सौंप दिया था, जिनके अदूरदर्शितापूर्ण निर्णय ने अन्ना के अनशन को और अधिक व्यापक बना दिया था। किसी ने सच कहा है कि 'मूरख को मत सौंप तू चतुराई का काम'।

मूरख वैद्य की मात्रा, बैकुंठ की यात्रा : मूर्ख वैद्य की दवा के सेवन से रोगी की मृत्यु हो जाती है।

सरकार झोला-छाप डॉक्टरों की धर-पकड़ कर रही है, क्योंकि वे बिना किसी मेडिकल ट्रेनिंग के रोगियों का निदान कर रहे हैं और सरकार यह मानती है, 'मूरख वैद्य की मात्रा, बैकुंठ की यात्रा'।

मूल से ब्याज प्यारा होता है : पुत्र से पौत्र अधिक प्रिय होता है।

व्यक्ति पुत्र न होने का दुःख सहन कर लेता है, लेकिन पौत्र का नहीं, क्योंकि पौत्र के न होने से उसे अपने वंश-वृद्धि की चिंता सताने लगती है, अतः सही कहा है, 'मूल से ब्याज प्यारा होता है'।

मेंढ़की को भी जुकाम हुआ है : अपनी सामर्थ्य से अधिक अधिकारों की मांग करना।

भारत-अमेरिकी परमाणु-संधि हो जाने के बाद पाकिस्तान ने भी अमेरिका के सामने ऐसी ही संधि करने का प्रस्ताव रखा था। तब अमेरिका ने पाकिस्तान के लिए कहा था, 'मेंढ़की को भी जुकाम हुआ है'।

मेरी तेरे आगे, तेरी मेरे आगे : चुगली करने की मानसिकता।

बहुत से व्यक्तियों को काम तो कुछ होता नहीं, बस, 'मेरी तेरे आगे, तेरी मेरे आगे' करते फिरते रहते है'।।

मेरी ही बिल्ली और मुझी से म्याऊं : अपने उपकार करने वाले के प्रति अहित करने का प्रयास करना।

बांग्लादेश की स्वतंत्रता के लिए भारत ने बहुत बड़ी क्षति उठाई थी, लेकिन बांग्लादेश ने बहुत जल्दी ही भारत को आंखें दिखानी शुरू कर दी थी। इस पर भारत को कहना ही पड़ा था, 'मेरी बिल्ली मुझी से म्याऊ'।।

मेरे बाप ने भी घी खाया था मेरा हाथ सूंघ लो : पूर्वजों के कृत्यों पर अभिमान करना।

अपने आप तो भारतीय इस युग में कुछ करना नहीं चाहते, केवल अपने अतीत का गौरव गान ही करते रहते हैं। यह तो वही बात हुई, 'मेरे बाप ने भी घी खाया था मेरा हाथ सूंघ लो'।

मेरे मन कछु और है विधना के कछु और : मनुष्य के चाहने से कुछ नहीं होता है, जो विधाता ने रचा है वही होता है।

विदेशी आक्रांताओं ने भारत पर आक्रमण करते समय यह चाहा था कि भारत की संस्कृति को रौंदकर वहां अपनी संस्कृति प्रतिस्थापित कर दी जाए, लेकिन ऐसा कुछ नहीं हो सका। उन्हें यह स्वीकार करना ही पड़ा, 'मेरे मन कछु और है विधना के कछु और'।

मेरे लाला की उलटी रीत, सावन मास चिनावे भीत : समय के अनुकूल काम न करना।

खेल अधिकारियों ने समय के साथ राष्ट्रमंडल खेलों की तैयारियां नहीं की थी, इस कारण भारत की विश्व समुदाय में किरकिरी हुई थी। उन्होंने इस कहावत के अनुसार कार्य किया था, 'मेरे लाला की उलटी रीत, सावन मास चिनावे भीत'।

मैं करूं तेरी भलाई, तू करे मेरी आंख में सलाई : भलाई के बदले बुराई करना।

भारत की विदेशी नीति में अरब राष्ट्रों से मधुर सम्बन्ध बनाना एक प्रमुख अनुबन्ध है, परन्तु कश्मीर नीति में कोई भी अरब राष्ट्र भारत के साथ खड़ा नहीं हुआ है, बल्कि कुछ देशों ने तो पाकिस्तान का पक्ष

लिया है। यह तो वही बात हुई, 'मैं करूं तेरी भलाई, तू करे मेरी आंख में सलाई'।

मैं मरूं तेरे लिए, तू मरे उसके लिए : जिसके लिए कोई सर्वस्व न्यौछावर कर दे, वह किसी दूसरे के प्रति आस्थावान निकले।

भारत नेपाल की सदा से आर्थिक सहायता करता रहा है, लेकिन नेपाल अब चीन के गीत गा रहा है। यह तो वही बात हुई, 'मैं मरूं तेरे लिए, तू मरे उसके लिए'।

मोम की नाक जिधर चाहो घुमा लो : सीधे आदमी किसी के भी प्रभाव में आ जाते हैं।

आर्य लोग दृढ़ संकल्प वाले व्यक्ति थे, जबकि द्रविड़ विनम्र प्रकृति के थे, अतः आर्यों ने द्रविड़ों से जैसा चाहा उन्होंने वैसा ही किया। उनके सम्बन्ध में यह कहावत चरितार्थ होती है, 'मोम की नाक है जिधर चाहे घुमा लो'।

मोरी के कीड़े मोरी ही में खुश रहते हैं : अपने स्वभाव के अनुसार ही व्यक्ति अपना परिवेश चुनता है।

मैंने एक स्वयंसेवी संगठन की सहायता से कुछ वेश्याओं को कोठों से मुक्त कराकर उनका पुनर्वास कराया, लेकिन कुछ दिनों बाद वे वेश्याएं पुनः उन्हीं कोठों पर चली गईं। किसी ने सही कहा है, 'मोरी के कीड़े मोरी ही में खुश रहते है'।।

मोहरों की लूट, कोयलों पर छाप : बहुमूल्य वस्तु की बरबादी पर ध्यान न देकर साधारण वस्तु की सुरक्षा करना।

सरकार बिल्डरों के लिए तो भूमि अधिग्रहण के नियम बना रही है, लेकिन ऐतिहासिक धरोहरों की रक्षा करने पर कोई ध्यान नहीं दे रही है। यह तो वही बात हो रही है, 'मोहरों की लूट कोयलों पर छाप'।

मौत की दारू नहीं है : मौत को टाला नहीं जा सकता।

सिकन्दर जब बीमार पड़ा तो डॉक्टरों ने एक से एक दवा दी, लेकिन वह ठीक नही हो सका। एक दिन क्रोधावेश में उसने सभी डॉक्टरों को धमका दिया। इस पर सभी डॉक्टरों ने कहा, 'मौत की दारू नहीं है'।

मौन स्वीकृति लक्षणम् : किसी बात की स्वीकृति अथवा अस्वीकृति पर मौन बने रहना उस बात की स्वीकृति का प्रतीक होता है।

जब चन्द्रगुप्त ने ध्रुवस्वामिनी के सम्मुख यह प्रस्ताव रखा था कि मैं

शकराज और कायर रामगुप्त से तुम्हारी रक्षा तो कर सकूंगा, लेकिन तुम्हें मुझसे शादी करनी होगी तो इस बात पर ध्रुवस्वामिनी मौन धारण कर गई थी, क्योंकि वह जानती थी, 'मौन स्वीकृति लक्षणम्'।

म्याऊं का ठौर कौन पकड़ेगा : सर्वाधिक खतरे के काम को कौन कर सकेगा?

भारत पर अपना नियंत्रण शिथिल होता देखकर, अंग्रेज अधिकारी इस निर्णय पर पहुंचे थे कि भारत की संस्कृति को नष्ट किये बिना उस पर नियंत्रण नहीं किया जा सकता। यह काम म्याऊं का ठौर पकड़ने जैसा जटिल है, लेकिन 'म्याऊं का ठौर कौन पकड़ेगा'? इस कार्य के लिए लार्ड मैकाले सामने आए थे।

य

यथा नाम तथा गुण : जैसा नाम वैसा गुण।

सुनयना नाम की इस लड़की के नयन वास्तव में ही सुन्दर हैं। इस पर 'यथा नाम तथा गुण' कहावत सटीक बैठती है'।

यथा राजा तथा प्रजा : जिस प्रवृत्ति का स्वामी होता है, उसके सेवक भी वैसे ही हो जाते हैं।

राष्ट्रमंडल खेलों के आयोजकों ने खेलों की तैयारियों में भ्रष्टाचार के रिकॉर्ड बनाए थे, लेकिन उनके अधीनस्थ भी उनसे पीछे नहीं रहे थे, किसी ने सही कहा है, 'यथा राजा तथा प्रजा'।

यह मत जाने बावरे, कि पाप न पूछे कोय; साईं के दरबार में एक दिन लेखा होय : ईश्वर व्यक्ति को उसके पापों का दंड अवश्य देता है।

यह मुंह और मसूर की दाल : अपनी हैसियत से अधिक किसी वस्तु की इच्छा रखना।

भ्रष्टाचार में लिप्त यदि कोई राजनैतिक पार्टी यह स्वप्न देखती है कि वह देश में अपना शासन स्थापित कर सकेगी तो उसके सम्बन्ध में यही कहा जा सकता है, 'यह मुंह और मसूर की दाल'।

यहां कुम्हड़ बतिया कोई नाहीं, देख तर्जनी जो मरि जाहीं : यहां ऐसे व्यक्ति नहीं रहते हैं, जो किसी के धमकाने से भयभीत हो जाएं।

श्री अरविंद ने अंग्रेजों को कहा था कि हमारे अतीत को देखकर हमारे

साथ अपना व्यवहार निश्चित कीजिए। आप हमें जैसा समझ रहे हैं, हम ऐसे नहीं हैं। इस कहावत पर ध्यान दीजिए यहां कुम्हड़ बतिया कोई नाहीं, देख तर्जनी जो मरि जाहीं'।

यहां परिन्दा भी पर नहीं मार सकता : किसी को कड़ी सुरक्षा में रखना।

मुम्बई हमले के एक मात्र जीवित पकड़े गए आतंकी कसाब को ऐसे स्थान पर रखा गया है, जहां 'परिन्दा भी पर नहीं मार सकता'।

या मारे भादों का घाम या मारे साझे का काम : भादों में शरीर में उत्पन्न घाम और साझे का काम दोनों ही कष्टदायक होते हैं।

साझे के काम में इतनी नियमितता हो जाती है कि मन से यही उद्‌गार निकलने लगते हैं, 'या मारे भादों का घाम या मारे साझे का काम'।

या सुख की नींद सोओ या माला जपो : एक समय पर एक ही काम ठीक रहता है।

यदि आप अपने गांव के स्कूल में इसलिए स्थानान्तरण कराना चाहते हो कि अध्यापन के साथ-साथ खेती का काम भी देखते रहोगे तो ऐसा नहीं हो सकेगा। 'या सुख की नींद सोओ या माला जपो'।

योगी था सो उठ गया आसन रही भभूत : पुराना गौरव समाप्त हो गया, अब तो केवल उसके चिह्न शेष रह गए हैं।

अब हम अपनी गौरवमयी प्राचीन सभ्यता का नाम लेकर कब तक जिएं। उस सभ्यता को लौटाया तो नहीं जाया जा सकता, अब तो उसका केवल नाम रह गया है। अब तो यही कहा जा सकता है, 'योगी था सो उठ गया, आसन रही भभूत'।

र

रंग कौए का सा, नाम महताब कुंअर : नाम के अुनसार रंग-रूप न होना।

नाम चमेली बाई सुनकर ऐसा लगता था कि यह नर्तकी एक सुन्दरी होगी, लेकिन देखने से सब अनुमान उलट गए 'रंग कौए का सा, नाम महताब कुंअर' वाली बात हो गई।

रवि नहिं लखियत बार मसाल : गुणवान व्यक्ति को व्याख्यात होने में किसी महिमा-गायक की आवश्यकता नहीं पड़ती।

श्री अरविन्द ने भारत में अंग्रेजियत को भारतीय संस्कृति के लिए घातक माना था, अतः अपनी संस्कृति की रक्षा के लिए उन्होंने अंग्रेजों के विरुद्ध क्रांति का बिगुल बजा दिया था और वे रातों रात क्रांतिकारियों के प्रेरणा-स्रोत बन गए थे। उनके ऊपर यह कहावत सटीक बैठ रही थी, 'रवि नहिं लखियत बार मसाल'।

रसरी आवत जात तै सिल पै परत निशान : लगातार प्रयास से कठिन से कठिन काम भी पूर्ण हो जाता है।

निरंतर अपने अहिंसात्मक आंदोलन से महात्मा गांधी ने उस साम्राज्य को उखाड़ फेंका था, जिसमें कभी सूर्य छिपता नहीं था। अतः यह कहावत सार्थक है, 'रसरी आवत जात तै सिल पै परत निशान'।

रसोई का विप्र, कसाई का कूकर : भोजन बनाने वाला ब्राह्मण और कसाई का कुत्ता भोजन की अधिकता से मोटे-ताज़े होते हैं।

रस्सी जल गई, ऐंठन न गई : विनाश हो जाने के बाद भी अपनी आन-बान न छोड़ना।

यवन राजा सिकन्दर ने राजा पुरू को हराकर उसे बन्दी बना लिया था। जब सिकन्दर ने पुरू से पूछा कि तुम्हारे साथ अब कैसा व्यवहार किया जाए तो पुरू ने कहा था कि जैसा एक राजा दूसरे राजा से करता है। उस समय सिकन्दर ने मन में सोचा था, 'रस्सी जल गई, ऐंठन न गई'।

रहमान को रहमान, शैतान को शैतान : अच्छे को अच्छे व्यक्ति मिल जाते हैं, और बुरे को बुरे।

भारत को मित्र रूप में भूटान मिल गया है और पाकिस्तान को चीन। तभी तो कहा गया है, 'रहमान को रहमान, शैतान को शैतान'।

रहें क्यों एक म्यान असि दोय : दे० 'एक म्यान में दो तलवारें नहीं रह सकतीं'।

रांड का रोना और पुरवा का बहना व्यर्थ नहीं जाता : रांड के रोने से उस पर अत्याचार करने वाले का अहित अवश्य होता है और पुरवा हवा के चलने से वर्षा अवश्य होती है।

रांड का पुतवा, गोड़िनी का बछवा : रांड अपने पुत्र को और गोड़िनी अपने बैल को मन लगाकर पालती है, इसलिए वे अच्छे मोटे-ताज़े होते हैं।

रांड का सांड, सौदागर का घोड़ा, खाय बहुत, चले थोड़ा : रांड का लड़का और सौदागर का घोड़ा—ये दोनों खाते तो बहुत हैं, परन्तु काम कम करते हैं।

रांड, सांड, सीढ़ी, संन्यासी, इनसे बचे तो सेवे काशी : यदि काशी में रहना है

तो रांड, सांड, घाट की सीढ़ियां और संन्यासी इन चारों से सावधान रहना चाहिए।

राई से पर्वत करै पर्वत राई मांहि : भगवान जिस पर अपनी करुणा लुटाते हैं वह भले ही कितना भी छोटा व्यक्ति क्यों न हो, महान बन जाता है और जिससे अप्रसन्न हो जाते हैं वह भले ही कितना महान क्यों न हो, उसे छोटे से छोटा बना देते हैं।

राक्षस के घर ब्याही जोय, भून-भान कलेवा होय : दुष्ट और हिंसक प्रवृत्ति के लोगों के घर में तोड़-फोड़ और अव्यवस्था ही बनी रहती है।

आतंकवादी दूसरों के लिए तो समस्या बने ही रहते हैं स्वयं उनके घर में भी अशांति और तनाव का वातावरण बना रहता है। तभी तो कहा गया है, 'राक्षस के घर ब्याही जोय, भून-भान कलेवा होय'।

राखो मेल कपूर में हींग न होय सुगंध : दुष्ट मनुष्य को चाहे कितने ही अच्छे वातावरण में रखा जाए, किन्तु उसकी प्रवृत्ति नहीं बदलती।

अब जेलों को सुधार-गृह का रूप दिया गया है और उसमें निरुद्ध बंदियों को अच्छा वातावरण देकर सुधारने का प्रयास किया जाता है, लेकिन वे जेलों से बाहर आते ही पुनः अपराधों में लिप्त हो जाते हैं, किसी ने सही कहा है, 'राखो मेल कपूर में हींग न होय सुगंध'।

राग ताल का हाल न जाने, दोनों हाथ मजीरा : किसी विषय का ज्ञान न होते हुए भी अपनी विद्वता का प्रदर्शन करना।

नई कविताओं के नाम पर आज के कुछ तथाकथित कवियों ने कविता का स्वरूप ही नष्ट कर डाला है। उन पर यह कहावत सही उतर रही है, 'राग ताल का हाल न जाने, दोनों हाथ मजीरा'।

रागी, बागी, पारखी, नारी और नियाव; इन पांचो के गुरु नहीं उपजत अंग सुझाव : गाना, घोड़े की सवारी, रत्न-परीक्षा, नाड़ी का ज्ञान और न्याय करना- ये पांचों विद्याएं स्वभाव से ही उत्पन्न होती हैं, ये सीखने से सीखी नहीं जा सकती।

राजहंस बिन को करै, नीर छीर को दोय : बिना विशेषज्ञ के गुण-दोष का निर्णय होना कठिन हो जाता है।

बाबा रामदेव के अभ्युदय से पहले भी प्राणायाम आदि का प्रचलन था, लेकिन किस प्राणायाम से क्या लाभ है, क्या-क्या सावधानियां रखनी हैं और सावधानियां न रखने से क्या-क्या हानियां हैं? इसका ज्ञान तो

रामदेव ने ही दिया है। किसी ने सही कहा है, 'राजहंस बिन को करै, नीर छीर को दोय'।

राजा का दान, प्रजा का स्नान : जो पुन्य राजा को दान करने से मिलता है, वही पुन्य जनता को तीर्थ में स्नान करने से मिलता है। राजा को दान करते रहना चाहिए और उसकी जनता को तीर्थाटन करते रहना चाहिए।

राजा के घर मोतियों का अकाल : जहां किसी वस्तु के आधिक्य की आशा की जाती है, वहां उसका अभाव हो जाना।

आर्थिक मंदी के कारण कभी भी अमेरिका की अर्थव्यवस्था चौपट हो सकती है। यदि ऐसा हुआ तो 'राजा के घर मोतियों का अकाल' वाली कहावत सही सिद्ध हो जाएगी।

राजा-जोगी किसके मीत : राजा और योगी किसी के मित्र नहीं होते।

एक समय ऐसा आया था कि भारत के प्रधानमंत्री ने अपने कुछ मंत्रियों को भ्रष्टाचार के आरोप में कारागार में डाल दिया था। इस घटना से यह बात स्वतः ही सिद्ध हो गई थी कि 'राजा-जोगी किसके मीत'।

राजा भीम की कज़ा, राम की रज़ा : ईश्वर की इच्छा के बिना कोई कार्य सम्पन्न नहीं होता। भीम भी ईश्वर की इच्छा से ही मरे थे।

रात थोड़ी कहानी लम्बी : समय कम है, परन्तु करने के लिए कार्य अधिक है।

मैं अब वृद्धावस्था में चल रहा हूं, लेकिन मुझे अभी अनेकों ग्रंथ रचने हैं। मेरे समक्ष अब एक ही चुनौती है, 'रात थोड़ी कहानी लम्बी' है।

रात दिना घमछाहीं, घाघ कहैं बरखा अब नाहीं : यदि आसमान में कभी धूप खिल जाए और कभी बदली छा जाए और यही क्रम चलता रहे तो कवि घाघ कहते हैं कि वर्षा नहीं होगी।

रात पड़े उपासी, दिन को खोजे बासी : 1. किसी का इतना दरिद्र हो जाना कि रात को उपवास करे और सवेरा उठकर बासी खाना खोजने लगे।

2. भूख में इतना व्याकुल हो जाना, जो यह भी न समझ सके कि जब भोजन न होने की स्थिति में रात को भूखा सोना पड़ा है तो सवेरे बासी भोजन कहां से आ जाता।

रातों रोई पर एक न मरा : कड़ा परिश्रम करने पर भी कोई लाभ न मिलना।

सन 2011 के इंग्लैंड दौरे मे इतना कठिन परिश्रम करने के बाद भी क्रिकेट टीम किसी भी श्रृंखला का एक भी मैच नहीं जीत सकी थी। यह तो वही बात हुई थी 'रातों रोई पर एक न मरा'।

रात हटाई तड़के आई, भूख वेदना बुरी रे भाई : भूख बहुत बेशर्म होती है। रात को शान्त कर दी जाती है, लेकिन प्रातःकाल फिर लग जाती है।

रानी को राजा प्यारा, कानी को काना प्यारा : अपनी-अपनी वस्तुओं से सबको लगाव होता है।

रानी रूठेंगी अपना सोहाग लेंगी : मालिक रूठेगा तो हमारी नौकरी छीन लेगा। इतनी महंगाई की मार पड़ रही है और नौकरी वही पाचं वर्ष पहली, कोई भी तो वेतन-वृद्धि नहीं, हम हड़ताल अवश्य करेंगे, 'रानी रूठेंगी अपना सोहाग लेंगी'। इससे ज्यादा तो कुछ नहीं होगा।

रामजी की माया, कहीं धूप कहीं छाया : प्रभु की लीला विचित्र है। इस संसार में कोई सुखी है तो कोई दुःखी, कोई धनी है तो कोई निर्धन। चारों ओर यही भिन्नता दिखाई दे रही है।

राम नाम में आलसी, भोजन में होशियार : 1. ईश्वर भक्ति में सबसे पीछे रहना, लेकिन भोजन करने में सबसे आगे।

2. काम करने रुचि न दिखाना, लेकिन भोजन करने में तत्पर रहना। चुनाव प्रचार में कुछ व्यक्ति ऐसे होते हैं जो प्रत्याशियों के साथ केवल खाने-पीने के लिए ही लगे रहते हैं, उन्हें प्रचार कार्य से कोई लेना-देना नहीं होता। उनके ऊपर तो यह कहावत सटीक बैठती है, 'राम नाम में आलसी, भोजन में होशियार'।

राम-नाम जपना, पराया माल अपना : कुछ पांखडी व्यक्ति दिखावे के संत बने रहते हैं, उनकी दृष्टि केवल पराए धन व पराई औरत पर रहती है। एक ढोंगी बाबा के आश्रम पर जब पुलिस का छापा पड़ा तो वहां से अनेकों कॉलगर्ल पकड़ी गईं और उसके साथ महंगी शराब की बोतलें भी। ऐसे लोगों का उद्देश्य है, 'राम-राम जपना पराया माल अपना'।

राम भरोसे जो रहै, परबत पर लहराय : प्रभु के भरोसे जिसका जीवन चलता है, वह पर्वत की ऊंचाई तक पहुंच जाता है।

प्रभु की भक्ति हमारे जीवन पथ के सब विघ्नों को दूर कर देती है और हमें सही रास्ते पर आगे बढ़ने की प्रेरणा प्रदान करती है। इसीलिए तो कहा गया है कि, 'राम भरोसे जो रहै परबत पर लहराय'।

राम मिलाई जोड़ी, एक अंन्धा एक कोढ़ी : दो व्यक्तियों का एक जैसा होना। एक स्कूल एक प्रधानाचार्य बोलने मे हकलाता था। संयोगवश एक ऐसा ही जिला विद्यालय निरीक्षक निरीक्षण के लिए आ पहुंचा। दोनों

के मध्य होने वाली वार्ता में हकलाहट को होना आवश्यक था ही। वे दोनों ही तुरन्त इस बात पर झगड़ पड़े कि वे एक दूसरे की नकल कर रहे हैं। वहां उपस्थित लोगों ने मन ही मन सोचा, 'राम मिलाई जोड़ी, एक अंधा एक कोढ़ी'।

राम सो रहीम : ईश्वर एक है, उसे राम से पुकारो या रहीम से या अन्य किसी और नाम से।

गांधीजी का संसार के लिए 'राम सो रहीम' का ही संदेश था। वे अपने भजन में गाया करते थे, 'ईश्वर-अल्लाह तेरो नाम, सबको सन्मति दे भगवान'।

रामहिं केवल प्रेम पियारा, जानि लेहू जे जाननिहारा : प्रभु को केवल प्रेम प्यारा है। कबीरदास ने कहा है, 'पोथी पढ़-पढ़ जग मुआ, पंडित भया न कोय; ढाई आखर प्रेम का, पढ़ै सो पंडित होय। अर्थात जिसके मन में प्रेम है वही पंडित है और वही भक्त है, 'रामहिं केवल प्रेम पियारा, जानि लेहू जे जाननिहारा'।

रीते सरवर पर गए, कैसे बुझत पियास : निर्धन मनुष्य से किसी की आशा पूरी नहीं हो सकती।

आपको धर्मशाला के दान के लिए जसविन्दर के पास नहीं जाना चाहिए था। वह कई महीने से निलम्बित चल रहा है। वह आपको दे भी क्या सकता था। आपको जाने से पहले यह तो सोच ही लेना चाहिए था कि 'रीते सरवर पर गए, कैसे बुझत पियास'।

रुचै सो पचै : जो वस्तु रुचि के साथ खाई जाती है, वह अच्छी तरह से पच जाती है।

आपका अपनी पत्नी पर लगाया गया यह आरोप कि वह कच्चा-पक्का खाना बनाती है, इसलिए पच नहीं पाता, गलत है। वास्तविकता यह है कि आप उस भोजन को रुचि से नहीं खाते हैं। आपने तो सुना ही होगा, 'रुचै सो पचै'।

रुपये को अलंकार की आवश्यकता नहीं : 1. रुपया तो स्वयं में ही एक आभूषण है।

2. विद्वान को सम्मानित होने की कोई आवश्यकता नहीं होती।

पंडित रामनिवास विद्यार्थी वेदों के प्रकांड पंडित हैं। उन्होंने कभी ऐसी इच्छा का प्रकाशन नहीं किया कि कोई संगठन उन्हें सम्मानित करे।

उनकी विद्वता को देखते हुए यही कहना पड़ता है कि 'रुपये को अलंकार की आवश्यकता नहीं होती'।

रुपये को रुपया कमाता है : धन को किसी उद्योग में लगाकर पुनः उससे धन कमाया जाता है।

कलाराम ने बैंक से दस लाख रुपये का ऋण लिया और उससे गत्ते बनाने का उद्योग स्थापित किया। अब वह उस उद्योग से करोड़पति बन चुका है। किसी ने सही कहा है, 'रुपये को रुपया कमाता है'।

रुपयो तो शेख नहीं तो जुलाहा : सदा से ही सामाजिक प्रतिष्ठा को मापने का मापदंड रुपया रहा है।

अंग्रेजी राज्य में धनी नवाबों का अंग्रेज भी सम्मान करते थे, लेकिन अब नवाबों के बंशज मजदूरी करने के लिए विवश हैं। उन्हें आज की भाषा में धियाड़ी का मजदूर कहा जाता है। किसी ने सही कहा है, 'रुपया तो शेख नहीं तो जुलाहा'।

रुपया परखे बार-बार, आदमी परखे एक बार : रुपये को बार-बार परखा जाता है, लेकिन मनुष्य की परीक्षा एक ही बार होती है।

मुहम्मद गोरी ने कन्नौज के राजा जयचंद की परीक्षा केवल एक ही घटना के आधार पर कर ली थी। कि जब यह अपने सताजीय और सहधर्मी पृथ्वीराज चौहान का नहीं हो सका तो मेरा कैसा हो जाएगा। किसी ने सही कहा है, 'रुपया परखे बार-बार आदमी परखे एक बार'।

रुपया हाथ का मैल है : रुपये को अधिक महत्व नहीं देना चाहिए।

जब विदेशी आक्रांता भारतीयों के घरों को लूटते थे तो गृहस्वामी यह कहकर सन्तोष कर लेता था कि रुपया 'हाथ का मैल है'। कभी भी कमाया जा सकता है।

रूखा-सूखा खाय के ठंडा पानी पीव : धन के लिए आवश्यकता से अधिक छटपटाहट न दिखाते हुए अपने सीमित धन से ही सन्तुष्ट हो जाना चाहिए।

भारतीय संस्कृति त्याग की संस्कृति रही है। इस संस्कृति ने कभी भी धन के भंडारण को महत्व नहीं दिया है, बल्कि अपरिग्रह का चिन्तन उसके केन्द्र में रहा है। इसका आदर्श रहा है, 'रूखा-सूखा खाय के ठंडा पानी पीव'।

रूठे बाबा दाढ़ी हाथ : जब बूढ़ा और अधिकार-विहीन व्यक्ति क्रोधित हो जाता है तो वह अपनी ही दाढ़ी नौंचने लगता है।

रूप की रोय, करम की खाय, विधि करतूत जानि नहीं जाय : आजकल गुणवान का अनादर और गुणहीन का सम्मान हो रहा है। विधाता का यह कैसा खेल है—इसे कोई नहीं समझ पा रहा है।

मेरे मकान के एक ओर झोला-छाप डॉक्टर है। उसके पास इतने रोगी आते हैं कि वह निर्धारित समय में उन्हें नहीं देख पाता। मेरे दूसरी ओर एक एम.बी.बी.एस. डॉक्टर है जो बेचारा रोगियों की प्रतीक्षा करता रहता है। इस विचित्रता को देखकर यह कहावत मन में कौंध जाती है, रूप की रोय, करम की खाय, विधि करतूत जानि नहीं जाय'।

रोग की जड़ खांसी, झगड़े ही जड़ हांसी : खांसी हो जाने पर समझ लेना चाहिए कि कोई रोग होने वाला है। यदि कोई किसी पर हंस पड़े तो समझ लेना चाहिए कि झगड़ा होने वाला है।

पांडवों के मायावी महल में जब दुर्योधन पानी में प्रवेश कर गया था तो द्रौपदी यह कहते हुए कि अंधों के तो अंधे ही होते हैं, हंस पड़ी थी। बस, यही हंसी महाभारत का कारण बनी थी। अतः बड़े-बड़े कहते आए हैं, 'रोग की जड़ खांसी, झगड़े ही जड़ हांसी'।

रोजगार और दुश्मन बार-बार नहीं मिलते : रोजगार और दुश्मन को यह समझते हुए पकड़ लेना चाहिए कि ये दोबारा नहीं मिलेंगे।

जब मेरा अध्यापक के रूप में एक कॉलेज से नियुक्ति पत्र आया तो मेंने इस नौकरी को न करने का निर्णय ले लिया, लेकिन मेरे पिता ने मुझे समझाया कि इस नौकरी को करते हुए भी और अच्छी नौकरी खोजी जा सकती है, लेकिन 'रोजगार और दुश्मन बार-बार नहीं मिलते'।

रोज़ा बख़्शवाने गए, नमाज़ गले पड़ गई : यदि कोई किसी अप्रिय कार्य से मुक्त होने के लिए अपने मालिक से निवेदन करे और वह मालिक उस कार्य से तो मुक्त न करें, बल्कि और दूसरा कार्य भी उसके ऊपर लाद दे।

रोज के टपके से पत्थर भी घिस जाते हैं : निरंतर अभ्यास करने से कठिन कार्य भी आसान हो जाता है।

निरंकार वर्मा एक अनपढ़ व्यक्ति था, लेकिन उसने एक-एक अक्षर प्रतदिन सीखकर पढ़ने-लिखने में दक्षता प्राप्त कर ली है। किसी ने सही कहा है, 'रोज के टपके से पत्थर भी घिस जाते हैं'।

रोटी कारन लशकरी, रन में शीश कटाए; रोटी कारन रैन-दिन गीत गवेसर गाय : रोटी के लिए मनुष्य कड़ा परिश्रम करता है और जीवन का जोखिम भी उठा लेता है।

अपने जीवन-यापन के लिए मनुष्य कठिन से कठिन काम करता है। धन की चाह में वह किसी भी सीमा तक जाने के लिए तत्पर रहता है। तभी तो कहा गया है, 'रोटी कारन लशकरी, रन में शीश कटाए; रोटी कारन रैन-दिन गीत गवेसर गाय'।

रोटी किस्मत की, हुक्का पांव दौड़ी का : रोटी भाग्य से मिलती है, लेकिन हुक्का भाग-दौड़ करने से मिल जाता है। अर्थात यदि कोई व्यक्ति किसी के पास चला जाता है, तो वह उसे हुक्का-पानी को पूछ ही लेता है।

मैंने इतने ऊंचे स्कूल में अध्यापन कार्य करने की बात स्वप्न में भी नहीं सोची थी और न ही मैंने वहां नौकरी के लिए आवेदन किया था। केवल समाचार पत्र में दिए गए बॉक्स नम्बर पर आवेदन किया था। कुछ ही दिनों बाद वहां से साक्षात्कार के लिए आमंत्रण आया और मेरी नियुक्ति हो गई तब मैंने समझा, 'रोटी किस्मत की, हुक्का पांव-दौड़ी का'।

ल

लंगड़े-लूले गए बरात, दो-दो जूते दो-दो लात : अयोग्य और निकम्मे व्यक्तियों का कहीं भी सम्मान नहीं होता।

कुछ राजपूत राजाओं ने अपनी राजपूती आनबान को ठुकरा कर बाह्य आक्रांताओं के समक्ष समर्पण कर दिया था और अपनी लड़कियों का डोला उन्हें सौंप दिया था। महाराणा प्रताप ने ऐसे राजाओं से सब सम्बन्ध तोड़ लिए थे। महाराणा प्रताप की दृष्टि में वे राजा ऐसे थे, 'लंगड़े-लूले गए बरात, दो-दो जूते दो-दो लात'।

लंबा टीका मधुर वाणी, दगाबाज की यही निशानी : जिसके माथे पर लम्बा टीका हो और जिसकी भाषा में मधुरता हो, उस पर विश्वास नहीं करना चाहिए।

यह व्यक्ति जो तेरी हस्तरेखा देखकर तेरा भविष्य बता रहा था, इसकी एक भी बात को सही नहीं समझना, क्योंकि इसके माथे पर लम्बा टीका था और भाषा में आश्यर्चजनक मिठास थी। बड़े-बड़े कहते आए हैं, 'लंबा टीका मधुर वाणी, दगाबाज की यही निशानी'।

लकड़ी के बल बंदरी नाचे : उदंड व्यक्ति भी डंडे के बल पर वश में आ जाते हैं। भोपू दादा किस तरह से पूरे गांव में आतंक मचाए हुए था, लेकिन जब उस पर पुलिस के डंडे पड़े तो किस तरह से कराह-कराह कर उछल रहा था। किसी ने सही कहा है, 'लकड़ी के बल बंदरी नाचे'।

लकीर के फकीर : पुरानी परंपराओं का पालन करने वाला।

कुछ औरतें आज के अत्याधुनिक युग में भी पर्दा करती हैं। सिवाय इसके कि वे 'लकीर के फकीर' हैं, इस पर्दे का कोई औचित्य नहीं है।

लगा तो तीर, नहीं तो तुक्का सही : कोई कार्य हो जाए तो ठीक है, नहीं तो कोई बात नहीं।

अंग्रेजी राज्य में जब अंग्रेज अधिकारी भारतीय किसानों से लगान वसूल करने आते थे तो किसान इस भवना के साथ नाना प्रकार के बहाने बनाते थे कि शायद अंग्रेज अधिकारी उनके चक्कर में फंस जाए और लगान से मुक्ति मिल जाए। उनका उद्देश्य था 'लगा तो तीर, नहीं तो तुक्का सही'।

लगी में और लगती है : जिस जगह चोट लगी रहती है, वहां बार-बार चोट लगती है।

लटे की जोय, सारे गांव की सलहज : गरीब व्यक्ति को सब हेय दृष्टि से देखते हैं।

आजादी के तुरन्त बाद के भारत को विदेशों के राष्ट्राध्यक्ष सम्मान की दृष्टि से नहीं देखते थे। वे अपने पक्ष के कुछ प्रतिबन्ध लगाकर जब भारत की सहायता करते थे। यह वही स्थिति थी, 'लटे की जोय, सारे गांव की सलहज'।

लड़का ठाकुर बूढ़ दीवान, मामला बिगड़े सांझ बिहान : यदि मालिक युवा हो और उसका दीवान वृद्ध हो तो दोनों का ताल-मेल ठीक नहीं बैठ सकता, क्योंकि उनकी आयु के दृष्टिकोण से उनके चिन्तन एक दूसरे के विपरीत जाते हुए दिखाई देते हैं।

लड़का बगल में, ढिंढोरा नगर में : दे० 'गोद में छोरा, शहर में ढिंढोरा'।

लड़का रोवे बालों को, नाई रोवे मुंडाई को : सब अपने-अपने स्वार्थों को देखते हैं, भले ही वे एक दूसरे के अहित पर आधारित क्यों न हों।

धोबी जब ग्राहक को धुले हुए कपड़े देने आया तो ग्राहक धुलाई में फटे हुए कपड़े का रोना रोने लगा, लेकिन उधर धोबी अपनी धुलाई

के लिए झगड़ा करने लगा। यह तो वही बात हुई, 'लड़का रोवे बालों को नाई रोवे मुंडाई को'।

लड़के से यारी और गधे की सवारी : अल्पायु के कारण अनुभव हीन लड़के से मित्रता करना और गधे की सवारी–ये दोनों दुखदायी होते हैं।

लड़कों में लड़का और बूढ़ों में बूढ़ा : जो व्यक्ति लड़कों में मिलकर लड़कों जैसा और बूढ़ों में मिलकर बूढ़ों जैसा व्यवहार करता है वह लोकप्रिय हो जाता है।

राजीव भंडारी अपनी व्यवहार कुशलता के कारण सबका प्रिय बना हुआ है। उसकी विशेषता यह है कि वह 'लड़कों में लड़का और बूढ़ों में बूढ़ा' बना रहता है।

लड़े न भिड़े, तरकस लिए फिरे : डींग मारने वाला व्यक्ति।

लड़े सांड बारी का भुरकुस : सांडों की लड़ाई में खेती की हानि होना।

चुनाव में उतारने वाली राजनैतिक पार्टियां ऐसी-ऐसी घोषणाएं कर देती हैं, जिन्हें पूरा करने में देश की अर्थव्यवस्था बिगड़ जाती है। तभी तेा कहा गया है कि 'लड़े सांड बारी का भुरकुस'।

लड़े सिपाही, नाम हो सरदार का : अच्छा काम कर्मचारी करते हैं, लेकिन प्रशंसा बॉस की होती है।

गुजरात प्रांत की जनता बहुत परिश्रमी और ईमानदार हैं, लेकिन प्रांत के विकास का श्रेय वहां के मुख्यमंत्री को मिलता है। किसी ने सही कहा है, 'लड़े सिपाही नाम हो सरदार का'।

लड्डू न तोड़ो, चूरा झाड़ खाओ : पूंजी को व्यय मत करो, बल्कि ब्याज से अपनी आवश्यकताओं की पूर्ति करो।

आजकल भी कंजूस सेठ अपने बच्चों को यही उपदेश देते हैं कि यदि जीवन में आर्थिक दृष्टि से सुदृढ़ रहना है तो 'लड्डू न तोड़ो, चूरा झाड़ खाओ'।

लाख जाए पर शाख न जाए : धन भले ही चला जाए, लेकिन सम्मान को धक्का नहीं लगना चाहिए।

एक बार भारत ने अन्तर्राष्ट्रीय बिरादरी में अपनी शाख बचाने के लिए विदेशी कर्ज़ के भुगतान के लिए विदेशों से अतिरिक्त कर्ज़ लिया था। भारत ने यही सोचा था, 'लाख जाए पर शाख न जाए'।

लाख तदबीर एक तरफ और एक तकदीर एक तरफ : यदि भाग्य साथ न दे तो भले ही कितने यत्न कर लें, किसी भी काम में सफलता प्राप्त नहीं होती।

महाराणा प्रताप जैसे कुछ राष्ट्र-नायकों ने अनेकों बार प्रयास किए कि बाह्य आक्रांताओं से राष्ट्र को मुक्त किया जाए, लेकिन भाग्य ने उनका साथ नहीं दिया था। किसी ने सही कहा है, 'लाख तदबीर एक तरफ और एक तकदीर एक तरफ'।

लाचार में विचार क्या : जब प्रतिकूल परिस्थितियां व्यक्ति को घेर लेती हैं तो उसका विवेक भी शून्य हो जाता है।

पाकिस्तान यह घोषणा करता आ रहा था कि आतंकी प्रमुख लादेन पाकिस्तान में नहीं है, लेकिन जब पाकिस्तान में ही उसे अमेरिका ने मार गिराया तो पाकिस्तान पर विश्व समुदाय की ओर से आक्षेप होने लगे थे। उनसे विह्वल होकर उसने भारतीय क्षेत्रों में गोलाबारी शुरू कर दी थी। यह उसकी 'लाचार में विचार क्या' वाली स्थिति बनी थी।

लाचारी पर्वत से भारी : प्रतिकूल परिस्थितियों से घिरा व्यक्ति भावनात्मक रूप से अपने को पराजित अनुभव करता है।

लादेन मृत्यु-प्रकरण से पाकिस्तान स्वयं को विश्व-समुदाय के आरोपों से इस स्तर तक असहाय पा रहा है कि उसकी इन आरोपों से मुक्ति की भावना भी दमित हो चुकी है। किसी ने सही कहा है, 'लाचारी पर्वत से भारी'।

लाठी टूटे न सांप मरे : बिना किसी बड़ी हानि के उद्देश्य पूरा हो जाना।

बांग्लादेश के मुक्ति संग्राम में भारतीय जनरल ने पाकिस्तान के सैनिकों का इस स्तर तक मनोबल गिरा दिया था कि लाखों सेनानियों ने बिना युद्ध किए ही भारतीय सेना के समक्ष आत्म-समर्पण कर दिया था। यह तो 'लाठी टूटे न सांप मरे' वाली बात हो गई थी।

लाठी मारे पानी जुदा नहीं होता : छोटे-मोटे झगड़ों से खून का सम्बन्ध नहीं टूटता।

श्रीकृष्ण ने दुर्योधन को समझाते हुए कहा था कि 'लाठी मारे पानी जुदा नहीं होता', अतः युद्ध मत करो, बल्कि पांच गांव पांडवों को शासन करने के लिए दे दो।

लाठी हाथ की भाई साथ का : यदि लाठी हाथ में हो, तो ही वह सार्थक होती है और यदि भाई आपात काल में साथ दे, तो ही वह भाई कहलाता है।

आजकल भाई पारिवारिक सम्पति के बंटवारे में एक-दूसरे के खून के प्यासे बने हुए हैं। उन्हें कैसे एक-दूसरे का भाई कह सकते हैं। बड़े-बड़े कहते आए हैं, 'लाठी हाथ की भाई साथ का'।

लातों के भूत बातों से नहीं मानते : नीच प्रवृत्ति के लोग समझाए-बुझाए से नहीं मानते।

लीबिया के शासक कर्नल गद्दाफी को अमेरिका ने बहुत समझाया कि वह लोकतंत्र समर्थकों को शासन सौंप दे, लेकिन वह नहीं माना। अन्ततः वह गृहयुद्ध में विनाश को प्राप्त हुआ। किसी ने सही कहा है, 'लातों के भूत बातें से नहीं मानते'।

लात खाय पुचकारिए, होय दुधारू धेन : दे० 'दुधार गाय की लात भी सही जाती है'।

लात सही मूंकी सही, उलटे सहे कुदार; इन ओठन के करने, सिर पर धरे अंगार : अपनी प्रिय वस्तु को प्राप्त करने के लिए अनेक कष्ट सहने पड़ते हैं।

लाल गुदड़ी में नहीं छिपता : गुणवान, प्रतिभा सम्पन्न लोगों की प्रतिभा गरीबी में भी दिखाई दे जाती है।

चाणक्य ने चन्द्रगुप्त को जब एक गांव के बच्चों के साथ खेलते देखा तो वह समझ गया था कि यह सामान्य बच्चा नहीं है, बल्कि किसी राजा का वंशज है, क्योंकि 'गुदड़ी में लाल नहीं छिपता'।

लालच बुरी बला : लालच करने से बड़ी-बड़ी हानि उठानी पड़ जाती है।

सिकंदर भारत की अकूत सम्पत्ति पर अधिकार करने के लालच से ही भारत पर आक्रमण करने आया था, लेकिन वह इस सम्पत्ति को ले जा न सका और लौटते समय मार्ग में ही उसकी मृत्यु हो गई थी। वह शायद इस सत्य को नहीं समझ सका था कि 'लालच बुरी बला'।

लाल बुझक्कड़ बूझिया और न बूझा कोय : लाल बुझक्कड़ मूर्खों का सरदार था। मूर्ख लोग उसके समक्ष अपनी समस्याएं रखकर उनका समाधान पूछते थे। उसके समाधान हस्यास्पद और मूर्खतापूर्ण हुआ करते थे। जब वह समाधान देता था, तो यह वाक्य बोलता था, 'लाल बुझक्कड़ बूझिया और न बूझा कोय'।

लालच में आया और डूबा : व्यक्ति लालचवश अनैतिक काम कर बैठता है और सम्पूर्ण प्रतिष्ठा गंवा बैठता है।

राष्ट्रमंडल खेलों की तैयारियों में लालचवश अधिकारियों ने अनैतिक

रूप से धन कमाया और अब कारागार में पड़े सड़ रहे हैं। किसी ने सच ही कहा है, 'लालच में आया और डूबा'।

लालने बहवः दोषः ताड़ने बहवः गुणाः : प्यार से बच्चा बिगड़ता है और ताड़ने से सुधरता है।

गुरुकुलों में गुरुदेव बच्चों को नैतिकता और प्रतिभा सम्पन्न बनाने के लिए ताड़ना देते थे। उनका मत था, 'लालने बहवः दोषः ताड़ने बहवः गुणा'।

लाला का घोड़ा, खाय बहुत चले बहुत थोड़ा : ऐसा नौकर, जो खाता तो बहुत अधिक है, लेकिन काम थोड़ा करता है।

सरकारी कार्यालयों में आजकल काम होता ही कहां है। कर्मचारी आते हैं, सुविधा शुल्क मिल जाए तो एक-आध फाइल इधर से उधर कर देते हैं, अन्यथा गप्पे हांकते हैं, लंच करते हैं और घर लौट आते हैं। उन पर यह कहावत सटीक बैठती है, 'लाला का घोड़ा खाय बहुत चले थोड़ा'।

लिखत सुधाकर लिखि गा राहूं : कल्याण की आशा से किए गए काम से हानि पहुंचना।

भारत ने राष्ट्रमंडल खेलों की मेजबानी की थी कि काफी मात्रा में विदेशी मुद्रा प्राप्त हो जाएगी, लेकिन इसकी तैयारियों में इतना धन व्यय हुआ कि सरकार का बजट ही बिगड़ गया। यह तो वही बात हुई 'लिखत सुधाकर लिखि गा राहू'।

लिखे ईसा पढ़ें मूसा : ऐसा अस्पष्ट लिखना कि लेखक के सिवाय शायद ही कोई पढ़ सके।

मेरे एक पुत्र की लिखाई इतनी सुन्दर है कि उसे हर कोई पढ़ सकता है, लेकिन दूसरे पुत्र की लिखाई ऐसी है कि 'लिखे ईसा, पढ़े मूसा'।

लीक-लीक गाड़ी चले, लीकहि चले कपूत; लीक छोड़ तीनों चलें, सायर, सिंह, सपूत : गाड़ी लीक पर चलती है बुद्धिहीन पुत्र अपनी पुरानी पाखंडों से भरी परंपराओं पर चलते हैं, परन्तु कवि, सिंह और विवेकी पुत्र अपने लिए नए मार्गों की खोज करते हैं।

लुटिया डूबी रे हरदास, घोड़ा दाना खाय न घास : किसी प्रतीक के माध्यम से काम बिगड़ने के लक्षण दिखाई देना।

भारत में भ्रष्टाचार इतना बढ़ गया है कि जनता की आधी कमाई भ्रष्टाचार की भेंट चढ़ने लगी है। यदि इस पर नियंत्रण न किया गया

तो भारत एक विफल देश की श्रेणी में आ जाएगा। आजकल यही स्वर चारों ओर से उभर रहा है, 'लुटिया डूबे रे हरदास, घोड़ा दाना खाय न घास'।

लूट का चावल नफ़ा : जो भी मुफ्त में मिल जाए वह लाभ ही लाभ है।

कुछ प्रांतों में सरकार किसानों की वोट अपने पक्ष में करने के लिए खेती के काम में मुफ्त विद्युत देने का प्रस्ताव ला रही है। इससे किसानों को लाभ ही लाभ होगा। किसी ने सही कहा है, 'मुफ्त का चावल नफ़ा'।

लेना एक न देने दो : किसी से कोई सम्बन्ध न रखना।

यह तो संत है। इसे 'लेना एक न देने दो' फिर यह महंगाई के विरुद्ध भारत बंद में कैसे सहयोग दे सकता है।

लैला की सुन्दरता देखनी हो तो मजनूं की निगाह से : कहा जाता है कि लैला सुन्दर नहीं थी, लेकिन मजनूं का उसे देखने का अपना कोई विशेष दृष्टिकोण था जिससे वह उसे सुन्दर दिखाई देती थी।

लोभ का पेट सदा खाली : लालची व्यक्ति लालचवश कुछ कम ही खाता है, परन्तु हर पल कुछ न कुछ वस्तु पाने की इच्छा जरूर रखता है।

संसार में हर किसी की भूख मिटाई जा सकती है, लेकिन लोभी की नहीं, क्योंकि वह लालचवश कम ही खाता है, जिसके कारण उसे भोजन की इच्छा हर पल बनी रहती है, अतः कहा गया है, 'लोभी का पेट सदा खाली'।

लोभी गुरू लालची चेला दोऊ नरक में ठेलम ठेला : लालच में हर व्यक्ति का पतन हो जाता है।

आजकल लालच में फंसे साधु के वेश में ऐसे अनेकों गुरु मिल जाएंगे, जिनके लालची शिष्य अनैतिक कार्यों से धन कमाने में लिप्त हैं। जब गुरु-शिष्यों में इस धन का बंटवारा होता है तो दोनों पक्षों में घमासान हो उठता है। किसी ने सही कहा है, 'लोभी गुरु लालची चेला दोऊ नरक में ठेलम ठेला'।

लोहा करे अपनी बड़ाई, हम भी हैं महादेव के भाई : अपात्र व्यक्ति का किसी सुपात्र से अपना सम्बन्ध स्थापित करके स्वयं को महिमा मंडित करना।

हमारे ही गांव का एक मुस्लिम युवक मेरे पास आया और कहना प्रारंभ किया कि आप तंवर वंशीय राजपूत हैं और हम भी कभी तंवर वंशीय राजपूत थे, लेकिन धर्मांतरण के कारण हम मुसलमान हो गए थे। इस

प्रकार से हम सगोत्र बंधु हुए, अतः मेरी कुछ आर्थिक सहायता कीजिए। मेरे मन में तुरन्त यह कहावत कौंध गई, 'लोहा करे अपनी बड़ाई हम भी हैं महादेव के भाई'।

लोहे को लोहा काटता है : दुष्ट का विनाश दुष्ट के द्वारा ही होता है।

हमारे क्षेत्र में सरजू गिरोह नाम से एक खूंखार डकैतों का ऐसा गिरोह था, जो अनेकों अपहरणों, हत्याओं और डकैतियों में वांछित था, एक लाख के पुरस्कार के बाद भी वह पुलिस की गिरफ्त में नहीं आ रहा था। किसी डकैती से प्राप्त धन के बंटवारे पर उनमें ऐसा घमासान छिड़ा कि आधे से अधिक डकैत वहीं मर गए और बाद में कुछ पुलिस द्वारा पकड़ लिए गए। बड़े-बड़े सही कहते आ रहे हैं, 'लोहे को लोहा ही काटता है'।

लोहारिन का बैल कुम्हारिन ले के सती होय : एक-दूसरे की वस्तु के प्रति संवदेनशीलता दिखाना।

आप दस दिन पहले से ही भारत आए हैं। सुना है कि आपको इस देश ने इतना प्रभावित कर दिया कि आप यहां स्थायी रूप से बसने का मन बना चुके हैं। यह तो वही बात हुई 'लोहारिन का बैल कुम्हारिन ले के सती होय'।

व

वक्त दे यारी तो कर घोड़े की सवारी, वक्त न दे यारी तो कर खा चरबेदारी : मनुष्य को वक्त के सापेक्ष चलना चाहिए। यदि वक्त साथ दे तो घोड़े की सवारी करनी चाहिए, परन्तु यदि वक्त प्रतिकूल हो तो साईसी करके रोज़ी कमा लेनी चाहिए।

वक्त पड़े बांका, तो गधै को कहै काका : आपातकाल में नीच पुरुष का भी सम्मान करना पड़ता है।

मेरा मित्र धनवान जरूर था, लेकिन उसका अहंकार पूर्ण व्यवहार मुझे कभी भी अच्छा नहीं लगा था। इस कारण मैंने उससे सब सम्बन्ध भंग कर डाले थे। लेकिन मेरे निलंबन से उत्पन्न मेरे दुर्दिन मुझे उसके द्वार तक ले ही गए। विद्वान लोग सही कहते आए हैं, 'वक्त पड़े बांका, तो गधै को कहै काका'।

वक्त पड़े पर जानिए को बैरी को मीत : जब विपत्ति पड़ती है तभी शत्रु और मित्र की पहचान होती है।

गीतकार शैलेन्द्र ने जब 'तीसरी कसम' नामक फ़िल्म बनाई थी तो फ़िल्म फ्लॉप होने के कारण वह लाखों रुपयों के ऋण से दब गया था। ऐसी त्रासदी में उसके अच्छे-अच्छे निर्माता-निर्देशक मित्रों ने उससे किनारा कर लिया था। किसी ने सच कहा है, 'वक्त पड़े पर जानिए को बैरी को मीत'।

वक्त पीरी शबाब की बातें, ऐसी हैं जैसी ख्वाब की बातें : बुढ़ापे में युवावस्था की बातें स्वप्न के समान प्रतीत होती हैं।

अब मैं जीवन के सांध्य-काल की ओर बढ़ रहा हूं। मेरा सम्पूर्ण शरीर निःशक्त हो चला है। अपनी युवावस्था में किस तरह से गर्ल-फ्रेंड से घिरा रहता था—वे बातें अब स्वप्न सी लगती हैं। किसी ने सही कहा है, 'वक्त पीरी शबाब की बातें, ऐसी हैं जैसी ख्वाब की बातें'।

वक्त बड़े से बड़ा घाव भर देता है : समय के साथ मनुष्य अपने दुर्दिन भूलने लगता है।

इस्लामिक आक्रांताओं ने इस देश के हिन्दुओं का बलात् इस्लामीकरण किया था, कुछ आक्रांताओं ने निर्दोष हिन्दुओं को कत्ल किया था। जेहाद के नाम पर कुछ ने बलात् हिन्दुओं की युवतियों से विवाह रचाया था, लेकिन अब वह समय कोसों दूर चला गया है। अब हिन्दू-मुस्लिम एकता भारतीय राजनीति का एक स्थायी स्तंभ है। यह सही है कि 'वक्त बड़े से बड़ा घाव भर देता है'।

वक्त ही का गुलाम, वक्त ही का बादशाह : मनुष्य समय के अधीन है। समय ही मनुष्य के भाग्य का विधाता है।

समय मनुष्य से सब कुछ करा देता है। एक समय था जब भारत ने विश्व को सभ्यता दी, लेकिन एक समय आज भी है कि हम पाश्चात्य देशों से सभ्यता की परिभाषा सीख रहे हैं। किसी ने सही कहा है, 'वक्त ही का गुलाम, वक्त ही का बादशाह'।

वली का बेटा शैतान : सज्जन पिता का पुत्र दुष्ट निकल जाना।

धृतराष्ट्र पाप-पुन्य, धर्म-अधर्म और सत्य-असत्य को समझता था, लेकिन उसका पुत्र दुर्योधन इन बातों के सम्पर्क में नहीं था। वह शैतान की भांति पांडवों का विनाश चाहता था। उस पर 'वली का बेटा शैतान'

की कहावत सटीक बैठती थी।

वह कौन सी तपरी, जो हमसे चपरी : मैं यहां के सब व्यक्तियों के स्वभाव से परिचित हूं। यहां ऐसा कोई घर नहीं है जिसका मैं भेदिया न हूं।

मेरे दोस्त ! इस गांव में रहकर आप अपना व्यवसाय नहीं चला सकते, क्योंकि यहां के सभी निवासी बेईमान हैं। मैं यहां के प्रत्येक घर से परिचित हूं, 'वह कौन सी तपरी, जो हमसे चपरी'।

वह गुड़ नहीं, जो चींटी खाए : यहां कोई भी मूर्ख और चूकी हुई सोच का व्यक्ति नहीं है।

यहां के निवासी अपने अधिकारों और कर्तव्यों के प्रति संवेदनशील हैं। यहां आप अनैतिक रूप से कुछ भी प्राप्त नहीं कर सकते, अतः यहां 'वह गुड़ नहीं, जो चींटी खाए'।

वह दिन गए जब खलील खां फ़ाख्ता उड़ाते थे : अब आनन्द-मंगल के दिन व्यतीत हो गए हैं।

अब उत्तर प्रदेश प्रान्त में वह जमींदारी व्यवस्था कभी की समाप्त हो चुकी है, जिसमें हजारों बीघे का एक ही व्यक्ति स्वामी हुआ करता था और सुरा-सुन्दरी का आनन्द भोगा करता था। 'वे दिन गए जब खलील खां फ़ाख्ता उड़ाते थे'।

वह दिन हवा हुए जब पसीना गुलाब था : आमोद-प्रमोद के दिन व्यतीत हो जाना। स्वतंत्रता प्राप्ति के बाद अब उन रजवाड़ों की किस्मत भी बदल गई है, जहां नवाबों की हवेलियों मे ऐसा रतजगा होता था, जिसमें सुरा-सुन्दरी का खेल खेला जाता था। अब तो नवाबों के 'वह दिन हवा हुए जब पसीना गुलाब था'।

वह पानी मुल्तान गया : अब वह समय व्यतीत हो चुका है, जिसमें मन-वांछित वस्तुएं आसानी से मिल जाती थीं।

जमींदारी व्यवस्था समाप्त होते ही नवाबों को उनके नौकर कहने लगे थे, नवाब साहब! अब 'वह पानी मुल्तान गया', जो आपकी प्यास बुझा देता था। अब सोच-समझकर घर का खर्च चलाइए।

वह पुरुष दिन-दिन पछतावे, जो आमद से दुगुना खावे : जो व्यक्ति अपनी आय से अधिक व्यय कर देता है उसे बाद में पछताना पड़ता है।

बेटे ! तुम्हारा वेतन मात्र पन्द्रह हजार रुपये प्रतिमाह है, लेकिन तुम्हारी पत्नी कपड़ों पर ही दस हजार रुपये प्रतिमाह खर्च कर देती है। उसे

यह कहते हुए समझाओ, 'वह पुरुष दिन-दिन पछतावे, जो आमद से दुगुना खावे'।

वह पुरुषा अति दुःख पावे सीख बड़ों से जो फिर आवे : जो व्यक्ति अपने से बड़ों की शिक्षा पर नहीं चलते, उन्हें अन्त में पश्चाताप करना पड़ता है।

वह पुरुषा ले निपट भलाई, जिसको होवे ख़ौफ इलाही : जो व्यक्ति भगवान से डरता है, वह अच्छे ही काम करता है।

वह मानस तो नित सुख पावे, सीख बड़ों की जो चित्त लावे : जो मनुष्य बड़ों की शिक्षा मानता है, वह सदैव सुख प्राप्त करता है।

वह राजा मरता भला, जिसमें न्याय न होय; मरी भली वह स्त्री, लाज न राखे जोय : अन्यायी राजा और निर्लज्ज स्त्री का मर जाना ही अच्छा है।

वह लड्डू सबसे मीठा है जो अब तक मिल नहीं पाया : कुछ वस्तुओं की केवल कल्पना ही अच्छी लगती हैं।

पुष्प वही सुन्दर, जो अब तक खिल नहीं पाया, इंसान वही अच्छा, जो महफिल नहीं आया, 'वह लड्डू सबसे मीठा जो अब तक मिल नहीं पाया'।

वही ढाक के तीन पात : कहने-सुनने के बाद भी कोई परिवर्तन न होना।

सामान्य सम्बन्ध बनाने के लिए भारत-पाक की अनेकों बैठक हो चुकी हैं, लेकिन परिणाम—'वही ढाक के तीन पात'।

वही तीन बीसी, वही साठ; वही चारपाई, वही खाट : एक वस्तु को विभिन्न नामों से पुकारना।

वही ईश्वर है, वही अल्लाह है, वही अकालपुरुष है और वही गॉड है फिर इन उपासनाओं में संघर्ष क्यों है? लोगों को समझ लेना चाहिए, 'वही तीन बीसी, सही साठ, वही चारपाई, वही खाट'।

वही दे, वही दिलाय : मनुष्य को जो भी प्राप्त होता है वह ईश्वर की अनुकम्पा से ही होता है।

बेटे ! हमें सांसारिक व्यवहार में ईश्वर को नहीं भूलना चाहिए। हम तो कठपुतली मात्र हैं और हमारा नियंत्रण ईश्वर के हाथ में है। हमारी सभी इच्छाओं की पूर्ति वही करता है, 'वही दे, वही दिलाय'।

वहम की दवा तो लुकमान के पास भी नहीं : विद्वान-से-विद्वान व्यक्ति भी शक्की आदमी का शक दूर नहीं कर सकता।

बेटे! यह तो तुम्हारा एक वहम ही है कि मैंने तुम्हें प्रतिदिन एक नारियल

दान करने से मना कर दिया था, इसलिए तुम बी.ए. में अनुत्तीर्ण रह गए हो। समझाने के बाद भी तुम इस वहम से मुक्त नहीं हो पा रहे हो। अब मैं इसमें कर भी क्या सकता हूं, 'वहम की दवा तो लुकमान के पास भी नहीं है'।

वाकी गति वाही जाने : भगवान की माया को भगवान की जानते हैं।

हरस्वरूप ने अपने सारे जीवन में एक पैसा भी दान नहीं किया है, फिर भी उसके बच्चे अच्छी-अच्छी सरकारी नौकरियों में चले गए हैं और फेरू सिंह ने आजीवन अपनी सामर्थ्य से भी अधिक दान किया है, लेकिन उसके दोनों पुत्र बेरोजगार के रूप में घर बैठे हुए हैं। बस, 'वाकी गति वाही जाने'।

वा सोने को जारिए, जासों टूटै कान : वह बहुमूल्य वस्तु व्यर्थ है, जो सुख न देकर केवल दुःख ही दुःख दे।

परमाणु ऊर्जा यद्यपि विकास के लिए वरदान है, लेकिन इसके उपयोग में थोड़ी सी असावधानी भी मानवजाति के लिए घातक हो सकती है। अतः 'वा सोने को जारिए, जासों टूटै कान' अर्थात परमाणु ऊर्जा का उपयोग न करें तो ही ठीक हैं।

वाह पीर औलिया, पकाई खीर हो गया दलिया : अच्छा परिणाम प्राप्त करने के उद्देश्य से कोई काम किया जाए, लेकिन परिणाम अच्छे न मिल सकें।

स्कूली बच्चों को तैरना सिखाने के लिए खेल प्राधिकरण ने तालाब बनवाया था, लेकिन उसमें कई बच्चे डूबकर मर चुके हैं। यह तो वही बात हुई, 'वाह पीर औलिया, पकाई खीर हो गया दलिया'।

वाह पुरुष तेरी चतुराई, मांगा गुड़ ला दी खटाई : जिस कार्य को करने के लिए कहा जाए उसे न करके, कोई अन्य काम करना।

वाह बहू तेरी चतुराई देखा मूसा कहे बिलाई : किसी बात को छिपाकर उसके स्थान पर कोई दूसरी बात खड़ी कर देना।

विधि का लिखा को मेटनहारा : जो विधाता ने लिख दिया है वह होकर ही रहता है।

विधाता ने कौरव और पांडवों के मध्य महाभारत का होना लिख दिया था, अतः श्रीकृष्ण के हस्तक्षेप से भी वह नहीं टल सका था। इस बात में कोई संदेह नहीं है कि 'विधि का लिखा को मेटनहारा'।

विनाश काले विपरीत बुद्धि : जब किसी मनुष्य का विनाश निकट होता है, उसकी बुद्धि नष्ट हो जाती है।

श्रीकृष्ण के समझाने के बाद भी दुर्योधन समझ नहीं पा रहा था। दुर्योधन की इस मनःस्थिति को देखकर श्रीकृष्ण समझ चुके थे कि इसकी बुद्धि नष्ट हो चुकी है, अतः अब इसका विनाश निश्चित है, क्योंकि 'विनाशकाले विपरीत बुद्धि'।

विपत्ति कभी अकेले नहीं आती : जब मनुष्य के दुर्दिन आते हैं तो वह अनेकों विपत्तियों से घिर जाता है।

लादेन के पाकिस्तान में छिपे होने से पाकिस्तान पहले से ही वैश्विक दृष्टि में खलनायक बन चुका था, ऊपर से वहां की औद्योगिक नगरी करांची में कई आत्मघाती हमलों ने पाकिस्तान की चिन्ता और बढ़ा दी है। यह बात सत्य है कि 'विपत्ति कभी अकेले नहीं आती'।

विष का कीड़ा विष में ही सुखी रहता है : नीच प्रवृत्ति का मनुष्य नीचता के कार्यों में ही खुश रहता है।

चीन ऊपरी दिखावे के लिए भारत से अच्छे सम्बन्धों की बात करता है, लेकिन समय-समय पर सीमा का अतिक्रमण करता रहता है। किसी ने सही कहा है, 'विष का कीड़ा विष में ही सुखी रहता है'।

वीरता का काम न चाहे नाम : वीर पुरुष अपनी वीरता के प्रदर्शन में विश्वास नहीं रखते।

भारत ने कभी भी न युद्ध में विश्वास किया और न शक्ति प्रदर्शन में, फिर भी बांग्लादेश के स्वतंत्रता संग्राम में एक लाख पाक सैनिकों को समर्पण के लिए विवश कर दिया था। यह कहावत भारत पर सटीक बैठती है, 'वीरता का काम न चाहे नाम'।

वीर भोग्या वसुंधरा : पृथ्वी पर वीर लोग ही शासन करते हैं।

यवनराज सिकन्दर ने अपनी वीरता के बल पर भारत के कुछ क्षेत्रों पर विजय पताका फहरा दी थी। आगे चलकर चन्द्रगुप्त मौर्य ने अपनी वीरता के बल पर सिकन्दर के पूर्व सेनापति सैल्युकस को पराजित करके जीती हुई भूमि तो वापिस ले ही ली थी, लेकिन साथ में उसकी पुत्री का डोला भी प्राप्त कर लिया था। अतः यह सही है, 'वीर योग्या वसुंधरा'।

वे ही मियां दरबार को, वे ही चूल्हा फूंकने को : एक ही व्यक्ति को घर से बाहर तक का सारा कार्य सम्पन्न करना।

मैं गांव से दूर एक स्कूल में अध्यापन कार्य कर रहा हूं। पैतृक व्यवसाय के रूप में मेरे पास खेती-किसानी है। मेरी अनुपस्थिति में मेरी पत्नी घर और खेती का सारा काम देखती है। उसके ऊपर यह कहावत सटीक बैठती है, 'वे ही मियां दरबार को, वे ही चूल्हा फूंकने को'।

श

शंका डायन मनसा भूत : डायन और भूत का अस्तित्व नहीं है। ये केवल मानसिक विभ्रम हैं।

मेरी नानी मुझे डायन और भूतों की कहानियां सुनाया करती थीं, अब बड़ा होकर मुझे पता चला कि इनका कोई अस्तित्व नहीं है। ये केवल मन के भ्रम हैं, अर्थात 'शंका डायन मनसा भूत'।

शंख बाजे सत्तर बला भागे : जहां ईश्वर के आह्वान का नाद होता है, वहां से अशुभ विचार तिरोहित हो जाते हैं।

यदि हम सुखी और समृद्ध जीवन जीना चाहते हैं तो ईश्वर की करुणा प्राप्त करनी चाहिए। यह करुणा ईश्वर भक्ति से प्राप्त होती है। तभी तो कहा है, 'शंख बाजे सत्तर बला भागे'।

शक्ल चुड़ैल की मिजाज़ परियों का : सुन्दर व्यक्ति जैसे हाव-भाव प्रदर्शित करने वाला कुरूप व्यक्ति।

चाणक्य सुन्दर नहीं था। उसका चेहरा कुरूप था। जब वह दान लेने घननन्द के दरबार में गया और एक सम्मानित आसन पर बैठ गया तो घननन्द क्रोधावेश में यह कह उठा था, 'शक्ल चुड़ैल की, मिजाज़ परियों का'।

शक्ल भूत की सी नाम अलबेले लाल : किसी कुरूप का सुन्दर नाम होना।

जब एक सभा के मंच संचालक ने मंच से कहा कि अब आपके समक्ष कुसुमाकर साहब अपने विचार रखेंगे, तो सब नाम के अनुसार किसी सुन्दर व्यक्ति की कल्पना कर बैठे, लेकिन जब मंच पर एक काले रंग का व्यक्ति पहुंचा तो सबने मन ही मन सोचा, 'शक्ल भूत की सी नाम अलबेले लाल'।

शक्कर खोर को शक्कर मिल ही जाती है : व्यक्ति जिस तरह का होता है, उसके अनुसार उसके लिए सामान जुट ही जाता है।

एक आर्य समाज की प्रकृति वाले दूल्हे ने घोषणा की इस बारात में कोई शराब नहीं पी सकेगा। इसी बात को सोचते हुए शराब की कोई व्यवस्था नहीं की गई। सब इस घोषणा से सचेत थे, परन्तु एक शराबी घर के एक कोने में बैठकर शराब पी रहा था। उसे देखकर एक बराती ने कहा, 'शक्कर खोर को शक्कर मिल ही जाती है'।

सठ संग विनय, कुटिल संग प्रीति : दुष्टों से विनय और कपटियों से प्रेम नहीं करना चाहिए।

स्वतंत्रता संग्राम में गर्म-दल के क्रांतिकारियों का विश्वास था कि अंग्रेज विनम्रता की भाषा नहीं समझते हैं, अतः उनके विरुद्ध सशस्त्र विद्रोह ही करना चाहिए, तभी वे भारत से भाग सकते हैं। उनका इस बात पर बल था कि 'सठ संग विनय, कुटिल संग प्रीति' उचित नहीं है।

शठे शाठ्यमाचरेत्: दुष्टों के साथ दुष्टता का व्यवहार करना चाहिए।

जब तक 'शठे शाठ्यमाचरेत्' सिद्धांत का पालन नहीं किया जाएगा तब तक पाकिस्तान द्वारा प्रायोजित आतंकवाद समाप्त नहीं हो सकता।

शतरंज सदरंज है : शतरंज का खेल खेलने वाले को सैंकड़ों रंज (कष्ट) होते हैं।

शर्म की बहू नित भूखी मरे : खाने-पीने में शर्माने वाला भूखा मरता है।

अत्याधुनिकता का प्रदर्शन करने के लिए कुछ लोग सामूहिक भोज में बहुत ही कम खाते हैं और फिर सारे दिन भूखे मरते फिरते हैं। किसी ने सही कहा है, 'शर्म की बहू नित भूखी मरे'।

शहर का राम-राम, देहात का दाल-भातः शहर में नमस्कार से और गांव में भोजन कराने से आदर-सत्कार किया जाता है।

शागिर्द कहर उस्ताद गज़ब : जब गुरु और शिष्य दोनों अत्याचारी होते हैं।

सिकन्दर के गुरु अरस्तु ने सिकन्दर को कहा था कि जब तू भारत विजय करके लौटेगा तो मेरे लिए गंगा का पानी, कोई ज्ञानी, वेदों की वाणी और किसी ऋषि की कहानी लाना। तभी मैं तुझे विजयी भवः का आशीर्वाद दूंगा। वास्तव में ही 'शागिर्द कहर उस्ताद गज़ब' था।

शागिर्द रफ़्ता-रफ़्ता वा उस्ताद मिदा शुदा : शिष्य भी धीरे-धीरे गुरु हो जाता है।

अरस्तु का गुरु प्लेटो था। प्लेटो के दार्शनिक सिद्धान्तों को पढ़-पढ़कर

अरस्तु भी गुरु हो गया था। तभी तो कहा गया है, 'शागिर्द रफ्ता-रफ्ता वा उस्ताद मिदा शुदा'।

शाहजहां बूढ़े बग़ल में दड़ी, खाते-पीते विपत्ति पड़ी : यह कहावत शाहजहां की वृद्धावस्था पर आधारित है। शाहजहां को वृद्धावस्था में औरंगजेब ने कारागार में डाल दिया था और उसे अनेकों कष्ट दिए गए थे।

शिकारी शिकार खेले बेवकूफ़ साथ-साथ फिरें : काम वालों के साथ कुछ निकम्मों का लगे रहना।

चुनाव प्रचार में प्रत्याशियों के साथ-साथ कुछ ऐसे व्यक्ति भी लगे रहते हैं, जिन्हें किसी के चुनाव से कोई मतलब नहीं तभी तो कहा गया है, 'शिकारी शिकार खेले बेवकूफ़ साथ-साथ फिरें'।

शुभ काम का शीघ्र हो जाना अच्छा है : अच्छे काम के करने में विलम्ब नहीं करना चाहिए (शुभस्य शीघ्रम)

भारत में किसी भी कार्य करने का निर्णय लेने में बहुत समय लगता है। भ्रष्टाचार समाप्त करने का विधान बनाने में भी समय अधिक लगाया जा रहा है, जबकि ऐसे 'शुभ काम का शीघ्र हो जाना अच्छा है'।

शुभस्य शीघ्रम्ः दे० 'शुभ काम का शीघ्र हो जाना अच्छा है'।

शेखी सेठ की, धोती भाड़े की : झूठी शेखी मारना।

पाकिस्तान कहता है कि उसने अपने प्रयास से परमाणु ऊर्जा विकसित की है, जबकि वास्तविकता यह है कि चीन की सहायता से उसने यह सफलता पाई है। पाकिस्तान की तो 'शेखी सेठ की धोती भाड़े की' वाली बात है।

शेखों की शेखी पठानों की टर, यहां न धोवें, धोवेंगे घर : शेख और पठान स्वभावतः हठी और शेखी मारने वाले होते हैं।

शेर एक ही भला : सपूत तो एक ही पर्याप्त होता है।

चन्द्रगुप्त अपने माता-पिता की इकली सन्तान थी, लेकिन उसने अपने पराक्रम से यवनों के छक्के छुड़ा दिए थे और भारतीय संस्कृति को सुरक्षित बचा लिया था। तभी तो कहा गया है कि 'शेर एक ही भला'।

शेर का बच्चा शेर ही होता है : वीर पुरुष का पुत्र वीर ही होता है।

पांडव पुत्र अर्जुन एक वीर पुरुष था। उसका पुत्र अभिमन्यु भी वीर ही निकला था। उसने चक्रव्यूह-भेदन में कौरवों के छक्के छुड़ा दिए थे। तभी तो कहा गया है, 'शेर का बच्चा शेर ही होता है'।

शेर की खाल में गधा : एक कायर का स्वयं को बहादुर प्रदर्शित करना।

भारतीय सुरक्षा-बल, भारतीयों की आतंकवाद से रक्षा करने में विफल रहे हैं, अतः उन्हें 'शेर की खाल में गधा' कहना युक्ति-युक्त होगा।

शेर चूहों का शिकार नहीं करते : वीर पुरुष कमजोर व्यक्तियों को नहीं सताते।

मेरे दोस्त! अपनी शक्ति को पुरुषार्थ में लगाओ, लेकिन आप इसका दुरुपयोग कमजोर दुकानदारों से हफ़्ता-वसूली में कर रहे हो। सदैव ध्यान रखो, 'शेर चूहों का शिकार नहीं करते'।

शेर भूख सहता है, पर घास नहीं खाता : वीर पुरुष आपातकाल में भी अपनी मर्यादा नहीं तोड़ते।

महाराणा प्रताप पर अनेकों कठिनाईयां आईं, लेकिन वह अकबर के समक्ष नहीं झुका। किसी ने सही कहा है, 'शेर भूख सहता है, पर घास नहीं खाता'।

स

संकल्प सफलता की कुंजी है : दृढ़ निश्चय से किया गया कार्य सफल होता है।

पूर्व राष्ट्रपति अब्दुल कलाम ने संकल्प किया था कि वे स्वदेशी तकनीक से मिसाइल बनाकर ही दम लेंगे और उन्होंने ऐसा कर दिखाया। निश्चय ही 'संकल्प सफलता की कुंजी है'।

संग घोड़ा पैदल चले तीर चलावे बीनि, थाती धरे दामाद घर, जग में भकुआ तीनि : साथ में घोड़ा होते हुए जो फिर भी पैदल चले, युद्ध में जमीन पर खड़े होकर जो बाणों का चयन करके बाण चलाए और जो अपनी धन-सम्पत्ति दामाद के घर रखे, वे तीनों मूर्ख होते हैं।

संगत अच्छी बैठके खैये नागर पान; खोटी संगत बैठके कटै नाक अरु कान : अच्छे लोगों के बीच रहने से व्यक्ति को सुख और सम्मान दोनों प्राप्त होते हैं, लेकिन बुरे लोगों के बीच रहने से दुःख और अपमान प्राप्त होते हैं'।

संगत ही गुन ऊपजै, संगत ही गुन जाए : सज्जनों के साथ रहने से व्यक्ति में अच्छे गुण उत्पन्न होते हैं और दुर्जनों के मध्य रहने से अवगुण उत्पन्न होते हैं।

संतोषं परम सुखम् : संतोष सबसे बड़ा सुख है।

इच्छाओं के बढ़ने के साथ-साथ व्यक्ति की धन कमाने की सक्रियता अधिक बढ़ जाती है। वह रात-दिन धन कमाने की चिंता में ही घुलता

रहता है, लेकिन जब वह अपनी इच्छाओं पर नियंत्रण पा लेता है तो वह उसी से सन्तुष्ट हो जाता है जो उसके पास है। ऐसी अवस्था में उसकी धन कमाने की चिंता समाप्त हो जाती है और वह अपने जीवन में सुख का अनुभव करने लगता है। अतः 'संतोषं परम सुखम्' मानव के लिए एक सुखद सूत्र है।

संतोषी सदा सुखी : दे० 'संतोषं परम सुखम्'।

संवर जाए सो काम, पल्ले पड़े सो दाम : जो कार्य ससम्मान पूरा हो जाए, उसे ही काम समझना चाहिए और जितना धन अपने पास है, उसे ही धन समझना चाहिए।

सखी का बोलबाला, सूम का मुंह काला : दानी पुरुष का सर्वत्र सम्मान होता है, परन्तु कंजूस को कोई नहीं पूछता।

सखी की कमाई में सभी का साझा : दानी पुरुष अपनी कमाई से न जाने कितने व्यक्तियों को दान देता है।

सखी की नाव पहाड़ चढ़े : दानी पुरुषों को अपने जीवन में कोई समस्या नहीं आती। उसके कठिन से कठिन काम भी सफलतापूर्वक होते जाते हैं।

सखी से सूम भला जो तुरन्त दे जवाब : उस दानी से जो दान करने में टाल-मटोल करता रहता है, वह कंजूस अच्छा है जो स्पष्ट इंकार कर देता है।

सेठ भुवनचन्द्र के यहां स्कूल के चंदे के लिए पांच दिन से निरंतर जा रहे हैं, लेकिन वे कल-कल कहकर टालते आ रहे हैं। इससे अच्छा तो कंजूस भोला ही था, उसने देने से स्पष्ट मना कर दिया था। कहा गया है कि 'सखी से सूम भला जो तुरन्त दे जवाब'।

सच कहना आधी लड़ाई मोल लेना है : सच बहुत कटु होता है, अतः उसे बहुत ही कम लोग सहन कर पाते हैं। शेष सभी लड़ाई-झगड़े पर उतारू हो जाते हैं।

मेरे दोस्त! तुम्हें लोग पसंद क्यों नहीं करते, मैं इसका कारण जानता हूं, लेकिन आपको बता नहीं सकता, क्योंकि जो मैं कहूंगा वह सच होगा और 'सच कहना आधी लड़ाई मोल लेना है'।

सच कहे सो मारा जाए : सच बहुत अप्रिय होता है। यदि सच से किसी पर कोई आक्षेप लग जाता है तो वह प्रतिशोध लेने का प्रयास अवश्य करेगा और सच कहने वाले को हानि पहुंचने की पूरी संभावना रहेगी।

सच का जमाना नहीं : सच बोलने पर भी किसी पर विश्वास न करना।

पहले लोगों का विश्वास था कि पृथ्वी स्थिर है और सूर्य उसके चारों और चक्कर लगाता है, लेकिन कोपरनिकस ने यह बात उलट दी थी। उसने कहा था कि सूर्य स्थिर है और पृथ्वी उसके चारों ओर चक्कर लगाती है, लेकिन किसी ने भी इस सच बात को उस समय स्वीकार नहीं किया था। तब कोपरनिकस ने कहा था कि अभी 'सच का जमाना नहीं है'।

सच्चा जाए रोता आए, झूठा जाए हंसता आए : आजकल के न्यायालय न्याय करने में चूक रहे हैं। न्यायालयों में प्रायः सच हार रहा है और झूठ जीत रहा है।

सच्ची बात सहदुल्ला कहें, सबके चित्त से उतरे रहें : सत्य बोलने वाले को कोई भी व्यक्ति पसंद नहीं करता।

सच्चे का बोल-बाला, झूठे का मुंह काला : सत्य बोलने वाले को सदा यश मिलता है और असत्य बोलने वाले का अपयश।

सत डिगा जहान डिगा : जिसका चरित्र नष्ट हो जाता है, उसका सब कुछ नष्ट हो जाता है।

सत्तर चूहे खाकर बिल्ली हज को चली : आजीवन पाप करके अन्त में पुण्य के लिए आगे आना।

पाकिस्तान अब तक आतंकवादियों को आतंकी आक्रमण के लिए भारत में भेजता रहा है। अब वह विदेशी समाचार पत्रों में विज्ञापन छपवाकर स्वयं को आतंकवाद के विरुद्ध संघर्ष करने वाला देश सिद्ध कर रहा है। यह तो वही बात हुई 'सत्तर चूहे खाकर बिल्ल्ली हज को चली'।

सत्य समान धर्म नहीं दूजा : सत्य के समान दूसरा कोई धर्म नहीं है।

धर्म शास्त्रों में सत्य को ही नारायण कहा गया है। सत्य की उपासना ही ईश्वर की उपासना कही गई है। इसी कारण कहा गया है कि 'सत्य समान धर्म नहीं दूजा'।

सत्यम्, शिवम्, सुन्दरम् : सत्य कल्याणकारी तथा सुन्दर होता है।

जेहाद मन में उत्पन्न बुरी भावनाओं पर अच्छी भावनाओं की विजय के लिए एक मानसिक संघर्ष है, लेकिन जो व्यक्ति इसे निर्दोषों की हत्या से जोड़ते हैं। वे सत्यम्, शिवम्, सुन्दरम् का अर्थ कैसे समझ सकते हैं।

सत्यमेव जयते : सत्य की ही विजय होती है।

भारतीय संस्कृति की मान्यता है कि सत्य की ही विजय होती है। राम-रावण युद्ध में सत्य की विजय हुई थी। महाभारत में भी सत्य की विजय हुई थी और एक दिन 'सत्यमेव जयते' के सूत्र के आधार पर आतंकवाद पर विजय प्राप्त की जाएगी।

सदा दिवाली सन्त घर, जो घी-मैदा होय : जिस घर में घी आदि बहुमूल्य खाद्य-पदार्थ हों तो वहां नित्य दिवाली ही होती है अर्थात वहां आनन्द ही आनन्द होता है।

सदा समय बलवान पै, नाहिं पुरुष बलवान : समय बलवान होता है, मनुष्य बलवान नहीं होता।

एक समय था, जब भारत एक कमजोर और निर्धन देश माना जाता था और आज भी एक समय है, जब कि भारत एक शक्तिशाली समृद्ध देश गिना जाता है। विद्वानों ने सही कहा है, 'सदा समय बलवान् पै, नाहिं पुरुष बलवान'।

सपूती रोवे टूकों को और निपूती रोवें पूतों को : जिसके पास सन्तान हैं उसके पास धन नहीं और जिसके पास धन है उसके पास सन्तान नहीं।

यह संसार प्रभु की एक विचित्र रचना है। यहां दुःख भी है, सुख भी। किसी वस्तु का अभाव भी है और आधिक्य भी। विरह भी है और मिलन भी। यहां रोना भी है और हंसना भी। इसी क्रम में यहां 'सपूती रोवें टूकों को और निपूती रोवें पूतों को'।

सपूतों के कपूत और कपूतों के सपूत : कभी-कभी नेक पुरुषों के यहां निकम्मी और निकम्मे पुरुषों के यहां नेक सन्तानें जन्म ले लेती हैं।

यह आवश्यक नहीं है कि अच्छे मनुष्यों के अच्छी सन्तानें और निकृष्ट के यहां निकृष्ट सन्तानें ही हों। कभी-कभी इसका उलट भी हो जाता है। 'सपूतों के कपूत और कपूतों के सपूत' भी हो जाते हैं। महाराणा प्रताप एक राष्ट्रभक्त और भारतीय संस्कृति पर गर्व करने वाला सपूत था, लेकिन उसके पुत्र अमर सिंह ने महाराणा प्रताप के स्वाभिमान को अकबर के समक्ष समर्पण करके नष्ट कर दिया था और कपूत कहलाया था।

सब एक ही थैली के चट्टे-बट्टे हैं : सब में स्वार्थ जैसा एक समान गुण पाया जाना।

कुछ मंत्रियों के भ्रष्टाचार के किस्से जनता के समक्ष आने के बाद

जनता यह मानने लगी है कि मंत्री और राजनेता, 'सब एक ही थैली के चट्टे-बट्टे हैं'।

सब कुत्ते गया को जाएं तो पत्तल कौन चाटेगा : अच्छा काम करने की अयोग्यता रखने वाले का निम्न कार्य करने की भी मना कर देना।

महर्षि मनु ने व्यवस्था दी थी कि यदि कोई व्यक्ति पढ़ने-लिखने में अपनी ही निम्न बुद्धि के कारण विफल रहा हो और किसी अन्य कार्य करने का कौशल भी उसके पास नहीं है, तो उसे शूद्र की श्रेणी में रखकर शेष वर्णों की सेवा में लगा देना चाहिए। लेकिन यदि वह सेवा न करे, तो फिर उसके पास करने का कौन-सा काम बच पाता है, 'सब कुत्ते गया को जाएं तो पत्तल कौन चाटेगा'।

सबै सहायक सबल के, कोउ न निबल सहाय : सभी बलवानों की सहायता करते हैं, निर्बलों की सहायता के लिए कोई आगे नहीं आता।

द्वितीय महायुद्ध में कुछ भारतीय नेताओं ने शक्तिशाली मित्र राष्ट्रों का समर्थन किया था, लेकिन अंग्रेजों के विरुद्ध लड़ने वाले सुभाषचन्द्र बोस का, उसे निर्बल मानते हुए किसी भारतीय नेता ने उसका समर्थन नहीं किया था। किसी ने सही कहा है, 'सबै सहायक सबल के, कोऊ न निबल सहाय'।

सबके दाता राम : चाहे कोई कैसा भी व्यक्ति है, सबका भरण-पोषण ईश्वर करते हैं।

मलूकदास का यह दोहा प्रसिद्ध है—

अजगर करै न चाकरी, पंछी करे न काम।
दास मलूका कहि गए, सबके दाता राम।।

सबके पांव नउनियां धोवे, धोवत आप लजाय : अपनी जीविका कमाने के लिए हम जो कार्य दूसरों के लिए करते हैं, उसे अपने लिए करते हुए क्यों झेंपते हैं?

मलखान नाई ने शहर में मसाज-पार्लर खोला हुआ है और वह प्रतिदिन अनेकों व्यक्तियों की मसाज करता है, लेकिन अपने परिवार के किसी सदस्य की मसाज करते हुए उसे कुछ असंगति अनुभव होती है। यह तो वही बात हुई, 'सबके पांव नउनियां धोवे, धोवत आप लजाए'।

सबको ठेल, मैं अकेल : किसी अवसर का लाभ स्वयं अकेले उठाना।

सन अट्ठारह सौ सत्तावन की क्रांति निश्चित समय से पूर्व मंगल पांडे

ने शुरू कर दी थी। वह इसका सफल नायक बनने का श्रेय स्वयं लेना चाहते थे। उनके अन्दर उत्पन्न 'सबको ठेल मैं अकेल' की भावना ने इस क्रांति को विफल कर दिया था।

सब गुण भरा ठकुरवा मोर, अपने पहरू अपने चोर : रक्षक का भक्षक हो जाना।

बाबा रामदेव के सत्याग्रह में सुरक्षा के दृष्टिकोण से लगाए गए पुलिस बल ने ही आधी रात के बाद निर्दोष श्रद्धालुओं पर लाठी से आक्रमण कर दिया था। यह तो वही बात हुई थी, 'सब गुण भरा ठकुरवा मोर, अपने पहरू अपने चोर'।

सब गुण भरी बैंतरा सोंठ : सर्वगुण सम्पन्न व्यक्ति होना।

महर्षि स्वामी दयानन्द में जहां समाज में फैले अंधविश्वासों के विरुद्ध संघर्ष करने की सामर्थ्य थी, वहीं वे एक सच्चे राष्ट्र-भक्त और संस्कृति-प्रेमी भी थे। उन्होंने ही सन अट्ठारह सौ सत्तावन की विफल क्रांति से, भारतीयों के मन में उतरी निराशा को दूर करके स्वतंत्रता के प्रति संवदेनशील बनाया था। निश्चय की वे 'सब गुण भरी बैंतरा सोंठ थे'।

सब ठाट पड़ा रह जाएगा जब लाद चलेगा बंजारा : यह अनासक्त वैरागियों की मनःस्थिति का चित्रण है। वे मनुष्यों को सावधान करते रहते हैं कि अपने समृद्ध और सम्पन्न जीवन में लिप्त मत हों, क्योंकि मृत्यु के बाद यह सब यहीं रह जाएगा। तुम्हारे साथ जो चलेगा वह ईश्वर के प्रति तुम्हारी भक्ति होगी। अतः धन का संग्रह मत कर, ईश्वर भक्ति कर।

सब तीरथ बार-बार, गंगा सागर एकै बार : गंगा सागर का महत्व सब तीर्थों से बढ़कर है।

यह प्रवचन करने वाला गंगा-भक्त सन्त वैसे ही नहीं गंगा सागर को सबसे पवित्र और श्रेष्ठ तीर्थ मान रहा है, बल्कि शास्त्रों में इसका महिमागान किया गया है। शास्त्र कहते है, 'सब तीर्थ बार-बार, गंगा सागर एके बार'।

सब दिन होत न एक समान : प्रत्येक मनुष्य के जीवन में सुख-दुःख, सम्पन्नता विपन्नता धूप-छांव की तरह आती रहती है। ऐसा नहीं कि कोई सदैव सुखी रहा हो या सदैव दुखी।

एक समय था भारत विदेशी आक्रांताओं के अधीन था। उसका कोई अपना स्वाभिमान नहीं था, लेकिन आज भारत स्वतंत्र है और उसका

अपना स्वाभिमान है। अतः किसी ने यह सही कहा है, 'सब दिन होत न एक समान'।

सवेरे का भूला शाम को घर लौट आए तो भूला नहीं कहाता है : यदि कोई व्यक्ति कोई गलत काम करके यह स्वीकार कर ले कि वास्तव में ही यह मुझसे गलत काम हो गया है तो वह समाज की दृष्टि से उस गलती के दोष से मुक्त हो जाता है।

सबतें कठिन जाति अपमाना : अपनी जाति का अपमान सहना सबके लिए कठिन होता है।

निज आन-मान मर्यादा का प्रभु-ध्यान रहे अभिमान रहे।
जिस देश-जाति में जन्म लिया बलिदान उसी पर हो जाएं।।

जब जाति का इतना महत्व है तो निश्चय ही 'सबतें कठिन जाति अपमाना'।

सबसे बेहतर है मियां, साहब सलामत दूर की : सम्बन्धों में घनिष्ठता दुःख का कारण बनती है

हिन्दी, चीनी भाई-भाई का नारा लगाने वाले चीन और भारत के सम्बन्ध कभी बहुत प्रगाढ़ थे, लेकिन फिर दोनों में इतनी दूरियां बढ़ीं कि स्थिति युद्ध तक आ पहुंची। किसी ने सही कहा है, 'सबसे बेहतर है मियां, साहब सलामत दूर की'।

सबसे भली चुप : चुप रहने से बहुत से काम सिद्ध हो जाते हैं।

समाजसेवी अन्ना हजारे के अनशन से उपजी परिस्थितियों से पार पाने के लिए सरकार द्वारा उठाए गए कदमों से, बहुत से सत्तापक्ष के मंत्री स्तर के व्यक्ति भी खिन्न थे, लेकिन वे मौन बने रहे और उस समय को सकुशल व्यतीत होने दिया, अन्यथा यदि वे मौन न रहकर एक दूसरे पर आरोप-प्रत्यारोप लगाते तो सरकार गिर सकती थी, अतः किसी ने सही कहा है, 'सबसे भली चुप'।

सब्र का फल मीठा होता है : धैर्यशील जीवन अपने जीवन में सुखी रहते हैं।

पाकिस्तान ने जब कारगिल पर आक्रमण किया तो भारतीय जनता पाकिस्तान के प्रति बौखलाहट में तत्कालीन प्रधानमंत्री अटल बिहारी बाजपेयी के ऊपर पाकिस्तान पर आक्रमण करने के लिए दबाव बनाने लगी थी, लेकिन बाजपेयी ने अपनी धैर्य नहीं खोया था और सीमित कार्रवाही से ही उस आक्रमण को विफल कर दिया था। यदि भारत-पाकिस्तान पर आक्रमण कर देता तो दोनों पक्षों से जान-माल

की बहुत बड़ी हानि हो जानी थी। अतः सभी कहते आ रहें, 'सब्र का फल मीठा होता है'।

सब्र की डाल पर मेवा लगता है : दे० 'सब्र का फल मीठा होता है'।

सभी बात खोटी, मुख्य दाल-रोटी : भोजन सबसे महत्त्वपूर्ण है। इसके आगे और सब बातें गौण हैं।

किसी भी देश के विकास का मापदंड यह होना चाहिए कि उस देश का कोई नागरिक भूखा तो नहीं सोया है। क्योंकि 'सभी बात खोटी, मुख्य दाल रोटी'।

समझ का घर दूर है : बुद्धि बड़ी कठिनाई से प्राप्त होती है।

यह आवश्यक नहीं है कि आप पढ़-लिख करके समझदार बन ही जाओगे। पढ़ाई अलग है और समझ अलग है। एक बिना पढ़ा-लिखा व्यक्ति भी समझदार हो सकता है, अतः 'समझ का घर दूर है'।

समझदार की मिट्टी खराब : एक समझदार व्यक्ति को ही अधिक उत्तरदायित्व सौंपा जाता है।

एक पुलिस अधिकारी के यह कहने पर कि सरकार पता नहीं मुझसे कब की शत्रुता निकाल रही है, मेरा स्थानान्तरण उन क्षेत्रों में किया जा रहा है, जहां अपराधों की बाढ़ आई हुई है, मैंने कहा कि आप अपने विभाग में सबसे अधिक समझदार हैं और समझदार की मिट्टी खराब' यह कहावत बड़े-बड़े कहते आ ही रहे हैं।

समझ के खर्चे समझ के बोले : अपने बटुए और मुंह को बंद रखने में ही समझदारी है, अर्थात कम व्यय और कम बोलना अच्छा होता है।

मेरी पड़ोसन हर समय किसी के भी सम्बन्ध में अनर्गल बातें करती रहती है। इस बात को लेकर उसका मेरी पत्नी के साथ कई बार झगड़ा हो चुका है। मैंने उसे कई बार समझाया भी है कि 'समझ के खर्चे समझ के बोले' अच्छी बात मानी जाती है, लेकिन वह इस बात को सुनने को ही तैयार नहीं है।

समय पड़े की बात बगुला भारी हलका बाज : बुरा समय आने पर निर्बल व्यक्ति भी शक्तिशाली पर भारी पड़ जाते हैं।

जब शक्तिशाली देश अमेरिका का बुरा समय आया था तो एक निर्बल और छोटे से देश वियतनाम ने अमेरिका के घुटने टिकवा दिए थे। किसी ने सही कहा है, 'समय पड़े की बात बगुला भारी हलका बाज'।

समय पाय तरुवर फरै, केतिक सींचों नीर : किसी काम के पूर्ण होने का एक निश्चित समय होता है। भले ही कितना भी प्रयत्न क्यों न कर लें वह कार्य समय से पूर्व नहीं हो सकता।

महाराणा संग्राम सिंह से लेकर सन अट्ठारह सौ सत्तावन तक अनेकों बार राष्ट्र के नायकों ने बाह्य आक्रांताओं को देश से बाहर निकालने का कई बार प्रयास किया, लेकिन सफलता नहीं मिली। आखिर समय आने पर यह कार्य सन उन्नीस सौ सैंतालीस को हो गया। किसी ने सही कहा है, 'समय पाय तरुवर फरै, केतिक सींचो नीर'।

समय बलवान होता है : समय व्यक्ति को अपने अनुकूल चला लेता है।

जहां एक ओर राम के राजतिलक की तैयारी हो रही थी, वहां दूसरी ओर समय कुछ और ही खेल खेल रहा था। आखिर समय का खेल रंग लाया और राम को चौदह वर्ष का वनवास स्वीकार करना पड़ा। बड़े-बड़े सही कहते आए हैं, 'समय बलवान होता है'।

समरथ को नहीं दोष गुसाईं : सामर्थ्यवान व्यक्ति के लिए सब कुछ क्षम्य है।

अमेरिका ने अन्तर्राष्ट्रीय नियमों को ताक पर रखकर पाकिस्तान के अन्दर आक्रमण करके लादेन को मार गिरा दिया था। क्योंकि अमेरिका एक सामर्थ्यवान देश था, अतः किसी भी देश ने अमेरिका के इस कृत्य की आलोचना नहीं की। किसी ने सही कहा है, 'समरथ को नहीं दोष गुसाईं'।

समाई के बाद मश्क भी फूट जाती है : संयम भी एक सीमा तक ही ठीक रहता है।

पाकिस्तान लगातार भारत पर आतंकी आक्रमण कर रहा है। आखिर भारत कब तक संयम से काम लेगा। 'समाई के बाद मश्क भी फूट जाती है'।

समुद्र और श्मशान किसी को इनकार नहीं करते : जिसमें जितनी अधिक मन की व्यापकता होगी उसमें उतनी अधिक सर्वग्राह्यता होती है।

भारतीय संस्कृति बहुत व्यापक है। अपनी व्यापकता के कारण इसने सभी संस्कृतियों को अपने अन्दर समाहित कर लिया है। ज्ञानियों ने सही कहा है, 'समुद्र और श्मशान किसी को इनकार नहीं करते'।

समुद्र पर पुल बांधना : असंभव कार्य।

संसार से आतंकवाद का अन्त करना अभी तक समुद्र पर पुल बांधने के समान है।

समुंदर सोख को दरिया क्या : जो मनुष्य बड़े-बड़े कार्यों को करने का अभ्यस्त हो जाता है, उसे छोटे-छोटे कार्य करने में कोई कठिनाई नहीं होती।

भारत बड़े-बड़े आतंकी आक्रमणों को सहन करने का आदी हो चुका है, अतः छोटे-मोटे बम-विस्फोटों से इस पर कोई प्रभाव नहीं पड़ता है। यह कहावत कि 'समुंदर सोख को दरिया क्या', भारत पर चरितार्थ हो रही है।

सम्मान के योग्य वही होते हैं, जिनको सम्मान की कोई आवश्यकता नहीं होती है : महान व्यक्तियों की महानता स्वतः ही प्रदर्शित होती रहती है।

स्वामी विवेकानन्द की महिमा का गान सारे संसार ने किया है। उनकी ख्याति के लिए किसी प्रमाणपत्र की आवश्यकता नहीं थी। वे सम्मान के योग्य थे, लेकिन उन्होंने कभी नहीं चाहा कि लोग उन्हें सम्मानित करें। यह बात सही प्रतीत होती है, 'सम्मान के योग्य वही होते हैं, जिनको सम्मान की कोई आवश्यकता नहीं होती'।

सयाना कौआ गंदा खाता है : बहुत चालाक लोग प्रायः धोखा खा जाते हैं।

पाकिस्तान आतंकी सरगना लादेन को अपने यहां छिपाकर रख रहा था और विश्व में यह प्रचारित कर रहा था कि लादेन पाकिस्तान में नहीं है। वह अपने इस चालाकीपूर्ण कार्य से प्रसन्न था, लेकिन लादेन की मौत ने जब पाकिस्तान की सच्चाई विश्व के समक्ष रख दी तो उसे निन्दित होना ही पड़ा। किसी ने सच कहा है, 'सयाना कौआ गंदा खाता है'।

सयाने को ज़रा इशारा, मूरख को कोड़ा सारा : बुद्धिमान व्यक्ति संकेत मात्र से ही सब कुछ समझ लेते हैं।

अभी समाजसेवी अन्ना हजारे का भ्रष्टाचार के विरुद्ध अनशन समाप्त ही हुआ था कि तहसील में एक छोटे से काम के लिए मुझसे एक कर्मचारी ने एक हजार रुपये रिश्वत के रूप में मांग लिए। मैंने इससे कहा कि आपका हित इसी में है कि अपनी आदत सुधार लो। बस, 'सयाने को ज़रा इशारा, मूरख को कोड़ा सारा'।

सरबस खाय भोग करि नाना, समर भूमि में दुर्लभ प्राना : किसी व्यक्ति का

सम्पन्नता की स्थिति में हमारे साथ रहना और आपातकाल में साथ छोड़ देना।

हिन्दी फ़िल्मों के निर्माता और सुप्रसिद्ध अभिनेता राजकपूर की फ़िल्म 'मेरा नाम जोकर' जब फ्लॉप हुई तो वह लाखों रुपयों का कर्जमंद हो गया था। इस स्थिति में उसके फ़िल्मी मित्रों ने उससे किनारा कर लिया था। यह तो वही बात हुई थी, 'सरबस खाय भोग करि नाना, समर भूमि में दुर्लभ प्राना'।

सर्राफ़ की थैली में खरे-खोटे एक : यदि एक नीच परिवार किसी कुलीन परिवार के साथ रहने लगता है तो वह भी कुलीन हो जाता है।

अतर सिंह अरोड़ा स्वतंत्रता संग्राम सेनानी थे। जिस समय वे जेल में थे उनके गांव के छतरमल भी चोरी के आरोप में जेल काट रहे थे। छतरमल पर अतरसिंह अरोड़ा के देशभक्ति-स्वरूप का इतना प्रभाव पड़ा कि दूसरी बार जब छतरमल जेल गए तो वे स्वतंत्रता संग्राम सेनानी के रूप में गए थे। किसी ने सही कहा है, 'सर्राफ़ की थैली में खरे-खोटे एक'।

सर्वनाशे समुत्पन्ने अर्द्ध त्यजति पण्डितः : जब किसी वस्तु की पूर्णतया नष्ट होने की संभावना बन जाती है तो बुद्धिमान लोग आधा भाग व्यय करके आधा बचा लेते हैं।

सन् 1857 की विफल क्रांति के बाद अंग्रेजों ने दिल्ली को लूट लिया था। उस समय दिल्ली वासी अपने साथ कीमती आभूषण आदि लेकर कहीं छिप गए थे और घर को लुटने के लिए छोड़ दिया था। उस विकट परिस्थिति में उन्होंने सोचा था, 'रार्वनाशे समुत्पन्ने अर्द्ध ज्यजति पण्डितः'।

सर्व परवशं दुःखं सर्वमात्मवशं सुखम् : परतंत्रता में दुःख-ही-दुःख और स्वतंत्रता में सुख ही सुख है।

सन अट्ठारह सौ सत्तावन की विफल क्रांति के बाद भारतीयों का ऐसी क्रांतियों से मोह-भंग हो चुका था। स्वामी दयानन्द सरस्वती ने उनके मन से हताशा दूर करने के लिए कहा था, 'सर्व परवशं दुःखं सर्वमात्मवंश सुखम्'।

सर्वे गुणाः काञ्चनमाश्रयन्ति : धन में सभी गुण होते हैं, अर्थात धनवान का सब लोग गुणगान करते हैं।

अमेरिकी स्वभावतः कट्टर होते हैं। उनके यहां किसी अपराधी के लिए क्षमा-भाव नहीं है। वे जैसों को तैसा की नीति में विश्वास करते हैं। इसके विपरीत भारतीय कारुणिक स्वभाव के होते हैं। अपराधियों के प्रति भी क्षमा-भाव उनकी एक विशिष्ट पहचान है। किसी भी हिंसक व्यक्ति को अहिंसा से जीतना चाहते हैं, लेकिन फिर भी विश्व में अमेरिका ही गुणगान होता है, क्योंकि वह एक धनी देश है। किसी ने सही कहा है, 'सर्वेगुणाः काञ्चनमाश्रयन्ति'।

सस्ता माल बहता पानी : सस्ता सामान बहते हुए पानी की तरह टिकाऊ नहीं होता। भारतीय बाजार चीन के सस्ते सामान से भरे पड़े हैं। सस्ते के कारण लोग उन्हें खरीद रहे हैं, लेकिन वे यह नहीं समझ रहे हैं कि 'सस्ता माल बहता पानी है'।

सस्ता रोवे बार-बार महंगा रोवे एक बार : सस्ता सामान बार-बार खराब होने लगता है और कठिनाई उत्पन्न करने लगता है, जबकि महंगा सामान अच्छा होता है, भले की वह क्रय करते समय कुछ अधिक जेब खाली होने की दुःखद अनुभूति देता है।

सहज पके सो मीठा होय : जो कार्य आसानी से सम्पन्न हो जाता है वह अच्छा माना जाता है।

चीन में ओलम्पिक खेल दैनिक कार्यों की ही भांति सरलता से सम्पन्न हुए थे। इसकी मधुर स्मृति आज भी चीन निवासियों के मन में है। निश्चय ही यह सही है कि 'सहज पके सो मीठा होय'।

सहस्र गोपी एक कन्हैया : जब एक वस्तु के चाहने वाले अनेकों हों।

स्वामी विवेकानन्द के आकर्षक व्यक्तित्व के कारण, अनेकों विदेशी बालाएं उनके इर्द-गिर्द मंडराने लगी थी। यह तो वही बात हो गई थी 'सहस्र गोपी एक कन्हैया'।

सहसा करि पछितांय विमूढ़ा : बुद्धिहीन लोग बिना सोचे समझे कार्य करके बाद में पश्चाताप करते हैं।

जलियां वाले बाग में जनरल डायर ने भारतीयों पर गोली चलवाकर सैंकड़ों लोगों की हत्या कर दी थी। इस नर संहार से संसार में ब्रिटेन की निन्दा तो हुई ही थी। डायर के विरुद्ध इंग्लैंड में मुकदमा भी पंजीकृत हुआ था। डायर ने भी इस नर संहार के लिए पश्चात्ताप किया था। ज्ञानियों ने ठीक ही कहा था, 'सहसा करि पछितांय विमूढ़ा'।

साईं अपने चित्त की, भील न कहिए कोई; तब लग मन में राखिए, जब लग कारज होय : जो कार्य आप कर रहें वह जब तक पूर्ण न हो जाए उसके सम्बन्ध में किसी को कुछ भी नहीं बताना चाहिए, अन्यथा वह कार्य पूरा न हो सकेगा।

साईं इस संसार में भांति-भांति के लोग; सबसे मिलकर बैठिए, नदी नाव संयोग : इस संसार में भिन्न-भिन्न स्वभाव के लोग रहते हैं और सामाजिक प्राणी होने के नाते हमारे कार्य इन्हीं लोगों पर आधारित हैं, अतः सभी लोगों से मिल-जुल कर रहना चाहिए, पता नहीं कब किससे काम पड़ जाए।

साईं को सांचा प्यारा, झूठे का मालिक न्यारा : भगवान सच्चे लोगों पर करुणा दिखाते हैं, लेकिन झूठे लोगों से कोई सम्बन्ध नहीं रखना चाहते।

साईं तहां न बैठिए, जहं कोउ देय उठाय : किसी सभा में अपनी योग्यता के अनुसार ही अपने बैठने के स्थान का चयन करना चाहिए।

साईं कहे मुंह मारा जाए, झूठ कहे तो जग पतियाय : आजकल बदलते मानवीय मूल्यों के कारण, लोग सच बात का विश्वास नहीं करते, पर झूठ का विश्वास कर लेते हैं।

सांच को आंच क्या : सच्चे मनुष्य को कोई भय नहीं होता।

बाबा रामदेव के अनशन से व्यथित होकर सरकार ने उन पर भ्रष्टाचार के अनेकों आरोप लगा डाले हैं, लेकिन बाबा रामदेव लगातार कहते रहे, 'सांच को आंच क्या'।

सांच बराबर तप नहीं, झूठ बराबर पाप : सत्य को जीवन में उतारना सबसे बड़ी तपस्या है और अपने आचरण में झूठ को उतारना सबसे बड़ा पाप है।

कबीरदास ने कहा है—सांच बराबर तप नहीं, झूठ बराबर पाप।
जाके हिरदय सांच है ताके हिरदय आप ॥

सांचे का रंग रूखा : सच्ची बात लोगों को बुरी लगती है।

बाबा रामदेव की काला धन वापिस लाने की बात एक सच्ची और कल्याणकारी बात थी, लेकिन सरकार को यह बुरी लगी और इसके प्रतिशोध स्वरूप सरकार ने बाबा रामदेव पर भ्रष्टाचार के आरोप लगा डाले। किसी ने सही कहा है, 'सांचे का रंग रूखा'।

सांप का काटा पानी नहीं मांगता : सांप के काटने से मुनष्य शीघ्र मर जाता है, उसे पानी मांगने का अवसर ही कहां मिलता है।

सांप का काटा रस्सी से डरे : जिस व्यक्ति को सांप काट लेता है, वह सांप की आकृति वाली सभी वस्तुओं को भ्रमवश सांप समझकर भयभीत हो उठता है।

सांप के संपोले ही होंगे : एक कुख्यात अपराधी के कुख्यात बच्चे ही जन्म लेंगे। लीबिया के अपदस्थ राष्ट्रपति कर्नल गद्दाफी के लड़के भी गद्दाफी जैसे खूंखार तानाशाह थे। होते भी क्यों नहीं, क्योंकि 'सांप के सपोले ही होंगे'।

सांप का काटा सोवे, बिच्छू का काटा रोवे : सांप के काटने से मृत्यु हो जाती है, लेकिन बिच्छू के काटने से असहनीय दर्द होता है जिसके कारण वह रोता-चिल्लाता है।

सांप का सिर ही कुचलते हैं : दुष्ट मनुष्य का पूर्ण रूप से दमन कर देना चाहिए जिससे वह फिर सिर न उठा सके।

हमारे सुरक्षा-बलों को चाहिए कि वे आतंकवाद का इतनी निर्ममता से दमन कर दें कि वह फिर सिर न उठा सके। सुरक्षा बलों को यह बात समझ लेनी चाहिए कि 'सांप का सिर ही कुचलते हैं'।

सांप छछूंछर की-सी गति होना : सांप यदि छछूंदर को निगल लेता है तो कोढ़ी हो जाता है और यदि उगल देता है तो कायर कहलाता है।

भारत सरकार नेपाल को लेकर अनिश्चय की स्थिति में है। यदि वह लोकतंत्र का समर्थन करती है तो वहां माओवादियों का वर्चस्व बढ़ता है और यदि हिन्दू तानाशाही का समर्थन करती है तो अपने सिद्धांत से गिरती है। निश्चय ही भारत की स्थिति 'सांप छछूंदर की-सी गति' होकर रह गई है।

सांप को दूध पिलाने से कोई लाभ नहीं : दुष्ट को अच्छी शिक्षा देने से वह दुष्टता नहीं छोड़ सकता।

श्री अरविन्द कुछ भारतीयों की इस बात से बहुत दुःखी थे कि वे क्रांतिकारियों की गुप्त सूचनाएं अंग्रेज़ अधिकारियों तक पहुंचा देते हैं। उन्होंने पूर्ण प्रयास किया कि ऐसे लोगों को राष्ट्र-प्रेम का महत्व समझाया जाए, लेकिन वे दुष्ट इस दुष्कृत्य से बाज नहीं आए थे। इस घटना से अन्त में यही निर्णय लेना पड़ा था कि 'सांप को दूध पिलाने से कोई लाभ नहीं होता है'।

सांप निकल जाने के बाद लकीर पीटना : कोई महत्वपूर्ण अवसर हाथ से निकल जाने के बाद पश्चाताप करना।

कश्मीर-युद्ध में यदि पंडित नेहरू भारतीय सेना को आगे बढ़ने से न रोकते तो आज सम्पूर्ण कश्मीर पर भारत का आधिपत्य होता और कश्मीर समस्या नाम की कोई समस्या न होती, लेकिन अब पश्चाताप करने से क्या लाभ? अब तो 'सांप निकल जाने के बाद लकीर पीटना है'।

सांप भी मर जाए और लाठी भी न टूटे : जो काम करना था वह बिना किसी हानि के हो जाना।

माओवाद के आतंक से सरकार सीधे माओवादियों पर आक्रमण से पार नहीं पा सकती, क्योंकि इससे अनेकों निर्दोषों की जान भी जा सकती है। सरकार चाहती है कि कोई हिंसक घटना न हो और इस आतंक से मुक्ति मिल जाए अर्थात 'सांप भी मर जाए और लाठी भी न टूटे'।

सांभर जाए अलोन खाए : जहां जिस वस्तु की अधिकता हो वहां उसका अभाव झेलना।

सोचा था कि गांव जाकर खूब घी-दूध का सेवन करेंगे, लेकिन वहां तो शहर से भी स्थितियां अधिक चिन्ताजनक पाईं यहां तो वही बात हुई 'सांभर जाए अलोन खाए'।

साझे की मां गंगा न पावे : साझे का कोई काम ठीक नहीं होता।

हिन्दू और मुस्लिमों ने साझे का स्वतंत्रता-संग्राम लड़ा था, लेकिन इसका अन्त भारत-पाक विभाजन के रूप में बहुत बड़ी हिंसा के साथ हुआ था। विद्वानों ने सही कहा है, 'साझे की मां गंगा न पावे'।

साझे की हंडिया चौराहे में टूटे-फूटे : साझे के काम में जब पारस्परिक अविश्वास और खींचतान के कारण संघर्ष बढ़ने लगता है तो वह काम चौपट हो जाता है और उनका संघर्ष समाज के समक्ष चला जाता है।

साझे की होली सबसे भली : जो उत्सव बहुत से लोग मिलकर मनाते हैं, वह बहुत ही अच्छा और आनंददायक माना जाता है।

साठा सो पाठा, बीसी तो खीसी : पुरुष साठ वर्ष का होने पर जवान बना रहता है, लेकिन औरत बीस वर्ष की आयु में ही बूढ़ी लगने लगती है।

सात पांच की लाकड़ी, एक ज़ने का बोझ : किसी जरूरतमंद की थोड़ी-थोड़ी सहायता करने पर भी वह त्रासदी से मुक्त हो जाता है।

जयप्रकाश नारायण ने अपने गुर्दे के इलाज के लिए लोगों से केवल एक-एक रुपये की सहायता मांगी थी। उन एक-एक रुपयों से इतना धन एकत्रित हो गया था कि जिससे इलाज होना संभव लगने लगा था। किसी ने सही कहा है, 'सात-पांच की लाकड़ी, एक जने का बोझ'।

साथ तो हाथ का दिया ही चलता है : परलोक में दान ही व्यक्ति के साथ जाता है।

संसार में पुरुषार्थ करना भी एक मानवीय मूल्य है। धन कमाना तभी पुरुषार्थ है यदि उसमें से कुछ दान कर दिया जाए। शास्त्रों में कहा गया है, साथ तो 'हाथ का दिया ही चलता है'।

सारा नगर जल गया, बीबी फातमा को खबर ही नहीं : ऐसा स्वार्थी व्यक्ति जो अपने आस-पास के पड़ोसियों के प्रति संवेदनशील नहीं है।

अत्याधुनिक जीवन पद्धति फ्लैट पद्धति है। हमारे ऊपर कौन, नीचे कौन और अगल-अगल में कौन-इनसे हमें कुछ लेना-देना नहीं है। अपने कपाट अन्दर से बंद किए और अपने तक सीमित दुनिया में सीमित हो गए। फिर तो यही स्थिति होनी है, 'सारा नगर जल गया, बीबी फातमा को खबर ही नहीं'।

सारी उम्र भाड़ ही झोंका : अपने जीवन में कुछ भी उपलब्धि नहीं पाई, जैसे थे वैसे ही रहे।

लोकेन्द्र वात्सायन अच्छे लेखक थे और उन्होंने सभी विधाओं में अनेकों पुस्तकें लिखी, लेकिन प्रकाशकों ने उन्हे कुछ भी नहीं दिया। बेचारे ने 'सारी उम्र भाड़ ही झोंका'।

सारी खुदाई एक तरफ, जोरू का भाई एक तरफ : प्रायः पुरुष अपने साले से बहुत स्नेह करते हैं।

अकबर ने जोधाबाई के भाई अपने साले भगवान दास कछवाहा को अपने सम्पूर्ण अधिकार दे रखे थे, आखिर देता भी क्यों नहीं, क्योंकि 'सारी खुदाई एक तरफ, जोरू का भाई एक तरफ'।

सारी चोट निहाई के सिर : घर के सभी छोटे-बड़े कार्यों का उत्तरदायित्व परिवार के मुखिया पर ही होता है।

भ्रष्टाचार या अनैतिक कार्य कोई भी मंत्री करे, विपक्ष में बैठे लोग प्रधानमंत्री के त्यागपत्र की मांग करने लगते हैं। क्योंकि कहा गया है, 'सारी चोट निहाई के सिर'।

सारे देश में एक ही चावल टटोला जाता है : किसी समुदाय के एक व्यक्ति के चरित्र को देखकर सारे समुदाय के चरित्र का ज्ञान हो जाता है।

एक राजनैतिक पार्टी का वार्ताकार प्रायः टी.वी. के पर्दे पर सन्तों, देश-भक्तों और स्वच्छ आचरण वाले व्यक्तियों को गाली-गलौज करता देखा जाता है। देश के बुद्धि-जीवी वार्ताकार के अनैतिक आचरण को देखकर उसकी पार्टी से ही घृणा करने लगे हैं। यह सही भी है, क्योंकि 'सारे देश में एक ही चावल टटोला जाता है'।

सारी रामायण हो चुकी, सीता किसकी जोय : मूर्ख व्यक्ति को समझाना बहुत कठिन है।

सावन के अंधे को हरा ही हरा सूझता है : संसार को अपने स्वभाव के अनुसार देखना।

महाराणा संग्राम सिंह एक बहादुर राजपूत राजा थे। उन्हें प्रतीत होता था कि सभी राजपूत राजा इतने ही बहादुर हैं और सब मिलकर बाह्य आक्रांताओं को देश से भगा सकते हैं। उनका यह सोचना सही था, क्योंकि 'सावन के अंधे को हरा ही हरा सूझता है'।

सावन के रपटे और हाकिम के डपटे का कुछ डर नहीं है : जब कोई फिसलकर गिर जाता है तो उसे लज्जा आती है और जब सावन में बरसात के कारण कीचड़ और फिसलन भी बढ़ जाती है तो फिसल कर गिर जाना एक सामान्य घटना हो जाती है। इसी प्रकार हाकिम का स्वभाव भी अपने अधीनस्थों को डांटना-फटकारना होता है, इसलिए हाकिम के डांटने से लज्जित नहीं होना चाहिए।

सावन घोड़ी भादों गाय, माघ मास में भैंस बिआय, जी से जाय या खसमें खाय : सावन में घोड़ी, भादों में गाय, माघ मास में भैंस के बियाने से या तो वे स्वयं मर जाती हैं या उनका मालिक मर जाता है।

सावन मास बहे पुरवैया, खेले पूत बला ले भैया : जब सावन महीने में पुरवैया हवा चलती है तब वर्षा अधिक होती है। वर्षा के अधिक्य के कारण फसल अच्छी होती है और सभी लोग आनन्द मनाते हैं।

सावन मास बहे पुरवैया, बेचो बरदा कीनो गैया : जब सावन महीने में पुरवैया हवा चलती है तो वर्षा अधिक होती है। वर्षा में जुताई का कार्य नहीं चलता अतः बैलों को बेचकर दूध पीने के लिए गाय ले लेनी चाहिए।

सावन शुक्ला सप्तमी, छिप के ऊगे भान, कहे घाघ घाघनी बरखा होय उठान :

श्रावण शुक्ला सप्तमी को यदि बादलों में से सूर्य उदय हो तो समझना चाहिए कि वर्षा का अन्त हो गया है।

सावन शुक्र न दीसै, निश्चय पड़े अकाल : सावन के महीने में जब शुक्र तारा दिखाई न पड़े तब अकाल पड़ता है।

सावन सूखा न भादों हरा : सदैव एक ही दशा में रहने वाला।

एक स्थितप्रज्ञ व्यक्ति सुख-दुःख में समान संवदेनाओं के साथ रहता है। उसके लिए 'सावन सूखा न भादों हरा'।

सावन सोवे साथरे, माघ खुरैरी खाट; आपहिं वे मर जाएंगे जो जेठ चलेंगे बाट : सावन में नमी बहुत रहती है, अतः चटाई पर नहीं सोना चाहिए; माघ के महीने में जाड़ा बहुत पड़ता है, अतः नंगी चारपाई पर नहीं सोना चाहिए; जेठ में गर्मी बहुत पड़ती है, इसलिए यात्रा नहीं करनी चाहिए।

सांवा साठी साठ दिन, बरखा होवे रात दिन : यदि निरंतर वर्षा होती रहे तो साठ नामक अनाज साठ दिन में पककर तैयार हो जाता है।

सास कोठे पर की घास : जिस प्रकार कोठे की छत पर उगी घास हानिप्रद और अप्रिय होती है, उसी प्रकार बहू को सास प्रतीत होती है।

सास नन्दी, आप ही आनन्दी : जिस स्त्री के न तो सास हो और न ननद, वह अपने को सौभाग्यशाली और सुखी मानती है।

सासरा, सुख बासरा : लड़की को अपनी ससुराल में ही सुख मिलता है।

सिंह के वंश में उपजा सियार : वीर पुरुष के वंश में कायर का जन्म होना।

सिंहन के लेहड़े नहीं, साधु न चले जमात : वीर और विद्वान पुरुष कम ही होते हैं।

सुभाषचन्द्र बोस जैसा नेता और श्री अरविन्द जैसा सन्त खोजने से भी नहीं मिलेंगे। किसी ने सच कहा है, 'सिंहन के लहड़े नहीं, साधु न चले जमात'।

सिखाए पूत दरबार नहीं चढ़ते : जिसके अन्दर स्वयं ज्ञान न हो वह दूसरे के सिखाए ज्ञान से कभी सफल नहीं हो सकता।

सिपाही की रोटी सिर बेचे की : अपनी जान का जोखिम उठाकर सिपाही अपनी रोजी कमाता है।

सिर बड़ा सरदार का पांव बड़ा गंवार का : बुद्धिमान मनुष्य बुद्धि से कमाता है और गंवार मनुष्य अपने शारीरिक श्रम से कमाता है।

सिर मुंडाते ओले पड़े : कार्य प्रारंभ करते ही बाधा उत्पन्न हो जाना।

मेरे एक मित्र ने जैसे ही अपना मकान बनाने के लिए नींव खोदी कि

तभी उसे मकान बनाने की अनुमति न लेने के अपराध में पुलिस ने बंदी बना लिया। उसके लिए तो 'सिर मुंडाते ही ओले पड़े'।

सिर सहलावें, भेजा खावें : ऊपर से मधुर सम्बन्ध प्रदर्शित करना और अन्दर से हानि पहुंचाने का प्रयास करना।

चीन भारत के साथ पंचशील के सिद्धांत के नाम पर अच्छे सम्बन्धों की बात करता है, लेकिन अवसर पाते ही भारतीय क्षेत्र में घुसपैठ कर देता है। यह तो वही बात हुई, 'सिर सहलावें, भेजा खावें'।

सीख उसी को दीजिए जाको सीख सुहाय; सीख न दीजिए वानरा घर बयें का जाय : जब कभी भारत पाकिस्तान को अपने क्षेत्र में आतंकवादियों के प्रशिक्षण केन्द्र बन्द करने को कहता है तो पाकिस्तान के आतंकी भारत के किसी नगर में आतंकी आक्रमण कर देते हैं। उन पर यह कहावत पूर्ण रूप से चरितार्थ होती है, 'सीख उसी को दीजिए जाको सीख सुहाय; सीख न दीजिए वानरा घर बयें का जाय'।

सीख देत औरन का पांडा, आप भरें पापों का भांडा : दूसरों को शुभ कार्य करने का उपदेश करना और स्वयं पाप-कर्म करना।

गंगा घाटों पर पंडे दूसरों को इस संसार से मुक्त होने का उपदेश देते हैं, लेकिन स्वयं सांसारिकता में फंसकर पाप-पुण्य में लिप्त रहते हैं। यह तो वही कहावत हुई, 'सीख देत औरन को पांडा, आप भरें पापों का भांडा'।

सीढ़ी-सीढ़ी छत पर चढ़ते हैं : धीरे-धीरे ही अपने लक्ष्य पर पहुंचना चाहिए।

सीधी उंगली से घी नहीं निकलता : यह सही है कि हमने अहिंसा के बल पर स्वतंत्रता प्राप्त की है, लेकिन विश्व मे अपने अस्तित्व की रक्षा के लिए अहिंसा से काम चलने वाला नहीं है। बड़े-बड़े ठीक कह गए हैं कि 'सीधी उंगली से घी नहीं निकलता'।

सीधे का मुंह कुत्ता चाटता है : सीधे व्यक्ति या राष्ट्र पर हर कोई आक्रामक हो जाता है।

भारत की अहिंसा और शान्ति की नीति को देखकर चीन ने भारत पर आक्रमण कर दिया था। यह सही है कि 'सीधे का मुंह कुत्ता चाटता है'।

सुख कहना जन से, दुःख कहना मन से : सुख की बात सार्वजनिक कर देनी चाहिए, लेकिन दुःख की बात किसी से नहीं कहनी चाहिए।

रहीम कवि ने कहा है कि सुख की बात भले ही किसी को कह दो,

परन्तु दुःख की बात अपने तक ही सीमित रखनी चाहिए। अर्थात् 'सुख कहना जन से, दुःख कहना मन से'।

सुख बढ़ै मोटापा चढ़ै : सुखी मनुष्य मोटा होने लगता है।

सुख में निद्रा, दुःख में राम : जब मनुष्य को सुख मिलता है तो वह विलासिता का जीवन जीने लगता है, लेकिन जब उसे दुःख मिलता है तो वह भगवान को याद करता है।

सुनि-सुनि गीता फूटे कान, तऊ न उपज्यो रंचक ज्ञान : मूर्ख व्यक्ति को चाहे कितना भी समझाया जाए, परन्तु वह ज्ञानी नहीं बन सकता।

धर्मांध कट्टरपंथियों को भले ही कितना समझाया जाए कि सभी धर्म श्रेष्ठ हैं, परन्तु वह अपने धर्म को ही श्रेष्ठ मानेगा और उसकी रक्षा में अपने प्राण देने से भी नहीं चूकेगा। किसी ने सही कहा है, 'सुनि-सुनि गीता फूटे कान, तऊ न उपज्यो रंचक ज्ञान'।

सुनिए दो तो कहिए एक : यदि सुख-शांति से जीना है तो अपनी बातें कम कहें और दूसरों की अधिक सुनें।

यदि महाभारत का पात्र दुर्योधन 'सुनिए दो तो कहिए एक' के सिद्धांत को अपने जीवन में उतार लेता और द्रौपदी के व्यंग्य को केवल सुन लेता तो महाभारत न होता।

सुनिए सबकी, कीजिए मन की : बातें तो सबकी सुन लेनी चाहिए, परन्तु करना वही चाहिए जो मन को अच्छा लगे।

दारा शिकोह एक मुस्लिम विद्वान था। वह हिन्दू-शास्त्रों को तिरस्कार की दृष्टि से नहीं, बल्कि सम्मान की दृष्टि से देखता था। उसकी इस प्रवृत्ति से कट्टरवादी जमात लोग खिन्न थे। वे उसे केवल इस्लामिक शास्त्रों को ही पढ़ने का परामर्श देते थे। लेकिन उसका सिद्धांत था, 'सुनिए सबकी कीजिए मन की'।

सुन्नी शीया, जी में आया सो कीया : किसी भी मत को न मान स्वतंत्र आचरण करना।

सुबह होती है, शाम होती है, उम्र यों ही तमाम होती है : धीरे-धीरे एक-एक दिन व्यतीत होकर सम्पूर्ण जीवन कट जाता है।

ईसाई यह मानते हैं कि मनुष्य केवल एक ही बार जन्म लेता है, अतः उसे अच्छे ही काम करने चाहिए और तुरन्त शुरू कर देने चाहिए, क्योंकि 'सुबह होती है, शाम होती है, उम्र यों ही तमाम होती है'।

सुबह का भूला शाम को घर आ जाए तो उसे भूला नहीं कहते : यदि कोई व्यक्ति शुरू में कुछ गलती कर जाए और फिर अपने में सुधार कर ले तो उसकी गलती क्षम्य हो जाती है।

बांग्लादेश के जनक मुजीब की मृत्यु के बाद बांग्लादेश और भारत के सम्बन्ध बिगड़ गए थे, लेकिन शेख हसीना के कार्यकाल में वे सम्बन्ध पुनः मधुरता की ओर बढ़ रहे हैं। भारत ने पुनः उसकी ओर दोस्ती का हाथ बढ़ा दिया है दोनों देशों पर यह कहावत चरितार्थ हुई है, 'सुबह का भूला शाम को घर आ जाए तो उसे भूला नहीं कहते'।

सुर-नर मुनि सबकी यह रीति, स्वारथ लागि करहिं सब प्रीति : संसार में चाहे कितना भी श्रेष्ठ या निम्न-कोटि का व्यक्ति हो, उसका दूसरों से प्रेम करने में कोई न कोई स्वार्थ होता है।

सुहाते की लात, न सुहाते की बातः लोग अपने मित्र का बुरा-व्यवहार भी सहन कर लेते हैं, लेकिन शत्रु का अच्छा व्यवहार भी सहन नहीं होता।

सुई चोर सो बज्जर चोर : जो चोर छोटी वस्तु की चोरी करता है वह अवसर मिलते ही बड़ी वस्तु की चोरी भी कर सकता है।

सूखा ढाक, बढ़ई का बाप : जब ढाक की लकड़ी सूख जाती है तो वह बहुत कड़ी हो जाती है और उसे चीरने में बढ़ई को बहुत कठिनाई होती है जैसे 'सूखा ढ़ाक, बढ़ई का बाप' होता है, वैसे ही गांधीजी का शरीर था, जो अनशन करने से भी कमजोर नहीं होता था।

सूखा हाड़ ठाठ भई भारी, अब क्या लादोगे व्यापारी : बुढ़ापा आने पर मनुष्य कोई भी कार्य नहीं कर सकता।

श्री अरविन्द ने अपनी युवावस्था में एक क्रांतिकारी के रूप में अंग्रेजों के दांत खट्टे किए। प्रौढ़ावस्था में नए-नए दार्शनिक सिद्धांतों का विकास करके महान दार्शनिक कहलाए, लेकिन वृद्धावस्था में पांडिचेरी के आश्रम के एक कक्ष तक सीमित हो गए और श्रद्धालुओं से भी मिलना-जुलना बंद हो गया। किसी ने सही कहा है, 'सूखा हाड़ ठाठ भई भारी, अब क्या लादोगे व्यापारी'।

सूखे सर में हंस न जाए : किसी भी अज्ञानी के पास कोई गुणी व्यक्ति नहीं जाता। पाकिस्तान में आतंकवाद के कारण कोई बाहर देश की क्रिकेट की टीम वहां कोई मैच खेलना नहीं चाहती। किसी ने ठीक ही कहा है, 'सूखे सर में हंस ना जाए'।

सूत न कपास कोरी से लट्ठम-लट्ठा : बिना किसी उचित कारण के झगड़ना।

सूप बोले तो बोले, छलनी भी बोले जिसमें बहत्तर छेद : जिसमें अनेक अवगुण हों उसे दूसरे के अवगुणों पर कटाक्ष नहीं करना चाहिए।

कुछ राजनैतिक दल अल्पसंख्यकों की वोट के लिए हिन्दू-आतंकवाद की बात चला रहे हैं। पाकिस्तान इस भारतीय प्रवृत्ति से बहुत उत्साहित है और आरोप लगा रहा है कि भारत में आतंकी आक्रमण हिन्दू आतंकी ही कर रहे हैं। राष्ट्रवादी भारतीय उसे कह रहे हैं, सूप बोले तो बोले, छलनी भी बोले जिसमें बहत्तर छेद'।

सूम का माल अकारथ जाए : कंजूस का धन व्यर्थ नष्ट होता है।

शास्त्र कहते हैं कि जो व्यक्ति अपने धन का उपयोग दान आदि या स्वयं के लिए भी नहीं करते, उनका धन अग्नि जला देती है इसीलिए बड़े-बड़े सन्त कहते आए हैं, 'सूम का माल अकारथ जाए'।

सूरदास खल-कारी कामरि चढ़त न दूजो रंग : प्रयास करने पर भी दुष्टों को नेक व्यक्ति नहीं बनाया जा सकता।

दक्षिण अफ्रीका में महात्मा गांधी ने अंग्रेजों की रंग-भेद नीति के विरुद्ध सत्याग्रह किया था, लेकिन अंग्रेजों में इस सत्याग्रह से कोई सुधार नहीं हुआ था। कवियों ने ठीक ही कहा है, 'सूरदास खल-कारी कामरि चढ़त न दूजो रंग'।

सूरज को दीपक लेकर ढूंढने की आवश्यकता नहीं होती : विद्वान पुरुष अपनी विद्वता से स्वयं ही विख्यात हो जाते हैं।

पूर्व राष्ट्रपति डॉ० राधाकृष्णन अपने दार्शनिक ज्ञान के कारण विश्व में स्वयं विख्यात हो गए थे। बड़े-बड़े सही कहते आ रहे हैं, 'सूरज को दीपक लेकर ढूंढ़ने की आवश्यकता नहीं होती'।

सूरज धूल डालने से नहीं ढकता : विद्वान पुरुष की चाहे कितनी भी निंदा की जाए, लेकिन उसकी विद्वता कम नहीं होती।

पाश्चात्य् दार्शनिक सुकरात को तत्कालीन सम्राट ने इस आरोप के साथ बंदी बना लिया था कि अपने दार्शनिक ज्ञान द्वारा वह युवकों को गुमराह कर रहा है और सम्राट के महत्व को कम कर रहा है। लेकिन सुकरात का वही ज्ञान आज तक भी विश्व को आलोकित कर रहा है। किसी ने सही कहा है, 'सूरज धूल डालने से नहीं ढकता'।

सूरा सो पूरा : बहादुर लोग सब कुछ करने में समर्थ होते हैं।

नेताजी सुभाष चन्द्र बोस ने अंग्रेज़ो के विरुद्ध आज़ाद हिन्द सेना बनाकर यह सिद्ध कर दिया था कि 'सूरा सो पूरा'।

सेंत की गंगा हराम के गोते : मुफ़्त मिली हुई वस्तु को व्यर्थ खर्च करना।

हमारे देश में कुछ भ्रष्ट विधायक और सांसद अपनी विधायक या सांसद निधि को उस कार्य में व्यय करते हैं, जहां से उन्हें तीस से चालीस प्रतिशत तक धनराशि प्राप्त हो जाती हैं। इस राशि से वे विलासिता का जीवन जीते हैं। किसी ने सही कहा है, 'सेंत की गंगा हराम के गोते'।

सेज की मक्खी भी बुरी होती है : इस लोकोक्ति में औरत की मानसिकता को दिखाया गया है। औरत के लिए उसकी सौत सबसे बड़ी शत्रु होती है। वे मक्खी को भी सौत की दृष्टि से देखती है।

मध्य युग में राजपूत राजाओं की अनेकों रानियां होती थीं, जो परस्पर एक दूसरे से ईर्ष्या रखती थी। उनमें से कुछ सर्वगुण सम्पन्न भी होती थी, लेकिन उनके प्रति भी बाकी रानिया ईर्ष्या रखती थीं, क्योंकि उनके लिए तो 'सेज की मक्खी भी बुरी होती है'।

सेज चढ़ते ही रांड : विवाह के तुरन्त बाद विधवा हो जाना।

सेज चढ़ते ही रांड हो जाना एक औरत के लिए सबसे बड़ा अभिशाप है।

सेर को सवा सेर : संसार में सभी क्षेत्रों में एक से बढ़कर एक हैं। यदि कोई अपने को सबसे बड़ा दादा मानता है तो उसे उससे बड़ा दादा भी मिल जाता है।

अंग्रेज अपने को बहुत बड़े रणनीतिकार मानते थे, लेकिन सुभाष चन्द्र बोस उनसे भी बड़े रणनीतिकार थे। किसी ने राही कहा है, 'सेर को सवा सेर' मिल ही जाते हैं।

सेवा करे सो मेवा पावे : असहायों की सेवा करना सबसे बड़ा धर्म है। जो सेवा करता है उसे उसका फल अवश्य मिलता है।

मदर टेरेसा ने आजीवन दीन-दुखियों की सेवा की है। जहां उन्हें इस कार्य के लिए नोबेल पुरस्कार मिला है, वहां आज भी वह दिवंगत होने के बाद भी लोगों के हृदयों में बसी हुई हैं। किसी ने सही कहा है, 'सेवा करे सो मेवा पावे'।

सैंया भये कुतवाल अब डर काहे का : अपने किसी निकट सम्बन्धी को अधिकार मिलने से सुरक्षा और लाभ मिलने की संभावना बढ़ जाती है।

अंग्रेजी राज में कुछ भारतीय प्रभावशाली लोग अंग्रेज अधिकारियों से इसलिए निकटता के सम्बन्ध बढ़ा लेते थे कि उन्हें अंग्रेज अपने समकक्ष मानकर उनका सम्मान करने लगे। उनके अन्दर यह भावना काम करती थी, कि 'सैंया भये कुतवाल तो डर काहे का'।

सो घर समझो सत्यानाश, जहां अतिबल नारी का वास : जिस घर में स्त्री शक्तिशाली होती हैं, उस घर का सर्वनाश हो जाता है।

सो ताको सागर जहां, जाकी प्यास बुझाय : जिस मनुष्य का जिससे काम निकलता है वह उसके लिए भगवान-तुल्य होता है।

राजा राममोहन राय एक सुप्रसिद्ध समाज सुधारक रहे हैं। उन्होंने अंग्रेजी शासन में अनेकों कुप्रथाओं को रोकने का प्रयास किया है, सती प्रथा भी उनमें से एक कुप्रथा थी। एक औरत को उसकी इच्छा के विरुद्ध सती करने के लिए उसके परिजनों द्वारा बलपूर्वक ले जाया जा रहा था। राय साहब ने प्रशासन की सहायता से उसकी रक्षा की थी। वह आजीवन राजा राममोहन राय की भक्त बनी रही थी। किसी ने सही कहा है, 'सो ताको सागर जहां, जाकी प्यास बुझाय'।

सोचना, जी मोचना : चिन्ता मनुष्य के लिए दुःखदायी है।

सोते को जगावे, जागते को क्या जगावे : सोते को जगाया जा सकता है, लेकिन जो राष्ट्र-हित के लिए जागरुक नहीं है उसे कैसे जागरुक किया जा सकता है।

एक अज्ञानी व्यक्ति को यह समझाया जा सकता है कि सभी देशवासियों को देश की रक्षा के लिए सदैव तत्पर रहना चाहिए, लेकिन उस ज्ञानी व्यक्ति को जो अपने निजी स्वार्थ के लिए देश का बड़ा से बड़ा अहित कर सकता है, कैसे समझाया जा सकता है। किसी ने सही कहा है, 'सोते को जगावे जागते को क्या जगावे'।

सोते को सोता कब जगाता है : जो स्वयं अज्ञानी है वह दूसरे किसी अज्ञानी को कैसे शिक्षा दे सकता है?

हमारे कुछ धार्मिक प्रवचनकर्ताओं पर आपराधिक अभियोग चल रहे हैं फिर भी वे जनता के समक्ष धार्मिक बनने का उपदेश कर रहे हैं। वे इस बात को नहीं समझ पा रहे हैं कि 'सोते को सोता कब जगाता है?'

सोते नाग को जगाना नहीं चाहिए : जो आपत्ति टल सकती है, उसे आमंत्रित नहीं करना चाहिए।

श्री अरविन्द की क्रान्तिकारी गति-विधियों से अंग्रेजी सरकार थर्रा गई थी। जब श्री अरविन्द पांडिचेरी चले गए तो कुछ अंग्रेज अधिकारियों ने उन पर शिकंजा कसना चाहा, लेकिन कुछ अधिकारियों ने यह कहते हुए अपने क़दम वापिस खींच लिए कि 'सोते नाग को जगाना नहीं चाहिए'।

सोने और चांदी की पहचान आग ही में होती है : आपात काल में ही पता चल पाता है कि कौन व्यक्ति कितना संयमी है।

सोना चांदी आग में ही परखे जाते हैं : त्रासदी से घिरने पर ही पता चल पाता है कि कौन मनुष्य कितना साहसी है।

भारत पर थोपे गए आपातकाल में असली और नकली नेताओं की पहचान हो गई थी। कुछ नकली नेता क्षमा मांगकर कारागार से बाहर आ गए थे और असली नेता अन्त तक कारागार में बने रहे थे। ज्ञानी लोग सही कहते आ रहे हैं, 'सोना-चांदी आग में ही परखे जाते हैं'।

सोना जाने कसे और मानुस जाने बसे : सोने की परख कसौटी पर कसने से हो जाती है और मनुष्य की उसके निकट रहने से।

मैं एक सन्त का बहुत बड़ा प्रशंसक था। मुझे कुछ दिनों तक उसके आश्रम में रहने का अवसर मिला। लेकिन मुझे यह जानकर बहुत आश्चर्य हुआ कि वह सन्त रात्रि में युवतियों से अपने शरीर की मसाज़ कराता है। मेरे मन में तभी यह विचार कौंध गया, 'सोना जाने कसे और मानुस जाने बसे'।

सोने की कटारी पेट में नहीं मारी जाती : किसी की रोटी-रोजी नहीं छीननी चाहिए।

आज-कल के ऑफिस के बॉस मानवीय-मूल्यों के प्रति संवेदनशील नहीं हैं। विशेषकर महिला कर्मचारी के प्रति उनका दृष्टिकोण मर्यादित नहीं है। वे अपने स्वार्थ की पूर्ति में बाधक बने किसी भी कर्मचारी का अहित करने से नहीं चूकते, जबकि उन्हें इतना तो ज्ञान होना चाहिए कि 'सोने की कटारी पेट में नहीं मारी जाती'।

सोने की कटोरी में कौन भीख न देगा : जिसके पास धन-सम्पत्ति है अवसर पड़ने पर सभी उसकी सहायता कर देते हैं।

सोने में सुगंध : बहुमूल्य वस्तु का और बहुमूल्य हो जाना।

रतन टाटा एक ऐसे उद्यमी है, जिन्होंने विश्व में भारत की पहचान बनाई है। विदेशों की कम्पनियों का अधिग्रहण करके इन्होंने भारत का और अधिक गौरव बढ़ाया है। इस दृष्टि से रतन टाटा भारत के लिए सोना थे, लेकिन अब 'सोने में सुगंध' भी बन गए हैं।

सोने में सोहागा : दे० 'सोने में सुगंध'।

सोवेगा सो खोवेगा जागेगा सो पावेगा : इस प्रतिस्पर्द्धा के युग में एक जागरुक व्यक्ति ही सफल हो रहा है।

भारत की युवा शक्ति अब तक सो रही थी, अतः विकास में पिछड़ चुकी थी, लेकिन अब उसने उठने का संकल्प ले लिया है और इस सूत्र को आत्मसात कर लिया है, 'सोवेगा सो खोवेगा, जागेगा सो पावेगा'।

सो अनजान एक सुजान : एक बुद्धिमान् सौ मूर्खों से उत्तम होता है।

भारत को यदि सौ आधुनिक वैज्ञानिकों के स्थान पर सी.बी.रमन जैसा एक वैज्ञानिक मिल जाए तो भारत का भाग्य उदय हो जाए। कहा भी गया है, 'सौ अनजान एक सुजान'।

सौ की हानि सहस्र बखानी : किसी बात को बढ़ा-चढ़ा कर कहना।

यदि सत्तापक्ष के किसी मंत्री से कोई नगन्य-सा घोटाला भी हो जाए तो प्रतिपक्ष उसे घोटाले को करोड़ों रुपयों तक बता देते हैं। प्रतिपक्ष का सिद्धांत ही यह है, 'सौ की हानि सहस्र बखानी'।

सौ कपूतों से एक पूत भला : सौ निकम्मे पुत्रों से वह एक पुत्र ही भला है जो अपने माता-पिता तथा समाज के प्रति समर्पित हो।

उन अनेकों राजपूत राजाओं से जो अपनी बेटियों को अपने सुरक्षा के लिए बाह्य आक्रांताओं को सौंप रहे थे। अकेले महाराणा प्रताप सौ जगह अच्छे थे, जो अपने राष्ट्रीय स्वाभिमान के लिए जीवन-भर कष्ट उठाते रहे थे। कहा गया है, 'सौ कपूतों से एक पूत भला'।

सौ खोटों का वह सरदार जिसकी छाती एक न बाल : जिस व्यक्ति की छाती पर एक भी बाल नही होता, वह व्यक्ति निकम्मा माना जाता है।

सौ गज पानी में रहे, मिटै न चकमक आग : चाहे कितना भी प्रयत्न क्यों न करें, लेकिन व्यक्ति के अनुवांशिक गुण-दोष दूर नहीं हो सकते।

आधुनिक युग में जबकि विश्व की अनेक जातियां वैज्ञानिक अनुसंधानों में आगे चल रही हैं, अंग्रेजों के अन्दर सर्वश्रेष्ठता की भावना अब भी

कम नहीं हो पा रही है। किसी ने सही कहा है, 'सौ गज पानी में रहे मिटै न चकमक आग'।

सौ गाथा सूआ पढ़े, अन्त बिलाई खाय : एक अच्छे और विद्वान आदमी का अन्त बुरा होना।

पांडवो ने अधर्म को समाप्त करने और धर्म की पुनर्स्थापना के लिए महाभारत का युद्ध लड़ा था और उसमें विजयश्री प्राप्त की थी, लेकिन अन्तिम समय में हिमाचल पर चढ़ते-चढ़ते वे एक-एक करके मृत्यु को प्राप्त होते चले गए थे। यह सत्य ही है कि 'सौ गाथा सूआ पढ़े, अन्त बिलाई खाय'।

सौ गोतिन न एक पड़ोसिन : एक पड़ोसी दूर रहने वाले सैंकड़ों जाति-बिरादरी वालों से अधिक सहायता कर सकता है।

यह एक व्यावहारिक सच्चाई है कि आपातकाल में पड़ोसी ही सहायता कर सकता है। दूर रहने वाले जाति-बिरादरी वाले तब तक आ भी नहीं सकते, जब उसे सहायता की आवश्यकता पड़ती है, अतः यह ठीक ही कहा गया है, 'सौ गोतिन न एक पड़ोसिन'।

सौ दवा न एक हवा : स्वच्छ हवा सौ औषिधियों से अधिक आरोग्यवर्द्धक होती है।

टी.वी. या श्वांस सम्बन्धी रोगियों को डॉक्टर गांवों में या हरियालीयुक्त पहाड़ों पर कुछ समय तक रहने के लिए परामर्श देते हैं, क्योंकि उन्हें पता है, 'सौ दवा न एक हवा'।

सौ दिन चोर के, एक दिन साहु का : एक अपराधी कभी न कभी अपराध करते समय अवश्य पकड़ा जाता है।

यवन निरंतर भारत पर आक्रमण करते ही रहते थे, आखिर एक अवसर पर चन्द्रगुप्त मौर्य ने उन्हें पराजित कर ही दिया था। किसी ने सही कहा है, 'सौ दिन चोर के, एक दिन साहु का'।

सौ नकटों में एक नाक वाला नक्कू : यदि सौ बुरे व्यक्तियों में एक अच्छे व्यक्ति को रहना पड़ जाए तो वे बुरे व्यक्ति उसे भी बुरा बनाने का प्रयत्न करते हैं।

अनेकों राजपूत राजा अकबर के समक्ष समर्पण कर चुके थे, परन्तु राणा प्रताप अपने स्वाभिमान के कारण अकबर के विरुद्ध तलवारें ताने हुए

था। अकबर के दरबार के रहने वाले राजपूत महाराणा प्रताप से ईर्ष्या करने लगे थे, अतः उन्होंने यह अफवाह चला दी थी कि राणा प्रताप भी संघर्ष और भुखमरी से तंग आकर अकबर के समक्ष समर्पण कर रहा है। उन पर यह कहावत चरितार्थ होती है, 'सौ नकटों में एक नाक वाला नक्कू'।

सौ वक्ता को एक चुप्पा हरा देता है : सौ बोलने वाले को एक चुप रहने वाला व्यक्ति हरा देता है।

भारतीय प्रधानमंत्रियों में प्रधानमंत्री मनमोहन सिंह एक ऐसे प्रधानमंत्री हुए हैं जो विपक्ष के प्रहारों के मध्य मौन बने रहते थे, आखिर विपक्ष ही उनकी आलोचना करते-करते थम जाता था। किसी ने सही कहा है, 'सौ वक्ता को एक चुप्पा हरा देता है'।

सौ में सती, लाख में यति : सैंकड़ों स्त्रियों में एक सती होती है और लाखों मनुष्य में एक सच्चा साधु होता है।

हमारे देश में अनेकों आश्रमों में अनेकों साधु निवास करते हैं, लेकिन उनमें से अधिकांश भगवे वस्त्रधारी सामान्य मनुष्य ही हैं। सच्चा साधु तो एक आध ही है। बुजुर्ग कहते आए हैं, 'सौ में सती, लाख में यति'।

सौ सयाने एक मत : किसी विषय पर सभी विद्वानों की राय एक जैसी होती है।

प्राचीन युग में पाश्चात्य दार्शनिकों और भारतीय दार्शनिकों के सिद्धान्त समान थे, जबकि वे एक दूसरे के सम्पर्क में नहीं थे। अतः भले ही वे कहीं भी हों, 'सौ सयाने एक मत होते हैं'।

सौ सोनार की एक लोहार की : कमजोर के सौ प्रहार और शक्तिशाली का एक प्रहार बराबर होते हैं।

यवन भारतीय क्षेत्र पर प्रायः छोटे-मोटे आक्रमण करते ही रहते थे। उनकी इस मनःस्थिति से व्यथित होकर चन्द्रगुप्त ने उन पर ऐसा भयंकर आक्रमण किया था कि उन्हें चन्द्रगुप्त को सन्धि में धन, क्षेत्र और अपनी लड़की भी देनी पड़ी थी। किसी ने सच कहा है 'सौ सोनार की एक लोहार की'।

सौ-सौ चूहे खाय बिल्ली हज को चली : आजीवन पाप करके अन्त में धर्मात्मा बनने का प्रदर्शन करना।

पाकिस्तान अपने जन्मकाल से ही भारत पर आतंकी आक्रमण करता रहा है अब वह विदेशी समाचार पत्रों में विज्ञापन देकर स्वयं को आतंकवाद

विरोधी सिद्ध करना चाहता है। यह तो वही बात हुई, 'सौ-सौ चूहे खाय बिल्ली हज को चली'।

सौ हत्या करने पर बाघ भी मारा जाता है : पापी का अन्त निश्चित है। आतंकी आक्रमणों द्वारा सैंकड़ों व्यक्तियों को मौत के घाट उतारने वाला दुर्दान्त, लादेन आखिर अमेरिका के हाथों मारा गया है। यह सही है कि 'सौ हत्या करने पर बाघ भी मारा जाता है'।

सौत की मूरत भी बुरी होती है : स्त्रियों को सबसे अधिक घृणा अपनी सौत से होती है।

सौत भली, सौतेला बुरा : सौतेला लड़का सौत से भी बुरा होता है। मगध के सम्राट घननन्द की बड़ी महारानी ने छोटी महारानी अपनी सौत मूरा देवी के नवजात पुत्र को, इसलिए मरवाने का प्रयास किया था कि वह मगध सम्राट बन सकता था। किसी ने सत्य कहा है, 'सौत भली, सौतेला बुरा'।

स्वयं सुधरो जग सुधरेगा : दूसरों को सुधरने के उपदेश देने से पहले स्वयं को सुधारना चाहिए।

प्रवचनकर्ता के रूप में आजकल के कुछ संतो पर अनेक आपराधिक केस चल रहे हैं, फिर उनके प्रवचन प्रभावी कैसे हो सकते हैं। उन्हें तो इस सिद्धान्त पर चलना चाहिए, 'स्वयं सुधरो जग सुधरेगा'।

स्वर्ग की गुलामी से नर्क का राज भला : परतंत्रता में भले ही कितना सुख और सम्मान मिल जाए, परन्तु वह स्वतंत्रता की तुलना में हेय मानी जाती है। अंग्रेज अधिकारियों ने स्वामी दयानन्द सरस्वती से कहा था कि वे उन्हें राष्ट्र-संत की उपाधि प्रदान कर देंगे, यदि वे जनता में यह प्रचार करते रहें कि अंग्रेजी शासन सुखद और कल्याणकारी है। इरा पर स्वामी दयानन्द सरस्वती ने प्रतिक्रिया दी थी कि 'स्वर्ग की गुलामी से नर्क का राज भला'।

ह

हंसता साहू खंसता चोर : जो साहू हंसता रहता है उसके आसामी इसकी धाक नहीं मानते और जिस चोर को खांसी आ जाती है वह पकड़ा जाता है।

हंसते घर बसते : हंसी-मजाक करने वाले से लड़कियां शीघ्र प्रभावित हो जाती हैं। मेरे दोस्त! आप स्वभाव से ही इतने गंभीर हैं कि कोई लड़की आपकी ओर देखने का साहस नहीं कर सकेगी, यदि आपको किसी लड़की से मित्रता करनी है तो अपने चेहरे पर मुस्कुराहट उतारनी ही पड़ेगी। क्योंकि कहा गया है, 'हंसते घर बसते'।

हंसना बाम्हन, खंसना चोर, कूपढ़ कायथ, कुल का बोर : हंसने वाला ब्राह्मण, खांसने वाला चोर और अनपढ़ कायस्थ अपने कुल को डुबा देते हैं।

हंसा थे सो उड़ गए काया गए दीवान : किसी ज्ञानी-विद्वान के स्थान पर अज्ञानी व्यक्ति का आधिपत्य हो जाना।

वे महापुरुष जिन्होंने देश की स्वतंत्रता के लिए जेलों की यातनाएं सही हैं कभी इस देश के मंत्री प्रधानमंत्री हुआ करते थे, लेकिन आज भ्रष्टाचार में आकंठ डूबे व्यक्ति उन पदों पर आसीन हैं। उन पर यही कहावत चरितार्थ होती है, 'हंसा थे सो उड़ गए काया गए दीवान'।

हंसिया अपनी ही ओर खींचती है : सज्जन व्यक्ति अपने सम्बन्धियों और पारिवारिक सदस्यों का सदैव ध्यान रखते हैं।

हल्दीघाटी के युद्ध में जब महाराणा प्रताप शत्रुओं से बुरी तरह से घिर गए थे तो उनके विद्रोही भ्राता शक्तिसिंह ने उनकी सहायता की थी। यह सही है कि 'हंसिया अपनी ही ओर खींचती है'।

हंसिए दूर पड़ोसी नाहीं : दूर वालों से हंसी मजाक करनी चाहिए पड़ोसियों से नहीं। पांडव-पत्नी द्रौपदी ने अपने पड़ोसी दुर्योधन को मज़ाक में ही तो कहा था कि अंधे के अंधे ही होते हैं और उसका परिणाम महाभारत के रूप में सामने आया था। इसलिये सही कहा गया है, 'हंसिए दूर पड़ोसी नाहिं'।

हंसी में खंसी : अधिक हंसी-मज़ाक बढ़ते-बढ़ते अन्त में झगड़े में परिवर्तित हो जाती है।

हंसे तो औरों को, रोवे तो अपने को : जब दूसरे पर कोई आपत्ति आती है तो मनुष्य हंसता है, लेकिन जब अपने पर आती है तो रोता है।

जब भारत में आतंकी आक्रमण होता था तो पाकिस्तान हंसता था। अब वहां आतंकी आक्रमण हो रहे हैं तो अब वह रोता है। बुद्धिमानों

ने सच कहा है, 'हंसे तो औरों को, रोवे तो अपने को'।

हज का हज और बनिज का बनिजः एक पंथ दो काज।

'आप काशी विश्वनाथ मंदिर मे दर्शन के लिए जा रहे हों तो मेरे लिए वहां से अच्छी-सी बनारसी साड़ी ले आना' मेरी पत्नी ने जब मुझे यह कहा तो मेरे मन में अचानक यह विचार कौंध गया, 'हज का हज और बनिज का बनिज'।

हज़ार इलाज, एक परहेज़ : परहेज़ करने से जितना लाभ होता है, दवाओं के सेवन से उतना नहीं होता है।

आयुर्वेद और यूनानी चिकित्सा पद्धति परहेज़ पर बहुत बल देती है। उनकी मान्यता है, 'हज़ार इलाज, एक परहेज़'।

हज़ार दवा, एक दुआ : ईश्वर से प्रार्थना करने से जो लाभ होता है, वह हजार दवाइयों से नहीं हो सकता।

जब कोई रोगी असाध्य बीमारी से ग्रस्त हो जाता है तो उसके सम्बन्धी ईश्वर से उसके ठीक होने की प्रार्थना करते हैं। उनकी मान्यता है कि 'हज़ार दवा, एक दुआ'।

हज़ारों टांकी सहकर महादेव होते हैं : बिना कष्ट सहे कोई भी व्यक्ति उन्नति नही कर सकता।

प्रसिद्ध उद्योगपति धीरू भाई अंबानी एक साधारण से अध्यापक थे, लेकिन अपने कठिन परिश्रम और अटूट लगन से बहुत बड़े उद्योगपति बन गए थे। बड़े-बड़े ठीक कहते आ रहे हैं, 'हज़ारों टांकी सहकर महादेव होते हैं'।

हज्जाम का उस्तरा वही मेरे सिर पर, वही तेरे सिर पर : दो मनुष्यों के साथ समान व्यवहार होना।

मैं घरेलू क्रिकेट में अपने अच्छे प्रदर्शन से अन्तर्राष्ट्रीय क्रिकेट टीम में चयनित हुआ हूं और आप भी इसी प्रक्रिया के अन्तर्गत हुए हैं, अर्थात 'हज्जाम का उस्तरा वही मेरे सिर पर, वही तेरे सिर पर'।

हज्जाम के आगे सबका सिर झुकता है : स्वार्थ-सिद्धि के लिए सबको सिर झुकाना पड़ता है।

मैं स्नातकोत्तर विद्यालय में प्रोफेसर होने के नाते अपने गांव का सर्वाधिक सम्मानित व्यक्ति माना जाता हूं, लेकिन मेरे पुत्र को जब पुलिस पकड़ ले गई तो मुझे पुलिस अधीक्षक के समक्ष झुकना पड़ा।

हथियार हाथ का : जो अस्त्र हाथ में रहता है, वही काम आता है।

जब मेरे घर में डकैत घुस आए तो मेरी बन्दूक दूसरे कमरे में थी। मेरे हाथ में उस समय केवल लाठी ही थी। मैंने लाठी से ही उन पर प्रहार करना शुरू कर दिया। किसी ने सत्य कहा है, 'हथियार हाथ का'।

हनता को हनिए, दोष-पाप नहीं गनिए : यदि कोई व्यक्ति आप पर प्राण-घातक प्रहार कर रहा है तो उसे मारने में कोई पाप नहीं है।

यदि किसी आतंकी पर किसी निर्दोष की हत्या का आरोप सिद्ध हो जाता है, तो उसे तुरन्त फांसी पर लटका देना चाहिए, क्योंकि कहा गया है, 'हनता को हनिए, दोष-पाप नहीं गनिए'।

हम तुम दोनों हैं महारानी, कौन किसी को देवे पानी : दोनों में श्रेष्ठता का अहंकार होना।

समाजसेवी अन्ना हजारे के अनशन के मध्य, यह प्रश्न उभरा था कि संसद बड़ी या जनता। दोनों पक्ष अपनी-अपनी बातों पर अड़े रहे थे। उनकी भावना थी, 'हम तुम दोनों है महारानी, कौन किसी को देवे पानी'।

हमने क्या घास खोदी है : अपने को बुद्धिमान प्रदर्शित करना।

अन्ना हजारे के अनशन के मध्य जब सत्ता-पक्ष यह कह रहा था कि संसद सर्वोच्च है, तब अन्ना-टीम के एक सदस्य ने कहा था, 'हमने क्या घास खोदी है'। हम सिद्ध कर देंगे कि जन संसद सर्वोच्च है।

हमारे घर आओगे, तो क्या लाओगे? तुम्हारे घर आएंगे, तो क्या खिलाओगे? : हर दशा में लाभ की इच्छा रखना।

हयात और मौत किसी के बस की नहीं : जीवन और मृत्यु पर किसी का भी नियंत्रण नहीं है।

अपने पिता की मृत्यु के सदमे से मैं उबर नहीं पा रहा था। जब मेरे एक आध्यात्मिक गुरु को यह पता चला तो वे तुरन्त मेरे घर आए और कहने लगे, 'हयात और मौत किसी के बस की नहीं'। फिर उस पर इतना शोक मनाने का क्या औचित्य रह जाता है।

हर गुन गाए धक्का खाए, शरीर डोलावे टक्का पावे : भगवान के भजन गाने वाले को महत्व न देना, बल्कि नृत्य के साथ कामोत्तेजन गंदे गीत गाने वाले पर धन की बौछार करना।

हर-हर गाओ, ढोल बजाओ : ईश्वर के भजन गाते हुए उसकी भक्ति में डूबना।

सभी धार्मिक प्रचारक यही उपदेश करते हैं, 'हर-हर गाओ, ढोल बजाओ', लेकिन आधुनिक नवयुवकों का ध्यान ईश्वर भक्ति में लगता ही नहीं है।

हराम की कमाई, हराम में गंवाई : चोरी, जुआ, तस्करी आदि से कमाई गई धनराशि व्यर्थ ही चली जाती है।

हरि को भजे सो हरि का होई : जो व्यक्ति ईश्वर भक्ति में लीन हो जाता है वह ईश्वर का सबसे प्रिय भक्त बन जाता है।

मीरा बाई कृष्ण भगवान की भक्त थी और रात-दिन उन्हीं की भक्ति में लीन रहती थी। उस पर अनेकों सांसारिक कष्ट आए, लेकिन भगवान कृष्ण ने उसका बाल भी बांका न होने दिया। हमारे पूर्वज सदा से कहते आ रहे हैं, 'हरि को भजे सो हरि का होई'।

हरिना समझ-समझ बन चरना : इस संसार में अपनी पूर्ण सूझ-बूझ के साथ जीवन-यापन करना चाहिए।

आज के इस प्रतिस्पर्द्धा के युग में जीवन-यापन करना सरल कार्य नहीं रह गया है। रोटी-रोजी के लिए हर पल संघर्ष करना पड़ रहा है। ऐसी स्थिति में विद्वानों का यह संदेश, 'हरिना समझ-समझ वन चरना', लाभ-प्रद हो सकता है।

हरी खेती गाभिन गाय, मुंह पड़े तब जानी जाए : अधूरे काम में निश्चिंतता नहीं है।

आतंकी आक्रमण के बाद यद्यपि सरकार आतंकवाद के विरुद्ध कठोर कदम उठाने का संकल्प दोहराती है, लेकिन अपने इस संकल्प से सरकार स्वयं ही आश्वस्त होती नहीं दिखाई देती। उसका तो यही मत है, 'हरी खेती गाभिन गाय, मुंह पड़े तब जानी जाए'।

हरे पेड़ पर सब पक्षी बैठते हैं : धनी लोगों से सभी सम्बन्ध रखना चाहते हैं।

भारत एक उभरती हुई अर्थव्यवस्था का देश है। इस स्थिति में सभी देशों का झुकाव अब भारत की ओर बढ़ रहा है। किसी ने सही कहा है, 'हरे पेड़ पर सब पक्षी बैठते हैं'।

हर्दी न छोड़े ज़र्दी, बुलबुल न छोड़े रंग : किसी की प्रकृति नहीं बदलती।

ऑस्ट्रेलियाई अब भी अपनी सर्वश्रेष्ठता की भावनाओं से ग्रस्त हैं। अब भी अवसर मिलते ही वे भारतीय छात्रों को अपमानित करने से नहीं

चूकते हैं। बड़े-बड़े सही कहते आ रहे हैं, 'हर्दी न छोड़े जर्दी, बुलबुल न छोड़े रंग'।

हलक़ से निकली खलक़ में पड़ी : मुंह से निकलते ही बात सब जगह फैल जाती है।

चाणक्य ने सर्वप्रथम घननन्द की पत्नी मूरा को बताया था कि उसका पुत्र जीवित है। यह बात तभी पूरे मगध में फैल गई थी और उसे युवराज बनाने की आवाज़ें उठने लगी थीं। अतः यह सही है, 'हलक़ से निकली खलक़ में पड़ी'।

हल्दी लगे न फिटकरी, पटाक बहू आन पड़ी : बिना परिश्रम के ही कोई कार्य सम्पन्न हो जाना।

फिल्म 'आरक्षण' एक सामान्य फ़िल्म थी, लेकिन आरक्षण समर्थकों ने इसके विरुद्ध बवाल खड़ा करके इसकी ख्याति में चार चांद लगा दिए और इसके निर्माताओं को बहुत बड़ा आर्थिक लाभ पहुंचा दिया। निर्माताओं के लिए तो यह कहावत सिद्ध हो गई, 'हल्दी लगे न फिटकरी, पटाक बहू आन पड़ी'।

हलवा खाने को मुंह चाहिए : सुपात्र को ही कोई उपहार देना चाहिए।

अनेकों राजनेता भारत के प्रधानमंत्री बनने का स्वप्न देख रहे हैं, लेकिन उनकी सर्वस्वीकार्यता संदेहमुक्त नहीं है। जनता उनमें वे गुण नहीं देख रही है जो भारतीय प्रधानमंत्री में होने चाहिए। आखिर 'हलवा खाने को मुंह चाहिए'।

हलवाई की जाई और सोवे साथ कसाई : ऊंचे वंश के किसी व्यक्ति का नीच वंश के साथ सम्बन्ध बनाना।

आजकल गांवों में भी यौन-उन्मुक्तता की बातें चल पड़ी हैं, लेकिन वहां जाति-प्रथा इसमें आड़े आ रही है। यदि कोई उच्च वंश का लड़का किसी पिछड़ी जाति की युवती से सम्बन्ध बना लेता है तो उच्च वंश यह सहन कर लेता है, लेकिन यदि 'हलवाई की जाई और सोवे साथ कसाई' वाली घटना हो जाती है अर्थात सवर्ण लड़की किसी अन्य पिछड़ी जाति के लड़के से सम्बन्ध बना लेती है, तो अभिभावक उस लड़की की हत्या करने से भी नहीं चूकते।

हलाल में हरकत, हराम में बरकत : अच्छे लोगों को कष्ट और बुरे लोगों को सुख-स्मृद्धि प्राप्त होना।

आधुनिक युग के लोगों का धर्म-कर्म से इसलिए भी विश्वास उठ गया है कि वे अपने सांसारिक व्यवहार में 'हलाल में हरकत, हराम में बरकत' देख रहे हैं। उनका मत है कि यदि धर्म और ईश्वर जैसी कोई चीज़ होती है तो इसका उलटा होना चाहिए था।

हवा किस दिशा में बह रही है : संसार का क्या चलन है।

अरब देश के युवकों ने जब देखा कि 'हवा किस दिशा में बह रही है' अर्थात लोकतंत्र देशों की सम्पन्नता ने उन्हें आकर्षित किया तो उन्होंने अपने तानाशाहों के विरुद्ध क्रांति का बिगुल बजा दिया।

हांडी का एक ही चावल देखते हैं : किसी समूह की एक इकाई से ही उस समूह के गुणों का ज्ञान हो जाता है।

दक्षिण-अफ्रीका में गांधीजी के साथ घटी रेलवे की एक घटना से सभी अंग्रेज ों के इस चरित्र का ज्ञान हो गया था कि यह जाति स्वयं को सभी जातियों से श्रेष्ठ समझती है। किसी ने सही कहा है 'हांडी का एक चावल ही देखते हैं'।

हांडी न डोई घर-घर हमारी रसोई : साधु और फ़कीरों को ऐसी ही मान्यता है। हर घर की रसोई में उनका भाग है।

हांडी में जो होगा वह डोई में आप ही आवेगा : जो मन में होगा वह वाणी से स्वयं ही निकल आएगा।

चीन भारत के साथ अच्छे सम्बन्धों की बातें करके भारत को भ्रम में रख रहा है। चीन के मन में भारत के प्रति कितना स्थान है, यह उस समय स्पष्ट हो जाता है, जब पाकिस्तान को वह अपना स्वाभाविक मित्र कहता है। किसी ने सत्य कहा है, 'हांडी में जो होगा वह डोई में आप ही आवेगा'।

हाकिम की अगाड़ी और घोड़े ही पछाड़ी से बचना चाहिए : अधिकारी के सामने जो आ जाता है, अधिकारी उसे ही काम बता देता है। घोड़े के पीछे आने से घोड़ा उस पर अपनी लात से प्रहार कर सकता है।

हाकिम के आंख नहीं कान होते हैं : न्यायाधीश केवल साक्षियों के साक्ष्य को सुनकर ही न्याय करता है।

हाकिम के डपटे और कीचड़ के रपटे का बुरा नहीं माना जाता : हाकिम का स्वभाव ही अपने अधीनस्थों को डांटना-फटकारना है, अतः उसका क्या

बुरा मानें। कीचड़ में रपटना भी एक स्वाभाविक घटना है, अतः उसके बुरा मानने का भी कोई औचित्य नहीं है।

हाथ कंगन को आरसी क्या : जो प्रत्यक्ष है उसे सिद्ध करने के लिए प्रमाण की आवश्यकता नहीं होती।

आपने न्यायालय में मुझसे विवाह-विच्छेद का जो कारण दिया है वह उपयुक्त कारण नहीं है। आपने मेरे लिए कहा है कि मेरी पत्नी सुन्दर नहीं है, लेकिन मेरे पास तो विश्व-सुन्दरी का प्रमाण-पत्र है। 'हाथ कंगन को आरसी क्या'।

हाथ की लकीरें नहीं मिटती : जो कुछ भाग्य में होता है, उसे भोगना ही पड़ता है।

भारत के भाग्य में विदेशी आक्रांताओं से पराजित होना लिखा था, अतः हज़ारों वर्षों की परतंत्रता झेलनी पड़ी है। यह सही है, 'हाथ की लकीरें नहीं मिटतीं'।

हाथ बेचा है, जाति नहीं बेची है : अपने अधीनस्थ से उसकी जाति के विरुद्ध कार्य करवाना।

मान्यवर! यह सही है कि मैं आपका नौकर हूं, लेकिन एक मुस्लिम होने के नाते मैं भगवती जागरण में भगवती मां के समक्ष सिर झुकाने के आपके आमंत्रण को स्वीकार नहीं कर सकता। इस्लाम मूर्ति-पूजा को हराम मानता है। वैसे भी मैंने 'हाथ बेचा है, जाति नहीं बेची है'।

हाथ में न गात में, मैं धनवन्ती जात में : एक निर्धन का झूठी कुलीनता का प्रदर्शन करना।

मेरे पड़ोस में गरीबी रेखा से नीचे जीवन-यापन करने वाला एक ही परिवार रहता है। उसकी गृहस्वामिनी जब सांय को बाजार जाती है तो कंधे पर कीमती पर्स और सुन्दर परिधान देखकर यह अनुमान लगाना कठिन हो जाता है कि यह कोई दरिद्र महिला है। वह स्वयं को, 'हाथ में न गात में, मैं धनवन्ती जात मे'। मानती है।

हाथ में लिया कांसा तो रोटियों का क्या सांसा : जब भिक्षा मांगने का निर्णय ले ही लिया तो फिर रोटियों की कमी का प्रश्न ही कहां रहा।

हाथ से मारे, भात से न मारे : हाथ से भले ही किसी की मार-पिटाई कर ले, लेकिन उसकी रोटी-रोज़ी नहीं छीननी चाहिए।

मैंने अपने सेवाकाल में केवल एक गलती की है। मैंने अपने एक चपरासी की नौकरी छीन ली थी और उसने इसके गम में आत्महत्या

कर ली थी। यदि मैं 'हाथ से मारे, भात से न मारें'। सिद्धांत को अपने जीवन में ढाल लेता तो मैं उस गलती के लिए जीवन-भर न पछताता।

हाथी का बोझ हाथी ही उठाता है : बड़े काम बड़े आदमी ही कर सकते हैं।

पूर्व राष्ट्रपति ए.पी.जे. अब्दुल कलाम जी ने स्वदेशी साधनों से मिसाइल का विकास करके भारत की सुरक्षा को सुनिश्चित किया है। बड़े-बड़े सही कहते आ रहे हैं, 'हाथी का बोझ हाथी ही उठाता है'।

हाथी का सूंड हाथी को भारी नहीं लगता : अपने और परिवार के पालन-पोषण में मनुष्य कोई कठिनाई अनुभव नहीं करता।

मनुष्य को चाहे कितना भी कठिन से कठिन काम क्यों न करना पड़े, वह अपने परिवार का पालन-पोषण तो कर ही लेता है। तभी तो कहा गया है, 'हाथी का सूंड हाथी को भारी नहीं लगता'।

हाथी के दांत खाने के और दिखाने के और : कपटपूर्ण आचरण करना।

भारत और लंका के कभी मैत्रीपूर्ण सम्बन्ध थे, लेकिन अब लंका बाहर से तो मित्रता का प्रदर्शन करता है, लेकिन अन्दर बैर-भाव रखता है। अब तो उसके ऊपर यह कहावत चरितार्थ हो रही है, 'हाथी के दांत खाने के और दिखाने के और हैं'।

हाथी के पांव में सबका पांव समाता है : बड़ों के संरक्षण में छोटे भी लाभान्वित हो जाते हैं।

भारतीय सभ्यता इतनी व्यापक है कि इसमें सभी सभ्यताओं को अपने अन्दर समाहित करने की सामर्थ्य है। इस सभ्यता को हाथी का पांव कह सकते हैं और 'हाथी के पांव में सबका पांव समाता है'। यह कहावत सदा से चलती आ रही है।

हाथी-घोड़े बहते जाएं गधा कहे कितना पानी : जिस कार्य को बड़े-बड़े धुरन्धर न कर सके हों, उसके सम्बन्ध में किसी छोटे व्यक्ति द्वारा पूछताछ करना।

हाथी चला बाजार, कुत्ते भूकें हज़ार : बड़े आदमी अपने कार्यों में छोटे आदमियों के हस्तक्षेप की परवाह नहीं करते।

स्वामी दयानन्द मूर्ति-पूजा जैसे पाखंडों का खंडन किया। यद्यपि इस सुधार कार्य में उसे अनेक संगठनों का विरोध झेलना पड़ा, लेकिन

उन्होंने इसकी परवाह नहीं की। उन पर यह कहावत चरितार्थ हुई थी, 'हाथी चला बाजार, कुत्ते भूकैं हज़ार'।

हाथी निकल गया, दुम रह गई : कार्य का बड़ा भाग समाप्त हो जाना और आंशिक और कार्य शेष रहना।

समाजसेवी अन्ना हजारे की अधिकांश मांगें पूरी हो चुकी हैं, कुछ थोड़ी-सी मांगे शेष हैं। अब तो 'हाथी निकल गया है, दुम रह गई है'।

हानि-लाभ, जीवन-मरण, यश-अपयश विद्दि हाथ : मनुष्य के हाथ में केवल कर्म करना है। उसके जीवन से सम्बन्धित घटनाएं, जैसे हानि-लाभ जीवन-मरण, यश-अपयश ईश्वर के अधीन है।

मेरे पुत्र ने प्लास्टिक उद्योग में लाखों रुपये लगाए, लेकिन प्लास्टिक थैलियों पर रोक लगने से उसका उद्योग चौपट हो गया और वह सदमे में चला गया। मैंने उसे समझाते हुए कहा, 'हानि-लाभ, जीवन-मरण, यश-अपयश विधि हाथ हैं। इसमें व्यक्ति कर भी क्या सकता है।

हारे के हरि नाम : जो मनुष्य अपने जीवन के सब क्षेत्रों में सामर्थ्यहीन हो जाता है, वह अन्त में प्रभु की शरण में चला जाता है।

मध्य युग में जब हिन्दू बाह्य आक्रांताओं से शोषित किए जाते थे तो वे ईश्वर की भक्ति में लीन हो जाते थे। 'हारे के हरि नाम'। सूत्र उन्हें आंशिक सन्तुष्टि प्रदान कर देता था।

हित अनहित पशु पक्षिउ जाना : पक्षी और जानवर भी अपने शत्रु और मित्र की परख कर लेते हैं।

भारतीय राजनेत्री श्रीमती मेनका गांधी को पशु-पक्षियों से बहुत प्रेम है। वह दूसरों को भी इस बात के लिए प्रेरित करती है कि पशु-पक्षियों से प्रेम करना चाहिए। उसे ज्ञान है कि 'हित अनहित पशु पक्षिउ जाना'।

हिन्दी न फारसी, लाला जी बनारसी : किसी अशिक्षित का ठाट-बाट से रहना।

हमारे स्कूल का सफाई-कर्मी देखने में बहुत सभ्य लड़का लगता है और आधुनिक परिधान पहनकर स्कूल में आता है। पूछने पर पता लगा कि वह अनपढ़ है और उसके पिता की मृत्यु के बाद उसे यह नौकरी मिली है, उस पर यह कहावत चरितार्थ होती है, 'हिन्दी न फारसी, लाला जी बनारसी'।

हिम्मत-ए मरदां-मदद-ए-खुदा : साहसी और परिश्रमी व्यक्ति की प्रभु भी सहायता करते हैं।

भारतीय मूल के वैज्ञानिक हरगोविन्द खुराना बहुत संयमी और परिश्रमी थे अनेक वर्षों के कठिन परिश्रम से उनसे शायद भगवान भी प्रसन्न हुए होंगे तभी तो उन्होंने अनुवांशिकी में क्रांतिकारी अनुसंधान किया था। इसलिए कहा गया है, 'हिम्मत-ए मरदां-मदद-ए-खुदा'।

हिसाब जौ-जौ, बख़्शीश सौ-सौ : मनुष्य के लिए यह सिद्धान्त लाभकारी है कि हिसाब तो कौड़ी-कौड़ी का करे, भले ही बाद में पुरस्कार स्वरूप कितना भी धन क्यों न प्रदान कर दे।

सरकार को चाहिए कि वह सभी एन.जी.ओ. से दिये गए अनुदान का सही-सही हिसाब ले और उसके बाद उनके काम आधार पर उन्हें भले ही कुछ अतिरिक्त प्रदान कर उन्हें पुरस्कृत कर दे। यह नीति सही प्रतीत होती है, 'हिसाब जौ-जौ, बख्शीश सौ-सौ'।

हींग जाए पर बास न जाए : अच्छे व्यक्ति की मृत्यु के बाद भी उसके यश की चर्चाएं चलती रहती हैं।

चौधरी चरणसिंह की मृत्यु के बाद भी उनके स्वच्छ राजनैतिक आचरण की चर्चाएं आज तक भी चल रही हैं। यह बात सत्य ही है कि 'हींग जाए पर बास न जाए'।

हींग लहसुन में ना मिले धन कस्तूरी बास : हींग और लहसुन की गंध बहुत तेज होती है, लेकिन यह धार्मिक अनुष्ठानों में काम नहीं आती, जब कि इनकी तुलना में कपूर और कस्तूरी की गंध पवित्र मानी गई है, लेकिन इनकी गंध हलकी होती है और हींग, लहसुन की गंध पर प्रभावी नहीं हो सकती। तात्पर्य यह है कि दुष्टों का सद्भाव सज्ज्नों के साथ रहने से भी नहीं बदलता।

हुज़ूरी की मजदूरी भली : मालिक की उपस्थिति में ही काम करना अच्छा होता है।

है सबका गुरुदेव रुपैया : संसार में रुपया ही सब सम्बन्धों से बड़ा है।

अमेरिका विश्व में सबसे धनवान देश माना जाता है। इसी कारण निर्धन देश अनुदान पाने के लिए उसकी शरण में जाते हैं और उसका गुणगान करते हैं। किसी ने सही कहा है, 'है सबका गुरुदेव रुपैया'।

होंठ से निकली, हुई पराई बात : जो बात हमारे अन्दर थी वह होठों से बाहर निकलते ही सबके पास पहुंच जाती है।

होठों से अभी दूध की बू न गई : अभी तुम बच्चे हो।

आधुनिक युग में आर्थिक स्रोतों पर अधिकार करने की इतनी प्रतिस्पर्द्धा

बढ़ चुकी है कि हम बच्चों का बचपन छीनकर उन्हें अल्पायु में ही स्कूल में डाल देते हैं। 'होंठों से अभी दूध की बू न गई' कि स्कूल की बस में बचपन को धकेल दिया जाता है।

होत का बाप, अनहोत की मां : सम्पत्ति में पिता और विपत्ति में मां याद आती है। जब तक मैं घर संभालने में अपने पिता का हाथ बटाता रहा तो मैं अपने पिता का प्रिय-पुत्र बना रहा, लेकिन जब मेरे नौकरी से निलम्बन के कारण मैं घर की कोई आर्थिक सहायता नहीं कर सका तो पिता ने मेरा तिरस्कार कर दिया, लेकिन मेरा तिरस्कृत रूप मेरी मां से न देखा गया। इस अवस्था में मुझे मेरी मां ने अपने गले से लगाए रखा। किसी ने ठीक कहा है, 'होत का बाप अनहोत की मां'।

होनहार बिरवान के होत चिकने पात : बचपन में ही किसी बच्चे के असाधारण लक्षण यह बताने के लिए पर्याप्त होते हैं कि यह बड़ा होकर महान व्यक्ति बनेगा।

चाणक्य ने चन्द्रगुप्त के बचपन में किसी गांव के स्कूली बच्चों के साथ खेलते हुए उसके लक्षणों के आधार पर यह आभास कर लिया था कि यह पराक्रमी सम्राट बनेगा। यह कहावत सही है, 'होनहार बिरवान के होत चिकने पात'।

होनहार मिटती नहीं, होवे बिस्से बीस : जो जिसके भाग्य में बदा है, वह अवश्य होता है।

कौरवपुत्र दुर्योधन के भाग्य में महाभारत से महाविनाश लिखा था! यद्यपि श्रीकृष्ण ने उसे टालने का बहुत प्रयास किया, लेकिन दुर्योधन की हठ ने सब प्रयास विफल कर दिये थे। अतः विद्वानों की यह मान्यता पूर्ण होकर ही रही, 'होनहार मिटती नहीं, होवे बिस्से बीस'।

●●●